精裝本・下

第六九回至一百回

全本金瓶梅詞話

伍

第六九回至八〇回

第六十九回　招宣府初調林太太

麗春院驚走王三官

第六十九回

文嫂通情林太太　王三官中詐求奸

信手烹魚覓素音　神仙有路足登臨
埽堦偶得任卿葉　彈月輕移司馬琴
桑下肯期秋有意　懷中可犯柳無心
黃昏悞入銷金帳　且犯羞兒獨自斟

話說文嫂兒到家。平安說。爹在對門房子裡進去稟報。西門慶正在書房中。和温秀才坐的。見玳安隨即出來。小客位內坐下。玳安悉把尋文嫂兒。小的叫了。來在外邊伺候着。西門慶即令叫他進來。那文嫂悄悄掀開暖簾。進入裡面。向西門慶磕頭。西門慶道。文嫂兒許久不見你。文嫂道。小媳婦有。西門慶道。你如今搬在那裡住了。文嫂道。小媳婦因不幸。為了場官司。把舊時那房兒棄了。如今搬在大南首王家巷住哩。西門慶分付道起來說話。那文嫂一面站立在傍邊。西門慶令左右多出去。那平安和畫童都躲在角門外伺候。只玳安兒影在簾兒外邊。聽說話兒。西門慶因問你常在那幾家大人家走跐。文嫂道。就是大街皇親家。守備府周爺家。喬皇親張二老爹。夏老爹家。多相熟。西門慶道。你認的王招宣府裡不認的。文嫂道。小媳婦定門主顧。太太和三娘常照顧小的花翠。西門慶道。你既相熟。我有庄事兒央煩你。休要阻了我。向袖中取出五兩一定銀子與他。悄悄和他說。如此這般。你却怎的尋個路兒。把他太太吊在你那裡。我會他會兒。我還謝你。那文嫂聽了。哈哈笑道。是誰對爹說來你老人家。怎的曉得來。西門慶道。常言人的名兒樹的影兒。我怎不得知道。文嫂道。若說起我這太太來。今年屬猪三十五歲。端的上等婦人。百伶百俐。只好三十歲的。他雖是幹這營生。好不幹的最密。就是往那裡去。王大轉伴當跟着。喝有路走。逕路兒來。逕路兒去。三老爹在外爲人做人。他原在人家落脚。這個人說的訛了。到只是他家裡深宅大院一時三老爹不在。藏掖個兒去。人不知鬼不覺。倒還許。說若是小媳婦那裡窄門窄户。敢招惹這個事。就在頭上。就是爹賞的這銀子。小媳婦也不敢領去。寧可領了爹言語。對太太說就是了。西門慶道。你不收。還自推托。我就惱了。事成我還另外賞幾個紬段你穿。你不收阻了我。文嫂道。愁你老人家沒也怎的。上人着眼覷就是福星

臨。磕了個頭。把銀子接了。說道待小媳婦。悄悄對太太話來。回
你老人家。西門慶道。你當件事幹。我這裡等着你。來時只在這
裡來就是了。我不使小廝去了。文嫂道。我知道。不在明日。只在
後日。隨早隨晚。討了示下就來了。一面走出來。玳安道。文嫂隨
你罷了。我只要一兩銀子。也是我叫你一場。你休要獨吃。文嫂
道。猴孫兒隔墻掠篩箕。還不知仰着合着哩。于是出門。騎上驢
子。他兒子能着。一直去了。西門慶和溫秀才。坐了一回。良久夏
提刑來。就到家待了茶。冠冕着。同往府裡。羅同知。名喚羅萬象。
那裡吃酒去了。直到掌燈巳後纔來家。且說文嫂兒。拿着西門
慶與他五兩銀子。到家歡喜無盡打發會茶人散了。至後晌時
分。走到王宣府宅裡。見了林太太。道了萬福。林氏便道。你怎的

這兩日不來走走看看我文嫂便把家中倘報會茶趕臘月要往頂上進香一節告訴林氏林氏道你兒子去你不去罷了文嫂兒道我如何得去只教文纏兒帶進香去便了林氏道等臨期我送些盤纏與你文嫂便道多謝太太布施說畢林氏叫他近前烤火丫鬟拿茶來吃了這文嫂一面吃了茶問道三爹不在家了林氏道他有兩夜沒回家只在裡邊歇哩逐日搭着這夥喬人只眠花臥柳把花枝般媳婦兒丟在房裡通不顧如何如何又問三娘怎的不見林氏道他還在房裡未出來哩這文嫂見無人便說道不打緊太太寬心小媳婦有個門路兒管就打散了這干人三爹收心也再不進院去了太太容小媳婦便敢說不容定不敢說林氏道你說的話兒那遭兒我不依你來

你有話只顧說不妨。這文嫂方說道縣門前。西門大老爹。如今見在提刑院做掌刑千户。家中放官吏債開四五處鋪面。段子鋪。生藥鋪。紬絹鋪。絨線鋪。外邊江湖又走標船。楊州興販鹽引。東平府上納香蠟。夥計主管約有數十。東京蔡太師是他乾爺。朱太尉是他舊主。翟管家是他親家。巡撫巡按多與他相交。知府知縣是不消說。家中田連阡陌。米爛成倉。赤的是金。白的是銀。圓的是珠。光的是寶。身邊除了大娘子。乃是清河左衛吳千户之女。填房與他為繼室。只成房頭。穿袍兒的也有五六個。以下歌兒舞女得寵侍妾不下數十。端的朝朝寒食。夜夜元宵。今老爹不上三十四五年紀。正是當年漢子。大身材。一表人物。也曾吃藥養龜。慣調風情。雙陸象棋。無所不通。蹴踘打毬。無所不

曉諸子百家。折白道字。眼見就會。端的擊玉敲金。百伶百俐。聞
知咱家。乃世代簪纓人家。根基非淺。又三爹在武學肄業。也要
來相交。只是不曾會過。不好來的。昨日聞知太太貴旦。在這。又
四海納賢。也一心要來與太太拜壽。小媳婦便道。初會怎好驟
然請見的。待小的達知老太太。討個示下。來請老爹相見。今老
爹。不但結識他。來往相交。只央浼他。把這干人斷開了。使那行
人打攪道須玷辱不了咱家門户。看官聽說。水性下流。最是女
婦人。當日林氏被文嫂這篇話說的。心中迷留摸亂。情竇已開。
便笑。向文嫂兒較計道。人生面不熟。怎生好遽然相見的。文嫂
道。不打緊。等我對老爹說。只說太太先央浼老爹。要在提刑院
遞狀。告那起引誘三爹這起人。預先私請老爹來。私下先會一

會。此計有何不可。說得林氏。心中大喜。約定後日晚夕等候。這
文嫂討了婦人示下。歸家。到次日飯時前後。走來西門慶宅內。
那日西門慶從衙門回來。家中無事。正在對門房子裡。書院內
坐的。忽有玳安來報。文嫂來了。西門慶聽了。即出小客位內坐。
令左右放下簾兒。良久文嫂進入裡面。磕了頭。玳安知局。就走
出來了。教二人自在說話。這文嫂便把怎的說念林氏。誇奬老
爹人品家道。怎樣行。特結識官府。又怎的仗義疎財。風流博浪。
說得他千肯萬肯。約定明日晚間。三爹不在家。家中設席等候。
假以說人情爲由。暗中相會。西門慶聽了。滿心歡喜。又令玳安
拿了兩疋紬段。賞他。文嫂道。爹明日要去。休要早了。直到掌燈
巳後。街上人靜了時。打他後門首。扁食巷中。他後門傍。有個住

房的叚媽媽。我在他家等着爹。只使大官兒彈門。我就出來引
爹入港。休令左近人知道。西門慶道。我知道。你明日先去。不可
離寸地。我也依期而至。說畢。文嫂拜辭而去。又回林氏話去了。
西門慶那日歸李嬌兒房中。宿歇。一宿無話。巴不到次日培養
着精神。午間戴着白忠靖巾。便同應伯爵騎馬往謝希大家吃
生日酒。席布兩個唱的。西門慶吃了幾杯酒。約掌燈上來。就逃
席走出來了。騎上馬。玳安琴童兩個小廝跟隨。那時約十九日。
月色朦朧。帶着眼紗。由大街抹過。逕穿到扁食巷。王招宣府後
門來。那時纔燈以後。街上人初靜之後。西門慶離他後門半舍。
遠把馬勒住。令玳安先彈叚媽媽家門。原來這媽媽就住着王
招宣府家後房。也是文嫂舉薦。早晚看守後門開門閉户。但有

入港、在他家落脚做眼。文嫂在他屋裡聽見外邊彈門。連忙開了門。見西門慶來了。一面在後門裡等的西門慶下了馬。帶着眼紗兒、引進來。分付琴童牽了馬、往對門人家西首房簷下。那裡等候。玳安便在段媽媽屋裡存身。這文嫂一面請西門慶入來。便把後門關了。上了拴。由夾道內進內、轉過一層群房。就是太太住的五間正房。傍邊一座便門閉着。這文嫂輕輕敲了門環兒。原來有個听頭兒。少頃見一丫鬟出來開了雙扉。文嫂導引西門慶到後堂。掀開簾櫳而入。只見裡面燈燭熒煌。正面供養着他祖爺太原節度邠陽郡王王景崇的影身圖。穿着大紅團就蟒衣玉帶、虎皮校椅、坐着觀看兵書。有若關王之像。只是髯鬚短些。傍邊列着鎗刀弓矢。迎門硃紅匾。上書節義堂三二字。兩壁書畫丹青。琴書消洒。左右泥金。隸書一聯。傳家節操同松竹。報國勳功並斗山。西門慶正觀看之間。只聽得門簾上鈴兒响。文嫂從裡拿出一盞茶來。與西門慶吃。西門慶便道。請老太太出來拜見。文嫂道。請老爹且吃過茶着。剛纔稟過太太知道了。不想林氏悄悄從房門簾裡望外觀看西門慶身材凜凜。語話非俗。一表人物。軒昂出衆。頭戴白段忠靖冠。貂鼠暖耳。身穿紫羊絨鶴氅。脚下粉底皂靴。上面綠剪絨獅坐馬。一溜五道金鈕子。就是個富而多詐奸邪輩。壓善欺良酒色徒。一見滿心歡喜。因悄悄叫過文嫂來。問他戴的孝是誰的。文嫂道是他第六個娘子的孝。新近九月間沒了。不多些時。饒少殺家中如今還有一巴掌殺兒。他老人家你看不出來。出籠兒的鵪鶉。也是個快闞的。這婆娘聽了越發歡喜無盡。文嫂催逼他出去。見他一見見婦人道。我羞答答怎好出去。請他進來見罷。文嫂一面走出來。向西門慶說。太太請老爹房內拜見哩。于是忙掀門簾。西門慶進入房中。但見簾幙垂紅。地屏上毡毯匝地。麝蘭香靄。氣暖如春。綉榻則斗帳雲橫。錦屏則軒轅月映。婦人頭上戴着金絲翠葉冠兒。身穿白綾寬細䄂兒。沉香色遍地金粧花段子鶴氅。大紅宮錦寬襴裙子。老鴉白綾高底扣花鞋兒。就是個綺閣中好色的嬌娘。深閨內貪毷的菩薩。有詩為証

面膩雲濃眉又彎　蓮步輕移實匪凡
醉後情深歸帳內　始知太太不尋常

這西門慶一見躬身施禮。說道請太太轉上。學生拜見。林氏道

大人免禮罷。西門慶不肯。就側身磕下頭去拜兩拜。婦人亦叙禮相還。拜畢。西門慶正面椅子上坐了。林氏就在下邊梳背炕沿斜僉相陪坐的。文嫂又早把前邊儀門閉上了。再無一個僕人在後邊。三公子那邊角門也關了。一個小丫鬟。名喚芙蓉。紅漆丹盤拿茶上來。林氏陪西門慶吃了茶。丫鬟接下盞托去。文嫂就在傍開言。說道太太久聞老爹在衙門中。執掌刑名。敢使小媳婦請老爹來。央煩庄事兒。未知老爹可依允不依。西門慶道。不知老太太有甚事分付。林氏道。不瞞大人說。寒家雖世代做了這招宣。夫主去世年久。家中無甚積蓄。小兒年幼。優養未曾考襲。如今雖入武學肄業。年幼失學。家中有幾個奸詐不級的人。日逐引誘他。在外飄酒洒。把家事都失了。幾次欲待要往公門訴狀。爭奈妾身未曾出閨門。誠恐拋頭露面。有失先夫名節。今日敢請大人。至寒家訴其衷曲。就如同遞狀一般。望乞大人千萬留情。把這干人怎生處斷開了。使小兒改過自新。專習功名。以承先業。寔出大人再造之恩。妾身感激不淺。自當重謝。西門慶道。老太太怎生這般說。言謝之一字。尊家乃世代簪纓。先朝將相。何等人家。令郎兩入武學。正當努力功名。承其祖武。不意聽信遊食所哄。留連花酒。寔出少年所爲。太太旣分付。學生到衙門裡。即時把這干人處分懲治。令郎分毫亦可戒諭。令郎再不可蹈此故轍。庶可杜絕將來。這婦人聽了。連忙起身。向西門慶道了萬福。說道。容日妾身致謝大人。西門慶道。你我一家。何出此言。說話之間。彼此言來語去。眉目顧盼留情。不一時文嫂放卓兒擺上酒來。西門慶故意辭道。學生初來進謁。倒不曾具禮來。如何反承老太太盛情留坐。林氏道。不知大人下降。沒作準備。寒、天聊具一杯水酒。表意而已。丫鬟篩上酒來。端的金壺斟美釀。玉盞泛羊羔。林氏起身捧酒。西門慶亦下席說道。我當先奉老太太一杯。文嫂兒在傍插口說道。老爹你且不消遞太太酒。這十一月十五日。是太太生日。那日送禮來。與太太祝壽就是了。西門慶道。阿呀。早時你說。今日初九日。差六日。我在下已定來與太太登堂拜壽。林氏笑道。豈敢動勞。大人厚意。須臾大盤大碗。就是十六碗。熱騰騰美味佳餚。熬爛下飯。煎熘雞魚。烹炮鵝鴨。細巧菜蔬。新奇菓品。傍邊絳燭高燒。下邊金爐添火。交杯換盞。行令猜枚。笑雨嘲雲。酒爲色胆。看看飲至蓮漏已沉。窓月倒影之際。一雙竹葉穿心。兩個芳情已動。文嫂已過一邉。連次呼酒不至。西門慶見左右無人。漸漸促席而坐。言頗涉邪。把手捏腕之際。挨肩擦膀之間。初時戲摟粉項。婦人則笑而不言。次後款啓朱唇。西門慶則舌吐其口。嗚咂有聲。笑語密切。婦人于是自掩房門。解衣鬆珮。微開錦帳。綉衾鴛枕橫牀。鳳香薫被。相挨玉體。抱摟酥胸。原來西門慶知婦人好風月。家中帶了淫器包在身邉。又服了胡僧藥。婦人摸見他陽物甚大。西門慶亦摸其牝户。彼此歡慨。情興如火。婦人在牀傍伺候鞖綃軟帕。西門慶被底預備麈柄猙獰。當下展猿臂。不覺蝶浪蜂狂。蹺玉腿。那個羞雲怯雨。正是縱横慣使風流陣。那管牀頭墮玉釵。

有詩為証

蘭房幾曲深悄悄。香勝寶鴨晴烟裊。夢回夜月淡溶溶。展轉
牙牀春色少。無心今過少年郎。但知敲打須富商。殢情欲共
嬌無力。須教宋玉赴高唐。打開重門無鎖鑰。露浸一枝紅芍

這西門慶。當下竭平生本事。將婦人盡力盤桓了一場。纏至更半天氣。方纔精泄。婦人則髮亂釵横。花憔柳困。鶯聲嚥喘依稀耳中。比及個並頭交股。摟抱片時。起來穿衣之際。婦人下牀。款剔銀燈。開了房門。照鏡整容。呼了鬟捧水淨手。復飲香醪。再勸美酌三杯之後。西門慶告辭起身。婦人挽留不已。叮嚀頻囑。西門慶躬身領諾。謝擾不盡。相別出門。婦人送到角門首回去了。文嫂先開後門。呼喚玳安琴童牽馬過來。騎上回家。街上已喝

號提鈴。更深夜靜。但見一天霜氣。萬籟無聲。西門慶回家。一宿
無話。到次日。西門慶到衙門中發放已畢。在後廳叫過該地方
節級緝捕。分付如此如此。這般這般。王招宣府裡三公子看有
甚麼人勾引他院中。在何人家行走。便與我查訪出名字來。報
我知道。因向夏提刑說。王三公子。甚不學好。昨日他母親再三
央人來對我說。倒不關他這兒子事。只被這干光棍勾引他。今
若不痛加懲治。將來引誘壞了人家子弟。夏提刑道。長官所見
不錯。必須該取他節級緝捕。領了西門慶鈞語。到當日果然查
訪出各人名姓來。打了事件。到後晌時分來。西門慶宅內呈遞
揭帖。西門慶見上面有孫寡嘴。祝日念。張小閒。聶鉞兒。何三。于
寬。白回子。樂婦是李桂姐。秦玉芝兒。西門慶。取過筆來。把李桂

姐秦玉芝兒。并老孫。祝日念。名字多抹了。分付只動這小張閒等。五個光棍。卽與我拿了。明日早帶到衙門裡來。衆公人應諾下去。至晚打聽王三官衆人。都在李桂姐家吃酒。踢行頭。多埋伏在後門首。深更時分。剛散出來。衆公人把小張閒。聶鉞。于寬白回子。向三。五人都拿了。孫寡嘴。與祝日念。扒李桂姐後房去了。王三官見。藏在李桂姐床身下不敢出來。桂姐一家諕的揑兩把汗。更不知是那裡動人。白央人打聽寔信。王三官躲了一夜不敢出來。李家鴇子。又恐怕東京做公的下來拿人。到五更時分攛掇。李銘換了衣服。送王三官來家。節緝捕把小張閒等。拿在聽事房。吊了一夜。到次日早辰。西門慶進衙門與貟提刑陞廳。兩邊刑杖羅列。帶人上去。每人一夾。二十大棍。打得皮開

肉綻。鮮血迸流。响聲震天。哀號慟地。西門慶囑付道。我把你這
起光棍。專一引誘人家子弟。在院飄風。不守本分。本當重處。今
姑從輕責你這幾下兒。再若犯在我手裡。定然枷號在院門首
示眾。喝令左右扠下去。眾人望外。金命水命。走投無命。兩位官
府發放事畢。正在退廳吃茶。夏提刑因說起昨日京中舍親崔
中書那裡書來。衙中投考察本上去了。還未下來哩。今日會了
長官。咱倒好差人往懷慶府同僚。林蒼峰。他那裡臨風近。打聽
打聽消息去。西門慶道。長官至見甚明。即喚走差答應的上來
跪下。分付與你五錢銀子盤纏。即去南河拿俺兩個拜帖。懷慶
府提刑林千户老爹那裡。打聽京中考察本示下。看經歷司行
下照會來不曾。務要打聽的實來回報。那人領了銀子拜帖。又

到司房戴上范陽毡笠。結束行裝。討了疋馬長行去了。兩位官府。起身回家。却説小張閒等。從提刑院打出來。走在路上。各人省恐。更不量今日受這場虧。那裡藥線。互相埋怨。小張閒道。莫不還是東京六黄太尉那裡下來的消息。白回子道。不是。若是那裡消息。怎肯輕饒素放。常言説得好。乖不過唱的。賊不過銀匠。能不過架兒。聶鉞兒一口就説道。你每多不知道。只我猜得着。此巳定是西門官府。和三官兒上氣。嗔請他表子。故拿俺每煞氣。正是龍鬬虎傷。苦了小張。小張閒道。列位到罷了。只是苦了我在下了。孫寡嘴。祝麻子。都跟着。只把俺每頂缸了。于寛道。你怎的説渾話。他兩個是他的朋友。若拿來跪在地下。他在上面坐着。怎生相處。小張閒道。怎的不拿老婆。聶鉞道。兩個老婆都是他心上人。李家桂姐。是他的表子。他肯拿來也休推人。是俺每的晦氣。偏撞在這網裡。纔夏老爹怎生不言語。只是他說話。這個就見出情弊顯然來了。如今往李桂姐兒家尋王三官去。白為他打了這一屁股瘡來的。腿爛爛的便罷了。問他要幾兩銀子盤纏。也不吃家中老婆笑話。于是來來去去。轉彎抹角逕入抅攔李桂姐家見門關的鐵桶相似。就是樊噲也撞不開叫了半日。丫頭隔門問是誰。小張閒道。是俺每尋三官兒說話。丫頭回說他從那日半夜就往家去了。不在這裡。無人在家中。不敢開門。這衆人只得回來。到王招宣府宅內。逕入他客位裡坐下。王三官聽見衆人來尋他。諕得躲在房裡。不敢出來。半日使出小厮永定來。說俺爹不在家了。衆人道。好自在性兒。不在家了。往那裡去了。叫不將來。于寬道。寔和你說了罷。休推睡裡夢裡。剛纔提刑院打了俺每。押將出來。如今還要他正身見官去哩。擡起腿來。與永定瞧。教他進裡面去說此事。為你打的俺每有甚要緊。一個個都倘在板凳上。聲疼叫喊。那王三官見越發不敢出來。只叫娘怎麼樣兒。却如何救我則可。林氏道。我女婦人家。如何尋人情去救得。求了半日。見外邊眾人等的急了。要請老太太說話。那林氏又不出去。只隔着屏風說道。你每略等他等。委的在庄上不在家了。我這裡使小廝叫他去。小張閒道。老太太。快使人請他來。不然這個癤子。也要出膿。只顧膿着不是事。俺每為他連累。打了這一頓。剛纔老爹分付。押出俺每來要他。他若不出來。大家都不得清淨。就弄的不好了。林氏聽言。連忙使小厮。拿出茶來與衆人吃。王三官。諕的鬼也似。逼他娘尋人情。到至急之處。林氏方纔說道。文嫂他只認的提刑西門官府家。昔年曾與他女兒說媒來。在他宅中走的熟。王三官道。就認的提刑也罷。快使小厮請他來。林氏道。他自從你前番說了他。使性兒一向不來走動。怎好又請他肯來。王三官道。好娘。如今事在至急。請他來。等我與他陪個禮兒便了。林氏便使永定兒悄悄打後門出去。請了文嫂來。王三官再三央及他。一口聲只叫文媽。你認的提刑。西門大官府。好歹說個人情救我這文嫂故意做出許多喬張致來。說道。舊時雖故與他宅內大姑娘說媒。這幾年誰往他門上走。大人家。深宅大院。不去纏他王三官連忙跪下。說道。文媽。你救我。自有重報。不敢有忘。那幾

個人在前邊。只要出官。我怎去得。那文嫂只把眼看他娘。他娘
道也罷。你替他說說罷了。文嫂道。我獨自個去不得。三叔你衣
巾着。等我領你。親自到西門老爹宅上。你自拜見他。央浼他等
我在傍再說。管情一天事就了了。王三官道。見今他衆人在前
邊催逼甚急。只怕一時被他看見怎了。文嫂道。有甚難處勾當。
等我出去。安撫他。再安排些酒肉點心茶水。哄他吃着。我悄悄
領你從後門出去。幹事回來。他令放也不知道。這文嫂一面走
出前廳。向衆人拜了兩拜。說道。太太教我出來。多上覆列位哥
們。本等三叔往庄上去了不在家。使人請去了。便來也。你每畧
坐坐兒。吃打受罵。連累了列位。誰人不吃鹽米。等三叔來。教他
知遇你們。你們千差萬差。來人不差。恒屬大家只要畧了事。上

司差派。不由自巳有了。三叔出來。一天大事都了了。當時衆人一齊道。還是文嫣兒的多。你老人家早出來就說句話。恁有南北的話兒。俺每也不恁急的要不的。執殺法兒。只回不在家。莫不為俺每自做出來的事也罷。你倒帶累俺每。吃官棒。上司要你。假推不在家。吃酒吃肉。教人替你不成。文嫣你自曉道理的。你出來。俺每還透個路兒與你。破些〻東西兒。尋個分上兒說說。大家了事。你不出來見俺每。這事情也要銷繳〻一個緝捕問刑衙門。平不答的就罷了。文嫂兒道。哥每說的是。你每略坐坐兒。我對太太說。安排些〻酒飯兒管待你每。你每來了這半日。也餓了。衆都道。還是我的文嫣知人甘苦。不瞞文嫣說。俺每從衙門裡打出來。黃湯兒也還沒曾嘗着哩。這文嫂走到後邊。一力攛撥。打了二錢銀子酒。買了一錢銀子點心。猪羊牛肉。各切幾大盤拿將出去。一壁哄他衆人在前廳。大酒大肉吃着。這王三官。儒巾青衣。寫了揭帖。文嫂領着。帶上眼紗。悄悄從後門出來。步行逕往西門慶家來。到了大門首。平安兒認的文嫂。說道爹纔在廳上進去了。文嫣有甚說話。文嫂遞與他拜帖。說道哥哥累你。替他禀禀去。連忙問王三官。要了二錢銀子遞與他。那平安見方進去。替他禀知西門慶。西門慶見了手本拜帖。上寫着眷晚生王寀頓首百拜。一面先叫進文嫂問了回話。然後纔開大廳槅子門。使小厮請王三官進去。大廳上左右忙掀暖簾。見西門慶頭戴忠靖冠。便衣出來迎接。見王三衣巾進來。故意說道。文嫂怎不早說。我褻衣在此。便令左右取我衣服來。慌的王三官向前攔住。呀。尊伯尊便。小姪敢來拜渴。豈敢動勞。至廳內。王三官務請西門慶轉上行禮。西門慶笑道。此是舍下。再三不肯。西門慶居先拜下去。王三官說道。小姪有罪在身。久仰欠拜。西門慶道。彼此少禮。王三官因請西門慶受禮。說道。小姪人家。老伯當得受禮。以恕拜遲之罪。務讓起來。讓了兩禮。然後挪座兒斜僉坐的。少頃吃了茶。王三官見西門慶廳上錦屏羅列。四壁挂四軸金碧山水。座上鋪着綠錦段廂嵌貂鼠椅座。地下氍毹匝地。正中間黃銅四方水磨的。耀目爭輝。上面牌扁。下書承恩二字。係米元章妙筆。觀覽之餘。似有卲清而寧之貌。向西門慶說道。小姪前有一事。不敢奉瀆尊嚴。因向袖中取出揭帖遞上。隨即離席跪下。被西門慶一手拉住。說道。賢契有甚話。但說何害。這王三官就說。小姪不才。誠爲得罪。望乞老伯念先父武弁。一殿之臣。寬恕小姪。無知之罪。完其廉耻。免令出官。則小姪垂死之日。是有再生之幸也。御結圖報。惶恐惶恐。西門慶展開揭帖。上面有小張閑等。五人名字。說道這起光棍。我今日衙門裡已各重責發落。饒恕了他。怎的又央你去。王三官道。還是要小姪如此這般。他說老伯衙門中責罰。押出他來。還要小姪見官。在家百般稱罵喧嚷。索要銀兩。不得安生。無處控訴。前來老伯這裡請罪。又把禮帖遞上西門慶。一見便道。豈有是理。因說道這起光棍可惡。我倒饒了他。如何倒往那裡去攪擾。把禮帖與王三官收了。賢契請回。我也且不留你坐。如今即時就差人拿這起光棍去。容日奉招。王三官道。豈敢蒙老伯不棄小姪。容當踵門叩謝。千恩萬謝出門。西門慶送至二門首。說我褻服不好送的。那王三官自出門。還帶上眼紗。小廝跟隨去了。文嫂還討了西門慶話。西門慶分付。休要驚動他我這裡差人拿去。這文嫂同王三官暗暗到家。不想西門慶隨即差了一名節級四個排軍。走到王招宣宅內。那起人正在那裡飲酒喧鬧。被公人進去。不由分說。都拿了。帶上鐲子。諕得衆人面如土色。說道王三官幹得好事。把俺每穩在你家。倒把鋤頭反弄俺每來了。那個排軍節級。罵道你這厮還胡說。當了甚麼名人。到老爹根前哀告。討你那命正經。小張閒道。大爺教導的是。不一時都拿到西門慶宅門首。門上排軍并平安。都張着手兒要錢。纔去替他禀。衆人不免脫下褶。并拿頭上簪圈下來。打發停當。方纔說進去半日西門慶出來坐廳。節級帶進去。跪在廳下。西門慶罵道。我把你這起光棍。我倒將就了。如何指称我這衙門。往他家諕詐去。實說詐了多少錢。不說令左右。拿拶子與我着實拶起來。當下只說了聲。那左右排軍。登時取了五六把新拶子來伺候。小張閑等。只顧在下叩頭哀告。道小的並沒諕詐。分文財物。只說衙門中打出小的每來。對他說聲。他家拿出些酒食來。管待小的。小的並沒需索他的。西門慶道。你也不該往他家去。你這起光棍。設騙良家子弟。白手要錢。深為可惡。既不肯寔供。都與我帶了衙門裡收監。明日嚴審取供。枷號示衆。衆人一齊哀告。哭道天官爺超生小的每罷。小的再不敢上他門纏擾了。休說枷號。這一送到監裡去。冬寒時月。小的每都是死數。西門慶道。我把你這光棍。我道饒出你去。都要洗心改過。務要生理。不許你挨坊靠院。引誘人家子弟。詐騙財物。再拿到我衙門裡來。都活打死了。喝令出去罷。衆人得了個性命。往外飛跑走。正是敲碎玉籠飛彩鳳。頓開金鎖走蛟龍。西門慶發了衆人去。回至後房。月娘問道。這個是王三官兒。西門慶道。此是王招宣府中三公子。前日李桂兒爲他那場事。就是他。今日賊小淫婦兒不改。又和他纏。每月三十兩銀子。教他包着。嗔道一向只哄着我。不想有個底脚里人兒。又告我說。教我昨日差幹事的。拿了這干人到衙門裡去。都夾打了。不想這干人。又到他家裡嚷賴。指望要詐他幾兩銀子的情。只恐衙門中要他。他從來沒曾見官慌了。央文嫂兒。拿五十兩禮帖來。求我說人情。我剛纔把那起人。又拿了來。詐發了一頓。替他杜絶了。再不纏他去了。人家倒運偏生出這樣不肖子弟出來。你家父祖何等根基。又做招宣。你又見入武學。放着那名兒不幹。家中丢着花枝般媳婦兒。自東京六黄太尉姪女兒。不去理論。白日黑夜只跟着這夥光棍。在院裡嫖弄。把他娘子頭面都拿出來使了。今年不上二十歲。年小小兒的。通不成器。月娘道。你不曾溺胞尿看看自家。乳兒老鴉笑話猪兒足。原來燈臺不照自。你自道成器的。你也吃這井裡水。無所不爲。清潔了些些。甚麼兒還要禁的人。幾句說的西門慶不言語了。正擺上飯來吃。小厮來安來報。應二爹來了。西門慶分付。請書房裡坐。我就來。王經連忙開了廳上書房門。伯爵進裡面暖爐炕傍椅上坐了。良久西門慶出來。聲喏畢。就坐在炕上兩個說話。伯爵道。哥你前日在謝二哥那裡。怎的老早就起身。西門慶道。第二日我還要早起衙門中。連日有勾當。又考察在邇。差人東京打聽消息。我比你每閑人兒。伯爵又問哥連日衙門中有事沒有。西門慶道。事那日沒有。又道王三官兒。說哥衙門中動了。把小張閑。他每五個。初八日晚夕。在李桂姐屋裡。都拿的去了。只走了老孫。祝麻子。兩個。今早解到衙門裡。都打出來了。衆人都往招宣府纏王三官去了。怎的還瞞着我不說。西門慶道。傻狗材。誰對你說來。你敢錯聽了。敢不是我衙門裡。敢是周守備府裡。伯爵道。守備府中。那裡這管閑事。西門慶道。只怕是縣中提人。伯爵道。也不是。今早李銘對我說。那日把他一家子唬的魂也沒了。李桂兒至今唬的這兩日睡倒了。還沒曾起炕兒裡坐。怕又是東京下來拿人。今早打聽。方知是提院動人。西門慶道。我連日不進衙門。並沒知道李桂兒既賭個誓不接他。隨他拿亂去。又害怕睡倒怎的。伯爵見西門慶迸着臉兒。待笑說道。哥你是個人。連我也瞞着起來。不告我說。今日他告我說我就知道哥的情。怎的祝麻子。老孫走了。一個緝事衙門。有個走脫了人的。此是哥打着綿羊駒驢戰。使李桂兒家中害怕。知道哥的手段。若多拿到衙門去。彼此絕了情意。多沒趣了。事情許一不許二。如今就是老孫。祝麻子。見哥也有幾分慚愧。此是哥明修棧道。暗度陳倉的計策。休怪我說哥這一着做的絕了。這一個叫做真人不露相。露相不是真人。若明使函了。逞了臉。就不是乖人兒了。還是哥智謀大見的多。幾句說的西門慶撲吃的笑了。說道我有甚麼大智謀。伯爵道。我猜已定還有底脚裡人兒對哥說。怎得知道。這等端切的有鬼神不測之機。西門慶道。傻狗材。若要人不知。除非已莫為。伯爵道。哥衙門中如今不要王三官兒罷了。西門慶道。誰要他做甚麼。當初幹事的。打上事件。我就把王三官。祝麻子。老孫。并李桂兒。秦玉芝名字多抹了。只來打拿幾個光棍。伯爵道。他如今怎的還纏。西門慶道。我寔和你說罷。他指稱嚇詐他幾兩銀子。不想剛纔親上門來拜見。與我磕了頭。陪了不是。我還差人把那幾個光棍拿了。要枷號他。衆人再三哀告。說再不敢上門纏他了。王三官。一口一聲稱呼我是老伯。拿了五十兩禮帖兒。我不受他的。他到明日。還要請我家中知謝我去。伯爵失驚道。真個他來。大哥陪不是來了西門慶道我莫不哄你因喚王經拿王三官拜帖兒與應二爹瞧那王經向房子裡取出拜帖上面寫着晚生王寀頓首百拜伯爵見了口中只是極口称賛哥的所筭神妙不測西門慶分付伯爵你若看見他每只說我不知道伯爵道我曉得機不可泄我怎肯和他說坐了一回吃了茶伯爵道哥我去罷只怕一時老孫和祝麻子摸將來只說我沒到這裡西門慶道他就來我也不出來見他只答應不在家一面吽將門上人來都分付了但是他二人只答應不在西門慶從此不與李桂姐上門走動家中擺酒也不吽李銘唱曲就疎淡了正是昨夜浣花溪上雨綠楊芳草爲何人有詩爲証

誰道天台訪玉眞　三山不見海沉沉

侯門一入深如海　從此蕭郎是路人

畢竟未知後來如何。且聽下回分解。

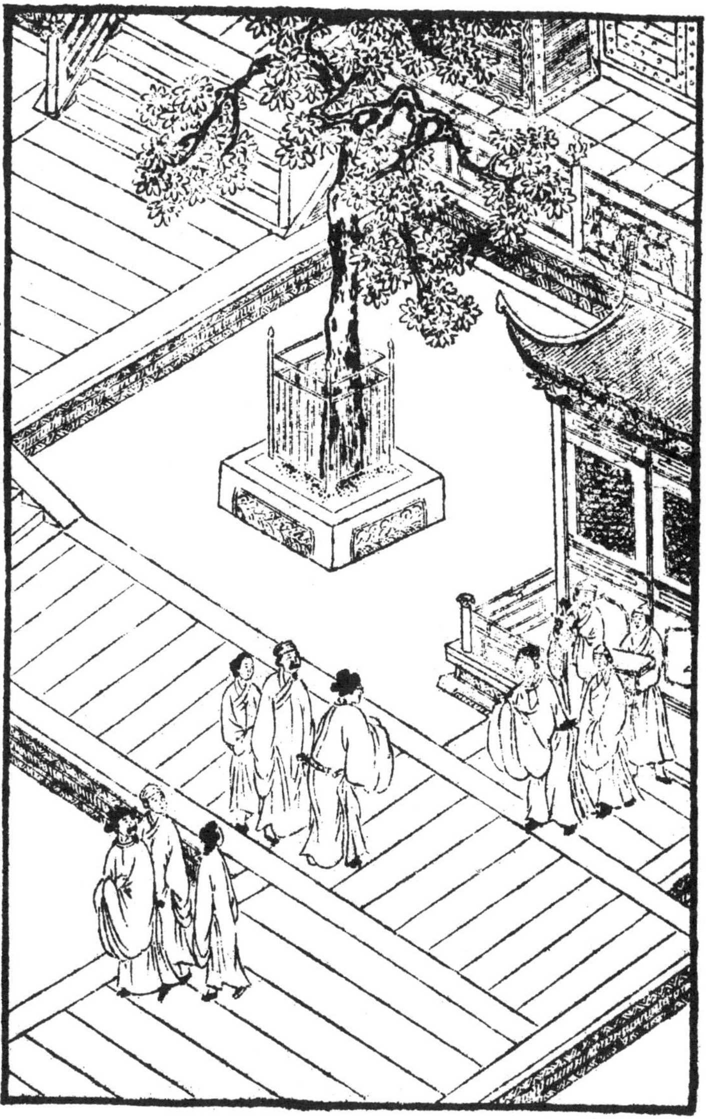

金瓶梅

第七十回 老太監朝房邀酌

兩提刑樞府庭參

第七十回

西門慶工完陞級　羣寮庭參朱太尉

昨夜西風鼓角喧　曉來階凍怯寒氊
茫茫一片渾無地　浩浩四方俱月天
綺壁淒涼宜未守　霸陵豪傑且停鞭
陽春有脚恩如海　願借餘溫到客邊

話說西門慶自此與李桂姐斷絕不題。却說走差人到懐慶府。林千户處。打聽消息。林千户將陞官邸報。封付與來人。又賞了五錢銀子。連夜來遞與提刑兩位官府。當廳夏提刑拆開同西門慶先觀本衛。行來考察官員照會其畧曰。

兵部一本尊明旨嚴考覈。以昭勸懲。以光聖治事。先該金吾

衛。提督官校太尉太保。兼太子太保朱題前事。考察禁衛官
員。除堂上官自陳外。其餘兩廂詔獄緝捕。捉察。機[稽]察觀察。典
牧皇畿。內外提刑所指揮千百户。鎮撫等官。各按冊籍祖職
世襲轉陞功陞蔭陞納級等項。各挨次格。從公舉劾甄別賢
否。具題上請。當下該部詳議。黜陟陞調降革等因奉。
聖旨兵部知道。欽此欽遵。抄出到科按行到部。看得太尉朱。題
前事。遵奉舊例。委的本官殫力致忠。公于考覈。委所同并內
外屬官。各據冊籍博恊輿論。甄別賢否。皆出聞見之實。而無
偏執之私。足見本官仰扳天顏之咫尺。而存體國之忠謀也。
分別等第獎勵。淑慝井井有條。足以勵人心。而孚公議。[illegible]
臣等再㕘。但恩威賞罰。出自朝廷。合候命下之日。一体照例

施行等因。庶考覈明。而人心服。冒濫革。而官箴肅矣。奉欽此
欽依擬行。
内開山東提刑所。正千戶夏延齡。資望既久。才練老成。昔視
典牧。而坊隅安靜。今理齊刑。而綽有政聲。宜加獎勵。以冀甄
陞。可備鹵簿之選者也。貼刑副千戶西門慶。才幹有爲。英偉
素著。家稱殷實。而在任不貪。國事克勤。而臺工有績。翌神運
而分毫不索。司法令而齊民果仰。宜加轉正。以掌刑名者也。
懷慶提刑千戶所。正千戶林承勳。年清優學。占籍武科。繼祖
等。抱負不凡。提刑獄。詳明有法。幹濟有法。恭嚴士度。可加薦
獎勵簡任者也。副千戶謝恩。年齒既殘。昔在行。猶有可觀。今
任理刑。罷軟尤甚。可宜罷黜。革任者也。

西門慶看了。他轉正千户掌刑。心中大悅。夏提刑。見他陞指揮
管鹵簿。大半日無言。面容失色。于是又展開工部工完的本。觀
看上面寫道。
工部一本神運屆京。天人胥慶。懇乞天恩俯加優典。以蘇民
困。以廣聖澤事奉。
聖旨。這神運奉迎。大内奠安艮嶽。以承天眷。朕心加悅。你每既
效有勤勞副朕事。玄至意所經過地方。委的小民困苦。着行
撫按衙門。查勘明白行蠲免。今歲田租之半。所毀堪閘。你部
裡差官會同巡按御史。即行修理完日。還差内侍孟昌齡。前
去致祭。蔡京。李邦彥。王煒。鄭居中。高俅輔弼朕躬。直贊内庭。
勳勞茂著。京加太師。邦彥加柱國太子太師。王煒太傅。鄭居

中高俅太保。各賞銀五十兩。四表裡。蔡攸。還蔭一子。爲殿中
監國師林。靈素胡知朕叩宣佑國宣化。遠致神運。北伐虜謀。
實與天通。加封忠孝。伯食祿一千石。賜坐龍衣一襲。肩輿入
內。賜號玉真教。主。加淵澄玄妙廣德眞人。金門羽客。眞達靈
玄妙先生。朱勔黃經。臣督理神運。忠勤可加。勔加太傅兼太
太子太傅。經臣加殿前都太尉。提督御前人。船各蔭一子爲
金吾衛。正千戶。內侍李彥。孟昌齡。賈祥。何沂。藍從熈。着直延
福五位宮近侍各賜蟒衣玉帶。仍蔭弟姪一人。爲副千戶。俱
見任管事。禮部尚書張邦昌。左侍郎兼學士蔡攸。右侍郎白
時中。兵部尚書余深。工部尚書林攄。俱加太子太保。各賞銀
四十兩。彩段二表裡。巡撫兩浙僉都御史。張閣陞工部右侍

郎。巡撫山東都御史侯蒙。陞太常正卿。巡撫兩浙山東監察御史尹大諒。宋喬年。都水司郎中安忱。伍訓。各陞俸一級。賞銀二十兩。祗迎神運。千戶魏承勳。徐相。楊廷珮。司鳳儀。趙友蘭。扶天澤。西門慶。田九皐。等。各陞一級。內侍宋推等。營將王佑等。尚各賞銀十兩。所官薛顯忠等。各賞五兩。校尉昌玉等。

絹二疋。該衙門知道。

夏提刑與西門慶看畢。各散衙回家。後晌時分。有王三官差永定。同文嫂拿着請書盒兒來。內安泥金摺。初十日請西門慶在他府中赴席。少盡謝私之意。西門慶收下。不勝歡喜。以為妻指日在于掌握。不期到初十日晚夕。東京本衛經歷司差人行照會到。曉諭各省提刑官員知悉。火速赴京。赶冬至令節見朝引奏謝恩。毋得違悞。取罪不便。西門慶看了。到次日衙門中會了夏提刑。回手本打發來人回去。不在話下。各人到家。收拾行裝。脩辦贄見禮物。不日約令起程。西門慶使玳安叫了文嫂兒教他回王三官。十一日不得來赴席。如此這般。上京見朝謝恩去也。王三官道。既是老伯有事。待容回來。潔誠具請西門慶。一面叫將賁四分付教他跟了去。與他五兩銀子。家中盤纏。留下春鴻看家。帶了玳安王經。跟隨答應。又問周守備。討了四名巡捕軍人。四匹小馬。打點馱裝暖轎。馬排軍擡扛。夏提刑那邊。夏壽跟隨。兩家有二十餘人跟從。十二日起身。離了清河縣。冬天易晚。晝夜趲行。到了懷西。懷慶府。會林千户。千戸已上東京去了。一路天寒。坐轎。天暖乘馬。朝登紫陌紅塵。夜宿郵亭旅邸。正是意急欵搖青毡幔。心忙牵碎紫絲韁。評話捷說。到了東京。進得萬壽門來。依着西門慶分别。他主意要往相國寺下。夏提刑不肯。堅執要請往他令親崔中書家投下。西門慶不免先具拜帖拜見。正值崔中書在家。即出迎接。至廳叙禮相見。道及寒暄契濶之情。拂去塵土。坐下茶湯已畢。拱手問西門慶尊號。西門慶道。賤號四泉。因問老先生尊號。崔中書道。學生性最愚朴。名閑林下。賤名守愚。拙號遜齋。因說道。舍親龍溪久稱盛德。全仗扶持。同心恊恭。莫此爲厚。西門慶道。不敢。在下常領教誨。今又爲堂尊。受益恒多。可幸可幸。夏提刑道。長官如何這等稱呼。雖有鎡基。不如待時。崔中書道。四泉說的也名分使然。不得不早言畢。彼此笑了。不一時收拾了行李。天晚了。崔中書分付童僕。放卓擺飯。無非是菓酌餚饌之類。不必細說。當日二人在崔中書宿歇。不題。到次日各備禮物拜帖。家人跟隨。早往蔡太師府中叩見。那日太師在內閣還未出來。府前官吏人等。如蜂屯蟻聚遶擠匝不開。西門慶與夏提刑。與了門上官吏兩包銀子。拿揭帖禀進去。翟晉家見了。即出來相見。讓他到外邊私宅。先是夏提刑相見畢。然後西門慶叙禮。彼此道及往還酬答之意。各分賓位坐下。夏提刑先遞上禮帖。兩疋雲鶴金段。兩疋色段。翟晉家的。是十兩銀子。西門慶禮帖上。是一疋大紅絨綵蟒。一疋玄色粧花斗牛補子員領。兩疋京段。另外梯巳進翟晉家。一疋黑綠雲絨。三十兩銀子。翟謙分付左右。把老爺禮都交收進府中去。上簿籍。他只受了西門慶那疋雲絨。將三十兩銀子。連那夏

提刑的十兩銀子。都不受。說道豈有此理。若如此。不見至交親
情。一面令左右放卓兒擺飯。說道今日　聖上奉銀嶽新蓋上
清寶籙宮。奉安牌扁。該老爺主祭。直到午後纔散。到家同李爺
又往鄭皇親家吃酒。只怕親家和龍溪等不的。悮了你每勾當。
遇老爺閒。等我替二位稟。就是一般。西門慶道。蒙親家費心。若
是這等又好了。因問親家那裡住。西門慶就把夏龍溪令親家
下歇說了。不一時。安放卓席端正。就是大盤大碗湯飯點心。一
齊拿上來。都是光祿烹炮美味。極品無加。每人金爵飲酒三杯。
就要告辭起身。翟謙于是欵留。令左右再篩上一杯。西門慶因
問親家。俺每幾時見朝。翟謙道。親家你同不得夏大人。大人如
今京堂官。不在此例。你與本衛新陞的副千戶。何太監姪兒。何

永壽。他便貼刑。你便掌刑。與他作同僚了。他先謝了恩。只等着
你見朝引奏畢。一同好領劄付。你凡事只會他去。夏提刑聽了。
一聲兒不言語。西門慶道。請問親家。你曉的我還等冬冬至郊天
畢回來見朝。如何。翟謙道。親家你等不的冬冬至　聖上郊天回
來。那日天下官員上表朝賀畢。還要排慶成宴。你每原等的。不
如你今日先鴻臚寺報了名。明日早朝謝了恩。直到那日堂上
官引奏畢。領劄付起身就是了。西門慶謝道。蒙親家指教。何以
克當。臨起身。翟謙又拉西門慶到側淨處說話。甚是埋怨。西門
慶說。親家前日我的書去。那等屬了。大凡事謹密。不可使同僚
每知道。親家如何對夏大人說了。教他央了林眞人帖子來。立
逼着朱太尉。太尉來對老爺說。要將他情愿不管鹵簿。仍以指

揮職御在任所。掌刑三年。情况何太監又在內廷。轉央朝廷所寵安妃。劉娘娘的分上便也。傳旨出來。親對太爺和朱太尉說了。要安他姪兒何永壽在山東理刑。兩下人情阻住了。教老爺好不作難。不是我再三在老爺根前維持。回倒了林真人。把親家不撐下去了。慌的西門慶連忙打躬說道。多承親家盛情。我並不曾對一人說。此公何以知之。翟謙道。自古機事不密。則害成。今後親家凡事謹慎些便了。這西門慶千恩萬謝。與夏提刑作辭出門。來到崔中書家。一面差賁四鴻臚寺報了名。次日見朝。青衣冠帶。同夏提刑進內。不想只在午門前謝了恩出來。剛轉過西闕門來。只見一個青衣人。走向前問道。那位是山東提刑西門慶老爹。賁四問道。你是那裡的。那人道。我是內府匠作

監何公公來。請老爹說話。言未畢。只見一個太監。身穿大紅蟒
衣。頭戴三山帽。脚下粉底皂靴。縱御街。定聲叫道西門大人請
了。西門慶遂與夏大人分別。被這太監。用手一把拉在傍邊。一
所直房內。都是明窻亮槅。裡面籠的火暖烘烘的。卓上陳設的
許多卓盒。一面相見。作了揖。慌的西門慶倒身還禮不迭。說道
大人。你不認的我在下。是內府匠作。太監何沂。見在延寧第四
宮端妃馬娘娘位下近侍。昨日內工完了。蒙萬歲爺爺恩典。將
姪男何永壽。陞授金吾衛左所副千戶。見在貴處提刑所。理刑
晉事。與老大人作同僚。西門慶道。原來是何老太監。學生不知。
恕罪恕罪。一面又作揖說道。此禁地不敢行禮。容日到老太監
外宅進拜。于是叙禮畢。讓坐。家人捧茶。金漆硃紅盤。托盞遞上

茶去吃了。茶畢。就揭卓盒盖兒。卓上許多湯飯餚品。拿盞筯兒
來安下。何太監道。不消小杯了。我曉的大人朝下來。天氣寒冷。
拿個小盞來。沒甚麼餚饌。賫大人。且吃個頭腦兒罷。西門慶道。
不敢當擾。何太監于是滿斟上一大杯。遞與西門慶。門慶道。老
太監承賜。學生領下。只是出去還要見官拜部。若吃得面紅。不
成道理。何太監道。吃兩盞兒。盪寒。何害。因說道。舍姪兒年幼。不
知刑名。望乞大人看我面上。同僚之間。凡事教導他教導。西門
慶道。豈敢老太監勿得太謙。令姪長官雖是年幼。居氣養體。自
然福至心靈。何太監道。大人好道。常言學到老。不會到老。天下
事如牛毛。孔夫子也識得一腿。恐有不知到處。大人好歹說與
他。西門慶道。學生謹領。因問老太監外宅在何處。學生好去奉

拜長官。何太監道。舍下在天漢橋東文華坊雙獅馬台。就是亦
問大人下處在那裡。我教做官的先去叩拜。西門慶道。學生暫
借崔中書家下。彼此問了住處。西門慶吃了一大杯就起身。何
太監送出門。拱着手說道。適間所言大人凡事看顧看顧。他還
等着你會同一答兒。引奏當堂上作主進了禮。好領劄付。西門
慶道。老太監不消分付。學生知道。于是出朝門。又到兵部。又遇
見了夏提刑。同拜了部官來。比及到本衛叅見朱太尉。遞履歷
手本。繳劄付。又拜經歷司。并本所官員。巳是申刻時分。夏提刑
改換指揮服色。另具手本。叅見了朱太尉。免行跪禮。擇日南衙
到任。劄出衙門。西門慶還等着。遂不敢與他同行。讓他先上馬。
夏延齡那裡肯。定要同行。西門慶趕着他呼堂尊。夏指揮道。四

泉你我同僚在先爲何如此稱呼西門慶道名分已定自然之道何故太謙因問堂尊高陞美任不還山東去了寶眷幾時搬取夏延齡道欲待搬來那邊房舍無人看守如今且在舍親這邊權住直待過年差人取家小罷了日逐望長官早晚家中看顧一二房子若有人要就央長官替我打發自當感謝西門慶道學生謹領請問府上那房價值若干夏延齡道舍下此房原是一千三百兩買的徐内相房子後邊又盖了一層收拾使了二百兩如今賣原價也罷了西門慶道堂尊說與我有人問我好回答麽不悞了夏延齡道只是有累長官費心二人歸到崔宅王經向前禀說新陞何老爹來拜下馬到廳小的回部中還未來家何老爹說多拜上還與夏老爹崔老爹都捘下帖午間

差人送了兩疋金段來宛紅帖兒拿與西門慶看上寫着謹具
段帕二端奉引贄敬寅侍教生何永壽頓首拜西門慶看了連
忙差王經封了兩疋南京五彩獅補員領寫了禮帖吃了飯連
忙往何家回拜去到于廳上何千戶忙整衣迎接出來穿着五
彩粧花玄色雲絨獅補員領烏紗皂履腰繫玳瑁蒙金帶年紀
不上二十歲生的面如傳粉眉目清秀唇若塗朱趨下堦來揖
讓退遜謙恭特甚西門慶陞堦左右忙去掀簾呼喚一聲奔走
後先應諾二人到廳上叙禮西門慶令玳安揭開段盒捧上贄
見之禮拜下去說道適承光顧兼領厚儀所失迎迓今早又蒙
老公公直房賜饌威德不盡何千戶忙頂頭還禮說小弟叨受
微職忝與長官同例早晚得領教益為三生有幸適間進拜不

遇。又承垂愛。蓬華光生。令左右收下去。一面扯公座椅兒。都是麈皮坐褥。分賓主坐下。左右捧上茶來。何千戶躬身捧茶。遞與西門慶。西門慶亦離席交換。吃茶之間。彼此問號。西門慶道。學生賤號四泉。何千戶道。學生賤號天泉。又問長官今日拜畢部堂了。西門慶道。從內裡蒙公公賜酒出來。拜畢部。又到本衙門見堂。纔了劄付。拜了所司。出來見長官尊帖下顧。失迎。不勝惶恐。何千户道。不知長官到。學生拜遲。因問長官今日與夏公都見朝來。西門慶道。龍溪今已陞了指揮直駕。今日都見朝謝恩。在一處。只到衙門見堂之時。他另具手本叅見。問畢。何千戶道。今日與長官計議了。咱每幾時與本主老爹見禮領劄付。西門慶道。依着舍親說。咱每先在衛主宅中進了禮。然後大朝引奏。還在本衙門到堂同衆領劄付。何千户道。既是長官如此說。咱每明日早備禮進了罷。于是都會下各人禮數。何千戶是兩疋蟒衣。一東玉帶。西門慶是一疋大紅麒麟金段。一疋青絨蟒衣。一柄金廂玉絛環。各金華酒四罈。明早在朱太尉宅前取齊。約會已定。茶湯兩换。西門慶告辭而回。並不與夏延齡題此事。一宿晚景題過。到次日早到何千户家。何千戶又是預備飯食頭腦小席。大盤大碗。齊齊整整。連手下人飽飡一頓。然後同往太尉宅門前來。賁四同何家人。又早押着禮物伺候已久。那時正值朱太尉新加太保。徽宗天子又差遣往南壇視牲未回。各家餽送賀禮伺候。叅見官吏人等。黑壓壓在門首。等的鐵桶相似。何千户下了馬。在左近一相識家坐的。差人打聽。老爺道午晌就來

通報。一等等到午後時分。忽見一人飛馬而來。傳報道。老爺視
牲回來。進南薰門了。分付閒雜人打開。不一時騎報回來。傳老
爺過天漢橋了。頭一厨後跟隨茶盒攢盒到了。半日纔遠遠牌
兒馬到了。衆官都頭帶勇字鎖鐵盔。身穿摟漆紫花甲。青紵絲
團花窄袖衲襖。紅綃裹肚。綠麾皮挑線海獸戰裙。脚下四縫着
腿黑靴。弓彎雀畫箭插雕翎。金袋肩上。横担銷金令字藍旗。端
的人如猛虎。馬賽飛龍。須臾一對藍旗過來。夾着一對青衣節
級上。一個個長長大大搊搊搜搜。頭帶黑青巾。身穿皂直裰。脚
上乾黃皮底靴。腰間懸繫虎頭牌。騎在馬上。端的威風凜凜。相
貌堂堂。須臾三隊牌兒馬過畢。只聞一片喝聲傳來。那傳道者
都是金吾衛士。直塲排軍。身長七尺。腰濶三停。人人青巾桶帽。

個個腿纏黑靴左手執着藤棍右手潑步撩衣長聲道了一聲喝道而來下路端的諕魄消魂陡然市衢澄靜頭道過畢又是二道摔手摔手過後兩邊雁翎排列二十名青衣緝捕皆身腰長大都是寬腰大肚之輩金眼黃鬚之徒個個貪殘類虎人人那有慈悲十對青衣後面轎是八擡八簇肩輿明轎轎上坐着朱太尉頭戴烏紗身穿猩紅斗牛絨袍腰横四指荊山白玉玲瓏帶腳靸皂靴腰懸太保牙牌黃金魚鑰頭帶貂蟬腳登虎皮踏擡那轎的離地約有三尺高前面一邊二個相抱角帶身穿青紵絲家人跟着轎後又是一斑兒六面牌兒馬六面令字旗緊緊圍護以聽號令後約有數十人都騎着寶鞍駿馬玉勒金轡都是官家親隨掌案書辦書吏人等都出于袴膋時話驕自

巳好色貪財。那曉王章國法。登時一隊隊都到宅門首。一字兒擺下。喝的人靜迴避。無一人聲嗽。那來見的官吏人等。黑壓壓一羣。跪在街前。良久太尉轎到根前。左右喝聲起來。伺候那衆人。一齊應諾。誠然聲震雲霄。只聽東邊鼕鼕鼓來响動。原來本尉八員太尉。堂官見太尉。新加光祿大夫太保。又蔭一子爲千户。都各備大禮在此。治具酒筵來此慶賀。故此有許多教坊伶官。在此動樂。太尉纔下轎。樂就止了。各項官吏人等。預備進見。忽然一聲道子响。一青衣承差。手拿兩個紅拜帖。飛走而來。遞與門上人。說。禮部張爺。與學士蔡大爺來拜。連忙稟報進去。須臾轎在門首。尚書張邦呂。與侍郎蔡攸。都是紅吉服孔雀補子。一個犀帶。一個金帶。進去拜畢。待茶畢。送出來。又是吏部尚書王祖道與左侍郎韓侶。右侍郎尹京。也來拜朱太尉。都待茶送了。又是皇親喜國公。樞密使鄭居中。駙馬掌宗人府王晉卿。都是紫花玉帶來拜。惟鄭居中坐轎。這兩個都騎馬送出去。方是本衙堂上六員太尉到了。呵殿宣儀。行仗羅列。頭一位是提督管兩廂捉察使孫榮。第二位管機察梁應龍。第三管內外觀察典牧皇畿。童太尉姪兒童天胤。第四提督京城十三門。巡察使第五管京營衛緝察皇城使竇監。第六督管京城內外巡捕使陳宗善。都穿大紅。頭帶貂蟬。惟孫榮是太子太保玉帶。餘者都是金帶。下馬進去。各家都有金幣尺頭禮物。少頃裡面樂聲響動。衆太尉插金花。拿玉帶。與朱太尉把盞遞酒。堦下一派簫韶盈耳。兩行絲竹和鳴。端的食前方丈。花簇錦筵。怎見得太尉的

富貴但見

官居一品。位列三台。赫赫公堂。晝長鈴索靜。潭潭相府。漏定戟棱齊。林花散彩賽長春。簾影垂虹光不夜。芬芬馥馥。獺髓新調百和香。隱隱層層。龍紋大篆千金鼎。貪擁半牀翡翠。枕歌八寶珊瑚。時聞浪珮玉叮咚。特看傳燈金錯落。虎符玉節。門庭甲仗生寒。象板銀箏。磈礧排場熱鬧。終朝謁見。無非公子王孫。逐歲追遊。盡是侯門戚里。雪兒歌發。驚聞麗曲三千。雲母屏開。忽見金釵十二。鋪荷芰。遊魚沼內不驚人。高挂籠嬌鳥簾前能對語。那裡解調和燮理。一味趨諂逢迎。端的笑談起干戈。吹嘘驚海岳。假言令八位大臣拱手。巧辭使九重天子點頭。督擇花石。江南淮北盡灾殃。進獻黃楊。國庫民財皆匱竭。當朝無不心寒。列士爲之屏息。正是輦下權豪第一。

人間富貴無雙。

須臾遞畢。安席坐下。一班兒五個俳優。朝上箏纂琵琶。方响笙篌。紅牙象板。唱了一套。正宮端正好。端的餘音遶梁。聲清韻美。

唱道。

享富貴。受皇恩。起寒賤。居高位。秉權衡威振京畿。惟君恃寵。

把君王媚全不想存仁義。

滾綉毬　起官夫造水池。與兒孫。買田基。圖求謀。多只爲一身之計。縱奸貪。那裡管越瘦吳肥。趨附的身即榮。觸忤的令必危。妬量才喜親小輩。只想着復私仇。公道全虧。你將九重天子深瞞昧。致四海生民總亂離。更不道天網恢恢

倘秀才　巧言詞取君王一時笑喜。那裡肯效忠良使萬國雍熙。你只待顛倒豪傑把世迷。隔靴空庠搔。久症却行醫。滅絕了天理。

滾綉毬　你有秦趙高指鹿心屠岸賈縱犬機待學漢王莽。不臣之意。欺君的董卓燃臍。但行動絃管。隨出門時兵仗圍。入朝中百官悚畏。仗一人假虎張威。望塵有客趨奸黨。借劍無人斬腰賊。一任的忒狂爲

尾聲　金甌底下無名姓。青史編中有是非。你那知燮理陰陽。調兒氣。那知盜賣江山結外夷。枉辱了玉帶金魚挂蟒衣。受祿無功愧寢食。權方在手人皆懼。禍到臨頭悔後遲。南山竹罄難書罪。東海波乾臭未遺。萬古流傳。教人唾罵你。

當時酒進三巡。歌吟一套。六員太尉起身。朱太尉親送出來。回到廳。樂聲暫止。管家稟事。各處官員進見朱太尉。令左右擡公案。就在當廳。一張虎皮校椅上坐下。分付出來。先令各勳戚中貴仕宦家人吏書人等。送禮的進去。須臾打發出來。纔是本衛紀事。南北衙兩廂五所七司。提察議察觀察巡察。典牧直駕。提牢指揮千百戶等官。各有首領。具手本呈遞。然後纔傳出來。叫兩淮兩浙。山東山西。關東關西。河東河北。福建廣南。四川十三省提刑官。挨次進見。西門慶。與何千戶在第五起。上擡進禮物去。管家又早將何太監拜帖。鋪在書案上。二人立在堦下。等上邊叫名字。這西門慶擡頭。見正面五間皆廠廳。歌山轉角滴水重簷。珠簾高捲。上週圍都是綠欄杆。上面朱紅牌扁。懸着徽宗皇帝御筆。欽賜。執金吾堂。斗大小四個金字。乃是官家耳目牙爪所家緝訪密之所。常人到此者處斬。兩邊六間廂房。堦墀寬廣。院宇深沉。朱太尉身着大紅。在上面坐着。須臾叫到根前。二人應諾陞堦。到滴水簷前。躬身參謁。四拜一跪。聽發放。朱太尉道。那兩員千戶。怎的又叫你家太監送禮來。令左右收了。分付在地方謹慎做官。我這裡自有公道。伺候大朝引奏畢。來衙門中。領劄赴任。二人齊聲應諾。左右喝起去。由左角門出來。剛出大門來。尋見賁四等。擡担出來。正要走。忽聽一人飛馬報來。拿宛紅拜帖。來報說道王爺高爺來了。西門慶與何千戶閃在人家門裡觀看。須臾軍牢喝道。人馬圍隨塡街塞巷。只見總督京營八十萬禁軍隴西公王燁。同提督神策御林軍總兵官。太尉高俅俱大紅玉帶。坐轎而至。那各省參見官員。都一湧出來。又不得見了。西門慶與何千戶。良久等了賁四盒担出來。到于僻處。呼跟隨人拉過馬來。二人方纔騎上馬回寓。正是不因奸佞居台鼎。那得中原血染衣。看官聽說。妾婦索家。小人亂國。自然之道。識者以爲將來。數賊必覆天下。果到宣和三年。徽欽北狩。高宗南遷。而天下爲虜。有可深痛哉。史官意不盡。有詩爲証。

權姦誤國禍機深　開國承家戒小人
六賊深誅何足道　柰何二聖遠蒙塵

畢竟未知後來如何。且聽下回分解。

第七十一回　李瓶兒何家托夢

金瓶梅

朱太尉引奏朝儀

新刻金瓶梅詞話卷之八

第七十一回

李瓶兒何千戸家托夢　提刑官引奏朝儀

整時罷鼓膝間琴　閒把遺篇閱古今
常嘆賢君務勤儉　深悲庸主事荒淫
治平端自親賢恪　稔亂無非近佞臣
說破興亡多少事　高山流水有知音

話說西門慶同何千戸回來。走到大街。何千戸先差人去回何太監話去了。一面邀請西門慶。到家一飯。西門慶再三固辭。何千戸手下把馬嚼拉住說道學生還有一事與長官商議。于是並馬相行。到宅前下馬。責四同撞盒逕往崔中書家去了。原來何千戶盛陳酒筵。在家等候。進入廳上。但見屏開孔雀。褥隱芙蓉。獸炭焚燒。金爐香靄。正中獨獨設一席。下邊一席相陪。傍邊東首。又設一席。皆盤堆異菓。花插金瓶。卓椅鮮明。幃屏齊整。西門慶問道。長官今日筵何客。何千戶道。家公公今日下班。敢與長官叙一中飯。西門慶道。長官這等費心。盛設待學生。就不是同僚之情。何千戶笑道。倒是家公公主意。治此粗酌。屈尊請教。一面看茶吃了。西門慶請老公公拜見。何千戶道。家公公便出來。不一時何太監從後邊出來。穿着綠絨蟒衣。冠帽皂靴。寶石縧環。西門慶展拜四拜。請公公受禮。何太監不肯。說道使不的。西門慶道。學生與天泉同寅晚輩。老公公齒德俱尊。又係中貴。自然該受禮。講了半日。何太監受了半禮。讓西門慶上面。他主席相陪。何千戶傍坐西門慶道。老公公。這個斷然使不的。同僚之間。豈可傍坐。老公公叔姪便罷了。學生使不的。何太監大喜道。大人甚是知禮。罷罷。我閣老位兒傍坐罷。教做官的陪大人主席就是了。西門慶道。這等學生坐的也安。于是各叙禮坐下。何太監道。小的兒們。再燒好炭來。今日天氣寒冷些。須臾左右火池火叉。拿上一包暖閣水磨細炭。向中間四方黃銅火盆內只一倒。厅前放下油紙暖簾來。日光掩映。十分明亮。何老太監道。大人請寬了盛服罷。西門慶道。學生裡邊沒穿甚麼衣服。使小价下處取來。何太監道。不消取去。令左右接了衣服。拿我穿的飛魚綠絨氅衣來。與大人披上。西門慶笑道。老公公職事之服。學生何以穿得。何太監道。大人只顧穿。怕怎的。昨日萬歲賜了我蟒衣我也不穿他了就送了大人遮衣服兒罷不一時左右取上來西門慶揑了帶令玳安接去員領披上氅衣作揖謝了又請何千戶也寬去上盖陪坐又拿上一道茶來吃了何太監道呌小廝們來原來家中教了十二名吹打的小厮兩個師範領着上來磕頭何太監分付擡出銅鑼銅鼓放在廳前一面吹打動起樂來端的聲震雲霄韻驚魚鳥然後左右伺後酒筵上坐何太監親自把盞西門慶慌道老公公請尊便有長官代勞只安放鍾筯兒就是一般何太監道我與大人遞一鍾兒我家做官的初入芦葦不知深淺望乞大人凡事扶持一二就是情了西門慶道老公公說那裡話常言同僚三世親學生亦托賴老公公餘光豈不同力相助何太監道好說好說共同王事

彼此扶持。西門慶也沒等他遞酒。只接了杯兒領到席上。隨卽
回奉一杯。安在何千户并何太監席上。彼此告揖過坐下。吹打
畢。三個小厮。連師範在筵前。銀箏象板。三絃琵琶。唱了一套。正
宮端正好
水晶宮。鮫綃帳。光射水晶宮。冷透鮫綃帳。夜深沉。睡不穩龍
牀。離金門私出天街上。正風雪空中降
滚綉毬　似紛紛蝶翅飛。如漫漫柳絮狂。舞氷花。旋風兒飄蕩。
踐跕脚步兒匆忙。將白襴兩袖遮。把烏紗小帽蕩。猛回頭鳳
樓凝望。全不見碧琉璃瓦甃鴛鴦。一霎時。九重殿如銀砌。半
合見萬里乾坤似玉粧。恰便是粉甸滿封疆
倘秀才　我只見鐵桶般重門閉。我將這銅獸面雙環扣響。敲

門的。我是萬歲山前趙大郎。堂中無客伴。燈下看文章。特來
聽講
呆骨朶　衝寒風。冒凍雪。來相望。有些個機密事。緊要商量。忙
怎麼。了事公人免禮。咱招賢宰相這的鼎鼐三公府。那裡也
剃頭髮唐三藏。這坐席間聽講書。你休來耳邊廂叫點湯
倘秀才　朕不學漢高皇身居未央。朕不學唐天子。停眠在晉
陽。常則是翠被生寒金鳳凰。有心傳說無夢到高唐。這的是
爲君的勾當
滚繡毬　雖然與四海爲一人。必索要正三綱。謹五常。朕的年
廣學鎗棒。恨則恨未曾到孔子門墻。尚書是幾篇。毛詩共幾
章。講禮記始知謙讓。論春秋可鑑興亡。朕待學禹湯文武宗

堯舜卿。可及房杜蕭曹並漢唐。則要你燮理陰陽
倘秀才　卿道是用論語。治朝廷有方。却原來這半部運山河
在掌。聖道如天不可量。談經臨絳帳。索強如鬧宴出紅粧。聽
說罷神清氣爽
滚繡毬　銀臺上華燭明。金爐內寶篆香。不當煩教老兄。自斟
佳醸。又何須嫂嫂親捧着霞觴。卿道是糟糠妻不下堂。朕須
想貧賤交不可忘。常言道表壯不如里壯。妻若賢。夫免災殃
朕將卿如太甲逢伊尹。卿得嫂壯呵。恰便是梁鴻配孟光。則
願你福壽綿長
倘秀才　但歌息呵。論前王後王。恰合眼。慮興邦喪邦。因此上
曉夜無眠想萬方。雖不是歡娛嫌夜短。遭難道寂寞恨更長。

憂愁事幾庄

滚綉毬 憂則憂當站的身無挂體。憂則憂家無隔宿粮。憂則憂甘貧的晝眠深巷。憂則憂讀書的夜寐寒窓。憂則憂嘆寒妻怨夫啼。憂則憂駕車的。恁時分萬里行商。憂則憂行船的一江風浪。憂則憂饑子呼娘。憂則憂是布衣賢士無活計。憂則憂鐵甲忙披守戰場。題將來感嘆悲傷

倘秀才 憂的是百姓苦。向御榻心勞意攘。害的是不小可。教寡人眠思夢想。太原府劉素拒北方。我只待暫離丹鳳闕親擁碧油幢。先取那河東的上黨

滚綉毬 卿道是錢王共李王。劉鋹與孟杲。他每多無仁政。着萬民失翼。行霸道百姓遭殃。差何人鎮守西。命何人定兩廣。

取吳越必須名將。下江南直用忠良。要定奪展江山。白玉擎
天柱。索用恁極宇宙。黃金駕海梁。仔細端詳
脫布衫　取金陵飛渡長江。到錢塘平定他鄉。西川休辭棧惡。
南蠻地莫愁烟瘴
醉太平　陣衝開虎狠。身胄着風霜。用六韜三畧定邊疆。把元
戎印掌。則要你人披鐵甲添雄壯。馬搖玉勒難遮當。鞭敲金
鐙响叮噹。早班師汴梁
一煞　有那等順天心。達天理。去邪歸正有疎放。有那等霸王
業。抗王師。揚威盡滅亡。休擄掠民財。休傷殘民命。休淫污民
妻。休燒毀民房。恤軍馬施仁立法。賞錢粮定賞罰。保城他討
逆招安。沿路上安民挂榜。從賑濟任開倉

星聲　朕專待正衣冠。尊相貌。就淩烟圖畫你那功臣像。卿慕
賓。立金石銘鍾鼎。向青史標題姓字香。能用兵善爲將。有心
機有膽量。仰瞻天文筭星象。俯察山川变形狀。决戰方將九
地量。晝戟須將旗幟張。夜戰須將火鼓揚。步戰屯雲護軍帳
水戰隨風使帆槳。奇正相生兵最強。仁勇之行勇怎當。耳聽
將軍定這廂。坐擬元戎取那廂。飛奏邊庭進表章。齊賀昇平
回帝鄉。比及你列土分茅拜卿相。先將你各部下的軍卒。重
重的賞

唱了一套下去。酒過數巡。食割兩道。看看天晚。秉上燈來。西門
慶喚玳安。拿賞賜與厨役。并吹打各色人役。就要起身。回說學
生不當。厚擾一日了。就此告回。那公公那裡肯放。說道我今日

正是下班要與大人請教。有甚大酒席。只是清坐而已。教大人受餓。西門慶道。承老公公。賜這等太美饌。如何反言受餓。學生回去。歇息歇息。明早還與天泉。叅謁叅謁兵科。好領劄付挂號。何太監道。既是如此。大人何必又回下處。就在我這裡歇了罷。明日好與我家做官的幹事。敢問如今下處在那裡。西門慶道。學生就暫借敝同僚。夏龍溪令親。崔中書宅中權寓。行李都在那邊。何太監道。這等也不難。大人何不令人把行李搬過來。我家任兩日何如。我這後園兒裡。有幾間小房兒。甚是僻淨。就早晚和做官的理會些公事兒也方便些兒。強如在人家。這個就是一家。西門慶道。在這裡也罷了。只是使夏公見怪的。學生疎他一般。何太監道。沒的說。如今時年。早晨不做官。晚夕不唱喏。

衙門是恁偶戲衙門。雖故當初與他同僚。今日前官已去。後官接管承行。與他就無干。怎生這等說他。就是個不知道理的人了。今日我定然要和大人坐一夜。不放大人去。喚左右下邊房裡快放卓兒。管待你西老爹大官兒飯酒。我家差幾個人跟他即時把行李都搬來了。分付打發後花園西院乾淨。預備鋪陳。炕中籠下炭火。堂上一呼。堦下百諾。答應下去了。西門慶道。老公公盛情。只是學生得罪了。何太監道。沒的扯淡哩。他既出了衙門。不在其位。不謀其政。他管他那裡鑾駕庫的事。管不的咱提刑所的事了。難怪于你。不由分說。就打發玳安并馬上人吃了酒飯。差了幾名軍牢。各拿繩扛逕往崔中書家搬取行李去了。何太監道。又一件相煩大人。我家做官的若是到任所。還望

大人那裡替他看所宅舍兒。然後好搬取家小。今先教他同夫
人去。待尋下宅子。然後打發家小起身。也不多。連幾房家人。也
有二三十口。西門慶道。天泉去了。老公公這宅子誰人看守。何
太監道。我兩個名下官見。第二個姪兒何永福。見在庄子上。叫
他來住了罷。西門慶道。老公公分付要看多少銀子宅舍。何太
監道。也得千金出外銀子的房兒繞勾住。西門慶道。敝同僚夏
龍溪。他京任不去了。他一所房子。倒要打發。老公公何不要了
與天泉住。一舉兩得其便甚好。門面七間。到底五層。儀門進去
大廳兩邊廂房鹿角頂。後邊住房花亭周圍群房也有許多街
道又寬濶。只好天泉住。何太監道。他要許多價值兒。西門慶道。
他對我說來。原是一千三百兩。又後邊添盖了一層半房。收拾

了一處花亭。老公公若要。隨公公與他多少罷了。何太監道我乃托大人。隨大人主張就是了。趂今日我在家。差個人和他說去。討他那原文書我瞧瞧。難得尋下這房舍兒。我家做官的去到那里就有個歸着了。不一時只見玳安同衆人搬了行李來回話。西門慶問賁四黃經來了不曾。玳安道黃經同押了衣箱行李先來了。還有轎子又叫賁四在那裡看守着。西門慶因附耳低言。如此如此。這般這般。分付拿我帖兒上覆夏老爹。借過那裡房子的原契來與何公公要瞧瞧。就同賁四一答兒來。這玳安應的去了。不一時賁四青衣小帽。同玳安前來。拿文書回西慶說。夏老爹多上覆。既是何公公要。怎好說價錢。原文書都拿的來了。又收拾添盖。使費了許多。隨爹主張了罷。西門慶把原契遞與何太監親看了一遍。見上面寫着一千二百兩。說道：這房兒想必也住了幾年。裡面未免有些糟爛。也別要說收拾。大人面上。我家做官的既治産業。還與他原價。那賁四連忙跪下說：何爺說的。自古使的憨錢治的庄田。千年房舍換百主。一番拆洗一番新。把這何太監聽了。喜歡的要不的。便道：你是那裡的。此人倒會說話兒。常言成大者不惜小費。其實說的是。他叫甚麽名字。西門慶道：此是舍下夥計。名喚賁四。何太監道：也罷。没個中人。你就做個中人。兒替我討了文契來。今日是個上官好日期。就把銀子兌與他罷。西門慶道：如今晚了。待的明日也罷了。何太監道：到五更我早進去。明日大朝。今日不如先交與他銀子。就了事而已。西門慶問道：明日甚時駕出。何太監道：

午時駕出到壇。三更鼓祭了。寅正一刻。就回到宮裡擺了膳。就出來設朝。陞大殿。又朝賀。天下諸司都上表拜冬。次日文武百官吃慶成宴。你每是外任官。大朝引奏過。就沒你每事了。說畢。何太監分付何千户進後邊。連忙打點出二十四定大元寶來。用食盒擡着。差了兩個家人同賁四玳安押送到崔中書家交割。夏公見擡了銀子來。滿心歡喜。隨即親手寫了文契付與賁四等。拿來遞與何太監。不勝歡喜。賞了賁四四十兩銀子。玳安王經每人三兩。西門慶道。小孩子家不當與他。何太監道。胡亂與他買嘴兒吃。三人磕了頭謝了。何大監分付管待酒飯。又向西門慶唱了兩個喏。全於大人餘光。西門慶道。豈有此理。還是看老公公金面。何大監道。還望大人對他說說。早把房兒騰出來。

這裡好打發家小起身。西門慶道。學生已定與他說。教他早騰。
何長官這一去。且在衙門公廨中權住幾日。待他家小搬取京
收拾了這裡。長官家小起是不遲。何太監道。收拾直待過年罷
了。先打發家小去纔好。十分在衙門中也不方便。說話之間。已
有二更天氣。說道老公公請安置罷。學生亦不勝酒力了。何太
監方作辭。歸後邊暖房內請歇去了。何千戶教家樂彈唱。還與
西門慶投壺吃了一回。方纔起身歸至後園。正北三間書院。四
面都是粉墻。臺榭湖山。盆景花木。房內絳燭高燒。叠席牀帳。錦
幔倭金屏護。琴書几席清幽。翠簾低挂。鋪陳整齊。爐上茶煮寶
瓶。篆內香焚麝餅。何千戶又陪西門慶叙話。良久小童看茶吃
了。方道安置。起身歸後邊去了。西門慶向了回火。方纔摘去冠

帽。解衣就寢。黃經玳安打發脫了靴襪。合了燈燭。自往下邊暖
炕被窩歇去了。這西門慶有酒的人。睡在枕畔。見都是綾錦被
褥。貂鼠綉帳火箱。泥金暖閣牀。在被窩裡。見滿窓月色。番來覆
去睡不着。良久只聞夜漏沉沉。花陰寂寂。寒風吹得那窓紙有
聲。况離家已久欲待要呼王經進來陪他睡。忽然聽得窓外有
婦人語聲甚低。即披衣下牀。靸着鞋襪。悄悄啟戶視之。只見李
瓶兒。霧鬢雲鬟。淡粧麗雅。素白舊衫籠雪體。淡黃軟軟襪襯弓
鞋。輕移蓮步。立于月下。西門慶一見。挽之入室。相抱而哭。說道
冤家。你如何在這裡。李瓶兒道。奴尋訪至此。對你說。我已尋了
房兒了。今特來見你一面。早晚便搬取去也。西門慶忙問道。你房
兒在于何處。李瓶兒道。咫尺不遠。出此大街。迤東造釜巷中間

便是言訖西門慶共他相偎相抱上牀雲雨不勝美快之極已而整衣扶髻徘徊不捨李瓶兒叮嚀囑付西門慶我的哥哥切記休貪夜飲早早回家那厮不時伺害于你千萬勿忘言是必記于心者言訖撒手而別挽西門慶相送到家走出大街見月色如書果然往東轉過牌坊到一小巷旋踵見一座雙扇白板門指道此奴之家也言畢頓袖而入西門慶急向前拉之恍然驚覺乃是南柯一夢但見月影横窻花枝倒影矣西門慶向褥底摸了摸見精流滿席餘香在被殘唾猶甜追悼莫及悲不自勝正是世間好物不堅牢彩雲易散琉璃脆有詩爲証

玉宇微茫霜滿襟　疎窻淡月夢魂驚
淒凉睡到無聊處　恨殺寒鷄不肯鳴

西門慶番來覆去盼鷄叫。巴不得天亮。比及天亮。又睡着了。次日清辰。何千戶家童僕起來。伺候拿洗面湯手巾。王經玳安打發西門慶梳洗畢。何千戶又早出來陪侍吃了姜茶。放卓兒請吃粥。西門慶問老公公怎的不見。何千戶道。家公公從五更鼓進內去了。須臾拿上粥。圍着火盆。四碟齊整小菜。四大碗熬爛下飯。吃了粥。又拿上一盞肉員子。餛飩鷄蛋頭腦湯。金匙銀廂雕漆茶鍾。一面吃着。分付出來伺候備馬。何千戶與西門慶冠冕。僕從跟隨。早進內參見兵科出來。何千戶便分路來家。西門慶又到相國寺拜智雲長老。長老又留擺齋。西門慶只吃了一個點心。餘者收下來。與手下人吃了。玳安氊包內拿着金段。從東街穿過來。要往崔中書家拜夏龍溪去。因從造府巷所過。中間果見有雙扇白板門。與夢中所見一般。悄悄使玳安問隔壁賣豆腐老姬。此家姓甚名誰。老姬答道。乃袁指揮家也。西門慶于是不勝嘆異。到了崔中書家。夏公纔出馬拜人去。見西門慶到。令左右把馬牽過。迎西門慶至廳上。拜揖敘禮。西門慶令玳安拿上賀禮。青織金綾紵一端。色段一端。夏公道。學生還不曾拜賀長官。到承長官先事（賜）。昨者小房又煩費心。感謝不盡。西門慶道。何太監央學生看房一節。我因堂尊分付。就說此房來。何公到好。就估着要。學生無不作成。討了房契去看了。一口就還了原價。是內臣性兒。立馬蓋橋。就成了。還是堂尊大福。說畢。呵呵笑了。夏公道。何天泉我也還未回拜他。因問他此去與長官同行罷了。西門慶道。他已會定同學生一路去。家小還且待後。

昨日他老公公多致意。煩堂尊早些把房兒騰出來。搬取家眷。他如今且權在衙門裡住幾日罷了。夏公道學生也不肯久稽。待這裡尋了房兒。就使人搬取家小。也只待出月罷了。說畢。西門慶起身。又留了個拜帖與崔中書。夏公便道。要留長官坐坐。爭奈在于客中。彼此情誼。送出上馬。歸至何千戶家。何千戶又早伺候午飯等候。西門慶悉把拜夏公之事。說了一遍。騰房已在出月。搬取家小。何千戶大喜。謝道足見長官盛情。吃畢飯。二人正在廳上着棋。忽左右來報。府裡翟爹那裡差人送下程來了。抓尋到崔老爹那裡。崔老爹使他來這裡來了。于是拿帖來見。紅帖兒上寫着謹具金段一端。雲紵一端。鮮猪一口。北羊一腔。內酒二罈。點心二盒。眷生翟謙頓首拜。西門慶見來人說進

又蒙翟大爹費心。一面收了禮物。寫回帖賞來人二兩銀子。擡
盒人五錢。說道客中不便。有褻管家。那人連忙接了。說道小的
不敢領。西門慶道。將就買杯酒吃便了。那人方纔磕頭收了。王
經在傍插口。悄悄說小的姐姐說。教我府裡去看看愛姐。有物
事稍與他。西門慶問甚物事。王經道。是家中做的兩雙鞋脚手。
西門慶道。单单兒怎好拿去。分付玳安。我皮箱內有稍帶的玫
瑰花餅。取兩礶兒。用小描金盒兒盛着。就把回帖付與王經。穿上
青衣。教他同跟了往府裡看愛姐。不題。這西門慶寫了帖兒。送
了一腔羊。一罈酒。謝了崔中書。把那一口豬。一罈酒。兩盒點心。
擡到後邊。孝順老公公。在此多有打擾。慌的何千戶就來拜謝。
說道長官。你我一家。如何這等計較。且說王經到府內。請出韓

愛姐外廳拜見了。打扮如瓊林玉樹一般。比在家出落自是不同。長大了好些。管待了酒飯。因見王經身上穿的單薄。與了一件天青紵絲。貂鼠氅衣兒。又與了五兩銀子。拿來回覆西門慶話。西門慶大喜。正與何千戶下棋。忽聞綽道之聲。門上人來報夏老爹來拜。拿了兩個拜帖兒。忙的兩個整衣冠。迎接到廳敘禮。何千戶又謝昨日房子之事。夏提刑具了兩分段帕酒禮奉賀二公。西門慶與何千戶。再三致謝。令左右收了。又賞了賁四玳安王經十兩銀子。一面分賓主坐下。茶罷。共敘寒溫。夏公道請老公公拜見。何千戶道。家公公進內去了。夏公又留下了一個雙紅拜帖兒。說道。多頂上老公公。拜遲恕罪。言畢。辭起身去了。何千戶隨即也具一分賀禮。一疋金段。差人送去。不在言表。

到晚夕。何千戶又在花園暖閣中擺酒。與西門慶共酌。夜飲。家樂歌唱。到二更方寢。西門慶因其夜裡夢遺之事。晚夕令王經拿鋪盖來。書房地平上睡。半夜叫上牀。脫的精赤條。摟在被窩内。兩個口吐丁香。舌融甜唾。正是。不能得與鶯鶯會。且把紅娘去解饞。一晚題過。到次日起五更。與何千戶一行人跟隨進朝。先到待漏院候時。等的開了東華門進入。但見

星斗依稀禁漏殘　禁中環珮响珊珊
花迎劍戟星初落　柳拂旌旗露未乾
瑞靄光中瞻萬歲　祥烟影裡擁千官
欲知今日天顏喜　遙覩蓬萊紫氣蟠

少頃只聽。九重門啟。鳴噦噦之鸞聲。閶闔天開。覩巍巍之袞裳。

重熙累洽之日。致履端嘉慶之時。當時天子祀畢南郊回來。文武百官聚集于宮省等候設朝。須臾鍾响罷。天子駕出宮。陞崇政大殿。受百官朝賀。須臾香毬撥轉。簾捲扇開。怎見的。當日朝儀整肅。但見

皇風清穆。溫溫靄靄氣氤氳。麗日當空。郁郁蒸蒸雲靉靆。微微隱隱。龍樓鳳閣。散滿天香靄。霏霏拂拂。珠宮寶殿映萬縷朝霞。大慶殿。崇慶殿。文德殿。集賢殿。燦燦爛爛金碧交輝。乾明宮。神寧宮。昭陽宮。合璧宮。清寧宮。光光彩彩。丹青炳煥。蒼蒼涼涼。日影着玉砌雕欄。裊裊嬰嬰霧鎖着金椽畫棟。紫扉黃閣。寶鼎內。縹縹緲緲。沉檀香爇。丹堦墀。玉砌臺。明明朗朗畫燭高焚。龍龍鼕鼕。報天敲。擂疊三通。鑑鑑錭錭。長樂鐘撞

一百八下。枝枝椏椏。又刀手互相磕撞。挨挨曳曳。龍虎旂來
往盤旋。錦衣花帽擎着的。是圓盖傘方盖傘。上上下下開展。
那龍蟠駕着的。是金輅輦玉輅輦。左左右右相陣。又見那立
金瓜。臥金瓜。三三兩兩。雙龍扇。平龍扇。疊疊重重。群群隊隊。
金鞍馬。玉轡馬。性貌馴習。雙雙對對。寶匣象駕轅。象猛力猙
獰。鎮殿將軍。一個個長長大大。賽天神。甲披金葉。侍朝勳衛
一人人。齊齊整整。如地煞。刀繫綉春。嚴嚴肅肅。殿門內擺列着。
糾儀御史。人人豸冠。森聳秉簡當胸。端端正正。羨擦邊立站
定衆官員。個個錦衣炳煥。宣聽旨。金殿參參差差。齊開寶扇。
畫棟前。輕輕款款。高捲珠簾。文樓上。嘐嘐噦噦報時鷄人。三
唱玉階前。刺刺刮刮。肅靜鞭響。三聲齊齊整整。列簪纓。有五

等之爵。巍巍蕩蕩。坐龍牀倚綉褥瞳萬乘之尊。遠遠望見頭戴十二旒。平頂冠。穿赭黃袞龍袍。腰繫藍田玉帶。脚靸烏油舄履。手執金廂白玉圭。背靠九雷龍鳳扆。正是

晴日明開青鎖闥　天風吹下御爐香
千條瑞靄浮金闕　一朵紅雲捧玉皇

這帝皇果生得堯眉舜目。禹背湯肩。若說這個官家。才俊過人。口工詩韻。目類群羊。善寫墨君竹。能揮薛稷書。道三教之書。曉九流之典。朝歡暮樂。依稀似劍閣孟商王。愛色貪盃。彷彿如金陵陳後主。從十八歲登基即位。二十五年。倒改了五遭年號。先改建中靖國。後改崇建。改大觀。改正和。

當下駕坐寶位。靜鞭响罷。文武百官。九卿四相。秉簡當胸。向丹

墀五拜三叩頭禮。進上表章。已有殿頭官。自穿紫窄衫。腰繫金廂帶。步着金堦。口傳聖勑。道朕今即位。二十禩于茲矣。專獄告成。上天降瑞。今值履端之慶。與卿共之。言未畢。班首中閃過一員大臣。來朝靴踏地。响袍袖列風生。官不知多大。玉帶顯功名。覷之乃左丞相崇政殿大學士兼吏部尚書太師魯國公蔡京也。僕頭象簡。俯伏金堦。叩首。口稱萬歲萬歲萬萬歲。臣等誠惶誠恐。稽首頓首。恭惟皇上。御極二十禩以來。海宇清寧。天下豐稔。上天降鑒。禎祥疊見。日重輪。星重輝。海重潤。聖上握乾符。永享萬年之正統。天保定。地保寧。人保安。皇圖膺寶曆。益增永壽之無疆。三邊永息于兵戈。萬國來朝于天闕。銀岳排空。玉京挺秀。寶籙膺頒于昊闕。絳霄深聳于乾宮。臣等何幸。欣逢盛世。交際明良永效華封之祝常沾日月之光不勝瞻天仰聖激切屏營之至謹獻頌以聞良久聖旨下來賢卿獻頌盖見忠誠朕心加悅詔改明年爲宣和元年正月元旦受定命寶肆赦覃賞有差蔡太師承旨下來殿頭官口傳聖旨有事出班早奏無事捲簾退朝言未畢見一人出離班部倒笏躬身緋袍象簡玉帶金魚跪在金堦口稱光祿大夫掌金吾衛事太尉太保兼太子太保臣朱引天下提刑官員事後面跪的兩淮兩浙山東山西河南河北關東關西福建廣南西川等處刑獄千戶章隊等二十六員例該考察已更歷補繳換劄何合當引奏未敢擅便請旨定奪聖旨傳下來照例給領朱太尉承旨下來天子龍袍一展群臣皆散駕即回宮百官皆從端禮門兩分而出那十二象不待

牽而先走。鎮將長隨。紛紛而散。只聽甲响。又刀力士。團子紅軍
盡盡而出。惟見戈明。朝門外車馬縱橫。侍仗羅列。人喧呼海沸
波翻。馬嘶喊。山崩地裂。衆提刑官皆出朝上馬。都來本衙門伺
候。鐵桶相似。良久只見知印駒來。拿了印牌來傳道。老爺不進
衙門了。轎兒已在西華門裡安放。如今要往蔡爺李爺宅內拜
冬〻去了。以此衆官都散了。西門慶與何千戶回到家中。又過了
一夕。到次日。衙門中領了劄付。同衆科中掛了號。打點殘裝。收
拾行李。與何千戶一同起身。何太監晚夕置酒餞行。囑付何千
戶。凡事請教西門大人。休要自專。差了禮數。從十一月十一日。
東京起身。兩家也有二十人跟隨。竟往山東大道而來。已是數
九嚴寒之際。點水滴凍之時。一路上見了此〻荒郊野路。枯木寒

鴉。疎林淡日影斜暉。暮雪凍雲迷晚渡。一山未盡一山來。後村已過前村望。比及到過黄河到水関八角鎮。驟然撞遇天起一陣大風。但見

非干虎嘯。豈是龍吟。卒律律寒颷撲面。急颼颼冷氣侵人。既不能卸柳。暗藏着水妖山怪。初時節無踪無影。次後來捲霧收雲。驚得那。緑楊堤鷗鳥雙飛。紅蓼岸鷺鶿並起。則見那入紗窓。撲銀燈。穿畫閣。透羅裳。亂舞飄吹花擺柳。昏慘慘。走石揚砂。白茫茫。刮得那大樹連聲吼。刷吼刷。驚得那孤雁落深濠。須臾砂石打地。塵土遮天。砂石打地。猶如滿天驟雨即時來。塵土遮天。好相似百萬貔貅捲土至。赶趂得材落。漁翁罷鈎。捲鈎綸疾走回家。山中樵子魂驚。被奔栖忙謊得那山中

虎豹縮着頭。隱着足。潛藏深壑。刮得那海底蛟拳着爪。蟠着尾。鼉顯獰獰。刮多時只見那房上瓦飛似燕。吹良久。山中走石如飛。瓦飛似燕。打得客旅迷踪失道。石走怒千。諕得那商船緊纜收帆。大樹連根拔起。小樹有條無稍。這風大不大。真個是吹折地獄門前。刮起酆都頂上塵。嫦娥急把蟾宮閉。列子空中叫救人。險些兒玉皇住不的。崑崙頂只刮的大地乾坤上下搖。

西門慶與何千戶。坐着兩頂毡幃暖轎。被風刮得寸步難行。又見天色漸晚。恐深林中。撞出小人來。對西門慶說。投奔前村安歇一夜。明日風住再行。抓尋了半日。遠遠望見路傍一座古刹數株疎柳。半堵横墻。但見

石砌碑橫夢草遮　迴廊古殿半欹斜
夜深宿客無燈火　月落安禪更可嗟

西門慶與何千戶入寺中投宿。見題着黃龍寺。見方丈內幾個僧人。在那裡坐禪。又無燈火。房舍都毀壞。半用籬遮。長老出來問訊。旋炊火煮茶。伐草根喂馬。煮出來。西門慶行囊中。帶得乾雞臘肉菓餅棋子之類。晚夕與何千戶胡亂食得一頓。長老變一鍋豆粥吃了。過得一宿。次日風止。天氣始晴。與了老和尚一兩銀子相謝。作辭起身往山東來。正是

王事驅馳豈憚勞　關山迢遞赴京朝
夜投古寺無烟火　解使行人心內焦

畢竟未知後來如何且聽下回分解

第七十二回

潘金蓮摳打如意兒

王三官義拜西門慶

第七十二回

王三官拜西門爲義父　應伯爵替李銘釋寃

寒暑相推春復秋　他鄉故國兩悠悠
淸淸行李風霜苦　蹇蹇王臣涕淚流
風波浪裡任浮沉　逢花遇酒且寛愁
蝸名蠅利何時盡　幾向靑童笑白頭

話說西門慶與何千戶在路不題。單表吳月娘在家。因前者西門慶上東京。在金蓮房飲酒。被奶子如意兒看見。西門慶來家。反受其殃。架了月娘一篇是非。合了那氣。以此這遭西門慶不在月娘通不招應。就是他哥嫂來看也不留。即就打發。分付平安。無事關好大門。後邊儀門夜夜上鎖。姊妹每都不出了。各自在房做針指。若經濟要往後樓上尋衣裳。月娘必使春紅或來安兒。跟出跟入。常時查門户。凡事多嚴緊了。這潘金蓮因此不得和經濟勾搭。只賴奶子如意兒備了舌。在月娘處逐日只和如意兒合氣。一日月娘。打點出西門慶許多衣服汗衫小衣。教如意兒做。又教他同韓嫂兒漿洗。就在李瓶兒那邊晒晾。不想金蓮這邊。春梅也洗衣裳搥裙子。問他借棒槌。這如意兒正與迎春搥衣。不與他。說道前日你拿了。把个棒搥使秋菊使着罷了。又來要。趂韓嫂在這裡。替爹搥褲子和汗衫兒哩。那秋菊使性子。夾烈的走來對春梅說。平白教我借他又不與。迎春倒說拿去。如意兒攔住了不肯。春梅便道。耶嚛耶嚛。這怎的這等生分。大白日裡借不出個乾燈盞來。娘不肯。還要教我洗裹脚。我漿了這黃絹裙子問人家借棒槌使使兒還不肯與將來替娘洗了拿什麼槌教秋菊你往後邊問他毋借來使使罷這潘金蓮正在房中炕上裹腳忽然聽見便問怎麼的這春梅便把借棒槌如意兒不與來一節說了只這婦人因懷着舊時仇恨尋了不着這個由頭兒便罵道賊淫婦怎的不與他是丫頭你自家問他要去不與罵那淫婦不妨事這春梅還是年壯一冲性了不由的激犯一陣風走來李瓶兒那邊說道那個是世人也怎的要棒槌兒使使不與他如今這屋裡又鑽出個當家人來了如意兒道耶嚛耶嚛這里放着棒槌拿去使不是誰在這里把住就怒說起來大娘分付趂韓嫣在這里替爹漿出這汗衫子和綿紬褲子來等着又抽出來要槌秋菊來要我說待我把

你爹這衣服撻兩下兒作拿上使去就架上許多誑說不與來。早是迎春姐這里聽着不想潘金蓮隨即就跟了來便罵道你這個老婆不要說嘴死了你家主子如今這屋裡就是你你爹身上衣服不着你恁個人兒拴束誰應的上他那心俺這些老婆死絕了教兒替他漿洗衣服你死拿這個法兒降伏俺每我好耐驚耐怕兒如意兒道五娘怎的這說話大娘不分付俺每好意掉攬替爹整理也怎的金蓮道賊搥刺骨雌漢的淫婦還溢說什麼嘴半夜替爹遞茶兒扶被兒是誰來討披衭兒穿是誰來你背地幹的那繭兒你說我不知道偷就偷出肚子來我也不怕如意道正景有孩子還死了哩俺每到的那些兒這金蓮不聽便罷聽了心頭火起粉面通紅走向前一把手把老婆頭髮扯住只用手摳他腹這金蓮就被韓嫂兒向前勸開了罵道沒廉耻的淫婦嚼漢的淫婦俺每這里遲閒的聲喚你來雌漢子合你在這屋里是什麼人兒你就是來旺兒媳婦子從新又出世來了我也不怕你那如意兒一壁哭着一壁挽頭髮說道俺每後來也不知什麼來旺兒媳婦子只知在爹家做奶子金蓮道你做奶子行你那奶子的事怎的在屋裡狐假虎威起精兒來老娘成年拿雁教你弄鬼兒去了正罵着只見孟玉樓後後慢慢的走將來說道六姐我請你後邊下棋你怎的不去都在這里亂些什麼一把手拉進到他房中坐下說道你告我說因爲什麼起來這金蓮消了回氣春梅遞上茶來呷了些茶便道你看教這賊淫婦氣的我手也冷了茶也拿不起來說道

我在屋裡正描鞋你使小鳶來請我我說且倘倘兒去歪在牀上還未睡去着也兒這小肉兒百忙且搥搥裙子我說你就帶着把我的裹腳搥搥出來半日只聽的亂起來教秋菊問他要棒搥使使他不與把棒搥匹手奪下了說道前日拿了個去不見了又來要如今緊等着與爹搥衣服後有教我心裡就惱起來使了春梅你去罵那賊淫婦從幾時就這等大膽降伏人俺每手裡教你降伏你是這屋裡什麼兒押折橋竿兒要你來你比來旺兒媳婦子差些々兒我就隨跟了去他還嘴裡硶裡剌剌的教我一頓捲罵不是韓嫂兒死氣白賴在中間拉着我我把賊沒廉恥雌漢的淫婦口裡肉也掏出他的來要俺每在這屋裡點韭買葱教這淫婦在俺每手裡弄鬼兒也沒鬼大姐姐那些々

兒不是他想着把死的来旺兒。賊奴才淫婦慣的有些摺兒。教
我和他爲寃結仇。落後一染膿帶。還埰有我身上。說是我弄出
那奴才去了。如今這個老婆。又是這般慣他。慣的恁沒張倒置
的。你做奶子。行奶子的事。許你在跟前花黎胡哨。俺每眼裡是
放的下砂子底人。有那沒廉恥的貨。人也不知死的那里去了。
還在那屋裡纏。但往那里回來。就望着他那影作個揖。口裡一
似嚼蛆的。不知說的什麼。到晚夕要吃茶。淫婦就起來連忙替
他送茶。又忔忽兒替他盖被兒。两個就弄將起來。就是了久慣
的淫婦。他說丫頭遞茶。許你去撑頭獲腦去雌漢子。是什麼。問
他要披祆兒。沒廉恥他便連忙鋪子拿了細段來。替他裁披祆
兒你還沒見哩。斷七那日學他爹爹。就進屋裡燒帋去。見丫頭

老婆正在炕上坐看過子兒他進來收不及反說道姐兒你每要要供養的匾盒和酒也不要收到後邊去你每吃了罷這等縱容看他謝的什麼這淫婦請說爹來不來俺每不等你了不想我兩步三步就扠進去說的他眼張失道于是就不言語了行貨子什麼好老婆一個賊活人妻淫婦這等你餓眼見瓜皮不管了好歹的你收攬答下原來是一個眼裡火爛桃行貨子想有些什麼好正條兒那淫婦的漢子說死了前日漢子抱着孩子沒在門首打探兒還是瞞着人搗鬼張眼兒溜睛的你看一向在人眼前花哨星那樣花哨就別摸兒改樣的你看又是個李瓶兒出世了那大姐姐成日在後邊只推聾兒裝啞的人但開口就說不是了那玉樓聽了只是笑金蓮道南京沈萬三

北京枯柳樹人的名兒樹的影兒怎麼不饒的雪裡埋死屍自然消他出來玉樓道原說這老婆沒漢子如何又鑽出漢子來了金蓮道天不着風兒晴不的人不着謊兒成不的他不整擴瞞着你家肯要他想着一來時餓答的個臉黄皮兒寡瘦的乞乞縮縮那等腔兒看你賊淫婦吃了這二年飽飯就生事兒起漢子來了你如今不禁下他來到明日又教他上頭腦上臉的一時桶出個孩子當誰的玉樓笑道你這六丫頭倒且是有權術屬說畢坐了一回兩個往後邊下棋去了正是三光有影遺誰繫萬事無根只自生有詩爲証

一捵陽和動物華　深紅淺緑總萌芽
野梅亦足供清玩　何必辛夷樹上花

話休饒舌有日後晌時分西門慶來到淸河縣分付賁四王經跟行李先往家去他便送何千户到衙門中看着收拾打歸公廨乾淨轎下他便騎馬來家進入後廳吳月娘接着拂去塵土舀水淨面畢就令丫鬟院子内放卓兒滿爐焚香對天地位下告許願心月娘便問你爲什麼許願心西門慶道且休說我往命來家往回路上之事告說一遍昨日十一月二十三日剛過黃河行到沂水縣八角鎮上遭遇大風那風那等凶惡沙石迷目通不放前進天色又晚百里不見人衆人多慌了况十個裝馱垜又多誠恐鑽出個賊怎了前行投到古寺中和尚又窮夜晚連灯火沒個兒各人隨身帶着些乾粮麵食借了灯火來熬了些豆粥人各吃一頓砍了些柴薪草根喂了馬我便與何千

户在一個禪航上抵足一宿次日風住了方纔起身這場苦比前日還更苦十分前日雖是熱天還好些這遭又是寒冷天氣又躭許多惧怕幸得平地還罷了若在黃河遭此風浪怎了我頭行路上許了些願心到臘月初一日宰猪羊祭賽天地月娘又問你頭裡怎不來家卻往衙門裡做甚麽西門慶道夏龍溪巳陞做指揮直駕不得來了新陞將作監何太監姪兒何千户名永壽貼刑不上二十歲揑出水兒來的一個小後生任事兒不知道他太監再三央及我凡事看顧教道他我不進到衙門裡安頓他個住處他知道什麽他如今一千二百兩銀子也是我做成他要了夏龍溪那房子如今且教他在衙門裡住着待夏大官人搬取了家小他的家眷纔搬來昨日夏大人甚是不顧

意在京不知什麼人走了風投到俺每去京中他又早使了錢知多少銀子尋了當朝林眞人分上對堂上朱太尉說情愿以指揮職啣再要提刑三年朱太尉來對老爺說把老爺難的要不的若不是翟親家在中間竭力維持把我撑在空地裡去了去時親家好不怪我說我幹事不謹密不知他什麼人對他說來月娘道不信我說你做事有些三慌子火燎腿樣有不的些事兒詐不實的告這個說一湯那個說一湯恰似逞強賣富的正是有心筭無心不備怎隄備頭見你幹人家曉的不耐煩了人家悄悄幹的事兒停停脫脫你還不知道哩西門慶又說夏大人臨來再三央我早晚看顧看顧他家裡容日你買分禮兒走走去月娘道他娘子出月初二日生日就一事兒喜歡說你

今後把這狂樣來改了。常言道。逢人且說三分話。未可全拋一片心。老婆還有個裡外心兒。休說世人。正說。只見玳安來說。賁四問爹要往夏大人家。說着去不去。西門慶道。你教他吃了飯去。玳安道。他說不吃罷。李嬌兒孟玉樓潘金蓮孫雪娥大姐多來參見道萬福。問話兒陪坐的。西門慶又想起前番往東京回家還有李瓶兒在。今日卻沒他了。一面走到他前邊房內與他靈牀作揖。因落了幾點眼淚。如意兒迎春綉春多來向前磕頭。月娘隨即使小玉請在後邊擺飯吃了。一面分付討出四兩銀子。賞跟隨小馬兒上的人。拿帖兒回謝周守備了去。又教來興兒宰了半口猪。半腔羊。四十斤白面。一包白米。一罈酒。兩腿火燻。兩隻鵝。十隻雞。柴炭兒。又并許多油鹽醋之類。與何千户送下程。又吩了一名廚役在那里答應。正在在廳上打點差玳安送去。忽琴童兒進來說道。温師父和應二爹來望。西門慶連忙道有請。温秀才穿着綠段道袍。伯爵是紫絨袄子。從前進來。參見西門慶。連連作揖道。其風霜辛苦。西門慶亦道。蒙二公早晚看家。伯爵道。我又看家裡。我早起來時。忽聽房上喜鵲喳喳的吩。俺房下就先說。只怕大官人來家了。你還不走的瞧瞧去。我便說。哥從十二日起身。到今還得上半月期。怎的來得快。我三日一遍。在那里問。還沒見來的信息。房下說。來不來。你看看去。教我穿衣裳到宅裡。不想說哥來家了。走到對過會温老先兒。不想温老師也纔穿衣裳。說我就同老翁一荅兒過去罷。因問了今東京路上的人。又見許多下飯酒米裝在廳檯上。出來擺放。

便問道。誰家的。西門慶道。新同僚何大人。如此同來。家小遲未到。且在衙門中權住。送分下程與他。又發柬明日請他來家坐了吃接風酒。再沒人。請二位與大哥奉陪。伯爵道。又一件。吳大舅與哥是官。溫老先生戴着方巾。我一個小帽兒怎陪得他坐。不知把我當甚麼人兒看我。惹他不笑話。西門慶笑道。這等把我買的段子忠靖巾。借與你戴着。等他問你。只說道。我的大兒子。好不好。說畢。衆人笑了伯爵道。說正景話我頭八寸三。又戴不的你的。溫秀才道。學生也是八寸二分。倒將學生方巾與老翁戴戴何如。西門慶道。老先生不要借與他。他到明日說慣了。往禮部當官身去。又來纏你。溫秀才笑道。好說。老先生兒好說連我扯下水去了。家拿上茶來吃了。溫秀才問夏公已是京任。不來了。西門慶道。他已做了堂尊了。直掌鹵簿大鳴。穿麟服。使藤棍。如此華任。又來做什麼。須臾看寫了帖子兒。檯下程出門。教琪安送去了。西門慶拉溫秀才伯爵廂房內暖炕上籠了火。那里坐。又使琴童先往院里呌吳惠鄭春。邵奉左順。四名小優兒。明日早來伺候。不一時。放卓兒陪二人吃酒。來安兒拿上案來擺下。西門慶分付再取雙鍾筯兒。請你姐夫來坐坐。良久。陳經濟走來作揖。打橫坐下。四人圍爐共坐。把酒來斟。因說回東京一路上的話。伯爵道。哥。你的心一福能壓百禍。就有小人。一時自然多消散了。溫秀才道。善人爲那百年。亦可以勝殘去殺。休道老先生爲王事驅馳。上天也不肯有傷善類。西門慶因問家中沒甚事。經濟道。家中爹去後。倒也無事。只是工部安老爹那里差人來問了兩遭。昨日還來問我。回說還沒來家裡。正說着。只見來安兒拿了大盤子。黃芽韭豬肉盒兒上來。西門慶陪着纔吃了一個兒。忽有平安走來報。衙門裡令史左右令史和衆節級來稟事。西門慶即到廳上站立。令他進見。二人跪下。請問老爹幾時上任。官司公用銀兩。動支多少。西門慶道。你們只照舊時整理就是了。令史道。去年只老爹一位到任。如今老爹轉正。何老爹新到任。兩事並舉。比尋常不同。西門慶道。既是如此。添十兩銀子。三十兩買辦就是了。二人應喏下去。西門慶又叫回來。分付上任的日期。你還問何老爹擇幾時。二人道。何老爹纔定准在口十八日上任。西門慶道。既如此。你每伺候就是了。二人到衙門領了銀子出來。定卓席買辦去了。落後喬大户又來拜望。

道喜。西門慶留坐不坐。吃茶起身去了。當下西門慶陪二人至掌燈時。方散。西門慶往月娘房裡歇了一宿。題過到次日家中置酒與何千戶接風。文嫂又早打聽得西門慶來家。對王三官說了。具個柬帖兒來看請。西門慶這裡。買了二付豕蹄。兩尾鮮魚。兩隻燒鴨。一罎南酒。差玳安送去與太太補生日之禮。他那裡賞了玳安三錢銀子。這不在話下。正廳上設下酒。錦屏耀目。桌椅鮮明。地鋪錦毯。壁挂名人山水。吳大舅應伯爵溫秀才多來的早。西門慶陪坐吃茶。使人邀請何千戶。不一時小優兒上來磕頭。應伯爵便問。哥今日怎的不叫李銘。西門慶道。他不來我家來。我沒的請他去。這伯爵便道你惱他。每不言語了。正說話中間。只見平安慌忙拿帖兒稟說。帥府周爺來拜下馬了。吳大舅。溫秀才。應伯爵。都躲在西廂房內。西門慶冠帶出來。迎至廳上敘禮。道及轉歷恭喜之事。西門慶又謝他人馬。于是分賓主坐着。周守備問京中見朝之事。西門慶一一說了。周守備道。龍溪不來。已定差人來取家小上京去。西門慶道。就取也待出月。如今何長官且在衙門權住着哩。夏公的房子。與了他住。也是我替他主張的。守備道。這等更妙。因見堂中擺設卓席。問道今日所延甚客。西門慶道。聊具一酌。與何大人接風。同僚之間不好意思。二人吃了茶。周守備起身說道。容日合衙列位與二公奉賀。西門慶道。豈敢動勞。多承先施。作揖出門。上馬而去。西門慶回來脫了衣服。又陪三人坐的。在書房中擺飯。何千戶到午後方來。吳大舅等各相見敘禮畢。各敘寒溫。茶湯換罷。各寬衣服。何千户見西門慶家道相稱。酒筵齊整。四个小優。銀箏象板。玉阮琵琶。递酒上坐。堂中金爐焚獸炭。玉盞泛羊羔。放下簾子。合席春風。滿堂和氣。正是得多少。金樽浮醁醑。玉燭剪春聲。飲酒至起更時分。何千户方起身。往衙門中去了。吳大舅。應伯爵。温秀才。各辭回去了。西門慶打發小優兒出門。分付收了家火。往前邊金蓮房中來。婦人在房内濃施朱粉。復整新粧。薰香澡牝。正盼西門慶進他房來。滿面笑容。向前替他脫衣解帶。連忙教春梅點茶與他吃吃了。打發上牀歇宿。端的暖衾暖被。錦帳生春。麝香靄靄。被窩中相挨素体。枕席上緊貼酥胸。口吐丁香。蚌含珠。婦人雲雨之際。百媚俱生。西門慶抑拽之後。靈犀已透。睡不着。枕上把離言深講。交接後。淫情未足。定從下品鸞簫。這

婦人的說。無非只是要拴西門慶之心。又况拋離了半月。在家
久曠幽懷。淫情似火。得到身。恨不得鑽入他腹中。那話把來品
弄了一夜再不離口。西門慶要下牀溺尿。婦人還不放。說道。我
的親親。你有多少尿。溺在奴口裡。替你嚥了罷。省的冷呵呵的。
熱身子。你又下去凍着。倒值了多的。這西門慶聽了越發歡喜
無已。叫道。乖乖兒。誰似你這般疼我。于是眞個溺在婦人口內。
婦人用口接着。慢慢一　口多嚥了。西門慶問道。好吃不好吃。金
蓮道。略有些鹹味兒。你有香茶與我些壓壓。西門慶道。香茶在
我白綾襖內。你自家拿。這婦人向牀頭拉過他袖子來。掏掏了
幾個。放在口內纔罷。侍臣不及相如渴。　特賜金莖露一盃
看官聽說。大抵妾婦之道。蠱惑其夫。無所不至。雖屈身忍辱。殆

不爲耻。若夫正室之妻，光明正大，豈肯爲此。是夜西門慶與婦人儘盤桓無度。次日早往衙門中，何千户上任吃公宴酒，兩院樂工動樂承應。午後纔回家。排軍隨即抬來卓席來，王三官那裡。又差人早來邀請西門慶。使玳安段鋪中要了一套衣服，包在毡包内。纔收拾出來，左右來報工部安老爺來拜。慌的西門慶整衣不迭，出來迎接。安郎中食經正等丞的俸，繫金廂帶，穿白鷴補子，跟着許多官吏，滿面笑容，相携到廳，叙禮彼此道及公恭賀之分，賓主坐下。安郎中道：學生差人來問幾次，說四泉還未回。西門慶道：正是京中要等見朝引奏，纔起身回。須臾茶湯吃罷。安郎中方說：學生敬來有一事不當奉瀆，今有九江大户蔡少塘，乃是蔡老先生第九公子，來上京朝覲，前日有書來有早晚便到學生與宋松泉。錢雲野。黃泰宇。四人作東。借府上設席請他。未知允否。西門慶道。老先生尊命。豈敢有違。約定幾時。安郎中道。在二十七日。明日學生送分子過來。煩盛使一辦。足見厚愛矣。說畢。又上了一道茶。作辭起身。上馬。唱道而去。西門慶即出門。前往王招宣府中來赴席。到門首先投了拜帖。王三官聽的西門慶到了。連忙出來迎接。至廳上叙禮。原來五間大廳。毬門蓋造五脊五獸。重簷滴水。多是菱花槅扇。正面欽賜牌額金字。題曰世忠堂。兩邊門對。寫着。啟運元勳第。山河礪帶家。廳內設着虎皮公座。地下鋪着裁毛絨毯。王三官與西門慶行畢禮。尊西門慶上坐。他便傍設一椅相陪。須臾紅漆丹盤。拿上茶來。交手遞了茶。左右收了去。彼此扳了些說話。然後安排酒筵遞酒。原來王三官呌了兩名小優兒彈唱。西門慶道。請出老太太拜見拜見。慌的王三官令左右後邊說。少頃。出來說道。請老爹後邊見罷。王三官讓西門慶進內。西門慶道。賢契你先導引。于是逕入中堂。林氏又早戴着滿頭珠翠。身穿大紅通袖袍兒。腰繫金鑲碧玉帶。下着玄錦百花裙。搽抹的如銀人也一般。梳着縱鬢。點着朱唇。耳帶一雙胡珠環子。裙拖垂兩挂玉佩叮㖒。西門慶一面將身施禮。請太太轉上。林氏道。大人是客。請轉上了。半日兩個人平磕頭。林氏道。小兒不識好歹。前日冲瀆大人。蒙大人寬宥。又處斷了那些人。知感不盡。今日備了一杯水酒。請大人過來。老身磕個頭兒。謝謝。如何又蒙大人見賜將禮來。使我老身卻之不恭。受之有愧。西門慶道。豈敢。學生因為公事往東京去了。悞了與老太太拜壽。些須薄禮。胡亂送與老太太賞人便了。因見文嫂兒在傍。便道。老文。你取付臺兒來。等我與太太送杯杯壽酒。連忙呼玳安上來。原來西門慶毡包內預備着一套遍地金時樣衣服。紫丁香色。通袖段袄。翠藍拖泥裙。放在盤內。獻上。林氏一見。金彩奪目。先是有五七分歡喜。文嫂隨即捧上金盞銀臺。王三官便叫兩個小優。拿樂器進來。彈唱。林氏道。你看叫出來做什麼。在外答應罷了。一面撵出來。當下西門慶把盞畢。林氏也回奉了一盞與西門慶。謝了。然後王三官與西門慶遞酒。西門慶纔待送下禮去。林氏便道。大人請起。受他一禮兒。西門慶道。不敢。豈有此禮。林氏道。好大人。怎生這般說。你恁大職級。做不起他個父親。小兒自幼失學。不曾跟着那好人。若不是大人垂愛。凡事也指教爲個好人。今日我跟前。教他拜大人做了義父。但看不是處。一任大人教訓。老身並不護短。西門慶道。老太太雖故說得是。但令郎賢契賦性也聰明。如今年少。爲小事行道之端。往後自然心地開闊。改過遷善。老太太倒不必介意。當下教西門慶轉上。王三官把盞遞了三鍾酒。受其四拜之禮。遞畢。西門慶亦轉下與林氏作揖謝禮。林氏笑吟吟。深深還了萬福。自以此後。王三官見着西門慶以父稱之。有這等事。正是常將壓善欺良意。權作尨雲殢雨心。詩人看到此。必甚不平。故作詩以嘆之。詩曰

從來男女不通酬　賣俏營奸眞可羞
三官不解其中意　饒貼親娘還磕頭

又詩大家閨閣要嚴防　牝鷄司晨最不良
　不但孛得家蕩喪　有愧當時節義堂
逅畢酒。林氏分付王三官。請大人前邊坐。寬衣服。玳安拿忠靖
巾來換了。不一時安席坐下。小優彈唱起來。厨役上來割道。玳
安拿賞賜伺候。當時席前唱了一套新水令。
　翠簾深小。房櫳滴玉鈎。抵控馳茸斗覘龜背錦屏風。春意
溶溶。梅稍上暗香動。
喬牌兒　瑣窗橫倒挂綠毛鳳。梨雲一片羅浮夢。夜深沉
　末
甜水令　瓊樹生花。玉龍晚凍。瑞雪舞廻鳳。碧落塵淡。白
　窺丹雲接　臭門珠玄

折桂令　錦排場賞玩。春正二八仙鬟。十六歌童花底藏門。尊前賭令。席上投隻嬌滴滴爭妍競寵。幸孜孜倚翠偎紅。走斝飛觥。換的移玄妙。清謳倡撥輕籠。

水仙子　麝媒香靄。綉美帶葉鳳臘。光搖金蝶。象牀春暖花。胡的脂粉香。珠翠叢。彩雲深。罗驃龍涎細。金爐獸。相暖溶溶。和氣春風。

雁兒落得勝令　銀箏秋雁橫。玉管鶯弄花。明翡翠翅酒滿玻璃寺衫袖。捧金尊羅帕春葱。橙嫩霜剖。茶香帶雪烹。歡濃。醉後情從重。筵終更深。樂未窮。

沽美酒　轉秋波一笑中。透犀兩情道燈下端祥可重種。似嫦娥出月玄。知女下巫峰。

太平令　歌鬟嚲金釵飛鳳。舞裙偬翠縷蟠龍。粉汗温鉛華嬌容舌尖吐丁香微送。臂釧封守。原是一對兒雛鸞嬌鳳。

川撥棹　喜相逢相逢可意。種柳因花慵。玉暖酥融。那一回風流受用。巍巍寶髻鬆。困藤秋水橫曲弯弯眉黛濃。七弟兄醉烘玉窮暈微紅龍花蝶玉歡情縱有身在醉魂中。菲珠玄里遊仙夢。梅花酒恰便似雲雨蹤。沒亂殺見慣司空禁故簾籠。馬棟隣鷄唱終。玉漏滴咽雖龍艮倚燼落螢沙寶到曉光籠。碧天邉日那融融。

收江南　呀　倒聽的轆轤聲在粉墻東。早鴉啼金井下梧桐。春嬌滿眼未惺越。將一段幽歡客籠。等閒驚覺忽忽。

當下食割五道。歌吟二套。秉燭上來。西門慶起身更衣告辭。王三官再三款留。又邀到他那邊書院中。獨獨的一所書院。三間小軒。裡面花木掩映。文物消洒。金粉箋扁曰。三泉詩舫。四壁挂四軸古畫。軒轅問道。伏生墳典。丙吉問牛。宋京觀史。西門慶便問三泉是何人。王三官只顧隱避不敢回答。半日纔說是兒子的賤號。西門慶便一聲兒沒言語。抬過高壺來。只顧投壺飲酒。四個小優兒在傍彈唱。林氏後邊和丫鬟養娘。只顧打發添換菜蔬菓碟兒上來。飲酒吃到二更時分。西門慶已帶半酣。作辭起身。賞小優兒三錢銀子。親送到大門。看他上轎。兩個排軍。打着灯火。西門慶頭戴煖耳。身披貂裘。作辭回家。到家想着金蓮白日裡話。逕往他房中。原來婦人還沒睡哩。纔摘去冠兒。挽着雲髻。淡粧濃抹。正在房內倚靠着。梳檯脚。登着爐臺兒。口中磕瓜子兒等待。火邊茶烹玉蕊。卓上香裊金猊。見西門慶進來。慌的輕移蓮步。款蹙湘裙。向前接衣裳安放。西門慶坐在牀上。春梅拿淨甌兒。婦人從新用纖手抹盞邊水漬。點了一盞濃濃艶艶芝蔴鹽笋栗系。瓜仁核桃仁。夾春不老海青拿天鵝。木樨玫瑰。潑滷六安雀舌芽茶。西門慶剛呷了一口。美味香甜。滿心欣喜。然後令春梅脫靴解帶。打發在牀。婦人在燈下摘去首飾。換了睡鞋。兩個被翻紅浪。枕欹彩鸞。並頭交股而寢。春梅向卓上罩合銀荷。雙掩鳳槅。歸那邊房中去了。西門慶將一隻胳膊支婦人枕着。精赤條摟在懷中。猶如軟玉溫香一般。兩個酥胸相貼。玉股交極。臉兒廝揾。嗚咂其舌。婦人一把扣了瓜子穰兒用碟兒盛着。安在枕頭邊。將口兒噙着。舌支客哺送下口中。不一時甜唾融心。靈犀春透。婦人不住手下邊捏弄他那話。打開淫器包兒。把銀托子。西門慶因問道。我的兒我不在家。你想我不曾。婦人道。你去了這半個來月。奴那刻兒放下心來。晚間夜又長。獨自一個又睡不着。隨問怎的暖床暖鋪。只是害冷。伸着腿兒觸冷。伸不開手中了的酸了。數着口子兒白盼不到。枕邊眼淚不知流勾多少。落後春梅小肉兒。他見我短嘆長吁。晚間開着我下棋。坐到起更時分。俺娘兒兩個一炕兒通厮腳兒睡。我的哥哥。奴心便是如此。不知你的心兒如何。西門慶道。怪油嘴。這一家雖是有他們。誰不知我在你身上偏多。婦人道。罷麼。你還哄我哩。你那吃着碗裏看着鍋裏的心兒。你說我不知道。想

着你和來旺兒媳婦子密調油也似的。把我來就不理了。落後
李瓶兒生了孩子。見我如同烏眼雞一般。今日多往那去了。止
的奴老實的還在。你就是那風裡楊花滾上滾下。如今又興起
那如意兒賊搥刺骨來了。他隨問怎的。只是奶子兒放着他漢
子是個活人妻。不爭你要了他到明日又教漢子好在門首放
羊兒好刺。你爲官爲宦。傳出去什麼好聽。你看這賊淫婦前日
你去了。因奈梅兩個爲一個棒槌和你兩個大嚷大鬧。通不讓
我一句兒哩。西門慶道罷麼。我的兒。他隨問甚怎的只是個手
下人他那里有七個頭。八個膽。敢頂撞你。你高高手兒他過去
了。低低手兒他過不去。婦人道樂。說高高手兒他過不去了的
話。沒了李瓶兒。他就頂了窩兒。學你對他說。你若伏侍的好。我

把娘這分家當就與你罷你眞個有這個話來西門慶道你休胡猜疑我那里有些話你寬恕他我教他明日與你磕頭陪不是罷婦人道我也不要他陪不是我也不許你到那屋裡睡西門慶道我在那邊睡也非爲别的因越了不過李大姐情一兩夜不在那邊歇了他守靈兒誰和他有私鹽私醋婦人道我不信你這攮溜子人也死了一百日來還守什麼靈在那屋裡也不是守靈屬米倉的上半夜摇鈴下半夜丫頭似的聽奸梆聲幾句說的西門慶急了摟個脖子來親了個嘴說道怪小淫婦兒有這些張致的于是令他吊過身子去隔山討火那話自後插入牝中把手在被窩內摟抱其股竭力搧磞的連聲响喨一面令婦呼叫大東大西周道你怕我不怕再敢管着婦人道怪

奴才不管着你待好上天也我曉的也丟不開這淫婦到明日問了我方許你那邊去他若問你要東西對我說也不許你悄悄偷與他若不依我打聽出來看我嚷的塵鄧鄧的不讓我就擯先了這淫婦也不差什麼兒又想李瓶兒來頭教你哄了險些不把打到攢字號去了你這波答子爛桃行貨子豆芽菜有甚正條綑兒也怎的老娘如今也賊了些兒子西門慶笑道你這小淫婦兒原來就是六禮約當下兩個殢雨龍雲纏到三更方歇正是有窓有鳥賣有機卿得春來枝上說有詩可証

帶雨籠烟世所稀　妖嬈身勢似難支
終宵故把芳心訴　留在東風不放歸

兩個並頭交股睡到天明婦人淫情未足便不住只往西門慶

手里捏弄那話登時把麈柄捏弄起來叫道親達達我一心要你身上睡睡一面扒伏在西門慶身上倒澆蠟燭接着他脖子只顛揉搓教西門慶兩手扳住他腰扳的緊緊的他便在上極力抽提一面扒伏在他身上揉一回那話漸沒至根餘者被托子所阻不能入婦人便道我的達達等我白日裡替你做一条白綾帶子你把和尚與你那末子藥裝些在裡面我再墜上兩根長帶兒等睡睡時你扎他在根子上却拿這兩根帶扎拴後邊腰里拴的緊緊的又是火又得全放進強如這根托子猜澆着格的人疼又不得盡美西門慶道我的兒你做下藥在東上磁盒兒內你自家裝上就是了婦人道你黑夜好歹來咱晚夕拿與他試試看好不好于是兩個頑耍一番只見玳安拿帖兒進

來問春梅爹起身不曾。安老爹差人送分資來了。又擡了兩壜金華酒。四盆花樹進來。春梅道。爹還沒起身。教他等等兒。玳安道。他好小近路兒。還要趕新河口閘上回說話哩。不想西門慶在房中聽見。隔窗叫玳安問了話。拿帖兒進。折開看着。上寫道

奉去分資四封。共八兩。惟少塘卓席。餘者敬酧而已。仰冀從者留神。足見厚愛之至。外具時花二盆。清玩浙酒二樽。少助待客之需。希莞納幸甚。

西門慶看了。一面起身。且不梳頭。戴着毡巾。穿着絨襖衣。走出到廳上。令安老爹人進見。遞上分資。西門慶見四盆花草。一盆紅梅。一盆白梅。一盆茉莉。一盆辛夷。兩壜南酒。滿心歡喜。連忙收了。發了回帖。賞了來人五錢銀子。因問老爹們明日多咱時

分來用戲子不用來人道多得早來戲子用海鹽的不要這裡的一面打發了西門慶分付左右把花草擡放藏春塢書房中擺放旋叫泥水匠隔山掏火打了兩座暖炕恐怕煤烟薰觸寄黍春塢來安澆灌茶水有悞西門慶使玳安叫戲子去一面兌銀子與來安兒買辦那日又是孟玉樓上壽院中叫小優兒晚夕彈唱按下一頭卻說應伯爵在家拿了五個箋帖教應寶搋着盒兒往西門慶對過房子內央溫秀才寫請書要請西門慶五位夫人二十八日家中做滿月剛出門轉了街口只見後邊一人高叫道二爺請回來伯爵紐頭回看是李銘立住了腳李銘走到跟前問道二爹往那里去伯爵道我到溫師父那里有此〻事兒去李銘道到家中小的還有句話兒說只見後邊一个

問漢撥着盒兒這伯爵不免又到家堂屋內李銘連忙磕了個
頭起來把盒兒撥進來放下揭開卻是燒鴨二隻老酒二瓶說
道小人沒甚這些微物兒孝順二爹賞人小的有句話逕來央
及二爹一面跪在地下不起來伯爵一把手拉起說道傻孩兒
你有話只管和我說怎的買禮來與我李銘道小的從小兒在
爹宅內答應這幾年如今爹到看顧別人不用小的了就是桂
姐那邊的事各門各戶小的一家兒是不知道不爭爹因着那
邊惟我難為小的了這負屈啣冤沒處聲訴逕來告二爹二爹
倘到宅內見了爹替小的加句美語兒說說就是桂姐有些一
差半錯不干小的事爹動意惱小的不打緊同行中人越發欺
負小的了伯爵道你原來這些時也沒往宅內答應去李銘道

小的沒曾去。伯爵道。嗔道昨日你爹從東京來。在家擺酒。與何老爹接風。請了我何大舅溫師父同坐。叫了吳惠鄭春邵春左順。在那裡答應。我說怎的不見你。我問你爹。你爹說他沒來。我沒的請他去。傻孩兒你還不走跐着些兒。還好。你與誰賭鼈氣哩。李銘道。爹宅內不呼喚。小的怎的好去。前日他每四個。在那里答應。今日三娘上壽。安官兒早辰在裡邊。又叫了兩名小的兒去了。明日老爹擺酒。又是他每四個。倒沒小的。小的心裡怎麼有個不急的。只望二爹替小的一說。明日小的還來與二爹磕頭。伯爵道。我沒有個不替你說的。我從前已往。不知替人完美了多少勾當。你央及我。這些事兒。我不替你說。你依着我。把這禮兒你還拿回去。你自那里錢兒。我受你的。你如今親跟了我去等我慢慢和你爹說李銘道二爹不收此禮小的也不敢去了雖然二爹不稀罕也盡小的一點窮心罷了千恩萬謝再三央告伯爵把禮收了討出三十文錢打發拿盒人回去說道盒子且放在二爹這里等小的到宅內回來取罷于是與伯爵同出門轉灣抹角來到西門慶對門房子裡到書院門首搖的門環兒响說道葵軒老先生在家麼這溫秀才正在書窓下寫帖兒忙應道請里面坐書童開門伯爵在明間內坐的正面列四張東坡椅兒挂着一軸莊子惜寸陰圖兩邊貼着墨刻左右一聯書著瓶梅香筆研窓雪冷琴書一冊挂着布門簾溫秀才聽見他來一面即出來相見敘禮讓坐說道老翁起來的早往那里去來伯爵道敢來煩瀆大筆寫几個請書兒如此這般二

十八日小兒滿月請宅内他娘們坐坐溫秀才道帖在那里將
來學生寫伯爵即令應寶取出五個帖兒遞過去這溫秀才拿
到房内研起墨來纔來寫得兩個只見棋童慌慌張張走來說
道溫師父再寫兩個帖兒大娘的名字如今請東頭喬親家娘
和大妗子去頭里琴童來取了門外韓大姨和孟二妗子那兩
個帖兒打發去了不曾溫秀才道你姐夫看着打發去這半日
了棋童道溫師父寫了這兩個還再寫上三個請黃四嬸付大
娘韓大嬸和甘夥計娘子的我使來安兒來取不一時打發去
了只見來安來取這四個帖兒伯爵問你爹在家里衙門中去
了來安道爹今日沒往衙門里去在廳上看着收禮喬親家那
邊送禮來了二爹請過那邊坐的伯爵道我寫了這帖兒就去

溫秀才道老先生昨日王宅赴席來晚了伯爵問起那王宅溫秀才道是招宣府中伯爵就知其故良久來安等了帖兒去方纔與伯爵寫得完備李銘過這邊來西門慶髮着頭只在廳上收禮打發回帖傍邊排攏卓面見伯爵來唱喏畢讓坐廳上生着一盆炭火伯爵謝前日厚情因問哥定這卓席做什麼西門慶把安郎中來央浼作東請蔡九府之事告與他說了一遍伯爵問道明日是戲子小優西門慶道吽了一起海鹽子弟我這里又預備下四名小優兒答應伯爵道哥那四個西門慶道吳惠邵奉鄭春左順伯爵道哥怎的不用李銘西門慶道他已有了高枝兒又稀罕我這里做什麼伯爵道哥怎的說這個話你嗔他他纔來也不知道你一向惱他但是各人勾當不干他事

三嬸那邊幹事他怎得曉的你到休要屈了他他今早到我那里哭哭啼啼告訴我休說小的姐姐在爹宅內只小的答應該幾年今日有了別人倒沒小的他再三賭神發呪並不知他三嬸在那邊一字兒你若惱他卻不難爲他了他小人有什麼大湯水兒你若動動意兒他怎的禁得便教李銘你過來親自告訴你爹你只顧躲着怎的自古醜媳婦怕見公婆那李銘便過來站在槅子邊低頭歛足只見僻廳鬼兒一般看着二人說話再不敢言語聽得伯爵呼他一面走進去直着腿兒跪着地下只顧磕頭說道爹再訪那邊事小的但有一字知道小的車碾馬踏遭官刑撲死爹從前已往天高地厚之恩小的一家粉身碎骨也報不過來不爭今日惱小的惹的同行人恥笑他也欺

負小的。小的再向那里是個王兒說畢。號啕痛哭。跪在地下。只顧不起身。伯爵在傍道。罷罷。哥。是看他一場。大人不見小人之過。休說沒他不是。就是他不是處。他既如此。你也將就可恕他罷。你過來。自古穿黑衣。抱黑柱。你爹既說開。就不惱你了。李銘道。二爹說的是。知過必改。往後知道了。伯爵道。打面面口袋你這回纔到過醮來了。西門慶沉吟半晌便道。既你二爹再三說我不惱你了。起來答應罷。伯爵道。你還不快磕頭哩。那李銘連忙磕個頭。立在傍邊。伯爵方纔令應寶取出五個請帖兒來遞與西門慶。說道。二十八日。小兒彌月。請列位嫂子。過舍光降光降。西門慶展開觀看。上面寫着。

二十八日。小兒彌月之辰。寒舍薄具豆觴。奉酎厚貺。千希魚軒賁臨。不勝幸荷。下書應門杜氏斂袵拜。

西門慶看畢。合來安兒連盒兒送與大娘瞧去。官情後日去不成。寔和你說。明日是你三娘生日。家中又是安郎中擺酒。二十八日他又要徃看夏大人娘子去。如何去的成。伯爵道。哥殺人。嫂子不去。滿園中菓子兒。再靠着誰哩。我就親自進屋裡請去。少頃。只見來安拿出空盒子來了。大娘說多知覆知道了。伯爵把盒兒遞與應寶接了。笑了道。哥剛纔你就哄我起來。若是嫂子不去。我就把頭磕爛了。也好歹請嫂子走走去。于是西門慶教伯爵你且休去。在書房中坐坐。等我梳了頭兒。咱每吃飯說畢。入後邊去了。這伯爵便向李銘道。如何。剛纔不是我這般說着。他甚是惱你。他有錢的性兒。隨他說幾句罷了。常言嗔拳不

笑面如今時年尚個奉承的拿着大本錢做買賣還放三分和
氣你若撑硬船兒誰理你休說你每隨機應變全要四水兒活
纔得轉出錢來你若撞東墻別人吃飯飽了你還恐餓你答應
他幾年還不知他性兒明日交你桂姐赶熱脚兒來兩當一兒
就與三娘做生日就與他陪了禮來兒一天事多了了李銘道
二爹說得是小的到家過去就對三媽說說着只見來安兒放
卓兒說道應二爹請坐爹就出來不一時西門慶梳洗出來陪
伯爵坐的問他你連日不見老孫祝大化伯爵道我令他來他
知道哥惱他我便說還是哥十分情分看上顧下那日蝇蟲螞
蚱一例撲了去你敢怎的他每發下誓再不和王家小廝走說
哥昨日在他家吃酒來他每也不知道西門慶道昨日他如此

2097

這般置了一席大酒請了我拜認我做乾老子。吃到二更來了。他每怎樣的再不和來往。只不干礙着我的事。隨他去。我管他怎的。我不眞個是他老子。我管他不成。伯爵道。哥這話說絕了。他兩個一二日也要來與你服個禮兒。解釋解釋。西門慶道。你教他只顧來。平白服甚禮。一面來安兒拿上飯來。無非是炮烹美口餚饌。西門慶吃粥。伯爵用飯。吃畢。西門慶問那兩個小優兒來了不曾。來安道。來了這一日了。西門慶叫他了和李銘一答兒吃飯。一個韓佐。一個邵鎌。向前來磕了頭。下邊吃飯去了。良久。伯爵起身說道。我去罷。家里不知怎樣等着我哩。小人家兒幹事最苦。先從爐臺底下。直買起到堂屋門首。那些兒不要買。西門慶道。你去幹了事。晚間來坐坐。與你三娘上壽。磕個頭

兒。也是你的孝順。伯爵道。這個已定來。還教房下送人情來。說畢。一直去了。正是得意友來情不厭。知心人至話相投。有詩爲證

順情說好話　幹直惹人嫌

世事淡方好　人情耐久看

畢竟未知後來何如。且聽下回分解。

第七十三回 潘金蓮不憤憶吹簫

西門慶新試白綾帶

第七十三回

潘金蓮不憤憶吹簫　郁大姐夜唱鬧五更

巧厭多乖拙厭閒　善嫌懦弱惡嫌頑
富遭嫉妬貧遭辱　勤又貪圖儉又慳
觸目不分皆笑拙　見机而作又疑奸
思量那件合人意　爲人難做做人難

話說應伯爵回家去了。西門慶正在花園藏春塢坐着。看泥水匠打地爐炕。墻外燒火。裡邊地暖如春。安放花草。庶不至煤烟熏觸。忽見平安拿進帖來。禀說。帥府周爺那里差人送分資來了。盒内封着五封分資。周守備。荊都監。張團練。劉薛二内相。每人五十星。粗帕二方。奉引賀敬。西門慶令左右收人後邊。拿回帖打發來人去了。且說那日楊姑娘與吳大妗子。潘姥姥。坐轎子先來了。然後薛姑子大師父。王姑子。并兩個小姑子。妙趣妙鳳。并郁大姐。多買了盒兒來。與玉樓做生日。吳月娘在上房擺茶。衆姊妹都在一處陪侍。須臾吃了茶。各人都取便坐了。潘金蓮想着要與西門慶做白綾帶兒。不知走到房裡拿過針線匣。揀一條白綾兒。用扣針兒親手鍬龍帶兒。用纖手向減粧磁盒兒內。傾了些顫聲嬌藥末兒。裝在裡面周圍。又進房來。用倒口針兒撩縫兒甚是細法。預備晚夕要與西門慶雲雨之歡。不想薛姑子驀地進房來。送那安胎氣的衣胞符藥。這婦人連忙收過。一連陪他坐的。這薛姑子見左右無人。悄悄遞與他向他說。多整理完備了。你揀了壬子日空心服。到晚夕與官人在一處。

㬰情一度就成胎氣你看後邊大菩薩也是貧僧替他安的胎今也有了半肚子了我還說個法兒與你縫做了錦香囊我贖道衆硃雄黃符兒安放在裡面帶在身邊㬰情就是男胎好不准驗這婦人聽了滿心歡喜一面接了符藥藏放在廂中拿過曆日來看二十九日是壬子日于是就稱了三錢銀子送與他說這個不當什麼拿到家買根菜兒吃等坐胎之時你明日稍了硃砂符兒來着我尋疋絹與你做鍾袖薛姑子道菩薩快休討較我不相王和尚那樣利心重前者因過世那位菩薩念經他說我攙了他的主顧好不和俺兩個嚷鬧到處拿言語喪我我的爺隨他墮業我不與他爭執我只替人家行好救人苦難婦人道薛爺你只行的事各人心地不同我這里勾當你也休

和他說。薛姑子道。法不傳六耳。我肯和他說。去年爲後邊大菩薩喜事。他還說我背地得了多少錢。擗了一半與他纔罷了。一個僧家。戒行也不知。利心又重。得了十方施主錢粮。不修功果。到明日死沒。披毛戴角還不起。說了回話。婦人教春梅看茶與薛爺吃。那姑子吃了茶。又同他到李瓶兒那邊。參了參靈。方歸後邊來。約後晌時分。月娘兩個放卓兒炕屋里請坐。諸堂客明間內。坐的齊整錦帳圍屏。放八仙卓鋪着火盆。菜的案酒。晚夕孟玉樓與西門慶遞酒。穿着何太監與他那五彩飛魚蟒衣。白綾襖子。同月娘居上。其餘四位都兩邊列坐。不一時。堂中畫燭高燒。壼內羊羔滿泛。邵鎌韓佐兩個優兒。銀箏象板。月面琵琶席前彈唱。紛紛瑞靄飄。朵朵祥雲墜。玉樓打扮粉粧玉琢蓮臉

生春與西門慶遞酒花枝招颭綉帶飄飄磕了四個頭然後方
與月娘衆姊妹俱見了禮安席坐下只見陳經濟向前大姐執
壺先遞了西門慶月娘後與玉樓上壽行畢禮傍邊坐下廚下
壽麵點心添換一齊拿上來只見來安拿進盒兒來說應寶送
人情來了西門慶教月娘收了教來安送應二娘帖兒去請你
應二爹和大舅來坐坐我曉的他娘子兒明日也是不來請二
哥來坐坐罷改日囬人情與他就是了來安拿帖兒同應寶去
了西門慶坐在上面不覺想起去年玉樓上壽還有李大姐今
日子毋五個只少了他由不得心中痛眼中落淚不一時李銘
斟上酒下邊吃湯飯上來了兩個小優兒也來了月娘分付你
會唱比翼成連理不會韓佐道小的有纔待拿起樂器來彈唱

被西門慶叫近前來分付。你唱一套憶吹簫。我聽罷。兩個小優
連忙改調唱集賢賓。
憶吹簫玉人何處也。今夜病較添些。白露冷秋蓮香。粉墻低
皓月偏斜。止不過暫時間鐃破釵。分倒勝似數十弟信絕音
絕。對西風倚樓空自嗟。望不斷叢樹重疊。悄的的是流光去馬
雁陳擺蛇。
逍遙樂　歡娛前夜。喜根燈能。香玉帶結。剛得了和協。誰承
望又早離別。常記得相靠相偎笑語碟。畫堂中那日驕奢。受
用些樽中綠。釵扇底紅牙枕上蝴蝶。
(醋芦蘆)我和他那日相逢臉帶羞。乍交歡心尚怯。半裝醉半
裝醒。半裝呆兩情濃到今難棄。錦帳裡鴛鴦被方纔溫熱。把

一枝鳳凰簪兒做了三兩截。

又　我和他挑着燈將好句兒截。背着人惱心說。直等到碧梧窗外影兒斜惜花心怕將春漏步蒼苔脚尖輕立露珠的常汚了踏青靴。

又　我爲他朋情上將說話兒丟。他與我母親個將喬樑兒𢢹我爲何。在家中費盡了巧喉舌。他爲我褪湘裙鴛花上血。

原來潘金蓮。見唱些詞。盡知西門慶念思李瓶兒之意唱到此句在席上故意把手放在臉兒上。這點兒那點兒羞他說道孩兒那里豬八戒走在冷。舖中坐着。你怎的醜的。沒對兒一個後婚老婆。又不是女兒那里討杜鵑花上血來。好了沒羞的行貨子。西門慶道惟奴才我只知道那里曉的什麼兩個小優唱道。

又　我爲他耳輪兒常熱。他爲我面皮紅羞。把扇兒遮蝴蝶兒。一個相府内懷春女。一個是君前門彈劍客。半路里忽逢者。剗幾個千金夜。忽剌入抛去也。我怎肯恁隨邪。又去把墻花亂。

後庭花　夢了些些虛飄飄枕上蝴蝶。聽了些些咭叮噹簷前鐵剗合上溫郎鏡。又早攔回卓氏車。我這里痛傷嗟。鴛帳冷香消蘭麝。困將來剗團些望陽臺道路賒。那愁怎打疊。這相思索害他。看銀河直又斜。對孤燈又滅

青歌兒　呀　風亂灑堦前堦前。黃葉一半遮柳稍柳稍殘月這離情比前春較陡些。害也斜瘦的啤嗾。待桑田重變海枯渴。還不了風流業。浪里來煞。這愁剗。還在跟甬哲一　又來到

眉上惹恨不的倩三尸　腑細鑑碍有一日綉幃中肌玉重
厮貼我將他指尖兒輕揑直說到樓頭北斗柄兒斜
唱畢。那潘金蓮不憤他唱這套。兩個在席上只顧拌嘴起來。月娘就有些看不上。便道。六姐你也耐煩。兩個只顧且強什麼。楊姑奶奶和他大妗子。丟的在屋里冷清清的。沒個人兒陪他。你毎着兩個進去陪他坐坐兒。我就來。當下金蓮和李嬌兒。往房裡陪楊姑娘。潘姥姥。大妗子。坐去了。不一時只見來安向前說。應二娘帖兒送到了。二爹來了。大舅便來。西門慶道。你對過請溫師父來坐坐。因對月娘說。你分付厨下拿菜出來。我前邊陪他坐去。又吽李銘。你往前邊唱來罷。李銘郎跟着西門慶出來。西廂房內陪伯爵坐的。又謝他人情。明日請令正好歹來看看。

伯爵道。他怕不得來。家下沒人。良久温秀才到。作揖坐下。伯爵舉手道。早辰多有累老先生。見温秀才道。豈敢。吳大舅也到了。相見讓位畢。一面琴童兒秉燭來。四人圍暖爐坐定。來安拿着春盛案酒。擺在卓上。伯爵燈下看見西門慶白綾襖子上罩着青段五彩飛魚蟒衣。張爪舞牙。頭角崢嶸。揚鬚鼓鬣。金碧掩映。蟠在身上。諕了一跳。問哥這衣服是那里的。西門慶便立起身來。笑道。你每瞧瞧。猜是那里的。伯爵道。俺每如何猜得着。西門慶道。此是東京何太監送我的。我在他家吃酒。因害冷。他拿出這件衣服與我披。這是飛魚。朝廷另賜了他蟒龍玉帶。他不穿這件。就相送了。此是一個大分上。伯爵方極口誇奬。這花衣服少說也值幾個錢兒。此是哥的先兆。到明日高轉做到都督上。愁玉帶蟒衣。何況飛魚。穿過界兒去了。說着。琴童安放鍾筯。湯點心酒上來了。李銘在面前彈唱。伯爵道。也該進去與三嫂遞杯酒兒纔好。如何就吃酒。西門慶道。我兒。你有孝順之心。往後邊與三嫂磕個頭兒就是了。說他怎的。伯爵道。不打緊。等我磕頭去着。緊磕不成頭。炕沿兒上見個意思兒出來。就是了。被西門慶向他頭上儘力打了一下。罵道。你這狗材。單管恁沒大小。伯爵道。孩兒們若肯了。那個好意做大。兩個又犯了回嘴。不一時拿將壽麵來。西門慶讓吳大舅溫秀才伯爵吃。西門慶因在後邊吃了。遞與李銘吃了。那李銘吃了。又上來彈唱。伯爵教吳大舅分付曲兒教他唱。大舅道。不要索落他。隨他揀熟的唱去。西門慶道。大舅好聽瓦盆這一套兒。一面令琴童斟上酒。李銘于是箏排雁柱。歘定冰弦。這唱了一套。教人對景無言。終日減芳容。下邊去了。只見來安上來稟說。廚子家去。請問爹明日叫幾名答應。西門慶分付六名廚役。二名茶酒。明日具酒筵。共五桌。俱要齊備。來安應諾去了。吳大舅便問姐夫明日請甚麼人。西門慶悉把安郎中作東。請蔡九知府說了。吳大舅道明日大巡在姐夫這里吃酒。又好了。西門慶道怎的說。吳大舅道。還是我修倉的事。就在大巡手里題本。望姐夫明日說說。教我青白青白到年終。他若滿之時。畱他保舉一二。就是姐夫情分。西門慶道這不打緊。大舅明日寫個履歷揭帖來。等我會便和他說。這大舅連忙下來打恭。伯爵道老舅。你大人家放心。你是個都根主子。不替你老人家說。再誰說。管情消不得吹噓之力。一箭就上梁前邊吃酒到二更時分散了。西門慶打發了李銘等出門。就分付明日俱早來伺候。李銘等去了。小廝收進家活。上房內擠着一屋里人。聽見前邊散了。多往那房里去了。卻說金蓮只說往他屋里去。慌的往外走不迭。不想西門慶進儀門來了。他便藏在影壁邊。黑影兒裡看着。西門慶進入上房。悄悄走來窗下聽覷。只見玉簫站在堂屋門首。說道。五娘怎的不進去。爹進來屋里來。和三娘多坐着不是。又問姥姥怎的不見。金蓮道。老行貨子他害身上疼。往房里睡去了。良久只聽月娘便問你今日怎的叫恁兩個新小王八子。唱又不會唱。只一味會三弄梅花。玉樓道。只你臨了教他唱鴛鴦浦蓮開。他纔依了。你唱這套。好個猾小王八子。又不知叫什麼名字。一日在這里。只是頑。西門慶道他兩個叫韓佐一個叫邵謙月娘道誰曉的他叫什麼謙兒李兒不防金蓮慢慢躡足潛踪掀開簾兒進去教他煖炕兒背後便道你問他正景姐姐分付的曲兒不教他唱平白胡枝扯葉的教他唱什麼憶吹簫李吹簫支使的一飄個小王八子亂騰騰的不知依那個的是這玉樓扭回看見是金蓮便道是這一個六丫頭你在那里來猛可說出句話倒諕我一跳單愛行鬼路兒你從多咱路在我背後怎的沒看見你進來脚步兒响小玉道五娘在三娘背後好小一回兒金蓮點着頭兒向西門慶道哥兒你濃着些兒罷了你的小見識兒只說人不知道他是甚相府中懷春女他和我多是一般後婚老婆什麼他爲你褪湘裙杜鵑花上血三個官唱兩個喏誰見來孫小官兒

問朱吉。別的多罷了。這個我不敢許。可是你對人說的。自從他死了。好應心的菜也沒一碟子兒。沒了王屠連毛吃豬。空有這些老婆睜着。你日逐只味屎哩。見有大姐在上。俺每便不是上數的。可不着你那心的了。一個大姐。怎當家理紀。也扶持不過你來。可可兒只是他好來。他死。你怎的不拉掣住他。當初沒他來時。你也過來。如今就是諸般兒稱不上你的心了。題起他來就疼的。你這心里格地地的。拿別人當他借汁兒下麵。也喜歡的。你要不的。只他那屋里水好吃麽。月娘道。好六姐。常言不說的好人不長壽。禍害一千年。自古鏇的不圓。砍的圓。你我本等是賺貨。應不上他的心。隨他說去罷了。金蓮道。不是咱不說他。他說出來的話灰人的。只說人憤不過他。那西門慶只是笑罵道。怪小淫婦兒胡說了。你我在那里說道。這個話來。金蓮道。還是請黃內官那日你沒對着應二和溫蠻子說。從他死了。好菜也拿沒出一碟子來。恠不的你老婆多死絕了。就是當初有他在。也不什麽的。到明日再扶一個起來。和他做對兒麽。賊沒廉耻撒根基的貨。說的西門慶急了。跳起來。趕着拿靴脚踢他。那婦人奪門一溜烟跑了。這西門慶趕出去不見他。只見春梅站在上房門首。就一手搭伏着春梅肩背。往前邊來。月娘見他醉了。巴不的打發他前邊去睡。要聽三個姑子晚夕宣卷。于是教小玉打個燈籠。送他前邊去。金蓮和玉簫站在穿廊下黑影中。西門慶沒看見他。玉簫向金蓮道。我猜爹管情向娘屋里去了。金蓮道。他醉了。快發訕由他先睡。等我慢慢進去。這玉簫便道。

娘你等等我。取些菓子兒稍與姥姥吃去。于是走到牀房內袖出兩個柑子。兩個蘋波。一包蜜餞。三個石榴。與婦人。婦人接的袖了。一直走到他前邊。只見小玉送了西門慶回來。說道五娘端的在那邊。爹好不尋五娘。這金蓮到房門首不進去。悄悄向窻眼里望裡張覷覷看見西門慶坐在牀上正摟着春梅做一處頑耍。恐怕攪擾他連忙走到那邊屋里。把秋菊將菓子交付與了他。因問姥姥睡沒有。秋菊道睡了一大回了。囑付他菓子好生收在揀粧內。原復往後邊來。只見月娘李嬌兒孟玉樓西門大姐大妗子楊姑娘并三個姑子。帶兩個小姑子。妙趣妙鳳坐了一屋里人。姑子便盤膝坐。在月娘炕上。薛姑子在當中。放着一張炕卓兒。炷了香。衆人多圍着他聽他說佛法。只見金蓮笑掀簾子進來。月娘道你惹下禍來。徃他屋里尋你去了。你不打發他睡。如何又來了。他到屋里打你。金蓮笑道你問他敢打我不敢。月娘道他不打你。嫌我見你頭里話出來的忒緊了。常言漢子臉上有狗毛。老婆臉上有鳳毛。他有酒的人。我怕一時激犯他起來。激的惱了。不打你。狗不成。俺每倒替你揑兩把汗。原來你到這等潑皮。金蓮道他就惱我也不怕他。看不上那三等兒九假[格]的。正景姐姐分付的曲兒不教唱。且東溝黎。西溝壩。支使的個小王八子。亂烘烘的不。知依那個的是。就是今日孟三姐好的日子。不該唱憶吹簫。這套離別之詞。人也不知死那里去了。偏有那些佯慈悲假孝順。我和剌不上。大妗子道你姐兒每亂了這一回。我還不知因為什麼來。姑夫好好的進來坐着怎的又出他去了。月娘道。大妗子你還不知道那一個因想起李大姐來。說年時孟三姐生日還有他今年就沒他了。落了幾點眼淚教小優兒唱了一套憶吹簫玉人兒何處也這一個就不憤他唱這詞倒纔搶白了爹幾句。搶白的那個急了。趕着踢打。這賊就走了。楊姑娘道。我的姐姐。你隨官人分付教他唱罷了。又搶白他怎的。想必每常見姐姐每多全全兒的今日只不見了李家姐姐。漢子家的心怎麽不慘切个兒。玉樓道。好奶奶這半日你還歌唱誰嗔他唱。俺這六姐姐平昔曉的曲子里滋味。那個誇死了的李大姐比古人那個不如他。又尚的怎的。兩個交的情厚。又怎麽設山盟海誓。你爲我。我爲你。無比賽的好。這個牢成的又不顧慣。只顧拿言語白他和他整厮亂了這半日楊姑娘道我的姐姐原來這等聰明月娘道他什麼曲兒不知道但題起頭兒就知尾兒相我若叫唱老婆和小優兒來俺每只曉的唱出來就罷了偏他又說那一段兒唱的不是了那一句兒唱的差了又那一節兒稍了但是他爹說出來個曲兒就和爹熱亂兩個白搽白的必須搽惱了纔罷俺每使不去管他孟玉樓在傍戲道姑奶奶你不知我三四胎兒只存了這個丫頭子這丫頭子這般精靈兒古怪的如今他大了成了人兒就不依我管教了金蓮便向他打了一下笑道你又做我的又來打上輩我的娘起來了玉樓道你看恁慣的少條兒尖教的又來打上輩楊姑娘道姐姐你今後讓他官人一句兒罷常言一夜夫妻百夜恩相隨百步也有個徘徊之意一個熱突突人

兒指頭兒似的少了一個如何不想不疼不題念的金蓮道想的不想也有個常時兒一般都是你的老婆做什麼擡一個滅一個俺每多是劉湛兒鬼兒不出村的大姐在後邊他也不知道你還沒見哩每日他從那里吃了酒來就先到他房里望着他影深深唱惹口里恰似嚼蛆一般供着個羹飯兒着舉筯兒只像活的一般兒讓他不知什麼張致又嗔俺每不替他戴孝俺每便不說他又不是婆婆胡亂帶過斷斷罷了只顧帶幾時又與俺每亂了幾場楊姑娘道姐姐們見一半不見一半兒罷楊姑娘道好快斷斷過了這一向又早百日來姑娘問幾時是百日月娘道早哩到臘月二十六日王姑子道少不的念個經兒月娘道挨年近節忙忙的且念什麼經他爹只怕過年念罷

了。說着只見小玉拿上一道土荳泡茶來。每人一盞。須臾吃畢。月娘洗手。向爐中炷了香。聽薛姑子講說佛法。先念揭曰。

禪家法教豈非凡　佛祖家傳在世間
落葉風飄着地易　等閒復上故枝難

此四句詩。单說着這爲僧的。戒行最難。言人生就如同鐵樹一般。落得容易。全枝復節甚難。墮業容易。成佛作祖難。卻說當初治平年間。浙江寧海軍。錢塘門南山淨慈古孝剎。有兩個得道的眞僧。一個喚作五戒禪師。如何謂之五戒。第一不殺生命。第二不偷財物。第三不染淫聲美色。第四不飲酒茹葷。第五不妄言綺語。如何謂之明悟。言其明心見性。覺悟我眞。這五戒禪師。在家年方三十一歲。身不滿三尺。形容古怪。自伊師明悟。少其

一日。俗名金禪。字佛教。如法了得。他與明悟是師兄師弟。一日
同來寺中。訪大行禪師。禪師觀五戒佛法曉得。留在寺中做個
首座。不數年大行圓覺。衆僧立他做了長老。每日到坐。那第二
個明悟。年二十九歲。生得頭圓耳大。面闊口方。身體長大。貌類
羅汉。俗姓王。兩個如同一母所生。但遇說法。同外法應。忽一日
冬盡春初時節。天道嚴寒。作雪下了兩日。雪霽天晴。這五戒禪
師早辰坐在禪椅上。耳邊連連只聞得小兒啼哭。便叫一個身
邊知心腹的清一道人。你往山門前看有甚事來。報我知道。這
道人。開了山門。見松樹下。雪地上。一塊破蓆放着一個小孩兒
這是什麼人家丟在此處。向前看。是五六個月的女孩兒。破衣
包裹。懷内片紙。寫着他生時八字。清一道。救人一命。勝造七級

浮屠。蓮忙到方丈稟知長老。長老道善哉。難得你善心。即抱回房中好生喂養。救他性命。這是好事。到了周歲。長老起了個名字。喚做紅蓮。日往月來。養在寺中。無人知覺。一向長老也忘也不覺紅蓮長成十六歲。清一道人每日出鎖入鎖。如親生女一般。女子衣服鞋襪。如沙彌打扮。且是生得清俊。無事在房做針線。只指望招尋個女婿。養老送終。一日六月熱天。這五戒禪師。忽想數十年前之事。逕來千佛閣後。清一道人房中來。清一道。長老希行來此何幹。五戒因問紅蓮女子在于何處。清一不敢隱諱。請長老進房一見。就差了念頭。邪心輒起。分付清一。你今早送他到我房中。不可有悞。你若依我。後日擡舉你。切不可泄漏與人。清一不敢不依。暗思今夜必壞了這女身。長老見他應得不爽利。喚入方丈。與了他十兩白金。又度諜清一。只得收了銀子。至晚送紅蓮到方丈。長老遂破了他身。每日藏鎖他在牀後紙帳房內。把些些飯食與他吃。卻說他師弟明悟禪師在禪牀上。入定回來。已知五戒差了念頭。犯了色戒。淫垢了紅蓮女子。把多年德行。一旦拋棄了。我去勸醒。再不可如此。次日寺門前荷蓮花開。明悟令行者採一朶白蓮花來。插在胆瓶內。令請五戒來賞蓮花。吟詩談笑。不一時五戒至。兩個禪師坐下。明悟道。師兄我今日見此花甚盛。竟請吾兄賞玩。吟詩一首。行者拿茶吃了。預備文房四寶。五戒道。將那荷根爲題。明悟道。便將蓮花爲題。五戒揑起筆來。寫詩四句。

一枝菡萏瓣兒張　相伴蜀葵花正芳

紅留似火開如錦　不如翠盖芰荷香

明悟道。師兄有詩。小弟豈得無詩。于是拈筆寫四句

春來桃杏柳舒張　千花萬蘂鬬芬芳
夏賞芰荷如爍錦　紅蓮爭似白蓮香

寫畢呵呵大笑。五戒聽了此言。心中一悟。面有愧色。轉身辭回方丈。命行者快燒湯洗浴罷。換了一身新衣。取紙筆忙寫八句頌曰。

吾年四十七　萬法本歸一
只爲念頭差　今朝去得急
傳語悟和尚　何勞苦相逼
幻身如閃電　依舊蒼天碧

寫畢放在佛前。歸到禪牀上就坐化了。行者忙去報與明悟。明悟聽得大驚。走來佛前看見辭世頌。遂說你好卻好了。只可惜差了這一着。你如今雖得個男身去。我不信佛法三寶。必然滅佛謗僧。後世墮落苦輪。不得歸依正道。深可痛哉。你道你去得。我趕你不着。當下歸房。令行者燒湯洗浴。坐在禪牀上。吾今趕五戒和尚去也。汝可將兩個人神子盛了。放三日一時焚化。說畢。大圓寂坐化。衆僧皆驚。有如此異事。傳得四方知道。本寺連日坐化了兩僧。燒香禮拜佈施者人山人海。擡去寺前焚化。這清一道人。遂收紅蓮改嫁平人。養老不日。後五戒托生在西川眉州。與蘇老泉居士做兒子。名喚蘇軾。字子瞻。號東坡。明悟托生與本州。姓謝道法爲子。爲端卿。後出家爲僧。取名佛印。他兩個還在

一處作對。相交契厚。正是

自到川中數十年　曾在毘盧頂上眠
叅透趙洲關捩子　好姻緣做惡姻緣
桅紅柳綠還依舊　石邊流水响潺潺
今影指引菩提路　再休錯意戀紅蓮

薛姑子說罷。只見玉樓房中。蘭香拿了兩方盒細巧素菜。菓碟茶食點心。收了香爐。擺在卓上。又是一壺茶。與眾人陪三個師父吃了。然後又拿葷下飯來。打開一罈麻姑酒。衆人圍爐吃酒。月娘便與大妗子。擲色兒搶紅。金蓮便與李嬌兒猜枚。玉簫便傍邊斟酒。又替金蓮打卓底下轉子兒。須臾把李嬌兒贏了數杯。玉樓道。等我和你猜。你只顧羸他罷。這玉樓道。金蓮露出手來不許他褪在袖口邊。玉簫不許他近前。當夜一連反贏了金連幾鍾酒。又教郁大姐彈唱。月娘道。你唱了鬧五更。俺聽。郁大姐便調絃高聲唱(玉交枝)道。

彤雲密布剪。鵝雪花飄舞。朔風凜冽穿窗户。你心毒。奴更受苦。爹娘罵得奴心忒狠毒。你說來的話。全不顧。把更兒從頭細數。

(金字經)夜迢迢。孤另另。冷清清。更靜初。不寄平安。一紙書。腮邊流淚珠。不把佳期顧。一更里無限的苦。

(玉交枝)一更纔至冷清。撇奴在帳里番來覆去如何睡。二更里淚珠垂。

(又)二更難過。討一覺頻頻的睡着今宵。今宵夢兒里。來托我思他他思我。去時節海棠花兒開了半朵。到如今樹葉兒皆零落。枉教奴痴心兒等着。

(金字經)我痴心終日家等待。你何日是可合少離多。咱命薄命薄。孤另孤另。怎生奈何。好着教難存坐。三更里睡夢兒多。

(玉交枝)三更月上好難挨。今宵夜長燒殘蠟燭。銀臺上淚珠流三兩行。紅綾的被兒閒了半牀。新梅的手帕兒在誰行放。瘦損了腰肢。腰肢沈郎。

(金字經)沈郎的腰肢瘦。每日家愁斷了腸。盼望情人淚兩行。兩行。對菱花懶去粧。瘦損了嬌模樣。四更里偏夜長。

(玉交枝)四更如畫。枕邊想不覺的淚流。靈神廟里曾發呪。剪青絲兩下里收。說來的話兒不應口。到如今閃的我似章臺梆梆教奴痴心等守。

（金字經）我痴心終日家等待你。何日是休。望盼情人空倚樓。倚樓。想情人一筆勾。不由把眉雙皺。五更里淚珠流。

（玉交枝）五更雞唱。看看兒天色漸曉。放聲欲待。放聲又恐怕傍人笑。一全家心內焦。燒香告。禱神前發願心的自有天知道。枉教奴痴心等着。

（金字經）我痴心終日家等待你。何日是了。簷外叮噹鐵馬兒敲。兒敲。攪的奴睡不着。一壁廂寒鴉叫。凄凄涼涼直到曉。

（玉交枝）曉來梳洗。傍粧臺。懶上畫眉房。簷上喜鵲兒喳喳的。小梅香來報喜。報道是有情郎。眞個歸奴。奴向入羅幃里。向前來奴家問你。

【後庭花】我問你個負心賊。你盡知一去了半年來。怎生無個信息。我道你應舉求官去。誰想你戀烟花家貪酒杯。我為你受孤恓。在那里偎紅倚翠。我為你病懨懨減了飲食。瘦伶仃消了玉體。捱清晨怕夕曉。一更里聽天邊孤雁飛。二更里想情人魂夢里。五更里醒來時不見你。

【柳葉兒】呀空閒了鴛鴦錦被。寂寞了燕約燕約。鴛斯海神廟見放着傍州例。不由我心中氣。你盡知負心的。自有個天知道。

【尾聲】流蘇錦帳同歡會。錦被里鴛鴦成對。永遠團圓直到底。

當下金蓮與玉樓猜枚。被玉樓贏了一二十鍾酒。坐不住往前邊去了。到前邊叫了半日。角門纔開。只見秋菊揉眼。婦人罵道賊奴才你睡來。秋菊道我沒睡。婦人道見睡起來你哄我你倒自在就不說往後來接我要兒去。因問你爹睡了。秋菊道爹睡了這一日了。婦人走到炕房里摟起裙子來就坐在炕上烤火。婦人要茶吃。秋菊連忙傾了一盞茶來。婦人道賊奴才好乾淨手兒你倒茶我吃。我不吃這陳茶。熬的怪泛湯氣你叫春梅來。教他另拿小銚兒頓些好甜水茶兒。多着些茶葉頓的苦豔豔我吃。秋菊道他在那邊牀屋里睡哩。等我叫他進來。婦人道你休叫他。且教他睡罷。這秋菊不依。走在那邊屋里見春梅歪在西門慶脚頭睡得正好。被他搖推醒了道娘來了要吃茶你還不起來哩。這春梅噦他一口罵道見鬼的奴才。娘來了罷了。平白諕人剌剌的。一面起來慢條斯禮撒腰拉袴走來見婦人。只顧倚着眼兒揉眼婦人。反罵秋菊恁奴才。你睡的甜甜兒的。把你叫醒了。因教他你頭上汗巾子跳上去了。還不往下扯扯哩又問你耳躲上墜子怎的。郤只帶着一隻。往那里去了。這春梅摸了摸。果然只有一隻金玲瓏墜子。便點燈往那邊牀上尋去。尋不見。良久不想落在牀脚踏板上拾起來。婦人問在那里來。春梅道。都是他失驚打怪叫我起來。乞帳鈎子抓下來了。纔在踏板上拾起來。婦人道。我那等說着。他還只當叫起你來。春梅道。他說娘要吃茶來。婦人道。我要吃口茶兒。嫌他那手不乾淨。這春梅連忙舀了一小鍾了水。坐在火上。使他撾了些炭放在火内須臾就是茶湯。滌盞兒乾淨。濃濃的點上去。遞與婦人。婦人問春梅。你爹睡下多大回了。春梅道。我打發睡了這一日了。問娘來。我說娘在後邊，還未來哩，這婦人吃了茶。因問春梅，我頭裡袖了幾個菓子。和蜜餞，是玉簫與你姥姥吃的，交付這奴才接進來你收了。春梅道，我沒見他，赤道放在那里，這婦人一面叫秋菊問他，菓子在那里，秋菊道。有我放在揀粧內哩。走去取來。婦人數了一數。只是少了一個柑子，問他那里去了，秋菊道。娘遞與拿進來，就放在揀粧內。那個害饞癆。爛了口。吃他不成。婦人道，賊奴才，還漲灘嘴。你不偷，往那去了。我親手數了交與你的。賊奴才。你看省手拈搭的。零零落落。只剩下這些兒乾淨吃了一半。原來只孝順了你。教春梅你與我把那奴才。一邊臉上打與他十個嘴把。春梅道，那膭臉彈子，倒沒的齷齪了我這手，婦人道，你與我拉他雙手推顙到婦人跟前。婦人用手擰着他腮頰。罵道賊奴才。這個柑子。是你偷吃了不是。你即實實說了。我就不打你。不然取馬鞭子來。我這一旋剝。就打了不數。我難道醉了。你偷吃了。一徑裡滲混我。因問春梅。我醉不醉。那春梅道娘清省白淨。那討酒來。娘信他。不是他吃了。娘不信掏他袖子。怕不的還有柑子。皮兒在袖子裡不止的。婦人于是扯過他袖子來。用手掏他袖子。用手撇着。不教掏。春梅一面拉起手來。果然掏出些柑子皮兒來。被婦人儘力臉上擰了兩把。打了兩個手八便罵道賊奴才。痞不長俊。奴才你諸般兒不一。相這說舌偷嘴吃偷會。剛纔掏出皮來吃了。眞贓實犯拿住你還賴那個。我如今要打你。你爹聽在這里。我茶前酒後。我且不打你。到明日清淨白省。和你筭帳。春梅道。娘到明日休要與他行行怨

怒的。好生旋剥了。教一個人把他實辣辣打與他幾十板子。教
他恐疼。他也惧怕些甚麼。猴兒似的湯那幾棍兒。他纔不放心
上那秋菊被婦人擰的臉脹腫的。谷都着嘴往厨下去了。婦人
把那一個柑子。平白兩半。又拿了個蘋婆石榴。遞與春梅說道
這個與你吃。把那個留與姥姥吃。這春梅也不瞧。接過來似有
如無。掠在抽屜內。婦人把蜜蒸也要分開。春梅道。娘不要分我
懶待吃這甜行貨子。留與姥姥吃罷。以此婦人不分。都留下了
不題。婦人走到桶子上小觧了。教春梅掇進坐桶來澡了牝。又
問春梅。這咱天有多少時分。春梅道。月兒大倒西。也有三更天
氣。婦人摘了頭面。走來那邊牀房里。見卓上銀燈已殘。從新剔
了剔。向牀上看西門慶。正打齁睡。于是觧鬆羅帶。卸褪湘裙。坐

換睡鞋脫了裩褲上床鑽在被窩裡與西門慶並枕而臥睡下不多時向他腰間摸他那話弄了一回白不起原來西門慶與春梅纔行房不久那話綿軟急切捏弄不起來這婦人酒在腹中慾情如火蹲身在被底把那話用口吮咂挑弄蛙口吞裹龜頭只顧往來不絕西門慶猛然醒了見他在被窩裡便道怪小淫婦兒如何這咱纔來婦人道俺每在後邊吃酒孟三兒又安排了兩大方盒酒菜兒郁大姐唱着俺每陪大妗子楊姑娘猜枚擲骰兒又頑了這一日被我把李嬌兒先贏醉了落後孟三兒和我兩個五子三猜俺兩個到輸了好幾鍾酒你到是便益睡起一覺兒來好熬我你看我依你不依西門慶道你整治那帶子了婦人道在褥子底下不是一面探手取出來與西門慶

看了扎在麈柄根下繫在腰間拴的緊緊的又問你吃了不曾西門慶道我吃了須臾那話乞婦人一壁廂弄起來只見奢稜跳腦挺身直舒比尋常更舒七寸有余婦人扒在身上龜頭昂大兩手搦着牝户往裡放須臾突入牝中婦人兩手摟定西門慶脖項令西門慶亦扳抱其腰在上只顧揉搓那話漸沒至根婦人叫西門慶達達你取我的裩腰子墊在你腰底下這西門慶便向牀頭取過他大紅綾抹胸兒四摺疊起墊着腰這婦人在他身上馬伏着那消幾揉那話盡入婦人道達達你把手摸摸多全放進去了撐的裡頭滿滿兒的你自在不自在多揉進去西門慶用手摸摸見盡沒至根間不容髮止剩二卵在外心中覺翕翕然暢美不可言婦人道好急的慌只是觸冷咱不得

拿燈兒照着幹趕不上夏天好。這冬月間。只是冷的慌。因問西門慶說道這帶子。比那銀托子。識好不好。強如格的陰門生疼的。這個顯的該多大又長出許多來。你不信摸摸我小肚子七八頂到奴心。又道你摟着我等我今日一發在你身上睡一覺。西門慶道。我的兒你睡。達達摟着那婦人把舌頭放在他口裡舍着。一面朦朧星眼。欵抱香肩。睡不多時。怎禁那慾火燒身。芳心撩亂。于是兩手按着他肩膊。一舉一坐。抽徹至首。復送至根。呌親心肝罷了。六兒的心了。往來抽捲。又三百回。比及精洩。婦人口中只呌我的親達達。把腰扱緊了。一面把妳頭教西門慶咂。不覺一陣昏迷。淫水溢下。停不多回。婦人兩個抱摟在一處。婦人心頭。小鹿實實的跳。登時四肢困軟。香雲撩亂。于是洩出來。猶剛勁如故。婦人用帕搽之。便道我的達達。你不過卻怎麼的。西門慶等睡起一覺來再要罷。婦人道。我也挨不的身子。已軟癱熱化的。當下雲收雨散。兩個並肩交股。枕籍于牀上。不覺東方之既白。正是等門試把銀釭照。一對天生連理人。畢竟未知後來何如。且听下回分解。

第七十四回

潘金蓮香腮偎玉

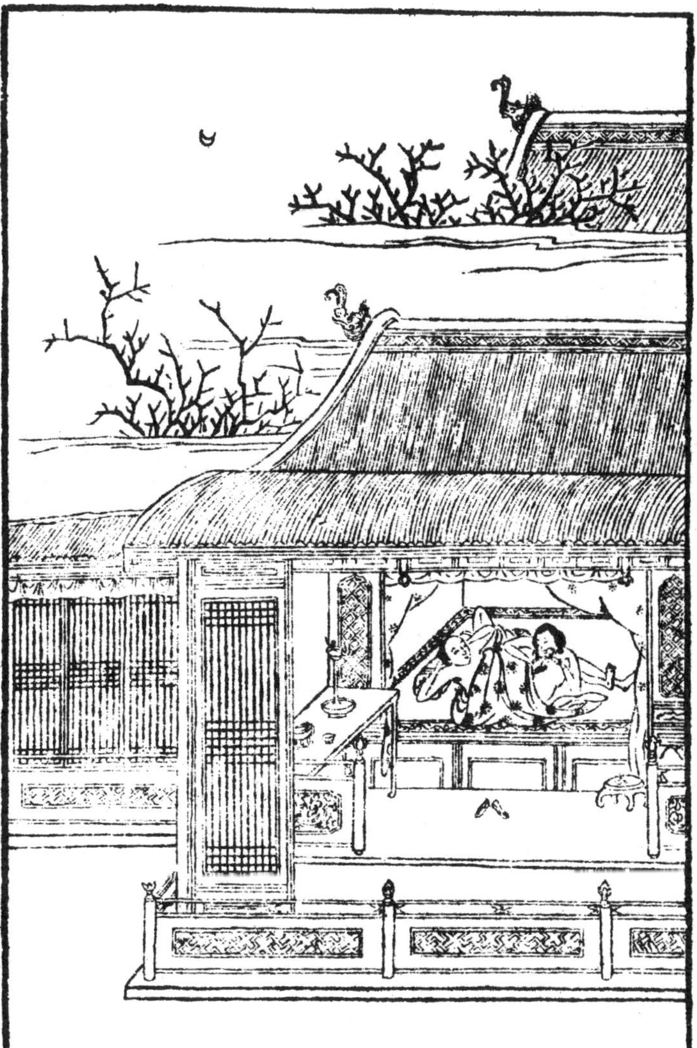

薛姑子佛口談經

一

第七十四回

宋御史索求八仙鼎　吳月娘聽宣王氏卷

昔年南去得娛賓　願遜堦前共好春
螘泛羽觴蠻酒膩　鳳嘲瑤句蜀箋新
花憐遊騎紅隨後　草戀征車碧繞輪
別後清清鄭南路　不知風月屬何人

話說西門慶摟抱潘金蓮。一覺睡到次日天明。婦人見他那話。還直竪一條棍相似。便道達。你將就饒了我罷。我來不得了。待我替你咂咂罷。西門慶道。怪小淫婦兒。你不若咂咂的過了。是你造化。這婦人眞個蹲向他腰間。按着他一隻腿。用口替他吮弄那話的。吮勾一個時分。精還不過。這西門慶用手按着粉項往來只顧沒稜露腦。搖撼那話。在口裡吞吐不絕。抽拽的婦人口邊白沫橫流。殘脂在莖。精欲洩之際。婦人一面問西門慶。二十八日。應二爹送了請帖來。請俺每去不去。西門慶道。怎的不去。都收拾了去。婦人道。我有庄事兒央你。依不依。西門慶道。怪小淫婦兒。你有甚事說不是。婦人道。把李大姐那皮襖。拿出來與我穿了罷。明日吃了酒回來。他們都穿着皮襖。只奴沒件兒穿。西門慶道。有年時玉招宣府中。當的皮襖。你穿就是了。婦人道。當的我不穿他。你與了李嬌兒去。把李嬌兒那皮襖。卻與雪娥穿。我穿李大姐這皮襖。你今日拿出來與了我。我揉上兩個大紅遍地金鶴袖襯着白綾襖兒穿。也是我與你做老婆一場。沒曾與了別人。西門慶道。賊小淫婦兒。單管愛小便宜兒。他那件皮襖值六十兩銀子哩油般大黑蜂毛兒你穿在身上是會搖擺婦人道怪奴才你是與了張三李四的老婆穿了左右是你的老婆替你裝門面的沒的有這些聲兒氣兒的好不好我就不依了西門慶道你又求人又做硬兒婦人道怪硶貨我是你房里丫頭在你跟前服軟一面說着把那話放在粉臉上只顧偎捉良久又吞在口裡挑弄蛙口一回又用舌尖底其琴絃攪其龜稜然後將朱唇裹着只顧動動的西門慶靈犀灌頂滿腔春意透腦良久精來連聲呼小淫婦兒好生裹緊着我待過也言未絕其精邈了婦人一口一面口口接着多咽了正是自有內事迎郎意慇勤愛把紫簫吹當日卻是安郎中擺酒西門慶起來梳頭淨面出門婦人還睡在被裡便說道你趁閒尋尋

兒出來罷。等一回你又不得閒了。這西門慶于是走到李瓶兒
房中。妳子丫頭。又早起來收拾乾淨。安頓下茶水伺候。見西門
慶進來坐下。問養娘如意兒這咱供養多時了。西門慶見如意
兒穿着玉色對衿袄兒。白布裙子。葱白段子紗綠高底鞋兒。薄
施朱粉。長畫蛾眉。油胭脂搽的嘴唇鮮紅的。耳邊帶着兩個金
丁香兒。手上帶着李瓶兒與他四個烏金戒指兒。笑嘻嘻遞了
茶。在旁邊說話兒。西門慶一面使迎春往後邊。討牀房裡鑰匙
去。那如意兒便問爹討來做什麼。西門慶道。我要尋皮袄與你
五娘穿。如意道。是娘的那貂鼠皮袄。西門慶道。就是他要穿穿。
拿與他罷。迎春去了。把老婆就摟在懷裡。兩手就舒在胸前摸
他奶頭說道。我兒。你雖然生養了孩子。奶頭兒到還恁緊。就兩

個臉對臉兒親嘴且咂舌頭做一處如意兒道我見爹常在五娘身邊沒見爹往別的房里去他老人家別的罷了只是心多容不的人前日爹不在爲了棒槌好不和我大嚷了一塲多虧韓嫂兒和三娘來勸開了落後爹來家也沒敢和爹說不知什麽多嘴的人對爹說又說爹要了我他也告爹來不曾西門慶道他也告我來你到明日替他倍個禮兒便了他是恁行貨子受不的人個甜棗兒就喜歡的嘴頭子雖利害到也沒什麽心前日我和嚷了第二日爹到家就和我說好話說爹在他身邊偏的多就是別的娘多讓我幾分你凡事只有個不瞞我我放着河水不洗船好做惡人西門慶道既是如此大家取和些又許下老婆你每晚夕等我來這房裡睡如意道爹真個來休哄

俺每着。西門慶道。誰唤你來。正說着。只見迎春取鑰匙來了。西門慶教開了牀房門。又開橱櫃。拿出那皮襖來抖了抖。還用包袱包了。教迎春拿到那邊房裡去。如意兒悄悄向西門慶說。我沒件好披襖兒。你趁着手兒。再尋出來與了我罷。有娘小衣裳兒。再與我一件兒。西門慶連忙就教他開箱子。尋出一套翠藍段子襖兒。黄綿紬裙子。又是一件藍潞紬綿褲兒。又是一雙粧花膝褲腿兒。與了他老婆。磕頭謝了。西門慶鎖上門去了。就使送皮襖與金蓮房裡來。金蓮纔起來。在牀上裹脚。只見春梅說。如意兒送皮襖來了。婦人便知其意。說道你教他進來。問道爹使你來。如意道。是爹教我送來與娘穿。金蓮道。也與了你些什麼兒沒有。如意道。爹賞了我兩件紬絹衣裳。年下穿。教我來與娘磕頭。于是向前磕了四個頭。婦人道。姐姐們。這般却不好。你主子既愛你。常言船多不礙港。車多不礙路。那好做惡人。你只不犯着我。我管你怎的。我這裡還多着個影兒哩。如意兒道。俺娘已是沒了。雖是後邊大娘承攬。娘在前邊。還是主兒早晚望娘擡舉。小媳婦敢欺心。那裡是葉落歸根之處。婦人道。你這衣服。少不得還對你大娘說聲是的。如意道。小的前者也問大娘討來。大娘說。等爹開時拿兩件與你。婦人道。既說知罷了。這如意就出來。還到那邊房裡。西門慶是往前廳去了。如意便問迎春。你頭裡取鑰匙去。大娘怎的說。迎春說大娘問你爹要鑰匙做什麼。我也沒說拿皮襖與五娘。只說我不知道。大娘沒言語。

卻說西門慶。走到廳上看着設席。擺列海鹽子弟。張美徐順荀

子孝。生日都挑戲箱到了。李銘等四名小優兒。又早來伺候。都
磕頭見了。西門慶。分付打發飯與衆人吃。分付李銘三個。在前
邊唱。左順後邊答應堂客。那日韓道國娘子。王六兒沒來。打發
申二姐。買了兩盒禮物坐轎子。他家進財兒跟着。也來與玉樓
做生日。王經送到後邊。打發轎子出去了。那日門前韓大姨。孟
大妗子都到了。又是傅夥計。甘夥計娘子。崔本媳婦兒段大姐。
并賁四娘子。西門慶正在廳上。看見夾道內。玳安領着那個五
短身子。穿綠段袄兒紅裙子。勒着藍金銷箍兒。不搽胭粉。兩個
涎縫眼兒。一似鄭愛香模樣。便問是誰。玳安道。是賁四嫂。西門
慶就沒言語。往後見了月娘。月娘擺茶。西門慶進來吃粥。遞與
月娘鑰匙。月娘道。你開門做什麼。西門慶道。六兒他說明日往

應二哥家吃酒沒皮襖要李大姐那皮襖穿。被月娘聽了一眼
說道你自家把不住。自家嘴頭了。他死了嗔人分散房裡丫頭。
相你這等。就沒的話兒說了。他見放皮襖不穿。巴巴兒只要這
皮襖穿。早時他死了。你只望這皮襖。他不死。你只要好看一眼
見罷了。幾句話得西門慶閉口無言。忽報李學官來還銀子。西
門慶出去。陪坐在廳上說話。只見玳安拿進帖兒說。王招宣府
送禮來了。西門慶問是什麼禮。玳安道。是賀禮。一疋尺頭。一罈
南酒。四樣下飯。西門慶看帖兒上。寫着眷晚生王三宷頓首拜。西
門慶即便叫王經。拿眷生回帖兒謝了。賞了來人五錢銀子。打
發出了門。只見李桂姐門首下轎。保兒挑四方盒禮物。慌的玳
安替他抱氊包說道。桂姨打夾道內進去罷。廳上有劉學官坐

着哩。那桂姐卽向夾道內進裡邊去。來安兒把盒子挑進月娘房裡去。月娘道。爹看見來不曾。玳安道。爹陪着客。還不見哩。月娘便說道。連盒放在明間內。一回客去了。西門慶進來吃飯。月娘道。李桂姐送禮在這裡。西門慶道。我不知道。月娘令小玉揭開盒兒。見一盒菓餡壽糕。一盒玫瑰八仙糕。兩隻燒鴨。一副豕蹄。只見桂姐從房內出來。滿頭珠翠。勒着白挑線汗巾。大紅對衿袄兒。藍叚裙子。望着西門慶磕了四個頭。西門慶道。罷了。又買這禮來做什麼。月娘道。剛纔桂姐對我說。怕你惱他。不干他事。說起來。都是他媽的不是。那日桂姐害頭疼來。只見這王三官領着一行人。往秦玉枝兒家請秦玉枝兒。打門首過進來吃茶。就被人進來驚散了。桂姐也沒出來見他。西門慶道。那一遭是沒出來見他。這一遭又是沒出來見他。自家也說不過。論起來我也難管。你這麗春院拿燒餅砌着門不成。到處幾錢兒。都是一樣。我也不惱。那桂姐跪在地下。只顧不起來。說道爹惱的是。我若和他沾沾身子。就爛化了。一個毛孔兒裡生個天疱瘡。都是俺媽。空老了一片皮幹的營生。沒個主意。好的也招惹。歹的也招惹來家。平白教爹惹惱。月娘道。你既來了。說開就是了。又惱怎的。西門慶道。你起來我不惱你便了。那桂姐故作嬌張致。說道爹笑一笑兒。我纔起來。你不笑我就跪一年也不起來不妨。潘金蓮在傍插口道。桂姐你起來。只顧跪着他。求告他。黃米頭兒教他張致。如今在這裡你便跪着他。明日到你家他卻跪着你。你那時別要理他。把西門慶月娘多笑了。桂姐纔起了

來。只見玳安慌慌張張來報。宋老爹和安老爹來了。這西門慶
便教拿衣服穿了。出去迎接去了。桂姐向月娘說道。爹喋喋。從
今後我也不要爹了。只與娘做女兒罷。月娘道。你虛頭愿心說
過道過罷了。前日兩遭往裡頭去。沒在那里。桂姐道。天麼天麼。
可是殺人。爹沒往我家里。若是到我家。見爹一面。沾沾身子兒
就促死了我。渾身生天泡瘡。娘你錯打聽了。敢不是我那裡。多
往鄭月兒家走走。兩遭請了他家小粉頭子了。我道偏是非。就
是他。氣不憤架的。不然爹如何惱我。金蓮道。各人衣飯。他平白
怎麼架你是非。桂姐道。五娘你不知俺每這里邊人。一個氣不
憤一個好不生。月娘接過來道。你每裡邊與外邊怎的。打偏別
也是一般。一個不憤一個。那一個有些時道兒。就要躧下去。月

娘擺茶與他吃。不在話下。卻說西門慶。迎接宋御史安郎中。到廳上敘禮。每人一疋段子。一部書奉賀西門慶。見了卓席齊整。甚是稱謝不盡。一面分賓主坐下。叫上戲子來參見。分付等蔡老爹到。用心扮演。不一時吃了茶。宋御史道。學生有一事奉瀆四泉。今有巡撫侯石泉老先生。新陞太常卿。學生同兩司作東。二十九日借尊府置杯酒奉餞。初二日就起行上京去了。未審四泉允諾否。西門慶道。老先生分付。敢不從命。但未知多少卓席。宋御史道。學生有分資在此。即喚吏上來。毡包內。取出布按兩司連他共十二封分資來。每人一兩。共十二兩銀子。要一張大插卓。餘者六卓都是散卓。叫一起戲子。西門慶答應收了。宋御史又下席作揖致謝。少頃請去捲棚聚景堂那里坐的。不一

時鈔關錢主事也到了三員官會在一處換了茶擺棋子下棋
宋御史見西門慶堂廡寬廣院中幽深書畫文物極一時之盛
又見掛着一幅陽捧日橫批古畫正面螺鈿屏風屏風前安着
一座八仙捧壽的流金鼎約數尺高甚是做得奇巧見炉內焚
着沉檀香烟從龜鶴鹿口中吐出只顧近前觀看誇獎不已問
西慶這付爐鼎造得好因向二官說我學生寫書與淮安劉年
兄那里替我稍帶這一付來送蔡老先還不見到四泉不知是
那里得來的西門慶道也是淮上一個人送學生的說畢下棋
西門慶分付下邊看了兩個卓盒細巧菜蔬菓餡點心上來一
面叫生旦在上唱南曲宋御史道客尚未到主人先吃得面紅
說不通安郎中道天寒飲一杯無碍原來宋御史已差公人船

上邀蔡知府去了。近午時分。來人回報邀請了。在磚廠黃老爹那里下棋。便來也。宋御史令起去伺候。一面下棋飲酒。安郎中喚戲子。你每唱個宜春令奉酒。于是貼旦唱道。

第一來為壓驚。第二來因謝誠。殺羊茶飯。來時早已安排定。斷行人。不會親儕。請先生和俺鶯娘匹娉。我只見他歡天喜地。道謹依來命。

五供養　來回顧影。文魔秀士欠酸丁。下工夫將頭顱來整。遲和疾擦倒蒼蠅。光油油輝花人眼睛。酸溜溜螫得牙根冷。天生這個後生。天生這個俊英。

玉降鶯　今宵歡慶。我鶯娘何曾慣經。你須索要款款輕輕。燈兒下共交鶯頸。端詳可憎。誰無志誠。恁兩人今夜親折証。謝芳卿。感紅娘錯愛。成就了這姻親。

解三醒　玳筵開。香焚寶鼎。綉簾外風掃閑庭。落紅滿地臙脂冷。碧玉欄杆花弄影。准備鸞鳳夜月銷金帳。孔雀春風軟玉屏。合歡令。更有那鳳簫象板錦瑟鸞笙。生唱　可憐我書劍飄零無厚聘。感不盡姻親事有成。新婚燕爾安排定。除非是折桂手報答前程。我如今博得個跨鳳乘鸞客。到晚來臥看牽牛織女星。非僥倖。受用的珠圍翠繞。結果了黃卷青燈。

尾聲　老夫人專意等。生唱　常言道恭敬不如從命。紅唱　休使紅娘再來請。

唱畢忽吏進報。蔡老爹。和黃老爹來了。宋御史忙令收了卓席。各整衣冠。出來迎接。蔡九知府穿素服金帶。跟着許多吏。先令人拔。一侍生蔡修拜帖。與西門慶。進廳上。安郎中道。此是主人西門大人。見在本處作千兵。也是京中老先生門下。那蔡知府又作揖。稱道久仰久仰。西門慶亦道容當奉拜。叙禮畢。各寬衣服坐下。左右上了茶。各人敘話良久。就上坐。西門慶令小優兒在傍彈唱。蔡九知府居上。主位四坐。厨役割道湯飯。戲子呈遞手本。蔡九知府揀了雙忠記。演了兩摺。酒過數巡。宋御史令生旦上來遞酒。小優兒席前唱這套新水令玉驄轎馬出皇都。蔡知府笑道。拙原直得多少。可謂御史青驄馬。三公乃劉郎舊蔡斯。安郎中道。今日更不道江州司馬青衫濕。言罷。衆人都笑了。西門慶又令春鴻。唱了一套金門獻罷平胡表。把宋御史喜歡的要不的。因向西門慶道。此子可愛。西門慶道。此是小价。原是

揚州人。宋御史携着他手兒。教他遞酒。賞了他三錢銀子。磕頭謝了。正是

窓外日光彈指過　席前花影坐間移
一杯未盡笙歌送　堦下申牌又報時

不覺日色沉西。蔡九知府見天色晚了。即令左右穿衣告辭。衆位欵留不住。俱送出大門而去。隨即差了兩名吏典把卓席羊酒尺頭。擡送到新河口。下處去訖不題。宋御史于是亦作辭西門慶。因說道。今日且不謝。後日還要取擾。各上轎而去。西門慶送了回來。打發了戲子。分付後日原是你們來。再唱一日。叫幾個會唱的來。宋老爹請巡撫侯爺哩。戲子道。小的知道了。西門慶令攢上酒卓。使玳安去請溫相公來坐坐。再教來安兒去。請

應二爹去。不一時次第而至。各行禮坐下。三個小優兒在傍彈唱。把酒來斟。說鄭金左順在後邊堂客席前。西門慶又問伯爵你娘們明日都去。你叫唱的是雜耍的。伯爵道。哥說得好。小人家那里擡放。將就叫了兩個唱女兒唱罷了。明日早些請衆娘嫂子下降。這里前廳吃酒。唱了一日。孟大姨與孟二妗子。先起身去了。落後楊姑娘也要去。月娘道。姑奶奶你再住一日兒家去不是。薛姑子使他徒弟取了卷來。咱晚夕教他宣卷。咱們聽。楊姑娘道。老身實和姐姐說。要不是我也住。明日俺們外弟二個侄兒定親事。使孩子來請我。我要瞧瞧去。于是作辭而去。只有傅夥計。甘夥計娘子。與賁四娘子。段大姐。月娘還留在上房陪大妗子。潘姥姥。李大姐。申二姐。郁大姐在傍。一遞一套彈

唱。兩個小優兒都打發在前邊來了。又吃至掌燈已後。三位夥
計娘子。都作辭去了。止段大姐沒去。在後邊雪娥房中歇了。潘
姥姥往金蓮房內去了。只有大妗子。李桂姐。申二姐。和三個姑
子。郁大姐。和李嬌兒。孟玉樓。潘金蓮。在月娘房內坐的。忽聽前
邊西門慶散了。小廝收進家活來。這金蓮慌忙抽身。就往前走
了。到前邊黑影兒裡。悄悄立在角門首。只見西門慶扶着來安
兒。打着燈趔趄着脚兒。就往李瓶兒那邊走。看見金蓮在門首
立着。拉了手進入房來。那來安兒便往上房。教鍾筋。月娘只說
西門慶進來。把申二姐。李大姐。郁大姐。都打發往李嬌兒房內
去了。問來安道。你爹來沒有。在前邊做什麽。來安道。爹在五娘
房里去了的。不耐煩了。月娘聽了。心內就有些惱。因向玉樓道。

你向恁沒來頭的行貨子。我說他今日進來往你房裡去。如何三不知。又摸到他那屋裡去了。這兩日又浪風發起來。只在他前邊纏。玉樓道。姐姐隨他纏去。恰似咱每把這件事放在頭里。爭他的一般。于是大師父。說笑話兒的來頭。左右這六房裡。由他串到他。爹心中所欲。你我管的他。月娘道。乾淨他有了話。剛纔聽見前頭散了。就慌的奔命的往前走了。因問小玉。灶上沒人了。與我把儀門拴上了罷。後邊請三位師父來。咱每且聽他宣一回卷着。又把李大姐。申二姐。段大姐。郁大姐。都請了來。月娘問大妗子道。我頭裡旋叫他使小沙彌。請了黃氏女卷來宣。今日可可兒。楊姑娘巳去了。分付玉簫。頓下好茶。玉樓對李嬌兒說。咱兩家子輪替管茶。休要只顧累了大姐姐這屋裡。于是各姓房裡分付。預備茶去。不一時。放下炕卓兒。三個姑子來到。盤膝坐在炕上。衆人俱各坐了。擠了一屋裡人。聽他宣卷。月娘洗手炷了香。這薛姑子。展開黃氏女卷。高聲演說道。

蓋聞法初不滅。故歸空。道本無生。每因生而不用。由法身以垂入相。由入相以顯法身。朗朗惠燈。通開世戶。明明佛鏡。照破昏衢。百年景賴。剎那間四大幻身如泡影。每日塵勞碌碌。終朝業試忙忙。豈知一性圓明。徒逞六根貪慾。功名蓋世。無非大夢一場。富貴驚人。難免無常二字。風火散時無老少。溪山磨盡幾英雄。我好十方傳句偈。八部會坛場。救大宅之烝熬。發空門之扃鑰。偈曰

富貴貧窮各有由。只緣分定不須求。未曾下的春時種。空手荒田望有秋。

衆菩薩。每聽我貧僧演

說佛法道。四句偈子。乃是老祖留下。如何說。富貴貧窮各有
由。相如今你道衆菩薩嫁得官人。高官厚祿。在這深宅大院。
呼奴使婢。插金帶銀。在綾錦窩中。長大綺羅堆裡。生成思衣
而綾錦千箱。思食而珍羞百味。享榮華。受富貴。盡皆是你前
世。因由根基上有你的。一般大緣分。不待求而自得。就是貧
僧在此宣經。念佛。也是吃着這美口茶飯。受着發心布施。老
大緣分。非同小可。都是龍華一會上的人。皆是前生修下的
功果。你不修下時。就如春天不種下埸。到了秋成時候。一片
荒田。那成熟結子。從那里來。正是淨埽靈臺好下工。得意歡
喜不放鬆。五濁六根爭洗淨。參透玄門見家風。又 百歲光陰
瞬息回。此身必定化飛灰。誰人肯向生前悟。悟却無生歸去

來。又人命無常呼吸間。眼觀紅日墜西山。寶山歷盡空回首。一失人身萬刼難。想這富貴榮華。如湯潑雪。仔細算來。一件無多。做了虛花驚夢。我今得個人身。心中煩惱悲切。死後四大化作塵土。又不知這點靈魂往何處受苦去也。惧怕生死輪廻。往前再參一步。唱（一封書）生和死兩下。相嘆浮生終日忙。男和女滿堂。到無常祇自當。人如春夢終須短。命若風燈不久常。自思量可悲傷。題起教人欲斷腸。開卷曰。應身長救苦。并本無去亦無來。彌陀教主大願弘深。四十八願度衆生。使人人悟本性。彌陀今惟心淨主渡苦海苦海洪波。證菩提之妙果。持念者罪滅河沙。稱揚者福增無量。書寫讀誦者。當生華藏之天。見聞受持。臨命纔時定往西方淨土。凡念佛者。

斷有功無量慈愍故慈愍大慈愍故皈命一切佛法僧信禮常住三寶法輪常輪度衆生偈曰 無上甚深微妙法百千萬劫難遭遇我今見聞得受持願解如來眞實意黄氏寶卷繞展開諸佛菩薩降臨來爐香遍滿虛空界佛號聲名動九垓昔日漢王治世雨順風調國泰民安感得一位善心娘子出世家住曹州南華縣黄員外所生一女端嚴美色年方七歲吃齋把素念金剛經報答父母深恩每日不缺感得觀世音菩薩半空中化現父母見他終日念經苦切不從一日尋媒吉日良時把他嫁與一婿姓趙名方屠宰爲生爲夫婦一十二載生下一男二女一日黄氏告其夫曰我與你爲夫妻一十二載生下嬌兒嬌女但貪戀恩愛永墮沉淪妾有小詞勸

喻丈夫聽取。詞曰。宿緣夫婦得成雙。雖有男和女。誰會抵無常。伏望我夫主定。念與雙同。共修行終年富貴也。須草草貪名與利隨。分度時光。這趙郎。見詞不能依隨。一日作別起身。往山東買猪去。黃氏女見丈夫去了。每日淨房寢歇沐浴身體。燒香禮誦金剛經

今方當下山東去　四個兒女在中堂　黃氏女在西房
香湯沐浴換衣裳　卸簪珥淺淡梳粧　每日家向西方
燒香禮拜　面念顏并寶卷　持念金剛
看經文猶未了　香烟冲散　念佛音聲朗朗
貫徹穹蒼　地獄門天堂界　豪光發現
閻羅王一見了　喜悅龍顏　莫不是陽世間

生下佛祖　急宣召二鬼判　審問端詳

有鬼判告吾王　聆音察理　曹州府南華縣

有一善良　看經文黃氏女　持齋把素

行善心功行大　驚動天堂　唱金剛經

閻羅王聞言心内忙。急點無常鬼一雙。一雙急奔趙家庄。黃氏正看經卷。忽見仙童在面前。念

善人便是童子請　惡人須遣夜叉郎　黃氏看經忙來問

誰家童子到奴行　仙童答告娘子道　善心娘子你莫慌

不是凡間親眷屬　我是陰間童子郎　今因爲你看經卷

閻王請你善心娘　黃氏見說心煩惱　小心一一告無常

同姓同名勾一個　如何勾我見閻王　千死萬死甘心死

怎捨嬌娃女一雙　大姐嬌姑方九歲　伴嬌六歲怎抛娘
長壽嬌兒年三歲　常抱懷中心怎忘　苦放奴家魂一命
多將功德與你行　仙童答告娘子道　何人似你念經劉
善惡二童子。被黃氏女哀告。再三不肯赴幽。留戀一二個孩兒。難抛難捨。仙童催促。說道善心娘子。陰間取你三更死。定不容情到四更。不比你陽間好轉限。陰司取你。若違了限我得罪。更不輕說短長。黃氏此時心意想。便喚女使去燒湯。香湯沐浴方纔了。將身便乃入佛堂。盤膝坐定不言語。一靈真性見閻王　唱

楚江秋　人生夢一塲。光陰不久常。臨危個個是風燈樣。看看回步見閻王。急辦行粧。鄉臺上把家鄉望。兒啼女哭好恓惶。

排鈸打鼓作道場披麻帶孝安塋埜　白

不說令方恓惶事　且言黃氏赴陰靈　看看來到柰何垪

一道金橋接路行　借問此橋作何用　单等看經念佛人

柰何兩邊血浪水　河中多少罪淹魂　悲聲哭泣紛紛鬧

四面毒虵咬靂筋　前到破錢山一座　黃氏向前問原因

是你陽間人化紙　殘燒未了便拋焚　因此掩翻多破碎

積聚號作破錢山　又打枉死城下過　多少孤魂未托生

黃氏見說心慈愍　舉口便誦金剛經　河裡罪人多開眼

尸山爐剔樹奪林　鑊湯火地蓮花現　無間地獄瑞雲籠

當下仙童忙不住　急忙便去奏閻君　唱

山坡羊　黃氏到了那森羅寶殿。有童子先奏說。請了看經人來見閻羅王便傳召請。黃氏拜在金堦下。不由的跪在面前。
有閻君問你。從幾年把金剛經念起。何年月日感得觀世音
出現。這黃女义手訴說前情來詞。自從七歲吃齋。供養聖賢
望上聖聽言。從嫁了兒夫。看經心不減 白

閻君當下忙傳旨　善心娘子你聽因　你念金剛多少字
几多點化接陰陰　甚字起頭甚字落　是何兩字在中間
你若念經無差錯　放你還魂回世間　黃氏當時堦下立
願王聽奴念金剛　字有五千四十九　八萬四千點畫行
如字起頭行字住　荷擔兩字在中央　黃氏說經完未了
閻王殿前放毫光　舉手龍顏真喜悅　放你還魂看世間
黃氏聞知忙便告　願王俯就聽奴言　第一不往屠家去

第二不要染衣行　只願作個善門子　看經念佛過時光
閻王取筆忙判斷　曹州張家轉爲男　他家積有家財廣
缺少墳前拜孝郎　員外夫妻俱修善　姓名四海廣傳揚
吃罷迷魂湯一盞　張家娘子腹懷躭　十月滿足生一子
左肋紅字有兩行　此是看經黃氏女　曾嫁觀水趙令方
此是看經多因果　得爲男子壽延長　張家員外親看見
愛如珎寶喜開顏　唱

皂羅袍　黃氏在張家托化轉男身。相湊無差。員外見了喜添花。三年就養成人。大年方七歲聰明秀發攻書習字。取名俊達。十八歲科舉登黃甲

御說張俊達。十八歲登科應舉。陞授曹州南華縣知縣。忽然

思憶。是他本鄉。到縣中赴任之後。先去王粮國稅。然後理論
公廳。差兩個公差。卽去請趙郎令方。我和他說話。兩個公差
不敢怠慢卽到趙家來請令方。白

趙令方在家中　看經念佛兩公人　忙喎喏聽說來因
卽時間　忙打扮　來到縣裡
公廳上忙施禮　且說家門　張知縣起躬身
便令坐　叙寒溫分賓主　捧出茶湯
你是我親夫主　令方姓趙　我是你前妻子
黃氏之身　你不信到靜臺　脫衣親見
左肋下硃砂記　字寫原因　我大女嬌姑兒
嫁人去了　第二女伴姐姐　嫁了曹眞

長壽兒我掛牵　守我墳塋　咱兩個同騎馬
前到先塋
知縣同令方兒女五人。到黃氏墳前。開棺見屍。容顏不動。回
來做道場七月。令方看金剛經。瑞雪紛紛。男女五人。總駕祥
雲昇天去了。臨江仙一首爲証。
黃氏看經成正果。同日登極樂。五口盡昇天。道善人傳觀音
菩薩未度我。
寳卷已終。佛聖已知。法界有情。同生勝會。南無一乘字無量。
又眞空諸佛海會。悉遥普使河沙同淨土。伏願經聲佛號。上
徹天堂。下透地府。念佛者出離苦海。作惡者永墮沉淪。得悟
者。諸佛引路。放光明照徹十方。東西下。廻光返照。南北處親

到家鄉。登無生漂舟到岸。小孩兒得見親娘。入母胎三寶不怕。八十部永返安康。偈曰

衆等所造諸惡業　自始無始至如今
靈山失散迷真性　一點靈光串四生
一報天地蓋載恩　二報日月照臨恩
三報皇王水土恩　四報爹娘養育恩
五報祖師親傳法　六報十類孤魂早超身
摩訶般若波羅密

薛姑子宣畢卷。已有二更天氣。先是李嬌兒房內。元宵兒拿了一道茶了。衆人吃了。後孟樓玉房中蘭香。拿了幾樣精製菓菜。一坐壺酒來。又頓了一大壺好茶。與大妗子段大姐。桂姐衆人

吃。月娘又教玉簫拿出。四盒兒細茶食餅糖之類。與三位師父
點茶。李桂姐道。三位師父。宣了這一回卷。也該我唱個曲兒孝
順。月娘道。桂姐。又起動你唱。郁大姐道。等我先唱道。月娘道。也
罷。郁大姐先唱。申二姐道。等姐姐唱了。等我也唱個兒與娘們
聽。問月娘要聽什麼。月娘道。你唱更深夜深靜悄。當下桂姐送
衆人酒。取過琵琶來。輕舒玉笋。款跨鮫綃。啟朱唇露皓齒。唱道
更深靜悄。把被兒熏了。看看等到月上花稍。全靜悄悄。全無
消耗。敲殘了更鼓。你便纔來到。見我這臉兒不瞧。來跪在奴
身邊告。我做意兒瞧。他偷眼兒瞧。甫能咬定牙。其實恐不住
笑。又 勤兒推磨。好似飛蛾撲火。他將我做啞謎兒包籠。我手
裡登時猜破。近新來把不住船兒舵。特故里搬弄心腸軟。一

似酥蜜果者麼是誰。休道是我。便做鐵打人。其實難不過。又疎狂或薄倖無奈。兩三夜不見你回來。問着他便撒頑不倸。不由人轉尋思權寧耐。他笑吟吟將被兒錦開半掩過香羅。待。我推綉鞋不去倸。你若是惱的人。慌只教氣得我害。又花街柳市。你戀着蜂蝶採。便我這里玉潔氷清。你那里瓜甜蜜柿。恰回來無酒半裝醉。只顧里打艸驚蛇。到尋我些風流罪。我欲待撾了你面皮。又恐傷了就里待。要隨順了他。其實受不的你氣。

桂姐唱畢。郁大姐就纔要接琵琶。被申二姐要過去了。挂在脘膊上。先說道。我唱個十二月兒掛真兒與大妗子和娘每聽罷。于是唱道。

正月十五鬧元宵。滿把焚香天地也燒。一套

唱畢月娘笑道。慢慢兒的說。左右夜長儘着你說。那時大妗子害夜深困的慌。也沒等的郁大姐唱。吃了茶多散歸各房內睡去了。桂姐便歸李嬌兒房內。段大姐便往孟玉樓房中。三位師父便往孫雪娥後邊房裡睡。郁大姐申二姐與玉簫小玉在那邊炕屋裡睡。月娘同大妗子在上房內睡。俱不在話下。正是參横斗轉三更後。一鈎斜月到紗窗。畢竟未知後來如何。且聽下回分解。

第七十五回　因抱恙玉姐含酸

爲護短金蓮潑醋

第七十五回

春梅毁罵申二姐　玉簫遡言潘金蓮

萬里新墳盡十年　修行莫待鬓毛斑
死生事大宜須覺　地徹時常非等閒
道業未成何所賴　人身一失幾時還
前程暗黑路途險　十二時中自着研

此八句单道這善有善報惡有惡報如影隨形如谷應聲你道打坐叅禪皆成正果相這愚夫愚婦在家修行的豈無成道禮佛者取佛之德念佛者感佛之恩看經者明佛之理坐禪者踏佛之境得悟者有正佛之道非同容易有多少先作後修先修後作有如吴月娘者雖有此報平日好善看經禮佛布施不應今

此身懷六甲。而聽此經法。人生貧富壽夭賢愚。雖蒙父母受氣成胎中來。還要懷妊之時。有所應召。古人妊娠懷孕。不倒坐。不偃臥。不聽淫聲。不視邪色。常玩弄詩書金玉異物。常令瞽者誦古詞。後日生子女。必端正俊美。長大聰慧。此文王胎教之法也。今吳月娘懷孕。不宜令僧尼宣卷。聽其生死輪廻之說。後來感得一尊古佛出世。投胎奪舍。日後被其顯化而去。不得承受家緣。蓋可惜哉。正是前程黑暗路途險。十二時中自着研。此係後事。表過不題。當下後邊聽宣畢黃氏寶卷。各房宿歇。单表潘金蓮在腳門邊久站立。忽見西門慶過來。相携到房中。見西門慶只顧坐在牀上。便問你怎的不脫衣裳。那西門慶摟定婦人。笑嘻嘻說道。我特來對你說聲。我要過那邊歇一夜兒去。你拿那淫器包兒來與我。婦人罵道賊牢。你在老婦手裡使巧兒。拿些二面子話兒來哄我。我剛纔不在角門首站着。你過去的不耐煩了。又肯來問我。這個是你早辰和那搥刺骨兩個嘀定了腔兒。好去和他個合窩去。一徑拿我扎筏子嗔道。頭里不使丫頭使他來送皮襖兒。又與我磕了頭兒來。小賊搥刺骨把我當甚麼人兒。在我手內弄判子。我還是李瓶兒時。教你活埋我。雀兒不在那窩兒裡我不醋了。西門慶笑道那里有此勾當。他不來與你磕個頭兒。你又說他的那不是。婦人沉吟良久說道。我放你去便去。不許你拿了這包子去。和那搥刺骨弄答的齷齷齪齪的。到明日還要來和我睡好乾淨兒。西門慶道。你不與我使慣了。却怎樣的纏了半日。婦人把銀托子掠與他說道。你要拿了這個行貨子去。西門慶道。與我這個也罷。一面接的袖了。趔趄着腳兒就往外走。婦人道。你過來。我問你。莫非你與他停眠整宿在一舖兒長遠睡。惹的那兩個丫頭也羞恥。無故只是睡那一回兒。還教他另睡去。西門慶道。誰和他長遠睡。說畢就走。婦人又吽回來說道。你過來。我分付你。慌走怎的。西門慶道。又說甚麼。婦人道。我許你和他睡便睡。不許你和他說甚閒話。教他在俺每跟前欺心大膽的。我到明日打聽出來。你就休要進我這屋裡來。我就把你下截咬下來。西門慶道。怪小淫婦兒瑣碎死了。一直走過那邊去了。春梅便向婦人道由他去。你管他怎的。婆婆口絮。媳婦耳頑。倒沒的教人與你爲仇結仇。悞了咱娘兒兩個下棋。一面吽秋菊關上角門。放卓兒擺下棋子。婦人問你姥姥睡了。春梅道。這咱哩後邊散了。來到屋裡就睡了。這裡房中春梅與婦人下棋不題。且說西門慶走過李瓶兒房內。掀開一簾子。如意兒正與迎春綉春炕上吃飯。見了西門慶慌的跐起身來。西門慶道。你每吃飯吃飯。于是走出明間李瓶兒影跟前一張交椅上坐下。不一時。只見如意兒笑嘻嘻走出來說道。爹。這裡冷。你往屋裡坐去罷。這西門慶一把手摸到懷裡摟過來就親了個嘴。一面走到房中牀正面坐了。火爐上頓着茶。迎春連忙點茶來吃了。如意兒在炕邊烤着火兒站立。問道。爹你今日沒酒。外邊散的早。西門慶道。我明日還要早船上拜拜蔡知府去。不是也還坐一回。如意兒道。爹。你還吃酒。斟酒與爹吃。還有頭里後邊送來與娘供養的一卓菜兒。一素兒金華酒湯飯俺每吃了。酒菜還沒敢動。留有預備。只把爹用。西門慶道。你每吃了罷了。分付下飯不要別的。好細巧拿幾碟兒來。我不吃金華酒。一面教綉春你打了燈籠。往花園藏春軒書房內還有一罈葡萄酒。你問王經要了來。斟那個酒我吃。那綉春應諾。打着燈籠去了。迎春連忙放卓兒。拿菜兒。如意兒道。姐你揭開盒子。等我揀兩樣兒與爹下酒。于是燈下揀了一碟鴨子肉。一碟鴿子雛兒。一碟銀絲鮓。一碟掐的銀苗豆芽菜。一碟黃芽韭和的海蜇。一碟燒臟肉釀腸兒。一碟黃炒的銀魚。一碟春不老炒冬笋。兩眼春槅。不一時擺在卓上。抹得鍾筯乾淨。放在西門慶面前。良久綉春前邊取了酒來。打開篩熱了。如意兒斟在鍾內。遞與西門慶嚐了嚐。無比美酒。紅紅的顏色。當下如意兒就挨近在卓上邊站立。侍奉斟酒。又親剝炒栗子兒與他下酒。那迎春知局。往後邊廚房內與綉春坐去了。這西門慶見無人在跟前。教老婆坐在他膝盖兒上。摟着與他一遞一口兒吃酒。老婆剝菓仁兒。放在他口裏。西門慶一面觧開他穿的玉色紬子對衿袄兒。鈕扣兒并抹胸兒。露出他白馥馥酥胸。用手揣摸着他妳頭。誇道我的兒。你達達不愛你别的。只愛你道好白淨皮肉兒。與你娘的一般樣兒。我摟着你就如同摟着他一般。如意兒笑道爹。沒的說。還是娘的身上白。我見五娘雖好。模樣兒也中中兒的。紅白肉色兒。不如後邊大娘三娘倒白淨肉色兒。三娘只是多幾個麻兒。倒是他雪姑娘生的清秀。又白淨。五短身子兒。又道我有句說話兒對爹說。迎春姐有件正面戴的仙子兒。要與我。他要問爹討。娘家常戴的金赤虎正月里戴。爹與他了罷。西門慶道。你没正面戴的。等我叫銀匠拿金子另打一件與你。你娘的頭面廂兒。你大娘都拿的後邊去了。怎好問他要的。老婆道也罷。你還另打一件赤虎與我罷。一面走下來就磕頭謝了。兩個吃了半日酒。如意兒道爹。你叫姐來與他一杯酒吃。惹的他不惱麼。這西門慶便叫迎春。不應。老婆親走到廚房内說道。姐爹叫你哩。迎春一面到跟前。西門慶令如意兒斟了一甌酒兒與他。又揀了兩筯菜兒。放在酒托兒上。那迎春站在傍邊。一面吃了。老婆道。你叫綉春姐來吃些兒。那迎春去了。回來說道他不吃哩。走去良久。迎春向炕上拖他鋪盖後邊睡去。迎春道我不往後邊。在明間板凳上賣良姜。我與綉春厨房炕

上睡去。茶在火上等爹吃。你自家倒倒罷。如意兒道。姐你去帶
上後邊門。等我揷去。那迎春抱了被褥。一直後邊去了。這老婆
陪西門慶吃了一回酒。收拾家火。點茶與西門慶吃了。揷上後
門。原來另預備着一牀兒鋪盖。與西門慶睡。都是綾絹被褥。和
花枕頭。在桃上薰的煖烘烘的。老婆便問爹你在炕上睡。牀上
睡。西門慶道我在牀上睡罷。如意兒便抱鋪盖抱在牀上鋪下。
打發西門慶上牀解衣替他脫了靴襪。他便打了水。拿出明間
內漂洗了牝。掩上房門。將燈臺拿在牀邊一張小卓兒上擱放。
然後他方脫了衣褲。上牀鑽入被窩裡。與西門慶相摟相抱。並
枕而臥。婦人用手揑弄他那話兒。上邊東着托子。猙獰跐腦。又
喜又怕。兩個口吐丁香。交摟在一處。西門慶見他仰臥在被窩

內。腕的精赤條條。恐怕凍着他。取過他的抹胸兒。替他盖着胸膛上。兩手執其兩足。極力抽提。老婆氣喘吁吁。被他肏得面如火熱。又道。這稚腰子。還是娘在時與我的。西門慶道。我的心肝。不打緊處。到明日舖子裡。拿半個紅段子。與你做小衣兒穿。再做雙紅段子睡鞋兒穿在脚上。好伏侍我。老婆道。可知好哩。爹與了我。等我問着做。西門慶道。我只要忘了。你今年多少年紀你姓甚麼。排行幾姐。我只記你男子漢姓熊。老婆道。他便姓熊。叫熊旺兒。我娘家姓章。排行第四。今年三十二歲。西門慶道。我原來還大你一歲。一壁幹着。一面口中呼叫他章四兒。我的兒。你用心伏侍我。等明日你大娘生了孩兒。你好生看妳着。你若有造化。也生長一男半女。我就扶你起來。與我做一房小。就頂你娘的窩兒你心下如何老婆道奴男子漢已是沒了娘家又沒人奴情愿一心只伏侍爹再有甚麼二心就死了不出爹這門若爹可憐見可知好哩這西門慶見他言語兒投着機會心中越發喜歡揝着他雪白的兩隻腿兒穿着一雙綠羅扣花鞋兒只顧沒稜露腦兩個搧幹抽提抽提的老婆在下無般不叫出來嬌聲怯怯星眼濛濛良久却令他馬伏在下且舒雙足西門慶披着紅綾被騎在他身上投那話入牝中燈光下兩手按着他雪白的屁股只顧搧打口中叫章四兒你好去叫着親達達休要住了我丟與你罷那婦人在下舉股相就眞個口中顫聲柔語呼叫不絕足頑了一個時辰西門慶方纔精泄良久拽出麈柄來老婆取帕兒替他搽拭摟着睡到五更雞叫時分散

老婆又替吮咂西門慶告他說你五娘怎的替我咂半夜怕我害冷連尿也不教我下來溺都替我嚥了老婆道不打緊等我也替爹吃了就是了這西門慶眞個把胞膈尿都溺在老婆口內當下兩個婍妮溫存萬千囉唣合搗了一夜次日老婆先起來開了門預備盆中打發西門慶穿衣梳洗出門到前邊分付玳安早教兩名排軍把捲棚正面放的流金入仙鼎寫帖兒檯送到宋御史老爹察院內交付明白討回帖來又教陳經濟封了一疋金段一疋色段教琴童氈包內拿着預備下馬要早往清河口拜蔡知府去正在月娘房內吃粥月娘問他應二哥那裡俺每莫不都去也留一個兒在家裡看家留下他姐在家陪大妗子做伴兒罷西門慶道我已預備下五分人情你的是一

方兜肚。一個金墜兒。五錢銀子。他四個每人都是二錢銀子。一方手帕。都去走走罷。左右有大姐在家陪大妗子就是一般。我已許下應二。都往他家去來。月娘聽了一聲兒沒言語。李桂姐便拜辭說道娘我今日家去罷。月娘道慌去怎的。再住一日兒不是。桂姐道不瞞娘說。俺媽心裡不自在。俺姐不在。家中沒人改日正月間來住兩日兒罷。拜辭了西門慶。月娘裝了兩個茶食盒子。與桂姐一兩銀子。吃了茶打發出門。西門慶纔穿上衣服。往前邊去。忽有平安兒來報。荊都監老爹來拜。西門慶即出迎接至廳上敘禮。荊都監穿着補服員領。戴着暖耳。腰繫金帶。叩拜堂上道。久違欠恭高轉失賀之意。西門慶道。多承厚貺。尚未奉賀。敘畢契濶之情。分賓主坐下。左右獻上茶湯。荊都監便道良騎侯候何往。西門慶道。京中太師老爺第九公子。九江蔡知府。昨日巡按宋公祖。與工部安鳳山。錢雲野。黄泰宇。都借學生這裡作東請他一飯。蒙他昨日具拜帖與我。我豈可不回拜他拜去。誠恐他一時起身去了。荆都監道。正是小弟一事來奉瀆見。巡按宋公過年正月間差滿。只怕年終舉劾地方官員。望乞四泉借重與他一說。聞知昨日在宅上吃酒。故此斗胆恃愛。倘得寸進。不敢有忘。西門慶道。此是好事。你我相厚。敢不領命。你寫個說帖來。幸得他後日還有一席酒在我這裡。等我抵回和他說。又好些。這荆都監連忙下坐位來。又與西門慶打一躬。多承盛情。啣結難忘。便道小弟已具了履歷手本在此。一面喚椽房寫字的取出。荆都監親手遞上與西門慶觀看。上面寫着。

山東等處兵馬都監。清河左衛指揮僉事荆忠。年三十二歲。係山後檀州人。由祖後軍功累陞本衛左所正千户。從某年由武舉中式歷陞今職。管理濟州兵馬。歷年餘文一一開載明白。西門慶看畢。荆都監又向袖中取出禮物來遞上。說道薄儀望乞笑留。西門慶見上面寫着白米二百石。說道豈有此理。這個學生斷不敢領。以此視人相交何在。荆都監道。不然總然四泉不受。轉送宋公也是一般。何見拒之深耶。倘不納。小弟亦不敢奉瀆。推阻再三。西門慶只得收了。說道學生暫且收下。一面接了說道。學生明日與他說了。就差人回報。茶湯兩碗。荆都監拜謝起身去了。西門慶分付平安。我不在。有甚人來拜望。帖兒接下。休徃那去了。泒下四名排軍把門。說畢就上馬。琴童跟隨拜蔡知府去了。御說玉簫早辰打發西門慶出門。走到金蓮房中。說五娘昨日怎的不往後邊去坐。晚夕衆人聽薛姑子宣黃氏女卷。坐到那咱晚。落後二娘菅茶。三娘房裡。又手將酒菜來都聽桂姐申二姐賽唱曲兒。到有三更時分。俺每纔聽俺娘好不說五娘哩。五娘聽見爹前邊散了。往屋裡走不迭。昨日三娘生日。就不放往他屋裡走兒。把攔的爹慈緊。三娘道。沒的羞人子剌剌的。誰耐煩爭他。左右是這幾房兒隨他串去。金蓮道。我待說就沒好口。谷瞎了他的眼來。昨日你道他在我屋裡聽來麼。玉簫道。前邊老大這娘屋裡。六娘又死了。爹御往誰屋裡去。金蓮道雞兒不撒尿。各自有去處。死了一個。還有一個頂窩兒的。這玉簫又說。俺娘怎的惱五娘。問爹討皮襖不對他說。落後爹送鑰匙到房裡娘說了爹幾句好的李大姐死了嗔俺分散他的丫頭多少時兒相你把他心愛的皮襖拿了與人穿就沒話兒說了爹說他見沒皮襖穿娘說他怎的沒皮襖放着皮襖他不穿坐名兒只要他這件皮襖早時死了便指望他的他不死你敢指望他的金蓮道沒的那扯毯淡有了一個漢子做主兒罷了你是我婆婆你管着我我把攔他我拿繩子拴着他腿兒不成把攔他一面兒罷了偏有那些毴聲浪氣的玉簫道我來對娘說娘只放在心裡休要說出我來今日桂姐也家去俺娘收拾戴頭面哩今日要留下雪娥在家與大妗子做件兒俺爹不肯都封下人情五個人都教去哩娘也快些收拾了罷說畢玉簫後邊去了這金蓮向鏡臺前搽胭抹粉插花戴翠又使春梅

後邊問玉樓今日穿甚顏色衣裳玉樓道你爹嗔換孝都教穿淺淡色衣服這五個婦人會定了都是白䯼髻珠子箍兒用翠藍綃金綾汗巾兒搭着頭上珠翠堆滿銀紅織金段子對衿襖兒藍段子裙兒惟吳月娘戴着白縐紗金梁冠兒海獺臥兎兒珠子箍兒胡珠環子上穿着沉香色遍地䌽花補子襖兒紗綠遍地金裙一頂大轎四頂小轎排軍喝路轎內安放銅火踏玉經棋童來安三個跟隨拜辭了吳大妗子三位師父潘姥姥逕往應伯爵家吃滿月酒去了不題卻說前邊如意兒和迎春有西門慶晚夕吃酒的那一卓菜安排停當還有一壺金華酒向罈內又打出一壺葡萄酒來午間請了潘姥姥春梅郁大姐彈唱着在房內四五個做一處吃到中間也是合當有事春梅道

只說申二姐會唱的好挂真兒。沒個人往後邊去。便叫他來到。好歹教他唱個挂真兒咱每聽。迎春纔待使綉春叫去。只是春鴻走來向着火。春梅道。賊小蠻囚兒你原來今日沒跟了轎子去。春鴻道。爹泒下教王經去了。留我在家裡看家。春梅道。賊小蠻囚兒。你不是凍的。還不尋到這屋裡來烘火。因叫迎春你釃半甌子酒與他吃。分付你吃了。替我後邊叫將申二姐來。你就說我要他唱個兒與姥姥聽。那春鴻連忙把酒吃了。一直走到後邊。不想申二姐伴着大妗子大姐三個姑子。玉簫都在上房裡坐的。正吃芫荽芝麻茶哩。忽見春鴻掀簾子進來。叫道申二姐你來。俺大姑娘前邊叫你唱個兒與他聽去哩。這申二姐道。你大姑在這裡。又有個大姑娘出來了。春鴻道。是俺前邊春梅姑娘這裡叫你申二姐道你春梅姑娘他稀罕怎的也來叫的我有郁大姐在那里也是一般這裡唱與大妗奶奶聽哩大妗子道也罷申二姐你去走走再來那申二姐坐住了不動身春鴻一直走到前邊對春梅說我叫他他不來哩都在上房坐着哩春梅道你說我叫他他就來了春鴻道我說你叫他來前邊大姑娘叫你他意思不動說道大姑娘在這裡那裡又鑽出個大姑娘來了我說是春梅姑娘他說你春梅姑娘他從幾時來也來叫我我不得閒在這裡唱與大妗奶奶聽哩大妗奶奶到說你去走走再來他不肯來哩這春梅不聽便罷聽了三尸神暴跳五臟氣冲天一點紅從耳畔起須臾紫遍了雙腮衆人攔阻不住一陣風走到上房裡指着申二姐一頓大罵道你怎麼

對着小廝說我。那里又鑽出個大姑娘來了。稀罕他也敢來叫我。你是甚麼總兵官娘子。不敢叫你。俺每在那毛裡夾着來。是你撞舉起來。如今從新鑽出來了。你無非只是個走千家門。萬家戶。賊狗攮的瞎淫婦。你來俺家纔走了多少時兒。就敢恁量視人家。你會曉的甚麼好成樣的套數唱。左右是那幾句東溝籬。西溝壩。油嘴狗舌。不上紙筆的。那胡歌錦詞。就挐班做勢起來。真個就來了俺家本司三院唱的老婆。不知見過多少。稀罕你這個兒韓道國那淫婦家與你俺這里不與你。你就學那淫婦。我也不怕你。好不好趁早兒去。賈媽媽與我離門離戶。那大妗子攔阻說道。快休要舒口。把這申二姐罵的睜睜的。敢怒而不敢言。說道。爺嚛嚛。這位大姐怎的恁般粗魯性兒。就是剛纔對着大官兒。我也沒曾說甚歹。這般潑口言語潟出來。此處不留人。也有留人處。春梅越發惱了。罵道。賊合遍街搗遍巷的瞎淫婦。你家有恁好大姐。比是你有恁性氣。不該出來往人家求衣食。唱與人家聽。趁早兒與我走。再也不要來了。申二姐道。我沒的賴在你家。春梅道。賴在我家。教小廝把髮毛都撏光了你的。大妗子道。你這孩兒。今日怎的甚樣兒的。還不往前邊去罷。那春梅只顧不動身。這申二姐一面哭哭啼啼下炕來。拜辭了大妗子。收拾衣裳包子。也等不的轎子來。央及大妗子使平安對過叫將畫童兒來。領他往韓道國家去了。春梅罵了一頓。往前邊去了。大妗子看着大姐和玉簫說道。他敢前邊吃了酒進來。不然如何恁冲言冲語的。罵的我也不好看的了。你教他慢

慢收拾了去就是了。立逼着攆他去了。又不叫小厮領他。十分
水深人不過。卻怎樣兒的。卻不急了人。玉簫道。他們敢在前頭
吃酒來。卻說春梅走到前邊還氣狠狠的。向衆人說道。乞我把
賊瞎淫婦一頓罵。立攆了去了。若不是大妗子勸着我。臉上與
這賊瞎淫婦兩個耳刮子纔好。他還不知道我是誰哩。叫着他
張兒致兒。拿班做勢兒的。迎春道。你砍一枝損百株。忌口些。郁
大姐在這里。你卻罵瞎淫婦人。春梅道。不是這等說。像郁大姐
在俺家這幾年。先前他還不知怎樣的大大小小。他惡訕了那
個人兒來。教他唱個兒他就唱。那里像這賊瞎淫婦大胆。不道
的會那等腔兒。他再記的甚麼成樣的套數。還不知怎的拿班
兒。左來右去。只是那幾句山坡羊。瑣南枝。油里滑言語。上個甚

麼揸盤兒。也怎的我纔乍聽這個曲兒也怎的。我見他心裡就要把郁大姐掙下來一般。郁大姐道。可不怎的。昨日晚夕大娘多教我唱小曲兒。他就連忙把琵琶奪過去他要唱。大娘說郁大姐。你教他先唱。你後唱罷。郁大姐道。大姑娘你休惱他。他原知道咱家深淺。他還不知把你當誰人看成。好容易春梅道。我倒纔不罵的你。你饗韓道國老婆。那賊淫婦你就學與他。我也不怕他。潘姥姥道。我的姐姐。你沒要緊氣的恁樣兒的。如意兒道。等我傾杯兒酒與大姐姐消消惱。迎春道。我這女兒有惱就是氣。便道郁大姐。你揀套好曲兒唱個伏侍他。這郁大姐拿過琵琶來。說道等我唱個鶯鶯鬧臥房山坡羊兒。與姥姥和大姑娘聽罷。如意兒道你用心唱。等我斟上酒。那迎春拿起杯兒酒來。望着春梅道。罷罷我的姐姐。你着氣就是惱了。胡亂且吃你媽媽這鍾酒兒罷。那春梅忍不住笑罵迎春。說道怪小淫婦兒。你又做起我媽來了。說道郁大姐休唱山坡羊。你唱個江兒水俺每聽罷。這郁大姐在傍彈着琵琶唱

花家月艷。減盡了花容月艷。重門常是掩。正東風料峭。細雨連纖。落紅千萬點。香串懶重添。針兒怕待拈。瘦損𦶜𦶜。鬼病懨懨。俺將這舊恩情重撿點。愁壓損兩眉翠尖。空惹的張郎憎厭。這些時對鶯花不捲簾。

槐陰庭院靜悄悄槐陰庭院。芭蕉新乍展。見鶯黃對對。蝶粉翩翩。情人天樣遠。高柳噪新蟬。清波戲彩鴛。行過闌前。坐近他邊。則所得是誰家唱採蓮。急攘攘愁懷萬千。拈起柄香羅

紈扇。上寫阮郎歸詞半篇。

炎蒸天氣。挨過了炎蒸天氣。祈涼人綉幃。惟燈花相照。月色相隨。影伶仃訴與誰。征雁向南飛。雁歸人未歸。想像腰圍。做就寒衣。又不知他在那里貪戀着。並無個眞實信息。倩一行人稍寄。只恐怕路迢遙衣到遲。

梅花相問。幾遍把梅花相問。新來瘦幾個。笑香消容貌。玉減精神。比花枝先瘦損。翠被懶重溫。爐香夜夜薰。着意溫存。斷夢勞魂這些時睡不安眠不穩。枕兒冷。燈兒又昏。獨自個向誰評論。百般的放不下心上的人。

這里彈唱吃酒不題。西門慶從新河口拜了蔡九知府。回來下馬。平安就禀。今日有衙門里何老爹差答應的來請爹明日早進衙門中。拿了一起賊情審問。又本府胡老爹送了一百本新曆日。荊都監老爹。差了家人送了一口鮮猪。一罈豆酒。又是四封銀子。姐夫收下了。沒敢與他回帖兒。等爹來打發。晚上他家人還來見爹說話哩。只胡老爹家與了回帖。賞了來人一錢銀子。又是喬親家爹送帖兒。明日請爹吃酒。玳安兒。又拏宋御史回帖兒來回話。小的送到察院內。宋老爹說。明日還奉價過來。賞了小的并擡盒人五錢銀子。一百本曆日。西門慶吽了陳經濟來。問了四包銀子。已久交到後邊去了。西門慶走到廳上。春鴻連忙報與春梅眾人。說道。爹來家了。還吃酒哩。春梅道。惟小蠻囚兒。爹來家。隨他來去。管俺每腿事。沒娘在家。他也不往俺這邊來。眾人打夥兒吃酒頑笑。只顧不動身。西門慶到上房。大

姈子。三個姑子。都往這邊屋裡坐的。玉簫向前與他接了衣裳
坐下。放卓打發他吃飯。教來興兒定卓席。三十日與宋廵按擺
酒。與廵撫侯爺送行。初一日宰猪羊。家中祭祀還願心的。初三
日請劉薛二内相。帥府周爺衆位吃慶官酒。分付已了。玉簫在
傍。請問爹你吃酒放卓兒。釃甚麼酒你吃。西門慶道。有菜兒擺
上來。有劉纔荆都監送來的那豆酒取來。打開我嚐嚐。看好不
好吃。只見來安兒來家回話。玉簫連忙便提酒來。打破泥頭。傾
在鍾内。遞與西門慶呷了一呷。碧靛般清。其味深長。西門慶令
斟來我吃。須臾擺上菜來。西門慶在房中。卻說來安同排軍。拿
了兩個燈籠。晚夕接了月娘來家。月娘便穿着銀鼠皮。披薾金
段袄兒。翠藍裙兒。李嬌兒等。都是貂鼠皮袄。白綾袄兒。紫丁香

色織金裙子。原來月娘見金蓮穿着李瓶兒皮袄。把金蓮舊皮袄與了孫雪娥穿了。都到上房拜了西門慶。惟雪娥與西門慶磕頭。起來又與月娘磕頭。都過那邊屋裡去了。拜大妗子三個姑子。月娘便坐着與西門慶說話。說應二嫂見俺每都去。好不喜歡。酒席上有隔壁馬家娘子。和應大嫂杜二娘。也有十來位堂客。叫了兩個女兒彈唱。養了好個平頭大臉的小廝兒。原來他房裡春花兒比。時黑瘦了好些。只剩下個大驢臉一般的。也不自在哩。那時節亂的他家裡大小不安。本等沒人手。臨來時。應二哥與俺每磕頭。謝了又謝。多多上復你。多謝重禮。西門慶道。春花兒那成精奴才也。打扮出來見人。月娘道。他比那個沒鼻子沒眼兒是鬼兒。出來見不的。西門慶道。那奴才撒把黑豆只好教豬拱罷。月娘道。我就聽不上你恁說嘴。自你家的好拿掇的出來見的人。那王經在傍。他立着說道。俺應二爹見娘們去。先頭上不敢出來見。躲在下邊房裡。打窓户眼兒望前瞧。被小的看見了。說道你老人家沒廉耻。平白瞧甚麼。他趕着小的打。西門慶笑的沒眼縫兒。說道你看這賊花子。等明日他來着老實抹他一臉粉。王經笑道。小的知道了。月娘喝道。這小厮便要胡說。他幾時瞧來。平白枉口拔舌的。一日誰見他個影兒。只臨來時。纔與俺每磕頭。王經站了一回出來了。月娘起身過這邊屋裡。拜大妗子并三個師父。西門大姐與玉簫衆丫頭媳婦都來磕頭。月娘便問。怎的不見申二姐。衆人都不做聲。玉簫說申二姐家去了。月娘道。他怎的不等我來。先就家去。大妗子隱瞞不住把春梅罵他之事說了一遍月娘就有幾分惱說道他不唱便罷了這丫頭慣的沒張倒置的平白罵他怎麼的權不的俺家主子也沒那正主子奴才也沒個規矩成甚麼道理望着金蓮道你也管他管兒慣的通沒些些搊兒金蓮在傍笑着說道也沒見這個瞎曳麼的風不搖樹不動你走千家門萬家户在人家無非只是唱人叫你唱個兒也不失了和氣誰教他拏班兒做勢的他不罵的他嫌腥月娘道你倒且是會說話兒的合理都像這等好人歹人都乞他罵了去也休要管他一管兒了金蓮道莫不爲瞎淫婦打他幾棍兒月娘聽了他這句話氣的把臉通紅了說道慣着他明日把六隣親戚都教他罵遍了罷于是起身走過西門慶這邊來西門慶便問怎麼的月娘道

情知是誰。你家使的好規矩的大姐。如此這般。把申二姐罵的去了。對西門慶說。西門慶笑道。誰教他不唱與他聽來。也不打緊處。到明日使小厮送一兩銀子。補伏他也是一般。玉簫道。申二姐盒子還在這里。沒拿去哩。月娘見西門慶笑說道。不說叫將他來嗔喝他兩句。虧你還雌着嘴兒。不知笑的是甚麼。玉樓李嬌兒見月娘惱起來。都先歸去房裡。西門慶只顧吃酒。良久月娘進裡間內脫衣裳。摘頭。便問玉簫。這廂上四包銀子。是那里的。西門慶說是荊都監送來幹事的。二百兩銀子。明日要央宋巡按。畱幹壓轉。玉簫道。頭里姐夫送進來。我放在箱子上。就忘了對娘說。月娘道。人家的。還不收進櫃裡去哩。玉簫一面安放在廚櫃中。不題。金蓮在那邊屋里。只顧坐的等着西門慶。一答兒往前邊去。今日曉夕要吃薛姑子符藥。與他交姤。圖壬子日好生子。見西門慶不動身。走來掀着簾兒。叫他說你不往前邊去。我等不的你。我先去也。西門慶道。我兒你先走一步兒。我吃了這些酒就來。那金蓮一直往前邊去了。月娘道。我偏不要你去。我還和你說話哩。你兩人合穿着一條褲子。也怎的。是強汗世界。巴巴走來我這屋裡。硬來叫他。沒廉耻的貨。自你是他的老婆。別人不是他的老婆。因說西門慶。你這賊皮搭行貨子。怪不的人說你。一視同仁。都是你的老婆。休要顯出來便好。就吃他在前邊攔攔住了。從東京來。通影邊兒不進後邊歇一夜兒。教人怎麼不惱你。冷竈着一把兒。熱竈着一把兒。纔好。通教他把攔住了。我便罷了。不知你一般見識。別人他肯讓的過。口兒內雖故不言語。好殺他心兒裡有幾分惱。今日孟三姐在應二嫂那里。通一日恁甚麼兒沒吃。不知掉了口冷氣。只害心疼惡心來家。應二嫂遞了兩鍾酒。都吐了。你還不往他屋里瞧他瞧去。這西門慶。聽了說道眞個他心裡不自在。分付收了家火罷。我不吃酒了。于是走到玉樓房中。只見婦人已脫了衣裳。摘去首飾。渾衣兒歪在炕上。正倒着身子嘔吐。蘭香便熱爍炭在地。西門慶見他呻吟不止。慌問道。我的兒。你心裡怎麼的來。對我說。明日請人來看你。婦人一聲不言。只顧嘔吐。被西門慶一面扶起他來。與他坐的。見他兩隻手只揉胸前。便問我的心肝。你心裡怎麼。你告訴我。婦人道。我害心疼的慌。你問他怎的。你幹你那營生去。西門慶道。我不知道。劉纔上房對我說。我纔曉

的婦人道可知你曉的俺每不是你老婆你疼心愛的去了西
門慶于是摟過粉項來就親個嘴說道㑋油嘴就徯落我起來
便叫蘭香快頓好苦艶茶兒來與你娘吃蘭香道有茶伺候着
哩一面捧茶上來西門慶親手拿在他口兒邊吃婦人道拏來
等我自家吃會那等喬劬勞旋蒸熱賣兒的誰這里爭你哩今
日日頭打西出來稀罕往俺這屋裡來走一走兒也有這大娘
爭白你說他爭出來唬包氣西門慶道你不知我這兩日七事
八事心不得個閒婦人道可知你心不得閒可不了一了心愛
的扯落着你哩把俺每這僻時的貨兒都打到揣了號聽題去
了後十年挂在你那心裡兒西門慶嘴揾着他香腮便道吃的
那爛酒氣還不與我過一邊去人一日黃湯辣水兒誰嘗着

來。那里有甚麼神思。且和你兩個纏。西門慶道。你沒吃甚麼兒。叫丫頭拿飯來咱每吃。我也還沒吃飯哩。婦人道你沒的說人這里凄疼的了不得。且吃飯。你要吃。你自家吃去。西門慶道。你不吃。我敢不吃了。咱兩個收拾睡去罷。明日早使小廝請任醫官來看你。婦人道。由他去。請甚麼任醫官。李醫官。教劉婆子來吃他服藥也好了。西門慶道。你睡下。等我替你心口內撲撒撲撒。管情就好了。你不知道。我專一會揣骨揑病。手到病除。婦人道我不好罵出來。你會揣甚麼病。西門慶忽然想起。昨日劉學官送了十圓廣東牛黃清心蠟丸。那藥酒兒吃下極好。即使蘭香問你大娘要在上房磁罐兒內盛着。就拿素兒帶些些酒來。玉樓道。你要酒。俺這屋裡有酒。不一時蘭香到上房要了兩丸來。

西門慶看見篩熱了酒剝去蠟裹面露出金丸來看着玉樓吃下去西門慶因令蘭香趂着酒你篩一鍾兒來我也吃了藥罷被玉樓瞅了一眼說道就休那汗邪你要吃藥往別人房裡去吃你這里且做甚麼哩卻這等胡作做你見我不死來擺佈上路兒來了緊教人疼的鬼兒也沒了還要那等掇弄人虧你也下般的誰耐煩和你兩個只顧涎纏西門慶笑道罷罷我的兒我不吃藥了咱兩個睡罷那婦人一面吃畢藥與西門慶兩個解衣上牀同寢西門慶在被窩內替他手撲撒着酥胸揣摸香乳一手摟其粉項問道我的親親你心口這回吃下藥覺好些婦人道疼便止了還有些嘈雜西門慶道不打緊消一回也好了因說道你不在家我今日兌了五十兩銀子與來興兒後日

宋御史擺酒初一日燒紙還願心到初三日再破兩日工夫把
人都請了罷受了人家多少人情禮物只顧挨着也又不是事
婦人道你請也不在我不請也不在我明日三十日我叫小廝
來攢帳交與你隨你交付與六姐教他管去也該教他管管見
郤是他昨日說的甚麼打緊處雕佛眼兒便難等我管西門慶
道你聽那小淫婦兒他勉強着緊處他就慌了亦發擺過這幾
席酒兒你交與他就是了玉樓道我的哥哥誰養的你恁乖還
說你不護他這些事兒就見出你那心裡來了擺過酒兒交與
他俺每是合死的像這清早晨得梳了頭小廝你來我去秤銀
子換錢把氣也掏乾了饒費了心那個道個是也怎的西門慶
道接着我的兒常言道當家三年狗也嫌說着一面慢慢搊起

這一隻腿兒。跨在肐膊上。摟抱在懷裡。揝着他白生生的小腿兒。穿着大紅綾子的繡鞋兒。說道我的兒。你達不愛你別。只愛你這兩隻白腿兒。就是普天下婦人。選遍了也沒你這兩隻腿兒柔嫩可愛。婦人道。好個說嘴的貨。誰信那綿花嘴兒可可兒的。就是普天下婦人。選遍了沒有來。愁好的沒有。也要千取萬。不說俺每皮肉兒粗糙。你拿左話兒來右說着哩。西門慶道。我的心肝。我有句謊就死了我。婦人道。惟行貨子。沒要緊賭什麼誓。這西門慶說着。把那話帶上銀托子。揷放入他牝中。婦人道。我說你行行就下。道兒來了。便道且住。賊小肉兒。不知替我拿下了不曾。沒有遂伸手。向褥子底下。摸出絹子來。預備着抹搽。因摸見銀托子。說道從多咱三不知。就帶上這行貨子了。還不趂早除下來哩。那西門慶那里肯依。抱定他一隻腿在懷裡只顧沒稜露腦。淺抽深送。須臾淫水浸出。往來有聲。如狗舔鏇子一般。婦人一面用絹抹之。隨抹隨出。口裏內不住的作柔顫聲。叫他達達。你省可往裏去。奴這兩日好不腰酸。下邊流白漿子出來。西門慶道。我到明日。問任醫官討服煖藥來。你吃就好了。不說兩個在牀上歡娛頑耍。早表吳月娘在上房。陪着大妗子三位師父晚夕坐的說話。因說起春梅怎的罵申二姐。罵的哭涕。又不容他坐在轎子去。旋央及大妗子。對叫過畫童兒送到他往韓道國家去。大妗子道。本等春梅出來的言語粗魯。饒我那等說着。還鎗撇的言語罵出來。他怎的不急了。他平昔不曉的恁口潑罵人。我只說他吃了酒。小玉道。他每五個在前頭吃酒兒進來。月娘道。恁不合理的行貨子。生生把個丫頭慣的恁沒大沒小。上頭上臉的。還嗔人說哩。到明日不管好歹人都乞他罵了去罷。要俺每在屋裡做甚麼。一個女兒他走千家門萬家户。教他傳出去好聽。敢說西門慶家。那大老婆也不知怎麼的。出來的亂世。不知那個是主子。那個是奴才。不說你們這等慣的。沒些規矩。恰似俺每不長俊一般。成個甚麼道理。大妗子道。隨他去罷。他夫姑不言語好惹氣。當夜無語。歸到房中。次日西門慶早起往衙門中去了。這潘金蓮見月娘攔了西門慶不放了。又悞了壬子日期。心中甚是不悅。次日老早使來安叫了頂轎子。把潘姥姥打發往家去了。吳月娘早辰起來。三個姑子要告辭家去。月娘每個一盒茶食。與了五錢銀子。又許下薛姑子。正月裏庵裡打齋。先與他一兩銀子。請香燭紙馬。到臘月還送香油。白麪細米。素食與他齋僧供佛。因擺下茶。在上房內管待。間大妗子一廵吃。先請了李嬌兒孟玉樓大姐都坐下。問玉樓。你吃了那蠟丸心口內不疼了。玉樓道。今早吐了兩口酸水纔好了。叫小玉往前邊請潘姥姥和五娘來吃點心。玉簫道。小玉在後邊爊點心哩。我去請罷。于是一直走到前邊金蓮房中。便問姥姥怎的不見。後邊請姥姥和五娘吃茶哩。金蓮道。他今日早辰我打發他家去了。玉簫說怎的不說聲。三不知就去了。金蓮道。任人心淡。只顧任着怎的。也任了這幾日了。他家中丢着孩子。也沒人看。我教他家去了。玉簫道。我拿了塊臘肉兒。四個甜醬瓜茄子。與他老人家。誰知他就去了。五娘你替他老人家收着罷。于是遞與秋菊。放在抽替內。這玉簫便向金蓮說道。昨日晚夕。五娘來了。俺娘如此這般了。對着爹。好不說五娘強汙世界。與爹兩個合穿着一條褲子。沒廉耻。怎的把攔着爹在前邊。不放後邊來。落後把爹打發三娘房裡歇了一夜。又對着大妗子。三位師父。怎的說五娘。慣着春梅。沒規矩。毀罵申二姐。爹到明日。還要送一兩銀子與申姐姐遮羞。一五一十。說了一遍。這金蓮聽說在心。玉簫先來回月娘。說姥姥起早往家去了。五娘便來也。月娘便望着大妗子說道。你看昨日說了他兩句兒。今日使性子也不進來說聲兒。老早就打發他娘去了。我猜姐姐。管情又不知心裡安排着。要起甚麼水頭兒哩。當下月娘自在屋裡說話。不防金蓮暗走到明間簾下。聽覷多時了。猛可開言說道。大娘說的我打教了他家去。我好把攔漢子。月娘道。是我說來。你如今怎麼的。我本等一個漢子。從東京來了。成日只把攔在你那前頭。道不來後邊傍個影兒。原來只你是他的老婆。別人不是他的老婆。行動題起來別人不知道。我知道。就是昨日李桂姐家去了。大妗子問了聲。李桂姐住了一日兒。如何就家去了。他姑夫因爲甚麼惱他。教我還說。誰知爲甚麼惱他。你便就擸着頭兒說別人。不知道自我曉的。你成日守着他。怎麼不曉的。金蓮道。他不來往我那屋裡去。我成日莫不拿猪毛繩子套他去不成。那個浪的慌了也怎的。月娘道。你不浪的慌。你昨日怎的他在屋裡坐好好兒的。你恰似強汙世界一般。掀着簾子。硬來。叫他前邊去。是怎麼說。漢子頂天立地。吃辛受苦。犯了甚麼罪來。你拿猪毛繩子套他。賤不識高低的貨。俺每倒不言語。只顧赶人不得赶上。一個皮襖兒你悄悄就問漢子討了。穿在身上。挂口兒也不來後邊題一聲兒都是這等起來。俺每在這屋裡放小鴨兒。就是孤老院裡。也有個甲頭。一個使的丫頭。和他猫鼠同眠。慣的有些摺兒。不晉好歹。就罵人。倒說着你嘴頭子不伏個燒埋。金蓮道。是我的丫頭也怎的。你每打不是。我也在這里還多着個影兒哩。皮襖是我問他要來。莫不只為我要皮襖。開門來也拿了幾件衣裳與人。那個你怎的就不說來。丫頭便是我慣了他。我也浪了圖漢子喜歡。像這等的卻是誰浪。吳月娘乞他這兩句。觸在心上。便紫漒了雙腮說道。這個是我浪了。隨你怎的說。我當初是女兒填房嫁他。不是趂來的老婆。那沒廉耻趂漢精。便浪。俺每眞材實料不浪。被吳大妗子在跟前攔說。三姑娘你怎的快休舒口饒勸着。那月娘口裏話紛紛。發出來說道。你害殺了一個只少我了。孟玉樓道。耶嚛耶嚛。大娘你今日怎的這等惱的大發了。連累着俺每。一棒打着好幾個人也。沒見這六姐。你讓大姐一句兒也罷了。只顧打起嘴來了。大妗子道。常言道。要打沒好手。厮罵沒好口。不爭你姊妹們攘開。俺每親戚在這里住着也羞。姑娘你不依我。去呀。嗔我這里叫轎子來。我家去罷。被李嬌兒一面拉住大妗子。那潘金蓮。見月娘罵他這等言語。坐在地下。就打滚打臉上。自家打幾個嘴巴。頭上鬏髻都撞落一邊。放聲大哭叫起來。說道。我死了罷。要這命做什麼。你家漢子說條念款。說將來。我趂將你家來了彼時恁的也不難的勾當等他來家與了我休書我去就是了你趕人不得趕上月娘道你看就是了潑脚子貨別人一句兒還沒說出來你看他嘴頭子就相淮洪一般他還打滚兒賴人莫不等的漢子來家好老婆把我別變了就是了你放恁個刁兒那個怕你麽那金蓮道你是真材實料的誰敢辨別你月娘越發大怒說道好不真材實料我敢在這屋裡養下漢來金蓮道你不養下漢誰養下漢來你就拿主兒來與我玉樓見兩個拌的越發不好起來一面拉起金蓮往前邊去罷卻說道你恁的惟刺刺的大家都省口些罷了只顧亂起來左右是兩句話教他三位師父笑話你起來我送你前邊去罷那金蓮只顧不肯起來被玉樓和玉簫一齊扯起來送他前邊

邊去了。大妗子便勸住月娘。只說道。姑娘你身上又不方便。好惹氣。分明沒要緊。你姊妹們歡歡喜喜。俺每在這里住着有光。似這等合氣起來。又不依個勸。却怎樣兒的。那三個姑子。見嚷鬧起來打發小姑兒吃了點心。包了盒子。告辭月娘。衆人起來道問訊。月娘道。三位師父。休要笑話。薛姑子道。我的佛菩薩。沒的說。誰家竈內無烟。心頭一點無明火。些些兒觸着便生烟。大家儘讓些些就罷了。佛法上不說的。好。冷心不動一孤舟淨埽靈臺正好修。若還繩慢鎖頭鬆。就是萬個金剛也降不住。爲人只把這心猿意馬牢拴住了。成佛作祖都打這上頭起。貧僧去也。多有打攪菩薩。好好兒的。我回去也。一面打了兩個問訊。月娘連忙還萬福。說道。空過師父。多多有慢。另日着人送齋襯去。即叫

大姐你和那二娘送送三位師父出去看狗于是打發三個姑
子出門月娘陪大妗子衆人坐着說道你看這回氣的我兩隻
肐膊都軟了手氷冷的從早辰吃了口清茶還汪在心裡大妗
子道姑娘我這等勸你少攪氣你不依我你又是臨月的身子
有甚要緊月娘道嫂子早是你在這里住看着又是我和他合
氣如今犯夜倒拿住巡更的我到容了人人到不肯容我一個
漢子你就通身把攔住了和那丫頭通同作弊在前頭幹的那
無所不爲的事人幹不出來的你幹出來女婦人家通把個廉
耻也不顧他燈臺不明自巳還張着嘴兒說人淚想着有那一
個在成日和那一個合氣對着俺每千也說那一個的不是他
就是清淨姑姑兒了单管兩頭和番曲心矯肚人面獸心行說

的話兒就不承認了賭的那誓誮人子我洗着眼兒看着他到明日還不知怎麼樣兒死哩早時剛纔你每看着攏着茶兒還好意等他娘來吃誰知他三不知的就打發的去了就安排着要嚷的心兒悄悄兒走來這里聽聽怎的那個怕你不成待等那漢子來輕學重告把我休了就是了小玉道俺每都在屋裡守着爐臺站着不知五娘幾時走來在明間內坐着也不聽見他脚步兒响孫雪娥道他单爲行鬼路兒脚上只穿毡底鞋你可知聽不見他脚步兒响想着起頭兒一來時該知我今日多少氣背地打夥兒嚼說我教爹打我那兩頓娘還說我和他便生好鬭的月娘道他活埋慣了人今日還要活埋我哩你剛纔不見他那等撞頭打滾撒潑兒一徑使你爹來家知道管就把

我翻倒底下。李嬌兒笑道。大娘沒的說。反了世界。月娘道。你不
知道。他是那九條尾的狐狸精。把好的乞他弄死了。且稀罕我
能有多少骨頭肉兒。你在俺家這幾年。雖是個院中人。不像他
久慣牢頭。你看他昨日那等氣勢。硬來我屋裡叫漢子。你不往
前邊去。我等不你先去。恰似只他一個人的漢子一般。就占住
了。不是我心中不惱。他從東京來了。就不放一夜兒進後邊來。
一個人的生日。也不往他屋裡走走兒去。十個指頭都放在你
口內。也卻罷了。大妗子道。姑娘你耐煩。你又常病兒痛兒的。不
貪此事。隨他去罷。不爭你爲衆好。與人爲怨恳仇。勸了一回。玉
簫安排上飯來也不吃。說道。我這回好頭疼。心口內有些些惡沒
沒的上來。教玉簫那邊炕上放下枕頭。我且倘倘去。分付李嬌

兒。你每陪大妗子吃飯。那日郁大姐也要家去。月娘分付裝一盒子點心。與他五錢銀子。打發去了。卻說西門慶衙門中。審問賊情。到個午牌時分。纔來家。正值荊都監家人討回帖。西門慶道。多謝你老爹重禮。如何這等計較。你還把那禮扛將回去。等我明日說成了。取家來。家人道。家老爹沒分付。教小的怎敢將回去。放在老爹這里。也是一般。西門慶道。既恁說。你多上覆我知道了。拏回帖。又賞家人一兩銀子。因進上房。見月娘睡在炕上。吽了半日。白不答應。問丫鬟。都不敢說。走到前邊金蓮房裡。見婦人蓬頭攪腦。拏着個枕頭睡。問着。又不言語。更不知怎的。一面封銀子。打發荊都監家人去了。走到孟玉樓房中問。玉樓隱瞞不住。只得把月娘和金蓮早辰嚷鬧合氣之事。具說一遍。

這西門慶慌了。走到上房。一把手把月娘拉起來。說道。你甚緊自身上不方便。理那小淫婦兒做什麼。平白和他合甚麼氣。月娘道。你看說話哩。我和他合氣。是我便生好鬬尋趁他來。他來尋趁將我來。你問衆人不是。早辰好意擺下茶兒。請他娘來吃。他便使性子。把他娘打發去了。走來後邊。撑着頭兒和他兩個嚷。自家打滚撞頭。鬏髻踩遍了。皇帝上位的叫。自是沒打在我臉上罷了。若不是衆人拉勸着。是也打成一塊。他平白欺負慣了人。他心裡也要把我降伏下來。行動就說你家漢子。說條念款念將我來了。打發了我罷。我不在你家了。一句話兒出來。他就是十句頂不下來。嘴一似淮洪一般。我拿甚麼骨秃肉兒拌的他。一回那潑皮賴肉的。氣的我身子軟癱兒熱化。什麼孩子李子就是太子也成不的如今倒弄的不死不活心口內只是發脹肚子往下鱉墜着疼頭又疼兩隻胳膊都麻了剛纔桶子上坐了這一回又不下來若下來了乾淨了我這身子省的死了做帶累肚子鬼到半夜尋一條繩子等我吊死了隨你和他過去往後沒的又像李瓶兒乞他害死了罷我曉的你三年不死老婆也大悔氣這西門慶不聽便罷越聽了越發慌了一面把月娘摟抱在懷裡說道我的好姐姐你別要和那小淫婦兒一般見識他識什麼高低香臭沒的氣了你到値了多的我往前邊罵這賊小淫婦兒去月娘道你還不敢罵他還要拿豬毛繩子套你哩西門慶道你教他說惱了我乞我一頓好腳因問月娘你如今心內怎麼的吃了些什麼兒沒有月娘道誰嘗着

些甚麽兒大清早辰纔拏起茶等着他娘來吃他就走來和我
嚷起來如今心内只發脹肚子往下鱉墜着疼腦袋又疼兩隻
肐膊都麻了你不信摸我這手恁半日還沒握過來西門慶聽
了只顧跌脚說道可怎樣兒的快着小廝去請了那任醫官來
看了討藥去天晚了他赶不進門來了月娘道手不答請什麽
任醫官隨他去有命活沒命教他死纔趁了人的心什麽好的
老婆是墻上泥坯去了一層又一層我就死了把他扶了正就
是了恁個聰明的人兒當不的家西門慶道你也耐煩把那小
淫婦兒只當臭屎一般丢着他哩他怎的你如今不請任后溪
來看你看一時氣裹住了這胎氣弄的上不上下不下怎麽了
月娘道這等叫劉婆子來瞧瞧吃他服藥再不頭上剁兩針由

他自好了。西門慶道。你沒的說。那劉婆子老淫婦。他會看甚胎産。叫小使騎馬快請任醫官來看。月娘道。你敢去請。你就請了來。我也不出去。那西門慶不依他。走到前邊。即叫琴童快騎馬往門外請那任老爹。緊等着一答兒就來。琴童應諾。騎上馬雲飛一般去了。西門慶只在屋裡厮守着。月娘禁張了頭。連忙熬粥兒拿上來。勸他吃粥兒又不吃。等到後晌時分。琴童空回來了。說任老爹在府裡上班未回來。他家知道咱這里請。明日也不消咱這里人去。任老爹早就來了。月娘見喬大户一替兩替來請。便道太醫已是明日來了。你往喬親家那里去罷。這日晚了你不去。惹的喬親家怪。西門慶道。我去了誰看你。月娘笑道。你看謊的那腔兒。你去我不妨事。等我消一回兒慢慢掙扎着起來。與大妗子坐的吃飯。你慌的是些甚麽。西門慶令玉簫。快請你大妗子來。和你娘坐的。又問郁大姐在那里。教他唱與娘聽。玉簫道。郁大姐往家去。不耐煩了。這咱哩。西門慶道。誰教他去來。留他再住兩日兒也罷了。趕着玉簫踢了兩脚。月娘道。他見你家反宅亂。要去。你管他腿事。玉簫道。正經罵申二姐的倒不踢。那西門慶只做不聽見。一面穿了衣裳。往喬大户家吃酒去了。未到起更時分就來家。到了上房。月娘正和大妗子。玉樓李嬌兒四人坐的。大妗子見西門慶進來。忙走後邊去了。西門慶便問。月娘道。你這咱好些了麽。月娘道。大妗了陪我吃了兩口粥兒。心口内不大十分脹了。還只有些頭疼腰酸。西門慶道。不打緊。明日任后溪來看。吃他兩服藥。解散散氣。安安胎。就好了。月娘道。我那等樣教你休叫他。你又叫他。白眉赤眼。教人家漢子來做什麼。你明日看我就出去不出去。因問喬親家。請你做什麼。西門慶道。他說我從東京來了。要與我坐。今日他也費心。整治許多菜蔬。叫兩個唱的。請我那里說甚麼話。落後邀過朱臺官來陪我。我熱着你。心裡不自在。吃了幾鍾酒。老早就來了。月娘道。好個說嘴的貨。我聽不上你這巧語花言。可可兒就是熱着我來。我是那活佛出現。也不放在你那心左。相死了。終值了個破沙鍋片子。又問喬親家。再沒和你說什麼話。西門慶方告說。喬親家如今要趂着新例。上三十兩銀子。納了儀官。銀子也封下了。教我對胡府尹說。我說不打緊。胡府尹昨日進了我二二百本曆日。我還不曾回他禮。等我進禮時。稍了帖子與他。

問他討一張儀官劄付來與你就是了他不肯說他說納些銀子是正理如今央這里分上討討見免上下使用也省十來兩銀子月娘道既是他央及你替他討討見罷你沒拿他銀子來西門慶道他銀子明日送過來還要賣分禮來我止住他了到明日咱備一口豬一罈酒送胡府尹就是了說畢西門慶晚夕就在上房睡了一夜到次日宋巡按擺酒後廳筵席治酒裝定菓品大清早辰本府出票撥了兩院三十名官身樂人兩員伶官四名排長領着來西門慶宅中答應西門慶分付前廳儀門裡東廂房那里聽候中廳西廂房與海鹽子弟做戲房只見任醫官從早辰就騎馬來了西門慶忙迎到廳上陪坐道連日闊懷之事任醫官道昨日盛使到學生該班至晚纔來家見尊票

今日不俟駕而來。敢問何人欠安。西門慶道。大賤內偶然有些失調。請后溪一胗。須臾茶至吃了茶。任醫官道。昨日聞得明川說老先生恭喜。容當奉賀。西門慶道。菲才備員而已何賀之有。吃畢茶。琴童收下盞托去。西門慶分付後邊對你大娘說。任老爹來了。明間內收拾。這琴童應諾到後邊。大妗子李嬌兒孟玉樓都在房內。見琴童來說任醫官進來。爹分付教收拾明間裡坐。月娘坐着不動身。說道。我說不要請他。平日教將人家漢子。睁着活眼。把手捏腕的。不知做甚麼。教劉媽媽子來。吃兩服藥。由他好了。好這等的搖鈴打鼓散着哩。好與人家漢子喂眼。玉樓道。大娘這已是請人來了。你不出去。卻怎樣的。莫不回了人去不成。大妗子又在傍邊勸着說。姑娘你教他看看你這脈息。

還知道你這病源不知你為甚起氣惱傷犯了那一經吃了他藥替你分理上氣血安安胎氣你不教他看依着你就請了劉婆子來他睆的甚麼病源脉理一時躭擱怎了月娘方動身梳頭兒戴上冠兒玉簫拏了鏡子孟玉樓跐上炕去替他拏抿子掠後鬢李嬌兒替他勒鈿兒孫雪娥預備拏衣裳六娘頭上止擺着六根金頭簪兒戴上臥兔兒也不搽臉薄施胭粉淡掃蛾眉耳邊帶着兩個金丁香兒正面關着一件金蟾蜍分心上穿白後對衿襖兒揷黃寬欄揷繡裙子襯着綾波羅襪尖尖趫趫一副金蓮裙邊紫錦香囊黃銅鑰匙雙垂繡帶正是

羅浮仙子臨凡世　月殿嬋娟出畫堂

畢竟後來如何且聽下回分解

第七十六回

春梅嬌撒西門慶

畫童哭躲溫葵軒

第七十六回

孟玉樓解慍吳月娘　西門慶斥逐溫葵軒

動靜謀為要三思　莫將煩惱自招之
人生世上風波險　一日風波十二時

話說西門慶。見月娘半日不出去。又親自進來。催促了一遍。見月娘穿衣裳。方纔請進任醫官。到上房明間內坐下。見正面酒金軟璧。兩邊安放春櫈。螺夏晥地平上鋪着毡毯。安放火盆。少頃。月娘從房內出來。五短身材。團面皮兒。黃白淨兒。模樣兒不肥不瘦。身體兒不短不長。兩兩春山。月鈎一雙鳳眼。纖長春笋。露甄妃之玉。朱唇點漢署之香。望上拜道了萬福。慌的任醫官躲在傍邊。屈身還禮。月娘就在對面一椅坐下。琴童安放桌兒

綿裍。月娘向袖口邊餙玉腕。露青葱。教任醫官胗脉。良久。月娘
抽身回房去了。房中小厮拿出茶來。吃畢茶。任醫官說道。老夫
人原來稟的氣血弱。尺脉來的又浮澀。雖有胎氣。有些些榮衛失
調。易生嗔怒。又動了肝火。如今頭目不清。中脘有些些阻滯。作其
煩悶。四肢之內。血少而氣多。月娘使出琴童來說。娘如今只是
有些些頭疼。心脹肐膊發麻。肚腹往下墜着疼。腰酸吃飲食無味。
任醫官道。我已知道。說得明白了。西門慶道。不瞞后溪說。房下
如今見懷臨月身孕。因着氣惱。不能運轉。滯在胸膈間。望乞老
先生留神。加減一二。足見厚情。任醫官道。豈勞分付。學生無不
用心。此去就奉過藥來。清胎理氣。和中養榮蠲痛之劑。老夫人
服過。要戒氣惱。就厚味也少吃。西門慶道。望乞老先生。把他這

胎氣好生安一安。任醫官道。已定安胎理氣養其榮衛。不勞多囑。學生自有斟酌。西門慶復說。學生第三房下有些肚冷。望乞有暖宮丸藥見賜來。任醫官道。學生謹領。就封過來。說畢起身走到前廳。院內見許多教坊樂工伺候。因問老翁今日府上有甚事。西門慶悉言。巡按宋公連兩司官請巡撫侯石泉老先生。在舍擺酒。這任醫官聽了。越發心中駭然尊敬。西門慶在門前揖讓上馬禮去。比尋日不同。倍加敬重。西門慶送他回來。隨即封了一兩銀子。兩方手帕。即使琴童拿盒兒騎馬討藥去。李嬌兒孟玉樓衆人。都在月娘屋裡裝定菓盒。搽抹銀器。便說大娘你頭里還要不出去。怎麼知道你心中如此這般病。月娘道甚麼好成樣的老婆。由他死便死了罷。不知那淫婦他怎麼的。行動着俺們。你是我婆婆。無故只是大小之分罷了。我還大他八個月哩。漢子疼我。你只顧好看我一般兒里。他不討了他口裡話。他怎麽和我大嚷大鬧。若不是你們攛掇。我出去。我後十年也不出去。隨他死教他死去。常言道。一雞死一雞鳴。新來雞兒打鳴不好聽。我死了。把他立起來。也不亂也不嚷。纔拔了蘿蔔地皮寬。玉樓道。大娘耶嚛耶嚛。那里有此話。俺毎就待他賭個大誓。這六姐不是我說他。要的不知好歹。行事兒有此〻勉強。恰似咬羣出尖兒的一般。一個大有口沒心的貨子。大娘你若惱他。可是錯惱了。月娘道。他是比你沒心。他一團兒心哩。他怎的會悄悄聽人兒。行動拿話兒訛諷着人說話。玉樓道。娘你是個當家人。惡水缸兒。不恁大量此〻罷了。却怎樣兒的。常言一個君子待了十個小人。你手放高些。他敢過去了。你若與他一般見識起來。他敢過不去。月娘道。只有了漢子與他做主兒着把那大老婆且打靠後。玉樓道。哄那個哩。如今像大娘心裡。恁不好。他爹敢往那屋裡去麼。月娘道。他怎的不去。于是他說的。他屋里。拿猪毛繩子套他不去。一個漢子的心。如同沒籠頭的馬。一般。他要喜歡那一個。只喜歡那個。誰敢攔他。攔他又說是浪了。玉樓道。罷麼大娘。你已是說過。通把氣兒納納兒。等我教他來與娘磕頭。賠個不是。趁着他大妗子在這里。你每兩個笑開了罷。你不然教他爹兩下里不作難。就行走也不方便。但要往他屋裡去。又不怕你惱。若不去。他又不敢出來。今日前邊恁擺酒。俺每都在這定菓盒。忙的了不得。落得他在屋裡是全躲猾。兒悄靜兒。俺每也饒不過他。大妗子我說的是不是。大妗子道。姑娘也罷。他三娘也說的是。不爭你兩個話差。只顧不見面。教他姑夫也難。兩下里都不好行走的。那月娘通一聲也不言語。這孟玉樓抽身就往前走。月娘道孟三娘。不要叫他去。隨他來不來罷。玉樓道。他不敢不來。若不來我可拿猪毛繩子套了他來。一直走到金蓮房中。見他頭也不梳。把臉黃着坐在炕上。玉樓說六姐。你怎的裝憨兒把頭梳起來。今日前邊擺酒後邊恁忙亂。你也進去走走兒。怎的只顧使性兒起來。剛纔如此這般。俺每對大娘說了。勸了他這一回。你去到後邊把惡氣兒揣在懷裡。將出好氣兒來看怎的。與他下個禮。賠了不是兒罷。你我既在簷底下。怎敢不低頭。常言甜言美語三冬暖。惡語傷人六月寒。你兩個已是見過話。只顧使性兒到幾時。人受一口氣。佛受一爐香。你去與他陪過不是兒。天大事却了。不然你不教他爹兩下里也難。待要往你這邊來。他又惱。金蓮道。耶嚛耶嚛我拿甚麼比他。可是他說的。他是真材實料。正經夫妻。你我都是趄來的露水兒。能有多大湯水兒。比他的脚指頭兒也比不的。玉樓道。你又他說不是。我昨日不說的。一棒打三四個人。那就好嫁了。你的漢子。也不是趄將來的。當初也有個三媒六證。白恁就跟了往你家來。來砍一枝損百株。兎死狐悲。物傷其類。就是六姐惱了你。還有沒惱你的。有勢休要使盡。有話休要說盡。凡事看上顧下。留些兒防後纔好。不管蹀虫螞蚱。一例都說着。對着他三位師父。郁大姐。人人有面。樹樹有皮。俺每臉上就沒些血兒。一切來往都罷了。你不去卻怎樣兒的。少不的逐日唇不離腮。還在一處兒。你快些把頭梳了。咱兩個一答兒後邊去。那潘金蓮見他這般說。尋思了半日。忍氣吞聲。鏡臺前拿過抿鏡。只抿了頭。戴上鬏髻。穿上衣裳。同玉樓逕到後邊上房內。玉樓掀開簾兒。先進去說道。大娘我怎的走了去就牽了他來。他不敢不來。便道我兒還不過來與你娘磕頭。在傍邊便道。親家孩兒年幼不識好歹。冲撞親家。高擡貴手。將就他罷。饒過這一遭兒。到明日再無禮。犯到親家手裡。隨親家打我老身卻不敢說了。那潘金蓮插燭也似與月娘磕了四個頭。跐起來赶着玉樓打個道。漢子邪了。你這麻淫婦。你又做我娘來了。連衆人都笑了。那月娘忍不住也笑了。玉樓道。賊奴才。你見你主子與了

你好臉兒。就料毛兒打起老娘來了。大妗子道。這個你姊妹們
笑開。恁歡喜歡喜。卻不好。就是俺這姑娘。一時間一言半語。聒
聒的。你每人家廝擡廝敬。儘讓一句兒就罷了。常言牡丹花兒
雖好。還要綠葉兒扶持。月娘道。他不言語。那個好說他。金蓮道。
娘是個天。俺每是個地。娘容了俺每。俺每骨禿扠着心裡。玉樓
也打了他肩背一下。說道。我的兒。你這回兒。打你一面口袋了。
便道。休要說嘴。俺每做了這一日活。也該你來助助忙兒。這金
蓮便洗手剔甲。在炕上與玉樓裝定菓盒。不在話下。那孫雪娥
單督率領家人媳婦。竈上整理菜蔬。廚役又在前邊大廚房內。
烹炮蒸煑。燒錦纏羊。割獻花豬。琴童討將藥來。西門慶看了藥
帖。把丸藥送到玉樓房中。煎藥與月娘。月娘便問玉樓。你也討

藥來。玉樓道。還是前日分付那根兒。下首裡。只是有此々恠疼。我教他爹對任醫官說。稍帶兩服丸子藥來我吃。月娘道。你還是前日空心掉了冷氣了。那里管下寒的。是接下後邊。却說前廳宋御史先到了。看了卓席。西門慶陪他在捲棚內坐。宋御史又深謝其爐鼎之事。學生還當奉價。西門慶道。早知我正要奉送公祖。猶恐見却。豈敢云價。宋御史道。這等何以克當。一面又作揖致謝。茶罷。因說起地方民情。風俗一節。西門慶大畧可否而答之。次問其有司官員。西門慶道。卑職自知其本府胡正尹。民望素著。李知縣吏事克勤。其餘不知其詳。不敢妄說。宋御史問道。守禦周秀曾與挑事相交。為人却也好不好。西門慶道。周總兵雖歷練老成。還不如濟州荊都監。青年武舉出身。才勇兼備。

公祖倒看他看。宋御史道。莫不是都監荆忠執事何以相熟。西門慶道他與我有一面之交。昨日遞了個手本與我。我也要乞望公祖情盼一二。宋御史道。我也久聞他是個好將官。又問其次者。西門慶道。卑職還有妻兄吳鎧。見任本衛右所正千戶之職。昨日委管修義倉。例該陞擢指揮。亦望公祖提援。實卑職之沾恩惠也。宋御史道。既是令親。到明日類本之時。不俾他加陞本等職級。我還保舉他見任管事。這西門慶連忙作揖謝了。因把荆都監并吳大舅。履歷手本。遞上宋御史看了。即令書辦吏典收執。分付到明日類本之時。呈行我看。那吏典收下去了。西門慶又令左右。悄悄遞了三兩銀子與他。那書吏如同印板。刻在心上。不在話下。正說話間。前廳鼓樂響。左右來報。兩個老爹都到了。慌的西門慶即出迎接。到廳上叙禮。這宋御史慢慢纔走出花園角門。衆官見畢禮數。觀其正中擺設大揷卓一張。五老定勝方糖。高頂一簇盤。大飲五牲。菓品甚是齊整。周圍卓席甚豐勝。心中大悅。都望西門慶謝道。生受容當奉補。宋御史道。分資誠爲不足。四泉看我的分上罷了。諸公也不消補奉。西門慶道。豈有此禮。一面各分次序坐下。左右拿上茶來。衆官都說。候老先生那里已各人差官邀去了。還在都府衙未起身哩。兩邊俳長樂工。鼓樂笙笛簫管方响。在二門裡伺候的鐵桶相似。看看等到午後時分。只見一疋報馬來到。說候爺來了。這里兩邊鼓樂一齊响起。衆官都出大門前邉接。宋御史在二門裡相候不一時藍旗馬道過盡。侯巡撫穿大紅孔雀。戴貂鼠暖耳。渾金帶。坐四人大轎。直至門首下轎。衆官迎接進來。宋御史亦換了大紅金云白豸員領。犀角帶。相讓而入。到於大廳上。叙畢禮數。各官庭參畢。然後與西門慶拜見。宋御史道此是主人西門千兵。見在此間理刑。亦是蔡老先生門下。這侯巡撫即令左右官吏。拏雙紅友生侯蒙单拜帖。遞與西門慶。西門慶雙手接了。分付家人捧上去。一面參拜畢。寬衣上坐。衆官兩傍僉坐。宋御史居主位。捧畢茶。堦下動起樂來。宋御史把盞遞酒。簪花捧上尺頭。隨即擡下卓席來。裝在盒內。差官吏送到公廳去了。然後上坐獻湯飯。厨役上來割獻花猪。俱不必細説。先是教坊間吊上隊舞回數。都是官司新錦綉衣裝。撮弄百戲。十分齊整。然後纔是海鹽子弟上來磕頭。呈上關目揭帖。候二公分付。搬演裴晉公還帶記唱了一摺下來。又割錦纏羊端的花簇錦攢。吹彈歌舞。簫韶盈耳。金貂滿座。有詩為証。

華堂非霧亦非烟　歌遏行雲酒滿筵
不但紅蛾垂玉珮　果然緑鬢挿金蟬

候延撫只坐到日西時分。酒過數巡。歌唱兩摺下來。令左右拿下來五兩銀子。分賞厨役茶酒樂工脚下人等。就穿衣起身。衆官俱送出大門。看着上轎而去。回來。宋御史與衆官辭謝西門慶。亦告辭而歸。西門慶進了回來。打發樂工散了。因見天色尚早。分付把卓席休動。教厨役上來攢整菜蔬肴饌。一面使小厮請吳大舅來。并溫秀才。應伯爵。傅夥計。甘夥計。賁地傳。陳經濟。來坐聽唱。拿下兩卓酒饌肴品。打發海鹽子弟吃了等的人來教他唱四節記冬景韓熙載夜宴壇出梅花來放在兩邊卓上賞梅飲酒原來那日賁四來與兒管廚陳經濟管酒傅夥計甘夥計看管家火聽見西門慶請都來傍邊坐的不一時溫秀才過來作揖坐下吳大舅吳二舅應伯爵都來了應伯爵與西門慶聲唱前日空過衆位嫂子又多謝重禮西門慶笑罵道賊天殺的狗材你打窗户眼兒內偷瞧的你娘們好伯爵道你休聽人胡說豈有此理我想來也沒人指王經道就是你這賊狗骨禿兒乾淨來家就學舌他到明日把你這小狗骨禿兒肉也咬了說畢吃了茶吳大舅要到後邊西門慶陪下來向吳大舅如此我今對宋大巡替大舅說了說那個他看了揭帖交付書辦收了我又與了書辦三兩銀子連荆大人的都放在一處他親口

說下到明日類本之時。自有意思。吳大舅聽見。滿心歡喜。連忙
與西門慶唱喏。多累姐夫費心。西門慶道。我就說是我妻兒。他
說既是令親。我已定見過分上。于是同到房中見了月娘。月娘
與他哥道萬福。大舅向大妗子說道。你往家去罷了。家沒人。如
何只顧不出去了。大妗子道。三姑娘留下。教我過了初三日初
四日家去罷哩。吳大舅道。既是姑娘留你。到初四日去便了。說
畢。月娘留他坐。不坐來。到前邊安排上酒來飲酒。當下吳大舅
二舅應伯爵溫秀才上坐。西門慶主位。傅夥計甘夥計賁地傳
陳經濟兩邊打橫。共五張桌兒。下邊戲子鑼鼓响動。搬演韓熙
夜宴。郵亭佳遇。正在熱鬧處。忽見玳安來說。喬親家爹那里使
了喬通在下邊。請爹說話。這西門慶隨即下席。到東角門首。見

喬親家喬通。喬通道。爹說昨日空過親家。爹使我送那援例銀子來。一封三十兩。另外又拿着五兩。與吏房使用。西門慶道。我明日早封過與胡大尹。他就與了劄付來。又與吏房銀子。做甚麽。你還拿回去。一面分付玳安教厨下拿了酒飯點心。在書房内管待喬通。打發去了。話休饒舌。當日唱了郵亭兩摺的。有一更時分。西門慶前邊人散了。收了家火。進入月娘房來。月娘正與大妗子在炕上坐的。大妗子見西門慶進來。連忙往那邊屋裡去了。西門慶因向月娘說。我今日替你哥如此這般對宋巡按說。他許下加他除加陞一般。還教他見任管事。就是指揮僉事。我剛纔已對你哥說了。他好不喜歡。只在年終就題本。旨意下來。月娘便道。沒的說。他一個窮衛家官兒。那里有二三百兩銀子使。西門慶道。誰問他要一百文錢兒。我就對宋御史說。是我妻兒。他親口既許下。無有個不做分上的。月娘道。隨你與他幹。我不管你。西門慶便問玉簫。替你娘煎了藥。拿來我瞧。打發你娘吃了罷。月娘道。你去休管他。等我臨睡自家吃。那西門慶纔待往外走。被月娘又叫回來。問道。你往那去。是往前頭去。趁早兒不要去。他頭里與我陪了不是了。只少你與他陪不是去哩。西門慶道。我不往他屋裡去。月娘道。你不往那屋裡去。往誰屋裡去。那前頭媳婦子跟前。也省可去惹的他。昨日對着大妗子好不拿話兒唖我。說我縱容着你。要他畠你喜歡哩。你又恁沒廉耻的。西門慶道。你理那小淫婦兒怎的。月娘道。你只依我今日偏不要往前邊去。也不要你在我這屋裡。你往下邊李嬌姐房裡睡去。隨你明日去不去。我就不管你了。這西門慶兒恁說。無法可處。只得往李嬌兒房裡歇了一夜。到次日臘月初一日。早往衙門中去。同何千户發牌陞廳畫卯。發放公文。一早辰纔來家。又打點禮物猪酒。并三十兩銀子。差玳安往東平府送胡府尹去。胡府尹收下禮物。即時討過劄付來。西門慶在家。請了陰陽徐先生。廳上擺設猪羊酒菓。燒紙還願心畢。打發徐先生去了。因見玳安到了。看了回帖。已封過劄付來。上面用着許多印信。塡寫喬洪本府義官名目。一面使玳安送兩盒胙肉與喬大户家。就請喬大户來吃酒。與他劄付瞧。又分送與吳大舅溫秀才。應伯爵。謝希大。傅夥計。甘夥計。韓道國。賁地傳。崔本。每人都是一盒。俱不在話下。一面又發帖兒。初三日請周守備。荆都監。張團練。劉薛二內相。何千户。范千户。吳大舅。喬大户。王三官兒。共十位客。叫一起雜耍樂工。四個唱的。那日孟玉樓在月娘房內攢了帳。遞與西門慶。就交待與金蓮管理。使用銀錢他不管了。因問月娘道。大娘你昨日吃了藥兒可好些。月娘道。惟不的人說。怪浪肉。平白教人家漢子捏了捏手。今日好了頭也不疼。心口也不發脹了。玉樓笑道。大娘你原來只少他一捏兒。連大妗子也笑了。西門慶來又問月娘。月娘道。該那個管你交與那個就是了。來問我怎的。誰肯讓的誰。這西門慶方纔兌了三十兩銀子。三十吊錢。交與金蓮管理。不在話下。良久。喬大户到了。西門慶陪他廳上坐的。如此這般。拿胡府尹義官喬洪名字。攙例上納白米三十石。以濟邊儲。滿心歡喜。連忙向西門慶打茶。致謝。多累親家費心。容當叩謝。因說明日喬通。好生送到家去。若親家見招。在下有此冠帶。就敢來陪他也不妨。西門慶道。初三日親家好歹早些下降。一面吃畢茶。分付琴童。西廂房書房裡放卓兒。親家請那里坐。還暖些。到書房地爐內。籠著火。西門慶與喬大戶對面坐下。因告訴說昨日巡按兩司請候老撫院之事。侯老甚喜。明日起身。少不的俺同僚每都送郊外方回。纔抹卓兒收拾放菜兒。只見應伯爵到了。斂了幾分人情。吽應寶用盒兒拿來。交與西門慶說。此列位奉賀哥的分資。西門慶打開觀看。裡面頭一位就是吳道官。其次應伯爵。謝希大。祝日念。孫寡嘴。常時節。白來創。李智。黃四。杜三哥。共十分人情。西門慶道。我的這邊。還有舍親吳二舅。沈姨夫。門外任醫官。花大哥。并三個夥計。温葵軒。也有二十多人。就在初四日請罷。一面令左右收進人情。後邊去。使琴童兒拿馬。請你吳大舅來。陪你喬親家爹坐。因問温師父在家不在。來安兒道温師父不在家。從早辰望朋友去了。不一時。吳大舅來到。連陳經濟五人共坐。把酒來斟。卓上擺列許多熱下飯。湯碗無非是猪蹄羊頭。燒爛煎爊鷄魚鵝鴨。添案之類。飲酒中間。西門慶因向吳大舅說。喬親家恭喜的事。今日已領下義官劄付來了。容日我這里備禮寫文軸。咱每從府中迎賀迎賀。喬大戶道。惶恐。甚大職役。敢起動列位親家費心。忽有本縣衙差人送曆日來了。共二百五十本。西門慶拿回帖賞賜打發來人去了。應伯爵道。新曆日俺每不曾見哩。西門慶把五十本。拆開與吳大舅。伯爵。温秀才。三人分了。

伯爵看了開年。改了重和元年。該閏正月。不說當日席間猜枚行令。飲酒至晚。喬大戶先告家去。西門慶陪吳大舅。坐到起更時分方散。分付伴當。早伺候備馬。邀你何老爹到我這里。起身同往郊外送侯爺。留下四名排軍。與來安春鴻。兩個跟轎往夏家去。說畢。就歸金蓮房中來。那婦人未及他進房。就先摘了冠兒亂挽烏雲。花容不整。朱粉懶施。渾衣兒揸在牀上。房內燈兒也不點。靜悄悄的。西門慶進來。便叫春梅不應。只見婦人睡在牀內。叫着只不做聲。西門慶便在牀上問道。怪油嘴。你怎的恁個腔兒。也不答應。被西門慶用手拉起來。他說道。你如何悻悻的。那婦人便做出許多喬張致來。把臉扭着。止不住紛紛的香腮上。滾下淚來。那西門慶就是鐵石人也。把心來軟了。問他一聲兒。連忙一隻手摟着他脖子說。怪油嘴。好好兒的。平白你兩個合甚麼氣。那婦人半日方回言說道。誰和他合氣來。他平白尋起個不是。對着人罵我是攔漢精。趕漢精。趕了你來了。他是真材實料。正經夫妻。誰教你又來我這屋裡做甚麼。你守着他去就是了。省的我把攔着你。說你來家。只在我這屋裡纏。早是肉身聽着。你這幾夜只在我這屋裡睡來。白眉赤眼兒。你嚼舌根。一件皮襖也說我不問他擅自就問漢子討了。我是使的奴才丫頭。沒不往你屋裡與你磕頭去。為這小肉兒罵了那賊瞎淫婦也說不管。偏有那些聲氣的。你是個男子漢。若是有張主的。一拳柱定。那里有這些閑言帳語。怪不的俺每自輕自賤常言道。賊里買來賊里賣。容易得來容易捨。趕將你家來。與你家做小婆。不氣長。自古人善得人欺。馬善得人騎。便是如此。你看昨日生怕氣了他。在屋裡守着的是誰。請太醫的是誰。在跟前撺掇侍奉的是誰。苦惱俺每這陰山背後。就死在這屋裡。也沒個人兒來啾問。這個就見出那人的心來了。還教舍着那眼淚兒。走到後邊與他賠個不是。說着那桃花臉上。止不住又滚下珍珠兒。倒在西門慶懷裡嗚嗚咽咽。哭的捽鼻涕彈眼淚。西門慶一面摟抱着勸道。罷麼。我的兒。我連日心中有事。你兩家各省這一句兒就罷了。你教我說誰的是。昨日要來看你。他說我來與你賠不是。不放我來。我往李嬌兒睡了一夜。雖然我和人睡。一片心只想着你。婦人道。罷麼。我也見出你那心來了。一味在我面上虛情假意。倒老還疼你那正經夫妻。他如今見替你懷着孩子。俺每一根草兒拿甚麼比他。被西門慶摟過脖子來。親了個嘴道。怪油嘴。休要胡說。只見秋菊拿進茶來。西門慶便道。賊奴才。好乾淨兒。如何教他拿茶。因問春梅怎的不見。婦人道。你還問春梅哩。他餓的只有一口遊氣兒。那屋裡倘着不是。帶今日三四日。沒吃點湯水兒了。一心只要尋死在那里。說他大娘對着人罵了他奴才。氣生氣死。整哭了三四日了。這西門慶聽了說道眞。婦人道。莫不我哄你不成。你瞧去不是。這西門慶慌過這邊屋裡。只見春梅容粧不整。雲髩斜歪。睡在炕上。西門慶叫道。怪小油嘴。你怎的不起。叫着他。只不做聲推睡。被西門慶雙關抱將起來。那春梅從酩子里伸腰。一個鯉魚打挺。險些兒沒把西門慶掃了一交。早是抱的牢。有護炕倚住不倒。春梅道。達達起來了手。你又來理論俺每這奴才做甚麼。也玷辱了你這兩隻手。西門慶道。小油嘴兒。你大娘說了你兩句兒罷了。只顧使起性兒來了。說你這兩日沒吃飯。春梅道。吃飯不吃飯。你管他怎的。左右是奴才貨兒。死便隨他死了罷。我做奴才。一來也沒幹壞了甚麼事。並沒教主子罵我一句兒。撻我一下兒。做甚麼為這合遍街。搗遍巷的賊瞎婦教大娘這等罵我。嗔俺娘不管我。莫不為瞎婦扯倒打我五棍兒。等到明日。韓道國老婆不來便罷。若來。你看我指與他一頓好的不罵。原來送了這瞎淫婦來。就是個禍根。西門慶道。就是送了他來。也是好意誰曉的為他合起氣來了。春梅道。他若肯放和氣些。我好意罵他。他小量人家。西門慶道。我來這里。你還不倒鍾茶兒我吃。那奴才手不乾淨。我不吃他倒的茶。春梅道。死了王屠。連毛吃猪。我如今走也走不動。在這里。還教我倒甚麼茶。西門慶道。怪小油嘴兒。誰教你不吃些甚麼兒。因說道。咱每往那邊屋裡去。我也還沒吃飯哩。教秋菊後邊取菜兒篩酒烤菓餡餅兒。炊鮓湯。咱每吃。于是不由分訴。拉着春梅手。到婦人房內。分付秋菊。拿盒子後邊取吃飯的菜兒去。不一時拿了一方盒菜蔬。一碗燒猪頭。一碗頓爛羊肉。一碗熬鷄。一碗煎焞鮮魚。和白米飯。四碗吃酒的菜蔬。海蜇荳芽菜。肉鮓蝦米之類。西門慶分付春梅。把肉鮓打上幾個鷄豆。加上酸笋韮菜。和上一大碗香噴噴餛飩湯來。放下卓兒擺下。一面盛飯來。又烤了一盒菓餡餅兒。西門慶和金蓮並肩而坐。春梅在傍邊隨着同吃。三個你一杯。我一

杯吃了一更方散。就晒到次日。西門慶早起約會何千户。來到
吃了頭腦酒起身。同往郊外送侯巡撫去了。吳月娘這里先送
了禮去。然後打扮坐大轎排軍喝道。來安春鴻跟隨往夏指揮
家來吃酒。看他娘子兒不在話下。玳安王經在家。只見午後時
分。有縣前賣茶的王媽媽。領着何九來大門首尋問玳安。老爹
在家不在家。玳安道。王奶奶何老人家稀罕今日那陣風兒吹
你老人家來這里走走。王婆子道。沒勾當怎好來踅。踅户。今日
不因老九。因爲他兄弟的事。敢來央煩老爹。老身還不來哩。玳
安道。老爹今日與侯爺送行去了。俺大娘也不在家。你老人家
站站。等我進去。對五娘說聲。進入不多時。出來說道。俺五娘請
你老人家進去哩。王婆道。我敢進去。你引我兒。只怕有狗。那玳

2271

安引他進入花園。金蓮房門首。掀開簾子。王婆進去。見婦人家常戴着臥兔兒。穿着一身錦叚衣裳。搽抹的如粉粧玉琢。正在房中炕上。脚登着爐臺兒。坐的磕瓜子兒。房中帳懸錦綉。牀設縷金。玩器爭輝。箱奩耀日。進去不免下禮。慌的婦人答禮。說道老王免了罷。那婆子見畢禮。坐在炕邉頭。婦人便問。怎的一向不見你。王婆子道。老身有心中想着娘子。只是不敢來親近。問添了哥哥不曾。婦人道。有到好了。小産過兩遍。白不存。又問你兒子有了親事。王婆道。還不曾與他尋。他跟客人淮上來家。這一年多。家中胡亂積賺了些小本經紀。買個驢兒胡亂磨些麵兒賣來度日。慢慢替他尋一個兒與他。因問老爹不在家了。婦人道。他爹今日往門外與撫按官送行去了。他大娘也不在家。

有甚話說。王婆道。老九有樁事。央及老身來對老爹說。他兒弟何九。乞賊攀着。見拿在提刑院老爹手裡問。攀他是窩主。本等與他無干。望乞老爹案下。與他分豁分豁。等賊若指攀。只不准他就是了。何十出來。到日買禮來重謝老爹。有個說帖兒在此。一面遞與婦人。婦人看了說道。你留下。等你老爹來家。我與他瞧。婆子道。老九在前邊伺候着哩。明日教他來討話罷。婦人一面吽秋菊看茶來。須史秋菊拿了一盞茶來。與王婆吃了。那婆子坐着說道。娘子你這般受福勾了。婦人道。甚麼勾了。不惹氣便好。成日毆氣不了。在這里。那婆子道。我的奶奶。你飯來張口。水來溫手。這等插金帶銀。呼奴使婢。又惹甚麼氣。婦人道。常言道說得好。三窩兩塊。大婦小妻。一個碗內兩張匙。不是湯着就抹着。如何沒些氣兒。婆子道。好奶奶。你比那個不聰明。趂着老爹這等好時月。你受用到那里是那里。說道我明日使他來討話罷。于是拜辭起身。婦人道。老王你多坐回去不是。那婆子道。難爲老九只顧等我。不坐罷。改日再來看你。那婦人也不留他留兒。就放出他來了。到了門首。又叮嚀玳安。玳安道。你老人家去。我知道。等俺爹來家。我就禀何九道。安哥我明日早來討話罷。于是和王婆一路去了。至晚西門慶來家。玳安便把此事禀知。西門慶。門慶到金蓮房看了帖子。交付與答應的收着。明日到衙門中禀我。一面又令陳經濟。發初三日請人帖兒。瞞着春梅。又使琴童兒送了一兩銀子。并一盒點心。到韓道國家。對着他說。是與申二姐的。教他休惱。那王六兒笑嘻嘻接了。說他不

敢惱。多上覆爹娘。冲撞他春梅姑娘。俱不在言表。至晚月娘來
家。穿着銀鼠皮襖。遍地金襖兒錦藍裙。坐大轎。打着兩個燈籠。
到家先拜見大妗子衆人。然後相見西門慶。正在上房吃酒道
了萬福。當下告訴夏大人娘子。見了我去。好不喜歡。多謝重禮。
今日也有許多親隣堂客。原來夏大人有書來了。也有與你的
書。明日送來與你。也只在這初六七起身。顧車搬取家小上京
去也。說了又說。好歹教賁四送他家到京。就回來。賁四的那孩
子長兒。今日與我磕頭。好不出跳了。好個身段兒。嗔道他傍邊
捧着茶。把眼只顧偷瞧我。我也忘了他。倒是夏大人娘子。叫他
改換了名字。叫做瑞雲。過來與你西門奶奶磕頭。他纔放下茶
托兒。與我磕了四個頭。我與了他兩枝金花兒。如今夏大人娘

子。好不喜歡擡舉他。也不把他當房裡人。只做親兒女一般看他。西門慶道。還是這孩子有福。若是別人家手裡。怎麼容得。不罵奴才。少椒末兒。又肯擡舉他。被月娘瞅了一眼。說道。碜說嘴的貨。是我罵了你心愛的小姐兒。那西門慶笑了。說道。他借了賁四押家小去。我線鋪子教誰看。月娘道。關兩日也罷了。西門慶道。關兩日阻了買賣。近年節紬絹絨線正快。如何關閉了鋪子。到明日等再處。說畢。月娘進裡間脫衣裳摘頭。走到那邊房內。和大妗子坐的。家中大小都來參見磕頭。是日西門慶在後邊雪娥房中歇了一夜。早往衙門中去了。只見何九走來。問玳安討信。與了玳安一兩銀子。玳安如此這般。昨日爹來家。就替你說了。今日到衙門中。就開出你兄弟來放了。你往衙門首伺侯。這何九聽言。滿心歡喜。一直走衙門前去了。西門慶到衙門裡坐廳。提出強盜來。每人又是一夾二十順腿。把何十開出來放了。另拿了弘化寺一名和尚項缺。說強盜曾在他寺內宿了一夜。世上有如此不公事。正是張公吃酒李公醉。桑樹上脫枝柳樹上報。有詩為証。

宋朝氣運已將終　執掌提刑或不公

畢竟難逃天地眼　那堪激濁與揚清

那日西門慶家中。叫了四個唱的。吳銀兒。鄭愛月兒。洪四兒。齊香兒。日頭向午就來了。都拿着衣裳包兒。齊到月娘房內。與月娘大妗子眾人磕了頭。月娘在上房擺茶與他們吃了。正彈着樂器唱曲兒。與大妗子月娘眾人聽。忽見西門慶從衙門中來

2277

家。進房來四個唱的都放了樂器。笑嘻嘻向前。一齊與西門慶插燭也磕了頭。坐下。月娘便問。你怎的衙門中這咱纔來。西門慶告訴。今日問理好幾樁事情。因望着金蓮說。昨日王媽媽來說。何九那兄弟。今日我已開除來放了。那兩名強盜還攀扯他。教我每人打了二十。夾了一夾。拿了門外寺裡一個和尚頂缺。明日做文書送過東平府去。又是一起奸情事。丈母養女婿的。那女婿年小不上三十多歲。名喚宋得。原與這家是養老不歸宗女婿。落後親丈母死了。娶了個後丈母周氏。不上一年。把丈人死了。這周氏年小守不得。就與他這女婿。常時言笑自若。漸漸在家。嚷的人知道。住不牢。一日道他這丈母往鄉里娘家去。周氏便向宋得說。你我本沒事。枉躭其名。今日在此山野空地。

咱兩個成其夫妻罷。這宋得就把周氏姦訖。一度以後。娘家回還道通姦不絕。後因爲青使女。被使女傳於兩隣。纔首告官。今月取了供招。都一日進過去了。這一到東平府。姦妻之母。係緦麻之親。兩個都是絞罪。潘金蓮道。要着我把學舌的奴才。打的爛糟糟的。問了他個死罪也不多。你穿着青衣抱黑柱。一句話就把主子弄了。西門慶道。他吃我把奴才撥了幾撥子。好的爲你這奴才。一時小節不完。丧了兩個人性命。月娘道。大不正則小不敬。母狗不掉尾。公狗不上身。大凡還是女婦人心邪。若是那正氣的。誰敢犯邊。連四個唱的都笑道。娘說的是。就是俺裡邊唱的。接了孤老的朋友。還使不的。休說外頭人家。說畢。擺飯與西門慶吃了。忽聽前廳鼓樂响。荊都監老爹來了。西門慶連忙

冠帶出迎。接至廳上。叙禮。謝其厚賜。分賓主坐下。茶罷。如此這
般告。說宋巡按收了說帖。已向慨許。執事恭喜。必然在邇。荆都
監聽了。又轉身下坐作揖致謝。老翁費心。提携之力。銘刻難忘。
西門慶又說起周老總兵。生亦薦言一二。宋公必有主意。談話
間。忽報劉薛二内相公公到。鼓樂迎接進來。西門慶降堦相讓
入廳。兩個叙禮。二位内相皆穿青縲絨蟒衣。寶石絛環。正中間
坐下。次後周守禦到了。一處叙話。荆都監又問周守禦說。四泉
厚情。昨日宋公在尊府擺酒。與侯公進行。曾稱頌公之厚情。宋
公已留神於中。高轉在即。周守禦亦欠身致謝不盡。落後張團
練何千户。王三官。范千户。吳大舅。喬大户。陸續都到了。喬大户
冠帶青衣。四個伴當跟隨。進門見畢諸公。與西門慶大椅上四

拜。衆人問其恭喜之事。西門慶道。舍親家在本府授例。新受恩榮義官之職。周守禦道。四泉令親吾輩亦當奉賀。喬大户道。蒙列位老爹盛情。豈敢動勞。說畢。各分次序坐下。遍里遞上一道茶來。然後收拾上座。錦屏前玳瑁羅列。畫堂內寶玩爭輝。堦前動一派笙歌。席上堆滿盤異菓。良久遞酒安席畢。各家僮僕上來接去衣服。歸席坐下。王三官再三不肯下來坐。西門慶道。尋常罷了。今日在舍。權借一日陪諸公上座。王三官必不得已。左邊垂首坐了。須臾上罷湯飯。廚役上來割道燒鵝獻小割。下邊教坊回數隊舞。吊畢。撮弄雜耍百戲。院本之後。四個唱的慢慢纔上來。拜見過了。個個粧扮花兒。人人珠翠仙裳。銀箏玉斑。放嬌聲。倚翠偎頻笑語。正是

舞裙歌板逐時新　散盡黃金只此身
寄與富兒休暴殄　儉如良藥可醫貧

不說當日劉內相坐首席。也賞了許多銀子。飲酒作歡。至一更時分方散。西門慶打發樂工賞錢出門。四個唱的都在月娘房內彈唱。月娘留下吳銀兒過夜。打發三個唱的恁臨去見西門慶在廳上拜見。拜見。西門慶分付鄭愛月兒。你明日就拉了李桂姐兩個還來唱一日。那鄭愛月兒就知今日有王三官兒。不叫李桂姐來唱。答道。爹你兵馬司倒了墻。賊走了。又問明日請誰吃酒。西門慶道。都是親朋。鄭月兒道。有應二那花子。我不來。我不要見那醜冤家怪物。西門慶道。明日沒有他。愛月兒道。沒有他纔好。若有那怪攮刀子的。俺每不來。說畢。磕了頭。揚長去

了。西門慶看着收了家火。回到李瓶兒那邊。和如意兒睡了。一
宿晚景題過。次日早往衙門。送問那兩起人犯。遞過東平府去。
回來家中擺酒。請吳道官。吳二舅。花大舅。沈姨夫。韓姨夫。任醫
官。溫秀才。應伯爵。并會中人。李智。黃四。杜三哥。并家中二個夥
計。十二張卓兒席間。正是李桂姐。吳銀兒。鄭愛月兒。三個粉頭
遞酒。李銘。吳惠。鄭奉。三個小優兒彈唱。正遞酒中間。忽平安來
報。雲二叔新襲了職。來拜爹。送禮來。西門慶聽言。連忙道有請。
只見雲離守。穿着青紵綵補服員領。冠冕着。腰繫金帶。後邊伴
當擡着禮物。先遞上揭帖。與西門慶觀看。上寫新襲職山東清
河右衛指揮同知門下生雲離守頓首百拜。謹具土儀。貂鼠十
個。海魚一尾。蝦米一包。臘鵝四隻。臘鴨十隻。油紙簾二架。少申

芹敬。西門慶即令左右收了。連忙致謝。雲離守道。在下昨日纔來家。今日特來拜老爹。于是磕頭。四雙八拜。說道。蒙老爹莫大之恩。此少土儀表意而已。然後又與衆人敘禮拜見。西門慶見他居官。就待他不同。安他與吳二舅一桌坐了。連忙安下鍾筯。下了湯飯。腳下人俱打發攢盤酒肉。因問起發喪替職之事。這雲離守一一數言。蒙兵部余爺憐其家兄在鎮病亡。祖職不動。還與了個本衛見任僉書。西門慶歡喜道。恭喜恭喜。容日已定來賀。當日衆人席上每位奉陪一杯。又令三個唱的奉酒。須臾把雲離守灌的醉了。那應伯爵在席上如線兒提的一般。起來坐下。又鬪李桂姐和鄭月兒。彼此互相戲罵不絕。這個罵他怪門神。白臉子撒根甚的貨。那個罵他是醜冤家。怪物勞。朱八戒。

坐在冷舖裡賊罵道我把你這兩個女人十撇鴉胡石影子布
兒朶朶雲兒了口惡心不說當日酒筵笑聲花攢錦簇觥籌交
錯耍頑至二更時分方纔席散打發三個唱的去了西門慶歸
上房宿歇到次日起來遲正在上房擺粥吃了穿衣要拜雲離
守只見玳安來說賁四在前邊請爹說話西門慶就知因為夏
龍溪送家小之事一面出來廳上只見賁四向袖中取出夏指
揮書來呈上說道夏老爹要教小人送送家小往京里去不久
就回小人稟問道老爹去不去西門慶看了書中言語無非是
叙其濶別謝其早晚看顧家下又借賁四攜送家小之事因說
道他既央你你怎的不去因問幾時起身賁四道今早他大官
府叫了小人去分付初六日家小准上車起身小人也得月半

繞回來。說畢把獅子街舖內鑰匙。交遞與西門慶。門慶道。你去。我教你吳二舅來。替你開兩日舖子罷。那賁四方纔拜辭出門。往家中收拾行裝去了。這西門慶就冠冕着出門。僕從跟隨馬去。拜雲指揮去了。那日是大妗子家去。叫下轎子門首伺候。也是合當有事。月娘裝了兩盒子茶食。點心下飯。上房管待大妗子。出門首上轎。只見畫童兒小廝。躲在門傍鞍子房兒。大哭不止。那平安兒只顧扯他。那小黟子越扯越哭起來。被月娘等聽見。迭出大妗子上轎去了。便問平安兒賊囚。你平白拉他怎的。惹的他恁惟哭。平安道。溫師父那邊叫他。他白不去。只是罵小的。月娘道。你教他好好去罷。因問道小廝。你師父那邊叫去。就是了。怎的哭起來。那畫童道。又不管你事。我不去罷了。你扯我怎的。月娘道。你因何不去。那小厮又不言語。金蓮道。這賊小囚兒就是個肉佞賊。你大娘問你。怎的不言語。被平安向前打了一個嘴巴。那小厮越發大哭了。月娘道。惟肉根子。你平白打他怎的。你好好教他說。怎的不去。正問着。只見玳安騎了馬進來。月娘問道。你爹來了。玳安道。被雲叔留住吃酒哩。使我進衣裳來了。帶毡巾去。看見畫童兒哭。便問小大官兒怎的號啕痛。剜墻拱。平安道。對過溫師父叫着他不去。反哭罵起我來了。玳安道我的哥哥。溫師父叫你仔細。他有名的溫屁股。一日沒屁股也成不的。你每常怎麼挨他的。今日如何又躲起來了。月娘罵道。惟囚根子。怎麼溫屁股。玳安道。娘自問他就是個。那潘金蓮得不的風兒就是雨兒。一面叫過畫童兒來。只顧問他小奴才。你實說。他呼。你做甚麼。你不說着。我教你大娘打你。逼問那小厮。急了說道。他只要哄着小的。把他行貨子。放在小的屁股裡。弄的脹脹的疼起來。我說你還不快拔出來。他又不肯拔。只顧來回動。且教小的拿出來。跑過來。他又來叫小的。月娘聽了便喝道。恠賊小奴才兒。還不與我過一邊去。也有這六姐。只管好審問他。說的碜死了。我不知道。還當好話兒。側着耳朵兒聽他。是個不上蘆蓆的行貨子。人家小厮與。使却背地幹這個營生。那金蓮道。大娘那個上蘆蓆的肯幹這營生。冷鋪睡的花子。纔這般所爲。孟玉樓道。這蠻子他有老婆。怎生這等沒廉耻。金蓮道。他來了這一向。俺每就沒見他老婆怎生這等。平安道。怎麼樣兒。娘們合勝看的見他。他但往那里去。每日只出鎖見住了。這半

年我只見他坐轎子往娘家去了一遭沒到晚就來家了每常
幾時出個門兒來只好晚夕門首出來倒橋子走走兒罷了金
蓮道他那老婆也是個不長俊的行貨子嫁了他怕不的也沒
見個天日兒敢每日只在屋裡坐天牢裡說了回月娘同衆人
回後邊去了西門慶約莫日落時分來家到上房坐下月娘問
道雲夥計留你坐來西門慶道他在家見我去甚是無可不可
旋放卓兒留我坐打開一罈酒陪我吃如今衛中荆南崗陞了
他就挨着掌印明日連我和他喬親家就是兩分賀禮衆同僚
都說了要與他挂軸子少不的教溫葵軒做兩篇文章早些買
軸子寫下月娘道還纏甚麽溫葵軒鳥葵軒哩平白安扎恁樣
行貨子沒廉恥傳出去教人家知道把醜來出盡了西門慶聽

言。說了一踅。便問怎麼的。月娘道。你別要來問我。你問你家小厮去。西門慶道。是那個小厮。金蓮道。情知是誰。畫童賊小奴才。俺送大妗子去。他正在門首哭。如此這般。温蠻子弄他來。這西門慶聽了。還有些不信。便道。你叫那小奴才來。等我問他。一面使玳安兒前邊。把畫童兒叫到上房跪下。西門慶要拿㩦子㩦他。便道賊奴才。你實說他叫你做甚麼。畫童兒道。他叫小的要灌醉了小的。要幹小營生兒。今日小的害疼。躲出來了。不敢去。他只顧使平安叫。又打小的。教娘出來看見了。他常時問爹家中。各娘房裡的事。小的不敢說。昨日爹家中擺酒。他又教唆小的偷銀器兒家火與他。又某日他望他倪師父去。拿爹的書稿兒與倪師父瞧。倪師父又與夏老爹瞧。這西門慶不聽便罷。聽了便道。畫虎畫龍難畫骨。知人知面不知心。我把他當個人看。誰知人皮包狗骨東西。要他何用。一面喝令畫童兒起去。分付再不消過那邊去了。那畫童磕了頭起來。往前邊去了。西門慶向月娘。惟道。前日翟親家。說我機事不密則害成。我想來沒人。原來是他。把我的事透泄與人。我怎得曉的這樣狗背石東西。平白養在家做甚麽。月娘道。你和誰說。你家又沒孩子上學。平白招攬個人在家養活。看寫禮帖兒。惟不的你我我家有這些二禮帖書柬寫。餧養活着他。還教他弄乾坤兒。家裡底事。往外打探。西門慶道。不消說了。明日教他走道兒就是了。一面吽將平安來了。分付對過對他說。家老爹要房子堆貨。教溫師父轉尋房兒便了。等他來見我。你在門首只回我不在家。那平安兒應

諾去了。西門慶告月娘說。今日責四來辭我。初六日起身。與夏
龍溪送家小往東京去。我想來線鋪子沒人。倒好教他二舅來。
替他開兩日兒。左右與來招一遍三日上宿飯倒都在一處吃。
好不好。月娘道。好不好隨你。吁他去。我不管你省的人又說招
顧了我的兄弟。西門慶不聽。于是使棋童兒請你二舅來。不一
時請吳二舅到。在前廳陪他坐的吃酒把鑰匙交付與他明日
同來招早往獅子街開鋪子去。不在話下。却說溫秀才見畫童
兒一夜不過來睡。心中省恐。到次日平安走來。說家老爹上
覆溫師父。早晚要這房子堆貨。教師父别尋房兒罷。這溫秀才
聽了大驚失色。就知畫童兒有甚話說。穿了衣巾。要見西門慶
說話。平安兒道。俺爹往衙門中去了。還未來哩。比及來。這溫秀

才又衣巾過來伺候其了一篇長柬遞與琴童兒琴童又不敢接說道俺爹纔從衙門中來家辛苦後邊歇去了俺每不敢稟這温秀才就知疏遠他一面走到倪秀才家商議還搬移家小往舊處住去了正是誰人汲得西江水難免今朝一面羞

靡不有初鮮克終　交情似水淡長情

自古人無千日好　果然花無摘下紅

2293

第七十七回

西門慶踏雪訪愛月

賁四嫂帶水戰情郎

第七十七回

西門慶踏雪訪愛月　賁四嫂倚牖盼佳期

飛彈參差拂早梅　強欺寒色尚低回
風憐落娼留香與　月令深情借豔開
梁殿得非肖帝瑞　齊宮應是玉兒媒
不知謝客離腸醒　臨水應添萬恨來

話說溫秀才。求見西門慶不得。自知慚愧。隨攜家小搬移原舊家去了。西門慶收拾書院。做了客座。不在話下。一日尚舉人來拜辭起身。上京會試。問西門慶借皮箱毡衫。西門慶陪他坐的待茶。又送贐禮與他。因說起喬大戶。雲離守。兩位舍親。一授義官。一襲祖職。見任管事。欲求兩篇軸文奉賀。不知老翁。可有相知否。借重一言。學生具幣禮拜求。尚舉人笑道。老翁何用禮爲。學生敝同窓聶兩湖。見在武庫肄業。與小兒爲師。在舍本領雜作極富。學生就與他說。老翁差盛使持軸。送到學生那邊。西門慶連忙致謝。茶畢起身。西門慶這里。隨即封了兩方手帕。五錢白金。差琴童送軸子。并毡衫皮箱到。尚舉人處收下。那消兩日光景。寫成軸文。差人送來。西門慶挂在壁上。但見青段錦軸金字輝煌。文不加點。心中大喜。只見應伯爵來問。喬大戶與雲二哥的事。幾時舉行。軸文做了不曾。溫老先兒怎的連日不見。西門慶道。又題甚麼溫老先生兒。通是個狗類之人。如此這般。告訴伯爵一遍。伯爵道。哥我說此人言過其實。虛浮之甚。早時你有後眼。不然教調壞了咱家小兒們了。又問他二公賀軸。何人寫了。西門慶道。昨日尚小塘來拜我。說他朋友聶兩湖。善於詞藻。央求聶兩湖作了。文章已寫了來。你瞧。于是引伯爵到廳上。觀看一遍。喝采不已。說道。人情都全了。哥你早送與人家。預備。西門慶道。明日好日期。備羊酒花紅菓盒。早差人送去。正說着。忽報夏老爹兒子來拜辭。明日初八日早起身去也。小的答應爹不在家。他說教對何老爹那里。明早差人那邊看守去。西門慶觀見。六摺帖兒上寫着寅家晚生夏承恩頓首拜。謝辭。西門慶道。連尚舉人搭他家。就是兩分香絹贐儀。分付琴童連忙買了。教你姐夫封了。寫帖子送去。正在書房中。留伯爵吃飯。忽見平安兒慌慌張張。拿進三個帖兒來報。叅議汪老爹兵備雷老爹。郎中安老爹來拜。西門慶看帖兒。汪伯彥。雷啟元。安忱拜。連忙穿衣裳繫帶伯爵道哥你有事我吃了飯去罷西門慶道我明日會你哩一面整衣出迎三員官皆相讓而入一個白鷴一個雲鷺一個穿豸補子手下跟從許多官吏進入大廳叙禮道及向日厚擾之事少頃茶罷坐話間安郎中便道雷東谷汪少華并學生又來干瀆有浙江本府趙大尹新陞大理寺正學生三人借尊府奉請已發東定初九日赶會主家共五席戲子學生那里叫來未知肯允諾否西門慶道老先生分付學生塲門拱候安郎中令吏取分資三兩遞上西門慶令左右收了相送出門雷東谷向西門慶道明日錢龍野書到說那孫文相乃是舍夥計學生已并除他開了曾來相告不曾西門慶道正是多承老先生費心容當叩拜雷兵備道你我相愛間何爲多教言

畢。相揖上轎而去。原來潘金蓮自從當家管理銀錢。另頂了一把新等子。每日小廝買進菜蔬來。教拏到跟前。與他瞧過。方數錢與他。他又不數。只教春梅數錢提等子。小廝被春梅罵的狗血噴了頭。背出生入死。行動就說落。教西門慶打。以此衆小廝皆互相抱怨。都說在三娘手裡使錢好。五娘行動沒打不說話。

却說次日西門慶早往衙門中散了。對何千戶說。夏龍溪家小已起身去了。長官沒曾委人那里看守鎖門戶去。何千戶道。正是昨日那邊着人來說。學生原差小价去了。西門慶道。今日同長官到那里看看去。于是出衙門並馬。兩個到了夏家宅內。家小已是去盡了。伴當在門首伺候。兩位官府下馬。進到廳上。西門慶引着何千戶。前後觀看了。又到他前邊花亭。見一片空地。

無甚花草。西門慶道。長官來到明日還收拾了耍子所在。栽些
花翠。把這座亭子修理修理。何千戶道。這個已定學生開春從
新修整修整。添些磚瓦木石。蓋三間捲棚。早晚請長官來消閑
散悶。西門慶因問府上寶眷有多少來住。何千戶道。學生這房
頭不上數口。還有幾房家人。并伴當不上十數人而已。西門慶
道。似此還住不了這宅子。前後五十余間房。看了一回。分付家
人收拾打掃關閉門戶。不日寫書往東京回老公公話。趕年裡
搬取家眷。當日西門慶作別回家。何千戶看了一回。還歸衙門
裡去了。次日纔搬行李來住。不在言表。西門慶到家。下馬兒
見何九買了一疋尺頭。四樣下飯雞鵝。一罈酒來謝。西門慶又
是劉內相差官送了一食盒。大小純紅挂黃蠟燭。二十張桌圍。

八十股官香。一盒沉速料香一罈自造內酒。一口鮮猪。西門慶進門。劉公公家人就磕頭說道。家公公多上覆。這些微禮。與老爹賞人。西門慶道。前日空過老公公。送這厚禮來。便令左右快收了。請管家等等兒。少頓畫童兒拿出一鍾茶來。打發吃了。西門慶封了五錢銀子賞錢。拿回帖打發去了。一面請何九進去。見西門慶在廳上站立。換了冠帽。戴着白毡忠靖冠。見何九一把手扯在廳上來。何九連忙倒身磕下頭。何蒙老爹天心超生。小人兄弟感恩不淺。請西門慶受禮。西門慶不肯受磕頭。拉起還說老九。你我舊人。快休如此。說道。老爹今非昔比。小人微末之人。豈敢僭坐。只站立在傍邊。西門慶上陪着吃了一盞茶。說道老九你如何又費心。送禮來。我斷然不受。若有甚麼人欺負你只顧來說我親曾你出氣倘縣中派你甚差事我拿帖兒與你李老爹說何九道家老爹恩點小人知道小人如今也老了差事已告與小兒何欽頂替着哩西門慶道也罷也罷你清閑些了說道既你不肯我把這酒禮收了那尺頭你還拿去我也不留你坐了那何九千恩萬謝拜辭去了西門慶坐廳上看着打點禮物菓盒花紅羊酒軸文等各人分資先差玳安送往喬大戶家去後叫王經送雲離守家去玳安回來喬家與了五錢銀子王經到雲離守家管待了茶食與了一疋真青大布一雙琴鞋回門下辱愛生雙帖兒多上覆老爹改日奉請西門慶滿心歡喜到後邊月娘房中擺飯吃因向月娘說賁四去了吳二舅在獅子街賣貨我今日倒閒徃那里看看去月娘道你去不是

若是要酒菜兒。早使小廝來家說。西門慶道。我知道。一面分付備馬。就戴着毡忠靖巾。貂鼠暖耳。綠絨補子䙱褶。粉底皂靴。琴童玳安跟隨。逕往獅子街。來到房子內。吳二舅與來昭。正挂着花拷拷兒。發賣紬絹絨線絲綿。擠一鋪子人做買賣。打發不開。西門慶下馬。看了看。走到後邊暖房內坐下。吳二舅走來作揖。回說一日也攢銀錢二十兩。西門慶又分付來昭妻一丈青。二舅茶飯。每日這里依舊打發。休要悞了。來昭妻道。逐日頓美酒飯。都是我自整理。西門慶見天陰晦上來。但見彤雲密布。冷氣侵人。作雪的模樣。忽然想起要往院中鄭月兒家去。即令琴童騎馬。家中取我的皮袄來。問你大娘有酒菜兒稍一盒與你二舅吃。琴童應諾到家。不一時取了西門慶長身貂鼠皮袄。後面排軍拿了一盒酒菜。裏面四碟醃雞下飯。煎炒鵪鴿。四碟海味案酒。一盤韮盒兒。一錫瓶酒。西門慶陪二舅在房中吃了三杯。分付二舅。你晚夕在此上宿着在用。我家去罷。于是帶上眼紗騎馬。玳安琴童跟隨。逕進构欄往鄭愛月兒家來。轉過東街口。只見天上紛紛揚揚。飄下一天瑞雪來。正是拳頭大塊空中舞。路上行人只叫苦。但見

漠漠嚴寒匝地。這雪兒下得正好。扯絮撏綿。裁織片片。大如栲栳。見林門竹筍茅茨。爭些被他壓倒。富豪俠卻言消灾障猶嫌小。圍向那紅爐獸炭。穿的是貂裘綉襖。手撚梅花唱道是國家祥瑞。不念貧民些小。商〔高〕队有幽人。吟詠多詩章〔草〕。

西門慶隨路踏着那亂瓊碎玉。貂裘沾濕粉蝶。馬蹄蕩滿銀花。

進入构欄。到於鄭愛月兒家門首下馬。只見丫鬟看見。飛報進來說。老爹來了。鄭媽媽出來迎接。至於中堂見禮。說道。前月多謝老爹重禮。姐兒又在宅內打攪。又教他大娘三娘。賞他花翠汗巾。西門慶道。那日空了他來了。一面坐下。西門慶令玳安把馬牵進來。自有院落安放。老媽道。請爹後邊明間坐罷。月姐纔起來梳頭。只說老爹昨日來到。伺候了一日。今日他心中有些不快。起來的遲些。這西門慶一面進入他後邊住房。明間內。但見綠窓半啟。毡模低張。地平上黃銅大盆。生着炭火。西門慶坐在正面椅上。先是鄭愛香兒出來相見了。遞了茶。然後愛月兒纔出來。頭挽一窩絲杭州攅。翠梅花鈿兒。金銀釵梳。海獺臥兔兒。打扮的霧靄雲鬟。粉粧粉香花琢。上穿白綾襖兒。綠遍地錦比甲。

下着大幅湘紋裙子。高高顯一對小小金蓮。猶如新月。狀若蛾眉。好似羅浮仙子臨凡境。神女巫山降世間。粉頭出來笑嘻嘻的。向西門慶道了萬福。說道。爹我那一日來晚了。緊自前邊人散的遲。到後邊大娘。又只顧不放俺每。留着吃飯。來家有三更天了。西門慶笑道。小油嘴兒。你倒和李桂姐兩個。把應花子打的好响瓜兒。鄭愛月兒道。誰教他怪物勞。在酒席上屎口兒傷俺每來。那一日祝麻子也醉了。哄我要送俺每來。我便說沒爹這里燈籠。送俺每。蔣胖子弔在陰溝裡。缺臭了你了。西門慶道。我昨日聽見洪四兒說。祝麻子又會着王三官兒。大街上請了榮嬌兒。鄭月兒道。只在榮嬌兒家歇了一夜。燒了一炷香。不去了。如今還在秦玉芝兒走着哩。說了一回。議道。爹只怕你冷。往房裡的這西門慶到於房中。脫去貂裘。和粉頭圍爐共坐。房中香氣襲人。只見丫鬟來放卓兒。四碟細巧菜蔬。安下。三個蓋碟兒。須臾拿了三甌兒黄芽韭菜肉包。一寸大的水角兒來。姊妹二人陪西門慶。每人吃了一甌兒。愛月兒道又撥了上半甌兒。添與西門慶。門慶道。我勾了。纔在那邊房子線舖。陪你吴二舅吃了兩個點心來了。心裡要來你這里走走。不想天氣落雪。家中使小廝取了皮袄穿上。就來了。愛月兒道。爹前日不會下我教昨日等了一日不見爹。不想爹今日來了。西門慶道。昨日家中有兩位士夫來望。亂着就不曾來得。愛月兒道。我要問爹有貂鼠買個兒與我。我要做了圍脖兒戴。西門慶道。不打緊。揀着昨日舍夥計。打遼東來。送了我十個好貂鼠。你娘們都沒圍脖見。到明日一總做了。送一個來與你。愛香兒道。爹只認的月姐。就不送與我一個兒。西門慶道。你姊妹兩個。一家一個。于是愛香愛月兒。連忙起身道了萬福。西門慶分付。休見了桂姐銀姐說。鄭月兒道。我知道。因說到明日李桂姐兒吳銀兒在那里過夜。問我他幾時來了。我沒瞞他。教我說昨日請周爺。俺每四個都在這里唱了一日。爹說有王三官兒在這里。不敢請你的。今日是親朋會中人吃酒。纔請你來唱。他一聲兒也沒言語。西門慶道。你這個回的他好。前日李銘我也不要他唱來。再三央及你應二爹來說。落後你三娘生日。桂姐買了一分禮來。再三與我陪不是。你娘們說着。我不理他。昨日我竟留下銀姐。使他知道。愛月兒道。不知三娘生日。我失悮了人情。西門慶道。等明日你雲老爹擺酒。我前日你和銀姐那里唱一日。愛月兒道。爹分付。我去。不一時丫鬟收拾飯卓去。粉頭取出個鸂鶒木匣兒。傾出三十二扇象牙牌來。和西門慶在炕毡條上。抹牌頑耍。愛香兒也坐在傍邊看牌。院內雪飛如風舞梨花。紛紛只顧下。但見

恍惚漸迷鴛甃。頃刻拂滿蜂鬢。似玉龍鱗甲遶空飛。白鶴羽毛搖地落。好若數蠏行沙上。猶賽亂瓊堆砌間。正是盡道豐年瑞。豐年瑞若何。長安有貧者。宜瑞不宜多。

當下三人抹了回牌勝負。須臾擺上酒來。飲酒卓上盤堆異菓。肴列珍羞。茶煮龍團。酒斟琥珀。詞歌金縷。笑啟朱唇。愛香與愛月兒。一邊一個捧酒。不免箏排雁柱。款跨鮫綃。姊妹兩個彈着唱了一套青衲襖。

想多嬌。情性兒標。想多嬌。恩意兒好。想起携手同行共歡笑。吟風咏月將詩句兒嘲。女温柔。男俊俏。正青春年紀小。誰人望將比目魚分開。擁墜簪折。今日早魚沉雁杳。

罵玉郎　多嬌一去無消耗。想着俺情似漆意如膠。常記的共梳同歡樂。想着他花樣嬌。柳樣柔。傾國傾城貌。

大迓鼓　千般丰韻嬌。風流俊俏。體態妖嬈。所為諸般妙。搊箏撥阮歌舞吹簫。總有丹青難畫描。

感皇恩　呀　好教我無緒無聊。意攘心勞。懶將這杜詩温韓文叙柳文學。我這里愁懷越焦。這些時容貌添憔。不能勾同歡樂。成配偶。到有分受煎熬。

東甌令　潘郎貌。沈郎腰。可惜相逢無下梢。心腸慎惱傷懐抱。

烈火燒佛廟。滔滔綠水渰藍橋。相思病怎生逃。

採茶歌　相思病怎生逃。離愁人擺的堅牢。鐵石人見了也魂消。愁似南山堆積積。悶如東海水滔滔。

賺　誰想今朝。自古書生多命薄。傷懷抱。痴心惹的傍人笑。對難陳告。

烏夜啼　想當初偎紅倚翠。踏青闘草。相逢對景同歡樂。到春來語呢喃燕子尋巢。到夏來。荷蓮香開滿池沼。到秋來菊滿荒郊。到冬來瑞雪飄飄。想當初畫堂歌舞。列着佳肴。今日個孤枕旅館無着落。鬼病侵難醫療。好教我情牵意惹。心痒難撓。

節節高　悶懨懨睡不着。想多嬌。知音解呂明宮調。諸般好閑月羞花貌。言語嬌媚。心聰俏。恰似仙子行來到。金蓮款步鳳頭翹。朱唇皓齒微微笑。

鵜鶘兒　你看他體態輕盈更那堪衣穿素縞。脂粉施蛾眉淡埽。看了他萬總妖嬈。難畫描。酒泛羊羔。寶鴨香飄。銀燭高燒成就了美滿夫妻。穩取同心到老。

尾聲　青雲有路終須到。生前無分也難消。把佳期叮嚀休忘了。

唱一套。姐兒兩個拿上骰盆兒來。和西門慶搶紅頑笑。杯來盞去。各添春色。西門慶忽把眼看見鄭愛月兒房中。牀傍側首錦屏風上。挂着一軸愛月美人圖。題詩一首。

有美人兮迥出群　輕風斜拂石榴裙

花開金谷春三月　月轉花陰夜十分
玉雪精神聯仲琰　瓊林才貌過文君
少年情思應須慕　莫使無心托白雲
下書三泉主人醉筆

西門慶看了。便問三泉主人是王三官兒的號。慌的鄭愛月兒連忙摀說道。這還是他舊時寫下的。他如今不號三泉了。號小軒了。他告人說。學爹說我號四泉。他怎的號三泉。他恐怕爹惱。因此改了號小軒。一面走向前取筆過來。把那三字就塗抹了。西門慶滿心歡喜。說道。我並不知他改號一節。粉頭道。我聽見他對一個人說來。我纔曉的他去世的父親號逸軒。他故此改號小軒。說畢。鄭愛香兒往下邊去了。獨有愛月兒陪西門慶在房內兩個並肩疊股。搶紅飲酒。因說起林太太來。怎的大量好風月。我在他家吃酒。那日王三官請我到後邊拜見。還是他王意。教三官拜認我做義父。教我受他禮。委托我指教他成日。粉頭掐手大笑道。還虧我指與這條路兒。到明日連三官兒娘子不怕屬了爹。西門慶道。我到明日。我先燒與他一炷香。到正月里。請他和三官娘子。往我家看燈吃酒。看他去不去。粉頭道。爹你還不知。三官娘子。生的怎樣標致。就是個燈人兒。沒他那一段兒風流妖艷。今年十九歲兒。只在家中守寡。王三官兒通不着家。爹你看用個工夫兒。不愁不是你的人。兩個說話之間。相挨相湊。只見丫鬟拿上幾樣細菓碟兒來。都是減碟菓仁風菱鮮柑。螳螂雪梨。蘋婆。蚫螺。冰糖橙丁之類。粉頭親手奉與西門慶下酒。又用舌尖噙鳳香餅蜜送入他口中。又用纖手撳起西門慶藕合段襪子。看見他白綾褲子。西門慶一面解開褲帶。露出那話來。教他弄。粉頭見根下束着銀托子。那話猙獰跳腦紫漒光鮮。西門慶令他品之。這粉頭眞個低垂粉頸輕啟朱唇。半呑半吐。或進或出。嗚咂有聲。品弄了一回。靈犀已透。淫心似火。欲求講歡。粉頭便往後邊去了。西門慶出房更衣。見雪越下得甚緊。回到房中。丫鬟向前掛起錦幔。款設鴛枕。展放鮫綃。薰熱香球。牀上鋪得被褥甚厚。打發脫靴解帶。先上牙牀。粉頭澡牝回來。掩上雙扉。共入鴛帳。正是得多少春色嬌還媚。惹蝶芳心軟欲濃。有詩爲証。

聚散無憑在夢中　起來殘燭映紗紅

鍾情自古多神念　誰道陽臺路不通

兩個雲雨歡娛。到一更時分。起來。丫鬟掌燈進房。整衣理髮後。釃美酒。重整佳肴。又飲勾幾杯。問玳安有燈籠傘沒有。玳安道。琴童家去取燈籠傘來了。這西門慶。方纔作別了。鴇子粉頭相送出門。看着上馬。鄭月兒揚聲叫道。爹若叫我早些來說。西門慶道。我知道。一面上馬。打着傘出院門。一路踏雪到家中。對着吳月娘只說在獅子街。和吳二舅飲酒。不在話下。一宿晚景題過。到次日卻是初八日。打聽何千戶行李都搬過夏家房子內去了。西門慶這邊送了四盒細茶食。五錢折帕慶房賀儀過去。只見應伯爵驀地走來。西門慶見雪晴天。有風色甚冷。留他前邊書房中向火。叫小厮放卓兒。拿菜兒留他吃粥。因說起昨日喬親家。雲二哥禮。并折帕都送過去了。你的人情。我這邊已是替你每家封了二錢。出上了。你那里不消與他罷。只等發柬請吃酒。那應伯爵舉手謝了。西門慶道。何大人已搬過去了。今日我送茶。并慶房人情。你不送些〻茶兒與他。伯爵道。他請人。又問昨日安大人三位來做甚麽。那兩位是何人。西門慶道。那兩位一個雷兵備。一個是汪叅議。都是浙江人。因在我這里擺酒。明日要請杭州趙霆知府。新陞京堂大理寺丞。是他每本府父母官。如何不敬代一張卓面。餘者散席。戲子他那里叫來。俺這里少不的叫兩個小優兒答應便了。通身只三兩分資。伯爵道。大凡文職好細。三兩銀子勾做甚麽。哥少不得賠些〻兒。西門慶道。這雷兵備。就是問黃四小舅子孫文相的。昨日沒曾對我題起開除他罪名來了。伯爵道。你說他不仔細。如今還記着折准擺這席酒繞罷了。說話之間。伯爵叫應寶你叫那個人來見你大爹。西門慶便問是何人。伯爵道。我那邊左近住一個小後生倒也是舊人家出身。父母都沒了。自幼在王皇親家宅內答應。好幾年了。也有了媳婦兒了。因在庄子上和一般家人不和出來了。如今閑着做不的甚麼買賣見。他與應寶是朋友。央及應寶要投尋個人家。做房家人。今早應寶對我說。爹倒好舉薦與大爹宅內答應。又怕大爹少人使。我便說不知你大爹用不用。因問應寶叫他甚麼名字。你叫他進來。應寶道。他姓來叫來友兒只見那來友兒。穿着青布四塊瓦布襪。靸鞋。扒在地上磕了個頭。起來簾外站立。伯爵道。若論這狗狗的。膂力儘有。撥輕服重。

都去的。因問你多少年紀了。那人道小的二十歲了。又問你媳婦沒子女。那人道只光兩口兒。應寶道不瞞爹說。他媳婦纔十九歲兒。廚竈針線。大小衣裳。都會做。西門慶見那人低頭並足。爲人朴實。便道既是你應二爹來說。用心在我這里答應。分付揀個好日期。寫紙文書。兩口兒搬進來罷。那個磕了個頭。西門慶教琴童兒。領着後邊見月娘衆人磕頭去了。對月娘說就把來旺兒原住的那一間房。與他居住。伯爵坐了回家去了。應寶同他寫了一紙投身文書。交與西門慶收了。改名來爵。不在話下。卻說賁四娘子。自從他家長兒與了夏家。每日買東買西。只央及平安兒和來安畫童兒。或是隔壁韓嫂兒的兒子小雨兒。西門慶家中。這些大官兒常在他屋裡坐的。打平和兒吃酒。賁四娘子兒。和氣就定出菜兒來。或要茶水。應手而至。就是賁四一時鋪中歸來。撞見亦不見怪。以此今日他不在家。使着那個不替他動。且玳安兒與平安兒。常在他屋裡坐的多。初九日。西門慶與安郎中。汪參議。雷兵備擺酒。請趙知府。那日早辰。來爵兒兩口兒。就搬進來。他媳婦兒。後邊見月娘。衆人磕頭。月娘見他穿着紫紬袄。青布披袄。綠布裙子。生的五短身材。瓜子面皮兒。搽胭抹粉。施朱唇。纏的兩隻脚趫趫的。問起來。諸般針指都會做。起了他個名字。叫做惠元與惠秀惠祥。一遞三日上竈不題。玳安與平安。常在他屋裡坐的多。一日門外楊姑娘沒了。安童兒來報喪。西門慶這邊整治了一張揷卓。三牲湯飯。又封了五兩香儀。吳月娘。李嬌兒。孟玉樓。潘金蓮。四頂轎子。起身都往北邊。與他燒紙帋孝。琴童兒棋童兒來爵兒來安兒。四個都跟轎子。不在家。西門慶在對過段舖子。書房內看着毛襖匠。與月娘做貂鼠圍脖。先攢出一個圍脖兒使玳安送與院中鄭月兒去。封了十兩銀子。與他過節。鄭家管待玳安酒饌。與了他三錢銀子。買瓜子兒磕。走來回西門慶話說月姐多上覆。多謝了。前日空過了爹來。與了小的三錢銀子。西門慶道。你收了罷。因問他賁四不在家。你頭里從他屋裡出來做甚麼來。玳安道。賁四娘子。從他女孩兒嫁了。沒人使。常央及小的每替他買買甚麼兒。西門慶道。他既沒人使。你每替他勤勤兒也罷。又悄悄向玳安道。你慢慢和他說。如此這般。爹要來你這屋裡來看你。看兒。你心如何。看他怎的說。他若肯了。你問他討個汗巾兒來。與我玳安道小的知道了領了西門慶言語應諾下去西門慶使陳經濟看着裁貂鼠就走到家中來只見王經向顧銀舖內取了金赤虎又是四對金頭銀簪兒交與西門慶門慶留下兩對在書房內餘者袖進李瓶兒房內坐下與了如意兒那赤虎又與他一對簪兒把那一對簪兒就與了迎春二人接了連忙揷燭也似磕了頭西門慶令迎春取飯去須臾拿了飯來吃了飯出來在書房內坐下只見玳安慢走到跟前見王經在傍不言語西門慶使王經後邊取茶去那玳安方說小的將爹言語對他說了他笑了約會晚上些伺候等爹過去坐坐吽小的拿了這汗巾兒來西門慶見紅綿紙兒包着一方紅綾織錦廻紋汗巾兒聞了聞噴鼻香滿心歡喜連忙袖了只見王經拿茶來吃

了。又走過對門看着匠人做生活去。忽報花大舅來了。西門慶道。請過來這邊坐。花子油走到書房暖閣兒裡。作揖坐下。致謝外日多有相擾。敘話間。畫童兒對門拿過茶來吃了。花子油悉把門外客人。有五百包無錫米。凍了河。緊等要賣了回家去。我想着姐夫倒好買下等價錢。西門慶道。我平白要他做甚麼。凍河還沒人要。到開河船來了。越發價錢跌了。如今家中也沒銀子。即分付玳安收拾放卓兒。家中說看菜兒來。一面使畫童兒。請你應二爹來。陪你花哥坐了一時。伯爵來到。三人共坐在一處。圍爐飲酒。卓上擺設四盤四碟。都是煎炒雞魚。燒爛下飯。又叫孫雪娥烙了兩炷餅。又是四碗肚肺。乳線湯。良久。只見吳道官徒弟應春。送節禮疏誥來。西門慶請來同坐吃酒攬李瓶兒百日經。與他銀子去。吃至日落時分。二人先起身去了。次後甘夥計。收了舖子。又請來坐。與伯爵擲骰猜枚。談話不覺到掌燈巳後。吳月娘眾人轎子到了。來安走來回話。伯爵道嫂子們今日都往那里去了。西門慶道。北邊他楊姑娘沒了。今日三日念經。我這里備了張插卓祭祀。又封了香儀兒。都去弔問弔兒。伯爵道。他老人家也高壽了。西門慶道。敢也有七十五六兒。男花女花都沒有。只靠他門外侄兒那里養活。材兒也是我這里替他備下的。這幾年了。伯爵道。好好兒老人家有了黃金入櫃。就是一場事了。哥的大陰隲。說畢。酒過數巡。伯爵與甘夥計作辭去了。西門慶道。十一日該姐夫這里上宿。玳安道。那邊舖子里付二叔也家去了。只小的一個在舖子里睡。西門慶道。就起身走過來。分付後生王顯。仔細火燭。王顯道。小的知道。看着把門關上了。這西門慶見沒人。兩三步就走入賁四家來。只見賁四娘子兒。在門首獨自站立已久。見對門關的門响。西門慶從黑影中走至跟前。這婦人連忙把封門一開。西門慶鑽入裡面。婦人還扯上封門說道。爹請裡邊紙門內坐罷。原來裡間槅扇廂着後半間。紙門內。又有個小炕兒。籠着旺旺的火。卓上點着燈。兩邊護炕。從新糊的雪白。挂着四扇吊屏兒。那婦人頭上勒着翠藍銷金箍兒。鬏髻插着四根金簪兒。耳朵上兩個丁香兒。上穿紫紬襖。青綃絲披襖。玉色綃裙子。向前與西門慶道了萬福。連忙遞了一盞茶兒。與西門慶吃。因悄悄說。只怕隔壁韓嫂兒知道。西門慶道不妨事。黑影子他那里曉的。于是不由分說。把婦人摟到懷中。就親嘴拉近枕頭來。解衣按在炕沿子上。扛起腿來。就聳那話上已束着托子。剛插入牝中。就拽了幾拽婦人下邊淫水直流。把一條藍布褲子都濕了。西門慶拽出那話來。向順袋內取出包兒。顫聲嬌來蘸了些在龜頭上。攮進去。方纔澀住淫津。肆行抽拽。婦人雙手扳着西門慶肩膊。兩相迎湊。在下颼聲顫語。呻吟不絕。這西門慶乘着酒興。架其兩腿在肐膊上。只顧沒稜露腦。鋭進長驅。肆行搧磞。何止二三百度。須臾弄的婦人雲髻髩鬆。舌尖氷冷。口不能言。西門慶則氣喘吁吁。靈龜暢美。一泄如注。良久拽出那話來。淫水隨出。用帕搽之。兩個整衣繫帶。復理殘粧。西門慶向袖中。掏出五六兩一包碎銀子。又是兩對金頭簪兒。遞與婦人。節間買花翠帶。婦人拜謝了。悄悄打發出來。那邊玳安在鋪子里。專心只聽這邊門環兒响。便開大門。放西門慶進來。自知更無一人曉的。後次朝來暮往。也入港一二次。正是若非人不知。除非已莫爲。不想被韓嫂兒冷眼睃見。傳的後邊金蓮知道了。這金蓮亦不識破他。一日臘月十五日。喬大户家請吃酒。西門慶這里會同應伯爵。吳大舅。一齊起身。那日有許多親朋。做戲飲酒。至二更方散第一日。每家一張卓面。俱不必細說。單表崔本治了二千兩湖州紬絹貨物。臘月初旬起身。顧船裝載。赶至臨清馬頭。教後生榮海看守。貨物。便顧頭口來家。取車稅銀兩。到門首下頭口。琴童道崔大哥來了。請廳上坐。爹在對門房子里。等我請去。一面走到對門。不見西門慶。因問平安兒。平安兒道。爹敢進後邊去了。這琴童見走到上房問月娘。月娘道。賊見鬼的。因你爹從早辰出去。再幾時進來。又到各房裡。并花園書房都瞧遍了。沒有。琴童在大門首揚聲道。省恐殺人。不知爹往那里去了。白尋不着。大白里把爹來不見了。崔大哥來了這一日。只顧教他坐着。那玳安分明知道。不做聲言語。不想西門慶從前邊進來。把衆小厮乞了一驚。原來西門慶在賁四屋裡。入港纔出來。那平安打發西門慶進去了。望着琴童兒吐舌頭兒。都替他揑兩把汗。都道管情崔大哥去了。有幾下子打。不想西門慶走到廳上。崔本見了磕頭畢。交了書帳說。船到馬頭少車稅銀兩。我從臘月初一日起身。在揚州與他兩個分路。他每往杭州去了。俺每都到苗親家住了兩日。因說苗青替老爹使了十兩銀子。擡了揚州衛一個千户家女子。十六歲了。名喚楚雲。說不盡生的花如臉。玉如肌。星如眼。月如眉。腰如柳。襪如鈎。兩隻脚兒恰剛三寸。端的有沉魚落雁之容。閉月羞花之貌。腹中有三千小曲。八百大曲。端的風流如水晶盤內走明珠。態度似紅杏枝頭推曉日。苗青如今還養在家。替他打廂奩。治衣服。待開春。韓夥計保官兒船上帶來。伏侍老爹。消愁觧悶。西門慶聽了滿心歡喜。說道你船上稍了來也罷。又費煩他治甚衣服。打甚粧奩。愁我家沒有。于是恨不的騰雲展翅。飛上揚州。搬取嬌姿。賞心樂事。正是鹿分鄭相應難辦。蝶化莊周未可知。有詩為証。

聞道揚州一楚雲　偶憑出鳥語來真
不知好物都離隔　試把梅花問主人

西門慶陪崔本吃了飯。兑了五十兩銀子。做車稅錢。又寫書與錢主事。令煩青日。言訖。當下作辭。往喬大戶家回話去了。平安見西門慶不尋琴童兒。都說我見。你不知有多少造化。爹進來若不是綁着鬼。有幾下打。琴童笑道。只你知爹性兒。比及起了貨來。獅子街卸下。就是下晌時分。西門慶正在家。打發送節禮。忽見荆都監差人拿帖兒來問。宋大巡題本已上京數日。未知旨意下來不曾。伏惟老翁差人。察院衙門一打聽爲妙。這西門慶郎差答應節級。拿着五錢銀子。往巡按公衙書辦打聽。果然昨日東京。邸報下來。寫抄得一紙前報來。與西門慶觀看。上面道寫甚的。

山東巡按監察御史宋喬年一本。循例舉劾地方文武官員

以勵人心。以隆
聖治事。竊惟吏以撫民。武以禁亂。所以保障地方。以司民命者
也。苟非其人。則處置乖方。民受其害。國何賴焉。此國家莫急
於文武兩途。而激勸之典不容不亟舉也。臣奉
命按臨山東等處親歷省察風俗。至於。吏政民瘼。監司守禦。無
不留心咨訪。復令安撫大臣。詳加鑒別各官賢否。頗得其實。
茲當差滿之期敢不一一陳之。山東左布政陳四箴。操履忠
貞。撫民有方。廉使趙訥。綱紀肅清。士民服習。提學副使陳正
彙。操砥礪之行。嚴督率之條。又訪得兵備副使雷啟元。軍民
咸服其恩。威僚慕悉。推其練達。濟南府知府張叔夜。經濟可
望。才堪司牧。東平府知府胡師文。居任清慎。視民如傷。徐州

府知府韓邦奇。志務清修。才堪廊廟。蔡州府知府葉照。屏海寇而道不拾遺。惠民疇而壟田不涸。此數臣者。皆當薦獎而優擢者也。又訪得左參議馮廷鵠。傴僂之形。桑榆之景。形若木偶。尚肆貪婪。東昌府知府徐松。縱妻父而通賄。所致騰謗於公堂。慕羨餘而誅求。詈言聲輒遍於閭閻。此二臣者。所當亟賜罷斥者也。再訪得左軍院僉書守禦周禦周秀器守恢弘。操持老練。得將帥之體。軍心允服。賊盜潛消。濟州兵馬都監荊忠。年力精強。才猶練達。冠武科而稱為儒將。勝算可以臨戎。號令而極其嚴明。長策卒能禦侮。兗州兵馬都監溫璽。夙閑韜畧。熟習弓馬。休養騎卒以備不虞。備力設險以防不測。此三臣者。所當亟賜遷擢者也。清河縣千戶吳有德。以練達之才。得衛守之法。驅兵以擣中堅。靡攻不克。儲食以資糧餉。無人不飽。推心置腹。人思効命。實一方之保障。爲國家之屏藩。宜特加超擢。鼓舞臣寮。陛下誠以臣言可採。舉而行之。庶幾官爵不濫。而人心思奮。守牧得人。而

聖治有賴矣。等因。奉

欽依該部知道。續該吏兵二部題前事。看得御史宋喬所奏內。劾舉地方文武官員。無非躰國之忠。出于公論。詢訪得實。以裨

聖治之事。伏乞

聖明。俯賜施行。天下幸甚。生民幸甚。奉欽依依擬行。

西門慶一見。滿心歡喜。拏着邸報。走到後邊。對月娘說。宋道長

本下來了。已是保舉你哥陞指揮僉事。見任管屯。周守禦與荆大人。都有奬勵。轉副參統制之任。如今使小廝。請他來對他說聲。月娘道。你使人請去。我交丫鬟看下酒菜兒。我愁他這一上任。也要銀子使。西門慶道。不打緊。我借與他兊兩銀子也罷了。不一時。請得吳大舅到了。西門慶送那題奏旨意與他瞧。吳大舅連忙拜謝西門慶。與月娘。說道。多累姐夫姐姐扶持。恩當重報。不敢有忘。西門慶道。大舅你若上任擺酒。沒銀子使。我這里兊一千兩銀子。你那里使着。那吳大舅。又作揖謝了。于是就在月娘房中。安排上酒來吃酒。月娘也在旁邊陪坐。西門慶卽令陳經濟。把全抄寫了一本。與大舅拏着。卽差玳安拏帖。送邸報往荆都監。周守禦兩家報喜去。正是勸君不費鐫研石。路上行人口是碑。

畢竟未知後來如何。且聽下回分解。

第七十八回　林太太鴛幃再戰

金瓶梅

如意兒莖露獨嘗

第七十八回

西門慶兩戰林太太　吳月娘翫燈請黃氏

黃鍾應律好風催　陰伏陽生淑歲回
葵影便移長至日　梅花先趁大寒開
八神表日占和歲　六管吹葭動細灰
已有岸傍迎臘柳　參差又欲領春來

話說當日西門慶陪大舅飲酒。至晚回家。到次日荊都監早辰騎馬來拜謝。說道。昨日見旨意下來。下官不勝欣喜。足見老翁愛厚費心之至。實爲銘結難忘。范大人便老了。張菊軒指望陞轉他一步兒。照舊也罷了。還虧他些說畢。茶湯兩換。荊都監起身。因問雲大人到幾時請俺每吃酒。西門慶道。近節這兩日也

是請不成。直到月間罷了。送至大門。上馬而去。西門慶這里宰
了一口鮮猪。兩坛浙江酒。一疋大紅絨金豸員領。一疋黑青粧
花紵絲員領。一百菓餡金餅。謝宋御史。就差春鴻拏帖兒。送到
察院去。門吏入報進去。宋御史喚至後廳火房內。賞茶吃。等寫
了回帖。裝於套內封了。又賞了春鴻三錢銀子。來見西門慶。拆
開觀看。上寫看
兩次造擾華府。悚愧殊甚。今又辱承厚貺。何以克當。外令親
荆子。事已具本矣。想已知悉。連日渴仰手標。容當面悉。使旋
謹謝。　下書侍生宋喬年拜
大錦衣西門先生大人門下
宋御史隨即差人。送了一百本曆日。四萬紙。一口猪來回禮。一

日上司行下文書來。吳大舅本衙到任管事。西門慶拜去。就與吳大舅三十兩銀子。四疋京段。交他上下使用。到二十四日稍閑。封了印來家。又備羊酒花紅軸文。邀請親朋。從衛中上任回來。迎接到家。擺大酒席。與他作賀。又是何千戶東京家眷到了。西門慶寫月娘名字。送茶過去。到二十六日玉皇廟吳道官。十二個道衆在家。與李瓶兒念百日經十回度人。整做法事。大吹大打。侶道行香。各親朋都來送茶。請吃齋供。至晚方散。俱不計表。至廿七日。西門慶打發各家禮畢。又是應伯爵。謝希大。常時節。付夥計。甘夥計。韓道國。賁地傳。崔本。每家半口猪。半腔羊。一坛酒。一包米。一兩銀子。院中李桂姐。吳銀兒。鄭愛月兒每人一套杭州絹衣服。三兩銀子。吳月娘又與菴裏薛姑子打齋。令來安兒送香油米麵銀錢去。不在言表。看看到年除之日。窻梅痕月。簷雪滚風。竹爆千門萬戶。家家帖春勝。處處掛桃符。西門慶燒紙。又到於李瓶兒房靈前。祭奠已畢。置酒於後堂。合家大小。月娘等。李嬌兒。孟玉樓潘金蓮。孫雪娥。西門大姐。并女婿陳經濟。都遞了酒。兩旁列坐。先是春梅。迎春。玉簫。蘭香。如意兒。五個磕頭。然後小玉。綉春。小鸞兒。元宵兒。中秋兒。秋菊。磕頭。其次者來招妻一丈青。惠慶。來保妻惠祥。來興妻惠秀。來爵妻惠元。一般兒四個家人媳婦磕頭。然後纔是王經。春鴻。玳安。平安。來安。棋童兒。琴童兒。畫童兒。來招兒子。鉄棍兒。來保兒子。僧寶兒。來興女孩兒。年兒。來磕頭。西門慶與吳月娘俱有手帕汗巾銀錢賞賜。到次日重和元年。新正月元旦。西門慶早起冠冕穿大紅。

天地上炷了香。燒了紙。吃了點心。備馬就出去拜巡按。賀節去了。月娘與衆婦人。早起來施朱付粉。插花插翠。錦裙繡襖。羅襪弓鞋。粧點妖嬈。打扮可喜。都來後邊月娘房內。厮見行禮。那平安兒與該日節級。在門首接拜帖。落後門簿答應。往來官長士夫。玳安與王經。穿自新衣裳。新靴新帽。在門首踢毽子兒。放炮燂。又嗑瓜子兒。袖香桶兒。戴鬧娥兒。衆夥計主管門下底人伺候見節者。不計其數。都是陳經濟一人。在前邊客位管待。後邊大廳。擺設錦筵桌席。单管待親朋。花園捲棚。放下毡幃煖簾。鋪陳錦裀繡毯。獸炭火盆。放着十桌。都是銷金桌幃。粧花椒甸寶粧菓品。瓶插金花。筵開玳瑁。專一留待士大夫官長。約晌午間。西門慶往府縣拜了人回來。剛下馬。招宣府王三官兒衣巾。有四五個人跟隨。就來拜。到廳上拜了西門慶四雙八拜。然後請吳月娘出來見。西門慶請到後邊。與月娘見了。出來前廳留坐。纔拏起酒來。吃了一盞。只見何千戶來拜。西門慶就教陳經濟。管待陪王三官見。他便往捲棚內陪何千戶坐去了。王三官吃了一面。告辭起身。陳經濟。送出大門。上馬而去。落後又是荊都監。雲指揮。喬大戶。皆絡繹而至。西門慶待了一日。人已酒帶半酣。至晚打發人去了。歸到上房。歇了一夜。到次日早。又出去賀節。直至晚歸家來。家中韓姨夫。應伯爵。謝希大。常時節。花子油來拜。陳經濟陪侍在廳上。坐的候至巳久。西門慶到了。見畢禮。從新擺上酒來。酒菜點心來飲酒。韓姨夫與花子油隔門先起身去了。只見伯爵希大常時節。坐有如定油兒一般。還不去。又撞見吳二舅來了。見了禮。又往後邊拜見月娘。出來一處坐的。直吃到掌燈已後方散。西門慶已吃的酩酊大醉。送出伯爵等到門首。衆人去了。西門慶見玳安在旁跕立。揑了一把手。玳安就知意。說道。他屋裏沒人。這西門就撞入他房內。老婆早已在對門裏。迎接進去。兩個也無閑話。走到裏間內。老婆脫衣解帶。仰𢱢炕上。西門慶褪下褲子。扛起腿來。那話使有銀托子。就幹起來。原來老婆好並着腿幹。兩隻手𢱢着。只教西門慶攮他心子。那浪水熱熱一陣流出來。把床褥皆濕。西門慶龜頭蘸了藥。攮進去。兩手扱着腰。只顧兩相揉搓。麈柄盡入至根。不容毫髮。婦人瞪目。口中只叫親爺。那西門慶問他。你小名叫甚麼。說與我。老婆道。奴娘家姓葉排行五姐。這西門慶口中喃喃吶吶。就吽葉五兒。不知道口裏令合不合。那老婆原來妳子出身。與賁四私通。被拐出來。占爲妻子。五短身材。兩個鴿鴿胎眼兒。今年也是屬兎的。三十二歲了。甚麽事兒不知道。口裏如流水連吽親爺不絕。情濃一泄如注。西門慶扯出塵柄要抹。婦人攔住休抹。等淫婦下去。替你吮淨了罷。這西門慶滿心歡喜。婦人眞個蹲下身子。雙手捧定那話。吮咂的乾乾淨淨。纔繫上褲子。因問西門慶。他怎的去。恁些時不來。西門慶道。我這里也盼他哩。只怕京中夏大人留住他使。又與了老婆二三兩銀子盤纏。因說我待與你一套衣服。恐賁四知道。不好意思。不如與你些銀子兒。你自家治買罷。開門送出來。玳安又開在鋪子里。掩門等候的。西門慶進來。方纔關上栓。西門慶便往後邊去了。看官所說。

自古上梁不正。則下梁歪。此理之自然也。如人家主子行苟且之事。家中使的奴僕。皆効尤而行。原來賁四這個老婆。不是守本分的。先與玳安有姦。落後又把西門慶勾引上了。這玳安剛打發西門慶進去了。付夥計又沒在鋪子里上宿。他與平安兒。打了兩大壺酒。就在賁四老婆屋裏。吃到有二更時分。平安在鋪子里歇了。他就和老婆在屋裏睡了一宿。有這等的事。正是對人不用穿針線。那得工夫送巧來。有詩為証

滿眼風流滿眼迷　殘花何事濫如泥
拾琴暫息商陵操　惹得山禽遶樹啼

却說賁四老婆。晚夕對玳安說。只怕隔壁韓嫂兒傳嚷的。後邊知道。也似韓夥計娘子。一時被你娘們說上幾句。羞人答答的。

怎好相見。玳安道。如今家中。除了俺大娘和五娘不言語。別的不打緊。俺大娘倒也罷了。只是五娘快出尖兒。你依我節間買些甚麽兒進去。孝順俺大娘。別的不稀罕。他平昔好吃蒸酥。你買一錢銀子菓餡蒸酥。一盒好大壯瓜子送進去。這初九日是俺五娘生日。你再送些禮去。梯巳再送一盒瓜子。與俺五娘。你到明日進來磕頭。管情就掩住許多口嘴。這賁四老婆。真個依着玳安之言。第二日赶西門慶不在家。玳安就替他買了盒子。掇進後邊月娘房中。月娘便道。是那里的。玳安道。是賁四嫂送這盒兒點心瓜子兒與娘吃。月娘道。男子漢又不在家。那討個錢來。又交他費心。連忙收了。又回出一盒饅頭。一盒菓子。與他說。多上覆。多謝了。那日西門慶拜人回家。早有玉皇廟吳道官來拜。在廳上留坐吃酒。剛打發吳道官去了。西門慶脫了衣服。使玳安。你騎了馬。問聲文嫂兒去。俺爺今日要來拜拜太太。看他怎的說。玳安道。爺且不消去。頭里小的撞見文嫂兒騎着驢子。打門首過去了。他明日初四。王三官兒起身往東京。與六黃公公磕頭去了。太太說。交爺初六日過去見節。他那里伺候着哩。西門慶便道。他真個這等說來。玳安道。莫不小的敢說謊。這西門慶就入後邊去了。剛到上房坐下。忽有來安兒來報。大舅來了。只見吳大舅冠冕着。束着金帶。進入後堂。先拜西門慶。說道。一言難盡。我吳鎧多蒙姐夫抬舉看顧。又破費。姐夫了。多謝厚禮。日昨姐夫下降。我又不在家。失迎。空慢姐夫來了。今日敬來與姐夫磕個頭兒。恕我遲慢之罪。說着。磕下頭去。西門慶慌忙半頭相還下來說道大舅恭喜自然之道理至親何必計較吳大舅於是拜畢西門慶月娘出來與他哥磕頭頭戴翡翠白縐紗金梁冠兒海獺卧兔白綾對衿襖兒沉香色遍地金比甲玉色綾寬襴裙耳邊二珠環兒金鳳釵梳胸前帶着金三事擽領兒裙邊紫遍地金八條穗子的荷包五色鑰匙線帶兒紫遍地金扣花白綾高底鞋兒打扮的鮮鮮兒的向前花枝招颭綉帶飄飄插燭也似磕了四個頭慌的大舅忙還半禮說道姐姐兩禮兒罷說道哥哥嫂嫂不識好歹常來擾害你兩口兒你哥老了看顧顧罷月娘道一時不到望哥躭帶便了吳大舅道姐姐沒的說累你兩口兒還少哩拜畢西門慶留吳大舅坐說道這咱晚了料大舅也不拜人了寬了衣裳咱房里坐罷不想孟玉樓

與潘金蓮兩個都在屋裡。聽見嚷吳大舅進來。連忙走出來。與大舅磕頭。都是海獺臥兎兒。白綾襖兒。玉色挑線裙子。一個綠遍地金比甲兒。一個是紫遍地金比甲兒。頭上戴的都是鬏髻。玉樓帶的是環子。金蓮是靑寶石墜子。下邊尖尖趫趫。顯露金蓮。與吳大舅磕了頭。逕往各人房裡去了。西門慶讓大舅房內。坐的騎火盆。安放卓兒。擺上春盛菓盒。各樣熱碗夏飯。大饅頭點心。八寶攢湯。一齊拿上來。小玉。玉簫。都來與大舅磕頭。須臾吃了湯飯。月娘用小金廂玳瑁鍾兒斟酒。遞與大舅。西門慶主位相陪。吳大舅讓道。姐姐你也來坐的。月娘道我就來。又往裡間房內。拿出數樣配酒的菓菜來。都是冬笋。銀魚。黃鼠。鰇鮓。海蜇。天花菜。蘋婆。璒螂鮮柑。石榴。風菱。雪梨之類。飲酒之間。西門

慶便問大舅的。公事都了畢停當了。吳大舅道。蒙姐夫抬舉。年
即任便到了。上下人事。倒也都周給的七八。還有屯所裡未曾
去到到任。明日是個好日期。衙中開了印。來家整理了些盒子。
須得抬到屯所里到任。行牌拘將那屯頭來參見。分付分付。前
官丁大人壞了事情。已是被巡撫侯爺。參劾去了任。如今我接
管承行。須得也要振刷在冊花戶。警勵屯頭。務要把這舊管新
增。開報明白。到明日秋粮夏稅。纔好下屯衛收。西門慶道。通共
約有多少屯田。吳大舅道。這屯田不瞞姐夫說。太祖舊例練兵
衛。因田養兵。省轉輸之勞。纔立下這屯田。後吃宰相王安石。立
青苗法。增上這夏稅。那時只是上納屯田。秋粮又不閘民地。而
今這濟州管內。除了拋荒葦場港隘。通共二萬七千頃屯地。每

項秋稅夏稅。只徵收一兩八錢。不上五百兩銀子。到年終纔傾齊了。往東平府交納。轉行招商。以備軍粮馬草作用。西門慶又問還有羨餘之利。吳大舅道。雖故還有些抛零。一戶不在册者。鄉民頑滑。若十分進徵緊了。等秤斛斗重。恐聲口致起公論。西門慶道。若是有些甫餘見也罷。難道說全徵。若徵收些出來。斛斗等秤上。也勾咱每上下攬給。吳大舅道。不瞞姐夫說。若會管此屯。見一年也有百十兩銀子。弄到年終。人戶們還有些鷄鵝豚米。面見相送。那個是各人取覓。不在數內的。只是多賴姐夫力量扶持。西門慶道。得勾你老人家攬給。也盡我一點之心。正說着。月娘也走來。旁邊陪坐。三人飲酒。到掌燈已後。吳大舅纔起身去了。西門慶那日。就在前邊金蓮房中歇了一夜。到次日早往衙門中開印。陞廳畫卯。發放公事。先是雲離守家發帖兒。初五日請西門慶。并合衙官員吃慶官酒。西門慶次日。何千戶娘子藍氏下帖兒。初六日請月娘姊妹相會。且說那日。西門慶同應伯爵。吳大舅。三人起身。到雲離守家。原來旁邊。又典了人家一所房子。三間客位內擺酒。叫了一起吹打鼓樂迎接。都有卓面。吃至晚夕來家。巴不到次日。月娘往何千戶家。吃酒去了。西門慶打選衣帽齊整。袖着賞賜包兒。騎馬帶眼紗。玳安琴童跟隨。午後時分。逕來王招宣府中拜節。王三官兒不在。留下帖兒。文嫂兒又早在那裡接了帖兒。連忙報與林太太說。出來請老爺後邊坐。轉道大廳。到於後邊。進入儀門。少間住房掀起明簾子。上面供養着先公王景崇影像。陳說兩卓春臺菓酌。朱紅公座虎皮校椅。脚下氍毹匝地。簾幙垂紅。少頃林氏穿着大紅通袖襖兒。珠翠盈頭。粉粧膩臉。與西門慶見畢禮數。留坐待茶。分付大官。把馬牽於後槽喂養。茶湯罷。讓西門慶寬衣房內坐。說道。小兒從初四日往東京。與他叔父六黃太尉磕頭去了。只過了元宵纔來。這西門慶一面喚玳安。脫去上蓋。裡邊穿着白綾襖子。天青飛魚氅衣。粉底皂靴。十分綽耀。婦人房安放卓席。黃銅四方獸面火盆。生着炭火。朝陽房屋。日色照窗。房中十分明亮。須臾丫鬟拿酒菜上來。杯盤羅列。肴饌堆盈。酒泛金波。茶烹玉蕊。婦人錦裙綉襖。皓齒明眸。玉手傳杯。秋波送意。猜枚擲骰。笑語烘春。良久意洽情濃。飲多時。目邪心蕩。看看日落黃昏。又早高燒銀燭。玳安琴童。下邊耳房。放卓兒。自有文嫂兒主張酒饌點心管待。三官兒娘子。另在那邊角門內。一所屋裡居住。
自有丫鬟養娘伏侍。等閑不過這邊來。婦人又倒扣角門僮僕
誰敢擅入酒酣之際。兩個共入裡間房內。撒開綉帳。關上窗戶。
丫鬟輕剔銀釭。佳人忙掩朱戶。男子則解衣就寢。婦人即洗脚
上床。枕設寶花。被翻紅浪。原來西門慶家中磨鎗備劍。帶了淫
器包兒來。安心要鏖戰這婆娘。早把胡僧藥用酒吃在腹中。那
話上使着雙托子。在被窩中。架起婦人兩股。縱塵柄入牝中。舉
腰展力。那一陣掀騰鼓搗。其聲猶若數尺竹泥淖中相似。連聲
响喨。婦人在下。没口叫達達如流水。正是照海旌幢秋色裏。擊
天鼙鼓月明中。有長詞一篇。道這場交戰。但見
錦屏前迷魂陣擺。綉幃下攝魄旗開。迷魂陣上。閃出一員酒

金剛色魔王頭戴肉紅盔鑲兕鍪身穿烏油甲絳紅袍纏勒
䌫絛魚皮帯没縫靴使一柄黑纓鎗帯的是虎眼鞭皮薄頭流
星搥没毬箭跨一疋捲毛四眼渾紅馬打一面發兩翻雲大
帥旗攝寬旗下擁一個粉骷髏花狐狸頭戴雙鳳翅珠絡索
身穿素羅衫暈裙腰白練襠凌波襪鮫綃帯鳳頭鞋使一條
隔天邉話絮刀不得見淚偷垂容瘦減粉面搊羅幃傍騎一
疋百媚千嬌玉面毬打一柄倒鳳顛鸞遮日傘須臾這陣上
撲鼕鼕皷震春雷那陣上鬧挨挨麝蘭靉靆這陣上腹溶溶
被翻紅浪那陣土刷刺刺帳控銀鈎被翻紅浪精神健帳控
銀鈎情意乖這一個急展展二十四解任徘徊那一個忽剌
剌一十八滚難掙扎一個是慣使的紅綿套索鴛鴦扣一个

是好耍的拐子流星鷄心撾。一個火忿忿桶子鎗。恨不的扎勾三千下。一個顫巍巍肉膀牌。巴不得𢹣勾五十𢌞這一個善貫甲披袍戰。那一個能奪精吸髓乖。一個戰馬。叭碭碭踏番歌舞地。一個征人軟濃濃塞滿窨林崖。一個醜搊搊搜剛硬形骸。一個俊嬌嬈杏臉桃腮。一個施展他久戰熬塲法。一个賣弄他鶯聲燕語諧。一个鬧良久汗浸浸釵横鬢乱。一个戰多時。喘吁吁枕欹𥜥歪。頃刻間只見這内襠縣。乞砲打成堆。个个皆腫眉臢眼。霎時下則望那莎草塲。被鎗扎倒底。人人肉綻皮開。正是愁雲拖上九重天。一泒敗兵沿地滾。幾番鏖戰貪婬婦。不是今番這一遭。

當下西門慶。就在這婆娘心口與陰戸。燒了兩炷香。許下明日家中擺酒。使人請他同三官兒娘子。去看燈耍子。這婦人一段身心。已是被他拴縛定了。於是滿口應承都去。這西門慶滿心歡喜。起來與他留連痛飲。至二更時分。把馬從後門牽出。作別方回家去。正是不愁明日盡。自有暗香來。有詩為証

晝日思君倚画楼　相逢不捨又頻留
劉郎莫謂桃花老　浪把輕紅逐水流

却說西門慶到家。有平安迎門。稟說今日有薛公公家。差人送請帖兒請爺早往門外皇庄看春。又是雲二叔家。差人送了五个帖兒。請五位娘吃節酒。帖兒都交進去了。西門慶听了。沒言語。進入後邊月娘房來。只見孟玉樓潘金蓮都在房內坐的。月娘從何千戶家赴了席來家。已摘了首飾花翠。止戴着䯼髻。撇

着六根金簪子。勒着珠子箍兒。上着藍緞襖。下着軟黃綿紬裙子。坐着說話。西門慶進來。連忙道了萬福。西門慶就在正面椅上坐下。問道。你今日往那裡。這咱纔來。西門慶無得說。我在應二哥家留坐。到這咱晚。月娘便說起。今日何千戶家酒席上事。原來何千戶娘子還年小哩。今年纔十八歲。生的燈人兒也似。一表人物。好標致。知今博古。透靈兒還強十分。見我去。恰似會了幾遍。好不喜狎。嫁了何大人二年光景。房裡倒使着四个丫頭。兩个養娘。兩房家人媳婦。西門慶道。他是內府御前生活所藍大監姪女兒。與他陪嫁了。好少錢兒。又道小廝對你說來。明日雲夥計家。又請俺每吃節酒。送了五个帖兒。在揀粧上閣着。連薛內相家帖子。都放在一處。因令玉簫拏過來。與你爹瞧。這西門慶看了薛內相家帖兒。又看雲離守家帖兒。下書他娘子兒雲門蘇氏斂衽拜請。西門慶說你每明日收拾了。都去走走。月娘道。留雪姐在家罷。只怕大節下。一時有个人客纂將來。他每沒處攝撓。西門慶道也罷。留雪姐在家裡。你每四个去罷。明日我也不往那裡去。薛太監請我門外看春。我也懶待去。這兩日春氣發也怎的。只害這邊腰腿疼。月娘道。你腰腿疼。只怕是痰火。問任一官討兩服藥吃不是。只顧挨着怎的。那西門慶道。不妨事。由他一發過了這兩日吃心靜些。因和月娘計較。到明日燈節。咱少不的置席酒兒。請請何大人娘子。連周守備娘子。荊南岡娘子。張親家毋。喬親家毋。雲二哥娘子。連王三官兒毋親和大妗子崔親家毋。這幾位都會會。也只在十二三掛起燈來。還叫王皇親家。那起小厮扮戲耍一日。爭耐去年還有賁四在家。扎了幾架烟火放。今年他東京去了。只顧不見來了。却交誰人看着扎。那金蓮在旁揷口道。賁四去了。他娘子兒扎也是一般。這西門慶就瞅了金蓮道。這个小淫婦兒。三句話就說下道兒去了。那月娘玉楼。也不採顧。就罷了。因說道。那三官兒娘咱每與他沒有大會過。人生面不熟的。怎麼好請他。只怕他也不肯來。西門慶道。他旣認我做親。咱送个帖兒與他。來不來。隨他就是了。月娘又道。我明日且不往雲家去罷。懷着个臨月身子只管往人家撞來撞去的。交人家脣齒。玉楼道。姐姐沒的說。怕怎麼的。你身子懷的又不顯。怕還不是這个月的孩子。不妨事。大節下自恁散心去走走兒纔好。說畢。西門慶吃了茶。就往後邊孫雪娥房裡去了。那潘金蓮見他往雪娥房中去。叫了大姐也就往前邊去了。西門慶到於雪娥房中。晚間交他打腿捏身上。捏了半夜。一宿晚景題過。到次日早辰。只見應伯爵走來借衣服頭面。對西門慶說。昨日雲二嫂送了个帖兒。今日請房下陪衆嫂子坐。家中舊時有幾件衣服兒。都倒塌了。大正月出門人戶。不穿件好衣服。惹的人家咲話。敢來上覆嫂子。有上蓋衣服借的兩套兒。頭面簪環。借的幾件兒。交他穿戴了去。西門慶令王經。你裡邊對你大娘說去。伯爵道。應寶在外邊拏着氊包并盒哩。哥哥累你拏進去。就包出來罷。那王經接氊包進去。良久抱出來。交與應寶。說道。里面兩套上色段子織金衣服。大小五件頭面。一雙二珠環兒。應寶接的。往家去了。西門慶陪着伯爵

吃茶。說道。昨日房下在何大人家吃酒。來晚了。今日不想雲二
哥娘子。送了五个帖兒。又請房下毎都會會兒。大房下又有臨
月身孕。懶待去。我說他既來請。大節下你等走走去罷。我又連
日不得閑。只昨日纔把人事拜了。今日咱毎在雲二哥家。吃了
酒來。昨日家又出去。有些小事。來家晚了。今日薛內相。又請我
門外看春。怎麼得工夫去。吳親廟裏又送帖兒初九日年例打
醮。也是去不成。教小婿去了罷。這兩日不知酒多了也怎的。只
害腰疼。懶待動旦。伯爵道。哥。你還是酒之過。濕疾流注。在這下
部。西門慶道。這節間到人家。誰是肯輕放了你我的。怎麼忌的
住。伯爵又問。今日那幾會嫂子去。西門慶大房下和第二第三
第五的房下四人去。我在家且歇息兩日兒罷。正說着。只見玳

安拏進盒兒來。說道。何老爹家差人送請帖兒來。初九日請吃節酒。西門慶道。早是你看着。人家來請你不去。於是看盒兒內放着三个請書兒。一个宛紅僉兒寫着大寅丈四泉翁老先生大人。一个寫大都閫吳老先生大人。一个寫着大鄉望應老先生大人。俱是侍生何永壽頓首拜。玳安說他那里說不認的。教咱這里轉送送兒罷。伯爵一見。便說這个却怎樣兒的。我還還沒送禮兒去與他。他來請我。怎好去。西門慶道。我這里替你封上分帕禮兒。你差應寶早送去。就是了。一面令王經。你封二錢銀子。一方手帕。寫你應二爹名字。與你應二爹。因說你把這請帖兒袖了去。省的我又教人送。只把吳大舅的。差來安兒送去了。須臾王經封了帕禮。遞與伯爵。伯爵打恭說道。哥謝容易。

是我後日早來會你。咱一同起身。說畢。作辭去了。午間却表吳月娘等。打扮停當。一頂大轎。三頂小轎。後面又帶着來爵媳婦兒惠元。妝疊衣服。一頂小轎兒。四名排軍喝道。琴童春鴻棋童來安。四个跟隨。往雲指揮家來吃酒。正是。

翠眉雲鬢畫中人　嫋娜宮腰迎出塵
天上嫦娥元有種　嬌羞釀出十分春

不說月娘與李嬌兒。孟玉樓。潘金蓮。都往雲離守家吃酒去了。西門慶分付大門上平安兒。隨問甚麼人。只說我不在。有帖兒接了就是了。那平安徑過一遭。那里再敢離了左右。只在門首坐的。但有人客來望。只回不在家。西門慶那日。只在李瓶兒房中。圍爐坐的。自從李瓶兒沒了。月娘教如意兒。休勸上妳去。每

日只哭妳來與女孩兒城兒。連日西門慶害腿疼。猛然想起任
醫官與他延壽丹。用人乳吃。於是來到房中。教如意兒擠乳。那
如意兒節間頭上戴着黃霜霜簪環。滿頭花翠。勒着翠藍銷金
汗巾。藍紬子袄兒。玉色雲段披袄兒。黃綿紬裙子。腳下沙綠潞
紬。白綾高底鞋兒。粧點打扮。比昔時不同。手上戴着四个烏銀
戒指兒。坐在旁邊。打發吃了藥。又與西門慶斟酒餔菜兒。迎春
打發吃了飯。走過隔壁。和春梅下棊去了。要茶要水。自有綉春
在廚下打發。西門慶見丫鬟都不在屋里。在炕上斜靠着背。扯
開白綾吊的玧褲子。露出那話來。帶着銀托子。教他用口吮咂。
一面傍邊放着菓碟。斟酒自飲。因呼道章四兒。我的兒。你用心
替達達咂。我到明日尋出件好粧花段子比甲兒來。你正月十

二日穿。老婆道。看爹可怜見。㗳弄勾一頓飯時。西門慶道。我兒。我心里要在你身上燒炷香兒。老婆道。隨爹你揀着燒炷香兒。西門慶令他関上房門把裙子脫了上炕來。仰卧在枕上。底下穿着新做的大紅潞紬褲兒。褪下一隻褲腿來。西門慶袖内還有燒林氏剩下的三个燒酒浸的香馬兒。撇去他抹胷兒一个。坐在他心口内。一个坐在他小肚兒底下。一个安在他毬蓋子上。用安息香一齊點着。那話下邊便揷進牝中。低着頭看着抽只顧没稜露腦。往來送進不已。又取過鏡臺來。傍邊照看。須臾那香燒到肉根前。婦人蹙眉齧齒。忍其疼痛。口里顫声柔語。哼成一塊。没口子叫達達爹爹罷了我了。好難忍也。西門慶便叫道。章四兒淫婦你是誰的老婆。婦人道。我是爹的老婆。西門慶教與他。你說是熊旺的老婆。今日屬了我的親達達了。那婦人回應道。淫婦原是熊旺的老婆。今日屬了我的親達達了。西門慶又問道。我會合不會。婦人道。達達會合毬。兩个淫声艷語。無般言語。不說出來。西門慶那話粗大撑的婦人牝户滿滿。彼往來出入。帶的花心。紅如鸚鵡舌。黑似蝙蝠翅一般。翻覆可愛。西門慶於是把他兩股。扳搊在懷内。四體交匝。兩相迎湊。那話盡没至根。不容毫髮。婦人瞪目失声。淫水流下。西門慶情濃樂極。精邈如湧泉。正是不知巳透春消息。但覺形骸骨節鎔。有詩爲証

任君隨意薦霞盃　滿腔春事浩無涯
一身徑藉東君愛　不管床頭墜寶釵

當日西門慶燒了這老婆身上三處香。開門尋了一件玄色段子粧花比甲兒與他。至晚月娘衆人來家。對西門慶說。原來雲二嫂也懷着个大身子。俺兩个今日酒席上。都遞了酒。說過到明日兩家若分娩了。若是一男一女。兩家結親做親家。若都是男子。同堂攻書。若是女兒。拜做姐妹。一處做針指。來往同親戚兒耍子。應二嫂做保証。西門慶听了話笑。言休饒舌。到第二日却是潘金蓮上壽。西門慶早起。往衙門中去了。分付小廝每。抬出燈來。收拾揩抹乾淨。大廳捲棚各處掛燈。擺設錦帳圍屏。叫來興買下鮮菓。叫了小優。晚夕上壽的東西。這潘金蓮早辰打扮出來。花粧粉抹。翠袖朱唇。走來大廳上。看見玳安與琴童站着。高櫈在那裡掛燈。那三大盞珠子吊掛燈。咲嘻嘻說道。我道是誰在這里。原來是你每在這里掛燈哩。琴童道。今日是五娘上壽爹分付下俺每掛了燈。明日娘的生日好擺酒。晚夕小的每與娘磕頭。娘巳定賞俺每哩。婦人道。要打便有。要賞可沒有。琴童道。爺嚛。娘怎的沒打不說話。行動只把打放在頭里。小的每是娘的兒女。娘看顧看顧兒便好。如何只說打起來。婦人道賊囚別要說嘴。你與他好生仔細掛那燈。沒的倒兒摿兒的。挐不牢。吊將下來。前日年里。為崔本來說。你爹大白日里不見了。險了險。赦了一頓打。沒曾打。這遭兒可打成了。琴童道。娘只說破話。小的命兒薄薄的。又諕小的玳安道。娘也不打。听這个話兒。娘怎得知。婦人道。宮外有株松。宮內有口鍾。鍾的声兒。松的影兒。我怎麽有个不知道的。昨日可是你爹對你大娘說。去年有賁四在家。還扎了幾架烟火放。今年他不在家。就沒人會扎。乞我說了兩句。他不在家。左右有他老婆會扎。教他扎不是。玳安道。娘說的甚麽話。一个夥計家。那里有此事。婦人道。甚麽話。撞木靶。有此事真个的。囤一道兒。只怕合過界兒去了。琴童道。娘也休听人說他。只怕賁四來家知道。婦人道。賭那傻王八手來个。我只說那王八也是明王八。性不的他往東京去的放心。丢下老婆在家。料莫他也不肯把毬閑着。賊囚根子們。別要說嘴。打夥兒替你爹做牽頭。勾引上了道兒。你每好嗇躧狗尾兒。說的是也不是。敢說我知道。嗔道。賊淫婦買禮來。與我也罷了。又送蒸酥與他。大娘。另外又送一大盒瓜子兒與我。小買住我的嘴頭子。他是會養漢兒。我就猜沒別人。就知道是玳安兒。這賊囚根子。替他鋪謀定計。玳安道。娘屈殺小的。小的平白管他這勾當怎的。小的等閑。也不往他屋裡去。娘也少听韓回子老婆說話。他两个爲孩子好不好不嚷亂。常言要好不能勾。要歹登時就一篇。房倒壓不殺人。舌頭倒壓殺人。听者有。不聽者無。論起來賁四娘子。爲人和氣。在咱門首住着。家中大小。没曾惡識了一个人。誰人不在他屋裡討茶吃。莫不都養着。倒没放處。金蓮道。我見那水眼淫婦。矮着个靶子。兩是半頭磚兒。也是一个兒。把那水濟濟眼擠着七八拏的兒百。好个怪淫婦。他便和那韓道國老婆。那長大摔瓜。淫婦我不知怎的掐了眼兒。不待見他。正說着。只見小玉走來說。俺娘請五娘。潘姥姥來了要轎子錢哩。金蓮道。我在這里站着。他從多咱進去了。琴童道。姥姥打夾道里。我送進去了。一來的。抬轎的。該他六分銀子轎子錢。金蓮道。我那得銀子來。人家來不帶轎子錢兒走。一面走到後邊。見了他娘只顧不與他轎子錢。只說没有。月娘道。你與姥姥一錢銀子。寫帳就是了。金蓮道。我是不惹他。他的銀子。都有数兒。只教我買東西。没教我打發轎子錢。坐了一回。大眼看小眼。外邊抬轎子約。催着要去。玉楼見不是事。向袖中拏出一錢銀子來。打發抬轎的去了。不一時。大妗子。二妗子。大師父來了。月娘擺茶吃了。潘姥姥歸到前邊他女兒房内來。被金蓮儘力数落了一頓說道。你没轎子錢。誰教你來了。恁出䰟削劃的。教人家小看。潘姥姥道。姐姐你没與我个錢兒與我來。老身那討个錢兒來。好容易賙辨了這分禮兒來。婦人道。指望問我要錢。我那里討个錢兒與你。你看着睜着眼在這里。七个窟窿。到有八个眼兒。等着在這里。今後你有轎子錢。便來他家來。沒轎子錢別要來。料他家也沒少你這个窮親戚。休要傲打嘴的献世。包閑王買荳腐人硬。我又听不上人家那等毬声顙氣。前日爲你去了。和人家大嚷大鬧的。你知道。你罷了。驢糞毬兒面前光。却不知里面受恓惶。幾句說的潘姥姥。嗚嗚咽咽哭起來了。春梅道。娘今日怎的。只顧說起姥姥來了。一面安撫老人家。在里邊炕上的。連忙點了盞茶。與他吃。潘姥姥氣的在炕上睡了一覺。只見後邊請陪大妗子吃飯。纔起來往後邊去了。西門慶從衙門中來家。正在上房擺飯。忽有玳安拏進帖兒來。說荆老爹陞了東南統制來拜爹。西門慶見帖兒上寫新陞東南統制兼督漕運總兵官荆忠頓首拜。慌的西門慶令抬開飯卓。連忙穿衣。冠帶迎接出來。只見荆總制穿着大紅麒麟補服。渾金帶進來。後面跟着許多僚掾軍牢。一面讓至大廳上。叙禮畢。分賔主而坐。茶湯上來待茶畢。荆統制說道。前日陞官勅書纔到。還未上任。遲來拜謝老翁。西門慶道。老總兵榮擢。恭喜。大才必有大用。自然之道。吾輩亦有光矣。容當拜賀。一面請寬尊服。少坐一飯。卽令左右放卓兒。荆統制再三致謝道。學生奉告老翁。一家尚未拜。還有許多薄冗。容日再來請教罷。便徑起身。西門慶那里肯放。隨令左右上來。寬去衣服。登時打抹春臺。收拾酒菓上來。獸炭頓燒。煖簾低放。金壺斟玉液。翠盞貯羊羔。纔斟上酒來。只見鄭春王相。兩个小優兒來到。扒在面前磕頭。西門慶道。你兩箇如何這咱纔來。問鄭春那一个叫甚名字。鄭春道。他喚王相是王柱的兄弟。西門慶即令拏樂器上來彈唱。與他荊爺听。須臾兩个小優安放樂器停當。歌唱了一套霽景融和。左右拿上兩盤攢盒點心嗄飯。兩瓶酒。打發馬上人等。荊統制道。這等就不是了。學生叨拜。下人又蒙賜饌。何以克當。即令上來磕頭。西門慶道。一二日房下還要絜誠。請尊正老夫人賞燈一叙。望乞下降。在座者惟老夫人張親家夫人同僚何天泉夫人。還有兩位舍親。再無他人。荊統制道。若老夫人尊票到。賤荊巳定趨赴。又問起周老總兵。怎的不見陞轉。荊統制道。我聞得周菊軒也只在三月間有京營之轉。西門慶道。這也罷了。坐不多時。荊統制告辭起身。西門慶送出大門。看着上馬。喝道而去。晚夕潘金蓮上壽。後厮小優彈唱。遞了酒。西門慶便起身。往金蓮房中去了。月娘陪着大妗子。潘姥姥。女兒。郁大姐。兩个姑子。在上房坐的飲酒。潘金蓮便陪西門慶在他房内。從新又安排上酒來。與西門慶梯巳遞酒磕頭。落後潘姥姥來了。金蓮打發他李瓶兒這邊歇臥。他便陪着西門慶。自在飲酒作歡。頑耍做一處。却説潘姥姥到那邊屋里。如意迎春。讓他熱坑上坐着。先是姥姥看見明間内灵前。供擺着許多獅仙五老定勝樹菓柑子。石榴蘋菱。雪梨。鮮菓。蒸酥點心。饊子蔴花。滿炉焚着末子香。蠟點着長明燈卓上栓着銷金卓幃。旁邊掛着他影。穿大紅遍地金袍兒。錦裙綉襖。珠子挑牌。向前道了个問訊。説道。姐姐好處生天去了。因坐在炕上。向如意兒迎春道。你娘勾了。官人這等費心追薦受這般大供養勾了。他是有福的。如意兒道。前日娘的百日。請姥姥怎的不來。門外花大妗子。和大妗子都在這里來。十二个道士念經。好不大吹大打。揚播道場。水火煉度。晚上纔去了。潘姥姥道。帮年逼節。丢着个孩子在家。我來家中沒人所以就不曾來。今日你楊姑娘怎的不見。如意兒道。姥姥還不知道。楊姑娘老病死了。從年里俺娘念經就沒來。俺娘們都往北邊與他上祭去了。潘姥姥道可傷。他大如我。我還不曉的他老人家沒了。嗔道今日怎的不見他。說了一回楊姑娘。如意兒道。姥姥有鍾兒甜酒兒。你老人家用些兒。一面教迎春姐。你放小卓兒在炕上。篩甜酒與姥姥吃盃。不一時取到。飲酒之間。婆子又題起李瓶兒來。你娘好人。有仁義的姐姐。熱心腸兒。我但來這里。沒曾把我老娘當人看成。到就是熱茶熱水與我吃。還只恨我不吃。夜間和我坐着說話兒。我臨家去。好歹包些甚麽兒與我拏了去。誓沒曾空了我。不瞞姐姐你每說。我身上穿的這披襖兒。還是你娘與我的。正經我那冤家。半个折針兒也迸不出來與我。我老身不打誑語。阿彌陀佛。水米不打牙。他若肯與我一个錢兒。我滴了眼睛在地。你娘與了我些甚麽兒。他還說象小眼薄皮。愛人家的東西。想今日爲轎子錢。你大包家拏着銀子。就替老身出幾分。便怎的。咬定牙兒只說他沒有。倒教後邊西房里姐姐。拏出一錢銀子來。打發抬轎的去了。歸到屋里。還數落了我一頓。到明日有轎子錢。便教我來。沒轎子錢。休教我上門走。我這去了。不來了。來到這里。沒的受他的氣。隨他去。有天下人心狠。不似俺這短壽命。姐姐你每听着我說。老身若死了。他到明日不听人說。還不知怎麽妝成結果哩。想着你從七歲沒了老子。我怎的守你到如今。從小兒交你做針指。往余秀才家上女學去。替你怎麽纏手縛脚兒的。你天生就是這等聰明伶俐到得這步田地。他把娘喝過來。斷過去。不看一眼兒。如意兒道。原來五娘從小兒上學來。嗔道恁題起來。就會識字深。潘姥姥道。他七歲兒上女學。上了三年。字倣也曾寫過。甚麽詩詞歌賦唱本上字不認的。正說着。只見打的角門子响。如意兒道。是誰叫門。使綉春二姐。你去瞧瞧去。那綉春走來。說是春梅姐來了。如意兒連忙捏了潘姥姥一把手。就說道姥姥。悄悄的。春梅來了。潘姥姥道。老身知道。他與我那寃家。一條腿兒。只見春梅進來。頭上翠花雲髻兒。羊皮金沿的珠子箍兒。藍緞對衿襖兒。黄綿紬裙子。金燈籠墜子。貂鼠圍脖兒。走來見衆人陪着潘姥姥吃酒。說道。姥姥還没睡哩。我來瞧瞧姥姥來了。如意兒讓他坐。這春梅把裙子摟起。一屁股坐在炕上。迎春便緊挨着他坐。如意坐在右邊炕頭上。潘姥姥坐在當中。因問你爹和你娘睡了不曾。春梅道。剛纔吃了酒。打發他兩个睡下了。我來這邊瞧瞧姥姥。有幾樣菜兒。一壺兒酒。取了來和姥姥坐的。因央及綉春。你那邊教秋菊掇了來。我巳是攢下了。那綉春不一時。走過那邊。取了來。秋菊放盒內掇着菜兒。綉春提了一錫瓶金華酒。分付秋菊。你往房里看去。听着。若叫我。來這里對我說。那秋菊把嘴谷都着了去了。一面擺酒在炕卓上。都是燒鴨火腿薰臘鵝。

細鮓糟魚菓仁醎酸蜜食海味之類。堆滿春臺。綉春閂上角門。走進在旁邊陪坐。於是篩上酒來。春梅先遞了一鍾與潘姥姥。然後遞一鍾如意兒。一鍾與迎春。綉春在旁邊炕兒上坐的。共五人坐。把酒來斟春梅護衣碟兒內。每樣揀出遞與姥姥衆人吃。說道。姥姥這个都是整菜。你用些兒。那婆子道。我的姐姐。我老身吃。因說道。就是你娘。從來也沒費恁个心兒管待我管待兒。姐姐你倒有惜孤愛老的心。你到明日管情好一步一步自高。敢是俺那冤家。沒人心。沒人義。幾遍爲他心齷齪。我也勸他他就扛的我失了色。今早是姐姐你看着。我來你家討冷飯吃來了。你下老實那等扛我。春梅道。姥姥罷。你老人家。只知其一。不知其二。俺娘他爭强。不伏弱的性兒。比不同的六娘錢自有。

他本等手里没錢。你只說他不與你。別人不知道。我知道。相俺爹。雖是抄的銀子。放在屋里。俺娘正眼兒也不看他的。若遇着買花兒東西。明當公正義問他要。不恁瞞藏背掖的。教人看小了他。他怎麽張着嘴兒說人。他本没錢。姥姥恠他。就辱了他了。莫不我護他。也要个公道。如意兒道。錯恠了五娘。自古親兒骨肉。五娘有錢。不孝順姥姥。再與誰。常言道要打看娘面。千朶桃花一樹兒生。到明日你老人家。黄金入櫃。五娘他也没个貼皮貼肉的親戚。就如死了俺娘様兒。婆子道。我有今年没明年。知道今死。明日死。我也不恠他。春梅兒婆子吃了兩鍾酒。韶刀上來了。便吽迎春二姐。你拏骰盆兒來。咱毎擲个骰兒。搶紅耍子兒罷。不一時取了四十个骰兒的骰盆兒來。春梅先與如意兒擲。

擲了一回。又與迎春擲。都是賭大鍾子。你一盞。我一鍾。須臾竹葉穿心。桃花上臉。把一錫瓶酒吃的罄净。迎春又拏上半鐔麻姑酒來。也都吃了。約莫到二更時分。那潘姥姥老人家。熬不的。又早前靠後偎。打起盹來。方纔散了。春梅便歸這邉來。推了推角門。開着進入院內。只見秋菊。正在明間。板壁縫兒內。倚着春櫈兒。听他两个在屋里行房。怎的作声喚。口中呼呌甚麽。正听在熱鬧。不防春梅走來。到根前。向他腮頰上儘力打了个耳刮子。駡道。賊少死的囚奴。你平白在這里听甚麽。打的秋菊。睁睁的說道。我這裡打盹。誰听甚麽來。你就來打我。不想房內婦人听見。便問春梅。他和誰說話。春梅道。沒有人。我使他關門。他不動。於是替他摭過了。秋菊揉着眼。関上房門。春梅走到炕上。摘頭睡了。不在話下。正是鶺鴒有意留殘景。杜宇無情戀晚暉一宿晚景題過。次日潘金蓮生日。有傳夥計。甘夥計賁四娘子。崔本媳婦段大姐。吳舜臣媳婦鄭三姐。吳二妗子。都在這里。西門慶。約會吳大舅應伯爵。整衣冠尊瞻視騎馬喝道。往何千戶家赴席。那日也有許多官客。四个唱的。一起雜耍。周守備同席。飲酒至晚囘家。就在前邊。和如意兒歇了。到初十日發帖兒請衆官娘子吃酒。月娘便向西門慶說。趂着十二日看燈酒。把門外他孟大姨和俺大姐。也帶着請來坐坐。省的教他知道惱。請人不請他。西門慶道。早是你說。分付陳經濟再寫兩个帖。差琴童兒請去。這潘金蓮在旁听着多心。走到屋里。一面擄掇把潘姥姥就要起身。月娘道。姥姥你慌去怎的。再消住一日兒是的。

金蓮道姐姐。大正月裏。他家里丢着孩子没人看。教他去罷。慌的月娘裝了兩个盒子點心茶食。又與了他一錢轎子錢。管待打發去了。因對着李嬌兒說。他明日請他有錢的大姨兒來。看燈吃酒。一个老行貨子。觀眉觀眼的不打發去了。平白教他在屋里做甚麽。待要說是客人。没好衣服穿。待要說是燒火的媽子。又不似。倒没的教我惹氣。西門慶使玳安兒。送了四个請書兒。往招宣府。一个請林太太。一个請王三官兒娘子黄氏。又使他院中。早叫李桂姐吳銀兒鄭愛月兒。洪四兒。四个唱的。李銘。吳惠。鄭奉。三个小優兒。不想那日。賁四從東京來家。梳洗頭臉。打選衣帽齊整。來見西門慶磕頭。遞上夏指揮回書。西門慶問他。如何住這些時不來。賁四具言在京。感冒打寒。一節。直到正月初二日纔扒拾起身回來。夏老爹多多上覆老爹。多承看顧。西門慶照舊還把鑰匙教與他管絨線鋪。另打一間。教吳二舅開鋪子賣䌷絹。到明日松江貨船到。都卸在獅子街房內。同來保發賣。且教賁四叫花兒匠在家。攢造兩架烟火。十二日要放與堂客看。早約下應伯爵。謝希大。吳大舅。常時節四位。白日在廂房內坐的。晚夕只見應伯爵領了李三見西門慶。先道當日外承攜之事。坐下吃畢茶。方纔說起。李三哥來。今有一宗買賣與你說。你做不做。西門慶道。端的甚麼買賣。你說來。李三道。今有朝庭東京行下文書。天下十三省。每省要萬兩銀子的古器。咱這東平府。坐派着二萬兩。批文在巡按處。還未下來。如今大街上張二官府。破二百兩銀子。幹這宗批要做。都看有一萬兩銀子尋。小人會了二叔敬來對老爹說。老爹若做張二官府拏出五千兩來。老爹拏出五千兩來。兩家合着做這宗買賣。左右没人。這邊是二叔和小人與黄四哥。他那邊還有兩个夥計。二八分錢使。未知老爹意下何如。西門慶問道。是甚麽古器。李三道。老爹還不知。如今朝庭皇城内新葢的艮嶽。改爲壽岳。上面起葢許多亭臺殿閣。又建上清寶籙宮。會真堂。璇神殿。又是安妃娘娘梳粧閣。都用着這珍禽奇獸。周彝商鼎漢篆秦炉。宣王石鼓。歷代銅鞮。仙人掌承露盤。并希世古董玩器擺設。好不大興工程。好少錢粮。西門慶听了。說道。此是我與人家打夥兒做。我自家做了罷。敢量我拏不出這一二萬銀子來。李三道。得老爹全做又好了。俺每就瞞着他那邊了。左右這邊二叔和俺每兩个再没人。伯爵道哥。家里還添个人兒不添。西門慶道。到根前再添上貴四替你們走跳就是了。西門慶又問道。批文在那里。李三道還在巡按上邊。没發下來哩。西門慶道。不打緊。我這差人寫封書。封些禮。問宋松原討將來就是了。李三道。老爹若討去。不可遲滯。自古兵貴神速。先下米的先吃飯。誠恐遲了。行到府裏。乞別人家幹的去了。西門慶笑道。不怕他。設使就行到府里。我也還教宋松原拏回去就是。胡府尹我也認的。於是留李三伯爵同吃了飯。約會我如今就寫書。明日差小价去。李三道。又一件。宋老爹如今按院不在這里了。從前日起身往兖州府盤查去了。西門慶道。你明日就同小价往兖州府走遭。李三道。不打緊。等我去。來回破五六日罷了。老爹差那位管家。等我會下有了書。教他往我那里歇。明日我同他好早起身。西門慶道別人你宋老爹不認的。他常喜的是春鴻。教春鴻來爵。一時兩个去罷。於是叫他二人到面前。會了李三。晚夕往他家宿歇伯爵道。這等纔好。事要早幹。多才疾足者得之。於是與李三吃畢飯。告辭而去。西門慶隨即教陳經濟寫了書。又封了十兩葉子黃金。在書帕內。與春鴻來爵二人。分付路上仔細。若討了批文。即便早來。若是行到府里。問你宋老爹討張票問府里要。來爵道。爹不消分付。小的曾在兗州荅應過徐參議。小的知道。於是領了書礼。打在身邊。逕往李三家去了。不說十一 日來爵春鴻同李三早顧了長行頭口。往兗州府去了。却說十二日西門慶家中。請各官堂家飲酒。那日在家不出門。約下吳大舅應伯

爵。謝希大。常時節四位。晚夕來在捲棚內賞燈飲酒。王皇親家
樂小廝。從早辰就挑了廂子來了。在前邊廂房做戲房。堂客到。
打銅鑼。銅鼓。迎接。周守禦娘子。有眼疾不得來。差人來回。又是
荊統制娘子。張團練娘子。雲指揮娘子。并喬親家母。崔親家母。
吳大妗。孟大姨。都先到了。只有何千戶娘子。王三官母親林太
太并王三官娘子不見到。西門慶使排軍玳安琴童兒來回催
邀了兩三遍。又使文嫂兒催邀。午間只見林氏一頂大轎。一頂
小轎。跟了來。見了礼。請西門慶拜見。問怎的三官娘子不來。林
氏道。小兒不在家。家中沒人。拜畢下來。止有何千戶娘子。直到晌
午大錯纔來。坐着四人大轎。一个家人媳婦。坐小轎跟隨。排軍
抬着衣廂。又是兩位青衣家人。緊扶着轎竿。到二門裏纔下轎。

前邊鼓樂吹打迎接。吳月娘衆姊妹。迎至儀門首。西門慶悄悄在西廂房。放下簾來。偷瞧見這藍氏。年約不上二十歲。生的長挑身材。打扮的如粉粧玉琢。頭上珠翠堆滿。鳳翹雙插。身穿大紅通袖。五彩粧花。四獸麒麟袍兒。繫着金箱碧玉帶。下襯着花錦藍裙。兩邊禁步叮噹。麝蘭香噴。但見

儀容嬌媚。體態輕盈。姿性兒百伶百俐。身段兒。不短不長。細彎彎兩道蛾眉。直侵入鬢。滴溜溜一雙鳳眼。來往踅人。嬌声兒似囀日流鶯。嫩腰兒似弄風楊柳。端的是綺羅隊里生來。却壓豪華氣象。珠翠叢中長大。那堪雅淡梳粧。開遍海棠花也不問夜來不少。飄殘楊柳絮。竟不知春色如何。要知他半點真情。除非是穿綺窓皓月。能施他一腔心事。却便似翻綉

愰清風。輕移蓮步。有蓋珠仙子之風流。欵蹙湘裙。似水月觀
音之態度。正是比花花解語。比玉玉生香。
這西門慶不見則巳。一見魂飛天外。魄喪九霄。未曾體交。精魄
先失。少傾月娘等迎接。進入後堂相見。叙礼巳畢。請西門慶拜
見。西門慶得不還一声。連忙整衣冠行礼。恍若瓊林玉樹臨凡
神女巫山降下。躬身施礼。心搖目蕩。不能禁止。拜見畢。下來先
在捲棚內放早兒擺茶。極盡希奇美饌。然後大廳上坐。陳水陸
珎羞。正面設石崇錦帳圍屏。四下鋪玳筵廣席。花燈高挑。綵繩
半捲。雕梁錦帶低垂。画燭齊明。寶盖。魚龍山戲。恍一片珠璣。殿
閣樓臺。簇千團翡翠。左邊廂九姊十妹美人圖画丹青。右首下
九曜八洞神仙。粧成金碧。吃的是龍肝鳳髓。熊掌駝峰。歌的是

錦瑟銀箏。鳳簫象管。鼉鼓鼕鼕。驚過鳥。歌喉轉轉遏行雲。席上嬌嬈。盡是珠圍翠繞。堦下腳色。皆按離合悲歡。正是得多少進酒丫鬟雙落浦。獻羹侍妾兩嫦娥。當下林太太上席。戲文扮的是小天香半夜朝元記。唱了兩摺下來。李桂姐。吳銀兒。鄭月兒。洪四兒。四個唱的上去彈唱。吳大妗門外。先起身去了。唱燈詞錦綉花燈半空挑。西門慶在捲棚內。自有吳大舅。應伯爵。謝希大。常時節。李銘。吳惠。鄭奉。三個小優兒彈唱飲酒。不住下來。大廝格子外。往里觀覷。這各家跟轎子家人伴當。自有酒饌。前廝管待。不必用說。次第明月圓。容易彩雲散。樂極悲生。否極泰來。自然之理。西門慶但知爭名奪利。縱意奢淫。殊不知天道惡盈。鬼錄來追。死限臨頭。到晚夕堂中點起燈來。小優兒彈唱燈詞。

還未到起更時分。西門慶正陪着人坐的。就在席上齁齁的打起睡來。伯爵便行令猜枚鬼混他。說道。哥你今日沒高興。怎的只打睡。西門慶道。我昨日沒曾睡。不知怎的。今日只是沒精神打睡。只見四个唱的下來。伯爵教兩个唱燈詞。兩个遞了酒。當下洪四兒與鄭月兒兩个彈着箏琵琶唱。吳銀兒與李桂姐遞酒。正要在熱鬧處。忽玳安來報王太太與何老爹娘子。起身了。這西門慶席下來。黑影里走到二門里首。偷看着他上轎。月娘衆人。送出來。前邊天井內看放烟火。藍氏穿着大紅遍地金貂鼠皮袄。翠藍遍地金裙。林太太是白綾袄兒貂鼠披大紅裙。帶着金鐘玉珮。家人打着燈籠。簇擁上轎而去。這西門慶正是餓眼將穿。饞涎空嚥。恨不能就要成雙。見藍氏去了。悄悄從夾道進來。當時沒巧不成語。姻緣會湊。可霎作怪。不想來爵兒媳婦見堂客散了。正從後邊歸來。開他房門。不想頂頭撞見西門慶沒處藏躲。原來西門慶見媳婦子生的喬樣。安心已久。雖然不及來旺妻宋氏風流。也頗充得過第二。於是乘着酒興。兒雙關接進他房中親嘴。這老婆當初在王皇親家。因是養个主子。被家人不忿攘鬧。打發出來。今日又撞着這个道路。如何不從了。一面就遞舌頭在西門慶口中。兩个解衣褪褲。就按在炕沿子上。擡起腿來。被西門慶就聳了个不亦樂乎。正是未曾得遇鶯娘面。且把紅娘去解饞。有詩為證

燈月交光浸玉壺　分得清光照綠珠
莫道使君終有婦　教人桑下覓羅敷

畢竟未知後來何如。且聽下回分解。

第七十九回　西門慶貪慾喪命

吳月娘失偶生兒

第七十九回

西門慶貪慾得病　吳月娘墓生產子

仁者難逢思有常　閑居愼勿恃無傷
爭先徑路機關惡　近後語言滋味長
夾口物多終做病　快心事過必爲殃
與其病後能求藥　不若病前能自防

此八句詩。乃邵堯夫所作。皆言天道福善鬼神惡盈。作善降之百祥。作不善降之百殃。西門慶自知淫人妻子。而不知死之將至。當日在夾道內。姦要了來爵老婆。走到捲棚內。陪吳大舅應伯爵。謝希大。常峙節。飲酒。荆統制娘子。張團練娘子。喬親家母。崔親家母。吳大姨。吳大妗子段大姐。坐了好一回。上罷元宵圓子。方纔起身。告辭上轎家去了。大妗子那日同吳舜臣媳婦。都家去了。陳經濟打發王皇親戲子二兩銀子唱錢。酒食管待出門。只見四个唱的并小優。還在捲棚內彈唱遞酒。伯爵向西門慶說道。明日花大哥生日。哥你送了礼去不曾。西門慶說道。我早辰送過去了。玳安道。花大哥那里頭里使來定兒。送請帖兒來了。伯爵道。哥。你明日去不去。我好來會你。西門慶道。到明日看。再不你先去罷。我慢慢兒去。遞盃酒。四个唱的後邊去了。李銘等上來彈唱。那西門慶不住只是在椅子上打瞌睡。吳大舅道。姐夫連日辛苦了。罷罷。咱每告辭罷。於是起身。那西門慶又不肯。只顧攔着留坐。到二更時分纔散。西門慶先發四个唱的轎子去了。拏大鍾賞李銘等三人。每日兩鍾酒。與了六錢唱錢。臨出門。吽囘李銘分付我十五日要請你周爺。和你荆爺。何老爹衆位。你早替吽下四个唱的。休要悞了。李銘跪下。禀問爹吽那四个。西門慶道。樊百家奴兒。秦玉芝兒。前日何老爹那里唱的一个馮金寶兒。并呂賽兒。好歹吽了來。李銘應諾。小的知道了。磕了頭去了。西門慶歸後邊月娘房里來。月娘告訴。今日林太太在席。與荆大人娘子。好不喜歡。坐到那咱晚纔去了。酒席上謝我老爹扶持。但得好處。不敢有忘。也在出月往淮上催攢粮運去也。又說何大人娘子。今日也吃了好些酒。喜歡六姐。又引到那邊花園山子上瞧了瞧。今日各項也賞唱的許多東西。說畢。西門慶就在上房歇了。到半夜。月娘做了一夢。天明告訴西門慶說道。敢是我日看見他王太太穿着大紅絨袍兒。我黑夜就夢見你。李大姐廂子內。尋出一件大紅絨袍兒。與我穿在身。被潘六姐匹手奪了去。披在他身上。教我就惱了。說道他的皮襖。你要的去穿了罷了。這件袍兒。你又來奪。他使性兒把袍兒上身。扯了一道大口子。吃我大嚷喝。和他罵嚷。嚷嚷着就醒了。不想都是南柯一夢。西門慶道。你從睡夢中。只顧氣罵不止。不打緊。我到明日。替你尋一件穿就是了。自古夢是心頭想。到次日起來。頭沉懶待往衙門中去。梳頭淨面。穿上衣裳。走來前邊書房中。籠上火。那里坐的。只見玉簫早辰來如意兒房中。擠了半甌子奶。逕到廂房。與西門慶吃藥。見西門慶倚靠床上。有王經替他打腿。王經見玉簫來。就出去了。打發他吃了藥。西門慶使他拏了一對金裹頭簪兒。四个烏銀戒指兒。教他送到來爵媳婦子屋里去。那玉簫听見主子使他幹此營生。又似來㨶媳婦子那一本帳。連忙鑽頭覓縫。袖的前去了。送到了物事。還走來回西門慶話說道。收了。改日與爹磕頭。拏回空甌子兒到上房。月娘問他你爹吃了藥了。在廂房内做甚麼哩。玉簫道。沒言語。月娘道。你替他熬粥下來。約莫等飯時前後。還不見進來。原來王經稍帶了他姐姐王六兒。一包兒物事。遞與西門慶瞧。就請西門慶往他家去。西門慶打開紙包兒。却是老婆剪下一柳黑臻臻光油油的青絲。用五色絨纏就的一个同心結托兒。用兩根錦帶兒拴着。安放在塵柄根下。做的十分細巧工夫。那一件是兩个口的鴛鴦。紫遍地金順袋兒。都緝着迴紋錦綉。里邊盛着瓜穰兒。西門慶觀翫良久。滿心歡喜。遂把順袋放在書厨内。

錦托兒褪於袖中。正在凝思之際。忽見吳月娘驀地走來。掀開簾子。見他倘在床上。王經扒着。替他打腿。便說道。你怎的只顧在前頭。就還進去了。屋里擺下粥了。你告我說。你心里怎的。只是恁沒精神。西門慶道。不知怎的心中只是不耐煩害腿疼。月娘道。想必是春氣起了。你吃了藥也。等慢慢來。一面請到房中。打發他吃了粥。因說道。大節下你也打起精神見來。今日門外花大舅生日。請你往那里走走去。再不叫將應二哥。他也不在了。與花大舅做生日去了。你整治下酒菜兒。我往燈市鋪子內。和他二舅吃回酒。坐坐罷。月娘道。你備馬去。我教丫鬟整理。這西門慶一面分付玳安備馬。王經跟隨。穿上衣裳。逕到獅子街燈市里來。但見燈市中車馬轟雷。燈毬燦爛。遊人如蟻。十分熱鬧。

太平時序好風催　羅綺爭馳鬧錦廻
鰲山高聳青雲上　何處遊人不看來

西門慶看了回燈。到獅子街房子門首下馬。進入里面坐下。慌的吳二舅賁四。都來声喏。門首買賣甚是興勝。來招妻一丈青。又早書房內籠下火。拿茶吃了。不一時家中吳月娘使琴童兒。來安兒。拿了兩方盒點心上嗄飯菜蔬。鋪內有南邊帶來豆酒。打開一坛。擺在楼上。坐着炭火。請吳二舅與賁四。輪番吃酒。楼窓外就着見燈市往來。人烟不斷。諸行貨殖如山。吃至飯後的時分。西門慶使王經對王六兒說去。王六兒听見西門慶來家中。又整治下春臺果盒酒肴等候。西門慶分付來招。將這一卓酒菜。晚夕留着。與二舅賁四。在此上宿吃。不消拏回家去了。又教琴童提送一坛酒過王六兒這邊來。西門慶於是騎馬。逕到他家。婦人打扮迎接。到明間内揷燭也似磕了四个頭。說道。迭承你厚禮。怎的两次請你不去。王六兒道。爹倒說的好。我家中再有誰。不知怎的這两日。只是心里不好。茶飯兒也懶吃。做事没入脚處。西門慶道。敢是想你家老公。婦人道。我那里想他。倒是見爹這一向不來。不知怎的怠慢着爹了。爹把我網巾圈兒打靠後了。只怕另有个心上的人兒了。西門慶咲道。那里有這个道理。倒因家中節間擺酒。忙了两日。婦人道。說昨日爹家中請堂客來。西門慶道。便是你大娘吃過人家两席節酒。須得請人回席。婦人道。請了那幾位堂客。西門慶便說某人某人。從頭訴說一遍。婦人道。看燈酒兒。只請要緊的。就不請俺每請兒了。

西門慶道。不打緊。到明日正月十六日。還有一席。可請你每衆夥計娘子走走去。是必到根前。又推故不去着。婦人道。娘若賞个帖兒來。怎敢不去。不是因前日他小大姐罵了申二姐。教他好不抱怨。說俺每他那日要不去來。倒是俺每攛掇了他去了。落後罵了來。好不在這里哭。俺每到沒意思刺刺的。落後又教爹娘費心。送了盒子。并那一兩銀子來。安撫了他。纔罷了。不知原來家中小大姐。這等藻暴性子。就是打狗也看主人面。西門慶道。你不知這小油嘴。他好不兠胆的性。着緊把我也擦扛的眼直直的也。見他教你唱。唱个兒與他听罷了。誰教你不唱。又說他來。婦人道。耶樂樂樂。他對我說。他凡時說他來。走來指着臉子。就罵他起身。罵的他來。在我這里好不醜的。三行鼻涕。兩行眼淚的哭。我這里留他住了一夜。纔打發他去了。說了一回。丫鬟拿茶吃了。小廝進財兒買了點心鮮魚嗄飯來。老馮婆子。在厨下整理。又走來上邊。與西門慶磕頭。西門慶與了他約三四錢一塊銀子。說道。從你娘沒了。就不常往我那里走走去。婦人道。沒他的主兒。那里着落。倒常時來我這邊。和我做伴兒。不一時房中收拾乾淨。婦人請西門慶房中坐的。問爹用了午飯不曾。西門慶道。我早辰家中吃了些粥。剛纔陪你二舅。又吃了两个點心。且不吃甚麽哩。一面放卓兒。設擺春臺。安排上酒來。卓上無非是節食美饌。佳殽菓菜之類。婦人令王經打開荳酒。篩將上來。陪西門慶。做一處飲酒。婦人問道。我稍來的那物件兒。爹看見來。都是奴旋剪下頂中一柳頭髮。親手做的。管情爹見了愛。西門慶道。多謝你厚情。飲至半酣。見房內無人。西門慶袖中取出來。套在龜身下。兩根錦帶兒。扎在腰間。龜頭又帶着景東人事。用酒服下胡僧藥下去。那婦人用手摶弄。弄的那話登時奢稜跳腦。橫觔皆現。色若紫肝。比銀托子和白綾帶子。又不同。西門慶摟婦人。坐在懷內。那話揷進牝中。在上面兩个一遞一口。飲酒咂舌頭。婦人把菓仁兒用舌尖啣與西門慶吃。直須㬰。吃至掌燈。馮媽媽廚下做了豬肉韮菜餅兒拿上來。婦人陪西門慶。每人吃了兩个。丫鬟收下去。兩个在里間廂成的煖炕上。撩開錦幔。二人解衣就寢。婦人知道西門慶好點着燈行房。把燈臺移在明間炕邊一張卓上安放。一面將紙門關上。澡牝乾靜。換了一雙大紅潞紬白綾平底鞋兒。穿在脚上。脫了褲兒鑽在被窩里與西門慶做一處。相摟相抱。睡了一回。原來西門慶心中。只想着何千戶娘子藍氏。慾情如火。那話十分堅硬。先令婦人馬伏在下。那話放入庭花内。極力搧磞了。約二三百度。搧磞的屁股連声响喨。婦人用手在下。摸着毬心子。口中呌達達如流水。於是心中還不美意。起來披上白綾小襖。坐在一隻枕頭上。婦人仰卧。尋出兩條脚帶。把婦人兩隻脚。拴在兩邊護炕柱兒上。賣了个金龍探爪。將那話放入牝中。少時没稜露腦。淺抽深送。次後半出半入。纔進長驅。恐其婦人害冷。亦取紅綾短襦。蓋在他身上。這西門慶乘其酒興。把燈光挪近根前。垂首翫其出入之勢。抽徹至首。復送至根。又数百回。婦人口中百般柔声顫語。都呌將出來。西門慶又取粉的膏子藥。塗在龜頭上樓進去。婦人陰中麻痒不能當。急令深入。兩相迎就。這西門慶故作逗遛。戲將龜頭。濡攪其牝口。又挑弄其花心。不肯深入。急的婦人淫津流出。如蝸之吐涎。往來搧的牝戶。翻覆可愛。燈光影里。見他兩隻腿兒。穿着大紅鞋兒。白生生腿兒蹺在兩邊。吊的高高的。一往一來。一衝一撞。其興不可遏。因口呼道。淫婦你想我不想。婦人道。我怎麼不想達達。只要你松栢兒冬夏長青。便好。休要日遠日疎。頻要績了。把奴來也不理。奴就想死了罷了。敢和誰說。有誰知道。必是俺那王八來家。我也不和他說。想他恁在外邊做買賣。有錢不養老婆的。他肯掛念我。西門慶道。我的兒。你若一心在我身上。等他來家。我爽利替他另娶一个。你只長遠等着我便了。婦人道。我達達等他來家。好歹替他

要了一个罷。或把我放在外頭。或是招我到家去。隨你心里。歪
婦爽利把不值錢的身子。拚與達達罷。無有个不依你的。西門
慶道。我知道。兩个說話之間。又幹勾兩頓飯時。方纔精攮。解卸
下婦人脚帶來。摟在被窩內。並頭交股。醉眼朦朧。一覺直睡到
三更天氣。方醒。西門慶起來穿衣淨手。婦人開了房門。叫丫鬟
進來。再添美饌。復飲香醪。滿斟暖酒。又陪西門慶吃了十數盃。
不覺醉上來。纔點茶來。漱了口。向袖中掏出一紙帖兒。遞與婦
人問甘夥計鋪子里。取一套衣服你穿。隨你要甚花樣。那婦人
萬福謝了。送出門。王經打着燈籠。琴童籠着馬。打發上了
馬。婦人方纔閞門。這西門慶身穿紫羊絨褶子。圍着風領。騎在
馬上。那時也有三更時分。天氣有些陰雲。昏昏慘慘的月色。街

市上靜悄悄。九衢澄淨。鳴柝唱號提鈴。打馬正過之次。剛走到
西首那石橋兒根前。忽然見一个黑影子。從橋底下鑽出來。向
西門慶一撲。那馬見了只一驚躁。西門慶在馬上。打了个冷戰
醉中把馬加了一鞭。那馬搖了搖鬃。玳安琴童兩个用力拉着
嚼環。收煞不住。雲飛般望家奔將來。直跑到家門首方止。王經
打着燈籠。後邊跟不上。西門慶下馬。腿軟了。被左右扶進。逕往
前邊潘金蓮房中來。此這一不來倒好。若來正是失脫人家逢
五道。濱冷餓鬼撞鍾馗。原來金蓮從後邊來。還沒脫衣。倒在
炕上。等待西門慶。听見來了。慌的碌碌扒起來。向前替他接衣
服。見他吃的酩酊大醉。也不敢問他。這西門慶隻手搭伏着他
肩膊上。摟在懷里。口中喃喃吶吶說道。小淫婦兒。你達達今日

醉了。收拾鋪我睡也。那婦人扶他上炕。打發他歇下。那西門慶丢倒頭在枕頭上鼾睡如雷。再搖也搖不醒。然後婦人脫了衣裳。鑽在被窩內慢慢用手。腰里摸他那話。猶如綿軟再沒些硬朗氣兒。更不知在誰家來。翻來覆去。怎禁那慾火燒身。淫心蕩意不住用手。只顧捏弄。蹲下身子。被窩內替他百計品咂。只是不起。急的婦人要不的。因問西門慶。和尚藥在那里放着哩。推了半日推醒了。西門慶醉子里罵道。怪小淫婦。只顧問怎的。你又教達達擺布你。你達今日懶待動旦。藥在我袖中金穿心盒兒內。你拏來吃了。有本事品弄的他起來。是你造化。那婦人便去袖內摸出穿心盒來。打開里面。只剩下三四丸藥兒。這婦人取過燒酒壺來。斟了一鍾酒。自己吃了一丸。還剩下三丸。恐怕力不効。千不合萬不合。拏燒酒都送到西門慶口内。醉了的人。曉的甚麽。合着眼只顧吃下去。那消一盞熱茶時。藥力發作起來。婦人將白綾帶子。拴在根上。那話躍然而起。但見裂瓜頭凹眼圓睜。落腮鬍挺身直竪。婦人見他只顧睡。於是騎在他身上。又取膏子藥安放馬眼内。頂入牝中。只顧揉搓。那話直抵苞花窩里。覺翕翕然渾身酥麻。暢美不可言。又兩手摟按。舉股一起一坐。那話没稜露腦。約一二百回。初時澁滯。次後淫水浸出。稍沾滑落。西門慶由着他掇弄。只是不理。婦人情不能當。以舌親於西門慶口中。兩手摟着他脖項。極力揉搓。左右偎擦。麈柄盡没至根。止剩二卵在外。用手摸之。美不可言。淫水隨拭隨出。比三鼓凡五換巾帕。婦人一連丟了兩次。西門慶只是不泄。龜頭越發脹的。色若紫肝。橫觔皆現。猶如火熱一回。害䆓脹的慌。令婦人把根下帶子去了。還發脹不已。令婦人用口吮之。這婦人扒伏在他身上。用朱唇吞裹其龜頭。只顧往來不已。又勒勾約一頓飯時。那管中之精。猛然一股邈將出來。猶水銀之瀉筒中相似。忙用口接嚥不及。只顧流將起來。初時還是精液。往後盡是血水出來。再無个收救。西門慶已昏迷去。四肢不收。婦人也慌了。急取紅棗與他吃下去。精盡繼之以血。血盡出其冷氣而已。良久方止。婦人慌做一團。便摟着西門慶問道。我的哥哥。你心里覺怎麼的。西門慶甦省了一回。方言我頭目森森然。莫知所矣。你今日怎的流出恁許多來。更不說他用的藥多了。看官听說。一己精神有限。天下色慾無窮。又曰嗜慾深者。其天機淺。西

門慶只知貪淫樂色。更不知油枯燈盡。髓竭人亡。原來這女色坑陷得人有成時。必有敗。古人有幾句格言道得好

花面金剛。玉體魔王。綺羅粧做豺狼。法場斗帳。獄牢牙床。柳眉刀。星眼劍。絳唇鎗。口美舌香。蛇蝎心腸。共他者無不遭殃。纖塵入水。片雪投湯。秦楚強。吳越壯。為他亡。早知色是傷人劍。殺盡世人人不防。

二八佳人體似酥　腰間仗劍斬愚夫
雖然不見人頭落　暗裏教君骨髓枯

一宿晚景題過。到次日清早辰。西門慶起來梳頭。忽然一陣昏暈起來。望前一頭搶將去。早被春梅雙手扶住。不曾跌着磕傷了頭臉。在椅子上坐了半日。方纔回過來。慌的金蓮連忙問道。只

怕你空心虛弱。且坐着吃些甚麼兒着。出去也不遲。一面使秋菊後邊取粥來。與你爹吃。那秋菊走到後邊厨下。問雪娥熬的粥怎麼了。爹如此這般。今早起來害頭暈。跌了一交。如今要吃粥哩。不想被月娘听見。叫了秋菊。問其端的。秋菊悉把西門慶梳頭。頭暈跌倒之事。告訴一遍。月娘不听便了。听了魂飛天外。魄散九霄。一面分付雪娥快熬粥。一面走來金蓮房中看視。見西門慶坐在椅子上。問道。你今日怎的頭暈。西門慶道我不知怎的剛纔就頭暈起來。金蓮道早時我和春梅在根前扶住了。不然。好輕身子兒。這一交和你善哩。月娘道。敢是你昨日來家晚了。酒多了頭沉。金蓮道。昨日往誰家吃酒。這咱晚纔來。月娘道。他昨日和他二舅在鋪子里吃酒來。不一時雪娥熬了粥。教

秋菊拿着。打發西門慶吃。那西門慶挐起粥來。只吃了半甌兒
懶待吃。就放下了。月娘道。你心里覺怎的。西門慶道。我不怎麽。
只是身子虛飄飄的。懶待動旦。月娘道。你今日不往衙門中去
罷。西門慶道。我不去了。消一回。我往前邊看着姐夫寫了帖兒
發帖兒去。十五日請周菊軒。荆南崗。何大人。他每衆官客吃酒。
月娘道。你今日還沒吃藥。取妳來。把那藥你再吃上一服。是你
連日張羅的。你有着辛苦勞碌了。一面教春梅問如意兒。喞了
妳來。用盞兒盛着。教西門慶吃了藥。起身往前邊去。春梅扶着。
剛走到花园角門首。覺眼便黑了。身子晃晃蕩蕩。做不的主兒。
只要倒。春梅又扶回來了。月娘道。依我且歇兩日兒。請人也罷
了。那里在乎這一時上。今日在屋里。將息兩日兒。不出去罷。因

說你心里要吃甚麽。我往後邊。教丫鬟做來與你吃。西門慶道。我心里不想吃。月娘到後邊。從新又審問金蓮。他昨日來家不醉。再没曾吃酒。與你行甚麽事。那金蓮听了。恨不的生出幾個口來。說一千個没有。姐姐你没的說。他那咱晚來了。醉的行禮兒也不顧的。還問我要燒酒吃。教我拏茶當酒與他吃。只說沒了酒。好好打發他睡了。自從姐姐那等說了。誰和他有甚事來。倒没的羞人子剌剌的。倒只怕外邊別處有了事來。俺每不知道。若說家里。可是没絲毫事兒。月娘一面和玉樓。都坐在一處叫了玳安琴童兩個到根前。審問他。你爹昨日在那里吃酒來。你實說便罷。不然有一差二錯。就在你這兩個囚根子身上。那玳安咬定牙。只說獅子街和二舅賁四吃酒。再没往那里去落後叫將吳二舅來問他。二舅道。姐夫只使俺每吃了沒多大回酒。就起身往別處去了。這吳月娘听了。心中大怒。待二舅去了。把玳安琴童。儘力數罵了一頓。要打他二人。二人慌了。方纔說出。昨日在韓道國老婆家吃酒來。那潘金蓮得不的一聲。就來了。說道。姐姐剛纔就埋怨起俺每來。正是寃殺旁人咲殺賊。俺每人人有面。樹樹有皮。姐姐那等說來。莫不俺每成日把這件事放在頭里。又道姐姐你再問這兩個囚根子。前日你往何千戶家吃酒。他爹也是那咱時分纔來。不知在誰家來。誰家一個拜年拜到那咱晚。玳安又生恐琴童說出來。隱瞞不住。遂把私通林太太之事。具說一遍。月娘方纔信了。說道。嗔道教我拏帖兒請他。我還說人生面不熟。他不肯來。怎知和他有連手。我說恁大年紀。描眉畫鬢兒的。搽的那臉。倒相膩抹兒抹的一般。乾淨是個老浪貨。玉樓道。姐姐沒見一個兒子也長恁大。大兒大婦。還幹這個營生。忍不住嫁了個漢子。金蓮道。那老淫婦有甚麽廉恥。也休要出這個醜。月娘道。我說只怕他不來。誰想他浪攛着來了。金蓮道。這個姐姐纔顯出個皂白來了。相韓道國家這這個淫婦姐姐還嗔我罵他罷。乾淨一家子都養漢。是个明王八。把個王八花子也裁派將來。早晚好做勾使兒。月娘道。王三官兒娘。你還罵他老淫婦。他說你從小兒在他家使喚來。那金蓮不听便罷。听了把臉掣耳朶帶脖子紅了。便罵道。汗邪了那賊老淫婦。我平白在他家做甚麽。還是我姨娘在他家緊隔壁住。他家有個花園。俺每小時在俺姨娘家住。常道去。和他家伴姑兒要去。就說我在他家來。我認的他甚麽。是個張眼露睛的老淫婦。月娘道。你看那嚼頭子。人和你說話。你罵他。那金蓮一声兒就不言語了。月娘主張雪娥做了些些水角兒。拿了前邊與西門慶吃。正走到儀門首。只見平安兒逕直往花園中走。被月娘叫住問道。你做甚麽。平安兒道。李銘叫了四個唱的。十五日擺酒用。來回話。問擺的成擺不成。我說還淡帖兒哩。他不信。教我進來稟爹。月娘罵道。怪賊奴才。還擺甚麽酒。問甚麽。還不回那王八去哩。還來稟爹娘哩。把平安兒罵的。往娘金命水命去投無命。月娘走到金蓮房中。看着西門慶。只吃了三四个水角兒。就不吃了。因說道。李銘來回唱的。教我回倒他酒且擺不成。收了日子了。他去了。西門慶點頭兒。西門慶自知一兩日好些出來。誰知過了一夜。到次日下邊虛陽腫脹。不便處發出紅暈來了。連腎囊都腫的明滴溜如茄子大。但溺尿。尿管中猶如刀子犁的一般。溺一遭。疼一遭。外邊排軍伴當備下馬伺候。還等西門慶。往衙門里大發放。不想又添出這樣症候來。月娘道。你依我拏帖兒回了何大人。在家調理兩日兒不去罷。你身子恁虛弱。趁早使小廝。請了任醫官教瞧瞧你。吃他兩貼藥過來。休要只顧躭着。不是事。你惹大的身量。兩日通沒大好吃甚麼兒。如何禁的。那西門慶。只是不肯吐口兒請太醫。只說我不妨事。過兩日兒好了。我還出去。雖故差人拏帖兒。送假牌往衙門里去。在床上睡着。只是急躁没好氣。應伯爵打听得知。走來看他。西門慶請至金蓮房中坐的。伯爵声喏道。前日打攪哥。不知哥哥心中不好。嗔道花大舅那里不去。西門慶道。我心中若好時。我去了。不知怎的懶待動旦。伯爵道哥。你如今心內怎樣的。西門慶道。不怎的。只是有些頭暈。起來身子軟。走不的。伯爵道。我見你面容發紅色。只怕是火。教人看來不曾。西門慶道。房下說請任后溪來看我。我說又沒甚大病。怎好請他的。伯爵道。哥你這个就差了。還請他來看看。怎的說。吃兩貼藥散開這火。就好了。春氣起人。都是這等痰火舉發。昨日李銘撞見我。說你使他叫唱的。今日請人擺酒。說你心中不好。改了日子。把我諕了一跳。教我今日早來看看哥。西門慶道。我今日連衙門中拜牌也沒去。差假牌去了。伯爵道。可知去不的。大調理兩个日兒出門。吃畢茶。道我去罷。再來看哥。李桂姐會了吳銀兒。也要來看你哩。西門慶道。你吃了飯去。伯爵道。我一些不吃。揚長出去了。西門慶於是使琴童兒。往門外請了任醫官來。進房中診了脉。說道。老先生此貴恙。乃虛火上炎。腎水下竭。不能既濟。乃是脫陽之症。須是補其陰虛。方纔好得。封了五星銀了。討將藥來吃了。止住了頭暈。身子依舊還軟。起不來。下邊腎囊越發腫痛。溺尿甚難。說畢作辭起身去了。到後晌時分。李桂姐吳銀兒。坐轎子來看。每人兩個盒子。一盒菓餡餅兒。一盒玫瑰金餅。一副蹄。兩隻燒鴨。進房與西門慶磕頭。說道。爹怎的心里不自在。西門慶道。你姐兒兩個自恁來看看便了。如何又費心買禮兒。因說道。我今年不知怎的痰火發的重些。桂姐道。還是爹這節間酒吃的多了。清潔他兩日兒就好了。坐了一回。走去李瓶兒那

邊屋裏與月娘衆人見節。請到後邊。擺茶畢。又走來前邊。陪西
門慶坐的說話兒。只見伯爵又陪了謝希大。常時節來望。西門
慶教玉筲攙扶他起來坐的。留他三人在房內。放卓兒吃酒。謝
希大道。哥用了些粥不曾。玉筲把頭扭着不答應。西門慶道。我
還沒吃粥。嚥不下去。希大道。拏粥等俺每陪哥吃些粥兒。還好。
不一時拏將粥來。玉筲拏盞兒伺候。衆人陪着吃點心下飯。西
門慶拿起粥來。只扒了半盞兒。就不吃下去。月娘和李桂姐吳
銀兒。都在李瓶兒那邊坐的管待。伯爵問道。李桂姐與銀姐來
了。怎的不見。西門慶道。在那邊坐的。伯爵因令來安兒。你請過
來唱一套兒。與你爹聽。那吳月娘恐怕西門慶不耐煩。攔着只
說吃酒哩。不教過來。衆人吃了一回酒。說道。哥。你陪着俺每坐。

只怕勞碌着你。俺每去了。你自然在側側兒罷。西門慶道。起動列位掛心。三人於是作辭去了。應伯爵走出小院門。叫玳安過來分付。你對你大娘說。你就說應二爹說來。你爹面上變色。有些滯氣不好。早尋人看他。大街上胡太醫。最治的好痰火。何不使人請他看看。休要躭遲了。玳安不敢怠慢。走來告訴月娘。月娘慌進房來。對西門慶說。方纔應二哥對小廝說。大街上胡太醫。看的痰火。你何不請他來看看你。西門慶道。胡太醫前番看李大姐不濟。又請他。月娘道。藥醫不死病。佛度有緣人。看他不濟只怕有緣。吃了他的藥兒好了是的。西門慶道。也罷。你請他去。不一時使棋童兒請了胡太醫來。適有吳大舅來看。陪他到房中看了脉。對吳大舅陳經濟說。老爹是个下部蘊毒。若久而不治。卒成溺血淋之疾。乃是忍便行房。又封了五星藥金。討將藥來。吃下去。如石沉大海一般。反溺不出來。月娘慌了。打發桂姐吳銀兒去了。又請何老人兒子。何春泉來看。又說是癃閉便毒一團膀胱邪火。赶到這邊下來。四肢經絡中。又有濕痰流聚。以致心腎不交。封了五錢藥金。討將藥來。越發弄的虛陽舉發。麈柄如鐵。晝夜不倒。潘金蓮晚夕不知好反。還騎在他上邊。倒澆蠟燭掇弄。死而復甦者數次。到次日何千戶要來望。先使人來說。月娘便對西門慶道。何大人便來看你。我扶你往後邊去罷。這邊隔二偏三。不是个待人的。那西門慶點頭兒。於是月娘替他穿上暖衣。手金蓮肩搭搦扶着。往離了金蓮房。往後邊上房鋪下被褥高枕。安頓他在明間炕上坐的。房中收拾乾淨。焚下香。

不一時何千戶來到。陳經濟請他到於後邊臥房。看見西門慶。坐在病榻上。說道長官。我不敢作揖。因問貴恙覺好些。西門慶告訴。上邊火倒退下了。只是下邊腫毒。當不的。何千戶道。此係便毒。我學生有一相識。在東昌府探親。昨日新到舍下。有一封書下。乃是山西汾州人氏。姓劉號橋齋。年半百。極看的好瘡毒。我就使人請他來看看長官貴恙。西門慶道。多承長官費心。我這里就差人請去。何千戶吃畢茶。說道。長官你耐煩保重。衙門中事。我每日委荅應的。遞事件與你。不消掛意。西門慶舉手道只是有勞長官了。作辭出門。西門慶這里隨即差玳安拏帖兒同何家人請了這劉橋齋來。看了脈。并不便處。連忙上了藥。又封一貼煎藥來。西門慶荅賀了一疋杭州絹。一兩銀子。吃了他頭一盞藥。還不見動靜。那日不想鄭愛月兒。送了一盒鴿子雛兒。一盒菓餅頂皮酥。坐轎子來看西門慶。進門花枝招颭。繡帶飄飄。與西門慶磕着頭。說道。不知道爹不好。桂姐和銀姐好人兒。不對我說声兒。兩個就先來了。看的爹遲了。休怪。西門慶道。不進。又起動你媽費心。又買禮來。愛月兒咲道。甚麽大禮。惶恐的要不的。因說爹清減的恁樣的。每日飲饌也用些些兒。月娘道。用的倒好了。吃不多兒。今日早辰。只吃了些些粥湯兒。還沒些些吃甚麽兒。劉纔太醫看了去了。愛月兒道。娘你分付姐。把鴿子雛兒。頓爛一個兒來。等我勸爹。進些些粥兒。你老人家不吃。恁惹大身量。一家子金山也似靠着你。却怎麽樣兒的。月娘道。他只害心口內攔着。吃不下去。愛月兒道。爹你依我說。把這飲饌兒逐日就懶待吃。須也強吃些些兒。怕怎的。人無根本。水食爲命。終須但用的有在撴些些兒。不然越發淘淥的身子空虛了。不一時頓爛了鴿子雛兒。小玉拿粥上來。十香甜醬瓜茄粳粟米粥兒。這鄭月兒跳上炕去。用盞兒托着。跪在西門慶身邊。一口口喂他。強打着精神。只吃了上半盞兒。揀了兩筯兒鴿子雛兒在口內。就搖頭兒不吃了。愛月兒道。一來也是藥。二來還虧我勸爹。却怎的也進了些些飲饌兒。玉簫道。爹每常也吃。不似今日。月姐來勸着吃的多些些。月娘一面擺茶。與愛月兒吃。臨晚督待酒饌。與了他五錢銀子。打發他家去。愛月兒臨出門。又與西門慶磕頭說道。爹你耐心兒將息兩日兒。我再來看你。比及到晚夕。西門慶又吃了劉橋齋第二貼藥。遍身痛。叫喚了一夜。到五更時分。

那不便腎囊腫脹破了。流了一灘鮮血。龜頭上。又生出疳瘡來。流黃水不止。西門慶不覺昏迷過去。月娘衆人慌了。都守着看視。見吃藥不效。一面請了劉婆子。在前邊捲棚內。與西門慶點人燈跳神。一面又使小廝。往周守備家內。訪問吳神仙在那里。請他來看西門慶。他原相他今年有嘔血流膿之灾。骨瘦形衰之病。賁四說。也不消問周老爹宅內去。如今吳神仙見在門外。土地廟前。出着個卦肆兒。又行醫。又賣卦。人請他不爭利物。就去看治。月娘連忙就使琴童。把這吳神仙請將來。進房看了西門慶。不似往時。形容消減。病體懨懨。勒着手帕。在於卧榻。先胗了脉息。說道。官人乃是酒色過度。腎水竭虛。是太極邪火聚於慾海。病在膏肓。難以治療。吾有詩八句。說與你听。只因他

醉飽行房戀女娥　精神血脉暗消磨
遺精溺血流白濁　燈盡油乾腎水枯
當時祇恨歡娛少　今日翻爲疾病多
玉山自倒非人力　總是盧醫怎奈何

月娘見他治不的了。説道。既下藥不好。先生看他命運如何。吳神仙掐指尋紋。打算西門慶八字。説道。屬虎的丙寅年。戊申月壬午日。丙辰時。今年戊戌流年。三十三歲。算命見行癸亥運。雖然是火土傷官。今年戊土來尅壬水。歲傷旱。正月又是戊寅月三戊冲辰。怎麽當的。雖發財發福。難保壽源。有四句斷語。不好説道。

命犯災星必主低　身輕煞重有災危

時日若逢真太歲　就是神仙也縐眉

月娘道。命中既不好。先生你替他演演禽星如何。這吳神仙鋪下禽遁干支。他說道

心月狐狸角木蛟　絳幃深處不相饒

常在月宮飛玉露　慣從月下奪金標

樂處化爲真雞子　死時還想爛甜桃

天罡地煞皆無救　就是王禪也徒勞

月娘道。禽上不好。請先生替我圓圓夢罷。神仙道。請娘子說來貧道圓。月娘道。我夢見大厦將頹。紅衣罩體。攧拆碧玉簪。跌破了菱花鏡。神仙道。娘子莫怪我說。大厦將頹。夫君有厄。紅衣罩體。孝服臨身。攧拆了碧玉簪。姊妹一時失散。跌破了菱花鏡。夫

妻指日分離。此夢猶然不好不好。月娘道。問先生有解麽。神仙道。白虎當頭攔路。喪門魁在生災。神仙也無解。太歲也難推。造物已定。神鬼莫移。月娘見命中無有救星。於是拏了一疋布。謝了神仙。打發出門。不在話下。正是

卦裡陰陽仔細尋　無端閑事莫關心
平生作善天加慶　心不欺貧禍不侵

月娘見求神問卜。皆有凶無吉。心中慌了。到晚夕天井內焚香。對天發願。許下兒夫好了。要往泰安州頂上與娘娘進香掛袍三年。孟玉樓又許下逢七拜斗。獨金蓮與李嬌兒不許願心。西門慶自覺身體沉重。要便發昏過去。眼前看見花子虛武大在他根前站立。問他討債。又不肯告人說。只教人厮守着他。見月

娘不在根前。一手拉着潘金蓮。心中捨不的他。滿眼落淚。說道
我的冤家。我死後。你姊妹們好好守着我的靈。休要失散了。那
金蓮亦悲不自勝。說道。我的哥哥。只怕人不肯容我。西門慶道。
等他來。等我和他說。不一時吳月娘進來。見他二人哭的眼紅
紅的。便道我的哥哥。你有甚話對奴說幾句兒。也是奴和你做
夫妻一塲。西門慶听了。不覺哽咽。哭不出聲來。說道。我覺自家
好生不濟。有兩句遺言和你說。我死後你若生下一男半女。你
姊妹好姑待着。一處居住。休要失散了。惹人家笑話。指着金蓮
說。六兒他從前的事。你耽待他罷。說畢。那月娘不覺桃花臉上。
滚下珍珠來。放聲大哭。悲慟不止。西門慶道。你休哭。听我囑付
你。有駐馬听為証

賢妻休悲。我有衷情告你知。妻你腹中是男是女。養下來看大成人。守我的家私。三賢九烈要貞心。一妻四妾攜帶着住。彼此光輝光輝。我死在九泉之下口眼皆閉。

月娘听了。亦回答道。

多謝兒夫遺後良言教道。奴夫我本女流之輩。四德三從。與你那樣夫妻平生作事不模糊。守貞肯把夫名汚。生死同途同途。一鞍一馬不須分付。

囑付了吳月娘。又把陳經濟叫到根前說道。姐夫我養兒靠兒無兒靠婿。姐夫就是我的親兒一般。我若有些山高水低。你發送了我入土。好歹一家一計。幫扶着你娘兒們過日子。休要教人笑話。又分付我死後。段子鋪是五萬銀子本錢。有你喬親家

簽。那邊多少本利。都找與他。教傅夥計把貨賣一宗。交一宗。休
要開了。賁四絨線鋪。本銀六千五百兩。吳二舅綢絨鋪。是五千
兩。都賣盡了貨物。收了來家。又李三討了批來。也不消做了。教
你應二叔拏了別人家做去罷。李三黃四身上。還欠五百兩本
錢。一百五十兩利錢未筭。討來發送我。你只和傅夥計。守着家
門。這兩個鋪子罷。段子鋪占用銀二萬兩。生藥鋪五千兩。韓夥
計來保。松江船上四千兩。開了河。你早起身往下邊接船去。接
了來家。賣了銀子。交進來。你娘兒們盤纏。前邊劉學官。還少我
二百兩。華主簿。少我五十兩。門外徐四鋪內。還本利欠我三百
四十兩。都有合同見在。上緊使人催去。到日后對門并獅子街
兩處房子。都賣了罷。只怕你娘兒們顧攬不過來。說畢。哽哽咽

咽的哭了。陳經濟道。爹囑付兒子。都知道了。不一時打夥兒傳夥計。甘夥計。吳二舅。賁四。崔本。都進來看視問安。西門慶。一一都分付了一遍。衆人都道。你老人家寬心不妨事。見一日來問安看者。也有許多。見西門慶不好的沉重。皆嗟嘆而去。過了兩日。月娘痴心只指望西門慶還好。誰知天數造定。三十三歲而去。到於正月二十一日。五更時分。相火燒身。變出風來。聲若牛吼一般。喘息了半夜。捱到早辰。巳牌時分。嗚呼哀哉。斷氣身亡。正是三寸氣在千般用。一旦無常萬事休。古人有幾句格言說得好

為人多積善。不可多積財。積善成好人。積財惹禍胎。石崇當日富。難免殺身灾。鄧通飢餓死。錢山何用哉。今日非古比。心

地不明白。只說積財好。反笑積善呆。多少有錢者。臨了沒棺材。

原來西門慶一倒頭。棺材尚未曾預備。慌的吳月娘。叫了吳二舅。與賁四到根前。開了廂子。拏出四定元寶。教他兩個。看材板去。剛打發去了。不防月娘。一陣就害肚里疼。急撲進去看床上倒下。就昏運不省人事。孟玉樓與潘金蓮孫雪娥都在那邉屋里七手八腳。替西門慶戴唐巾。裝柳穿衣服。忽听見小玉來說俺娘跌倒在床上。慌的玉樓李嬌兒就來問視。月娘手按着害肚内疼。就知道快撒了。玉樓教李嬌兒守着月娘。他便就使小廝。快請蔡老娘去。李嬌兒。又使玉簫前邉教如意兒來了。比及玉樓回到里面屋里。不見李嬌兒。原來李嬌兒赶月娘昏沉。房

內無人。箱子開着。暗暗拏了五定元寶。往他屋裏去了。手中拏
將一搭紙見了玉樓。只說尋不見草紙。我往房里取草紙去來。
那玉樓也不徐顧。且守着月娘。拏樏子伺候。見月娘看看疼的
緊了。不一時蔡老娘到了。登時生下一個孩兒來。這屋裏裝椰
西門慶停當。口內纔沒了氣兒。合家大小。放聲號哭起來。蔡老
娘。收褁孩兒剪去臍帶。煎定心湯。與月娘吃了。扶月娘煖炕上
坐的。月娘與了蔡老娘三兩銀子。蔡老娘嫌少。說道。養那位哥
兒賞了我多少。還與我多少便了。休說這位哥兒。是大娘生養
的。月娘道。比不的那時。有當家的老爹在此。如今沒了老爹。將
就收了罷。待洗三來。再與你一兩就是了。那蔡老娘。道還賞我
一套衣服兒罷。拜謝去了。月娘甦省過來。看見廂子大開着。便

罵玉箫賊臭肉。我便昏了。你也昏了。廂子大開着。恁亂烘烘人
走。就不說鎖鎖兒。玉箫道我只說娘鎖了廂子。就不曾看見。於
是取鎖來掐。玉樓見月娘多心。就不肯在他屋里。走出對着金
蓮說。原來大姐姐恁樣的。死了漢子。頭一日就防範起人來了。
姊不知李嬌兒已偷了五定元寶。往屋里去了。當下吳二舅賁
四。往尚推官家買了一付棺材板來。教匠人解鋸成槨。衆小厮
把西門慶。抬出停當。在大廳上請了陰陽徐先生來批書。不一
時。吳大舅也來了。吳二舅衆夥計。都在前廳熱亂。收燈捲畫。盖
上紙被設放香燈几席。來安兒專一打磬。徐先生看了手說道。
正辰時斷氣。合家都不犯凶煞。請問月娘。三日大殮。擇二月十
六日破土出殯。也有四七多日子。一面管待徐先生去了。差人

各處報喪。交牌印。往何千戶家去。家中破孝搭棚。俱不必細說
到三日請僧人念倒頭經。挑出紙錢去。合家大小。都披麻帶孝。
女婿陳經濟斬衰治杖。靈前還礼。月娘在暗房中出不來。李嬌
兒與玉樓。陪侍堂客。潘金蓮管理庫房收祭卓。孫雪娥率領家
人媳婦。在厨下打發各項人茶飯。傅夥計吳二舅管帳。賁四管
孝帳。來興管厨。吳大舅與甘夥計陪待人客。蔡老娘來洗了三
次。月娘與了一套紬子衣裳。打發去了。就把孩子。改名叫孝哥
兒。未免送些喜麵親隣。與衆街坊隣舍。都說西門慶大官人正
頭娘子。生了一個墓生兒子。就與老頭同日同時。一頭斷氣。一
頭生了個兒子。世間少有蹺蹊古恠事。不說衆人理亂這庄事。
且說應伯爵聞知西門慶沒了。走來吊孝哭泣。哭了一回。吳大

舅二舅。正在捲棚內看着。與西門慶傳影。伯爵走來。與眾人見礼。說道。可傷。做夢不知哥沒了。要請月娘出來拜見。吳大舅便說。舍妹暗房出不來。如此這般就是同日添了個娃兒。伯爵愕然道。有這等事。也罷也罷。哥有了個後代。這家當有了主兒了。落後陳經濟穿着一身重孝。走來與伯爵磕頭。伯爵道。姐夫姐夫。煩惱。你爹沒了。你娘兒們是死水兒了。家中凡事。要你仔細。有事不可自專。請問你二位老舅主張。不該我說。你年幼。事體上還不大十分歷練。吳大舅道。二哥你沒的說。我也有公事不得閑。見有他娘在。伯爵道。好大舅雖故有嫂子。外邊事怎麼理的。還是老舅主張。自古沒舅不生。沒舅不長。一個親娘舅。比不的別人。你老人家就是個都根主兒。再有誰大。如你老人家的。因問道有了發引的日期。吳大舅道。擇在二月十六日破土。三十日出殯。也在四七之外。不一時徐先生來到。祭告入殮。將西門慶裝入棺材內。用長命丁釘了。安放停當。題了名旌。誥封武畧將軍西門公之柩。那日何千戶來吊孝。靈前拜畢。吳大舅與伯爵。陪侍吃茶。問了發引的日期。何千戶分付手下該班排軍。會答應的。一個也不許動。都在這里伺候。直過發引之後。方許回衙門當差。委兩名節級管領。如有違悞。呈來重治。又對吳大舅道。如有外邊人。拖欠銀兩不還者。老舅只顧說來。學生即行追治。吊孝畢。到衙門里。一面行文開缺。申報東京本衛去了。

話分兩頭。却說來爵。春鴻。同李三。一日到兖州察院。投下了書礼。宋御史見西門慶書上。要討古器批文一節。說道。你早來一步便好。昨日巳都派下各府買辦去了。尋思間。又見西門慶書中。封着金葉十兩。又不好違阻了的。須得留下春鴻來爵李三在公廨駐劄。隨即差快手拏牌。赶回東平府批文來。封回與春鴻書中。又與了一兩路費。方取路回清河縣。往返十日光景。走進城。就聞得路上人說。西門大官人死了。今日三日。家中念經做齋哩。這李三就心生奸計。路上說念來爵春鴻。將此批文按下。說宋老爹沒與來。咱每都投到大街張二官府。那里去罷。你二人不去。我與你每人十兩銀子。到家隱住。不拏出來就是了。那來爵見財物。倒也肯了。只春鴻此三不肯。口里含糊應諾。到家見門首。挑着紙錢。僧人做道場。親朋吊喪者。不計其數。這李三就分路回家去了。來爵春鴻。見吳大舅陳經濟磕了頭。問討的批文如何。怎的李三不來。那來爵還不言語。這春鴻把宋御史書連批。都拏出來。遞與大舅。悉把李三路上。與的十兩銀子。說的言語。如此這般。教他隱下休拏出來。同他投往張二官家去。小的怎敢忘恩背義。敬奔家來。吳大舅一面走到後邊。告訴月娘。這個小的兒。就是個有恩的。叵耐李三這廝短命。見姐夫沒了。幾日就這等壞心。因把這件事。對應伯爵說。李智黃四。借契上本利還欠六百五十兩銀子。趂着剛纔何大人分付。把這件寫紙狀子。呈到衙門里。教他替俺追追。這銀子出來。發送姐夫。他同寮間。自恁要做分上。這些事見。莫肯不依。伯爵慌了。說道李三却不該行此事。老舅快休動意。等我和他說罷。於是走到李三家。請了黃四來。一處計較。說道。你不該先把銀子遞與小厮。倒做了營手。狐狸打不成。倒惹了一屁股腥。他如今怎般恁般。要拏文書提刑所告你每哩。常言道。官官相護。何況又同寮之間。費恁難事。你等原抵鬥的過他。依我。不如此如此這般這般。悄悄送上二十兩銀子與吳大舅。只當兗州府幹了事來了。我聽得說。這宗錢粮。他家巳是不做了。把這批文難得掣出來。咱投張二官那里去罷。你每二人。再奏得二百兩。少了也拏不出來。再備辦一張祭桌。一者祭奠大官人。二者交這銀子與他。另立一紙欠結。你往後有了買賣。慢慢還他。就是了。這個一舉而兩得。又不失了人情。有個始終。黃四道。你說的是。李三哥。你幹事忒慌速些了。真個到晚夕。黃四同伯爵。送了二十兩銀子。到吳大舅家。如此這般。討批文一節。累老舅張主張主。這吳大舅已聽他妹子說。不做錢粮。何況又黑眼見了白晃晃銀子。如何不應承。於是收了銀子。到次日李智黄四。備了一張揷卓。猪首三牲。二百兩銀子。來與西門慶祭奠。吳大舅對月娘說了。拏出舊文書。從新另立了四百兩一紙欠帖。饒了他五十兩。余者教他做上買賣。陸續交還。把批文交付與伯爵手內。同往張二官處合夥。上納錢粮去了。不在話下。正是金逢火煉方知色。人與財交便見心。有詩爲証

造物於人莫強求　勸君凡事把心收
你今貪得收人業　還有收人在後頭

畢竟未知後來如何。且聽下回分解。

第八十回

潘金蓮售色赴東床

李嬌兒盜財歸麗院

第八十回

陳經濟竊玉偷香　李嬌兒盜財歸院

詩曰

寺廢僧居少　橋塌客過稀
家貧奴婢懶　官滿吏民欺
水淺魚難住　林疎鳥不棲
世情看冷煖　人面逐高低

此八句詩。單說着這世態炎凉。人心冷煖。可嘆之甚也。西門慶死了。首七光景。玉皇廟吳道官受齋在家、攢念二七經。不題。却說那日報恩寺朗僧官十六衆僧人做水陸。有喬大戶家上祭。這應伯爵約會了齋祀中先位朋友、頭一個是應伯爵。第二個謝希大。第三個花子油。第四個祝日念。第五個孫天化。第六個常時節。第七個白來創。七人坐在一處。伯爵先開說道。大官人沒了。今二七光景。你我相交一塲。當時也曾吃過他的。也曾用過他的。也曾使過他的。也曾借過他的。也曾嚼他過的。今日他沒了。莫非推不知道。洒土也瞇了後人眼睛兒也。他就到五閻王根前也不饒你我了。你我如今這等計較每人各出一錢銀子。七人共湊上七錢。使一錢六分連花兒買上一張卓面。五碗湯飯。五碟菓子。使了一錢一付三牲。使了一錢五分一瓶酒。使了五分一盤冥紙香燭。使了二錢買一錢軸子。再求水先生作一篇祭文。使一錢二分銀子。顧人抬了去。大官人灵前。衆人祭奠了。咱還便益。又討了他值七分銀一條孝絹。拏到家做裙腰子他莫不白放咱每出來咱還吃他一陣。到明日出殯山頭饒飽飡一頓。每人還得他半張靠山卓面來家。與老婆孩子吃着兩三日。買燒餅錢。這個好不好。衆人都道。哥說的是。當下每人湊出銀子來。交與伯爵整理。備祭物停當。買了軸子。央門外人水秀才做了祭文。這水秀才平昔知道應伯爵這起人。與西門慶。乃小人之朋。於是飽含着里面作就一篇祭文。登軸停當。把祭祀抬到西門慶靈前擺下。陳經濟穿孝在旁還礼。伯爵爲首。各人上了香。人人都粗俗。那里曉的其中滋味。澆了奠酒。只顧把祝文來宣念。其文畧曰

維重和元年。歲戌戊二月戊子朔。越初三日庚寅。侍生應伯爵謝希大花子油祝日念孫天化常時節白來創。謹以清酌

麽羞之奠。致祭于
故錦衣西門大官人之灵曰。維灵生前梗直。秉性堅剛。軟的不怕硬的不降。常濟人以點水。容人以瀝露。助人精光。囊篋頗厚。氣槩軒昂。逢藥而舉。遇陰伏降。錦襠隊中居住。團夭庫裏收藏。有八角而不用撓摑。逢虱蝨而騷痒難當。受恩小子。常在胯下隨幫。也曾在章臺而宿柳。也曾在謝館而猖狂。正宜撑頭活腦。久戰熬場。胡何一疾不起之殃。見今你便長伸着脚子去了。丟下子如班鳩跌彈。倚靠何方。難上他烟花之寨。難靠他八字紅墻。再不得同席而假軟玉。再不得並馬而傍温香。撇的人垂頭跌脚。悶得人囊温郎當。今特奠茲白濁。次獻寸觴。灵其不昧。來格來歆。尚亨衆人祭畢。陳經濟。下來還礼。請去捲棚內。三湯五割。管待出門。
那日院中李家虔婆。聽見西門慶死了。鋪謀定計。備了一張祭
卓。使了李桂卿。李桂姐。坐轎子來上紙弔問。月娘不出來。都是
李嬌兒孟玉樓。在上房管待。李家桂卿桂姐。悄悄對李嬌兒說
俺媽說。人已是死了。你我院中人。守不的這樣貞節。自古千里
長棚沒個不散的筵席。教你手里有東西。悄悄教李銘稍了家
去防後。你還恁傻。常言道楊州雖好。不是久戀之家。不拘多少
時。也少不的離他家門。那李嬌兒聽記在心。不想那日韓道國
妻王六兒。亦備了張祭卓。喬素打扮。坐轎子來。與西門慶燒紙。
在灵前擺下祭祀。只顧貼着。貼了半日。白沒個人兒出來陪待。
原來西門慶死了。首七時分。就把王經打發家去不用了。小廝

每見王六兒來、都不敢進去說那來安兒不知就裡。到月娘房里向月娘說。韓大嬸來。與爹上紙。在前邊跕了一日了。大舅使我來對娘說。這吳月娘心中還氣忿不過。便喝罵道。怪賊奴才。不與我走、還來甚麼韓大嬸。毬大嬸。賊狗攮的養漢的淫婦把人家弄家敗人亡。父南子北。夫逃妻散的。還來上甚麼毬紙。一頓罵的來安兒摸門不着。來到灵前。吳大舅問道、對後邊說了不曾。來安兒把嘴各都着不言語。問了半日。再說娘稍出四馬兒來了。這吳大舅連忙進去。對月娘說。姐姐你怎麼這等的快休要舒口。自古人惡禮不惡。他男子漢領着咱惹多的本錢。你如何這等待人。好名兒難得。快休如此。你就不出去。教二姐姐三姐姐好好待他出去。也是一般。做甚麼恁樣的。教人說你不是。那月娘見他哥這等說。纔不言語了。良久孟玉樓還了禮。陪他在靈前坐的。只吃一鍾茶。婦人也有些省腔。就坐不住。隨即告辭起身去了。正是

誰人汲得西江水　難洗今朝一面羞

那李桂卿。桂姐。吳銀兒。都在上房坐着。見月娘罵韓道國老婆。淫婦長。淫婦短。砍一枝。損百株。兩個就有些坐不住。未到日落。就要家去。月娘再三留他姐兒兩個。晚夕夥計每伴。你每看了提偶的。明日去罷。留了半日。只桂姐銀姐不去了。只打發他姐姐桂卿家去了。到了晚夕。僧人散了。果然有許多街坊夥計主管。喬大戶。吳大舅。吳二舅。沈姨夫。花子油應伯爵。謝希大常時節。也有二十余人。叫了一起偶戲。在大捲棚內擺設酒席伴宿。

提演的是孫榮孫華殺狗勸夫戲文。堂客都在灵旁厮内。圍着幃屏。放下簾來擺放卓席。朝外觀看。李銘吳惠在這里答應。晚夕也不家去了。不一時眾人都到齊了。祭祀已畢。捲棚内點起燭來。安席坐下。打動鼓樂。戲文上開上開。直撇演到三更天氣。戲文方了。原來陳經濟。自從西門慶死後。無一日不和潘金蓮兩個嘲戲。或在灵前溜眼。帳子後調笑。至是赶人散一亂。中堂客都往後邊去了。小厮每都收家話。這金蓮赶眼錯。揑了經濟一把。說道。我兒。你娘今日可成就了你罷。趂大姐在後邊。咱要就往你屋里去罷。經濟听了。把不的一聲。先往屋里開門去了。婦人黑影里抽身。鑽入他房内。更不答話。解開裙子。仰卧在炕上。雙鳧飛肩。交陳經濟奸耍。正是色胆如天怕甚事。鴛幃雲雨

百軍情

二載相逢。一朝配偶。数年姻眷。一旦和諧。一個柳腰款擺。一個玉莖忙舒。耳邊訢雨意雲情。枕上說山盟海誓。鶯恣蝶採。旖妮摶弄百千般。狂雨羞雲。嬌媚施逞千萬態。一個低聲不住叫親親。一個摟抱未免呼達達。正是得多少柳色乍翻新樣。綠花容不減舊時紅。

霎時雲雨了畢。婦人恐怕人來。連忙出房。往後邊去了。到次日這小厮兒。嘗着這個甜頭兒。早辰走到金蓮房來。金蓮還在被窩里。未起來。從窓眼里。張看見婦人被擁紅雲。粉腮印玉。說道。好嚳庫房的。這咱還不起來。今日喬親家爹來上祭。大娘分付教把昨日擺的李三黃四家那祭卓。收進來罷。你快些起來。且拏鑰匙出來與我。婦人連忙。教春梅拏鑰匙。與經濟。經濟。先教春梅樓上開門去了。婦人便從窓眼里。遞出舌頭。兩個咂了一回。正是得多少脂香滿口涎空嚥。甜唾融心溢肺肝。有詞為証

恨杜鵑聲透珠簾。心似針簽。情似膠粘。我則見笑臉腮窩愁粉黛瘦顯春纖。寶髻乱雲鬆。翠鈿靨顏酡。玉減紅添。檀口曾沾。到如今唇上猶香。想起來口內猶甜。

良久。春梅樓上開了門。經濟往前邊。看搬祭祀去了。不一時喬大戶家祭來擺下。喬大戶娘子。并喬大戶許多親眷。灵前祭畢。吳大舅二舅。甘夥計陪侍請至捲棚管待。李銘吳惠彈唱那日鄭愛月兒家。也來上紙弔孝。月娘俱令玉樓。打發了孝裙束腰。後邊與堂客一處坐的。鄭愛月兒看見吳銀姐。李桂姐。都在這

里便嗔他兩個不對他說我若知道爹沒了有個不來的你們奸人見就不會我會兒去又見月娘生了孩兒說道娘一喜一憂惜乎只是爹去世太早了些兒你老人家有了主兒也不愁月娘俱打發了孝留坐至晚方散到二月初三日西門慶二七玉皇廟吳道官十六個道衆在家念經做法事那日衙門中何千戶作創約會了劉薛二內相周守禦荊統制張團練雲指揮等數員武官合着上了一壇祭月娘這里請了喬大戶吳大舅應伯爵來陪侍李銘吳惠兩個小優兒彈唱捲棚管待去了俱不必細說到晚夕念經送亡月娘分付把李瓶兒靈床連影抬出去一把火焚之將廂籠都搬到上房內堆放妳子如意兒并迎春收在後邊答應把綉春與了李嬌兒房內使喚將李瓶兒

那邊房門。一把鎖鎖了。有怜正是画棟雕梁猶未乾。堂前不見
痴心客。有詩爲証

襄王臺下水悠悠　一種相思兩樣愁
月色不知人事改　夜深還到粉墻頭

那時李銘。日日假以孝堂助忙。暗暗教李嬌兒。偷轉東西。與他
掖送到家。又來答應。常兩三夜不往家去。只瞞過月娘一人眼
目哄二舅又和李嬌兒。舊有首尾。誰敢道個不字。初九日念了
三七經月娘出了暗房。四七就沒曾念經。十二日陳經濟破了
土回來。二十日早發引。也有許多冥器紙劄。送殯之人。終不似
李瓶兒那時稠密。臨棺材出門。陳經濟摔盆扶柩。也請了報恩
寺朗僧官起棺。坐在轎上。捧的高高的。念了幾句偈文。說西門

慶一生始末。道得好。

恭惟

故錦衣武畧將軍西門大官人之灵。伏以人生在世。如電光易滅。石火難消。落花無返樹之期。逝水絕歸源之路。你画堂綉閣。命盡有若風燈。極品高官。緣絕猶如作夢。黃金白玉。空為禍患之資。紅粉輕衣。總是塵勞之費。妻奴無百載之歡。黑暗有千重之苦。一朝枕上。命掩黃泉。空榜揚虛假之名。黃土埋不堅之骨。田園百頃。其中被兒女爭奪。綾錦千廂。死後無寸絲之分。風火散時。無老少。溪山磨盡。兇英雄。苦苦苦。氣化清風形歸土。三寸氣斷去弗廻。改頭換面無遍數。詩曰

人生最苦是無常　個個臨終手脚忙

地水火風相逼迫　精神魂魄各飛揚
生前不解尋活路　死後知他去那廂
一切萬般將不去　赤條條的見閻王

朗僧官念畢偈文。陳經濟摔破紙盆。棺材起身。合家大小孝眷放聲號哭動天。吳月娘坐魂轎。後面眾堂客上轎。都圍隨材走逕出南門外五里。原祖塋安厝。陳經濟備了一疋尺頭。請雲指揮點了神主。陰陽徐先生下了塋。眾孝眷掩土畢。山頭祭桌。可憐通不上幾家。只是吳大舅喬大戶。何千戶。沈姨夫。韓姨夫。與眾夥計五六處而已。吳道官還留下十二眾道童。回靈安於上房明間正寢。大小安靈。陰陽洒掃已畢。打發眾親戚出門。吳月娘等。不免伴夫靈守孝。一日暖了墓。回來。答應班上排軍節級。

各都告辭回衙門去了。西門慶五七。月娘請了薛姑子。王姑子。大師父十二衆尼僧。在家誦經禮懺。超度夫主生天。吳大妗子。并吳舜臣媳婦。都在家中相伴。原來出殯之時。李桂卿桂姐在山頭。悄悄對李嬌兒。如此這般。媽說你沒量。你手中沒甚細軟東西。不消只顧在他家了。你又沒兒女。守甚麼。教你一塲嚷亂登開了罷。昨日應二哥來說。如今大街坊張二官府。要破五百兩金銀。要你做二房娘子。當家理紀。你那里便盡出身。你在這里守到老死也不怎麼。你我院中人家。棄舊迎新爲本。趨炎附勢爲强。不可錯過了時光。這李嬌兒听記在心。過了西門慶五七之後。因風吹火。用力不多。不想潘金蓮對孫雪娥說。出殯那日。在坟上看見李嬌兒與吳二舅。在花園小房內。兩個說話來。

春梅孝堂中。又親眼看見李嬌兒帳子後遞了一包東西與李銘。揣在腰里。轉了家去。嚷的月娘知道。把吳二舅罵了一頓。趕去鋪子里做買賣。再不許進後邊來。分付門上平安。不許李銘來往。這花娘惱羞變成怒。正尋不着這箇由頭兒哩。一日因月娘在上房。和大妗子吃茶。請孟玉樓。不請他。就惱了。與月娘。兩箇大嚷大鬧。拍着西門慶灵床子。哭哭啼啼。叫叫嚎嚎。到半夜三更。在房中要行上弔。丫鬟來報與月娘。月娘慌了。與大妗子計議。請將李家虔婆來。要打發他歸院。虔婆生怕留下他衣服頭面。說了幾句言語。我家人在你這里。做小伏低。頂缸受氣。好容易就開交了罷。須得幾十兩遮羞錢。吳大舅居着官。又不敢張主。相講了半日。教月娘把他房中衣服首飾廂籠床帳家活。盡與他。打發出門。只不與他元宵綉春兩個丫鬟去。李嬌兒一心要這兩個丫頭。月娘生死不與他。說道。你倒好買良為娼。一句慌了鴇子。就不敢開言。變做笑吟吟臉兒拜辭了月娘。李嬌兒坐轎子。抬的往家去了。看官听說。院中唱的。以賣俏為活計。將脂粉作生涯。早辰張風流。晚此一李浪子。前門進老子。後門接兒子。棄舊迎新。見錢眼開。自然之理。未到家中。摑打揪撏。燃香燒剪。走死哭嫁娶。到家改志從良。饒君千般貼戀。萬種牢籠。還鎖不住他心猿意馬。不是活時偷食抹嘴。就是死後嚷閙離門。不拘幾時。還吃舊鍋粥去了。正是蛇入筒中曲性在。鳥出籠輕便飛騰有詩為証

堪嘆烟花不久長　洞房夜夜換新郎

兩隻玉腕千人枕　一點朱唇萬客嘗
造就百般嬌艷態　生成一片假心腸
饒君總有牢籠計　難保臨時思故鄉

月娘於是打發李嬌兒出門。大哭了一塲。衆人都在傍勸解。潘金蓮道。姐姐罷休。煩惱了。常言道娶淫婦。養海青食水不到想海東。這個都是他當初幹的營生。今日教大姐姐這等惹氣。家中正亂着。忽有平兒來報巡塩蔡老爹來了。在廳上坐着哩。我說家老爹没了。他問没了幾時了。我回正月二十一日病故。到今過了五七。他問有灵没灵。我回有灵在後邊供養着哩。他要來灵前拜拜。我來對娘說。月娘分付教你姐夫出去見他。不一時陳經濟穿上孝衣。出去拜見了蔡御史。良久後邊收拾停當。

請蔡御史進來。西門慶靈前參拜了。月娘穿着一身重孝。出來
回禮。再不教一言。就讓月娘夫人請回房。因問經濟說道。我昔
時曾在府相擾。今差滿回京去。敬來拜謝拜謝。不期作了人故。
便問甚麼病來。陳經濟道。是個痰火之疾。蔡御史道可傷可傷。
卽喚家人上來。取出兩疋杭州絹。一雙絨襪。四尾白鯗。四罐蜜
餞。說道。這些些微禮。權作奠儀罷。又拏出五十兩一封銀子來。這
個是我向日曾貸過老先生些些厚惠。今積了些些俸資奉償。以全
始終之交。分付大官。交進房去。經濟道。老爹忒多計較了。月娘
說。請老爹前廳坐。蔡御史道。也不消坐了。拏茶來。我吃一鍾就
是了。左右須臾拿茶上來。蔡御史吃了。揚長起身上轎去了。月
娘得了這五十兩銀子。心中又是那懽喜。又是那慘切。想有他

在時。似這樣官員來到。肯空放去了。又不知吃酒到多咱晚。今日他伸着脚子。空有家私。眼看着就無人陪侍。正是人得交游是風月。天開圖畫即江山。有詩爲証

靜掩重門春日長　爲誰展轉怨流光
更憐無瓜秋波眼　默地懷人淚兩行

話說李嬌兒到家。應伯爵打聽得知。報與張二官兒就拏着五兩銀子。來請他歇了一夜。原來張二官小西門慶一歲。屬兎的三十二歲了。李嬌兒三十四歲。虔婆瞞了六歲只說二十八歲教伯爵應瞞着使了三百兩銀子。娶到家中。做了二房娘子。祝日念。孫寡嘴。依舊領着王三官兒。還來李家行走。與桂姐打熱不在話下。伯爵李三黃四。借了徐內相五千兩銀子。張二官出

了五千兩做了東平府古器這批錢粮逐日寶鞍大馬在院中搖擺張二官見西門慶死了又打點了千兩金銀上東京尋了樞密院鄭皇親人情對堂上朱太尉說要討刑所西門慶這個缺家中收拾買花園蓋房子應伯爵無日不在他那邊趨奉把西門慶家中大小之事盡告訴與他說他家中還有第五個娘子潘金蓮排行六姐生的極標致上畫兒般人材詩詞歌賦諸子百家折牌道字雙陸象棋無不通曉又會識字一筆好寫彈一手好琵琶今年不上三十歲比唱的還喬說的這張二官心中火動巴不得就要了他便問道莫非是當初的賣炊餅武大郎的妻子麽伯爵道就是他被他占來家中今也有五六年光景不知他嫁人不嫁張二官道累你打聽着待有嫁人的聲口

你來對我說。等我娶了罷。伯爵道。我身子里有個人在他家做家人。名來爵兒。等我對他說。若有出嫁聲口。就來報你知道。難得你若娶過教這個人來家。也強如娶過唱的。當時有西門慶在。爲娶他也費了許多心。大抵物各有主。也說不的。道好有福的匹配。你如今有了這般勢耀。不得此女貌同享榮華。枉自有許多富貴。我只叫來爵兒密密打聽。但有嫁人的風縫兒。憑我甜言美語。打動春心。你却用幾百兩銀子。娶到家中。儘你受用便了。看官聽說。但凡世上幫閒子弟。極是勢利小人。見他家豪富。希圖衣食。便竭力承奉。稱功誦德。或肯撒漫使用。說是疎財仗義。慷慨丈夫。脅肩諂笑。獻子出妻。無所不至。一見那門庭冷落。便唇譏腹誹。說他外務。不肯成家立業。祖宗不肖。有此敗兒。

就是平日深恩。視如陌路。當初西門慶待應伯爵。如膠似漆。賽過同胞弟兄。那一日不吃他的。穿他的。受用他的。身死未幾。骨肉尚熱。便做出許多不義之事。正是畫虎畫皮難畫骨。知人知面不知心。有詩爲証。

昔年意氣似金蘭　百計趨承不等閑
今日西門身死後　紛紛謀妾伴人眠

畢竟未知後來如何。且聽下回分解。

全本金瓶梅詞話

陸

第八一至一〇〇回

第八十一回　韓道國拐財遠遁

湯來保欺主背恩

新刻金瓶梅詞話卷之九

第八十一回

韓道國拐財倚勢　湯來保欺主背恩

萬事從天莫强尋　天公報應自分明
貪淫縱意奸人婦　背主侵財被不仁
莫道身亡人弄鬼　由來勢敗僕忘恩
堪嘆西門成甚業　贏得奸徒富半生

話說韓道國與來保兩個。自從西門慶將二千兩銀子打發他在江南等處。置買貨物。一路飡風宿水。夜住曉行。到于揚州去處。抓尋苗青家內宿歇。苗青見了西門慶手札。想他活命之恩。盡力趨奉。他兩個成日尋花問柳。飲酒取樂。一日初冬天氣寒。

雲淡淡哀雁淒淒。樹木彫零。景物蕭瑟。不勝旅思。于是二人連忙將銀往各處置了布疋。裝在楊州苗青家安下。待貨物買完起身。先是韓道國。舊日請的表子。楊州舊院王玉枝兒。來保便請了林彩虹妹子。小紅。日逐請楊州塩客王海峯。和苗青遊寶應湖。遊了一日。歸到院中玉枝兒。鴇子生日。這韓道國。又邀請衆人擺酒。與鴇子王一媽做生日。使後生胡秀。置辦酒肴果菜。又使他請客商汪東橋。與錢晴川兩個。又不見到。想他就同王海峯來了。至日落時分。胡秀纔來。被韓道國帶酒罵了幾句。說這廝不知在那里啉酒。啉得這咱纔來。口裏噴出來酒氣。客人也先來了巳半日。你不知那里來。我到明日定筭你出去。那胡秀把眼斜瞅着他。走到下邊。口裏喃喃吶吶。說你罵我。你家老

婆在家里仰搧着掙。你在這里合蓬着丢宅里老爹。包着你家
老婆。合的不值了。纔交你領本錢出來做買賣。你在這里快活
你老婆不知怎麽受苦哩。得人不化白出你來。你落得為人。對
玉枝兒鴇子。只顧說。鴇子便拉出他院子里。說胡官人你醉了。
你往房里睡去罷。那胡秀大喓小喝。白不進房來。不料韓道國
正陪衆客商在席上吃酒。身穿着白綾道袍。綫絨㡜衣。毡鞋羢
襪。聽見胡秀口内放屁辣臊。心中大怒。走出來。踹了兩脚。罵道
賊野囚奴。我有了五分銀子。雇你一日。怕尋不出人來。即時赶
他去。那胡秀那里肯出門。在院子内聲叫起來。說道你如何赶
我。我沒壞了管帳事。你倒養老婆。倒攛我。看我到家說不說。被
來保勸住韓道國。手拉他過一邊。說道你這狗骨頭。原來這等

酒硬。那胡秀道保叔。你老人家。休管他我吃甚麼酒來。我和他做一做。被來保推他往屋裏挺覺去了。正是

酒不醉人人自醉　色不迷人人自迷

來保打發胡秀房里睡去不題。韓道國恐怕衆客商恥笑。和來保席上。觥籌交錯。遞酒鬬笑。林彩虹小紅姊妹二人并王玉枝兒。三個唱的。彈唱歌舞。花攢錦簇。行令猜枚。吃至三更方散。次日韓道國。要打胡秀。胡秀說。小的道不曉一字。被來保苗小湖做好做歹。勸住了。話休饒舌。有日貨物置完。打包裝載上船。苗青打點人事禮物。抄寫書帳。打發二人。并胡秀起身。王玉枝。并林彩虹姊妹。少不的置酒馬頭。作別餞行。從正月初十日起身。一路無詞。一月前臨行閘上。這韓道國。正在船頭上跕立。忽見

街坊嚴四郎從上流坐船而來往臨江接官去看見韓道國舉
手說韓西橋你家老爹從正月問沒了說畢船行得快就過去
了這韓道國聽了此言遂安心在懷瞞着來保不對他說不想
那時河南山東大旱赤地千里田蠶荒蕪不收棉花布價一時
踊貴每疋布帛加三利息各處鄉販都打着銀兩遠接在臨清
一帶馬頭迎着客貨而買韓道國便與來保商議船上布貨約
四千餘兩見今加三利息不如且賣一半便益鈔關納稅就到
家發賣也不過如此遇行市不賣誠為可惜來保道夥計所言
雖是誠恐賣了一時到家惹當家財主見怪如之奈何韓道國
便說老爹見怪都在我身上來保只得強不過他在馬頭上發
賣了一千兩布貨韓道國說雙橋你和何秀在舡上等着納稅

我打旱路。同小郎王漢。打着這一千兩銀子。裝成馱垜。先行一步家去。報老爹知道。來保道。你到家。好歹討老爹一封書來。下與鈔關錢老爹。少納稅錢。先放船行。韓道國應諾。同小郎王漢裝成馱垜。往清河縣家中來。不在言表。有日進城。在甕城南門裏。日色漸落。不想路上撞遇西門慶家。看墳的張安。推着車輛酒米食盒。正出南門。看見韓道國便叫韓大叔。你來家了。韓道國看見他帶着孝。問其故。張安說老爹死了。明日三月初九日。是斷七。大娘交我拏此酒米食盒。往墳上去。明日墳上與老爹燒帋去也。這韓道國聽了。說可傷可傷。果然路上行人口似碑。話不虛傳。打頭口逕進城中。那時天已漸晚。但見

十字街熒煌燈火。九曜廟香靄鐘聲。一輪明月掛疎林。幾點

疎星明碧落。六軍營內。嗚嗚畫角頻吹。五鼓樓頭。點點銅壺雙滴。四邊宿霧。昏昏罩舞榭歌臺。三市沉烟。隱隱閉綠窗朱戶。兩兩佳人歸綉幙。紛紛仕子捲書幃。

這韓道國進城來。到十字街上。心中算計。且住。有心要往西門慶家去。况今他已死了。天色又晚。不如且歸家停宿一宵。和渾家商議了。明日再去不遲。于是和王漢打着頭口。逕到獅子街家中。二人下了頭口。打發赶脚人回去。叫開門。王漢搬行李馱垜進來。有丫鬟看見。報與王六兒。說爹來家了。老婆一面迎接入門。拜了佛祖。拂去塵土。馱垜搭連。放在堂中。王六兒替他脫衣坐下。丫鬟點茶吃。韓道國先告訴往回一路之事。我在路上撞遇嚴四哥。說老爹死了。剛纔來到城外。又撞見墳頭張安推酒米往墳上去。說明日是斷七。果不虛傳。端的好好的。怎的死了。王六兒道。天有不測風雲。人有暫時禍福。誰人保得無常。韓道國一面把馱垛打開。裏面是他江南置的衣裳。細軟貨物。兩條搭連內。倒出那一千兩銀子。一封一封。倒在坑上。打開都是白光光雪花銀兩。對老婆說。此是我路上賣了這一千兩銀子先來了。又是兩包梯已銀子一百兩。今日晚了。明日早送與他家去罷。因問老婆。我去後。家中他先看顧你不曾。王六兒道。他在時倒也罷了。如今你這銀。還送與他家去。韓道國道。正是要和你商議。咱留下些。把一半與他如何。老婆道。呸。你這傻才。這遭再休要傻了。如今他已是死了。這裏無人。咱和他有甚瓜葛。不爭你送與他一半。交他招韶道兒。問你下落。到不如一狠二狠。把他這一千兩。咱顧了頭口。拐了上東京。投奔咱孩兒那裡愁咱親家太師爺府中。招放不下你我。韓道國說。丟下這房子。急切打發不出去。怎了。老婆道。你看沒才料。何不叫將第二個來。留幾兩銀子與他。就交他看守便了。等西門慶家人來尋你。只說東京咱孩兒。叫了兩口去了。莫不他七個頭。八個胆。敢往太師府中。尋咱們去。就尋去。你我也不怕他。韓道國說。爭柰我受大官人好處。怎好變心的。沒天理了。老婆道。自古有天理到沒飯吃哩。他占用着老娘。使他這幾兩銀子。不差甚麼。想着他孝堂。我到好意。備了一張插卓三牲。往他家燒帋。他家大老婆。那不賢良的淫婦。半日不出來。在屋裏罵的我好訕的。我出又出不來。坐又坐不住。落後他第三個老婆出來。陪我坐。我不去

坐。坐轎子來家。想着他這個情兒。我也該使他這幾兩銀子。一
席話。說得韓道國不言語了。夫妻二人晚夕計議已定。到次日
五更。叫將他兄弟韓二來。如此這般。交他看守房子。又把與他
一二十兩銀子盤纏。那二擣鬼。千肯萬肯。說哥嫂只顧去。等我
打發他。這韓道國。就把王漢小郎。并兩個了頭。也跟他帶上東
京去。僱了二輛大車。把箱籠細軟之物。都裝在車上。投天明出
西門。逕上東京去了。正是

撞碎玉籠飛彩鳳。　頓斷金鎖走蛟龍。

這里韓道國夫妻東京去不題。单表吳月娘。次日帶孝哥兒。同
孟玉樓。潘金蓮。西門大姐。奶子如意兒。女婿陳經濟。往墳上與
西門慶燒帋。墳頭告訴月娘。把昨日撞見韓大叔來家一節。月

娘道。他來了怎的不到家里來。只怕他今日來。在墳上剛燒了帋坐了沒多回。老早就赶了來家。使陳經濟往他家。叫韓夥計去問他船到那里了。初時叫着。不聞人言。次則韓二出來。說俺姪女兒。東京叫了哥嫂去了。船不知在那里。這陳經濟回月娘。月娘不放心。使經濟騎頭口。往河下尋舟去了。三日到臨清馬頭船上。尋着來保船隻。來保問韓夥計。先打了一千兩銀子家去了。經濟道。誰見他來。張安看見他進城。次日墳上來家大娘使我問他去。他兩口子。奪家連銀子。都拐的上東京去了。如今爹死了。斷七過了。大娘不放心。使我來找尋船隻。這來保口中不言。心內暗道。這天殺。原來連我也瞞了。嗔道路上賣了這一千兩銀子。乾淨要起毛心。正是人面咫尺。心隔千里。當下這來保。見西門慶巳死。也安心要和他一路。把經濟小夥兒。引誘在馬頭上各唱店中。歌樓上飲酒。請表子頑耍。暗暗船上搬了八百兩貨物。卸在店家房內。封記了。一日鈔關上納了稅。放船過來。在新河口起脚裝車。往清河縣城裡來。家中東廂房卸下。那時自從西門慶死了。獅子街絨綿鋪。巳關了。對門段鋪。甘夥計崔本賣貨銀兩都交付明白。各辭歸家去了。房子也賣了。止有門首解當生藥鋪。經濟與傅夥計開着。這來保妻惠祥。有個五歲兒子。名僧寶兒。韓道國老婆王六兒有個侄女兒四歲。二人割衿。做了親家。家中月娘通不知道。這來保交卸了貨物。就一口把事情。都推在韓道國身上。說他先賣了二千兩銀子來家。那月娘再三使他上東京。問韓道國銀子下落。被他一頓話說咱早休去。一個太師老爺府中。誰人敢到。沒的招是惹非得。他不來尋趁。咱家念佛。到沒的招惹虱子頭上撓。月娘道。翟親家也虧咱家。替他保親。莫不看些分上兒。來保道。他家女兒見在他家得時。他敢只護他娘老子。莫不護咱不成。此話只好在家對我說罷了。外人知道。傳出去到不好了。這幾兩銀子罷。更休題了。月娘交他會買頭。發賣布貨。他甫會了主兒。月娘交陳經濟兌銀講價錢。主兒都不服。拏銀出去了。來保便說姐夫你不知買賣甘苦。俺在江湖上。走的多。曉的行情。寧可賣了悔。休要悔了賣。這貨來家。得此價錢。就勾了。你十分把弓兒拽滿。迸了主兒。顯的不會做生意。我不是托大說話。你年少不知事體。我莫不肐膊兒。往外撇。不如賣弔了。是一塲事。那經濟聽了。便性兒不管了。他不等月娘分付。匹手奪過算盤來。邀回主兒來。把銀子兌了二千餘兩。一件件交付與經濟。經手交進月娘收了。推貨出門。月娘與了陳經濟二三十兩銀子。房中盤纏。他便故意兒昂昂大意不收。說道你老人家。還收了。死了爹。你老人家死水兒。自家盤纏。又與俺們做甚。你收了去。我決不要。一 日晚夕外邊吃的醉醉兒。走進月娘房中。搭伏着護炕。說念月娘你老人家。青春少小。沒了爹。你自家守着這點孩兒子。不害孤另麼。月娘一聲兒沒言語。一 日東京翟管家。寄書來。知道西門慶死了。聽見韓道國。說他家中。有四個彈唱出色女子。該多價錢說了。去兌銀子來。要載到京中。答應老太太。月娘見書。慌了手脚。呼將來保來計議。與他去好。不與他去好。來保進入房中。也不叫娘。只說你娘子人家。不知事。不與他去就惹下禍了。這個都是過世老頭兒惹的。恰似賣富一般。但擺酒請人。就交家樂出去。有個不傳出去的。何況韓夥計女兒。又在府中荅應老太太有個不說的。我前日怎麼說來。今果然有此勾當。鑽出來。你不與他。他裁派府縣。差人坐名兒來要。不怕你不雙手兒奉與他。還是遲了。不如今日。難說四個都與他。胡亂打發兩個與他。還做面皮。這月娘沉吟半晌。孟玉樓房中蘭香。與金蓮房中春梅。都不好打發。綉春又要看哥兒。不出門。問他房中玉簫與迎春情願要去。以此就差來保。僱車輛。裝載兩個女子出門往東京太師府中來。不料來保這厮在路上。把這兩個女子都姦了。有日到東京。會見韓道國夫婦。把前後事都說了。若不是親家看顧我。在家阻住。我雖然不怕他。也不敢來東京尋我。翟謙看見兩個女子。迎春玉簫。都生的好模樣兒。一個會箏。一個會絃子。都不上十七八歲。進入府中伏侍老太太。賞出兩錠元寶來。這來保。還尅了一錠。到家只拏出一錠元寶來。與月娘。還將言語恐嚇月娘。若不是我去。還不得他這錠元寶拏家來。你還不知韓夥計兩口兒。在那府中。好不受用富貴。獨自住着一所宅子。呼奴使婢。坐五行三。翟管家以老爺呼之。他家女孩兒。韓愛姐。日逐上去答應老太太。寸步不離。要一奉十。揀口兒吃用。換套穿衣。如今又會寫。又會算。福至心靈。出落得好長大身材。姿容美貌。前日出來見我。打扮的如瓊林玉樹一般。百伶百俐。一口一聲。叫我保叔。如今咱家這兩個家樂。到那里。還在他手里討針線哩。說畢。月娘還甚是知感他不盡。打發他酒饌吃了。與他銀子又不受。拏了一疋段子。與他妻惠祥做衣服穿。不在話下。這來保一日同他妻弟劉倉。往臨清馬頭上。將封寄店內布貨。盡行賣了八百兩銀子。暗買下一所房子。在外邊。就來劉倉右邊門首。開雜貨鋪兒。他便日逐隨倚祀會茶。他老婆惠祥。要便對月娘說假推往娘家去。到房子里。從新換了頭面衣服。珠子箍兒。插金戴銀。往王六兒娘家王母豬家。扳親家。行人情坐轎看他家女兒去。來到房子里。依舊換了慘淡衣裳。纔往西門慶家中來。只瞞過月娘一人不知。來保這廝。常時吃醉了。來月娘房中。嘲話調戲。兩番三次。不是月娘爲人正大。也被他說念的心邪。上了道兒。又有一般家奴院公。在月娘根前說他媳婦子。在外與王母猪。作親家。揷金戴銀。行三坐五。潘金蓮他也對月娘說。了幾次。月娘不信。惠祥聽見此言。在厨房中。罵大罵小。他便裝胖學蠢。自巳誇獎。說衆人你每只好在家里。說炕頭子上嘴罷了。相我水皮子上顧瞻將家中這許多銀子貨物來家。若不是我。都乞韓夥計。老牛箝嘴。拐了往東京去。只呀的一聲。乾丢在水里也不响。如今還不得俺每一個是。說俺轉了主子的錢了。架俺一篇是非。正是割股也不知。燃香的也不知。自古信人調。丢了瓢。他媳婦子惠祥。便罵賊嚼舌根的淫婦。說俺兩口子。轉的錢大了。在外行三坐五。扳親家。老道出門。問我姊那里。借的衣裳幾件子首飾。就說是俺。落得主子銀子治的。要擠撮俺兩口子出門。也不打緊。等俺每出去。料莫天也不着餓老鴉兒吃草。我洗淨着眼兒。看你這些滛婦奴才。在西門慶家里任𥚃着。月娘見他罵大罵小。尋由頭兒。和人嚷鬧上弔。漢子又兩番三次。無人處在根前無禮。心裡也氣得沒入脚處。只得交他兩口子。搬離了家門。這來保就大利利和他舅子。開起個布鋪來。發賣各色細布。日逐會倚祀。行人情。不在話下。正是勢敗奴欺主。時衰鬼弄人。有詩爲証。

我勸世間人　切莫把心欺

欺心卽欺天　莫道天不知

天只在頭上　昭然不可欺

畢竟未知後來何如。且聽下回分解。

第八十二回

陳敬濟弄一得雙

潘金蓮熱心冷面

第八十二回

潘金蓮月夜偷期　陳經濟畫樓雙美

記得書齋作會時　雲踪雨跡少人知
曉來鸞鳳栖雙枕　剔盡銀燈半吐輝
思往事　夢魂迷　今宵喜得効于飛
顛鸞倒鳳無窮樂　從此雙雙永不離

話說潘金蓮與陳經濟。自從西門慶孝堂在廂房裡得手之後。兩箇人嚐着甜頭兒。日逐白日偷寒。黃昏送煖。或倚肩嘲笑。或並坐調情。掐打揪撏。通無忌憚。或有人跟前。不得說話。將心事寫成。搓在紙條兒內。丟在地下。你有話傳與我。我有話傳與你。一日四月天氣。潘金蓮將自已袖的。一方銀絲汗巾兒。裹着一箇玉色紗挑線香袋兒。裡面裝安息排草。玫瑰花瓣兒。并一縷頭髮。又着些松栢兒一面挑着松栢長青。一面是人如花面。八字封的停當。要與經濟。不想經濟不在廂房內。遂打牕眼內投進去。後經濟開門。進入房中。看見彌封甚厚。打開却是汗巾香袋兒。帋上寫一詞。名寄生草。

將奴這銀絲帕。并香囊寄與他。當中結下青絲髮。松栢兒要你常牽掛。淚珠兒滴寫相思話。夜深燈照的奴影兒孤。休負了夜深潛等荼䕷架。

這經濟見詞上許他在荼䕷架下。等候私會佳期。隨即封了一柄金湘妃竹扇兒。亦寫一詞在上面荅他。袖入花園內。不想月娘正在金蓮房中坐着。這經濟三不知。恰進角門就叫可意人。

在家不在。這金蓮聽見是他語音。恐怕月娘聽見。决撒了。連忙走出來。掀起簾子。看見是他。佯做擺手兒。說我道是誰來。原來是陳姐夫來尋大姐。大姐剛纔在這裡。和他們往花園亭子上。摘花兒去了。這經濟見有月娘在房裡。就把物事暗暗遞與婦人袖了。他就出去了。月娘便問。陳姐夫來做甚麼。金蓮道他來尋大姐。我回他在花園中去了。以此瞞過月娘。不久月娘起身回後邊去了。金蓮向袖中取出物事。拆開。却是湘妃竹。白紗扇兒一把。上畫一種青蒲。半溪流水。有水仙子。一首爲証

紫竹白紗甚逍遥。綠青蒲巧製成。金鈒銀錢十分妙。妙人兒堪用着。遮炎天少把風招。有人處常常袖着。無人處慢慢輕搖。休教那俗人見偷了。

婦人一見其詞。到于晚夕月上時。早把春梅秋菊兩箇丫頭。打發些酒與他吃。關在那邊炕屋睡。然後他便在房中。綠牕半啓。絳燭高燒。收拾床鋪衾枕。薰香澡牝。獨立木香棚下。專等經濟今晚來赴佳期。却說西門大姐。那日被月娘請去後邊。聽王姑子宣卷去了。止有元宵兒在屋裡。經濟射已與了他一方手帕。安付他着守房中。我往你五娘那邊。請我下棋去。等大姑娘進來。你快叫我去。那元宵兒應諾了。這經濟得手走來花園中。那花篩月影。參差掩映。走在荼蘼架下。遠遠望着見婦人摘去冠兒。半挽烏雲。上着藕絲衫。下着翠紋裙。腳襯淩波羅襪。從木香棚下來。這經濟猛然從荼蘼架下突出。雙手把婦人抱住。把婦人諕了一跳。說呸小短命。猛可鑽出來。諕了我一跳。早是我。你摟便將就罷了。若是別人。你也恁大膽摟起來。經濟吃的半酣兒笑道。早知摟了你。就錯摟了紅娘。也是沒奈何。兩箇于是相摟相抱。携手進入。房中。房中熒煌煌掌着燈燭。卓上設着酒餚。一面頂了角門。並肩而坐飲酒。婦人便問你來大姐知不知。經濟道。大姐後邊聽宣卷去了。我安付下元宵兒有事來這裡叫我。只說在這裡下棋哩。說畢。兩箇懽笑做一處。飲酒多時。常言風流茶說合。酒是色媒人。不覺竹葉穿心。桃花上臉。一箇嘴兒相親。一箇腮兒厮揾。罩了燈上床交接。婦人摟抱經濟。經濟亦揣摸着婦人。婦人唱六娘子。

入門來將奴摟抱在懷。奴把錦被兒伸開。俏冤家頑的十分恠。嗏。將奴腳兒擡。腳兒擡。操亂了烏雲髩兒歪。

經濟亦占回前詞一首。

兩意相投情掛牽。休要閃的人孤眠。山盟海誓說千遍。殘情上放着天。放着天。你又青春咱少年。

兩人雲雨纔畢。只聽得元宵叫門。說大姑娘進房中來了。這經濟慌的穿衣出門去了。正是狂蜂浪蝶有時見。飛入梨花無處尋。原來潘金蓮那邊。三間樓上。中間供養佛像。兩邊稍間堆放生藥香料。兩箇自此以後。情沾肺腑。意密如膠。無日不相會做一處。一日也是合當有事。潘金蓮早辰梳粧打扮。走來樓上觀音菩薩前燒香。不想陳經濟正拏鑰匙上樓。開庫房間。拏藥材香料。撞遇在一處。這婦人且不燒香。見樓上無人。兩箇摟抱着親嘴咂舌。一箇叫親親五娘。一箇呼心肝性命。說趁無人。咱在這裡幹了罷。一面解退衣褲。就在一張春櫈上。雙鳧飛肩。靈根半入。不勝綢繆。有生藥名。水仙子為証。

當歸半夏紫紅石。可意檳榔招做女婿浪蕩根插入蓽麻內。毋丁香左右偎。大麻花一陣昏迷。白水銀撲簇簇下。紅娘子心內喜。快活殺兩片陳皮。

當初沒巧不成話。兩箇正幹得好。不防春梅正上樓來。拿盒子取茶葉。看見兩箇湊手腳不迭。都吃了一驚。春梅恐怕羞了他。連忙倒退回身子。走下胡梯。慌的經濟兜小衣不迭。婦人正穿裙子。婦人便叫春梅。我的好姐姐。你上來我和你說話。那春梅於是走上樓來。金蓮道。我的好姐姐。你姐夫不是別人。我今教你知道了罷。俺兩箇情孚意合。拆散不開。你千萬休對人說。只放在你心裡。春梅便説。好娘説那裡話。奴伏侍娘這幾年。豈不知娘心腹。肯對人説。婦人道。你若肯遮盖俺們。趂你姐夫在這裡。你也過來。和你姐夫睡一睡。我方信你。你若不肯。只是不可憐見俺每了。那春梅把臉羞的一紅一白。只得依他卸下湘裙。解開裩帶。仰在凳上。儘着這小夥兒受用。有這等事。正是明珠兩顆皆無價。可奈檀郎盡得鑽。有紅繡鞋爲証。

假認做女婿親厚。往來和丈毋歪偷。人情裡包藏鬼胡油。明講做兒女禮。暗結下燕鶯儔。他兩箇見今有。

當下經濟耍了春梅。拏茶葉出去了。潘金蓮便與春梅打成一家。與這小夥兒暗約偷期。非止一日。只背着秋菊。婦人偏聽春梅説話。衣服首飾。揀心愛者與之。託爲心腹。六月初一日。金蓮娘潛姥姥老病沒了。有人來說。吳月娘買一張插桌。三牲冥帋。教金蓮坐轎子。往門外探喪祭祀去了一遭回來。到次日。却說六月初三日。金蓮起來的早。在月娘房裡坐着。說了半日話出來。走在大廳院子裡墻根下。急了溺尿。正撩起裙子。蹲踞溺尿。原來西門慶死了。沒人客來往。等閒大廳儀門。只是閒閉不開。經濟在東廂房住。纔起來。忽聽見有人在墻根石榴花樹下。溺的尿刷刷的響。悄悄向牕眼裡張看。却不想是他。便道。是那箇撒野在這裡溺尿。撩起衣服看。濺濕了裙子了。這婦人連忙繫上裙子。走到牕下問道。原來你在屋裡。這咱纔起來。好自在。大姐沒在房裡麽。經濟道。在後邊。幾時出來。昨夜三更纔睡。大娘後邊拉住我聽宣紅羅寶卷。與他聽坐到那咱晚。險些兒沒把腰累癱瘸了。今日白扒不起來。金蓮道。賊牢成的。就休搗謊哄我。昨日我不在家。你幾時在上房內。聽宣卷來。丫鬟說你。昨日在孟三兒屋裡吃飯來。經濟道。早是大姐看着。俺們都在上房內。幾時在他屋裡去來。說着。這小夥兒跕在炕上。把那話弄的硬硬的。直豎的一條棍。隔窓眼裡舒過來。婦人一見笑的要不的。罵道。怪賊牢拉的短命。猛可舒出你老子頭來。諕了我一跳。你趂早好好抽進去。我好不好。拿針刺與你一下子。教你恐痛哩。經濟笑道。你老人家。這回兒又不待見他起來。你好反打發他個好去處。也是你一點陰騭。婦人罵道。好個怪牢成久慣的囚根子。一面向腰裡。摸出面青銅小鏡兒來。放在牕櫺上。假做勾臉照鏡。一面用朱唇吞裹吮咂他那話。吮咂的這小郎君。一點靈犀灌頂，滿腔春意融心。正是自有內事迎郎意，慇懃愛把紫簫吹。原來婦人做作如此，若有人看見，只說他照鏡勾臉，麼不顯其事。其淫蠱顯然，通無廉恥。正咂在熱鬧處，忽聽的有人走的腳步兒響，這婦人連忙摘下鏡子，走過一邊，經濟便把那話抽回去，却不想是來安兒小廝，走來說：傅大郎前邊請姐夫吃飯哩。經濟道：教你傅大郎且吃着，我梳頭哩，就來。來安兒回去了。婦人便悄悄向經濟說：晚夕你休往那裡去了，在屋裡，我使春梅叫你。好歹等我，有話和你說。經濟道：謹依來命。婦人說畢，回房去了。經濟梳洗畢，往鋪中自做買賣，不題。不一時天色晚來，那日月黑星密，天氣十分炎熱，婦人令春梅燒湯熱水，要在房中洗澡，修剪足甲，床上收拾衾枕，趕了蚊子，放下紗帳子，小篆內炷了香。春梅便叫娘不知今日是頭伏。你不要些些鳳仙花染指甲。我替你尋些些來。婦人道你尋去。春梅道我直往那邊大院子裡纔有。我去掐幾根來。娘教秋菊尋下杵臼擣下蒜。婦人附耳低言。悄悄分付春梅。你就廂房中請你姐夫晚夕來我和他說話。這春梅去了。這婦人在房中。比及洗了香肌。修了足甲。也有好一回。只見春梅掐了幾棵鳳仙花來。整叫秋菊擣了半夜。婦人又與了他幾鍾酒吃。打發他厨下先睡了。婦人燈光下。染了十指春葱。令春梅拿櫈子。放在天井內。鋪着涼簟衾枕納涼。約有更闌時分。但見朱戶無聲。玉繩低轉。牽牛織女二星。隔在天河兩岸。又忽聞一陣花香。幾點螢火。婦人手拈紈扇。正伏枕而待。春梅把角門虛掩。正是待月西廂下。迎風戶半開。隔墻花影動。疑是玉人來。原來經濟約定搓木槿花樹爲號。就知他來了。婦人見花枝搖影。知是他來。便在院內咳嗽接應。他推開門進來。兩箇並肩而坐。婦人便問你來。房中有誰。經濟道。大姐今日没出來。我已安付元宵兒。在房裡。有事先來叫我。因問秋菊睡了。婦人道。已睡熟了。說畢。相摟相抱。二人就在院內欖上。赤身露躰。席枕交歡。不勝繾綣。但見

情興兩和諧。摟定香肩臉揾腮。手撚香乳綿似軟。實奇哉。掀起腳兒脫繡鞋。玉躰着郎懷。舌送丁香口便開。倒鳳顛鸞雲雨罷。囑多才。明朝千萬早些來。

兩箇雲雨畢。婦人拏出五兩碎銀子來。遞與經濟說。門外你潘姥姥死了。棺材已是你爹在日。與了他。三日入殮時。你大娘教

我去探喪燒帋來了。明日出殯你大娘不放我去。說你爹熱孝在身。只見出門這五兩銀子。交與你。明日央你蚤去門外發送發送你潘姥姥。打發擡錢。看着下入土內。你來家。就同我去一般。這經濟一手接了銀子。說這箇不打緊。你分付我幹事。受人之託。必當終人之事。我明日絶早出門。幹畢事來。回你老人家。說畢。恐大姐進房。老早歸廂房中去了。一宿晚景休題。到次日到飯時就來家。金蓮纔起來。在房中梳頭。經濟走來回話。就門外昭化寺裡。拿了兩枝茉莉花兒來婦人戴。婦人問棺材下了葬了。經濟道。我管何事不打發他老人家黃金入了櫃我敢來回話。還剩了二兩六七錢銀子。交付與你妹子收了。盤纏度日。千恩萬謝。多多上覆你。婦人聽見他娘入土。落下淚來。便叫春梅。把花兒浸在盞內。看茶來與你姐夫吃。不一時兩盒兒蒸酥。四碟小菜。打發經濟吃了茶。往前邊去了。由是越發與這小夥兒日親日近。一日七月天氣。婦人早辰約下他。你今日休往那裡去。在房中等着。我往你房裡。和你耍耍。這經濟答應了。不料那日被崔本邀了他。和幾箇朋友往門外耍子去了一日。吃的大醉來家。倒在床上。就睡着了。不知天高地下。黃昏時分。金蓮驀地到他房中。見他挺在床上。行李兒也顧不的。推他推不醒。就知他在那裡吃了酒來。可霎作怪。不想婦人摸他袖子裡。吊去一根金頭蓮瓣簪兒。來上面鈒着兩溜字兒。金勒馬嘶芳草地。玉樓人醉杏花天。迎曉一看。就知是孟玉樓簪子。怎生落在他袖中。想必他也和玉樓有些首尾。不然他的簪子。如何他袖着。怪道這短命。幾次在我面上無情無緒。我若不留幾箇字兒與他。只說我沒來。等我寫四句詩在壁上。使他知道。待我見了。慢慢追問他下落。于是取筆在壁上寫了四句。詩曰

獨步書齋睡未醒　空勞神女下巫雲
襄王自是無情緒　辜負朝朝暮暮情

寫畢。婦人回房中去了。却說經濟睡起一覺酒醒過來。房中掌上燈。因想起今日婦人來相會。我却醉了。回頭見壁上寫了四句詩在上。墨跡猶新。念了一遍。就知他來到。空回去了。打了送上門的風月兒白丟了。心中懊悔不已。這咱的起更時分。大姐元宵兒都在後邊未出來。我若往他那邊去。角門又關了。走來槿花下搖花枝爲號。不聽見裡面動靜。不免踏着太湖石。扒過

粉墻去。那婦人見他有酒醉了。挺覺大恨歸房悶悶在心。就渾衣上床搓睡。不料半夜他扒過墻來。見院內無人想丫鬟都睡了。悄悄躡足潛踪。走到房門首。見門虛掩。就挨身進來。窗間月色照見床上婦人獨自朝裡搓着。低聲叫可意人。數聲不應。說道。你休怪我。今日崔大哥衆朋友邀了我往門外五星原庄上射箭耍子了一日。來家就醉了。不知你到有負你之約。恕罪恕罪。那婦人也不理他。這經濟見他不理慌了。一面跪在地下。說了一遍又重復一遍。被婦人反手望臉上撾了一下。罵道賊牢拉負心短命。還不悄悄的。丫頭聽見。我知道你有箇人。把我不放到心。你今日端的那去來。經濟道。我本被崔大哥拉了。門外射箭去。灌醉了來。就睡着了。失悞你約。你休惱我。我看見你留詩在壁上就知惱了你婦人道怪搗鬼牢拉的別要說嘴與我禁聲你搗的鬼如泥彈兒圓我手內放不過你今日便是本叫了你吃酒醉了來家你袖子裡這根簪子卻是那裡的經濟道本是那日花園中拾的來今纔兩三日了婦人道你還合神搗鬼是那花園裡拾的你再拾一根來我纔算這簪子是孟三兒那麻淫婦的頭上簪子我認千真萬真上面還鈒着他名字你還哄我嗔道前日我不在他叫進你房裡吃飯原來你和他七箇八箇我問着你還不成認你不和他兩箇有首尾他的簪子緣何到你手裡原來把我的事都透露出與他怪道前日他見了我笑原來有你的話在裡頭自今以後你是你我是我綠豆皮兒請退了于是急的經濟賭神發呪繼之以哭道我經濟

若與他有一字絲麻皁線。靈的是東岳城隍。活不到三十歲。生來碗大疔瘡。害三五年黃病。要湯不見。要水不見。那婦人終是不信。說道。你這賊才料。說來的牙疼誓。虧你口內不害磣。兩箇絮聒了一回。見夜深了。不免解卸衣衫。挨身上床倘下。那婦人把身子扭過。倒背着他。使箇性兒不理他。由着他姐姐長姐姐短。只是反手望臉上撾過去。諕的經濟氣也不敢出一聲兒來。乾霍亂了一夜。就不悮合成毽頭。天明恐怕丫頭起身。依舊越墻而過。往前邊廂房中去了。有詞爲證。

我嘴搵着他油鬏髻。他背靠着胷肚皮。早難送香腮左右偎。

只在頂窩兒裡。長吁氣。一夜何曾見面皮。只覷着牙梳背。

看官聽說。往後金蓮還把這根簪子。與了經濟。後來孟玉樓嫁了李衙內。往嚴州府去。經濟還拿着。這根簪子做証見。認玉樓是姐。要暗中成事。不想玉樓哄趙。反陷經濟牢獄之災。此事表過不題。正是三光有影遣誰繫。萬事無根只自生。畢竟後來如何。且聽下回分解。

第八十三回　秋菊含恨泄幽情

春梅寄柬諧佳會

第八十三回

秋菊含恨泄幽情　春梅寄柬諧佳會

堪笑西門識未通　惹將桃李笑春風　詩重出數次可厭

滿床錦被藏賊睡　三頓珍羞養大蟲

愛物只圖夫婦好　貪財常把丈人坑

更有一件堪觀處　穿房入屋弄乾坤

話說潘金蓮見陳經濟天明。越墻過去了。心中又後悔。次日却是七月十五日。吳月娘坐轎子出門。往地藏庵薛姑子那里。替西門慶燒盂蘭會箱庫去。金蓮衆人都送月娘到大門首回來。孟玉樓。孫雪娥。西門大姐。都往後邊去了。獨金蓮落後。走到前廳儀門首。撞遇經濟。正在李瓶兒那邊樓上。尋了解當庫衣物抱出來。金蓮叫住。便向他說。昨日我說了你幾句。你如何使性兒。今早就跳摶出來了。莫不真個和我罷了。經濟道。你老人家還說哩。一夜誰睡着來。險些兒一夜沒曾把我麻犯死了。你看把我臉上肉。也撾的去了。婦人罵道。賊短命。既不與他有首尾賊人胆兒虛。你平白走怎的。經濟向袖中取出了紙帖兒來。婦人打開觀看。却是寄生藥一詞。說道

動不動。將人罵。一逕把臉兒上撾。千般做小伏低下。但言語。便要和咱罷。罷字兒說的人心怕。忘恩失義俏冤家。你眉兒淡了教誰畫。

金蓮一見笑了。說道。既無此事。你今晚來後邊。我慢慢再問你經濟道。乞你麻犯了人。一夜誰合眼兒來。等我白日裏睡一覺

兒去婦人道得不去和你筭帳說畢婦人回房去了經濟拏衣
物往舖子里來做了一回買賣歸到廂房揾在床上睡了一覺
盼望天色晚來要往金蓮那邊去不想比及到黃昏時分天氣
一陣陰黑來窓外簌簌下起雨來正是蕭蕭庭院黃昏雨點點
芭蕉不住聲這經濟見那雨下得緊說道好個不做美的天他
甫能教我對証話去今日不想又下起雨來好悶倦人也于是
長等短等那雨不住簌簌直下到初更時分下的房簷上流水
這小郎君等不的雨住披着一條茜紅氊子卧单在身上那時
吳月娘來家大姐與元宵兒都在後邊沒出來于是鎖了房門
從西角門大雨裡走入花園金蓮那邊推了推角門婦人知他
今日晚必來早已分付春梅灌了秋菊幾鍾酒同他在炕房裡

先睡了。以此把角門虛掩。這經濟推了推角門。見掩着。便挨身而入。進到婦人卧房。見紗窗半啟。銀蠟高燒。卓上酒果已陳。金尊滿泛。兩個並肩疊股而坐。婦人便問你既不曾與孟三兒拘搭。這簪子怎得到你手里。經濟道本是我昨日在花園荼蘼架下拾的。若哄你。便促死促滅。婦人道既無此事。還把這根簪子與你関頭。我不要你的。只要把我與你的簪子香囊帕兒物事收好着。少了我一件兒。我與你答話。兩個吃酒下棋。到一更方上床就寢。顛鸞倒鳳。整狂了半夜。婦人把昔日西門慶枕邊風月。一旦盡付與情郎身上。卻說秋菊在那邊屋裏。夜聽見這邊房裡。恰似有男子聲音說話。更不知是那個了。到天明雞叫時分。秋菊起來溺尿。忽聽那邊房內開的門响。朦朧月色。雨尚未止打窗眼看見一人。披着紅肝單。從房中出去了。恰似陳姐夫一般。原來夜夜和我娘睡。我娘自來人前會撇清。乾淨背裏養着女婿。次日逕走到後邊廚房裡。就如此這般對小玉說。不想小玉和春梅好。又告訴與春梅。你那邊秋菊說你娘養着陳姐夫。昨日在房裡睡了一夜。今早出去了。大姑娘和元宵又没在前邊睡。這春梅歸房。一五一十。對婦人說。娘不打與你這奴才幾下教他騙口張舌。葬送主子。就是一般教作煎煎粥兒就把鍋來打破了。你屁股大。吊了心也怎的我這幾日。没曾打你這奴才骨朶痒了。于是拏棍子。向他春背上。儘力狠抽了三十下。打的殺猪也似叫。身上都破了。春梅走將來。說娘没的打他這幾下兒。與他撾痒痒兒哩。旋剝了。叫將小厮來。拏大板子儘力砍與他二三十板。看他怕不怕。湯他這幾下兒。打水不渾的。只像鬬猴兒一般。他好小胆兒。你想他怕也。怎的做奴才。裹言不出。外言不入。都似這般養出家生哨兒來了。秋菊道。誰說甚麽來。婦人道。還說嘴哩。賊彼家誤五鬼的奴才。還說甚麽。幾聲喝的。婦人往厨下去了。正是。蚊蟲遭扇打。只爲嘴傷人。一日八月中秋時分。金蓮夜間。暗約經濟賞月飲酒。和春梅同下鱉棋兒。晚夕貪睡失曉。至茶時前後。還未起來。頗露圭角。不想被秋菊睃到眼裡。連忙走到後邊上房門首。對月娘說。不想月娘正梳頭。小玉在上房門。秋菊拉過他一邊。告他說俺姐夫如此這般昨日又在我娘房裡。歇了一夜。如今還未起來哩。前日爲我告你說。打了我一頓。今日眞實看見。我湏不賴他。請奶奶快去瞧去。小玉罵道。張眼露睛奴才。又來葬送主子。俺奶奶梳頭哩。還不快走哩。月娘便問他說甚麽。小玉不能隱諱。只說五娘使秋菊來請奶奶說話。更不題出別的事。這月娘梳了頭。輕移蓮步。驀然來到前邊金蓮房門首。早被春梅看見。慌的先進來。報與金蓮。金蓮與經濟兩個。還在被窩內未起。聽見月娘到。兩個都吃了一驚。慌做手腳不迭。連忙藏經濟在床身子裡。用一床錦被遮盖的。教春梅放小桌兒在床上。拏過珠花來。只穿珠花。不一時月娘到房中坐下。說六姐。你這裡咱還不見出門。只道你做甚。原來在屋裡穿珠花哩。一面拏在手中觀看。誇道且是穿得好。正面芝蔴花。兩邊槅子眼方勝兒。周圍蜂趕菊。你看着的珠子。一個挨一個兒。湊的同心結。且是好看。到明日你也替我

2519

穿恁條箍兒戴。婦人見月娘說好話兒。那心頭小鹿兒纔不跳了。一面令春梅倒茶來。與大娘吃。少頃月娘吃了茶。坐了回去了。說六姐快梳子頭。後邊坐。金蓮道知道。打發月娘出來。連忙攛掇經濟出港。往前邊去了。春梅與婦人整揑兩把汗。婦人說你大娘等閒無事。他不來我這屋裏來。無上事。他今日大清早辰。來做甚麼。春梅道。左右是咱家這奴才戳的來。不一時。只見小玉走來。如此這般。秋菊後邊說去。說姐夫在這屋裡明睡到夜。夜睡到明日。被我罵喝了他兩聲。他還不動。俺奶奶問我没的說。只說五娘請奶奶說話。方纔來了。你老人只放在心裡。大人不見小人過。只隄防着這奴才就是了。看官聽說。雖是月娘不信秋菊說話。只恐金蓮少女嫩婦。没了漢子。日久。一時心邪。

着了道兒。恐傳出去。被外人唇恥。西門慶爲人一場。沒了多時光兒。家中婦人。都弄的七顛八倒。恰似我養的這孩子。也來路不明一般。香香噴噴在家里。臭臭烘烘在外頭。又以愛女之故。不教大姐遠出門。把李嬌兒廂房。挪與大姐住。教他兩口兒搬進後邊儀門裏來。遇着傳夥計家去。教經濟輪番在鋪子裡上宿。取衣物藥材。同玳安兒出入。各處門戶。都上了鎖鑰。丫鬟婦女。無事不許往外邊去。凡事都嚴禁。這潘金蓮與經濟。兩個熱鬧突突。恩情都間阻了。正是世間好事多間阻。就裏風光不久長。有詩爲証

幾向天台訪玉眞　三山不見海沉沉
侯門一日深如海　從此蕭郎是路人

潘金蓮自被秋菊泄露之後。月娘雖不見信。晚夕把各處門戶。都上了鎖。西門大姐。搬進李嬌兒房中居住。經濟尋取藥材衣物。同玳安。或平安。眼同出入。二人恩情。都間阻了。約一個多月。不曾相會一處。金蓮每日難挨。繡幃孤枕。怎禁畫閣凄凉。未免害些木邊之目。田下之心。脂粉懶勻。茶飯頓減。帶圍寬褪。懨懨瘦損。每日只是思睡。扶頭不起。有春梅向前問道。娘。你這兩日。怎的不去後邊坐。或是往花園中。散心走走。每日短歎長吁。端的為些甚麼。婦人道。你不知道。我與你姐夫相交。有鴈兒落為証。

我與他好似並頭蓮一處生。比目魚纏成塊。初相逢熱似粘。作怎離別難禁耐。好是惟奇哉這兩日他不進來。大娘又把門上鎖。花園中狗兒乖。難猜。奴婢們睃聽的怪傷懷。這相思實難解。

春梅道娘。你放心。不妨事。塌了天。還有四個大漢扶着哩。昨日大娘留下兩個姑子。今晚夕宣卷。後邊關的儀門早。晚夕我推往前邊馬坊内取草。裝塡枕頭。等我往前邊鋪子裡。叫他去。你寫下個來帖兒。與我拏着。我好歹叫了姐夫和娘會一面。娘心下如何。婦人道。我的好姐姐。你若肯可憐見。叫得他來。我恩有重報。不可有忘。我的病兒好了。替你做雙滿臉花鞋兒。春梅道。娘說的是那裡話。你和我是一個人。爹又沒了。你明日往前後進。我情愿跟娘去。咱兩個還在一處。婦人道。你有此心。可卸好哩。婦人于是輕拈象管。款拂花箋。寫就一個柬帖兒。弥封停當到于晚夕。婦人先在後邊月娘前。假托心中不自在。得了個金蟬脫殼。歸到前邊。房中沒事。月娘後邊儀門。老早關了。丫鬟婦女。都放出來。聽尼僧宣卷。金蓮央及春梅。遞與他柬帖。說道好姐姐。你快些請他去。有河西六娘子為証

央及春梅好姐。你放寬洪海量些。俺團圓。只在今宵夜。嗏。你把腳步兒快走些些。我這里錦被兒重重等待者。

春梅道。等我先把秋菊那奴才。與他幾鍾酒。灌醉了。倒扣他在廚房內。我方拏了筐。推往前邊馬坊中。取草來填枕頭。就叫他來。于是篩了兩大碗酒。打發秋菊吃的。扣他在廚房內。拏了婦人柬帖兒出門。有鴈兒落為証

我與馬坊中。推取草。到前邊。就把他來叫。歸來把狗兒藏門

上將鎖兒套尊前酒兒篩。床上灯兒罩。帳幔度准備鳳鸞交。

休教人知覺把秋菊灌醉了。春宵。聽着花影動。知他到。今宵。

管倸兩個成就了

春梅走到前邊。撮了一筐草。到印子鋪門首叫門。正值傅夥計不在鋪中。往家去了。獨有經濟在炕上纔揸下。忽見有人叫門。問是那個。春梅道是你前世娘。散相思五瘟使。經濟開門。見是他。滿臉笑道。原來是小大姐。沒人請裡面坐。進入房內。見卓上點着燭。問小廝們在那里。經濟道。玳安和平安在那裡生藥鋪中睡哩。獨我一個在此。受孤恓挨冷淡。就是小生。春梅道俺娘多上覆你好人兒。這幾日就門邊兒也不傍。往俺那屋裏走走去。說你另有了對門王顧兒了。不希罕俺娘兒們了。經濟道。那里話。自從那日因些閒話。見大娘緊門緊戶。所以不耐煩走動春梅道。俺娘爲你這幾日。心中好生不快。逐日無心無緒。茶飯懶吃。做事沒入脚處。今日大娘留他後邊聽宣卷。也沒去就來了。一心只是牽掛。想你巴巴使我稍寄了一柬帖在此。好歹教你快去哩。這經濟接過柬帖。見封的甚密。拆開觀看。却是寄生草一詞。說道

將奴這桃花面。只因你憔瘦損。不是因惜花愛月傷春困。則是因今春不減前春恨。常則是淚珠兒滴盡相思症。恨的是綉幃灯照影兒孤。盼的是書房人遠天涯近

經濟一見了此詞。連忙向春梅躬身深深地唱喏。說道多有起動起動。我並不知他不好。沒曾去看的。你娘兒們休怪休怪。你

且先走一步。我收拾了。如今就去。一面開橱門。取出一方白綾汗巾。一副銀三事挑牙兒荅贈。和春梅兩個摟抱。按在炕上。且親嘴咂舌。不勝歡謔。正是無緣得會鶯鶯面。且把紅娘去解饞。

有詩爲証

淡畫眉兒斜揷梳　不欣拈弄綉工夫
雲窓霧閣深深許　靜坐芸窓學景書
多艶麗　更清姝　神仙標映世間無
當初只說梅花似　細看梅花却不如

當下兩個。相戲了一回。春梅先拏着草。歸到房來。一五一十。對婦人說。姐夫我叫了。他便來也。他看了你那柬帖兒。好不喜歡。與我深深作揖。與了我一方汗巾。一副銀挑牙兒相謝。婦人便吽春梅你去外邊看着。只怕他來。休敎狗咬。春梅道。我把狗藏過一邊。原來那時。正値中秋八月十六七。月色正明。且說陳經濟。旋那邊生藥鋪。吽過平安兒來。這邊歇。他一個獵古調兒。前邊花園門關了。打後邊角門。走入金蓮那邊。搖木槿花為號。春梅隔墻看見花稍動。且連忙以咳嗽應之。報婦人。經濟推開門。挨身進入到房中。婦人迎門接着笑語。說道。好人兒。就不進來走走兒。經濟道。彼此怕是非。躲避兩日兒。不知你老人家不快。有失問候。婦人道。有四換頭詞為證。

赤緊的因些閒話。把海樣恩情一旦差。你這兩日門兒不抹。
我心兒掛。關情的我兒。你怎生便撇的下。

兩個坐下。春梅關上角門。房中放卓兒。擺上酒肴。婦人和經濟。

並肩疊股而坐。春梅打橫。把酒來斟。穿杯換盞。倚翠偎紅吃了一回。擺下棋子。三人同下鱉棋兒。吃得酒濃上來。婦人嬌眼乜斜。烏雲半軃。取出西門慶淫器包兒。裏面包着相思套。顫聲嬌。銀托子。勉鈴。一弄兒淫器。教經濟便在灯光影下。婦人便赤身露體。仰卧在一張醉翁椅上兒。經濟亦脫的上下沒條絲。也對坐一椅。拏春意二十四解本兒。在燈下照着樣兒行事。婦人便叫春梅。你在後邊推着你姐夫。只怕他身子乏了。那春梅眞個在身後推送。經濟那話。揷入婦人牝中。往來抽送。十分暢美。不可盡言。却表秋菊在後邊廚下。睡到半夜裡。起來淨手。見房門倒扣着。推不開。于是伸手出來。拔開了弔兒。大月亮地裡。躡足潛蹤。走到前房窗下。打窗眼裡。潤破窗紙。望裡張看。見房中掌

着明晃晃燈燭。三個吃的大醉。都光赤着身子。正做得好。兩個對面坐着椅子。春梅便在後邊推車。三人串作一處。但見

一個不顧夫主名分。一個那管上下尊卑。一個氣的吁吁。猶如牛吼柳影。一個嬌聲瀝瀝。猶似鶯轉花間。一個椅上逞雨意雲情。一個耳畔說山盟海誓。一個寡婦房內。翻為快活道場。一個丈母根前。變作行淫世界。一個把西門慶枕邊風月盡付與嬌婿。一個將韓壽偷香手段。悉送與情娘。正是寫成今世不休書。結下來生歡喜帶。

當時都被秋菊。看到眼裏。口中不說。還只在人前撇清。要打我今日却真實被我看見了。到明日對大娘說。莫非又說騙張舌。賴他不成。于是瞧了個不亦樂乎。依舊還往廚房中睡去了。三

個整狂到三更時分纔睡。春梅未曾天明。先起來。走到廚房見廚房門開了。便問秋菊。秋菊道。你還說哩。我尿急了。往那里溺我拔門了弔。出來院子里溺尿來。春梅道。成精奴才。屋裏放着槝子溺不是。秋菊道。我不知槝子在屋裏。兩個後邊賭誷經濟天明起來。早往前邊去了。正是兩手劈開生死路。翻身跳出是非門。婦人便問春梅。後邊亂甚麼。這春梅如此這般。告說秋菊夜裡開門一節。婦人發恨要打秋菊。這秋菊早辰。又走來後邊報與月娘知道。被月娘喝了一聲。罵道賊。葬弄主子的奴才。前日平空走來。輕事重報。說他主子窩藏陳姐夫在屋裏。明睡到夜。夜睡到明。叫了我去。他主子正在床上。放炕卓兒穿珠花兒。那得陳姐夫來。落後陳姐夫。打前邊來。恁一個弄主子的奴才。

一個大人放在屋裏。端的走糖人兒。木頭兒。不拘那里。安放了一個漢子。那里發落付莫毬。放在眼面前不成傳出去知道的。是你這奴才們。葬送主子。不知道的。只說西門慶。平昔要的人强占多了。人死了多少時兒老婆們一個個都弄的七顛八倒。恰似我的這孩子。也有些甚根兒不正一般。于是要打秋菊。諕的秋菊。往前邊疾走如飛。再不敢來後邊說去了。婦人聽見月娘喝出秋菊。不信其事。心中越發放下胆子來了。于是與經濟作一詞以自快。云紅綉鞋爲証

會雲雨風般踈透。閒是非屁似休偢。那怕無縫鎖上十字扭輪鍬的閃了手腕。散楚的叫破咽喉。咱兩個關心的情越有

西門大姐。聽見此言。背地裡輪問。陳經濟道。你信那汗邪了的

奴才。我昨日見在舖子上宿。幾時往花園那邊去了。花園門成日又關着。西門大姐罵道。賊囚根子。你別要說嘴。你若有風吹草動。到我耳朶内。惹娘說我。你就信信脫脫去了。罵也休想在這屋裏了。經濟道。是非終日有。不聽自然無。怪不的說舌的奴才。到明日得了好。大娘眼見不信他。西門大姐道。得你這般說就好了。正是誰料郎心輕似絮。那知妾意亂如絲。畢竟未知後來何如。且聽下回分解

第八十四回　吳月娘大鬧碧霞宮

普靜師化緣雪澗洞

第八十四回

吳月娘大鬧碧霞宮　宋公明義釋清風寨

冬夏長青不世情　乾坤妙化屬生成
清標不染塵埃氣　貞操惟持泉石盟
凡節通靈無並品　孤霜釀味有餘馨
世人欲問長生術　到底芳姿益壽齡

話說一日吳月娘請將吳大舅來商議要往泰安州頂上與娘娘進香西門慶病重之時許的願心那時吳大舅保定備辦香燭紙馬祭品之物玳安來安兒跟隨顧了頭口騎月娘便坐一乘暖轎子分付孟玉樓潘金蓮孫雪娥西門大姐好生看家同妳子如意兒衆丫頭好生看孝哥兒後邊儀門無事早早關了

休要出去外邊又分付陳經濟休要那去同傅夥計大門首看顧我約莫到月盡就來家了十五日早辰燒紙通信晚夕辭了西門慶靈與衆姊妹置酒作別把房門各庫門房鑰匙交付與小玉拿鑰前後仔細次日早五更起身離了家門一行人顧了頭口衆姊妹送出大門而去那秋深時分天寒日短一日行兩程六七十里之地未到黃昏投客店村坊安歇次早再行一路上秋雲淡淡寒雁淒淒樹木凋落景物荒凉不勝悲愴有詩单道月娘爲夫主遠涉關山答心願爲証

平生志節傲氷霜　一點眞心格上蒼
爲夫遠許神州願　千里關山姓字香

話休饒舌一路無詞行了數日到了泰安州望見泰山端的是

天下第一名山，根盤地脚，頂接天心。居齊魯之邦，有巖巖之氣象。吳大舅見天晚，投在客店歇宿一宵。次日早起上山，望岱岳廟來。那岱岳廟就在山前，乃累朝祀典，歷代封禪，為第一廟貌也。但見：

廟居岱岳，山鎮乾坤。為山岳之至尊，乃萬福之領袖。山頭倚檻，直望弱水蓬萊；絕頂攀松，都是濃雲薄霧。樓臺森聳，金烏展翅飛來；殿宇稜層，玉兎騰身走到。雕梁畫棟，碧瓦朱簷。鳳扉晓槅映黃紗，龜背繡簾垂錦帶。遙觀聖像，九獵舞舜目堯眉；近觀神顏，衮龍袍湯肩禹背。九天司命，芙蓉掩映絳綃衣；炳靈聖公，赭黃袍偏襯藍田帶。左侍下玉簪朱履，右侍下紫綬金章。闔殿威儀，護駕三千金甲將；兩廊勇猛，擎王十萬鐵衣兵蒿里山下。判官分七十二司。白騾廟中。土神按二十四氣。管太池鐵面太尉。日日通靈。掌生死五道將軍。年年顯聖。御香不斷。天神飛馬報丹書。祭祀依時。老幼望風祈護福。嘉寧殿祥雲香靄。正陽門瑞氣盤旋。正是萬民朝拜碧霞宮。四海皈依神聖帝。

吳大舅領月娘到了岱岳廟。正殿上進了香。瞻拜了聖像。廟祝道士在傍宣念了文書。然後兩廊都燒化了錢紙。吃了些齋食。然後統領月娘上頂。登四十九盤。攀藤攬葛上去。娘娘金殿在半空中。雲烟深處。約四十五里。風雲雷雨。都望下觀看。月娘衆人從辰牌時分。岱岳廟起身。登盤上頂。至申時已後。方到娘娘金殿上。名宋江牌扁。金書碧霞宮二字。進入宮內。瞻禮娘娘金

身。怎生模樣。但見
頭綰九龍飛鳳髻。身穿金縷絳綃衣。藍田玉帶曳長裾。白玉圭璋擎彩袖。臉如蓮蕚。天然眉目映雲鬟。脣似金朱。自在規模瑞雪體。猶如王母宴瑤池。却似嫦娥離月殿。正大仙容描不就。威嚴形像畫難成

月娘瞻拜了娘娘仙容。香案邊立着一個廟祝道士。約四十年紀。生的五短身材。三溜髭髯。明眸皓齒。頭戴簪冠。身披絳服。足穿云履。向前替月娘宣讀了還願文疏。金爐內炷了香。焚化了紙馬金銀。令左右小童收了祭供。原來這廟祝道士。也不是個守本分的。乃是前邊岱岳廟裡金住持的大徒弟。姓石雙名伯才。極是個貪財好色之輩。趨時攬事之徒。這本地有個殷太歲。

姓殷雙名天錫。乃是本州知州高廉的妻弟。常領許多不務本的人。或張弓挾彈。牵架鷹犬。在這上下二宫。專一睃看四方燒香婦女。人不敢惹他。這道士石伯才。專一藏奸蓄詐。替他賺誘婦女到方丈。任意姦淫。取他喜歡。因見月娘生的姿容非俗。戴着孝冠兒。若非官户娘子。定是豪家閨眷。又是一位蒼白髭髯老子跟隨。兩個家童。不免向前稽首收謝神福。請二位施主方丈一茶。吳大舅便道。不勞生受。還要赶下山去。伯才道。就是下山。也還早哩。不一時說至方丈裡面。糊的雪白。正面芝麻花坐牀。椰黄錦帳。香几上供養一軸洞賓戲白牡丹圖畫。左右一聯淡濃之筆。大書携兩袖清風舞鶴。對一軒明月談經。問吳大舅上姓。大舅道。在下姓吳名鎧。這個就是舍妹吳氏。因爲夫主未還香願。不當取擾上官。伯才道。旣是令親。俱延上坐。他便主位坐了。便呌徒弟守清守禮看茶。原來他手下有個徒弟。一個呌郭守清。一個名郭守禮。皆十六歲。生的標致。頭上戴青段道髻。用紅扎任總角。後用兩根飄帶。身穿青絹道服。脚上涼鞋淨襪。渾身香氣襲人。客至則遞茶遞水。斟酒下菜。到晚來背地來掇箱子。拿他鮮嚵塡餡。明雖爲脚兒徒弟。實爲師父大小老婆。更有一件不可說。脫了褲子。每人小幅裡夾着一條大手巾。看官聽說。但凡人家好兒好女。切記休要送與寺觀中出家。爲僧作道。女孩兒做女冠姑子。都稱瞎男盜女娼。十個九個都着了道兒。有詩爲証

琳宮梵剎事因何　道卽天尊釋卽佛

廣栽花草虛清意　待客迎賓假做作
美衣麗服裝徒弟　浪酒開茶戲女娥
可惜人家嬌養子　送與師父作老婆

不一時兩個徒弟。守清守禮房中安放卓兒。就擺齋上來。都是美口甜食。蒸煠餅饊醎春餅。各樣菜蔬。擺滿春臺。白定磁盞兒。銀杏葉匙。絕品雀舌甜水好茶。吃了茶。收下家火去。就擺上案酒大盤大碗餚饌。都是鷄鵝魚鴨葷菜上來。斟琥珀銀鑲盞滿泛金波。吳月娘酒來就要起身。叫玳安近前用紅漆盤托出一疋大布。二兩白金。與石道士作致謝之禮。吳大舅便說不當打攪上宮。這些微禮致謝仙長。不勞見賜酒食。天色晚來。如今還要趕下山去。慌的石伯才致謝不已。說小道不才。娘娘福蔭。在

本山碧霞宮做個住持。仗賴四方錢粮。不管待四方財主。作何
項下使用。今聊備粗齋薄饌。倒反勞見賜厚禮。使小道却之不
恭。受之有愧。辭謝再三。方令徒弟收下去。一面留月娘吳大舅
坐。好反坐片時。畧飲三杯。盡小道一點薄情而已。吳大舅見款
留懇切。不得已和月娘坐下。不一時熱下飯上來。石道士分付
徒弟。這個酒不中吃。另打開昨日徐知府老爹。送的那一罈與
透瓶香荷花酒來。與你吳老爹用。不一時徒弟弔用熱壺篩熱
酒上來。先滿斟一杯。雙手遞與月娘。月娘不肯接。吳大舅說舍
妹他天性不用吃酒。伯才道。老夫人連路風霜。用些何害。好反
淺用些些。一面倒去半鍾。遞上去與月娘接了。又斟一杯遞與吳
大舅。說吳老爹你老人家試嘗此酒。其味何如。吳大舅飲了一

口。覺香甜絕美。其味深長。說道此酒甚好。伯才道。不瞞你老人家說。此是青州徐知府老爹。送與小道的酒。他老夫人小姐公子。年年來岱岳廟燒香建醮。與小道相交極厚。他小姐衙內。又寄名在娘娘位下兒。小道立心平淡。慇懃香火。一味志誠。甚是敬愛小道。常年這岱岳廟上下二宮。錢粮有一半征收入庫。近年多虧了我這恩主徐知府老爹。題奏過也不征收。都全放常住用度。侍奉娘娘香火。餘者接待四方香友。這裡說話。下邊玳安平安跟從轎夫。下邊自有坐處。湯飯點心。大盤大碗酒肉。都吃飽了。看官聽說。這石伯才窩藏殷天錫。賺引月娘到方丈。要暗中取事。豈不加意奉承。飲了幾杯。吳大舅見天晚要起身。伯才道。日色將落。晚了。赶不下山去。倘不棄。在小道方丈。權宿一

宵明早下山從容些。吳大舅道。爭柰有些小行李在店內。誠恐
一時小人囉唣。伯才笑道。這個何須挂意。如有絲毫差遲。聽得
是我這裡進香的。不拘村坊店道。聞風害怕。好不好把店家拿
來本州夾打。就教他尋賊人下落。吳大舅聽。坐住。伯才拿大鍾
斟上酒。吳大舅見酒利害。遂往後邊閣上觀看隨喜。伯才便教
偷酒在懷推醉了。更衣要往。徒弟守清引酒。拿鑰匙開門。教大
舅觀看去了。這月娘覺身子乏困。便要牀上側側兒。這石伯才
一面把房門拽上。外邊坐去了。也是合當有事。月娘方纔牀上
揾着。忽聽裡面响喨了一聲。牀背後紙門內。跑出一個人來。淡
紅面貌。三柳髭鬚。約三十年紀。頭戴滲青巾。身穿紫錦䙪衫。雙
關抱住月娘。說道。小生姓殷名天錫。乃高太守妻弟。人聞娘子

乃官豪宅眷。天然國色思慕已久。渴欲一見無由得會。今旣接英標。乃三生有幸。死生難忘也。一面按着月娘在牀上求歡。月娘諕的慌做一團。高聲大叫。清平世界。朗朗乾坤。沒事把良人妻室。強攔欄在此做甚。就要奪門而走。被天錫死邊攔擋不放。便跪下說。娘子禁聲。下顧小生。懇求憐允。那月娘越高聲叫的聲緊了。口口大叫救人。來安玳安聽見是月娘聲音。慌慌張張。走去後邊閣上。叫大舅。說大舅快去。我娘在方丈和人合口哩。這吳大舅兩步做一步。奔到方丈。推門那裡推得開。只見月娘高聲清平世界。攔燒香婦女在此做甚麼。這吳大舅便叫。姐姐休慌。我來了。一面拿石頭把門砸開。那殷天錫見有人來。撒開手。打牀背後一溜烟走了。原來這石道士牀背後。都有出路。吳大舅砸開方丈門。問月娘道。姐姐那厮玷污不曾。月娘道。不曾玷污。那厮打淋背後走了。吳大舅尋道士。那石道士躲去一邊。只教徒弟來支調。被大舅大怒。喝令手下跟隨玳安來安兒。把道士門窗户壁。都打碎了。一面保月娘出離碧霞宫。上了轎子。便赶下山來。約黄昏時分起身。走了半夜。投天明赶到山下客店内。如此這般。告店小二說。小二叫苦連聲。說不合惹了殷太歲。他是本州知州相公妻弟。有名殷太歲。你便去了。把俺開店之家。他遭塌凌辱。怎肯干休。吳大舅便多與他一兩店錢。取了行李。保定月娘轎子。急急奔走。後面殷天錫氣不捨。率領二三十閑漢。各執腰刀短棍。赶下山來。吳大舅一行人。兩程做一程。約四更時分。赶到一山凹裡。遠遠樹木叢中。有灯光。走到跟前。

却是一座石洞。裡面有一老僧秉燭念經。吳大舅問老師。我等頂上燒香。被強人所赶。奔下山來。天色昏黑。迷踪失路。至此敢問老師此處是何地名。從那條路回家去。老僧道。此是岱岳東峯。這洞名喚雪澗洞。貧僧就叫雪洞禪師。法名普靜。在此修行。二三十年。你今遇我。實乃有緣。休往前去。山下狼虫虎豹極多。明日早行。一直大道。就是你清河縣了。吳大舅道。只怕有人追赶。老師把眼一觀。說無妨。那強人赶至半山。已回去了。因問月娘姓氏。吳大舅道。此乃吾妹。西門之妻。因為夫主。來此進香。得遇老師搭救。恩有重報。不敢有忘。于是在洞內歇了一夜。次日五更。月娘拿出一疋大布。謝老師。老師不受。說貧僧只化你親生一子。作個徒弟。你意下何如。吳大舅道。吾妹止生一子。指望承繼家業。若有多餘。就與老師作徒弟出家。月娘道。小兒還小。今纔不到一周歲兒。如何來得。老師道。你只許下我。如今不問你要。過十五年纔問你要哩。月娘口中不言。過十五年。再作理會。遂許下老師。看官聽說。不當今日許老師一子出家。後來十五年之後。天下荒亂。月娘携領孝哥孩兒。往河南投奔雲離守。就昏去路。遇老師度化在永福寺。落髮爲僧。此事表過不題。次日月娘辭了老師。往前所進。走了一日。前有一山攔路。這座山名喚清風山。生的十分險惡。但見

八面嵯峩。四圍險峻。古怪喬松盤翠盖。搓枒老樹挂藤蘿。瀑布飛來。寒氣逼人毛髮冷。巔崖直下。清光射目夢魂驚。澗水時聞。推一人齊响。峯巒倒卓。山鳥聲哀。麋鹿成群。狐狸結黨

穿荊棘往來跳躍尋野食。前後呼號。佇去草坡一望並無商
旅店。行來山徑迴迴盡是死屍坑。若非佛祖修行處。定是強
人打刼場。

原來這山。喚做清風山。山上有座清風寨。寨中有三個強寇。一
名錦毛虎燕順。一名矮脚虎王英。一個白面郎君鄭天壽。手下
聚五百小嘍囉。專一打家刼道。放火殺人。人不敢惹他。當下吳
大舅一行人。騎頭口簇擁着月娘轎子。進入山來。那時日色已
落。天色昏黑。不見村坊店道。正在危懼之際。不防地下拋去一
條絆馬索子。把吳大舅頭口絆落倒。跌落塹坑內。原來山下小
嘍囉。見月娘轎子。搶上山來。吳大舅一行人。報與三個強寇。閃
出一夥小嘍囉。騎着馱垜。逕入山來。吳大舅一行人。都被拏到

寨前。三個强寇在寨上。正陪山東及時雨宋江飲酒。宋江因殺了娼婦閻婆惜。逃躲至此。三人留他寨中住幾日。宋江看見月娘。頭戴孝髻。身穿縞素衣服。舉止端莊。儀容秀麗。斷非常人妻子。定是富家閨眷。因問其姓氏。月娘向前道了萬福。大王妾身吳氏之女。千户西門慶之妻。守節孤霜。因爲夫主病重。許下泰山香願。先在山上被殷天錫所趕。走了一日一夜。要回家去。不不想天晚悞從大王山下所過。行李馱垛。都不敢要。只是乞饒性命。還家萬幸矣。宋江因見月娘詞氣哀惋動人。便有幾分慈憐之意。乃便欠身向燕順道。這位娘子乃是我同僚正官之妻。有一面之識。爲夫主到此進香。因被殷天錫所趕。悞到此山所過。有犯賢弟清蹕。也是個烈婦。看我宋江的薄面。放他回去。以

全他名節罷。王英便說。哥哥爭柰小弟沒個妻室。讓與小弟做
個押寨夫人罷。遂令小嘍囉把月娘擄入他後寨去了。宋江向
燕順鄭天壽道。我恁說一場。王英兄弟就不肯教我做個人情。
燕順道。這兄弟諸般都好。自吃了有這些毛病。見了婦人女色。
眼裡火就愛。那宋江也不吃酒。同二人走到後寨。見王英正摟
着月娘求歡。宋江走到根前。一把手將王英拉着前邊。便說道。
賢弟既做英雄。犯了溜骨髓三字。不爲好漢。你要尋妻室。等宋
江替你做媒保一個實女子的行茶過水。娶來做個夫人。何必
要這再醮做甚麼。王英道。哥哥你且胡亂權讓兄弟這個罷。宋
江道。不好。我宋江久後决然替賢弟擇娶一个好的。不爭你今
日要個這婦人。惹江湖上好漢恥笑。殷天錫我那廝。我不上梁

山便罷。若上梁山。大替這個婦人報了仇。看官聽說。後宋江到梁山。做了寨主。因為殷天錫奪了柴皇城花園。使黑旋風李逵。殺了殷天錫。大鬧了高唐州。此事表過不題。當日燕順。見宋江說此話。也不問王英肯不肯。喝令轎夫上來。把月娘擡了去。吳月娘見放了他。向前拜謝宋江。說蒙大王活命之恩。宋江道。阿呀。我不是這山寨大王。我是鄆城縣客人。你是拜這三位大王便了。月娘拜畢。吳大舅保着。離了山寨。上了轎子。過了清風山。往清河縣大道前來。正是撞碎玉籠飛彩鳳。頓開金鎖走蛟龍

有詩為証。

世上只有人心歹　萬物還教天養人

但交方寸無諸惡　狼虎叢中也立身

畢竟未知後來何如。且聽下回分解

第八十五回　吳月娘識破姦情

春梅姐不垂別淚

第八十五回

月娘識破金蓮奸情　薛嫂月夜賣春梅

人家養女甚無聊　倒踏來家更不合
口稱爹媽虛情意　權當爲兒假做作
人户只嫌恩愛少　出門翻作怨仇多
若有一些ニ不到處　一日一塲罵老婆

話說吳大舅。保月娘有日取路來家。不題。单表潘金蓮。自從月娘不在家。和陳經濟兩個。家前院後庭。如鷄兒赶彈兒相似。纏做一處。無一日不會合。一日金蓮眉黛低垂。腰肢寬大。終日懨懨思睡。茶飯懶嚥。吽經濟到房中說。奴有件事告你說。這兩日眼皮兒懶待開。腰肢兒漸漸大。肚腹中撥撥跳。茶飯兒怕待吃。

身子好生沉困。有你爹在時。我求薛姑子符藥衣胞。那等安胎。白沒見個踪影。今日他沒了。和你相交多少時兒。便有了孩子。我從三月內洗換身上。今方六個月。已有半肚身孕。往常時我排磕人。今日却輪到我頭。你休推睡裡夢裡。趂你大娘未家那裡討貼墜胎的藥。趂早打落了這胎氣。離了身。奴走一步也伶俐。不然弄出個怪物來。我就尋了無常罷了。再休想擡頭見人。經濟聽了便道。咱家舖中諸様藥都有。倒不知那幾庄兒墜胎。又沒方修合。你放心。不打緊處。大街坊胡太醫。他大小方脉婦人科。都善治。常在咱家看病。等我問他那裡贖取兩貼。與你吃下胎便了。婦人道。好哥哥。你上緊快去。救奴之命。這陳經濟包了三錢銀子。逕到胡太醫家呌問。胡太醫正在家。出來相見。

聲喏。認的經濟西門大官人女婿。讓坐說一向稀面。動問到舍。有何見教。經濟道。別無干瀆。向袖中取出白金三星。充藥資之禮。敢求下良劑一二貼。足見盛情。胡太醫說道。我家醫道大方脉。婦人科。小兒科。內科外科。加減十三方。壽域神方。海上方。諸般雜症方。無不通曉。又專治婦人胎前產後。且婦人以血為本。藏于肝。流于臟。上則為乳汁。下則為月水。合精而成胎氣。女子十四而天癸至。任脉通旅。月候按時而行。常以三旬一見。則無病。一或血氣不調。則陰陽愆伏。過於陽。則經水前期而來。過於陰。則經水後期而至。血性得熱而流。寒則凝滯。過於不及。皆致病也。冷則多白。熱則多赤。冷熱不調。則赤白帶。大抵血氣和平。陰陽調順。其精血聚而包胎成。心腎二脉。應手而動。精盛則為男。血勝則爲女。此自然之理也。胎前必須以安胎爲本。如無他疾。不可妄服藥餌。待十月分娩之時。尤當謹護。不然恐生產後諸疾。慎之。慎之。經濟笑道。我不要安胎。我今只用墜胎藥。胡太醫道。天地之間。以好生爲本。人家十個九個只要安胎的藥。你何如倒要墜胎。沒有沒有。經濟見他掣肘。又添了二錢藥資。說你休管他。各自人自有用處。此婦子女生落不順。情願下胎。這胡太醫接了銀子。說道不打緊。我與你一服紅花。一埽光。吃下去。如人行五里。其胎自落矣。有西江月爲証。

牛膝蠏爪甘遂。定磁大戟芫花。斑毛赭石與硇砂。水銀與芒硝研化。又加桃仁通草。麝香文帶凌花。更燕醋煮好紅花。管取孩兒落下。

經濟於是討了兩貼紅花一埽光作辭胡太醫到家遞與婦人一五一十說到晚夕煎紅花湯吃下去登時滿肚裡生疼睡在炕上教春梅按在身上只情揉揣可要作怪須臾坐淨桶把孩子打下來了只說身上來令秋菊攪草紙倒將東淨毛司裡次日掏坑的漢子拖出去一個白胖的小廝兒常言好事不出門惡事傳千里不消幾日家中大小都知金蓮養女婿偷出私肚子來了卻有吳月娘有日來家往回泰安州去了半個月光景來時正值十月天氣家中大小接着如天上落下來的一般月娘到家中先到天地佛前炷了香然後西門慶靈前拜罷告訴孟玉樓衆姊妹家中大小把岱岳廟中及山寨上的從頭告訴一遍因大哭一場合家大小都來參見了月娘見奶子抱孝哥兒

到根前。子母相會在一處。燒帋置酒。管待吳太舅回家。晚夕衆姊妹與月娘接風。俱不在話下。到第二日。月娘路上風霜跋涉。着了辛苦。又乞了驚怕。身上疼痛沉困。整不好了兩三日。那秋菊在家。把金蓮經濟兩人幹的勾當。聽的滿耳滿心。要走上房告月娘說。二人怎生偷出私肚子來。傾在毛司裡。乞掏坑的掏出去。何人不看見。又被婦人怎生打罵。含恨正沒發付處。走到上房門首。又被小玉噦罵在臉上。打耳刮子。打在臉上。罵道賊說舌的奴才。趂早與我走。俺奶奶遠路來家。身子不快活。還未起來。趂早與我走。氣了他。倒值了多少的。罵的秋菊忍氣吞聲。喏喏而退。一日也是合有事。經濟進來尋衣裳。婦人和他又在翫花樓上兩個做得好。被秋菊走到後邊。叫了月娘來看。說道奴婢兩番三次告大娘說不信。娘不在。兩個在家。明睡到夜。夜到明。明偷出私肚子來。與春梅兩個都打成一家。今日兩人。又在樓上幹歹事。不是奴婢說謊。娘快些瞧去。月娘急忙走到前邊。兩個正幹的好。還未下樓。不想金蓮房簷籠內。馴養得個鸚哥兒會說嘴。高聲叫大娘來了。春梅正在房中聽見。迎出來見是月娘。比及樓上叫婦人。先是經濟拿衣服下樓往外走。被月娘喝罵了幾句。說小孩兒沒記性。有要沒緊進來撞甚麼。經濟道。鋪子內人等着。沒人尋衣裳。月娘道。我那等分付教小厮進來取。如何又進來寡婦房裡。有要沒緊做甚麼。沒廉耻。幾句罵得經濟往外。金命水命。走投無命。婦人羞的半日不敢下來。然後下來。被月娘儘力數說了一頓。說道。六姐今後再休這般沒廉耻。你我如今是寡人。比不的有漢子。香噴噴在家裡。臭烘烘在外頭。盆兒罐兒。都有耳躲。你有要沒緊。和這小廝纏甚麼。教奴才們背地排說的碜死了。常言道。男兒沒信。寸鐵無鋼。女人無性。爛如麻糖。其身正。不令而行。其身不正。雖令不行。你有長俊正條。肯教奴才排說你。在我跟前說了幾遍。我不信。今日親眼看見。說不的了。我今日說過。要你自家立志。替漢子爭氣。像我進香去兩番三次。被強人擄掠逼勒。若是不正氣的。也來不到家了。金蓮吃月娘數說。羞的臉上紅一塊。白一塊。口裡說一千個沒有。只說我在樓上燒香。陳姐夫自去那邊尋衣裳。誰和他說甚話來。當下月娘亂了一回。歸後邊去了。晚夕西門大姐在房內。又罵經濟賊囚根子。敢說又沒真贓實犯。拿住你。你還那等嘴巴巴的。今日兩個又在樓上做甚麼。說不的了。兩個弄的好碎兒。只把我合在缸底下一般。那淫婦要了我漢子。還在我根前拿話兒拴縛人。毛司裏磚兒又臭又硬。恰似強伏着那個一般。他便羊角葱靠南墻老辣已定。你還在這屋裏雌飯吃。經濟罵道。淫婦你家收着我銀子。我雌你家飯吃。使性往前邊來了。自此已後。經濟只在前邊。無事不敢進入後邊來。取東取西。只是玳安平安兩個往樓上取去。每日飯食。晌午還不拿出來。把傅夥計餓的。只拿錢街上盪麪吃。正是龍鬪虎爭。苦了小獐。各處門戶。日頭半天老早關了。由是與金蓮兩個恩情又間隔阻了。經濟那邊陳宅房子一向教他母舅張團練看守居住。張團練革任在家閒住。經濟早晚往那裏吃飯去。月娘亦不追問。兩個隔別。約一月不得會面。婦人獨在那邊。挨一日。似三秋。
過一宵。如半夏。怎禁這空房寂靜。慾火如蒸。要見他一面。難上
之難。兩下音信不通。這經濟無門可入。忽一日見薛嫂兒打門
首所過。有心要托他寄一紙柬兒。到那邊與金蓮。訴其間阻之
事。表此肺腑之情。一日推門外討帳。騎頭口逕到薛嫂家。拴了
騾子。掀簾便問薛媽在家。有他兒子薛紀媳婦兒金大姐抱孩
子在炕上。伴着人家賣的兩個使女。聽見有人叫薛媽。出來問
是誰。經濟道。是我。問薛媽在家不在。金大姐道。姑夫請家來坐。
俺媽往人家兌了頭面。討銀子去了。有甚話說。使人叫去。連忙
點茶與經濟吃。少坐片時。只見薛嫂兒來了。同經濟道了萬福。
說姑夫那陣風兒吹來我家。叫金大姐倒茶與姑夫吃。金大姐

道。劉繞吃了茶了。經濟道。無事不來。如此這般與我五娘勾搭日久。今被秋菊丫頭戳舌。把俺兩個姻緣拆散。大娘與大姐甚是踈淡我。我與六姐拆散不開。二人離別日久。音信不通。欲稍寄數字進去與他。無人得到内裡。須央及你。如此這般通個消息。向袖中取出一兩銀子來。這些微禮。權與薛媽買茶吃。那薛嫂一聞其言。拍手打掌笑起來。說道誰家女婿戲丈母。世間那裡有此事。姑夫你實對我說。端的你甚麼得手來。經濟道薛媽禁聲。且休取笑。我有這柬帖封好在此。好歹明日替我送與他去。薛嫂一手接了。說你大娘從進香回來。我還沒看他去。兩當一節。我去走走。經濟道。我在那裡討你信。薛嫂道。往鋪子裡尋你回話。說畢。經濟騎頭口來家。次日却說薛嫂提着花箱兒。先進西門慶家。上房看月娘。坐了一回。又到孟玉樓房中。然後纔到金蓮這邊。金蓮正放卓兒吃粥。春梅見婦人悶悶不樂說道娘你老人家也少要憂心。仙姑人說日日有夫。是非來入耳。不聽自然無古昔仙人。還有小人不足之處。休說你我。如今爹也沒了。大娘他養出個墓生兒來。莫不也來路不明。他也難管我你暗地的事。你把心放開。料天塌了。還有撐天大漢哩。人生在世。且風流了一日是一日。于是篩上酒來。遞一鍾與婦人。說娘且吃一杯兒暖酒。解解愁悶。因見堦下兩隻犬兒交戀在一處。說道畜生。尚有如此之樂。何況人而反不如此乎。正飲酒。只見薛嫂來到。向前道了萬福。笑道你娘兒兩個好受用。因觀二犬恋在一處。笑道你家好祥瑞。你娘兒們看着。怎不解許多悶。于是道。又道個萬福。婦人道那陣風兒今日刮你來。怎的一向不來走走。一面讓薛嫂坐。薛嫂兒道。我鎮日不知幹的甚麼。只是不得閒。大娘頂上進了香看着他。剛纔好不惱我。西房三娘也在根前。留了我兩對翠花。一對大翠圍髮。好快性。就秤了八錢銀子與我。只是後邊住的雪娘。從八月裡要了我二對線花兒。該二錢銀子來。一些沒有支用着。白不與我。好慳吝的人。我對你說怎的不見你老人家。婦人道。我這兩日身子有些不快。不曾出去走動。春梅一面篩了一鍾酒。遞與薛嫂兒。薛嫂連忙道萬福。說我進門就吃酒。婦人道。你到明日養個好娃娃。薛嫂兒道。我養不的。俺家兒子媳婦兒金大姐。到新添了個娃兒。纔兩個月來。又道你老人家沒了爹。終久這般冷清清了。婦人道。說不得。有他在好了。如今弄得俺娘兒們。一折一磨的。不瞞老薛說。如今俺家中人多舌頭多。他大娘自從有了這孩兒。把心腸兒也改變了。姊妹不似那咱親熱了。這兩日一來我心裡不自在。二來因些間話。沒曾往那邊去。春梅道。都是俺房裡秋菊這奴才。大娘不在。霹空架了俺娘一篇是非。把我也扯在裡面好不亂哩。薛嫂道。就是房裡使的。那大姐他怎的倒弄主子。自穿青衣。抱黑柱。這個使不的。婦人使春梅你瞧瞧那奴才。只怕他來覷聽。春梅道。他在廚下揀米哩。這破包簍奴在這屋就是走水的槽。單管屋裡事兒。往外學舌。薛嫂道。這裡沒人。咱娘兒們說話。直道昨日陳姐夫。到我那裡。如此這般告訴我。乾淨是他戳犯你們的事兒了。陳姐夫說他大娘數說了他。各處門戶都緊了。不許他進來取衣裳。拿藥材。又把大姐搬進東廂房裡住。每日晌午還不拿飯出去與他吃、餓的他只往他毋舅張老爹那裡吃去。一個親女婿不托他。到托小廝。有這個道理。他有好一向沒得見你老人家。巴巴央及我稍了個柬兒。多多拜上你老人家。少要焦心。左右爹也是沒了。爽利放倒身大做一做。怕怎的。點根香。怕出烟兒。放把火。倒也罷了。于是取出經濟封的柬帖兒遞與婦人。拆開觀看。別無甚話。上寫紅綉鞋一詞。

袄廟火。燒皮肉。藍橋水。渰過咽喉。緊按納風聲滿南州。畢了。

終是染污成就了。倒是風流。不甚麼也是有。

六姐粧次

下書經濟百拜上

婦人看畢。收了入袖中。薛嫂兒道。他教你回個記色與他。寫幾個字兒稍了去。方信我送的有個下落。婦人教春梅陪着薛嫂吃酒。他進入房半晌。拿了一方白綾帕一個金戒子兒帕兒上也寫着一詞在上。說道。

我為你躭驚受怕。我為你折挫渾家。我為你脂粉不曾搽。我為你在人前拋了些見識。我為你奴婢上使了些鍬筏。咱兩個一雙憔悴殺。

婦人寫了。封得停當。交與薛嫂。便說你上覆他。教他休要使性兒。往他毋舅張家那裡吃飯。惹他張舅唇齒。說你在丈人家做買賣。却來我家吃飯。顯得俺們都是沒處活的一般教他張舅恠。或是未有飯吃。教他舖戶裡拿錢。買些點心和夥計吃便了。你使性兒不進來。和誰賭鱉氣哩。却是賊人胆兒虛一般。薛嫂道。等我對他說。婦人又與薛嫂五錢銀子。作別出門。來到前邊鋪子裡。尋見經濟。兩個走到僻靜處說話。把封的物事遞與他五娘說教他休使性兒賭氣。教他常進來走走。休往你張舅家吃飯去惹人家怪。因拿出五錢銀子與他瞧。此是裡面與我的。漏眼不藏絲。久後你兩個愁不會在一答裡。對出來。我臉放在那裡。經濟道。老薛多有累你。深深與他唱喏。那薛嫂走了兩步又回來。說我險些忘了一件事。剛纔我出來。大娘又使了頭綉春叫進我去。叫我晚上來領春梅。要打發賣他。說他與你們做牽頭。和他娘通同養漢。敢就因這件事。經濟道。薛媽你只個領在家。我改日到你家見他一面。有話問他。那薛嫂說畢。回家去了。果然到晚夕月上的時分走到。領春梅到月娘房中。月娘開口說。那咱原是你手裡十六兩銀子買的。你如今拿十六兩銀子來就是了。分付小王。你看着到前邊收拾了。教他罄身兒出去。休要他帶出衣裳去了。那薛嫂兒到前邊。向婦人如此這般。他大娘教我領春梅姐來了。對我說。他與你老人家通同作弊。偷養漢子。不管長短。只問我要原價。婦人聽見說領賣春梅。就睜了眼半日。說不出話來。不覺滿眼落淚。叫道薛嫂兒。你看我娘兒兩個沒漢子的好苦也。今日他死了多少時兒。就打發他身邊人。他大娘這般沒人心仁義。自恃他身邊養了個尿胞種。就放人躧到泥裡。李瓶兒孩子。週半還死了哩。花巴痘疹未出。赤道天怎麼筭計。就心高遮了太陽。薛嫂道。孩兒出了痘疹了沒曾。婦人道。何曾出來了。還不到一週兒哩。薛嫂道。春梅姐。

說。爹在日。曾收用過他。婦人道。收用過二字兒。死鬼把他當心肝肺腸兒。一般看待。說一句聽十句。要一奉十。正經成房立紀老婆且打靠後。他要打那個小厮十棍兒。他爹不敢打五棍兒。薛嫂道可又來。大娘差了。爹收用的恁個出色姐兒打發他。箱籠兒也不與。又不許帶一件衣服兒。只教他整身兒出去。鄰舍也不好看的。婦人道。他對你說。休教帶出衣裳去。薛嫂道。大娘分付小玉姐便來教他看着。休教帶衣裳出去。那春梅在傍聽見打發他。一點眼淚他沒有。見婦人哭。說道。娘你哭怎的。奴去了。你耐心兒過。休要思慮壞了。你思慮出病來。沒人知你疼熱的。等奴出去。不與衣裳也罷。自古好男不吃分時飯。好女不穿嫁時衣。正說着。只見小玉進來。說道五娘你信我奶奶倒三顛四的。小大姐扶持你老人家一塲。瞞上不瞞下。你老人家拿出他箱子來。揀上色的包與他兩套。教薛嫂兒替他拿了去。做個念兒。也是他番身一塲。婦人道。好姐姐。你到有點仁義。小玉道。你看誰人保得常無事。蝦蟇促織兒都是一鍬土上人。兎死狐悲。物傷其類。一面拿出春梅箱子來。是戴的汗巾兒翠簪兒都教他拿去。婦人揀了兩套上色羅叚衣服鞋脚。包了一大包婦人梯己與了他幾件釵梳簪墜戒子。小玉也頭上拔下兩根簪子來。遞與春梅。餘者珠子纓絡銀絲雲髻。遍地金粧花裙襖一件兒沒動。都擡到後邊去了。春梅當下拜辭婦人。小玉灑淚而別。臨出門。婦人還要他拜辭拜辭月娘衆人。只見小玉搖手兒。這春梅跟定薛嫂。頭也不回。揚長决裂。出大門去了。小玉和婦人送出大門回來。小玉到上房回大娘。只說整身子去了。衣服都留下沒與他。這金蓮歸進房中。往常有春梅娘兒兩個相親相熱。說知心話兒。今日他去了。丟得屋裡冷冷落落。甚是孤悽。不覺放聲大哭。有詩爲証

耳畔言猶在　于今恩愛分
房中人不見　無語自消魂

畢竟未知後來如何且聽下回分解

第八十六回

雪娥唆打陳敬濟

金蓮解渴王潮兒

第八十六回

雪娥唆打陳經濟　王婆售利嫁金蓮

人生雖未有十全　處事規模要放寛
好事但看君子語　是非休听小人言
但看世俗如幻戲　也畏人心似隔山
寄與知音女娘道　莫將苦處認爲甜

話說潘金蓮。自從春梅出去。房中納悶不題。單表陳經濟次日。早飯時出去。假作討帳。騎頭口到於薛嫂兒家。薛嫂兒正在屋裡一面讓進來坐。經濟拴了頭口。進房坐下。點茶吃了。春梅在裡間屋裡。不出來。薛嫂故意問。姐夫來有何話說。經濟道。我往前街討帳。竟到這裡。昨晚小大姐出來了。在你這裡。薛嫂道。是在我這裡。還未上主兒哩。經濟道。在這裡。我要見他。和他說句話兒。薛嫂故作喬張致。說好姐夫。昨日你家丈母。好不分付我。因為他們通同作弊。弄出醜事來。纔被他打發出門。教我防範你們。休要與他會面說話。你還不趂早去哩。只怕他一時使將小厮來看見。到家學了。又是一塲兒。倒沒的弄的我也上不的門。那經濟便笑嘻嘻袖中拏出一兩銀子来。權作一茶。你且收了。改日還謝你。那薛嫂見錢眼開。說道。好姐夫。自恁沒錢使。將來謝我。只是我去年臘月。你鋪子當了人家兩付扣花枕頂。將有一年來。本利該八錢銀子。你討與我罷。經濟道。這個不打緊。明日就尋與你。這薛嫂兒。一面請經濟裡間房裡去。與春梅厮見。一面叫他媳婦金大姐定菓兒。我去買茶食點心。又打了一壺酒并肉鮓之類教他二人吃這春梅看見經濟說道姐夫你好人兒就是个弄人的劊子手把俺娘兒兩个弄的上不上下不下出醜惹人嫌到這步田地經濟道我的姐姐你既出了他家門我在他家也不久了妻兒趙迎春各自尋投奔你教薛媽替你尋个好人家去罷我醃韮已是入不的畦了我往東京俺父親那裡去討較了回來把他家女兒休了只要我家寄放的箱子說畢不一時薛嫂買將茶食酒菜來放炕卓兒擺了兩个做一處飲酒叙話薛嫂也陪他吃了兩盞一遞一句說了回月娘心狠宅裏怎个出色姐兒出来通不與一件兒衣服簪環就是往人家上主兒去装門面也不好看還要舊時原價就是清水這碗裏傾倒那碗內也抛撒些兒原来這等夾腦風臨時出

門。倒虧了小玉丫頭。做了個分上。教他娘拏了兩件衣服與他。不是往人家相去。拏甚麽做上盖。比及吃得酒濃時。薛嫂教他媳婦金大姐。抱孩子躲去人家坐的。教他兩個在裏間自在坐个房兒。正是。

雲淡淡天邊鸞鳳　水沉沉波底鴛鴦
寫成今世不休書　結下来生懽喜帶

兩个斡訖一度。作別。比時難割難捨。薛嫂恐怕月娘使人来瞧。連忙攛掇經濟出港。騎上頭口来家。遲不上兩日。經濟又稍了兩方銷金汗巾。兩雙膝褲與春梅。又尋枕頂出來與薛嫂兒。拏銀子打酒。在薛嫂兒房內。正和春梅吃酒。不想月娘使了來安小廝來。來催薛嫂兒。怎的還不上主兒。看見頭口拴在門首。來安兒到家學了舌說姐夫也在那裏來這月娘听了心中大怒使人一替兩替叫了薛嫂兒去儘力數說了一頓道你領了奴才去今日推明日明日推後日只顧不上緊替我打發好窩藏着養漢挣錢兒與你家使若是你不打發把丫頭還與我領了來我另教馮媽媽子賣你再休上我門來這薛嫂兒听了到底還是媒人的嘴恨不的生出七八个口來說道天麽天麽你老人家惟我差了我趕着增福神着棍打你老人家照顧我怎不打發昨日也領着走了兩三個主兒都出不上你老人家要六十兩原價俺媒人家那裏有這些銀子賠上月娘又道小厮說陳家種子今日在你家和丫頭吃酒來薛嫂慌道耶嚛耶嚛又是一場兒還是去年臘月當了人家兩付枕頂在咱家獅子街鋪內

銀子收了。今日姐夫送枕頭與我。我讓他吃茶。他不吃。忙忙就上頭戶來了。幾時進屋裏吃酒來。原來咱家這大官兒恁快搗謊駕舌。月娘吃他一篇。說的不言語了。說道。我只怕一時被那種子設念。隨邪差了念頭。薛嫂道。我是三歲小孩兒。豈可恁些事兒不知道。你那等分付了我。我長吃好。短吃好。他在那裏也沒得久停久坐。與了我枕頭。茶也沒吃。就來了。幾曾見咱家小大姐面兒來。萬物也要個真實。你老人家就上落我起來。既是如此。如今守備周爺府中。要他圖生長。只出十二兩銀子。看他若添到十三兩上。我兌了銀子來罷。說起來守備老爺前者在咱家酒席上。也曾見過小大姐來。因他會這幾套唱。好模樣兒。纔出這幾兩銀子。又不是女兒。其餘別人。出不上。出不上。這薛嫂當下和月娘。砧死了價錢。次日早把春梅。收拾打扮。粧點起來。戴着圍髮雲髻兒。滿頭珠翠。穿上紅段袄兒。下着藍段裙子。脚上雙彎尖趫趫。一頂轎子。送到守備府中。周守備見了春梅。生的模樣兒。比舊時越好。又紅又白。身段兒不短不長。一對小脚兒。滿心歡喜。就兊出五十兩一錠元寶來。這薛嫂兒拏來家。鑿下十三兩銀子。往西門慶家交與月娘。另外又拏出一兩來。說是周爺賞我的喜錢。你老人家這邉不與我些兒。那吳月娘。只得免不過。又秤出五錢銀子與他。恰好他還禁了三十七兩五錢銀子。十個九個媒人。都是如此轉錢養家。却表陳經濟見賣了春梅。又不得往金蓮那邉去。見月娘凡事不理他。門戶都嚴緊。到晚夕親自出來。打燈籠前後照看了。方纔関後邉儀門夜裏上鎖。方纔晒去。因此弄不得手脚。十分急了。先和西門大姐。嚷了兩場。淫婦前淫婦後罵大姐。我在你家做女婿。不道的雖飯吃吃傷了。你家都收了我許多金銀箱籠。你是我老婆。不顧贍我。反說我雖你家飯吃。我白吃你家飯來。罵的大姐。只是哭涕。十一月廿七日。孟玉樓生日。玉樓安排了幾碟酒菜點心。好意教春鴻拿出前邊鋪子。教經濟陪付夥計吃。月娘便攔說。他不是才料。休要理他。要與付夥計。自與付夥計自家吃就是了。不消吽他。玉樓不肯。春鴻拿出來。擺在水櫃上。一大壺酒。都吃不勾。又使來安兒後邊要去。付夥計便說。姐夫不消要酒去了。這酒勾了。我也不吃了。經濟不肯。定教來安要去。等了半晌。來安兒出來。回說沒了酒了。這陳經濟。也有半酣酒兒在肚內。經濟又使他要去。那來安不動。又另拏錢打了酒來。吃着。罵來安兒。賊小奴才兒。你別要慌。你主子不待見我。連你這奴才們也欺負我起來了。使你使兒不動。我與你家做女婿。不道的酒肉吃傷了。有爹在怎麽行來。今日爹没了。就改變了心腸。把我來不理。都亂來擠撮我。我大丈母听信奴才言語。反防範我起來。凡事托奴才不托我。由他。我好耐驚耐怕兒。付夥計勸道。好姐夫。快休舒言。不敬奉姐夫。再敬奉誰。想必後邊惱。怎不與姐夫吃。你駡他不打緊。墻有縫。壁有耳。恰似你醉了一般。經濟道。老夥計。你不知道。我酒在肚裏。事在心頭。俺丈母听信小人言語駕我一篇是非。就筭我合了人。人没合了我。好。不好。我把這一屋子裏老婆。都刮刺了。到官也只是後丈母通奸。論個不應罪

2585

名。如今我先把你家女兒休了。然後一紙狀子。告到官。再不。東京萬壽門進一本。你家見收着我家許多金銀箱籠。都是楊戩應沒官贓物。好不好。把你這兇闆業房子。都抄沒了。老婆便當官辦賣。我不圖打魚。只圖混水。要子。會事的。把俺女婿須收籠着。照舊看待。還是大鳥便益。付夥計見他話頭兒來的不好。說道姐夫你原來醉了。王十九。自吃酒。且把散話革起。這經濟聽眼瞧着付夥計。便罵賊老狗。怎的說我散話。揭起我醉了。吃了你家酒了。我不才是他家女婿嬌客。你無故只是他家行財。你也擠撮我起來。我教你這老狗別要慌。你這兇年轉的俺丈人錢勾了。飯也吃飽了。心裡要打夥兒。把我疾發了去。要獨權兒做買賣。好禁錢養家。我明日本狀也帶你一筆。教他打官司。那付夥計最是個小膽兒的人。見頭勢不好。穿上衣裳。悄悄往家。一溜烟走了。小廝收了家活後邊去了。經濟倒在炕上。睡下一宿。晚景題過。次日付夥計早辰進後邊。見月娘。把前事具訴一遍。哭哭啼啼。要告辭家去。交割帳目。不做買賣了。月娘便勸道。夥計你只安心做買賣。休要理那潑才料。如臭屎一般丟着他。當初你家爲官事。投到俺家來。權住着。有甚金銀財寶。也只是大姐幾件粧奩。隨身箱籠。你家老子。便躲上東京去了。教俺家那一個不恐怕小人不足。晝夜耽憂的那心。你來時纔十六七歲。黃毛團兒也一般。也虧在丈人家養活了這幾年。調理的諸般買賣兒都會。今日翅膀毛兒乾了。反恩將仇報。一掃箒掃的光光的。小孩兒家說話欺心。恁沒天理。到明日只天照着他。夥計你自安心做你買賣休理他便了他自然也羞一面把付夥計安撫住了不題一日也是合當有事印子鋪擠着一屋裡人贖討東西只見奶子如意兒抱着孝哥兒送了一壺茶來與付夥計吃放在卓上孝哥兒在奶子懷裡哇哇的只管哭這陳經濟對着那些人作耍當真說道我的哥哥乖乖兒你休哭了向衆人說這孩子倒相我養的依我說話教他休哭他就不哭了那些人就呆了如意兒說姐夫你說的好妙話兒越發叫起兒來了看我進房裏說不說這陳經濟赶上踢了奶子兩腳戲罵道怪賊邋遢你說不是我且踢個响屁股兒着那奶子抱孩子走到後邊如此這般向月娘哭說經濟對衆人將哥兒這般言語發出來這月娘不听便罷听了此言正在鏡臺邊梳着頭半

目說不出話來。往前一撞。就昏倒在地。不省人事。但見

荊山玉損。可惜西門慶正室夫妻。寶鑑花殘。枉費九十日東君匹配。花容淹淡。猶如西園芍藥倚朱欄。檀口無言。一似南海觀音來入定。小園昨日春風急。吹折江梅就地拖

慌了小玉。叫將家中大小。扶起月娘來炕上坐的。孫雪娥跳上炕撅救了半日。昏姜湯灌下去。半日甦醒過來。月娘氣堵心胸只是哽咽。哭不出聲來。奶子如意兒。對孟玉樓。孫雪娥說。經濟對衆人將哥兒戲言之事。說了一遍。我好意說他。又赶着我踢了兩脚。把我也氣的發昏在這裏。雪娥扶着月娘。待的衆人散去。悄悄在房中。對月娘說。娘也不消生氣。氣的你有些好歹。越發不好了。這小厮因賣了春梅。不得與潘家那淫婦弄手脚。纔

發出話來。如今一不做。二不休。大姐已是嫁出女。如同賣出田一般。咱顧不的他這許多。常言養蝦蟆得水蠱兒病。只顧教那這小厮在家裏做甚麼。明日哄賺進後邊。老實打與他一頓。即時赶離門。教他家去。然後叫將王媽媽子。來是是非人。去時是非者把那淫婦教他領了去。變賣嫁人。如同[redacted]臭屎。掠將出去一天事都沒了。平空留着他在屋裏做甚麼。到明日沒的把咱們。也扯下水去了。月娘道。你說的也是。當下計議已定了。到次日飯時已後。月娘埋伏下丫鬟媳婦七八個人。各拏短棍棒槌。使小厮來安兒。請進陳經濟來後邊。只推說話。把儀門關了。教他當面跪着。問他你知罪麼。那陳經濟也不跪。還似每常臉兒高揚。月娘便道有長詞爲証起初時。月娘不觸犯。寵兒變了。次則陳經濟。耐搶白。臉而揚着。不消你枉話兒絮叨叨。須和你討個分曉。月娘道。此是你丈人深宅院。又不是麗春院。鶯燕巢。你如何把他婦女廝調。他是你丈人愛妾。寡居守孝。你因何把他戲嘲。也有那沒廉耻斜皮。把你刮刺上了。自古毋狗不掉尾。公狗不跳槽。都是些些污家門罪犯難饒。陳經濟道。閃出夥縛鍾馗毋妖。你做成這慣打姦夫的圈套。我臂尖大難禁這頓拷。梅香休鬧。大娘休焦。險些些不大提無情打折我腰。月娘道。賊才料。你還敢嘴兒挑。常言氷厚三不是一日惱。最恨無端難恕饒。虧你呵。再倘着筒兒蕭棒剪稻。你再敢不敢。我把你這短命王鸞兒割了。教你直孤到老當下月娘率領雪娥。并來興兒媳婦來昭妻一丈青。中秋兒。小玉綉春。眾婦人。七手八脚。按下地下。拏棒槌短棍。打了一頓。西門大姐。走過一邊。也不來救。打的這小厮兒急了。把褲子脫了。露出那直竪一條棍來。諕的眾婦女看見。都丟下棍棒亂跑了。月娘又是那惱。又是那笑。口裡罵道。好個沒根基的王八羔子。經濟口中不言。心中暗道。若不是我這個好法兒。怎得脫身。於是扒起來。一手拠着褲子。往前走了。月娘隨令小厮跟隨。教他筭帳。交與傅夥計。經濟自然也有立不住。一面收拾衣服鋪蓋。也不作辭。使性兒一直出離西門慶家。逕往他母舅張團練住的他舊房子內住去了。正是

自古感恩并積恨　萬年千載不成塵

潘金蓮在房中听見打了經濟赶離出門去了越發憂上加憂悶上添悶一日月娘听信雪娥之言使玳安去叫王婆子來那王婆自從他兒子王潮兒跟淮上客人拐了起車的一伯兩銀子來家得其發跡也不賣茶了買了兩個驢兒安了盤磨一張羅櫃開起磨房來听見西門慶宅裡叫他連忙穿衣就走到路上問玳安說我的哥哥幾時沒見你又早籠起頭去了有了媳婦兒不曾玳安道還不曾有哩王婆子道你篸沒了你家誰人請我做甚麼莫不是你五娘養了兒子了請我去抱腰玳安道俺五娘倒沒養兒子倒養了女婿俺大娘請你老人家領他出來嫁人王婆子道天麼天麼你看麼我說這淫婦死了你爹原守着不住只當狗改不了吃屎就弄碎兒來了就是你家大姐那

女婿子他姓甚麼玳安道他姓陳名喚陳經濟王婆子道想着去年我爲何老九的去央煩你爹到宅內你爹不在賊淫婦他就沒留我房裡坐坐兒折針也迸不出個來只叫了頭倒了一鍾清茶我吃了出來了我只道千年萬歲在他家如何今日也還出來好個狠家子淫婦休說我是你個學主替你作成了恁好人家就是世人進去也不該那等大意玳安道爲他和俺姐夫在家裡毆作攘亂昨日差些兒沒把俺大娘氣殺了哩俺姐夫已是打發出去了只有他老人家如今教你領他去哩王婆子道他原是轎兒來少不得還叫頂轎子他也有個箱籠來這裡少不的也與他個箱子兒玳安道這個少不的俺大娘他有個處兩個說話中間到與西門慶門首進入月娘房裡道了萬

福坐下。丫鬟拿茶吃了。月娘便道。老王無事不請你來。悉把潘金蓮如此這般。上項說了一遍。今來是是非非人去是是非者。一客不煩二主。還起動你領他出去。或聘嫁。或打發。教他乞自在飯去罷。我男子漢已是沒了。招攬不過這些人來。說不的。當初家鬼爲他丢了許多錢底那話了。就打他恁個銀人兒也有。如今隨你聘嫁。多少兒。教得來我替他爹念個經兒。也是一場勾當。王婆道。你老人家是稀罕這錢的。只要把禍害離了門就是了。我知道。我也不肯差了。又道今日好日。就出去罷。又一件他當初有個箱籠兒。有頂轎兒來。也少不的與他頂轎兒坐了。去。月娘道。箱子與他一個。轎子不容他坐。小玉道。俺奶奶氣頭上。便是這等說。到臨岐。少不的顧頂轎兒。不然街坊人家看着

拋頭露面的不乞人咲話。月娘不言語了。一面使丫鬟綉春。前
邊叫金蓮來。這金蓮一見王婆子在房裡。就睁了。向前道了萬
福。坐下。王婆子開言。便道。你快收拾了。剛纔大娘說。教我今日
領你出去哩。金蓮道。我漢子死了。多少時兒。我爲下甚麼非作
下甚麼歹來。如何平空打發我出去。王婆道。你休稀里打哄。做
啞裝聾。自古蛇鑽窟礶蛇知道。各人幹的事兒。各人心裡明。金
蓮。你休呆裡撒奸。兩頭白面。說長并道短。我手裡使不的你巧
語花言。幫閑鑽懶。自古没個不散的筵席。出頭椽兒先朽爛。人
的名兒。樹的影兒。蒼蠅不鑽没縫兒彈。你休把養漢當飯。我如
今要打發你上陽關。金蓮道。你打人休打臉。罵人休揭短。常言
一雞死了一雞鳴。誰打羅。誰吃飯。誰人常把鐵箍子戴。那個長

將蓆箔兒支着眼。爲人還有相逢處。樹葉兒落。還到根邊。你休要把人赤手空拳。往外攢是非。莫听小人言。正是女人不穿嫁時衣。男兒不吃分時飯。自有徒牢話歲寒。當下金蓮與月娘亂了一回。月娘到他房中打點與了他兩個箱子。一張抽替卓兒四套衣服。幾件釵梳簪環。一床被褥。其餘他穿的鞋脚。都塡在箱内。把秋菊叫得後邊來。一把鎖把他房門鎖了。金蓮穿上衣服拜辭月娘。在西門慶灵前。大哭了一場。又走到孟玉楼房中。也是姊妹相處了一塲。一旦分離。兩个落了一回眼淚。玉楼悄悄瞞着月娘。與了他一對金碗簪子。一套翠藍段襖與紅裙子。説道六姐。奴與你離多會少了。你看個好人家。往前進了罷。自古道千里長蓬。也没個不散的筵席。你若有了人家。使人來對奴説聲。奴往那裡去。順便到你那裡看你去。也是姊妹情腸。於是灑淚而別。臨出門。小玉送金蓮。悄悄與了金蓮。兩根金頭簪兒。金蓮道。我的姐姐。你倒有一點人心兒在我上。轎子。在大門首。王婆又早顧人。把箱籠卓子。抬的先去了。獨有玉樓小玉。送金蓮到門首。坐上轎子纔回。正是

世上萬般哀苦事　除非死別共生離

却說金蓮到王婆家。王婆安插他在裏間。晚夕同他一處歇。他兒子王潮兒。也長成一條大漢。籠起頭去了。還未有妻室。外間支着床子睡。這潘金蓮次日依舊打扮。喬眉。喬眼在簾下看人。無事坐炕炕上。不是描眉畫眼。就是彈弄琵琶。王婆不在。就和王潮兒鬪葉兒下棋。那王婆自去掃麩喂養驢子。不去管他。朝

來暮去。又把王潮兒刮刺上了。晚間等的王婆子睡着了。婦人推下炕溺尿。走出外間床子上。和王潮兒兩個幹。搖的床子一片响聲。被王婆子醒來听見。問那裡响。王潮兒道。是櫃底下。猫捕的老鼠响。王婆子睡夢中。喃喃吶吶。口裡說道。只因有這些麩麪在屋裡。引的這扎心的。半夜三更。耗爆人。不得睡。良久。又听見動彈。摇的床子格支支响。王婆又問那裡响。王潮道。是猫咬老鼠。鑽在坑洞底下。嚼的响。婆子側耳。果然听見猫在炕洞裡嚼耗子。方纔不言語了。婦人和小厮幹事。依舊悄悄上炕睡去了。有幾句雙關。說得這老鼠好。

你身軀兒小。膽兒大。嘴兒尖。忒潑皮。見了人藏藏躲躲。耳邊廂吽吽唧唧。攪混人半夜三更不睡。不行正人倫。偏好鑽穴隙。更有一庄見不老實。到底改不了偷饞抹嘴。
有日陳經濟打听得金蓮出來。還在王婆子家聘嫁。提着兩弔
銅錢。帶着銀錢。走到王婆子家來。婆子正在門前掃驢子撒下
的糞。這經濟向前。深深地唱個喏。婆子問道。哥哥你做甚麼。經
濟道。請借裡邊說話。王婆便讓進裡面。經濟揭起眼紗。便道動
問西門大官人宅內。有一位娘子潘六姐。在此出嫁。王婆便道。
你是他甚麼人。那經濟嘻嘻笑道。不瞞你老人家說。我是他兄
弟。他是我姐姐。那王婆子眼上眼下。打量他一回。說他有甚兄
弟。我不知道。你休哄我。你莫非不是他家女婿姓陳的。來此處
撞蠓子。我老娘手裡放不過。經濟笑向腰裡。解下兩弔銅錢來
放在面前。說這兩弔錢權作王奶奶一茶之費。教我且見一面。

改日還重謝你老人家。婆子見錢。越發喬張致起來。便道休說謝的話。他家大娘子分付將來。不教閑雜人來看。他咱放倒身說話。你既要見這雌兒一面。與我五兩銀子。見兩面與我十兩。你若要他。便與我一百兩銀子。我的十兩媒人錢在外。我不管閑帳。你如今兩串錢兒。打水不渾的做甚麽。經濟見這虔婆口硬不收錢。又向頭上拔下一對金頭銀脚簪子。重五錢。殺雞扯腿跪在地下。說道。王奶奶。你且收了。容日再補一兩銀子來與你。不敢差了。且容我見他一面。說些話兒則個。那婆子於是收了他簪子和錢。分付你進去見他。說了話。就與我出來。不許你涎眉睜目。只顧坐着。所許那一兩頭銀子。明日就送來與家。於是掀簾放經濟進裡間。婦人正坐在炕邊納鞋。看見經濟。放下鞋扇。會在一處埋怨經濟。你好人兒。弄的我前不着村。後不着店。有上稍。沒下稍。出醜惹人嫌。你就影兒不見。不來看我看兒了。我娘兒們好好兒的。拆散開你東我西。皆因是爲誰來。說着扯住經濟。只顧哭泣。王婆又嗔哭。恐怕有人听見。經濟道。我的姐姐。我爲你剮皮割肉。你爲我受氣耽羞。怎不來看你。昨日到薛嫂兒家。已知春梅賣在守備府裡去了。又打听你出離了他家門。在王奶奶這邊聘嫁。今日特來見你一面。和你計議。咱兩個恩情難捨。拆散不開。如之柰何。我如今要把他家女兒休了。問他要我家先前寄放金銀箱籠。他若不與我。我東京萬壽門一本一狀進下來。那時他雙手奉與我。還是遲了。我暗地裡假名托姓。一頂轎子。娶到你家去。咱兩個永遠團圓。做上個夫妻。

有何不可。婦人道。現今王乾娘要一百兩銀子。你有這些銀子與他。經濟道。如何要這許多。婆子說道。你家大丈母說。當初你家爹。爲他打個銀人兒也還多。定要一百兩銀子。少一絲毫也成不的。經濟道。實不瞞你老人家說。我與六姐打得熱了。拆散不開。看你老人家下顧。退下一半兒來。五六十兩銀子也罷。我往張舅那里。典上兩三間房子。娶了六姐家去。也是春風一度。你老人家少轉些兒罷。婆子道。休說五十兩銀子。八十兩也輪不到你手裡了。昨日湖州販紬絹何官人。出到七十兩。大街坊張二官府。如今見在提刑院掌刑。使了兩個節級來。出到八十兩上。拏着兩封銀子來兊。還成不的。都回去了。你這小孩兒家空口來說空話。倒還敢奚落老娘。老娘不道的吃傷了哩。當下一陣走出街上。大嚷喝說。誰家女婿。要娶丈母。還來老娘屋裡放屁。這經濟慌了。一手扯進婆子來。雙膝跪下。央及王奶奶禁聲。我依了奶奶。價值一百兩銀子罷。爭奈我父親在東京。我明月起身。往東京取銀子去。婦人道。你既為我一場。休與乾娘爭執。上緊取去。只恐來遲了。別人娶了奴去了。就不是你的人了。經濟道。我顧頭口。連夜兼程。多則半月。少則十日就來了。婆子道。常言先下米先食飯。我的十兩銀子在外。休要少了。我的說明白着。經濟道。這個不必說。恩有重報。不敢有忘。說畢。經濟作辭出門。到家收拾行李。次日早顧頭口。上東京取銀子去。此這遭去正是

青龍與白虎同行　吉凶事全然未保

畢竟未知後來如何且听下回分解

第八十七回　王婆子貪財忘禍

武都頭殺嫂祭兄

第八十七回

王婆子貪財受報　武都頭殺嫂祭兄

平生作善天加福　若是剛强定禍殃
舌爲柔和終不損　齒因堅硬必遭傷
杏桃秋到多零落　松柏冬深愈翠蒼
善惡到頭終有報　高飛遠走也難藏

話說陳經濟僱頭口起身叫了張團練一個伴當跟隨早上東京去不題却表吳月娘打發潘金蓮出門次日使春鴻叫薛嫂兒來要賣秋菊這春鴻正走到大街撞見應伯爵叫住問春鴻你往那裡去春鴻道家中大娘使小的叫媒人薛嫂兒去伯爵問叫媒人做甚麽春鴻道賣五娘房裡秋菊丫頭伯爵又問你

五娘爲甚麼打發出來。在王婆子家住着。說要尋人家嫁人。端的有此話麼。這春鴻便如此這般。因。和俺姐夫有些說話。大娘知道了。先打發了春梅小大姐。然後打了俺姐夫一頓。赶出往家去了。昨日纔打發出俺五娘來。伯爵聽了。點了點頭兒說道原來你五娘和你姐夫有楂兒。看不出人來。又向春鴻說。孩兒你爹巳是死了。你只顧還在他家做甚麼。終是沒出產。你心裡還要歸你南邊去。這裡尋個人家跟罷。心下如何。春鴻道。便是這般說。老爹巳是沒了。家中大娘好不嚴緊。各處買賣都收了。房子也賣了。琴童兒畫童兒。多走了。也攬不過這許多人口來。小的待回南邊去。又沒順便人帶去。這城內尋個人家跟。又沒個門路。伯爵道。傻孩兒。人無遠見。安身不牢。千山萬水。又往南

邊去做甚。誰人帶去。你肚裏會幾句唱。愁這城內尋不出主兒
來答應。我如今舉保個門路與你。如今大街坊張二老爹家有
萬萬貫家財。百間房屋。見頂補了你爹。在提刑院做掌刑千戶。
如今你二娘。又在他家做了二房。我把你送到他宅中答應他。
他見你會唱南曲。管情一箭就上垛。留下你做個親隨大官兒。
又不比在你這家裡。他性兒又好。年紀小小。又倜儻。又好愛好。
你就是個有造化的。這春鴻扒到地下。就磕了個頭。有累二爹。
小的若見了張老爹。得一步之地。買禮與二爹磕頭。伯爵一把
手拉着春鴻說。傻孩兒。你起來。我無有個不作成人的。肯要你
謝。你那得錢兒來。春鴻道。小的去了。只怕家中大娘找尋小的
怎了。伯爵道。這個不打緊。我問你張二老爹討個帖兒封一兩

銀子與他家、他家銀子不敢受。不怕把你不雙手兒送了去。說畢。春鴻往薛嫂兒家。叫了薛嫂兒、見月娘領秋菊出來。只賣了五兩銀子。交與月娘。不在話下。却說應伯爵領春鴻到張二官宅裡。見了張二官、見他生的清秀、又會唱南曲、就留下他答應。使拏拜帖兒。封了一兩銀子。往西門慶家。討他箱子。那日吳月娘家中。正陪雲离守娘子范氏吃酒。先是雲离守襲過哥雲將叅將指揮。補在清河左衛做同知、見西門慶死了。吳月娘守寡手裡有東西。就安心有垂涎圖謀之意、此日正買了八盤羹果禮物。來看月娘。見月娘生了孝哥。范氏房內亦有一女。方兩月兒。要與月娘結親。那日吃酒。遂兩家割衫襟、做了兒女親家。留下一雙金環爲定禮、聽見玳安兒拏進張二官府帖兒、并一兩

銀子。說春鴻投在他家答應去了。使人來討他箱子衣服。月娘
見他現做提刑官。不好不與他銀子也不曾收。只得把箱子與
將出來。初時應伯爵對張二官說西門慶第五娘子潘金蓮。生
的標致。會一手琵琶。百家詞曲。雙陸象棋無不通曉。又會寫字。
因爲年小守不的。又和他大娘子合氣。今打發出來。在王婆家
聘嫁人。這張二官。一替兩替。使家人拏銀子往王婆家相看。王
婆只推他大娘子分付。不倒口要一百兩銀子。那人來回講了
幾遍。還到八十兩上。王婆還不吐口兒。落後春鴻到他宅內。張
二官聽見春鴻說。婦人在家養着女婿。因爲如此。打發出來。這
張二官就不要了。對着伯爵說。我家現放着十五歲未出幼兒
子。上學攻書。要這樣婦人來家做甚。又聽見李嬌兒說。金蓮當

初用毒藥擺佈死了漢子。被西門慶占將來家。又偷小厮。把第六個娘子生了兒子。娘兒兩個。生生吃他害殺了。以此張二官就不要了。話分兩頭。却說春梅。賣到守備府中。守備見他生的標致伶俐。舉止動人。心中大喜。與了他三間房住。手下使一個小丫鬟。就一連在他房中歇了三夜。三日替他裁了兩套衣裳。薛嫂兒去賞了薛嫂五錢銀子。又買了個使女扶侍他。立他做二房。大娘子一目失明。吃長齋念佛。不管閑事。還有生姐兒孫二娘。在東廂房住。春梅在西廂房。各處鑰匙。都教他掌管。甚是寵愛他。一日聽薛嫂兒說。潘金蓮出來在王婆家聘嫁。這春梅晚夕。啼啼哭哭。對守備說。俺娘兒兩個。在一處厮守這幾年。他大氣兒不曾呵着我。把我當親女兒一般看承。自知拆散開了。

不想今日他也出來了。你若肯要將他來。俺娘兒們還在一處
過好日子。又說他怎的好模樣兒。諸家詞曲都會。又會彈琵琶
聰明俊俏。百伶百俐。屬龍的。今纔三十二歲兒。他若來。奴情願
做第三的也罷。於是把守備念轉了。使手下親隨張勝。李安。封
了兩方手帕。二錢銀子。往王婆家相看。果然生的好個出色的
婦人。王婆開口指稱他家大娘子。要一百兩銀子。張勝李安講
了半日。還了八十兩。那王婆還不肯。走來回守備。又添了五兩。
復使二人拏着銀子。和王婆子說。王婆子只是假推他大娘子
不肯。不轉口兒要一百兩。媒人錢。要不要罷。天也不使空人這
張勝。李安。只得又拏回銀子來。禀守備。丢了兩日。怎禁這春梅
晚夕。哭哭啼啼。好歹再添幾兩銀子。娶了來。和奴做伴兒。死也

甘心。守備見春梅只是哭泣。只得又差了大管家周忠。同張勝李安。齎包內拏着銀子。打開與婆子看。又添到九十兩上。婆子越發張致起來。說若九十兩到不的。如今提刑張二老爹家。抬的去了。這周忠就惱了。分付李安。把銀子包了。說道。三隻蟾沒處尋。兩脚老婆愁那里尋不出來。這老淫婦連人也不識。你說那張二官府怎的。俺府裡老爺管不着你。不是新娶的小夫人。再三在老爺跟前說念。要娶這婦人。平白出這些銀子。要他何用。李安道。勸着俺兩番三次來回。賊老淫婦。越發鶻哥兒了。拉周忠說。管家哥。咱去來。到家回了老爺。好不好。教牢子拏去。拶與他一頓好拶子。這婆子終是貪着陳經濟那口食。由他罵。只是不言語。二人到府中。回稟守備說。已添到九十兩。還不肯。

守備說。明日先與他一百兩。拏轎子抬了來罷。周忠說爺就添了一百兩。王婆子還要五兩媒人錢。且丟他兩月。他若張致。拏到府中。且撥與他一頓拶子。他纔怕。看官聽說。大段潘金蓮。生有地兒。死有處。不爭被周忠說這兩句話。有分交這婦人。從前作過事。今朝沒與一齊來。有詩為證。

人生雖未有前知　禍福因由更問誰
善惡到頭終有報　只爭來早與來遲

按下一頭。卻說一人。單表武松。自從西門慶墊發孟州牢城充軍之後。多虧小管營施恩看顧。次後施恩與蔣門神爭奪快活林酒店。被蔣門神打傷。央武松出力。反打了蔣門神一頓。不想蔣門神妹子玉蘭。嫁與張都監為妾。賺武松去。假捏賊情。將武松拷打。轉又發安平寨充軍。這武松走到飛雲浦。又殺了兩個公人。復回身。殺了張都監。蔣門神。全家老小。逃躲在施恩家。施恩寫了一封書。皮箱內封了一百兩銀子。教武松到安平寨與知寨劉高。教看顧他。不想路上聽見太子立東宮。放郊天大赦武松就遇赦回家。到清河縣下了文書。依舊在縣當差。還做都頭。來到家中。尋見上隣姚二郎。交付迎兒。那時迎兒已長大十九歲了。收攬來家。一處居住。打聽西門慶已死。你嫂子出來了。如今還在王婆家。早晚嫁人。這漢子聽了。舊仇在心。正是踏破鐵鞋無處覓。得來全不費工夫。次日裹幘穿衣。逕出門。來到王婆門首。金蓮正在簾下站着。見武松來。連忙閃入裡間去。武松揪開簾子。來問王媽媽在家。那婆子正在磨上掃麵。連忙出來應道。是誰叫老身。見是武松。道了萬福。武松深深唱喏。婆子道。武二哥且喜幾時回家來了。武松道遇。赦回家。昨日纔到。一向多累媽媽看家。改日相謝。婆子笑嘻嘻道。武二哥。比舊時保養。鬍子楂兒也有了。且是好身量。在外邊又學得這般知禮。一面讓上坐。點茶吃了。武松道。我有一庄事和媽媽說。婆子道。有甚事。武二哥只顧說。武松道。我聞的人說。西門慶已是死了。我嫂子出來。在你老人家這裡居住。敢煩媽媽對嫂子說。他若不嫁人便罷。若是嫁人。如今蠅兒大了。娶得嫂子家去。看管蠅兒。早晚招個女婿。一家一計過日子。庶不教人笑話。婆子初時還不吐口兒。便道。他是在我這裡。倒不知嫁人不嫁人。次後聽見武松重謝他。便道。等我慢慢和他說。那婦人便簾內聽見武松言語要娶他看曾蠅兒。又見武松在外。出落得長大。身材胖了。比昔時又會說話兒。舊心不改。心下暗道。這段姻緣。還落在他家手裡。就等不得王婆叫。他自已出來。向武松道了萬福。說道既是叔叔還要奴家去看曾蠅兒。招女婿成家。可知好哩。王婆道。又一件。如今他家大娘子。要一百兩雪花銀子。纔嫁人。武松道。如何要這許多。王婆道。西門大官人。當初爲他。使了許多。就打恁個銀人兒也勾了。武松道。不打緊。我既要請嫂嫂家去。就使一百兩也罷。另外破五兩銀子。謝你老人家。這婆子聽見。喜歡的屁滚尿流。没口說還是武二哥知禮。這幾年江湖上見的事多。眞是好漢。婦人聽了此言。走到屋裡。又濃點了一盞瓜仁泡茶雙手遞與武松吃了。婆子問道。如今他家要發脫的緊。又有三

四處。官戶人家爭着娶。都回阻了價錢不兌。你這銀子。作速些
便好。常言先下來先吃飯。千里姻緣着線牽。休要落在別人手
內。婦人道。既要娶奴家。叔叔上緊些。武松便道。明日就來兌銀
晚夕請嫂嫂過去。那王婆還不信武松有這些銀子。胡亂答應
去了。到次日。武松打開皮箱。拏出小管營施恩與知寨劉高那
一百兩銀子來。又另外包了五兩碎銀子。走到王婆家。拏天平
兌起來。那婆子看見白晃晃擺了一卓銀子。口中不言。心內暗
道。雖是陳經濟許下一百兩。上東京去取。不知幾時到來。仰着
合着。我見鐘不打。却打鑄鐘。又見五兩謝他。連忙收了。拜了又
拜。說道。還是武二哥曉禮。知人甘苦。武松道。媽媽收了銀子。今
日就請嫂嫂過門。婆子道。武二哥且是好急性。門背後放花兒

你等不。到晚了。也待我往他大娘子那裡。交了銀子。纔打發他過去。又道。你今日帽兒光光。晚夕做個新郎。那武松緊着。心中不自在。那婆子不知好歹。又徯落他。打發武松出門。自己尋思。他家大娘子。自交我發脫。又没和我則定價錢。我今胡亂與他一二十兩銀子。滿篡的就是了。綁着鬼。也落他多一半養家。一面把銀鑿下二十兩銀子。往月娘家裡交割明白。月娘問甚麼人家娶了去了。王婆道。兎兒沿山跑。還來歸舊窩。嫁了他小叔。還吃舊鍋裡粥去了。月娘聽了。暗中跌脚。常言侻人見侻人。分外眼睛明。與孟玉樓說。往後死在他小叔子手裡罷了。那漢子殺人不斬眼。豈肯干休。不說月娘家中嘆息。却表王婆交了銀子到家。下午時。教王潮兒把婦人箱籠卓兒送過去。這武松在家又早收拾停當。打下酒肉。安排下菜蔬。晚上婆子領婦人進門換了孝。戴着新鬏髻。身穿紅衣服。搭着蓋頭。進門來見明間內明亮亮點着燈燭。武大靈牌供養在上面。先自有些疑忌。由不的髮似人揪。肉如鈎搭。進入門來。到房中。武松分付迎兒把前門上了拴。後門也頂了。王婆見了。說道。武二哥我去罷。家裡沒人。武松道。媽媽請進房裡吃盞酒。武松教迎兒拿菜蔬擺在卓上。須臾盪上酒來。請婦人和王婆吃酒。那武松也不讓。把酒斟上。一連吃了四五碗酒。婆子見他吃得惡。便道。武二哥老身酒勾了。放我去。你兩口兒自在吃盞兒罷。武松道。媽媽且休得胡說。我武二有句話問你。只聞颼的一聲響。向衣底掣出一把二尺長刀薄背厚背扎刀子來。一隻手籠着刀靶。一隻手按住掩心便睜圓怪眼。倒竪剛鬚。便道。婆子休得吃驚。自古冤有頭。債有主。休推睡裡夢裡。我哥哥性命。都在你身上。婆子道。武二哥夜晚了。酒醉。拏刀弄杖。不是耍處。武松道。婆子休胡說。我武二就死也不怕。等我問了這淫婦。慢慢來問你這老猪狗。若動一動步兒。身上先吃我五七刀子。一面回過臉來看着婦人罵道。你這淫婦聽着。我的哥哥怎生謀害了。從實說來。我便饒你。那婦人道。叔叔如何冷鍋中豆兒炮。好沒道理。你哥哥自害心疼病死了。干我甚事。說由未了。武松把刀子忔楂的揷在卓子上。用左手揪住婦人雲髻。右手匹胸提住。把卓子一脚踢番。碟兒盞兒都落地打得粉碎。那婦人能有多大氣脉。被這漢子隔卓子輕輕提將過來。拖出外間靈卓子前。那婆子見頭勢不好。

便去奔前門走。前門又上了拴。被武松大扠步趕上揪番在地。用腰間纏帶解下來。四手四脚綑住。如猿猴獻果一般。便脱身不得。口中只叫都頭。不消動意。大娘子自做出來。不干我事。武松道。老猪狗我都知了。你賴那個。你教西門慶那厮墊發我充軍去。今日我怎生又回家了。西門慶那厮却在那里。你不說時。先剮了這個淫婦。後殺你這老猪狗。提起刀來。便望那婦人臉上撇兩撇。婦人慌忙叫道。叔叔且饒。放我起來。等我說便了。武松一提提起那婆娘。旋剝凈了。跪在靈卓子前。武松喝道。淫婦快說。那婦人諕得魂不附體。只得從實招說。將那時收簾子打了西門慶起。并做衣裳入馬通姦。後怎的踢傷了武大心窩。何下藥。王婆怎地教唆下毒。撥置燒化。又怎的娶到家去。一五一十從頭至尾說了一遍。王婆聽見。只是暗地叫苦。說傻才料你實說了。却教老身怎的支吾。這武松一面就靈前一手揪着婦人。一手澆奠了酒。把紙錢點着。說道。哥哥你陰魂不遠。今日武二與你報仇雪恨。那婦人見頭勢不好。纔待大叫。被武松向爐內撾了一把香灰。塞在他口。就叫不出來了。然後腦揪番在地。那婦人掙扎。把鬏髻簪環都滚落了。武松恐怕他掙扎。先用油靴只顧踢他肋肢。後用兩隻脚踏他兩隻胳膊。便道。淫婦自說你伶俐。不知你心怎麼生着。我試看一看。一面用手去攤開他胷脯。說時遲。那時快。把刀子去婦人白馥馥心窩內只一剜。剜了個血窟礲。那鮮血就邈出來。那婦人就星眸半閃。兩隻脚只顧登踏。武松口噙着刀子。雙手去斡開他胷脯。撲扢的一聲。把心肝五臟。生扯下來。血瀝瀝。供養在靈前。後方一刀。割下頭來。血流滿地。蠅兒小女在旁看見。諕的只掩了臉。武松這漢子。端的好狠也。可憐這婦。正是三寸氣在千般用。一日無常萬事休。亡年三十二歲。但見手到處。青春喪命。刀落時。紅粉亡身。七魄悠悠。已赴森羅殿上。三魂渺渺。應歸枉死城中。星眸緊閉。直挺挺屍橫光地下。銀牙半咬。血淋淋頭在一邊離。好似初春大雪。壓折金線柳。臘月狂風。吹折玉梅花。這婦人嬌媚不知歸何處。芳魂今夜落誰家。古人有詩一首。單悼金蓮。死的好苦也。

堪悼金蓮誠可憐　衣服脫去跪靈前
誰知武二持刀殺　只道西門綁腿頑
往事堪嗟一場夢　今身不值半文錢

世間一命還一命　報應分明在眼前

當下武松殺了婦人。那婆子看見。大叫殺人了。武松聽見他叫。向前一刀。也割下頭來。拖過屍首。一邊將婦人心肝五臟。用刀插在樓後房簷下。那時也有初更時分。倒扣蠅兒在屋裏。蠅兒道。叔叔。我也害怕。武松道。孩兒我顧不得你了。武松跳過王婆家來。還要殺他兒子王潮兒。不想王潮合當不該死。聽見他娘這邊叫。就知武松行兇。推前門不開。叫後門也不應。慌的走去街上叫保甲。那兩隣明知武松兇惡。誰敢向前。武松跳過墻來。到王婆房內。只見點着燈。房內一人也沒有。一面打開王婆箱籠。就把他衣服撇了一地。那一百兩銀子。止交與吳月娘二十兩。還剩了八十五兩。并些釵環首飾。武松一股皆休。都包裹了。

提了朴刀。越後墻走。五更挨。出城門。投十字坡。張青夫婦那里
躲住。做了頭佗。上梁山爲盗去了。正是

平生不作皺眉事　世上應無切齒人

畢竟未知後來如何。且聽下回分解。

第八十八回 陳敬濟感舊祭金蓮

龐大姐埋屍托張勝

第八十八回

潘金蓮托夢守禦府　吳月娘布福募緣僧

上臨之以天鑒　下察之以地祇
明有王法相制　暗有鬼神相隨
忠直可存於心　喜怒戒之在氣
爲不節而忘家　因不廉而失位
勸君自警平生　可笑可驚可畏

話說武松。殺了婦人王婆。刼去財物。逃上梁山爲盜去了。却表王潮兒。去街上叫保甲。見武松家。前後門都不開。又王婆家被刼去財物。房中衣服。丢的地下。橫三豎四。就知是武松殺死二命。刼取財物而去。未免打開前後門。見血瀝瀝。兩個死屍。倒在地下。婦人心肝五臟。用刀插在後樓房簷下。蠅兒倒扣在房中。問其故。只是哭泣。次日早衙。呈報到本縣。殺人兇办。都拿放在面前。本縣新任知縣。也姓李。雙名昌期。乃河北真定府棗强縣人氏。聽見殺人公事。即委差當該吏典。拘集兩隣保甲。并兩家苦主。王潮蠅兒。眼同招出。當街如法檢驗。生前委被武松因忿帶酒。殺潘氏王婆二命。疊成文案。就委地方保甲。瘞埋看守。掛出榜文。四廂差人跟尋。訪拿正犯武松。有人首告者。官給賞銀五十兩。守備府中。張勝李安。打着一百兩銀子。到王婆家。看見王婆婦人。俱已被武松殺死。縣中差人檢屍。捉拿兇犯。二人回報到府中。春梅聽見婦人死了。整哭了兩三日。茶飯都不吃。慌了守備。使人門前叫了調百戲的貨郎兒進去。要與他觀看。只

是不喜歡。日逐使張勝李安。打聽拿住武松正犯告報府中知
道。不在話下。按下一頭。却表陳經濟。前往東京取銀子。一心要
贖金蓮。成其夫婦。不想走到半路。撞見家人陳定。從東京來告
說。家爺病重之事。奶奶使我來請大叔往家去。囑托後事。這經
濟。一聞其言。兩程做一程。路上攢行。有日到東京。他姑夫張世
廉家。張世廉已死。止有姑娘見在。他父親陳洪已是沒了三日
光景。滿家帶孝。經濟參見他父親靈座。與他毋親張氏并姑娘
磕頭。張氏見他長成人。毋子哭做一處。通同商議。如今一則以
喜。一則以憂。經濟便道。如何是喜。如何是憂。張氏道。喜者。如今
且喜朝廷冊立東宮。郊天大赦。憂則不想你爹爹得病。死在這
里。你姑夫又沒了。姑娘守寡。這里住着。不是常法。方使陳定叫

將你來和你打發你爹爹靈柩回去葬埋鄉井也是好處。這經濟聽了心內暗道這一會發送裝載靈柩家小粗重上車少說也得許多日期躭閣。却不悞了娶六姐。不如此這般先誆了兩車細軟箱籠家去。待娶了六姐。再來搬取靈柩不遲。一面對張氏說道。如今隨路盜賊十分難走假如靈柩家小箱籠。一同起身。若說數輛車馱。未免起眼。倘遇小嘍囉怎了。寧可躭遲不躭錯。我先押兩車細軟箱籠家去。收拾房屋。母親後和陳定家眷。跟父親靈柩。過年正月間起身回家。寄在城外寺院。然後做齋念經。入墳安葬。也是不遲。張氏終是婦人家。不合一時聽信經濟巧言念轉。先打點細軟箱籠。裝載兩大車。上插旗號。扮做香車。從臘月初一日東京起身。不上數日。到了山東清河縣。家門首。對他母舅張團練說。父親已死。母親押靈車。不久就到。我押了兩車行李。先來收拾。打掃房屋。他母舅聽說。既然如此。我須搬回家便了。一面就令家人搬家活。騰出房子來。這經濟見母舅搬去。滿心歡喜說。且得冤家離眼前。落得我要六姐來家。自在受用。我父親已死。我娘又疼我。先休了那個淫婦。然後一紙狀子。把俺丈母告到官。追要我寄放東西。又敢道個不字。又挾制俺家充軍人數不成。正是人其如此如此。天理不然不然。這經濟。早擄搬他母舅出來。然後打了一伯兩銀子在腰裡。另外又袖着十兩謝王婆。來到紫石街。王婆門首。可霎作怪。只見門前街旁。埋着兩個尸首。上面兩桿鎗交叉。上面挑着個燈籠。門首掛着一張手榜。上書本縣爲人命事凶犯武松。殺死潘氏王婆二命。有人捕獲首告官司者。官給賞銀五十兩。這經濟仰頭還大看了。只見從窩舖中。鑽出兩個人來。唱聲道甚麼人看此榜文做甚。見今正身兇犯。捉拿不着。你是何人。大扠步便來捉獲。這經濟慌的奔走不迭。恰然走到石橋下酒樓邊。只見一個人。頭戴萬字巾。身穿青衲襖。隨後赶到橋下。說道哥哥。你好大胆。平白在此看他怎的。這經濟扭回頭看時。却是一個識熟朋友。鉄指甲楊二郎。二人聲喏。楊二道。哥哥。一向不見。那里去來。經濟便把東京父死往回之事。告說一遍。恰才這殺死婦人。是我丈人的小潘氏。不知他被人殺了。適纔見了榜文。方知其故。楊二郎告道。是他小叔武松。充配在外。遇赦回還。不知因甚殺了婦人。連王婆子也不饒。他家還有個女孩兒。在我姑夫姚二郎家。養活了三四年。昨日他叔叔殺了人。走的不知下落。我姑夫將此女縣中領出。嫁與人爲妻小去了。見今這兩个屍首。日久只顧埋着。只是苦了地方保甲看守。更不知何年月日。纔拿住兇犯武松。說畢。楊二郎招了經濟上酒樓飲酒。與哥哥拂塵。這經濟見那人已死。心中轉痛不下。那里吃得下酒。約莫飲勾三盃。就起身下樓。作別來家。到晚夕。買了一陌錢帋在紫石街。離王婆門首。遠遠的石橋邊。題着婦人潘六姐。我小兄弟陳經濟。今日替你燒陌錢帋。皆因我來遲了一步。悞了你性命。你活時爲人。死後爲神。早保佑捉獲住仇人武松。替你報仇雪恨。我在法場上。看着剮他。方趁我平生之志。說畢哭泣。燒化了錢帋經濟回家。閉了門戶。走歸房中。恰纔睡着。似睡不睡。夢見金蓮身穿素服。一身帶血。向經濟哭道。我的哥哥。我死的好苦也。實指望與你相處在一處。不期等你不來。被武松那廝害了性命。如今陰司不收。我白日遊遊蕩蕩。夜歸向各處尋討漿水。適間蒙你送了一陌錢紙與我。但只是仇人未獲。我的屍首埋在當街。你可念舊日之情。買具棺材盛了。葬埋。免得日久暴露。經濟哭道。我的姐姐。我可知要葬埋你。但恐西門慶家中。我丈母那無仁義的淫婦知道。他自恁賴我。倒趕了他机會。姐姐。你須往守備府中。對春梅說知。教他葬埋我身屍便了。婦人道。剛纔奴到守備府中。又被那門神戶尉。攔擋不放。奴須慢再哀告他則個。經濟哭着。還要拉着他說話。被他身上一陣血腥氣。撒手掙脫。却是南柯一夢。梚上聽那更鼓時。正打三更二點。說道怪哉我剛纔分明夢見六姐。向我訴告衷腸。教我葬埋之意。又不知甚年何日。拿住武松。是好傷感人也。正是夢中無限傷心事。獨坐空房哭到明。不說經濟這里也打聽武松不題。卻表縣中訪拿武松。約兩個月有餘。捕獲不着。已知逃遁梁山爲盜。地方保甲隣佑。呈報到官。所有兩座屍首。相應責令家屬領埋。王婆屍首。便有他兒子王潮。領的埋葬。止有婦人身屍。無人來領。卻說府中春梅。兩三日一遍。使張勝李安來縣中打聽回去。只說兇犯還未拿住。屍首照舊埋瘞。地方看守。無人敢動。直挨過年正月初旬時節。忽一日晚間。春梅作一夢。恍恍惚惚。夢見金蓮雲髻蓬鬆。渾身是血。叫道。龐大姐。我的好姐姐。奴死的好苦也。好容易來見你一面。又被門神把住。嗔喝不敢進來。今仇人武松已是逃走脫了。所有奴的屍首。在街暴露日久。風吹雨灑。雞犬作踐。無人領埋。奴舉眼無親。你若念舊日母子之情。買具棺木把奴埋在一個去處。奴死在陰司口眼皆閉。說畢。大哭不止。春梅扯住他。還要再問他別的話。被他睜開。撒手驚覺。却是南柯一夢。從睡夢中直哭醒來。心內猶疑不定。次日叫進張勝。李安分付你二人去縣前打聽。那埋的婦人婆子屍首。還有無有。張勝。李安。應諾去了。不多時。走來回報。正犯兒身。已逃走脫了。所有殺死身屍地方看守。日久不便。相應責令各人家屬領埋。那婆子屍首。他兒子招領的去了。還有那婦人。無人來領。還埋在街心。春梅道。既然如此。我有庄事兒。累你二人。替我幹得來。我還重賞你。二人跪下。小夫人說那里話。若肯在老爺前抬舉小人一二。既消受不了。雖赴湯跳火。敢說不去。春梅走到房中。拿出十兩銀子。兩疋大布。委付二人。這死的婦人。是我一個嫡親姐姐。嫁在西門慶家。今日出來。被人殺死。你二人休教你老爺知道。拿這銀子替我買一具棺材。把他裝殮了。抬出城外。擇方便地方。埋葬停當。我還重賞你。二人道。這個不打緊。小人就去。李安說。只怕縣中不教你我領屍怎了。須拿老爺個帖兒下到縣官纔好。張勝道。只說小夫人是他妹子。嫁在府中。那縣官不好不依。何消帖子。於是領了銀子。來到班房內。張勝便向李安說。想必這死的婦人。與小夫人曾在西門慶家做一處。相結的好。今日方這等爲他費心。相着死了時。整哭了三四日。不吃飯。直教老爺門前。叫了調百戲貨郎兒。調與他觀看。還不喜歡。今日他無親人領去。小夫人豈肯不葬埋他。咱毋若替他幹得此事停當早晚他在老爺跟前。只方便。你我就是一點福星。見今老爺百依百隨。聽他說話。正經大奶奶。二奶奶。且打靠他說畢。二人拿銀子到縣前。遞了領狀。就說他妹子在老爺府中。來領屍首。使了六兩銀子。合了一具棺木。把婦人屍首掘出。把心肝塡在肚內。頭用線縫上。用布裝殮停當。裝入材內。張勝說。就埋在老爺香火院。城南永福寺里。那里有空閑地。葬埋了。回小夫人話去。叫了兩名伴當。抬到永福寺。對長老說。宅內小夫人親長老不敢怠慢。就在寺後。揀一塊空心白楊樹下。那里葬埋已畢。走來宅內回春梅話。說除買棺材裝殮。還剩四兩銀子。交割明白。春梅分付。多有起動你二人。將這四兩銀子。拿二兩與長老道堅。教他早晚替他念些經懺。超度他生天。又拿出一大瓶酒。一腿豬肉。一腿羊肉。這二兩銀子。你每人將一兩家中盤纏。二人跪下。那里敢接。只說小夫人若肯在老爺面前抬舉小人。消受不了。這些小勞。豈敢接受銀兩。春梅道我賞你不收。我就惱了。二人只得磕頭領了出來。兩個班房吃酒。甚是稱念小夫人好處。次日張勝送銀子與長老念經。春梅又與五錢銀子。買帋與金蓮燒。俱不在話下。却說陳定從東京載靈柩家眷。到清河縣城外。把靈柩寄在永福寺。待的念經發送歸葬坟內。經濟在家聽見毋親張氏家小車輛到了。父親靈柩。寄停在城外永福寺收卸行李已畢。與張氏磕了頭張氏怪他就不去接我一接。經濟只說心中不快。家里無人看守。張氏便問。你舅舅怎的不見經濟道他見毋親到了連忙搬回家去了張氏道且教你舅舅住着慌搬去怎的一面他毋舅張團練來看他姐姐姊妹抱頭而哭置酒叙話不必細說次日他娘張氏早使經濟拿五兩銀子幾陌金銀錢帋往門外與長老替他父親念經正騎頭口街上走忽撞遇他兩個朋友陸大郎楊大郎下頭口聲喏二人問道哥哥往那里去經濟悉言先父靈柩寄在門外寺里明日廿日是終七家毋使我送銀子與長老做齋念經二人道兒弟不知老父靈柩到了有失弔問因問幾時發引安葬經濟道也只在一二日之間念畢經入土安葬說罷二人舉手作別這經濟又叫住因問楊大郎縣前我丈人的小那潘氏屍首怎不見被甚人領的去了楊大郎便道半月前地方因捉不着武松

稟了本縣相公。令各家領去葬埋。王婆是他兒子領去。止有婦人屍首。丟了三四日。被守備府中。買了一口棺木。差人抬出城外。永福寺那里葬去了。經濟聽了。就知是春梅在府中。收葬了他屍首。因問二郎。城外有幾個永福寺。二郎道。本自南門外。只一個永福寺。是周秀老爺香火院。那里有幾個永福寺來。經濟聽了暗喜。就是這個永福寺。也是緣法湊巧。喜得六姐亦葬在此處。一面作別二人。打頭口出城。逕到永福寺中。見了長老。且不說念經之事。就先問長老道堅。此處有守備府中新近葬的。一個婦人在那里。長老道。就在寺後白楊樹下。說是宅內小夫人的姐姐。這陳經濟。且不叅見他父親靈柩。先拿錢帋祭物。到於金蓮墓上。與他祭了。燒化錢帋。哭道。我的六姐。你兄弟陳經濟徹來與你燒一陌錢帋你好處安身苦處用錢祭畢然後纔到方丈內他父親靈柩跟前燒帋祭祀遞與長老經錢教他二十日請入衆禪僧念斷七經長老接了經襯備辦齋供經濟來家回了張氏話二十日都去寺中拈香擇吉發引把父親靈柩歸到祖塋安塟已畢來家母子過日不題却表吳月娘一日二月初旬天氣融和孟玉樓孫雪娥西門大姐小玉出來大門首站立觀看來往車馬人烟熱閙忽見一簇男女跟着個和尚生的干分胖大頭頂三尊銅佛身上抅着數枝燈樹杏黃袈裟風兠袖赤脚行來泥沒踝自言說是五臺山戒壇上下來的行脚僧雲遊到此要化錢粮蓋造佛殿當時古人有幾句讚的這行脚僧好處

打坐參禪。講經說法。鋪眉苫眼。習成佛祖家風。賴教求食立
起法門規矩。白日里。賣杖搖鈴。黑夜間。舞鎗弄棒。有時門首
磕光頭。餓了街前打响嘴。空色色空誰見衆生離下土。去來
來去。何曾接引到西方。
那和尚見月娘衆婦女在門首。向前道了個問訊。說道。在家老
菩薩施主。既生在深宅大院。都是龍華一會上人。貧僧是五臺
山下來的。結化善緣。蓋造十王功德。三寶佛殿。仰賴十方施主
菩薩。廣種福田。捨資財共成勝事。修來生功果。貧僧只是挑脚
漢。月娘聽了他這般言語。便喚小玉。往房中取一頂僧帽。一雙
僧鞋。一弔銅錢。一斗白米。原來月娘平昔好齋僧布施。常時間
中。發心做下僧帽僧鞋。預備布施。這小玉取出來。月娘分付你

叫那師父近前來。布施與他。這小玉故做嬌態。高聲叫道。那變驢的和尚。還不過來。俺奶奶布施與你這許多東西還不磕頭哩。月娘便罵道。怪墮業的小臭肉兒。一個僧家。是佛家弟子。你有要沒緊。恁謗他怎的。不當家化化的。你這小淫婦兒。到明日不知墮多少罪業。小玉笑道。奶奶。這賊和尚我叫他他怎的把那一雙賊眼。眼上眼下打量我。那和尚雙手接了鞋悄錢米。打問訊說道。多謝施主老菩薩布施布施。小玉道。這禿廝好無禮這些〻人跕着。只打兩個問訊兒。就不與我打一個兒。月娘道。小肉兒。還恁說白道黑。他一個佛家之子。你也消受不的他這個問訊。小玉道。奶奶。他是佛爺兒子。誰是佛爺女兒。月娘道。相這比丘尼姑僧。是佛的女兒。小玉道。譬若說相薛姑子。王姑子。大師父。都是佛爺女兒。誰是佛爺女婿。月娘忍不住笑。罵道。這賊小淫婦兒學的油嘴滑舌。見見就說下道兒去了。小玉道。奶奶只罵我。本等這禿和尚賊眉竪眼的只看我。孟玉樓道。他看你想必認得的。要度脫你去。小玉道。他若度我。我就去。說着。衆婦女笑了一回。月娘喝道。你這小淫婦兒專一毀僧謗佛。那和尚得了布施。頂着三尊佛。揚長去了。小玉道。奶奶還嗔我罵他。你看這賊禿。臨去還看了我一眼。纔去了。有詩單道月娘修善施僧好處。

守寡看經歲月深　私邪空色久違心
奴身好似天邊月　不許浮雲半點侵

月娘衆人正在門首說話。忽見薛嫂兒。提着花箱兒。從街上過來見月娘衆人道了萬福月娘問你往那里去來怎的影跡兒不來我這里走走薛嫂兒道不知我終日窮忙的是些甚麽這兩日大街上掌刑張二老爹家與他兒子娶親和北邊徐公公做親娶了他姪兒也是我和文嫂兒說的親事昨日三日擺大酒席忙的連守備府里咱家小大姐那里叫我也沒去不知怎麽惱我哩月娘問道你如今往那里去薛嫂道我有庄事敬來和你老人家說來月娘道你有話進來說一面讓薛嫂兒到後邊上房里坐下吃了茶薛嫂道你老人家還不知道你陳親家從去年在東京得病沒了親家母叫了姐夫去搬取家小靈柩從正月來家已是念經發送墳上安葬畢我只說你老人家這邊知道怎不去燒張紙兒探望探望月娘道你不來說俺這里

怎得曉的又無人打聽倒自知道潘家的。吃他小叔兒殺了。和王婆子都埋在一處。却不知如今怎樣了。薛嫂兒道。自古生有地兒死有處。五娘他老人家。不因那些事出去了。却不好來。平日不守本分。幹出醜事來出去了。若在咱家里。他小叔兒怎得殺了他。還是仇有頭。債有主。倒還虧了咱家小大姐春梅。越不過娘兒們情腸。差人買了口棺材。領了他屍首葬埋了。不然。只顧暴露着。又拿不着小叔子。誰去管他。孫雪娥在旁說。春梅賣在守備府里。多少時兒。就這等大了。手里拿出銀子。替他買棺材埋葬。那守備也不嗔。當他甚麼人。薛嫂道。耶嚛。你還不知。守備好不喜他。每日只在他房里歇臥。說一句依十句。一娶了他生的好模樣兒。乖覺伶俐。就與他西廂房三間房住。撥了個使女伏侍他。老爺一連在他房里歇了三夜。替他裁四季衣服上頭三日吃酒。賞了我一兩銀子。一疋段子。他大奶奶五十歲雙目不明。吃長齋不管事。東廂孫二娘。生了小姐。雖故當家槅着個孩子。如今大小庫房鑰匙。倒都是他拿着。守備好不聽他說話哩。且說銀子。手里拿不出來。幾句說的月娘雪娥都不言了坐了一回。薛嫂起身。月娘分付。你明日來我這里。備一張祭卓。一疋尺頭。一分冥帋。你來送大姐與他公公燒帋去。薛嫂兒道。你老人家不去。月娘道。你只說我心中不好。改日望親家去罷。那薛嫂約定。你教大姐收拾下等着我。飯罷時候。月娘道。你如今到那里去。守備府中。不去也罷。薛嫂道。不去。就惹他怪死了。他使小伴當叫了我好幾遍了。月娘道。他叫你做甚麽。薛嫂道奶奶你不知他。如今有了四五個月身孕了。老爺好不喜歡。吽了我去已定賞我。提着花箱作辭去了。雪娥便說老淫婦說沒個行款兒他賣守備家多少時。就有了半肚孩子。那守備身邊少說也有幾房頭。莫就興起他來。這等大道。月娘道。他還有正景大奶奶。房里還有一個生小姐的娘子兒哩。雪娥道。可又來。到底還是媒人嘴。一尺水十丈波的。不因今日雪娥說話。正是從天降下鈎和線。就地引起是非來。有詩爲証。

曾記當年侍主傍　誰知今日變風光
世間萬事皆前定　莫笑浮生空自忙

畢竟未知後來如何。且聽下回分解。

第八十九回　清明節寡婦上新墳

永福寺夫人逢故主

第八十九回

清明節寡婦上新墳　吳月娘悞入永福寺

風拂烟籠錦旆揚　太平時節日初長
多添壯士英雄胆　善解佳人愁悶腸
三尺繞垂楊柳岸　一竿斜挿杏花旁
男兒未遂平生志　且樂高歌入醉鄉

話說吳月娘次日備辦了一張祭卓猪首三牲羮飯冥紙之類封了一疋尺頭交大姐收拾一身縞素衣服坐轎子薛嫂兒押着祭禮先行來到陳宅門首只見陳經濟正在門首站立那薛嫂把祭禮交人抬進去經濟便問那里的薛嫂道了萬福說姐夫你休推不知你丈毋家來與你爹燒紙送大姐來了經濟便

道我髭鬚合的纔是丈毋正月十六日貼門神遲了半月人也入了土纔來上祭薛嫂道好姐夫你丈毋說寡婦人沒脚蟹不知你這里親家靈柩來家遲了一步休怪正說着只見大姐轎子落在門首經濟問是誰薛嫂道再有誰你丈毋心內不好一者送大姐來家二者敬與你爹燒紙經濟罵道趁早把淫婦抬回去好的死了萬萬千千我要他做甚麽薛嫂道常言道嫁夫着你怎的說這個話經濟道我不要這淫婦了還不與我走那抬轎的只顧站立不動被經濟向前踢了兩脚罵道還不與我抬了去我把花子腿砸折了把淫婦鬂毛都蒿淨了那抬轎子的見他踢起來只得抬轎子徃家中走不迭比及薛嫂叫出他娘張氏來轎子已抬的去了薛嫂見沒奈何收下祭禮走來回

覆吳月娘。把吳月娘氣的一個發昏。說道恁個沒天理的。短命
囚根子。當初你家爲了官事。躲來丈人家居住。養活了這幾年。
今日反恩將仇報起來了。恨起死鬼當初攬下的好貨在家里
弄出事來。到今日交我做臭老鼠。交他這等放屁辣臊。對着大
姐說孩兒。你是眼見的。丈人丈毋。那些兒虧了他來。你活是他
家人。死是他家鬼。我家里也難以留你。你明日還去。休要怕他
料他挾不到你井里。他好胆子。恒是殺不了人。難道世間沒王
法管他。也怎的。當晚不題。到次日一頂轎子。交玳安兒跟隨着
把大姐又送到陳經濟家來。不想陳經濟不在家。往坟上替他
父親添上疊山子去了。張氏知禮。把大姐留下。對着玳安說。大
官到家。多多上覆親家。多多謝祭禮。休要和他一般兒見識。他昨

日巳有酒了。故此這般。等我慢慢說他。一面管待玳安兒。安撫來家。至晚陳經濟坟上回來。看見了大姐。就行踢打。罵道淫婦你又來做甚麽。還是說我在你家雌飯吃。你家收着俺許多箱籠因此起的這大產業。不道的白養活了女壻。好的死了萬千。我要你這淫婦人。這大姐亦罵。没廉耻的囚根子。没天理的囚根子。淫婦出去。吃人殺了。没的禁。拿我煞氣。被經濟抹過頂髮儘力打了幾拳頭。他娘走來解勸。把他娘推了一交。他娘叫罵哭喊。說好囚根子。紅了眼。連我也不認的了。到晚上。一頂轎子把大姐又送將來。分付道。不討將寄放粧奩箱籠來家。我把你這淫婦活殺了。這大姐害怕。躲在家中居住。再不敢去了。有詩爲証。

相識當初信有疑　心情還似永無涯
誰知好事多更變　一念翻成怨恨媒

這里西門大姐在家躲住。不敢去了。一日三月清明佳節。吳月娘備辦香燭金錢冥帋。三牲祭物酒肴之類。抬了兩大食盒。要往城外五里新坟上。與西門慶上新坟祭掃。留下孫雪娥。和着大姐衆丫頭看家。帶了孟玉樓和小玉。并奶子如意兒。抱着孝哥兒。都坐轎子。往坟上去。又請了吳大舅。和大妗子老公母二人同去。出了城門。只見那郊原野曠。景物芳菲。花紅柳緑。仕女遊人不斷頭的走的。一年四季。無過春天。最好景致。日謂之麗日。風謂之和風。吹柳眼。綻花心。拂香塵。天色暖謂之暄。天色寒謂之料峭。騎的馬謂之寶馬。坐的轎謂之香車。行的路謂之香徑。地下飛的土來謂之香塵。千花發蕊。萬草生芽。謂之春光淡蕩。淑景融和。小桃深粧臉妖嬈。嫩柳裊宮腰細膩。百囀黃鸝驚回午夢。數聲紫燕。說破春愁。日舒長煖澡鵞黃。水渺茫浮香鴨綠。隔水不知誰院落。鞦韆高掛綠楊烟。端的春景。果然是好。到的春來。那府州縣道。與各處村鎮鄉市。都有遊玩去處。有詩為証。

清明何處不生烟　郊外微風掛紙錢
人笑人歌芳草地　乍晴乍雨杏花天
海棠枝上綿鶯語　楊柳堤邊醉客眠
紅粉佳人爭畫技　綵繩搖拽學飛仙

却說吳月娘等轎子。到五里原坟上。玳安押着食盒。又早先到廚下。生起火來。廚役落作整理不題。月娘與玉樓。小玉。奶子如意兒。抱着孝哥兒。到於庄院。客坐內坐下。吃茶等着吳大妗子不見到。玳安向西門慶坟上祭臺上。擺設卓面三牲。羹飯祭物。列下帋錢。只等吳大妗子。顧不出轎子來。約巳牌時分。纔同吳大舅顧了兩個驢兒騎將來。月娘便說。大妗子顧不出轎子來。果然沒有轎子。一面吃了茶。換了衣服。走來西門慶坟前祭掃。那月娘手拈着五根香。一根香他拿在手內。一根香遞與玉樓。一根遞與奶子如意兒。抱着孝哥兒。那兩根遞與吳大舅大妗子。月娘插在香爐內。深深拜下去說道。我的哥哥。你活時爲人。死後爲神。今日三月清明佳節。你的孝妻吳氏三姐。孟三姐。同你周歲孩童孝哥兒。敬來與你坟前燒一陌錢帋。你保佑他長

命百歲替你做墳前拜掃之人我的哥哥我和你做夫妻一場想起你那模樣兒并說的話來是好傷感人也玳安把帋錢點着有哭山坡羊為証

燒罷帋小脚兒連蹤奴與你做夫妻一塲並沒個言差語錯實指望同諧到老誰知你半路將奴拋却當初人情看望全然是我今丢下銅斗兒家緣孩兒又小撇的俺子母孤孀怎生遣過恰便似中途遇雨半路裡遭風來呵拆散了鴛鴦生揪斷異果叫了聲好性兒的哥哥想起你那動影行藏可不嗟嘆我

帶步步嬌

燒的帋灰兒團團轉不見我兒夫面哭了聲年少夫撇下嬌兒悶的奴孤單咱兩無緣怎得和你重相見

玉樓向前揷上香。深深拜下。哭唱前腔。

燒罷紙。滿眼淚墮。叫了聲。人也天也。丢的奴無有個下落。實承望和你白頭厮守。誰知道半路花殘月沒。大姐姐有兒童。他房里還好。悶的奴樹倒無陰。跟着誰過。獨守孤幃。怎生奈何。恰便似前不着店。後不着村里來呵。那是我葉落歸根收園結果。叫了聲。年小的哥哥。要見你。只非夢兒里相逢。却不想念殺了我。

帶步步嬌

哭來哭去哭的奴痴呆了。你一去了無消耗。思量好無下稍。無下稍。你正青春。奴又多嬌。好心焦。清減了花容月貌。

玉樓上了香。奶子如意。抱着哥兒。也跪下上香。磕了頭。吳大舅。

大妗子。都炷了香。行畢禮數。同讓到庄上捲棚內。放卓席擺飯。收拾飲酒。月娘讓吳大舅。大妗子上坐。月娘與玉樓打橫。小玉和奶子如意兒。同大妗子家使的老姐蘭花。那兩邊打橫列坐。把酒來斟。按下這里吃酒不題。却表那日周守備府里也上坟。先是春梅隔夜。和守備睡。假推做夢。睡夢中哭醒了。守備慌的問。你怎的哭。春梅便說。我夢見我娘向我哭泣。說養我一塲。怎地不與他清明寒食燒帋兒。因此哭醒了。守備道。這個也是養女一塲。你的一點孝心。不知你娘坟在何處。春梅道。在南門外。永福寺後面便是。守備說。不打緊。永福寺是我家香火院。明日咱家上坟。你教伴當抬些祭物。往那里與你娘燒分帋錢。也是好處。至此日。守備令家人收拾食盒酒果祭品。逕往城南祖坟。

上。那里有大庄院廳堂花園去處。那里有亭堂祭臺。大奶奶。孫二娘。并春梅。都坐四人轎。排軍喝路。上坟耍子去了。却說吳月娘。和大舅。大妗子。吃了回酒。恐怕晚來。分付玳安來安兒收拾了食盒酒菓。先往那十里長隄。杏花村酒樓下。揀高阜去處。人烟熱鬧。那里設放卓席等候。又見大妗子沒轎子。都把轎子抬着。後而跟隨不坐。領定一簇男女。吳大舅牽着驢兒。壓後同行。踏青遊玩。三里抹過桃花店。五里望見杏花村。只見那隨路上坟遊玩的王孫士女。花紅柳綠。閙閙喧喧。不斷頭的走。偏襯着日煖風和。尋芳問景。不知又多少。正走之間。也是合當有事。遠遠望見綠槐影里。一座菴院。盖造得十分齊整。但見。

山門高聳。梵宇清幽。當頭敕額字分明。兩下金剛形勢猛。五間大殿。龍鱗瓦砌碧成行。兩廊僧房。龜背磨磚花嵌縫。前殿塑風調雨順。後殿供過去未來。鐘鼓樓森立。藏經閣巍峩。旛竿高峻接青雲。寶塔依稀侵碧漢。木魚橫掛。雲板高懸。佛前燈燭熒煌。爐內香烟繚繞。幢幡不斷。觀音殿接祖師堂。寶蓋相連。鬼毋位通羅漢院。時時護法諸天降。歲歲降魔尊者來。吳月娘便問。這座寺叫做甚麼寺。吳大舅便說。此是周秀老爺香火院。名喚永福禪林。前日姐夫在日。曾捨幾十兩銀子在這寺中。重修佛殿。方是這般新鮮。月娘向大妗子說。咱也到這寺中看一看。於是領着一簇男女。進入寺中來。不一時。小沙彌看見。報於長老知道。見有許多男女。便出方丈來。迎請施主菩薩隨喜。但見這長老。怎生模樣。

一個青旋旋光頭新剃。把麝香松子勻搽。黃烘烘直裰初縫使沉速篓檀濃染。山根鞋履。是福州染到深青。九縷絲縧西地買來真紫。那和尚光溜溜。一雙賊眼單睃趂施主嬌娘這禿廝美甘甘。滿口甜言專說誘喪家少婦。淫情動處。草菴中去覓尼姑。色胆發時。方丈內來尋行者。仰觀神女思同寢

每見嫦娥要講歡。

這長老見吳大舅。吳月娘。向前合掌。道了問訊。連忙喚小和尚開了佛殿。請施主菩薩隨喜遊玩。小僧看茶。那小沙彌開了殿門。領月娘一簇男女。前後兩廊參拜。觀看了一回。然後到長老方丈。長老連忙點上茶來。雪錠般盞兒。甜水好茶。吳大舅請問長老道號。那和尚笑嘻嘻說。小僧法名道堅。這寺是恩主帥府

周爺香火院。小僧忝在本寺長老。廊下管百十衆僧。後邊禪堂中。還有許多雲遊僧。行常串座禪。與四方檀越。荅報功德。一面方丈中擺齋。讓月娘衆菩薩請坐。小僧一茶而已。月娘道。不當打攪長老寶剎。一面拿出五錢銀子。交大舅遞與長老。佛前請香燒。那和尚笑吟吟打問訊謝了。說道。小僧無甚管待。施主菩薩少坐。畧備一茶而已。何勞費心。賜與布施。不一時。小和尚放了卓兒。拿上素菜齋食。餅饊上來。那和尚在旁陪坐舉筯兒。幾待讓月娘衆人吃時。忽見兩個青衣漢子。走的氣喘吁吁。暴雷也一般報與長老。說道。長老還不快出來迎接。府中小奶奶來祭祀來了。慌的長老披袈裟。戴僧帽不迭。分付小沙彌連忙收了家活。請列位菩薩且在小房避避。打發小夫人燒了紙。祭畢

去了。再欵坐一坐不遲。吳大舅告辭。和尚死活留住。又不肯於

那和尚慌的鳴起鐘鼓來。出山門迎接。遠遠在馬道口上等候

只見一簇青衣人。圍着一乘大轎。從東雲飛般來。轎夫走的個

個汗流滿面。衣衫皆濕。那長老躬身合掌說道。小僧不知小奶

奶前來。理合遠接。接待遲了。勿蒙見罪。這春梅在簾內答道。起

動長老。那手下伴當。又早向寺後金蓮坟上。抬將祭卓來。擺設

巳久。紙錢列下。春梅轎子來到。也不到寺。逕入寺後白楊樹下。

金蓮坟前。下了轎子。兩邊青衣人伺候。這春梅不慌不忙。來到

坟前插了香。拜了四拜。說道。我的娘。今日龐大姐特來與你燒

陌紙錢。你好處生天。苦處用錢。早知你死在仇人之手。奴隨問

怎的。也娶來府中。和奴做一處。還是奴耽悮了你。悔巳是遲了。

說畢。令左右把紙錢燒了。這春梅向前。放聲大哭。有哭山坡羊爲証。

燒罷紙。把鳳頭鞋跌綻。叫了聲娘。把我肝腸兒叫斷。自因你逞風流。人多惱你。疾發你出去被仇人縂把你命兒坑陷。奴在深宅。怎得個自然。又無親。誰把你掛牽。實指望和你同床兒共枕。怎知道你命短無常。死的好可憐。叫了聲不睜眼的青天。常言道好物難全。紅羅尺短。

這里春梅在金蓮墳上。祭祀哭泣不題。却說吳月娘在僧房內只知有宅內小夫人來到。長老出去山門迎接。又不見進來。問小和尚。和尚說。這寺後有小奶奶的一個姐姐。新近葬下。今日清明節。特來祭掃燒紙。孟玉樓便道。怕不就是春梅來了。也不止的月娘道。他又那得個姐來死了。瘞在此處。又問小和尚這府里小夫人姓甚麼。小和尚道。姓龎氏前日與了長老四五兩經錢教替他姐姐念經薦拔生天。玉樓道。我聽見爹說春梅娘家姓龎叫龎大姐。莫不是他。正說話。只見長老先走來分付小沙彌。快看好茶。不一時。轎子抬進方丈二門里纔下轎月娘和玉樓衆人。打僧房簾內望外張看。怎樣的小夫人。定睛仔細看時。却是春梅。但比昔時出落長大身材。面如滿月。打扮的淡粧玉琢。頭上戴着冠兒。珠翠堆滿。鳳釵半卸。穿大紅粧花襖兒。下着翠藍縷金寬襴裙子。帶着玎璫禁步。比昔不同許多。但見。

寶髻巍峩。鳳釵半卸。胡珠環耳邊低掛。金挑鳳鬢後雙插。紅綉襖。偏襯玉香肌。翠紋裙。下映金蓮小。行動處。胷前搖响玉玎璫。坐下時。一陣麝蘭香噴鼻膩。粉粧成脖頸。花鈿巧貼眉尖。舉止驚人。貌比幽花殊麗。姿容閒雅。性如蘭蕙溫柔。若非綺閣生成。定是蘭房長就。儼若紫府瓊姬離碧漢。蕊宫仙子下塵寰。

那長老一面掀簾子。請小夫人方丈明間內。上面獨獨安放一張公座椅兒。春梅坐下。長老叅見已畢。小沙彌拿上茶。長老遞茶上去。說道。今日小僧不知宅內上墳。小奶奶來這里祭祀。有失迎接。恕罪小僧。春梅道。外日多有起動長老誦經追薦。那和尚沒口子說。小僧豈敢。有甚殷勤補報恩主。多蒙小奶奶。賜了許多經錢襯施。小僧請了八衆禪僧。整做道場。看經禮懺一日。晚夕又多與他老人家。裝些。廂庫焚化。道場圓滿。緣打發三位管家進城宅里回小奶奶話。春梅吃了茶。小和尚接下鐘盞來。
長老只顧在旁。一遞一句與春梅說話。把吳月娘衆人。攔阻在
內。又不好出來的。月娘恐怕天晚。使小和尚請下長老來要起
身。那長老又不肯放。走來方丈稟春梅說。小僧有件事。稟知小
奶奶。春梅道。長老有話。但說無妨。長老道。適間有幾位遊玩娘
子。在寺中隨喜。不知小奶奶來。如今他要回去。未知小奶奶尊
意如何。春梅道。長老。何不請來相見罷。那長老慌的來請。吳月娘
又不肯出來。只說長老不見罷天色晚了。俺每告辭去罷。長老見
收了他布施。又沒管待。又意不過。只顧再三催促。吳月娘與孟
玉樓。吳大妗子推阻不過。只得出來。春梅一見便道。原來是二
位娘。與大妗子。於是先讓大妗子轉上。花枝招颭磕下頭去。慌

的大妗子。還禮不迭。說道姐姐。今非昔日比。折殺老身。春梅道。好大妗子。如何說這話。奴不是那樣人。尊卑上下。自然之理。拜了大妗子。然後向月娘。孟玉樓。插燭也似磕頭去。月娘玉樓。亦欲還禮。春梅那里肯。扶起磕了四個頭。說不知是娘們在這里。早知也請出來相見。月娘道。姐姐。你自從出了家門。在府中一向。奴多缺禮。沒曾看你。你休怪。春梅道。好奶奶。奴那里出身。豈敢說怪。因見奶子如意兒。抱着孝哥兒。說道。哥哥也長的恁大了。月娘說。你和小玉過來。與姐姐磕個頭兒。那如意兒和小玉二人。笑嘻嘻過來。亦與春梅都半磕了頭。月娘道。姐姐。你受他兩個一禮兒。春梅向頭上。拔下一對金頭銀簪兒來。插在孝哥兒帽兒上。月娘說。多謝姐姐簪兒。還不與姐姐唱個喏兒。如意兒抱着哥兒。眞個與春梅道了唱個喏。把月娘喜懽的要不得。玉樓說。姐姐。你今日不到寺中。咱娘兒們怎得遇在一處相見。春梅道。便是。因俺娘他老人家新埋葬在這寺後。奴在他手裡一塲。他又無親無故。奴不記掛着。替他燒張紙兒。怎生過得去。月娘說。我記的你娘沒了好幾年。不知葬在這里。孟玉樓道。大娘。還不知龎大姐說話。說的潘六姐死了。多虧姐姐。如今把他埋在這里。月娘聽了。就不言語了。吳大妗子道。誰似姐姐這等有恩。不肯忘舊。還葬埋了。你逢節令。題念他來。替他燒錢化紙。春梅道。好奶奶。想着他怎生抬舉我來。今日他死的苦。是這般抛露丢下。怎不埋葬他。說畢。長老教小和尚放卓兒。擺齋上來。兩廂張大八仙卓子。蒸酥糕餅饊點心。各樣素饌菜蔬。堆滿春臺。

絶細金芽雀舌。甜水好茶。衆人吃了。收下家活去。吳大舅自有僧房管待。不在話下。孟玉樓起身。心里要往金蓮坟上看看。替他燒張帋。也是姊妹一塲。見月娘不動身。拿出五分銀子。教小沙彌買帋去。長老道。娘子不消買去。我這里有金銀紙。拿幾分燒去。玉樓把銀子遞與長老。使小沙彌領到後邊白楊樹下。金蓮坟上見。三尺坟堆一堆黄土。數柳青蒿。上了根香。把紙錢點着。拜了一拜。說道六姐。不知你埋在這里。今日孟三姐悞到寺中。與你燒陌錢帋。你好處生天。苦處用錢。一面取出汗巾兒來。放聲大哭。有哭山坡羊爲証。

燒罷帋。淚珠兒亂滴。叫六姐一聲哭的奴一絲兒兩氣。想當初。咱二人不分個彼此。做姊妹一塲。並無面紅面赤。你性兒强。我常常兒的讓你。一面兒不見。不是你尋我。我就尋你。恰便相比目魚。雙雙熱粘在一處。忽被一陣風。咱分開來。共樹同栖。一旦各自去飛。叫了聲六姐。你試聽知。可惜你一段兒聰明。今日埋在土裡。

那奶子如意兒。見玉樓往後邊。也抱了孝哥兒來看一看。月娘在方丈內和春梅說話。教奶子休抱了孩子去。只怕諕了他。如意兒道。奶奶不妨事。我知道。逕抱到坟上。看玉樓燒紙哭罷回來。春梅和月娘勻了臉。換了衣裳。分付小伴當將食盒打開。將各樣細菓甜食餚品。點心攢盒。擺下兩卓子。布甑內篩上酒來。銀鐘牙筯。請大妗子月娘玉樓上坐。他便主位相陪。奶子小玉老姐。兩邊打横。吳大舅。另放一張卓子在僧房內。正飲酒中間。

忽見兩個青衣伴當。走來跪下。禀道。老爺在新庄。差小的來請小奶奶。看褉耍調百戲的。大奶奶。二奶奶。都去了。請奶奶快去哩。這春梅不慌不作。說你回去。知道了。那二人應諾下來。又不敢去。在下邊等候。且待他陪完大妗子月娘。便要起身。說姐姐。不可打攪。天色晚了。你也有事。俺每去罷。那春梅那里肯放。只顧令左右將大鍾來勸道。咱娘兒們會少離多。彼此都見長着。休要斷了這們親路。奴也沒親沒故。到明日娘好的日子。奴往家里走走去。月娘道。我的姐姐。說一聲兒就勾了。怎敢起動你。容一日。奴去看姐姐去。飲過一杯。月娘說。我酒勾了。你大妗子沒轎子。十分晚了。不好行的。春梅道。大妗子沒轎子。我這里有跟隨小馬兒。撥一疋與妗子騎。送了家去。一面收拾起身。春梅𠯋過那長老來。令小伴當拿出一疋大布。五錢銀子與長老。長老拜謝了。送出山門。春梅與月娘拜別。看着月娘玉樓衆人上了轎子。他也坐轎子。兩下分路。一簇人跟隨唱着道往新庄上去了。正是

樹葉還有相逢處　豈可人無得運時

畢竟未知後來如何。且聽下回分解。

2677

第九十回

來旺盜拐孫雪娥

雪娥受辱守備府

第九十回

來旺盜拐孫雪娥　雪娥官賣守備府

花開花落開又落　錦衣布衣更換着
豪家未必常富貴　貧人未必常寂寞
扶人未必上青天　推人未必塡溝壑
勸君凡事莫怨天　天意與人無厚薄

話說吳大舅。領着月娘等一簇男女。離了永福寺。順着大樹長堤前來。玳安又早在杏花村酒樓下邊。人烟熱鬧。揀高阜去處。那里幕天席地。設下酒殽等候多時了。遠遠望月娘衆人轎子到了。問道。如何咱纔來。月娘又把永福寺中遇見春梅告訴一遍。不一時。斟上酒來。衆人坐下。正飲酒。只見樓下香車綉轂往來人烟喧襍。車馬轟雷。笙歌鼎沸。月娘衆人蹝着高阜。把眼觀看。看見人山人海圍着。都看教師走馬耍解的。原來是本縣知縣相公兒子李衙內。名喚李拱璧。年約三十餘歲。見爲國子上舍。一生風流博浪。懶習詩書。專好鷹犬走馬。打毬蹴踘。常在三瓦兩巷中走。人稱他爲李棍子。那日穿着一弄兒輕羅軟滑衣裳。頭戴金頂纏棕小帽。脚踏乾黃靴。納綉襪口。同廊史何不違。帶領二三十好漢。拏彈弓吹筒毬棒。在於杏花庄大酒樓下。看教場李貴走馬賣解。竪肩椿。隔肚帶。輪鎗舞棒。做各様技藝頑耍。有這許多男女圍着烘笑。那李貴諢名。號爲山東夜义。頭戴萬字巾。腦後撲匾金環。身穿紫窄衫。銷金裹肚。脚上鞴蹋腿絣。乾黃靴。五彩飛魚襪口。坐下銀鬃馬。手執朱紅桿。明鎗頭招風令字旗。在街心扳鞍上馬。高聲說念一篇道。

我做教師世罕有。江湖遠近揚名久。雙拳打下如錘鑽。兩脚入來如飛走。南北兩京打戲臺。東西兩廣無敵手。分明是個鐵嘴行。自家本事何曾有。少林棍。只好打田雞。董家拳。只好嚇小狗。撞對頭不敢喊一聲。沒人處專會誇大口。騙得銅錢放不牢。一心要折章臺柳。虧了北京李大郎。養我在家爲契友。蘸生醬喫了半畦蒜。捲春餅味了兩擔韭。小人自來生得饞。寅時吃酒直到酉。牙齒疼。把來剉一剉。肚子脹。將來扭一扭。充饑吃了三斗米飯。點心吃了七石缸酒。多虧了此人未得酧。來世做隻看家狗。若有賊來掘壁洞。把他陰囊咬一口。

問君何故咬他囊。動不的手來只動口。

當下李衙內。一見那長挑身材婦人。不覺心搖目蕩。觀之不足。看之有餘。口中不言。心內暗道。不知誰家婦女。有男子沒有。一面吽過手下答應的小張閑架兒來。悄悄分付你去那高坡上打聽。那三個穿白的婦人。是誰家的。訪得是實。告我知道。那小張閑。掩口應諾。雲飛跑去。不多時走到跟前。附耳低言。回報說如此這般。是縣門前西門慶家妻小。一個年老的姓吳。是他嫂子。一個五短身材。是他大娘子吳月娘。那個長挑身材。有白麻子的。是第三個娘子。姓孟名喚玉樓。如今都守寡在家。這李衙內聽了。獨看守着孟玉樓。重賞小張閑。不在話下。吳大舅和月娘眾人。觀看了半日。見日色銜山。令玳安收拾了食盒。攛掇月娘上轎回家。一路上得多少錦轡郎搖羅袖醉。綺羅人揭綉簾看。

有詩爲証

柳底花陰壓路塵　一回遊賞一回新
有緣千里來相會　無緣對面不相親

這月娘衆人回家不題。却說那日孫雪娥與西門大姐在家。午後時分無事。都出大門首站立。也是天假其便。不想一個搖驚閨的過來。那時賣胭脂粉花翠生活磨鏡子。都搖驚閨。大姐說。我鏡子昏了。使平安兒叫住那人。與我磨磨鏡子。那人放下擔兒。說道我不會磨鏡子。我賣些金銀生活。首飾花翠。站立在門前。只顧眼上眼下看着雪娥。雪娥便道。那漢子。你不會磨鏡子。去罷。只顧看我怎的。那人說。雪姑娘。大姑娘。不認的我了。大姐道眼熟。急忙想不起來。那人道。我是爹手裏出去的來旺兒。雪娥便道。你這幾年在那里來。怎的不見。出落得恁胖了。來旺兒道。我離了爹門。到原籍徐州家裏。閑着沒營生。投跟了個老爹上京來做官。不想到半路里。他老爺兒死了。丁憂家去了。我便投在城內顧銀鋪。學會了此銀行手藝。揀鈒大器頭面。各樣生活。這兩日行市遲。顧銀鋪教我挑副擔兒出來。街上發賣些零碎。看見娘們在門首。不敢來相認。恐怕踅門瞭戶的。今日不是你老人家叫住。還不見相認。雪娥道。原來教我只顧認了半日。白想不起。既是舊兒女。怕怎的。因問你擔兒裏賣的是甚麼生活。挑進裏面。等俺每看一看。那來旺兒一面把擔兒挑入裏邊院子里來。打開箱子。用匣兒托出幾件首飾來。金銀箱嵌不等。打造得十分奇巧。但見。

孤鴈啣蘆。雙魚戲藻。牡丹巧嵌碎寒金。猫眼釵頭火焰蠟。也有獅子滚綉毬。駱駝獻寶。滿冠擎出廣寒宮。掩鬢鑿成桃源境。左右圍髮。利市相對。荔枝叢前後分心。觀音盤膝蓮花座。也有寒雀爭梅。也有孤鸞戲鳳。正是絛環平安珇珊綠。帽頂高嵌佛頭青。

看了一回。問來旺兒。你還有花翠拏出來。那來旺兒。又取一盒子。各樣大翠鬢花。翠翹滿冠。并零碎草蟲生活來。大姐揀了他兩對鬢花。這孫雪娥便留了他一對翠鳳。一對柳穿金魚兒。大姐便稱出銀子來與他。雪娥兩件生活。欠他一兩二錢銀子。約下他明日早來取罷。今日你大娘不在家。同你三娘和哥兒都往墳上。與你爹燒紙去了。來旺道。我去年在家裏。就聽見人說爹死了。大娘子生了哥兒。怕不的好大了。雪娥道。你大娘孩兒。
如今纔周半兒。一家兒大大小小。如寶上珠一般。全看他過日
子哩。說話中間。來昭妻一丈青出來。傾了盞茶與他吃。那來旺
兒接了茶。與他唱了個喏。劉昭也在跟前。同叙了回話。分付你
明日來見見大娘。那來旺兒挑擔出門。到晚上。月娘衆人轎子
來家。雪娥大姐衆人丫鬟接着。都磕了頭。玳安跟盒擔走不上。
雇了疋驢兒騎來家。打發抬盒入去了。月娘告訴雪娥大姐說。
今日寺裏遇見春梅一節。原來他把潘家的就葬在寺後首。俺
們也不知他來替他娘燒紙。悞打悞撞遇見他娘兒們。又認了
回親。先是寺裏長老擺齋吃了。落後又放下兩張卓席。教伴當
擺上他家的四五十攢盒。各樣菜蔬下飯。篩酒上來。通吃不了。

他看見哥兒。又與了一對簪兒。好不和氣。起解行三坐五坐着大轎子。許多跟隨。又且是出落的。比舊時長大了好些。越發白胖了。吳大妗子道。他倒也不改常忘舊。那咱在咱家時。我見他比衆了鬓行事兒正大。說話兒沉穩。就是個才料兒。你看今日福至心靈。恁般造化。孟玉樓道。姐姐沒問他。我問他來。果然半年沒洗換。身上懷着喜事哩。也只是八九月里孩子。守備好不喜懽哩。薛嫂兒說的。倒不差。說了一回。雪娥題起。今日娘不在。我和大姐在門首。看見來旺兒。原來又在這里學會了銀匠。挑着担兒賣金銀生活花翠。俺每就不認得他了。買了他幾枝花翠。他問娘來。我說往墳上燒帋去了。月娘道。你怎的不教他等着我來家。雪娥道。俺們叫他明日來。正坐着說話。只見奶子如意兒。向前對月娘說。哥兒來家。這半日只是昏睡不醒。口中出冷氣。身上湯燒火熱的。這月娘聽見慌了。向炕上抱起孩兒來。口搵着口兒。果然出冷汗。渾身發熱。罵如意兒。好淫婦。此是轎子冷了孩兒了。如意兒道。我拿小被兒褁的沒沒的。怎得凍着。月娘道。再不是。抱了往那死鬼墳上。諕了他來了。那等分付。教你休抱他去。你不依。浪着抱的去了。如意兒道。早是小玉姐看着。抱了他到那里。看看就來了。幾時諕着他來。月娘道。別要說嘴。看那看見。便怎的。却把他諕了。卽忙叫來安兒。快請劉婆子去。不一時。劉婆來到。看了脉息。抹了身上。說着了些驚寒。撞見祟禍了。留了兩服硃砂丸。用姜湯灌下去。分付奶子。捲着他。熱炕上睡。到半夜。出了些冷汗。身上纔涼了。於是管待劉婆子吃了茶。與了他三錢銀子。叫他明日還來看看。一家子慌的要不的。開門闔戶。整亂了半夜。却說來旺。次日依舊挑將生活擔兒。來到西門慶門首。與劉昭唱喏。說昨日雪姑娘。留下我些生活許下今日教我來取銀子。就見見大娘。劉昭道。你且去看。改日來。昨日大娘來家。哥兒不好。叫醫婆太醫看下藥。整亂一夜。好不心焦。今日纔好些。那得工夫稱銀子與你。正說着。只見月娘玉樓雪娥。送出劉婆子來。到大門首。看見來旺兒。那來旺兒扒在地下。與月娘玉樓磕了兩個頭。月娘道。幾時不見你。就不來這里走走。來旺兒悉將前事說了一遍。要來不好來的。月娘道舊兒女人家。怕怎的。你爹又沒了。當初只因潘家那淫婦。一頭放火。一頭放水。架的舌把個好媳婦兒。生逼臨的弔死了。將有作没。把你墊發了去。今日天也不容他。往那去了。來旺兒道。也說不的。只是娘心裏明白就是了。說了回話。月娘問他賣的是甚樣生活。拏出來瞧。揀了他幾件首飾。該還他三兩二錢銀子都用等子稱了與他。叫他進入儀門裏面。分付小玉。取一壺酒來。又是一般點心。教他吃。那雪娥在廚上。一力攛掇。又熱了一大碗肉出來與他。吃的酒飯飽了。磕頭出門。月娘玉樓。衆人歸到後邊去。雪娥獨自悄悄和他打話。你常常來走着。怕怎的。奴有話。教劉昭嫂子對你說。我明日晚夕在此儀門裏。紫墻兒跟前。耳房內等你。兩個遞了眼色。這來旺兒就知其意。說這儀門。晚夕關不關。雪娥道。如此這般。你來先到劉昭屋裏。等到晚夕。踩着梯櫈。越過墻。順着遮隔。我這邊接你下來。咱二人會合一面。還有底細話與你說。這來旺得了此話。正是懽從額起。喜向腮生。作辭雪娥。挑担兒出門。正是不着家神。弄不得家鬼。有詩為証。

閑來無事倚門闌　偶遇多情舊日緣
對人不敢高聲語　故把秋波送幾番

這來旺兒懽喜回家。一宿無話。到次日。也不挑担兒出來賣生活。慢慢踅來西門慶門首。等劉昭出來。與他唱喏。那劉昭便說。旺兒希罕。好些時不見你了。來旺兒說。沒事閑來走走。裡邊雪姑娘少我幾錢生活銀。討討。劉昭道。既如此。請來屋裡坐。把來旺兒讓到房里坐下。來旺兒道。嫂子怎不見。劉昭道。你嫂子今日後邊上灶哩。那來旺兒。拿出一兩銀子。遞與劉昭說。這幾星銀子。取壺酒來和哥嫂吃。劉昭道。何消這許多。即叫他兒子鐵棍兒過來。那鐵棍弔起頭去。十五歲了。拿壺出來。打了一大注酒。使他後邊叫一丈青來。不一時。一丈青蓋了一錫鍋熱飯。一大碗雜熬下飯。兩碟菜蔬。說道好呀。旺官兒在這里。劉昭便拿出銀子與一丈青瞧。說兄弟破費。也打壺酒咱兩口兒吃。一丈青笑道。無功消受。怎生使得。一面放了炕卓。讓來旺炕上坐。擺下酒菜。把酒來斟。來旺兒先傾頭一盞。遞與劉昭。次斟一盞。與一丈青。深深唱喏。說一向不見哥嫂。這盞水酒。孝順哥嫂。一丈青便說。哥嫂不道酒肉吃傷了。你對真人。休說假話。裡邊雪姑娘。昨日已央及達知我了。你兩個舊情不斷。托俺每兩口兒。如此這般周全。你每休推睡里夢里。要問山下路。且得過來人。你若入港相會。有東西出來。你要獨吃。須把些汁水教我呷一呷。俺替你們須躭許多利害。那來旺便跪下說。只是望哥嫂周全並不敢有忘。說畢。把酒吃了一回。一丈青往後邊和雪娥答了話。出來對他說。約定晚上來。劉昭屋裏窩藏。待夜裏關上儀門。後邊人歇下。越墻而過。於中取事。有詩為証。

報應本無私　影響皆相似
要知禍福因　但看所為事

這來旺得了此言。回來家。巴不到晚。走到劉昭屋裡。打酒和他兩只兒吃至更深時分。更無一人覺的。直待的大門關了。後邊儀門上了拴。家中大小歇息定了。彼此都有個暗號兒。只聽墻內雪娥咳嗽之聲。這來旺兒躧着梯櫈。黑影中扒過粉墻。順着遮洋擗子。雪娥那邊用槛子接着。兩個在西耳房堆馬鞍子去處。兩個相摟相抱。雲雨做一處。彼此都是曠夫寡女。慾心如火那來旺兒。纍鎗強壯。盡力般弄了一回。樂極精來。一泄如注。事畢。雪娥遞與他一包金銀首飾。幾兩碎銀子。兩件段子衣服。分付明日晚夕你再來。我還有些些細軟與你。你外邊尋下安身去處。往後這家中過不出好來。不如我和你悄悄出去。外邊尋下房兒。成其夫婦。你又會銀行手藝。愁過不得日子。來旺兒便說。如今東門外細米巷。有我個姨娘。有名收生的屈老娘。他那里曲彎小巷。倒避眼。咱兩個投奔那里去。遲些時。看無動靜。我帶你往原籍家買幾畝地種去也好。兩個商量已定。這來旺兒作別雪娥。依舊扒過墻來。到劉昭屋裏。等至天明開了大門。挨身出去。到黃昏時分。又來門首。踅入劉昭屋裏。晚夕依舊跳過墻去。兩個幹事。朝來暮往。非止一日。也抵盜了許多細軟東西。金銀器皿。衣服之類。劉昭兩口子。也得抽分好些肥巴。俱不必細說。一日後邊月娘看孝哥兒出花兒。心中不快。睡得早。這雪娥房中使女中秋兒。原是大姐使的。因李嬌兒房中元宵兒被經濟要。月娘就把中秋兒與了雪娥。把元宵兒扶侍大姐。那一日雪娥打發中秋兒睡下。房裏打點一大包釵環頭面。裝在一個匣內。用手帕鑾蓋了頭。隨身衣服。約定來旺兒在劉昭屋裏等候。兩個要走。這劉昭便說。不爭你走了。我看守大門。管放水鴨兒。若大娘知道。問我要人。怎了。不如你二人打房上去。就躧破些。還有踪跡。來旺兒道。哥也說得是。雪娥又留一個銀折盂一根金耳斡一件青綾襖一條黃綾裙謝了他兩口兒直等五更鼓月黑之時隔房扒過去劉昭夫婦又篩上兩大鍾煖酒與來旺雪娥吃說吃了好走路上壯膽些吃到五更時分每人拏着一根香躧着梯子打發兩個扒上房去一步一步走把房上瓦也跳破許多比及扒到房簷跟前街上人還未行走聽巡捕的聲音這來旺兒先跳下去後𨚫教雪娥躧着他肩背挨摟下來兩個往前邊走到十字路口上被巡捕的攔住便說往那里去的男女雪娥便諕慌了手脚這來旺兒不慌不忙把手中官香彈了一彈說道俺是夫婦二人前往城外岳廟裏燒香起的早了些長官勿恠那人問背的包袱內是甚麼來旺兒道是香燭紙馬那人道旣是兩口兒岳廟燒香也是好事你快去罷這來

旺兒得不迭一聲拉着雪娥往前飛走走到城下城門纔開打
人鬧里挨出城去轉了幾條街巷原來細米巷在個僻靜去處
住着不多幾家人家都是矮房低厦後邊就是太水穴沿子到
於屈姥姥家屈姥姥還未開門叫了半日屈姥姥纔起來開了
門見來旺兒領了個婦人來原來來旺兒本姓鄭名喚鄭旺說
這婦人是我新尋的妻小姨娘這里有房子且尋一個寄住些
時再尋房子遞與屈姥姥三兩銀子教買柴米那屈姥姥見這
金銀首飾來因可疑他兒子屈鏜因他娘屈姥姥安歇鄭旺夫
妻二人帶此東西夜晚見財起意掘開房門偷盜出來耍錢致
被捉獲具了事件拏去本縣見官李知縣見係賊贓之事贓物
執儀見在差人押着屈鏜到家把鄭旺孫雪娥一條索子都拴

了。那雪娥謊的臉蠟查也似黄了。換了滲淡衣裳帶着眼紗。把手上戒指都勒下來。打發了公人。押去見官。當下烘動了一街人觀看。有認得的。說是西門慶家小老婆。今被這走出去的小厮來旺兒。今改名鄭旺。通姦拐盜財物。在外居住。又被這屈鏜掏摸了。今事發見官。當下一個傳十。十個傳百個。路上行人口似飛。月娘家中。自從雪娥走了。房中中秋兒見廂內細軟首飾都没了。衣服丢的亂三攪四。報與月娘。月娘吃了一驚。便問中秋兒。你跟着他睡。走了。你豈不知。中秋兒便說。他要晚夕。悄悄偷走出外邊。半日方回。不知詳細。月娘又問劉昭。你看守大門。人出去。你怎不曉的。劉昭便說。大門每日上鎖。莫不他飛出去。落後看見房上瓦䨦破許多。方知越房而去了。又不敢使人躧訪。只得撥納合恐。不想本縣知縣。當堂問理這件事。先把屈鏜夾了一頓。追出金頭面四件。銀首飾三件。金環一雙。銀鐘二個。碎銀五兩。衣服二件。手帕一個。匣一個。向鄭旺名下。追出銀三十兩。金碗箸一對。金仙子一件。戒指四個。向雪娥名下。追出金挑心一件。銀鐲一付。金鈕五付。銀簪四對。碎銀一包。屈姥姥名下。追出銀三兩。就將來旺兒問擬奴婢因奸。盜取財物。屈鏜係竊盜。俱係雜犯死罪。准徒五年。贓物入官。雪娥孫氏係西門慶妾。與屈姥姥當下都當官撥了一拶。屈姥姥供明放了。雪娥責令本縣差人。到西門慶家。教人遞領狀領孫氏。那吳月娘。吽吳大舅來商議。已是出醜。平白又領了來家做甚麼。沒的玷辱了家門。與死的裝幌子。打發了公人錢。回了知縣話。知縣拘將官媒人來。當官辨賣。却說守備府中。春梅打聽得知。說西門慶家中孫雪娥如此這般。被來旺兒拐出。盜了財物去。在外居住。事發到官。如今當官辨賣。這春梅聽見。要買他來家上皂。要打他嘴。以報平昔之仇。對守備說。雪娥善能上灶。會做的好茶飯湯水。買來家中伏侍。這守備。卽便差張勝。李安。拿帖兒對知縣說。知縣自恁要做分上。只要八兩銀子官價。交完銀子。領到府中。先見了大奶奶。并二奶奶孫氏。次後到房中。來見春梅。春梅正在房里。縷金床。錦帳之中。纔起來。手下丫鬟。領雪娥見面。那雪娥見是春梅。不免低身進見。望上倒身下拜。磕了四個頭。這春梅把眼瞪一瞪。喚將當直的家人媳婦上來。與我把這賤人撮去了鬏髻。剥了上蓋衣裳。打入廚下。與我燒火做飯。這雪娥聽了。口中只叫苦。自古世間打墻板兒翻上下。掃米却做管倉人。既在他簷下。怎敢不低頭。孫雪娥到此地步。只得摘了髻兒換了艷服。滿臉悲慟。往厨下去了。有詩爲証。

布袋和尚到明州　　策杖芒鞋任意遊

饒你化身千百億　　一身還有一身愁

畢竟未知後來如何。且聽下回分解。

第九十一回

孟玉樓思嫁李衙內

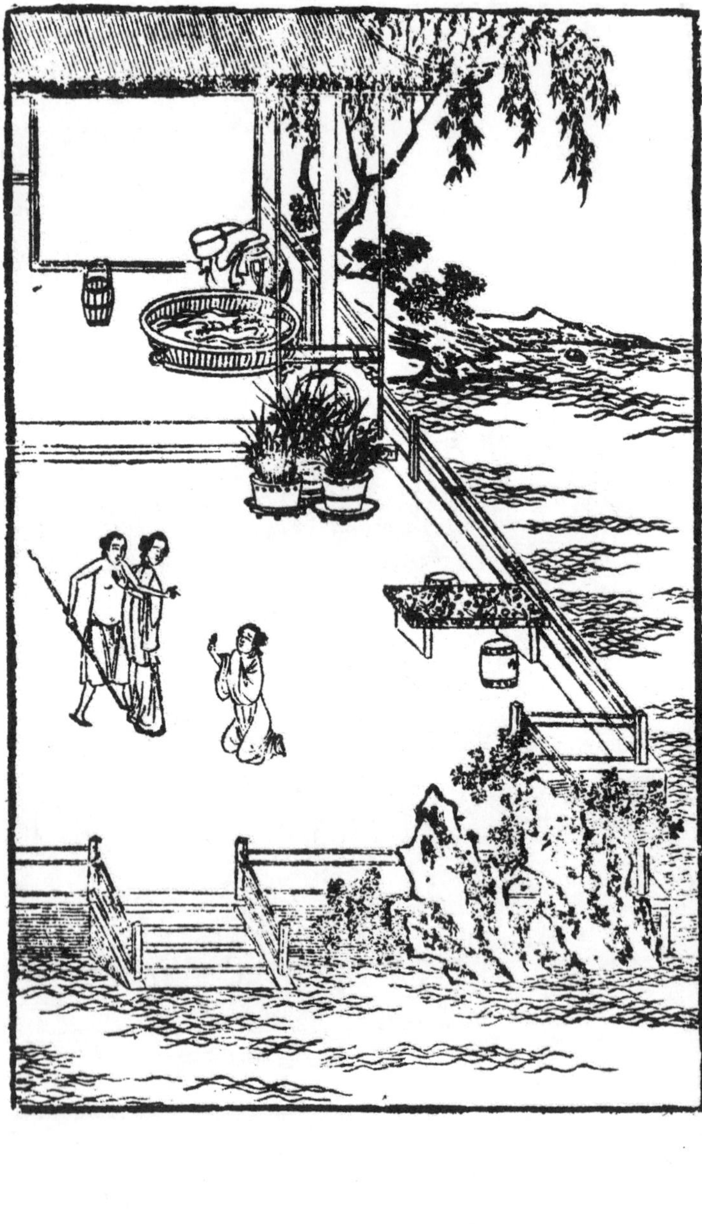

李衙內怒打玉簪兒

新刻金瓶梅詞話卷之十

第九十一回

孟玉樓愛嫁李衙內　李衙內怒打玉簪兒

百歲光陰疾似飛　其間花景不多時
秋凝白露寒蛩泣　春老黃昏杜宇啼
富貴繁華身上孽　功名事跡目中鴅
一場春夢由人做　自有青天報不欺

話說一日陳經濟。聽見薛嫂兒說西門慶家孫雪娥。被來旺因姦抵盜財物。拐出在外事發。本縣官賣。被守備府里買了。朝夕受春梅打罵。這陳經濟。乘着這個因由。使薛嫂兒往西門慶家。對月娘說。只是經濟風里言。風里話。在外聲言發話。說不要大

姐寫了狀子巡撫巡按處要告月娘說西門慶在日收着他父
親寄放許多金銀箱籠細軟之物這月娘一來因孫雪娥被來
旺兒盜財拐去二者又是來安兒小廝走了三者家人來興媳
婦惠秀家又死了剛打發出去家中正七事八事聽見薛嫂兒
來說此話諕的慌了手脚連忙顧轎子打發大姐家去但是大
姐床奩箱廚陪嫁之物交玳安顧人都擡送到陳經濟家經濟
說這是他隨身嫁我的床帳粧奩還有我家寄放的細軟金銀
箱籠須索還我薛嫂道你大丈母說來當初丈人在時止收下
這個床奩嫁粧並没見你的别的箱籠經濟又要使女元宵兒
薛嫂兒和玳安兒來對月娘說月娘道不肯把元宵與他說這
丫頭是李嬌兒房中使的如今没人看哥兒留着早晚看哥兒

哩。把中秋兒。打發將來。說原是買了扶侍大姐的。這經濟又不要中秋兒。兩頭回來。只交薛嫂兒走。他娘張氏。便向玳安說哥哥。你到家頂上你大娘。你家姐兒們豈可希罕這個使女看守。既是與了大姐房里好一向。你姐夫。已是收用過他了。你大娘只顧留怎的。玳安一面到家。把此話對月娘說了。月娘無言可對。只得把元宵兒。打發將來。經濟這里收下。滿心歡喜。說道可怎的。也打我這條道兒來。正是饒你奸似鬼。也吃我洗脚水。按下一頭。却來一處。單說李知縣兒子。李衙內。自從清明郊外那日。在杏花庄酒樓。看見月娘。孟玉樓。兩口一般打扮。生的俱有姿色。使小張閒打聽。回報俱是西門慶妻小。衙內有心愛孟玉樓。見生的長挑身材。瓜子面皮。面上稀稀有幾點白麻子兒。模樣兒風流俏麗。原來衙內喪偶。鰥居已久。一向着媒婦。各處求親。多不遂意。及有玉樓。終有懷心。無門可入。未知嫁與不嫁。從違如何。不期雪娥緣事在官。已知是西門慶家出來的。周旋委曲。在伊父案前。將各犯用刑研審。追出贓物數目。稽其來領。月娘害怕。又不使人見官。衙內失望。因此纔將贓物入官。雪娥官賣。至是衙內謀之于廊吏。何不違。徑使官媒婆陶媽媽。來西門慶家。訪求親事。許說成此門親事。免縣中打卯。還賞銀五兩。這陶媽媽聽了。喜歡的疾走如飛。一日到于西門慶門首。劉昭正在門首立。只見陶媽媽向前道了萬福。說道動問管家哥一聲。此是西門老爹家。那劉昭道。你是那里來的。這是西門老爹家。老爹下世了。來有甚話說。陶媽媽道。累及管家進去禀聲。我是本縣官媒人。名喚陶媽媽。奉衙內小老爹。鈞語分付。說咱宅內有位奶奶。要嫁人。敬來說頭親事。那劉昭喝道。你這婆子。好不近理。我家老爹。沒了一年有餘。止有兩位奶奶守寡。並不嫁人。常言疾風暴雨。不入寡婦之門。你這媒婆。有要沒緊。走來誓撞甚親事。還不走。快着。惹的後邊奶奶知道。一頓好打。那陶媽媽笑說。管家哥。常言官差吏差。來人不差。小老爹不使我。我敢來做甚麼。嫁不嫁。起動進去禀聲。我好回話去。這劉昭道也罷。與人方便。自巳方便。你少待片時。等我進去。兩位奶奶。一位奶奶有哥兒。一位奶奶無哥兒。不知是那一位奶奶要嫁人。陶媽媽道。衙內小老爹說。是清明那日。郊外曾看見來。是面上有幾點白麻子兒的。那位奶奶。這劉昭聽了。走到後邊。如此這般。告月娘說縣中使了個官媒人在外面倒把月娘吃了一驚說我家裡並沒半個字兒迸出外邊人怎得曉的劉昭道曾在郊外清明那日見來說臉上有幾個白麻子兒的那位奶奶月娘便道莫不孟三姐也臘月裡蘿蔔動個心忽剌八要往前進嫁人正是世間海水知深淺惟有人心難忖量一面走到玉樓房中坐下便問孟三姐奴有件事兒來問你外邊有個保山媒人說是縣中小衙內清明那日曾見你一面說你要往前進端的有此話麼看官聽說當時沒巧不成話自古姻緣着緣牽那日郊外孟玉樓看見衙內生的一表人物風流博浪兩家年甲多相彷彿又會走馬拈弓弄箭彼此兩情四目都有意已在不言之表但未知有妻子無妻子口中不言心內暗度況男子漢已死奴

身邊。又無所出。雖故大娘有孩兒。到明日長大了。各肉兒各疼。歸他娘去了。閃的我樹倒無陰。竹籃兒打水。又見月娘自有了。孝哥兒。心腸兒都改變。不似往時。我不如往前進一步。尋上個葉落歸根之處。還只顧傻傻的守些甚麼。到沒的躭閣了奴的青春辜負了奴的年少。正在思慕之間。不想月娘進來。說此話。正是清明郊外。看見的那個人。心中又是歡喜。又是羞愧。口裡雖說大娘。休聽人胡說。奴並沒此話。不覺把臉來飛紅了。正是

含羞對衆慵開口　理鬢無言只揾頭

月娘說。既是各人心裡事。奴也管不的許多。一面叫劉昭。你請那保山來。劉昭來門首。喚陶媽媽。進到後邊。月娘在上房明間內。正面供養着西門慶靈床。那陶媽媽。旋畢禮數。坐下。小丫鬟

秀春。倒茶吃了。月娘便問保山來有甚事。那陶媽媽。便道小媳婦。無事不登三寶殿。奉本縣正宅衙内分付。敬來說咱宅上有一位奶奶要嫁人。講說親事。月娘道。是俺家這位娘子嫁人。又沒曾傳出去。你家衙内。怎得知道。陶媽媽道。俺家衙内說來。清明那日。在郊外。親見這位娘子。生的長挑身材。瓜子面皮。臉上有稀稀幾個白麻子兒的。便是這位奶奶。月娘聽了。不消說。就是孟三姐了。于是領陶媽媽。到玉樓房中。明間内坐下。等勾多時。玉樓梳洗。打扮出來。那陶媽媽。道了萬福說道。就是此位奶奶。果然語不虛傳。人材出衆。蓋世無雙。堪可與俺衙内老爹。做得個正頭娘子。你看從頭看到底。風流實無比。從頭看到脚。風流往下跑。玉樓笑道。媽媽休得亂說。且說你衙内。今年多大年紀。原娶過妻小來沒有。房中有人也無。姓甚名誰。鄉貫何處。地里何方。有官身。無官身。從實說來。休要搗謊。陶媽媽道。天麼天麼。小媳婦。你是本縣官人。不比外邊媒人快說謊。我有一句。說一句。並無虛假。俺知縣老爹。年五十多歲。止生了衙內老爹一人。今年屬馬的。三十一歲。正月二十三日。辰時建生。見做國子監上舍。不久就是舉人進士。有滿腹文章。弓馬熟閒。諸子百家。無不通曉。沒有大娘子。二年光景。房內止有一個從嫁使女答應。又不出才兒。要尋個娘子當家。一地里又尋不着門當戶對婦。敬來宅上說此親事。若成免小媳婦縣中打卯。還重賞在外。若是咱宅上。着做這門親事。老爹說來。門面差徭。坟塋地土錢粮。一例盡行蠲免。有人欺負。指名說來。拏到縣裡。任意拶打。玉樓道你們內有兒女沒有原籍那里人氏誠恐一時任滿千山萬水帶去奴親都在此處莫不也要同他去陶媽媽道俺們內老爹身邊兒花女花沒有好不單徑原籍是咱北京真定府棗強縣人氏過了黃河不上六七百里他家中田連阡陌騾馬成羣人丁無數走馬牌樓都是撫按明文聖旨在上好不赫耀驚人如今要娶娘子到家做了正房扶正房入門為正過後他得了官娘子便是五花官誥坐七香車為命婦夫人有何不好這孟玉樓被陶媽媽一席話說得千肯萬肯一面喚蘭香放卓兒看茶食點心與保山吃因說保山你休怪我叮嚀盤問你這媒人們說謊的極多初時說的天花亂墜地湧金蓮及到其間並無一物奴也吃人哄怕了陶媽媽道好奶奶只要一個比一個清

自淸。渾自渾。好的帶累了歹的。小媳婦並不搗謊。只依本分說媒。成就人家好事。奶奶肯了。討個婚帖兒與我。好回小老爹話去。玉樓取了一條大紅段子。使玳安交鋪子里傅夥計寫了生時八字。吳月娘。便說你當初原是薛嫂兒說的媒。如今還使小厮。叫將薛嫂兒來。兩個同拏了帖兒去。說此親事。纔是理。不多時。使玳安兒叫薛嫂兒。見陶媽媽。道了萬福。當行見當行。拏着帖兒。出離西門慶家門。往縣中回衙內話去。一個是這里冰人。一個是那頭保山。兩張口。四十八個牙。這一去管取說得月裡嫦娥尋配偶。巫山神女嫁襄王。陶媽媽在路上問薛嫂兒你就是這位娘子的原媒。薛嫂道。然者。便是。陶媽媽問他原先嫁這裡根兒。是何人家的女兒。嫁這里是再婚兒。這薛嫂兒便一五

一干。把西門慶當初。從楊家娶來的話告訴一遍。因見婚帖兒
上寫。婦女命三十七歲。十一月二十七日子時生。說只怕犄內嫌
娘子年紀大些。怎了。他今纔三十一歲。倒大六歲。薛嫂道。咱拏
了這婚帖兒。交個路過的先生。筭看年命。妨碍不妨碍。若是不
對。咱瞞他幾歲兒。不筭發了眼。正走中間。也不見路過响板的
先生。只見路旁遠遠的。一個卦肆青布帳幔。掛着兩行大字。子
平推貴賤。鉄筆判榮枯。有人來筭命。直言不容情。帳子底下。安
放一張卓席。裡面坐着個能寫快筭靈先生。這兩個媒人。向前
道了萬福。先生便讓坐下。薛嫂道有個女人命。累先生筭一筭。
向袖中拏出三分命金來。說不當輕視。先生權且收了。路過不
曾多帶錢來。先生道。此是合婚的意思。說八字。陶媽媽遞與他

婚帖。看上面有八字生日年紀。先生道。此是合婚。一面掐指尋
紋。把筭子搖了一搖。開言說道。這位女命。今年三十七歲了。十
一月廿七日子時生。甲子月。辛卯日。庚子時。理取印綬之格。女
命逆行。見在丙申運中。丙合辛生。往後大有威權。執掌正堂夫
人之命。四權中天星多。雖然財命益夫發福。受夫寵愛。不久定
見妨剋。果然見過了不曾。薛嫂道。巳剋過兩位夫主了。先生道。
若見過後來得了屬馬的。薛嫂兒道。他往後有子沒有。先生道。
子早哩。命中直到四十一歲。纔有一子送老。一生好造化。富貴
榮華眞無比。取筆批下命詞八句。

花盛果收奇異時　欣遇良君立鳳池

嬌姿不失江梅態　三揭紅羅兩畫眉

携手相邀登玉殿　含羞獨步棒金巵
會看馬首昇騰日　脫却寅皮任意移

薛嫂問道先生如何是會看馬首昇騰日脫却寅皮任意移這兩句俺每不懂起動先生講說講說先生道馬首者這位娘子如今嫁個屬馬的夫主方是貴星享受榮華寅皮是尅過的夫主是屬虎的雖故受寵愛只是偏房往後一路功名直到六十八歲有一子壽終夫妻偕老兩個媒人收了命狀歲罷問先生與屬馬的也合的着先生道丁火庚金火逢金煉定成大器正好當下改做三十四歲兩個拜辭了先生出離封肆逕到縣中衙內正坐門子報入良久喚進陶嫂二媒人旋下磕頭衙內便問那個婦人是那里的陶媽媽道是項媒人因把親事說成且

訴一遍。說娘子人材無比的好。只争年紀大些。小媳婦不敢擅便。隨衙内老爹尊意。討了個婚帖在此。于是遞上去。李衙内看了。上寫着三十四歲。十一月廿七日子時生。說道就大三兩歲也罷。薛嫂兒插口道。老爹見的多。自古妻大兩。黃金長。妻大三黃金山。這位娘子。人才出衆。性格温柔。諸子百家。當家理紀。自不必說。衙内道。既然好。已是見過。不必再相。命陰陽擇吉日良時行茶禮過去就是了。兩個媒人禀說。小媳婦幾時來伺候。衙内道。事不可稽遲。你兩個明日來討話。往他家說。分付左右。每人且賞與他一兩銀子。做脚步錢。兩個媒人歡喜出門。不在話下。這李衙内見親事已成。喜不自勝。即喚吏何不韋來。兩個商議對父親李知縣說了。令陰陽生擇定四月初八日行禮。十五日吉日良時。准娶婦人過門。就兌出銀子來。委托何不違。小張閒。
買辦茶紅酒禮。不必細說。兩個媒人。次日討了日期。往西門慶
家。回月娘孟玉樓話。正是姻緣本是前生定。曾向藍田種玉來。
四月初八日。縣中備辦十六盤羮果茶餅。一付金絲冠兒。一副
金頭面。一條瑪瑙帶。一付玎璫七事。金鐲銀釧之類。兩件大紅
宮錦袍兒。四套粧花衣服。三十兩禮錢。其餘布絹棉花。共約二
十餘擡。兩個媒人跟隨。廊吏何不違押担。到西門慶家下了茶。
十五日縣中。撥了許多快手閒漢來。撒擡孟玉樓。床帳嫁粧箱
籠。月娘看着。但是他房中之物。盡數都交他帶去。原舊西門慶
在日。把他一張八步彩漆床。陪了大姐。月娘就把潘金蓮房。那
張螺鈿床。陪了他。玉樓交蘭香。跟他過去。留下小鸞。與月娘看

哥兒。月娘不肯。說你房中丫頭。我怎好留下你的。左右哥兒有中秋兒綉春。和妳子也勾了。玉樓止留下一對銀囘囘壺。與哥兒耍子。做一念兒。其餘都帶過去了。到晚夕。一頂四人大轎。四對紅紗鉄落燈籠。八個皂隸跟隨。來娶孟玉樓。玉樓戴着金梁冠兒。揷着滿頭珠翠。胡珠子。身穿大紅通袖袍兒。繫金鑲瑪瑙帶。玎璫七事。下着柳黃百花裙。先辭拜西門慶靈位。然後拜月娘。月娘說道。孟三姐。你好很也。你去了。撇的奴孤另另。獨自一個。和誰做伴兒。兩個携手。哭了一囘。然後家中大小。都送出大門。媒人替他帶上紅罗銷金蓋袱。抱着金寶瓶。月娘守寡出不的門。請大姨送親。穿大紅粧花袍兒。翠藍裙。滿頭珠翠。坐大轎。送到知縣衙裡來。滿街上人看見說此是西門大官人第三娘子。嫁了知縣相公兒子衙內。今日吉日良時。娶過門也有說好也有說歹的。說好者。當初西門大官人怎的為人做人。今日死了。止是他大娘子守寡正大有兒子。房中攪不過這許多人來。都交各人前進來。甚有張主。有那說歹的。街談巷議。指戳說道此是西門慶家第三個小老婆。如今嫁人了。當初這厮在日。專一違天害理貪財好色。姦騙人家妻子。今日死了。老婆帶的東西。嫁人的嫁人。拐帶的拐帶。養漢的養漢。做賊的做賊。都野鷄毛兒零擣了。常言三十年遠報。而今眼下就報了。旁人都如此發這等暢快言語。孟大姨送親到縣衙內。鋪陳床帳停當。留坐酒席來家。李衙內將薛嫂兒。陶媽媽。叫到根前。每人五兩銀子。一段花紅利市。打發出門至晚兩個成親。極盡魚水之歡。曲盡于飛之樂。到次日吳月娘。這邊送茶完飯。楊姑娘已死。孟大姈子。二姈子。孟大姨。都送茶到縣中衙內。這邊下回書。請衆親戚女眷做三日。扎彩山吃筵席。都是三院樂人妓女。動鼓樂扮演戲文。吳月娘那日。亦滿頭珠翠。身穿大紅通袖袍兒。白花裙繫蒙金帶。坐大轎來衙中。做三日赴席。在後廳吃酒。知縣奶奶出來陪待。月娘回家。因見席上花攢錦簇。歸到家中。進入後邊院落。見靜悄悄。無個人接應。想起當初有西門慶在日。姊妹們那樣熱鬧。往人家赴席來家。都來相見說話。一條板櫈。姊妹們都坐不了。如今並無一個兒了。一面撲着西門慶靈床兒。不覺一陣傷心。放聲大哭。哭了一回。被丫鬟小玉勸止。住了眼淚。正是

平生心事無人識。只有穿窗皓月知。

這里月娘憂悶不題。却說

李衙內和玉樓兩個。女貌郎才。如魚似水。正合着油瓶蓋上。每日燕尔新婚。在房中廝守。一步不離。端詳玉樓容貌。觀之不足。看之有餘。越看越愛。又見帶了兩個從嫁丫鬟。一個蘭香。年十八歲。會彈唱。一個小鸞。年十五歲。俱有顏色。心中歡喜。沒入脚處。有詩為証。

堪誇女貌與郎才　天合姻緣禮所該
十二巫山雲雨會　兩情願保百年偕

原來衙內房中。先頭娘子丟了一個大丫頭。約三十年紀。名喚玉簪兒。專一搽胭抹粉。作怪成精。頭上打着盤頭揸髻。用手帕苫蓋。周圍勒銷金箍兒。假充作䯼髻。又揷着些銅釵蠟片。敗葉殘花。耳朵上帶雙甜瓜墜子。身上穿一套前露殿月後露䙫。怪綠喬紅的裙襖。在人前好似披荷葉老鼠。脚上穿着雙裡外油劉海笑撥舡樣。四個眼的剪絨鞋。約尺二長。臉上搽着一面鉛粉。東一塊白。西一塊紅。好似青冬瓜一般。在人根前輕聲浪顙。做勢拏班。衙内未娶玉樓來時。他便逐日頓羨頓飯。殷勤扶侍。不説强説。不笑强笑。何等精神。自從娶過玉樓來。見衙内日逐和他床上睡。如膠似漆般打熱。把他不去揪採。這丫頭就有些使性兒起來。一日衙内在書房中看書。這玉簪兒在厨下頓熱了一盞好果仁炮茶。雙手用盤兒托來。到書房裡向。笑嘻嘻。掀開簾兒。送與衙内。不想衙内看了一回書。搭伏定書卓。就睡着了。這玉簪兒叫道。爹。誰似奴疼你。頓了這盞好茶兒與你吃。你家那新娶的娘子。還在被窩裡。睡得好覺兒。怎不交他那小大

姐。送盞茶來與你吃。因見爹內打盹。在根前只顧叫。不應。說道
老花子。你黑夜做夜作。使乏了也。怎的大白日打睡磕睡。起來
吃茶。叫爹內醒了。看見是他。喝道怪砕奴才。把茶放下。與我過
一邊里去。這玉簪兒。便臉羞紅了。使性子。把茶丟在卓上。出來
說道。好不識人敬重。奴好意用心。大清早辰送盞茶兒來你吃。
倒嘤喝罵我。常言醜是家中寶。可喜惹煩惱。我醜你當初瞎了
眼。誰交你要我來。仮的。值我的那大精毯。被爹內聽見。赶上儘
力踢了兩靴脚。這玉簪兒走上登畤。把那付奴臉膀的有房梁
高。也不搽臉了。也不損茶造飯了。赶着玉樓。也不叫娘。只你也
我也的。無人處。一個屁股就同在玉樓床上坐。玉樓亦不去理
他。他背地又壓伏蘭香小鸞。說你休趕着我叫姐。只叫姨娘。我

與你娘你大小五分。又說你只背地呌罷。休對着你爹呌。你每日跟逐我行。用心做活。你若不聽睹歌。老娘拏煤鍬子請你。後來幾次。見爾內不理他。他就撒懶起來。睡到日頭半天還不起來。飯兒也不做。地兒也不掃。玉樓分付蘭香小鸞。你休靠玉簪兒了。你二人自去厨下做飯。打發你爹吃罷。他又氣不憤。使性謗氣。牽家打活。在厨房內。打小鸞。罵蘭香。賊小奴才。小淫婦兒碓磨也有個先來後到。先有你娘來。先有我來。都你娘兒們占了罷。不獻這個勤兒也罷了。當原先俺死了那個娘。也沒曾失口。呌我聲玉簪兒。你進門幾日。就題名道姓呌我。我是你手里使的人也怎的。你未來時。我和俺爹同床共枕。那一日不睡到齋時纔起來。和我兩個。如糖拌蜜。如蜜攪酥油一般打熱。房中事。那些兒不打我手裡過。自從你來了。把我我蜜罐兒也打碎了。把我姻緣也拆散開了。一攛攛到我明間。冷清清支板櫈打官舖。再不得嘗着俺爹那件東西兒。甚麼滋味兒。我這氣苦。正也没聲處訴。你當初在西門慶家。也曾做第三個小老婆來。你小名兒呌玉樓。敢說老娘不知道。你來在俺家。你識我見。大家朧着些罷了。會那等大廝不道。喬張致。呼張喚李。誰是你買到的。屬你管轄。不識那玉樓在房中。聽見氣的發昏。連套手戰。只是不敢聲言對衙內說。一日熱天。也是合當有事。晚夕衙內。分付他厨下熱水。拏浴盆來房中。要和玉樓洗澡。玉樓便說。你交蘭香熱水罷。休要使他。衙內不從。說道。我偏使他。休要慣了這奴才。玉簪兒見衙內要水。和婦人洗澡。共浴蘭湯。效魚水之歡。偕于飛之樂。心中正没好氣。拏浴盆進房。往地下只一墩。用大鍋燒上一鍋滚水。口内喃喃吶吶說道。也没見這浪滛婦。刁鑽古怪。禁害老娘。無過也只是個浪精毴。没三日不拏水洗。像我與俺主子睡。成月也不見點水兒。也不見展汚了甚麼佛眼兒。偏這滛婦。會兩番三次。刁蹬老娘。直罵出房門來。玉樓聽見。也不言語。衙内聽了此言。心中大怒。澡也洗不成。精着梁靸着鞋。向床頭取拐子。就要走出來。婦人攔阻住。說道隨他罵罷。你好惹氣。只怕熱身子出去。風試着你。倒值了多的。衙内那裡按納得住。說道你休晉他。這奴才無禮。向前一把手。採住他頭髮。拖踏在地下。輪起拐子。雨點打將下來。饒玉樓在旁勸着。也打有二三十下在身。打的這丫頭急了。跪在地下。告說爹。你休打我。我有句話兒。和你說。衙內罵賊奴才。你說有山坡羊爲証。

告爹行。停嗔息怒。你細細兒聽奴分訴。當初你將八兩銀子。財禮錢。娶我當家理紀。管着些油塩醬醋。你吃了飰吃茶。只在我手裡抹布。沒了俺娘。你也把我陞爲個署府。咱兩個同舖同床。何等的頑耍。奴按家伏業。纔把這活來做。誰承望你哄我說不娶了。今日又起這個毛心兒里來。呵把往日恩情。弄的半星兒也無。叫了聲爹。你忒心毒。我如今不在你家了。情愿嫁上個姐夫。

衙內聽了。亦發惱怒起來。又狠了幾下。玉樓勸道。他既要出去你不消打。倒沒得氣了你。衙內隨令伴當。即時叫將媒人。陶媽媽來。把玉簪兒。領出去便賣銀子來交。不在話下。正是蚊虫遭扇打。只爲嘴傷人。有詩爲証。

百禽啼後人皆喜　惟有鴉鳴事若何
見者多嫌聞者唾　只爲人前口嘴多

畢竟未知後來何如。且聽下回分解。

第九十二回

陳敬濟被陷嚴州府

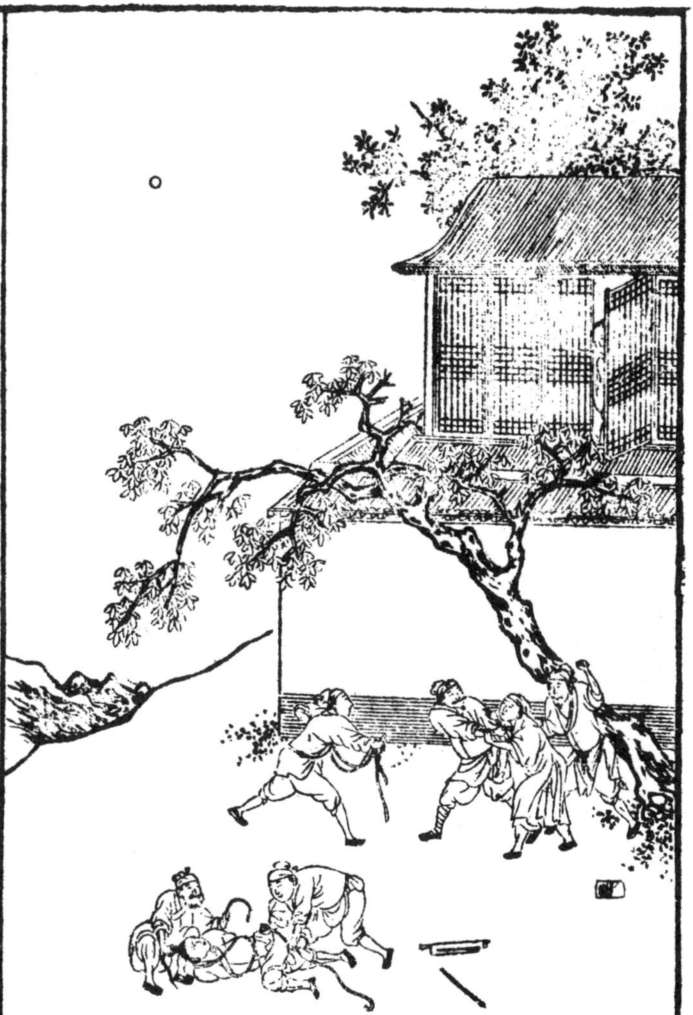

吳月娘大鬧授官廳

第九十二回

陳經濟被陷嚴州府　吳月娘大鬧授官廳

暑往寒來春復秋　夕陽西下水東流
雖然富貴皆由命　運去貧窮亦自由
事遇機關須進步　人逢得意早回頭
將軍戰馬今何在　野草閑花滿地愁

話說當日李衙內。打了玉簪兒一頓。即時叫了陶媽媽來。領出賣了八兩銀子。買了箇十八歲使女。名喚滿堂兒上竈。不在話下。却表陳經濟。自從西門大姐來家。交還了許多床帳粧奩箱籠家火。三日一塲嚷。五日一塲鬧。問他孃張氏要本錢做買賣。他母舅張團練來問他母親借了五十兩銀子。復謀管事。被他

吃醉了。徃在張舅門上罵嚷。他張舅受氣不過。另問別處借了
銀子。幹成管事。還把銀子交還將來。他母親張氏。着了一塲重
氣。染病在身。日逐臥床不起。終日服藥。請醫調治。吃他逆毆不
過。兌出二百兩銀子交他。陳定在家門首。打開兩間房子。開布
鋪做買賣。逐日結交朋友。陸三郎。楊大郎。狐朋狗黨。在鋪中彈
琵琶。抹骨牌。打雙陸。吃半夜酒。看看把本錢弄下去了。陳定對
張氏說他每日飲酒花費。張氏聽信陳定言語。不托他。經濟反
說陳定染布。去尅落了錢。把陳定兩口兒攆出來。外邊居住。却
搭了楊大郎做夥計。這楊大郎。名喚楊先彥。綽號爲鐵指甲。專
一糶風賣雨。架謊鑿空。摑着人家本錢就使。他祖貫係沒州脫
空縣。拐帶村。無底鄉人氏。他父親叫做楊不來。母親白氏。他兒

弟叫楊二風。他師父是崆峒山。拖不洞火龍庵精光道人。那里學的謊。他渾家是沒驚着小姐。生生吃謊謊死了。他許人話如捉影撲風。騙人財似探囊取物。這經濟問孃。又要出二百兩銀子來。添上共湊了五百兩銀子。信着他往臨清販布去。這楊大郎。到家收拾行李。沒底兒褡褳。裝着些軟篏金榆錢兒。拏一張黑心鵰弓。騎一匹白眼龍馬。跟着經濟。從家中起身。前往臨清馬頭上。尋缺貨去。三里抹過沒州縣。五里來到脫空村。有日到于臨清。這臨清閘上。是箇熱鬧繁華大馬頭去處。商賈往來。船隻聚會之所。車輛輻輳之地。有三十二條花柳巷。七十二座管絃樓。這經濟終是年小後生。被這鐵指甲楊大郎。領着遊娼樓串酒店。每日睡睡。終宵蕩蕩。貨物到販得不多。因走在一娼樓館上。見了一箇粉頭。名喚馮金寶。生的風流俏麗。色藝雙全。問青春多少。鴇子說。姐兒是老身親生之女。止是他一人挣錢養活。今年青春纔交二九一十八歲。經濟一見。心目蕩然。與了鴇子。五兩銀子房金。一連和他歇了幾夜。楊大郎見他愛這粉頭。留連不捨。在旁花言說念。就要娶他家去。鴇子開口要銀一百五十兩。講到一百兩上。兌了銀子。娶到來家。一路上抬着楊大郎和經濟。押着貨物車走。一路上揚鞭走馬。那樣懽喜。正是

多情燕子樓　馬道空回首
載得武陵春　陪作鸞凰友

他孃張氏。見經濟貨到販得不多。把本錢到娶了一箇唱的來家。又着了口重氣。嗚呼哀哉。斷氣身亡。這經濟不免買棺裝殮

念經做七。停放了一七光景。發送出門。祖塋合葬他毋舅張團
練。看他孃面上亦不和他一般見識。這經濟坟上覆墓回來。把
他孃正房三間。中間供樣靈位。那兩間收拾與馮金寶住。大姐
到住着耳房。又替馮金寶買了丫頭重喜兒伏侍。門前楊大郎
開着鋪子。家里大酒大肉。買與唱的吃。每日只和唱的睡。把大
姐丟着不去瞅睬。一日打聽孟玉樓。嫁了李知縣兒子李衙內。
帶過許多東西去。三年任滿。李知縣陞在浙江嚴州府。做了通
判。領憑起身。打水路赴任去了。這陳經濟因想起昔日在花園
中。拾了孟玉樓那根簪子。吃醉又被金蓮所得。落後還與了他。
收到如今。就把這根簪子。做箇証見。把物趕上嚴州去。只說玉
樓先與他有了姦。與了他這根簪子。不合又帶了許多東西。嫁

了李衙內。都是昔日楊戩寄放金銀箱籠、應没官之物。那李通判一箇文官。多大湯水。聽見這箇利害口聲。不怕不教他兒子雙手把老婆奉與我。我那時取將來家。與馮金寶又做一對兒落得好受用。正是計就月中擒玉兎。謀成日裡捉金烏。經濟不來到好。此這一來。正是失曉人家逢五道。濵冷餓鬼撞鍾馗。有詩為証。

趕到嚴州訪玉人　人心難忖是石沉
侯門一旦深如海　從此蕭郎落陷坑

却說一日陳經濟打點他孃箱中。尋出一千兩金銀。留下一百兩與馮金寶家中盤纏。把陳定復叫進來看家。并門前鋪子發賣零碎布疋。與他楊大郎。又帶了家人陳安。押着九百兩銀子從八月中秋起身。前往湖州販了半船絲綿紬絹。來到清江浦江口。馬頭上灣泊住了船隻。投在箇店主人陳二店內。夜間點上燈光。交陳二郎殺鷄取酒。與楊大郎共飲酒中間。和楊大郎說。夥計你暫且看守船上貨物。在二郎店內畧住數日。等我和陳安拏些人事禮物。往浙江嚴州府。看家姐嫁在府中。多不上五日。少只三日。期程就來。楊大郎道。哥去只顧去。兄弟情愿店中等候。哥到日。一同起身。這陳經濟。千不合萬不合。和陳安身邊帶了些銀兩。人事禮物。有日取路逕到嚴州府。進入城內。投在寺中安下。打聽李通判到任一箇月。家小船隻。纔到三日光景。這陳經濟不敢怠慢。買了四盤禮物。兩疋紵絲尺頭。兩罈酒。陳安押着。他便揀選衣帽齊整。眉目光鮮。逕到府衙內。前與門吏作揖道報一聲。說我是通判李老爹衙內新娶娘子的親。孟二舅來探望。這門吏聽了不敢怠慢。躧即稟報進去。衙內正在書房中看書。聽見是婦人兄弟。令左右先把禮物擡進來。一面忙整衣冠。道有請。把陳經濟請入府衙廳上。叙禮分賓主坐下。說道。前日做親之時。怎的不會二舅。經濟道。在下因在川廣販貨。一年方回。不知家姐嫁與府上。有失親近。今日敬備薄禮來看看家姐。李衙內道。一向不知。失禮恕罪恕罪。須臾茶湯已罷。衙內令左右把禮帖。并禮物。取進去對你娘說。二舅來了。孟玉樓正在房中坐的。只聽小門子進來。報說孟二舅來了。玉樓道。一二年不曾回家。再有那箇孟二舅。莫不是我二哥。孟銳來家了。千山萬水來看我。只見伴當拏進禮物。和帖兒來。上面寫着眷生孟饒就知是他兄弟。一面道有請。令蘭香收拾後堂乾淨。玉樓裝點打扮。伺候出見。只見衙內讓進來。玉樓在簾內觀看。可霎作怪。不是他兄弟。却是陳姐夫。他來做甚麽。等我出去見他。怎的說話。常言親不親故鄉人。美不美。鄉中水。雖然不是我兄弟。也是我女婿人家。一面整裝出來拜見。那經濟說道。一向不知姐姐嫁在這里。沒曾看得。還說得這句。不想門子來請衙內。外邊有客來了。這衙內分付玉樓。管待二舅。就出去待客去了。玉樓見經濟磕下頭。連忙還禮。說道。姐夫免禮。那陣風兒刮你到此處。叙畢禮數。讓坐。叫蘭香看茶出來。吃了茶。彼此叙了些家常話兒。玉樓因問大姐好麽。經濟就把從前西門慶家中出來。并討箱籠的一節話。告訴玉樓。玉樓又把清明節上坟在永福寺遇見春梅在金蓮坟上燒帋的話告訴他又說我那時在家中也常勸你大娘疼女兒就疼女婿親姐夫不曾養活了外人他聽信小人言語把姐夫打發出來落後姐夫討箱子我就不知道經濟道不瞞你老人家說我與六姐相交誰人不知生生吃他信奴才言語把他打發出去纔乞武松殺了他若在家那武松有七箇頭八箇膽敢往你家來殺他我這仇恨結的有海來深六姐死在陰司里也不饒他玉樓道姐夫也罷丟開了手的事自古寃仇只可解不可結說話中間丫鬟放下卓兒擺上酒來盃盤餚品堆滿春臺玉樓斟上一盃酒雙手遞與經濟說姐夫遠路風塵無事破費且請一盃兒水酒這經濟用手接了唱了喏亦斟一盃回奉婦人敘禮坐下因見婦人姐夫長姐

夫短叫他。口中不言。心內暗道。這淫婦怎的不認犯。只叫我姐
夫。等我慢慢的探他。當下酒過三巡。餚添五道。彼此言來語去
說得入港。這經濟酒盖着臉兒。常言酒情深似海。色膽大如天。
見無人在跟前。先丟的幾句邪言說入去。說道我兄弟思想姐
姐如渴思漿。如熱思涼。想當初在丈人家。怎的在一處下棋抹
牌。同坐雙雙似背碁一般。誰承望今日各自分散。你東我西。玉
樓笑道。姐夫好說。自古清者清。而渾者渾。久而自見。這經濟笑
嘻嘻向袖中。取出一包雙人兒的香茶。遞與婦人。說姐姐你若
有情。可憐見兒弟。吃我這箇香茶兒。說着。就連忙跪下。那婦人
登時一點紅從耳畔起。把臉飛紅了。一手把香茶包兒。掠在地
下。說道。好不識人敬重。奴好意遞酒與你吃。到戲弄我起來。就

撇了酒席。往房裡去了。經濟見他不就。一面拾起香茶來發話
道。我好意來看你。你到變了卦兒。你敢說你嫁了通判兒子。好
漢子。不采我了。你當初在西門慶家做第三箇小老婆。沒曾和
我兩箇有首尾。因向袖中取出舊時那根金頭銀簪子。拏在手
內說。這箇物是誰人的。你既不和我有姦。這根簪兒怎落在我
手裡。上面還刻着玉樓名字。你和大老婆串同了。把我家寄放
的八箱子。金銀細軟。玉帶寶石東西。都是當朝楊戩寄放應沒
官之物。都帶來嫁了漢子。我教你不要謊。到八字八鏝兒上。和
你荅話玉樓見他發話。拏的簪子委的他頭上戴的。金頭蓮瓣
簪兒。昔日在花園中不見。怎的落在這短命手裡。恐怕嚷的家
下人知道。須臾變作笑吟吟臉兒。走將出來。一把手拉經濟說

道。好姐夫。奴鬭你耍子。如何就惱起來。因覩看左右無人。悄悄說。你既有心。奴亦有意。兩箇不由分說。摟着就親嘴。這陳經濟把舌頭。似蛇吃燕子一般。就舒到他口裡。交他咂。說道。你叫我聲親親的姐夫。纔筭你有我之心。婦人道。且禁聲。只怕有人聽見。經濟悄悄向他說。我如今治了半船貨。在清江浦等候。你若肯下顧時。如此這般。到晚夕假扮門子。私走出來。跟我上船家去。成其夫婦。有何不可。他一箇文職官。怕是非。莫不敢來抓尋你不成。婦人道。既然如此。也罷。約會下。你今晚在府墻後等着。奴有一包金銀細軟。打墻上繫過去。與你接了。然後奴纔扮做門子。打門裡出來。跟你上船去罷。看官聽說。正是。佳人有意。那怕粉墻高萬丈。紅粉無情。總然共坐隔千山。當時孟玉樓若嫁得箇痴蠢之人。不如經濟。經濟便下得這箇鍬钁着。如今嫁箇李衙内。有前程。又是人物風流。青春年少。恩情美滿。他又拘你做甚。休說平日又無連手。這箇郎君。也早合當倒運。就吐實話泄機。與他。到吃婆娘哄賺了。正是花枝葉下猶藏刺。人心難保不懷毒。當下二人會下話。這經濟吃了幾盃酒。少頃告辭回去。李衙内連忙送出府門。陳安跟隨而去。衙内便問婦人。你兄弟住那里下處。我明日回拜他去。送些嗄程與他。婦人便說。那里是我兄弟。他是西門慶家女婿。如此這般。來拘搭要拐我出去。奴已約下他。今晚夜至三更。在後墻相等。咱不好將計就計。把他當賊拏下。除其後患如何。衙内道。叵耐這厮無端。自古無毒不丈夫。不是我去尋他。他自來送死。一面走出外邊。叫過左右伴當心腹快手。如此這般。預備去了。這陳經濟不知機變。至半夜三更。果然帶領家人陳安。來府衙後墻下。以咳嗽為號。只聽墻內玉樓聲音。打墻上掠過十條索子去。那邊繫過一大包銀子來。原來是庫內拏的二百兩贓罰銀子。這經濟纔待教陳安拏着走。忽聽一聲梆子響。黑影裡閃出四五條漢。叫聲有賊了。登時把經濟連陳安。都綁了。禀知李通判。分付都且押送牢裡去。明日問理。原來嚴州府正堂知府。姓徐。名喚徐崶。係陝西臨洮府人氏。庚戌進士。極是箇清廉剛正之人。次日早升堂。左右排兩行官吏。這李通判上去。晝了公座。庫子呈禀賊情事。帶陳經濟上去。說。昨夜至三更時分。有先不知名。今知名賊人二名陳經濟。陳安。鍬開庫門鎖鑰。偷出贓銀二百兩。越墻而過。致被捉獲來見老爺。徐知府喝令帶上來。把陳經濟并陳安揪簇採擁。驅至當廳跪下。知府見年小清俊。便問這廝是那里人氏。因何來我這府衙公廨。夜晚做賊偷盜官庫贓銀數多。有何理說。那陳經濟只顧磕頭聲冤。徐知府道。你做賊如何聲冤。李通判在旁欠身便道。老先生不必問他。眼見得贓証明白。何不加起刑來。徐知府即令左右拏下去打二十板。李通判道。人是苦虫。不打不成。不然這賊便要展轉。當下兩邊皂隸。把經濟陳安拖番大板。打將下來。這陳經濟口內只罵誰知淫婦孟三兒陷我至此。冤哉苦哉。這徐知府終是黃堂出身。官人聽見這一聲。必有緣故。纔打到十板上。喝令住了。且收下監去。明日再問李通判道。老先生不該發落他。常言人心似鐵。官法如爐。從容他一夜不打緊。就翻異口詞。徐知府道無妨。吾自有主意。當下獄卒把經濟陳安押送監中去訖。這徐知府心中有些疑忌。即喚左右心腹近前。如此這般。下監中探聽經濟所犯來歷。即便回報這幹事人假扮做犯人。和經濟晚間在一榻上睡。問其所以。我看哥哥青春年少。不是做賊的。今日落在此、刑憲。打屈官司。經濟便說。一言難盡。小人本是清河縣。西門慶女婿。這李通判兒子新娶的婦人孟氏。是俺丈人的小。舊與我姦的。今帶過我家老爺楊戩。寄放十箱金銀寶玩之物來他家。我來此間問他索討。反被他如此這般欺負。把我當賊拏了。苦打成招。不得見其天日。是好苦也。這人聽了。走來退廳。告報徐知府。知府道如何。我說這人聲寃叫孟氏。必有緣故。到次日升堂。官吏兩旁侍立。

這徐知府把陳經濟陳安提上來。摘了口詞。取了張無事的供狀。喝令釋放。李通判在旁邊不知。還再三說。老先生這廝賊情既的。不可放他。反被徐知府對佐貳官。儘力數說了李通判一頓。說我居本府正官。與朝廷幹事。不該與你家官報私仇。誣陷平人作賊。你家兒子。娶了他丈人西門慶妾孟氏。帶了許多東西。應沒官贓物。金銀箱籠來。他是西門慶女婿。逕來索討前物。你如何假捏賊情。拏他入罪。教我替你家出力。做官養兒養女。也要長大。若然如此。公道何堪。當廳把李通判。數說的滿面羞。垂首喪氣而不敢言。陳經濟與陳安。便釋放出去了。良久。徐知府退廳。這李通判回到本宅。心中十分焦燥。夫人便問相公每常退衙。歡天喜地。今日這般心中不快。何說那李通判大喝一聲你女婦人家。曉得甚麽養的好不肖子。今日吃徐知府當堂對衆同僚官吏。儘力上數落了我一頓。可不氣殺我也。夫人慌了。便問甚麽事。李通判卽把兒子叫到跟前。喝令左右拏大板。氣殺我也。說道你當初爲娶這箇婦人來家。今是他家女婿。因這婦人帶了許多裝奩。金銀箱籠。口口聲聲稱是當朝逆犯楊戩。寄放應沒官之物。來問你要。說你假盜出庫中官銀。當賊情拏他。我道一字不知。反被正宅徐知府。對衆數說了我這一頓。此是我頭一日官未做。你照顧我的。我要你這不肖子何用。卽令左右。雨點般大板打將下來。可憐打得這李衙內。皮開肉綻。鮮血迸流。夫人見打得不像模樣。在旁哭泣勸解。孟玉樓又在後廳角門首。掩淚潛聽。當下打了三十大板。李通判分付左右。

押着衙內。即時與我把婦人打發出門。令他任意改嫁。免惹是非。全我名節。那李衙內心中怎生捨得離異。只顧在父母跟前哭啼哀告。寧把兒子打死。爹爹跟前。並捨不的婦人。李通判把衙內。用鐵索墩鎖在後堂。不放出去。只要囚禁死他。夫人哭道。相公你做官一塲。年紀五十餘歲。也只落得這點骨血。不爭爲這婦人。你囚死他。往後你年老休官。倚靠何人。李通判道。不然他在這里。須帶累我受人氣。夫人道。你不容他在此。打發他兩口兒上原籍眞定府家去便了。通判依聽夫人之言。放了衙內。限三日就起身。打點車輛。同婦人歸棗強縣。家裡攻書去了。却表陳經濟。與陳安出離嚴州府。到寺中取了行李。逕往清江浦陳二店中來。尋揚大郎。說三日前往府前尋你去。說你監在牢中。他收拾了貨船。起身往家中去這經濟未信。向河下不見船隻。撲了空說道。這天殺的。如何不等我來。就起身去了。況新打監中出來。身邊盤纏已無。和陳安不免搭在人船上。把衣衫解當。討吃歸家。忙忙似喪家之犬。急急如漏網之魚。隨路找尋楊大郎。並無踪跡。那時正值秋暮天氣。樹木凋零。金風搖落。甚是淒涼。有詩八句。單道這秋天行人最苦。

棲棲芰荷枯　葉葉梧桐墜
蛩鳴腐草中　鴈落平沙地
細雨濕青林　霜重寒天氣
不是路行人　怎曉秋滋味

有日經濟到家。陳定正在門首。看見經濟來家。衣衫襤褸。面貌魚黑諕了一跳。接到家中。問貨船到於何處。經濟氣得半日不言。把嚴州府遭官司一節說了。多虧正宅徐知府放了我。不然性命難保。今被楊大郎這天殺的。把我貨物不知拐的往那里去了。先使陳定往他家探聽。他家說。還不曾來家。陳經濟又親去問了一遭。並沒下落。心中着慌。走入房來。那馮金寶又和西門大姐。扭南面北。自從經濟出門。兩箇合氣。直到如今。大姐便說。馮金寶拿着銀子錢。轉與他鴇子去了。他家保兒成日來。瞞藏背掖。打酒買肉。在屋裡吃。家中要的。沒有。睡到晌午。諸事兒不買。只熬俺們。馮金寶又說大姐。成日橫草不拈。竪草不動。偷米換燒餅吃。又把煮的醃肉。偷在房裡和丫頭元宵兒同吃。這陳經濟就信了。反罵大姐賊不是才料淫婦。你害饞痨饞痞了。

偷米出去。换烧饼吃。又和丫头打夥兒偷肉吃。把元宵兒打了一頓。把大姐踢了幾脚。這大姐急了。趕着馮金寶兒撞頭駡道。好養漢的淫婦。你的盜的東西。與鴇子不值了。到學舌與漢子。說我偷米偷肉。犯夜的到拏住巡更的了。教漢子踢我。我和你這淫婦换兌了罷。要這命做甚麽。這經濟道。好淫婦。你换兌他。你還不值他箇脚指頭兒哩。也是合當有事禍。便是這般起。於是一把手採過大姐頭髮來。用拳撞脚踢拐子打。打得大姐鼻口流血。半日甦醒過來。這經濟便歸娼的房裡睡去了。由着大姐在下邊房裡。嗚嗚咽咽只顧哭泣。元宵兒便在外間睡着了。可憐大姐到半夜。用一條索子。懸梁自縊身死。亡年二十四歲。到次日早辰。元宵起來推裡間不開。上房經濟和馮金寶。還在被窩裡。使他丫頭重喜兒來叫大姐了。取木盆洗坐脚。只顧推不開。經濟還罵賊淫婦。如何還睡。這咱晚不起來。我這一跺開門進去。把淫婦鬢毛都挦淨了。重喜兒打窓眼內望裡張看。說道他起來了。且在房裡打鞦韆耍子兒哩。又說他提偶戲耍子兒。只見元宵瞧了半日。叫道爹不好了。俺娘吊在床頂上吊死了。這小郎纔慌了。和娼的齊起來。跺開房門。向前解卸下來。灌救了半日。那得口氣兒來。原來不知多咱時分。嗚呼哀哉死了。正是不知真性歸何處。疑在行雲秋水中。陳定聽見大姐死了。恐怕連累。先走去西門慶家中。報知月娘。月娘聽見大姐吊死了。經濟娶娼的在家。正是冰厚三尺。不是一日之寒。率領家人小廝。丫鬟媳婦。七八口往他家來。見了大姐屍首。吊的直挺挺的。哭喊起來。將經濟拏住揪採亂打。渾身錐子眼兒。也不計數。娼的馮金寶。躲在床底下。採出來也打了箇臭死。把門總戶壁。都打得七零八落。房中床帳裝奩。都還搬的去了。歸家請將吳大舅二舅來商議。大舅說。姐姐你趁此時咱家死了人。不到官。到明日他過不的日子。還來纏要箱籠。人無遠慮。必有近憂。不如到官處斷開了。庶杜絕後患。月娘道。哥見得是。一面寫了狀子。次日月娘親自出官。來到本縣。投官廳下遞上狀去。原來新任知縣。姓霍。名大立。湖廣黃岡縣人氏。舉人出身。為人鯁直。聽見係人命重事。即升廳受狀。見狀上寫着。

告狀人吳氏。年三十四歲。係已故千戶西門慶妻。狀告為惡婿欺凌孤孀。聽信娼婦。熬打逼死女命。乞憐究治。以存殘喘事。此有女婿陳經濟。遭官事投來氏家潛住數年。平日吃酒行兇。不守本分。打出吊入。是氏惧法逐離出門。豈期經濟懷恨。在家將氏女西門氏。時常熬打。一向含忍。不料伊又娶臨清娼婦馮金寶來家。奪氏女正房居住。聽信唆調。將女百般痛辱。熬打。又採去頭髮。渾身踢傷。受忍不過。比及將死于本年八月廿三日。三更時分。方纔將女上吊縊死。若不具告。切思經濟恃逞兇頑。欺氏孤寡。聲言還要持刀殺害等語。情理難容。乞賜行拘到案。嚴究女死根因。盡法如律。庶兇頑知警。良善得以安生。而死者不爲含寃矣。爲此具狀上告。

本縣青天老爺　施行

這霍知縣。在公座上看了狀子。又見吳月娘身穿縞素腰繫孝裙。係五品職官之妻。生的容貌端莊。儀容閑雅。欠身起來說道那吳氏起來。我據看你。也是箇命官娘子。這狀上情理。我都知了。你請回去。不必在這裡。今後只令一家人在此伺候就是了。我就出牌去拏他。那吳月娘連忙拜謝了知縣。出來坐轎子回家。委付來昭廳下伺候。須臾批了呈狀。委的兩箇公人。一面白牌。行拘陳經濟。娼婦馮金寶。并兩隣保甲正身赴官聽審。這經濟正在家裡亂喪事。聽見月娘告下狀來。縣中差公人發牌來拏他。諕的魂飛天外。魄喪九霄。那馮金寶已被打的渾身疼痛。睡在床上。聽見人拏他。諕的勢不知有無。陳經濟没高低使錢打發公人吃了酒飯。一條繩子連娼的都拴到縣裡。左隣范綱。右隣孫紀。保甲王寬兒。霍知縣聽見拏了人來。即時升廳。來昭跪在上首。陳經濟馮金寶。一行人。跪在堦下。知縣看了狀子。便叫經濟上去說。你是陳經濟。又問那是馮金寶。那馮金寶道。小的是馮金寶。知縣因問經濟。你這厮可惡。因何聽信娼婦打死西門氏。方令上吊。有何理說。經濟磕頭告道。望乞青天老爺察情。小的怎敢打死他。因爲搭夥計在外。被人坑陷了資本。着了氣來家。問他要飯吃。他不曾做下飯。委被小的踢了兩脚。他到半夜自縊身死了。知縣喝道。你旣娶下娼婦。如何又問他要飯吃。尤說不通。吳氏狀上說你打死他女兒。方纔上吊。你還不招認。經濟道。吳氏與小的有仇。故此誣賴小的。望老爺察情。知縣大怒。說他女兒見死了。還推賴那箇。喝令左右拏下去。打二十大板。提馮金寶上來。撥了一撥。敲一百敲。令公人帶下收監。次日委典史臧不息。帶領吏書保甲隣人等。前至經濟家。擡出屍首當場檢驗。身上都有青傷。脖項間亦有繩痕。生前委因經濟踢打傷重。受恐不過。自縊身死。取供具結塡圖解檄回報縣中。知縣大怒。褪衣又打了經濟金寶十板。問陳經濟夫殴妻至死者絞罪。馮金寶遞決一百。發回本司院當差。這陳經濟慌了。監中寫出帖子。對陳定說。把布舖中本錢。連大姐頭面。共湊了一百兩銀子。暗暗送與知縣知縣一夜把招卷改了。止問了箇逼令身死。係雜犯准徒五年。運灰贖罪。吳月娘再三跪門哀告。知縣把月娘叫上去說道。娘子你女兒項上見有繩痕。如何問他殴殺條律。人情莫非忒偏問麽。你怕他後邊纏擾你。我這裡替你取了他杜絶文書。令他再不許上你門就是了。一面把經濟提到跟前分付道。我今日饒你一死。務要改過自新。不許再去吳氏家纏擾。再犯到我案下。决然不饒。即便把西門氏買棺裝殮。發送葬埋來回話。我這裡好申文書。往上司去。這經濟得了箇饒。交納了贖罪銀子。歸到家中。擡屍入棺。停放一七。念經送葬。埋城外。前後坐了半箇月監。使了許多銀兩。唱的馮金寶也去了。家中所有的都乾淨了。房兒也典了。剛刮剌出箇命兒來。再也不敢聲言丈母了。正是禍福無門人自招。須知樂極有悲來。有詩為証。

風波平地起蕭墻　義重恩深不可忘
水溢藍橋應有會　三星權且作參商

畢竟未知後來如何。且聽下回分解。

第九十三回　王杏菴義恤貧兒

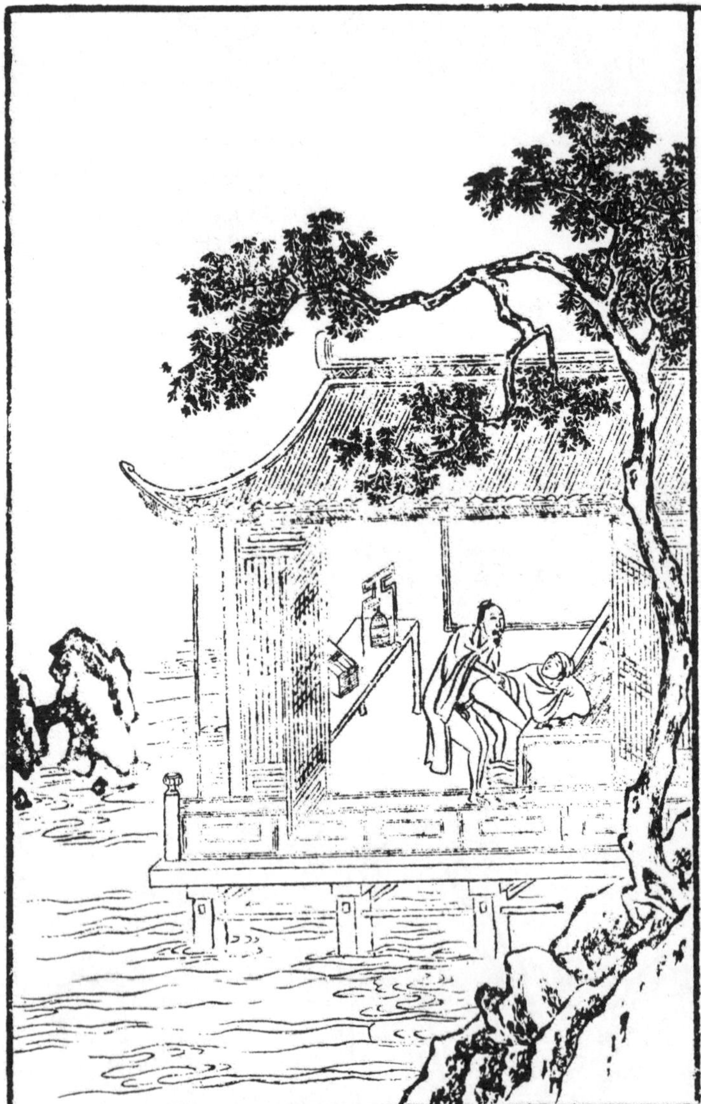

金道士變淫少弟

第九十三回

王杏菴仗義賙貧　任道士因財惹禍

誰道人生運不通　吉凶禍福並肩行
只因風月將身陷　未許人心直似針
自課官途無枉屈　豈知天道不昭明
早知成敗皆由命　信步而行暗黑中

話說陳經濟自從西門大姐死了。被吳月娘告了一狀。打了一場官司出來。唱的馮金寶又歸院中去了。剛刮刺出箇命兒來。房兒也賣了。本錢兒也沒了。頭面也使了。家火也沒了。又說陳定在外邊打發人尅落了錢。把陳定也攆去了。家中日逐盤費不週。坐吃山空。不免往楊大郎家中。問他這半船貨的下落。一日來到楊大郎門首。叫聲楊大郎在家不在。不想楊光彥拐了他半船貨物。一向在外賣了銀兩。四散躲閃。及打聽得他家中吊死了老婆。他丈母縣中告他。坐了半個月監房。這楊大郎蓦地來家住着。不出來。聽見經濟上門叫他。問貨船下落。一經使兄弟楊二風出來。反問經濟要人。你把我哥哥叫的外邊做買賣。這幾個月。通無音信。不知拋在江中。推在河內。害了性命。你倒還來我家尋貨船下落。人命要緊。你那貨物要緊。這楊二風平昔是個刁徒。潑皮耍子揭子。肐膊上紫肉橫生。胸前上黃毛亂長。是一條直率之光棍。走出來一把手扯住經濟。就問他要人。那經濟慌忙挣開手。跑回家來。這楊二風故意拾了塊三尖瓦楔將頭顱礸破。血流滿面。趕將經濟來罵道。我合你娘眼。我見你家甚麽銀子來。你來我屋裡放屁。吃我一頓好拳頭。那陳經濟金命水命。走投無命。奔到家把大門關閉。如鐵桶相似。就是樊噲也撞不開。由着楊二風。牽爺孃罵父母。拏大磚砸門。只是鼻口內不聽見氣兒。又況纔打了官司出來。夢條繩蛇也害怕。只得含忍過了。正是嫩草怕霜霜怕日。惡人自有惡人磨。不消幾時。把大房賣了。找了七十兩銀子。典了一所小房。在僻巷內居住。落後兩箇丫頭。賣了一箇重喜兒。只留着元宵兒。和他同鋪歇。又過了不上半月。把小房倒騰了。却去賃房居住。陳安也走了。家中沒營運。元宵兒也死了。止是單身獨自。家火卓椅都變賣了。只落得一貧如洗。未幾房錢不給。鑽入冷鋪內存身。花子見他是箇富家勤兒。生的清俊。叫他在熱坑上睡。與他燒餅兒吃。有當夜的過來。教他頂火夫。打梆子搖鈴。那時正值臘月殘冬時分。天降大雪。吊起風來。十分嚴寒。這陳經濟打了回梆子。打發當夜的兵牌過去。不免手提鈴串了幾條街巷。又是風雪地下。又踏着那寒氷。凍得聳肩縮背。戰戰兢兢。臨五更雞叫。只見箇病花子。倘在墻底下。恐怕死了。總甲分付他看守着他。尋箇把草教他烤。這經濟支更一夜。沒曾睡。就搥下睡着了。不想做了一夢。夢見那時在西門慶家。怎生受榮華富貴。和潘金蓮拘搭頑耍戲謔。從睡夢中就哭醒了。衆花子說。你哭怎的。這經濟便道。你衆位哥哥。聽我訴說一遍。有粉蝶兒為證。

九臘深冬。雪漫天。凉然氷凍。更搖天撼地狂風。凍得我體僵麻。心膽戰。實難扎掙。挨不過肚中饑。又難禁身上冷。住着這

半邊天。端的是冷挨不過。凄涼要尋死路。百忙裡捨不的顏
命。
耍孩兒一煞　不覺撞昏鐘。昏鐘人初定。是誰人叫我。原來是
總甲張成。他那里急急呼。我這里連連應。趂今宵誰肯與我
支更也。也是我一時僥倖。他先遞與我幾箇燒餅。
二煞　名承總甲憐咱冷。教我敲梆守守更。由着他調用。但得
這濟心饑錢米。那里管人貧下賤。一任教喝號提鈴。
三煞　坐一回脚手麻立一回肚裡疼。冷燒餅乾嚥無茶送。剛
然未到三更後。下夜的兵牌叫點燈。歪蹋弄。與了他四十文。
方纔得買一箇姑容。
四煞　到五更雞打鳴。大街上人漸行。衆人各去都不等。只見

病花子倘在墻根下。教我煨着他。不暫停。得他口煖氣兒心纔定。剛合眼一塲幽夢。猛驚囘哭到天明。

五煞　花子說你哭怎的。我從頭兒訴始終。我家積祖根基兒重。說聲賣松槁陳家誰不怕名姓。多居仕宦中。我祖耶耶曾把誰塩種。我父親專結交勢耀。生下我吃酒行兇。

六煞　先亡了打我的爹。後亡了我父親。我孃疼專隨縱。吃酒耍錢般般會。酒肆巢窩處處通。所事兒都相稱。娶了親就遭官事。丈人家縣重投輕。

七煞　我也曾在西門家做女婿。調風月。把丈毋淫。錢塲裡信着人鎖狗洞。也曾黃金美玉當塲賭。也曾馱米扭柴往院裡供。毆打妻兒病。死了死了時。他家告狀。使了許多錢。方得頭輕。

八煞　賣大房。買小房。贖小房。又倒騰。不思久遠含餘剩。饑寒苦惱妻成病。死在房簷不許停。所有都乾淨。嘴頭饞不離酒肉。沒攪汁。拆賣坟塋。

九煞　掇不的輕。負不的重。做不的傭。務不的農。未曾幹事兒先愁動。閑中無事思量嘴。睡起須教日頭紅。狗性子生鐵般硬。惡盡了十親九眷。凍餓死有那箇憐憫。

十煞　討房錢不住催。他料我也住不成。沙鍋破碗全無用。幾推趕出門兒外。凍骨淋皮無處存。不免冷鋪將身奔。但得箇時通運轉。我那其間忘不了恩人。

頻年困苦痛妻亡　身上無衣口絕糧

馬死奴逃房又賣　隻身獨自走他鄉
朝依肆店求遺饌　暮宿庄園倚敗墻
只有一條身後路　冷鋪之中去打梆

却說陳經濟晚夕在冷鋪存身。白日間街頭乞食。清河縣城内有一老者。姓王名宣。字廷用。年六十餘歲。家道殷實。為人心慈。好仗義疎財。廣結交。樂施捨。專一濟貧拔苦。好善敬神。所生二子。皆當家成立。長子王乾。襲祖職為牧馬所掌印正千戶。次子王震。充為府學庠生。老者門首搭了箇主管。開着箇解當舖兒。每日豊衣足食。閑散無拘。在梵宇聽經。琳宮講道。無事在家門首施藥救人。拈素珠念佛。因後園中有兩株杏樹。道號為杏庵居士。一日杏庵頭戴重簷幅巾。身穿水合道服。在門首站立。只見陳經濟打他門首過。向前扒在地下磕了箇頭。慌的杏菴還不迭。說道。我的哥。你是誰。老拙眼昏不認得你。這經濟戰戰兢兢。站立在旁邊。說道。不瞞你老人家。小人是賣松橋陳洪兒子。老者想了半日。說你莫不是陳大寬的令郎麼。因見他衣服襤褸。形容憔悴。說道。我賢姪。你怎的弄得這等模樣。便問你父親母親可安麼。經濟道。我爹死在東京。我母親也死了。杏庵道。我聞得你在丈人家住來。經濟道。家外父死了。外母把我攆出來。他女兒死了。告我到官。打了一場官司。把房兒也賣了。有些本錢兒都吃人坑了。一向閑着。沒有營運。杏菴道。賢姪。你如今在那里居住。經濟半日不言語。說不瞞你老人家說。如此如此。杏菴道。可憐。賢姪你原來討吃哩。想着當初你府上。那樣根基人家。我與你父親相交。賢姪你那咱還小哩。纔扎着總角上學哩。一向流落到此地位。可傷可傷。你還有甚親家也不看顧你看顧兒。經濟道。正是俺張舅那里。一向也久不上門。不好去的。問了一回話。老者把他讓到裡面客位裡。令小廝放卓兒。擺出點心嗄飯來。教他儘力吃了一頓。見他身上单寒。拏出一件青布綿道袍兒。一頂毡帽。又一雙毡襪綿鞋。又秤一兩銀子。五百銅錢。遞與他。分付說。賢姪這衣服鞋襪與你身上穿。那銅錢與你盤纏。賃半間房兒住。這一兩銀子。你拏着做上些小買賣兒。也好糊口過日子。强如在冷舖中。學不出好人來。每月該多少房錢。來這里老拙與你。這陳經濟扒在地下磕頭謝了。說道小姪知會。拏着銀錢。出離了杏菴門首。也不尋房子。也不做買賣。把那

五百文錢。每日只在酒店麵店。以了其事。那一兩銀子。搗了些
白銅頓罐。在街上行使。吃巡邏的當土賊拏到該坊節級處。一
頓棍打。使的罄盡。還落了一屁股瘡。不消兩日。把身上綿衣也
輸了。襪兒也換來嘴吃了。依舊原在街上討吃。一日又打王杏
菴門首所過。杏菴正在門首。只見經濟走來磕頭。身上衣襪都
沒了。止戴着那氈帽。精脚靸鞋。凍的乞乞縮縮。老者便問陳大
官。做得買賣如何。房錢到了。來取房錢來了。那陳經濟半日無
言可對。問之再三。方說如此這般。都沒了。老者便道。阿呀。賢姪
你這等就不是過日子的道理。你又拈不的輕。負不的重。但做
了些小活路兒。還强如乞食。免教人恥笑。有玷你父祖之名。你
如何不依我說。一面又讓到裡面。教安童拿飯來與他吃飽了。

又與了他一條袷褲。一領白布衫。一雙裹脚。一吊銅錢。一斗米。你拏去務要做上了小買賣。賣些柴炭豆兒。瓜子兒也過了日子。强似這等討吃。這經濟口雖荅應。拏錢米在手。出離了老者門。那消數日。熟食肉麵。都在冷鋪內。和花子打夥兒。都吃了。耍錢。又把白布衫袷褲都輸了。大正月裡。又抱着肩兒在街上走。不好來見老者。走在他門首房山墻底下。向日陽站立。老者冷眼看見他。不叫他。他挨挨搶搶。又到根前。扒在地下磕頭。老者見他還依舊如此。說道。賢姪。這不是常策。咽喉深似海。日月快如梭。無底坑如何填得起。你進來。我與你說。有一箇去處。又清閒。又安得你身。只怕你不去。經濟跪下哭道。若得老伯見怜。不拘那里。但安下身。小的情愿就去。杏菴道。此去離城不遠。臨清馬頭上有座晏公廟。那裡魚米之鄉。舟船輻輳之地。錢糧極廣。
清幽消灑。廟主任道士。與老拙相交極厚。他手下也有兩三箇
徒弟徒孫。我備分禮物。把你送與他做箇徒弟出家。學些經典
吹打。與人家應福也是好處。經濟道。老伯看顧。可知好哩。杏菴
道。既然如此。你去。明日是箇好日子。你早來。我送你去。經濟去
了。這王老連忙叫了裁縫來。就替經濟做了兩件道衣。一頂道
髻。鞋襪俱全。次日經濟果然來到。王老教他空屋裡洗了澡。梳
了頭。戴上道髻。裡外換了新襖新褲。上盖青絹道衣。下穿雲履
毡襪。備了四盤羹果。一罈酒。一疋尺頭。封了五兩銀子。他便乘
馬。顧了一匹驢兒。與經濟騎着。安童喜童跟隨。兩箇人擡了盒
担。出城門。逕往臨清馬頭晏公廟來。止七十里。一日路程。比及

到晏公廟。天色已晚。但見。

日影將沉。繁陰已轉。斷霞映水散紅光。落日轉山生碧霧。綠楊影裡。時聞鳥雀歸林。紅杏村中。每見牛羊入圈。正是溪邊漁父投林去。野外牧童跨犢歸。

王老到于馬頭上。過了廣濟閘。大橋。見無數舟船。停泊在河下。來到晏公廟前。下馬。進入廟來。只見青松鬱鬱。翠栢森森。兩邊八字紅墻。正面三間朱戶。端的好座廟宇。但見

山門高聳。殿閣崚層。高懸勑額金書。彩畫出朝入相。五間大殿塑龍王。一十二尊。兩下長廊刻水族。百千萬衆。旗竿凌漢。帥字招風。四通八達。春秋社禮享依時。雨順風調。河道民間皆祭賽。萬年香火威靈在。四境官民仰賴安。

山門下。早有小童看見。報入方丈。任道士忙整衣出迎。王杏菴令經濟和禮物。且在外邊伺候。不一時。任道士把杏菴讓入方丈松鶴軒叙禮。說王老居士。怎生一向不到敝廟隨喜。今日何幸。得蒙下顧。杏菴道。只因家中俗冗所羈。久失拜望。叙禮畢。分賓主而坐。小童獻茶。茶罷。任道士道。老居士今日天色已晚。你老人家不去罷了。分付把馬牽入後槽喂息。杏菴道。沒事不登三寶殿。老拙敬來。有一事干瀆。未知尊意肯容納否。任道士道。老居士有何見教。只顧分付。小道無不領命。杏菴道。今有故人之子。姓陳。名經濟。年方二十四歲。生的資格清秀。倒也伶俐。只是父母去世太早。自幼失學。若說他父祖根基。也不是無名少姓人家子孫。有一分家當。只因不幸遭官事沒了。家無處棲身。

老拙念他乃尊舊日相交之情。欲送他來貴宮作一徒弟。未知尊意如何。任道士便道。老居士分付。小道怎敢違阻。奈因小道命蹇。手下雖有兩三箇徒弟。都不省事。没一箇成立的。小道常時惹氣。未知此人誠實不誠實。杏菴道。這箇小的。不瞞尊師說。只顧放心。一味老實本分。膽兒又小。所事兒伶範。堪可作一徒弟。任道士問幾時送來。杏菴道。見在山門外伺候。還有些薄禮。伏乞笑納。慌的任道士道。老居士何不早說。一面道有請。于是擡盒人擡進禮物。任道士見帖兒上寫着謹具粗段一端。魯酒一罎。豚蹄一副。燒鴨二隻。樹果二盒。白金五兩。知生王宣頓首拜。連忙稽首謝道。老居士何以故遠勞。見賜許多重禮。使小道卻之不恭。受之有愧。只見陳經濟頭戴着金梁道髻。身穿青絹道衣。腳下雲履淨襪。腰繫絲縧。生的眉清目秀。齒白唇紅。面如傅粉。走進來向任道士。倒身下拜。拜了四雙八拜。任道士因問多少青春。經濟道。屬馬交新春二十四歲了。任道士見他果然伶俐。取了他箇法名。叫做陳宗美。原來任道士手下。有兩箇徒弟。大徒弟姓金。名宗明。二徒弟姓徐。名宗順。他便叫陳宗美。王杏菴都請出來。見了禮數。一面收了禮物。小童掌上燈來。放卓兒先擺飯。後吃酒。餚品盃盤。堆滿卓上。無非是雞蹄鵝鴨魚蝦之類。王老吃不多酒。師徒輪番勸殺幾巡。王老不勝酒力。告辭房中。自有床鋪安歇。一宿。到次日清辰。小童舀水淨面。梳洗灌漱畢。任道士又早來遞茶。不一時。擺飯又吃了兩盃酒。喂飽頭口。與了撞盒人力錢。王老臨起身。叫過經濟來分付。在此好生用心。習學經典。聽師父指教。我常來看你。按季送衣服鞋腳來與你。又向任道士說。他若不聽教訓。一任責治。老拙並不護短。一面背地又囑付經濟。我去後。你要洗心改正。習本等事業。你若再不安分。我不管你了。那經濟應諾道。兒子理會了。王老當下作辭任道士。出山門上馬。離晏公廟。回家去了。經濟是此就在晏公廟。做了道士。因見任道士。年老赤鼻。身體魁偉。聲音洪亮一部髭髯。能談善飲。只專迎賓送客。凡一應大小事。都在大徒弟金宗明手裡。那時朝廷運河初開。臨清設二閘。以節水利。不拘官民船到閘上。都來廟裡。或求神福。或來祭愿。或討卦與笤。或做好事。也有布施錢米的。也有餽送香油紙燭的。也有留松篙蘆蓆的。這任道士將常署裡。多餘錢糧。都令手下徒弟。在馬頭上。開設錢米鋪。賣將銀子來。積儹私囊。他這大徒弟金宗明也不是箇守本分的。年約三十餘歲。常在娼樓包占樂婦。是箇酒色之徒。手下也有兩箇清紫年小徒弟。同鋪歇臥。日久絮繁。因見經濟生的齒白唇紅。面如傅粉。清俊乖覺。眼裡說話。就纏他同房居住。晚夕和他吃半夜酒。把他灌醉了。在一鋪歇臥。初時兩頭睡。便嫌經濟腳臭。叫過一箇枕頭上睡。睡不多回。又說他口氣噴着。令他吊轉身子。屁股貼着肚子。那經濟推睡着不理他。他把那話弄得硬硬的。直豎一條棍。抹了些唾津在頭上。往他糞門裡只一頂。原來經濟在冷鋪中。被花子飛天鬼侯林兒弄過的。眼子大了。那話不覺就進去了。這經濟口中不言。心內暗道。這廝合敗。他討得十分便益多了。把我不知當做甚麼人兒。也來報伏。與他箇甜頭兒。且教他在我手內納些些敗缺。一面故意聲叫起來。這金宗明恐怕老道士聽見。連忙掩住他口。說好兄弟。禁聲。隨你要的。我都依你。經濟道。你既要掏搭我。我不言語。須依我三件事。宗明道。好兄弟。休說三件。就是十件事。我也依你。經濟道。第一件。你既要我。不許你再和那兩箇徒弟睡。第二件。大小房門上鑰匙。我要執掌。第三件。隨我往那裡去。你休嗔我。你都依了我。我方依你此事。金宗明道。這箇不打緊。我都依你。當夜兩箇顛來倒去。整狂了半夜。這陳經濟自幼風月中撞。甚麼事不知道。當下被底山盟。枕邊海誓。淫聲艷語。摳吮嗞品。把這金宗明哄得歡喜無盡。到第二日。果然把各處鑰匙都交與他手內。就不和那兩箇徒弟在一處。每月只同他一鋪歇臥。一日兩。兩日三。忽一日任道士師徒三箇都往人家應福做好事去。任道士留下他看家。徑智賺他。王老居士只說他老實。看老實不老實。臨出門分付。你在家好看着。那後邊養的一羣雞。說道是鳳凰。我不久功成行滿。騎他上昇。朝叅玉帝。那房內做的幾缸。都是毒藥汁。若是徒弟壞了事。我也不打他。只與他這毒藥汁吃了。直教他立化。你須用心看守。我午齋回來。帶點心與你吃。說畢。師徒去了。這經濟關上門笑道。豈可我這些事兒不知道。那房內幾缸黃米酒。哄我是甚毒藥汁。那後邊養的幾隻雞。說是鳳凰。要騎他上昇。于是揀肥的宰了一隻。退的淨淨。煮在鍋裡。把缸內酒。用鏇子舀出來。火上篩熱了。手撕雞肉。蘸着蒜醋。吃了箇不亦樂乎。還說了四句。黃銅鏇舀清酒。烟籠皓月。白污雞蘸爛蒜。風捲殘雲。正吃着。只聽師父任道士外邊叫門。這經濟連忙收拾了家伙。走出來開門。任道士見他臉紅。問他怎的來。這經濟徑低頭不言語。師父問你怎的不言語。經濟道。告稟師父得知。師父去後。後邊那鳳凰不知怎的飛了去一隻。教我慌了。上房尋了半日沒有。怕師父來家打。待要拏刀子抹。恐怕疼。待要上吊。恐怕斷了繩子跌着。待要投井。又怕井眼小揣脖子。算計的沒處去了。把師父缸內的毒藥汁。舀了兩碗來吃了。師父便問你吃下去覺怎樣的。經濟道。吃下去半日不死不活的。倒像醉了的一般。任道士聽言。師徒們都笑了。說還是他老實。又替他使錢討了一張度牒。以此徑往後。凡事並不防範。正是三日賣不得一担真。一日賣了三担假。這陳經濟因此常拏着銀錢。往馬頭上遊玩。看見院中架兒陳三兒。說馮金寶兒。他鴇子死了。他又賣在鄭家。叫鄭金寶兒。如今又在大酒樓上趕趁哩。你不看他看去。這小夥兒舊情不改。拏着銀錢跟定陳三兒。逕往馬頭大酒樓上來。此不來倒好。若來。正是五百載寃家來聚會。數年前姻眷又相逢。有詩為証。

人生莫惜金縷衣　人生莫負少年時
見花欲折須當折　莫待無花空折枝

原來這座酒樓。乃是臨淸第一座酒樓。名喚謝家酒樓。裡面有百十座閣兒。週圍都是綠欄杆。就緊靠着山岡。前臨官河。極是人烟熱鬧去處。舟船往來之所。怎見得這座酒樓齊整。

雕簷映日。畫棟飛雲。綠欄杆低接軒窻。翠簾櫳高懸戶牖。吹笙品笛。盡都是公子王孫。執盞擎盃。擺列着歌姬舞女。消磨醉眼。倚青天萬疊雲山。勾惹吟魂。翻瑞雪一河烟水。白蘋渡口。時聞漁父鳴榔。紅蓼灘頭。每見釣翁擊楫。樓畔綠楊啼野鳥。門前翠柳繫花驄。

這陳三兒引經濟上樓。到一箇閣兒裡坐下。烏木春檯。紅漆凳子。便叫店小二。連忙打抹了春檯。拏一付鍾筯。安排一分上品酒果下飯來擺着。使他下邊叫粉頭去了。須臾只聽樓梯響。馮金寶上來。手中拏着箇廝鑼兒。見了經濟。深深道了萬福。常言情人見情人。不覺簇地兩行淚下。正是數聲嬌語如鶯轉。一串珍珠落線頭。經濟一見便拉他一處坐。問道。姐姐你一向在那裡來。不見你。這馮金寶收淚道。自從縣中打斷出來。我媽不久着了驚謊。得病死了。把我賣在鄭五媽兒家做粉頭。這兩日。子弟稀少。不免又來在臨清馬頭上趕趁酒客。昨日聽見陳三兒說。你在這裡開錢鋪。要見你一見。不期你今日在此樓上吃酒。會見一面。可不想殺我也。說畢。又哭了。經濟便取袖中帕兒替他抹了眼淚。說道。我的姐姐。你休煩惱。我如今又好了。自從打出官司來。家業都沒了。投在這晏公廟。一向出家做了道士。師父甚是重托我。往後我常來看你。因問你如今在那裡安下。金寶便說。奴就在這橋西。酒家店劉二那裡。有百十間房子。四外街街窠子。妓女都在那裡安下。白日裡便來這各酒樓趕趁。說着兩箇挨身做一處飲酒。陳三兒盪酒上樓。拏過琵琶來。金寶彈唱了箇曲兒。與經濟下酒。名普天樂。

淚雙垂。垂雙淚。三盃別酒。別酒三杯。鸞鳳對拆開。拆開鸞鳳對。嶺外斜暉看看墜。看看墜嶺外斜暉。天昏地暗。徘徊不捨。不捨徘徊。

兩人吃得酒濃時。未免解衣雲雨。下箇房兒。這陳經濟。一向不曾近婦女。久渴的人。合得遇金寶。儘力盤桓。尤雲殢雨。未肯即休。但見。

一箇玉臂忙搖。一箇柳腰款擺。雙睛噴火。星眼郎當。一箇汗浹胸膛。發狠要贏三五陣。一箇香消粉黛。呻吟叫數千聲。戰良久。靈龜深入。性偏剛。鬪殺多時。一股清泉往裡邈。幾番鏖戰。烟蘭妓不似今番這一遭。

須臾事畢。各整衣衫。經濟見天色晚來。與金寶作別。與了金寶一兩銀子。與了陳三兒三百文銅錢。囑付姐姐。我常來看你。咱在這搭兒裡相會。你若想我。使陳三兒叫我去。下樓來。又打發了店主人謝三郎。三錢銀子酒錢。經濟回廟中去了。這馮金寶送至橋邊方回。正是眄穿秋水因錢鈔。哭損花容為鄧通。畢竟未知如何。且聽下回分解。

第九十四回　大酒樓劉二撒潑

酒家店雪娥為娼

第九十四回

劉二醉毆陳經濟　酒家店雪娥爲娼

花開不擇貧家地　月照山河到處明
世間只有人心歹　萬事還教天養人
癡聾瘖瘂家豪富　伶俐聰明却受貧
年月日時該載定　筭來由命不由人

話說陳經濟自從陳三兒引到謝家大酒樓上。見了馮金寶。兩箇又抅搭上前情。往後沒三日不和他相會。或一日經濟廟中有事不去。金寶就使陳三兒稍寄物事。或寫情書來叫他去。一次或五錢。或一兩。以後日間供其柴米。納其房錢。歸到廟中。便臉紅。任道士問他何處吃酒來。經濟只說在米舖。和夥計暢飲三盃解辛苦來。他師兄金宗明。又替他遮掩。晚夕和他一處盤弄那勾當。是不必說。朝來暮往。把任道士囊篋中。細軟的本也抵盜出大半。花費了不知覺。一日也是合當有事。這酒家店的劉二。有名坐地虎。他是帥府周守備府中。親隨張勝的小舅子。專一在馬頭上開娼店。倚強凌弱。舉放私債。與巢窩中各娼使錢。加三討利。有一不給。搗換文書。將利作本。利上加利。嗜酒行兇。人不敢惹他。就是打粉頭的班頭。欺酒客的領袖。因見陳經濟。是晏公廟任道士的徒弟。白臉小廝。在謝三家大酒樓上。把粉頭鄭金寶兒包占住了。吃的楞楞睜睜。提着碗果大小拳頭。走來謝家樓下。問金寶在那裡。慌的謝三郎連忙聲喏說道。劉二叔。他在樓上第二箇閣兒裡便是。這劉二大扠步上樓來。經濟正與金寶在閣兒裡面。兩箇飲酒。做一處快活。只把房門關閉。外邊簾子掛着。被劉二一把手扯下簾子。大叫金寶兒出來。諕的陳經濟鼻口內氣兒也不敢出。這劉二用脚把門踩開。金寶兒只得出來相見。說劉二叔叔。有何說話。劉二罵道。賊淫婦。你少我三箇月房錢。却躲在這裡。就不去了。金寶笑嘻嘻說道。二叔叔你家去。我使媽媽就送房錢來。被劉二只摟心一拳。打了老婆一交。把頭顱搶在堦沿下磕破。血流滿地。罵道。賊淫婦。還等甚送來。我如今就要看見陳經濟在裡面。走向前把卓子只一掀。碟兒打得粉碎。那經濟便道。阿呀。你是甚麼人。走來撒野。劉二罵道。我合你道士秫秫娘。手採過頭髮來。按在地下。拳踵脚踢無數。那樓上吃酒的人。看着都立睜了。店主人謝三郎。

初時見劉二醉了。不敢惹他。次後見打得人不像模樣。上樓來解勸說道。劉二叔你老人家息怒。他不曉得你老人家大名。悮言沖撞。休要和他一般見識看小人薄面。饒他去罷。這劉二那裡依從。儘力把經濟打了發昏。章第十一。叫將地方保甲。一條繩子。連粉頭都拴在一處。墩鎖。分付天明早解到老爺府裡去。原來守備勑書上命他保障地方。巡捕盜賊。兼管河道。這裡拏了經濟。任道士廟中。還尚不知。只說他晚夕米鋪中上宿未回。却說次日地方保甲。巡河快手。押解經濟金寶。顧頭口騎上趕清晨。早到府前伺候。先遞手本與兩箇管事。張勝李安。看看說是劉二叔地方喧鬧。一起晏公廟道士一名陳經濟。娼婦鄭金寶。衆軍牢都問他要錢。說道。俺們是廳上動刑的。一班十二人

隨你罷。正景兩位管事的。你倒不可輕視了他。經濟道。身邊銀
錢倒有。都被夜晚劉二打我時。被人掏摸的去了。身上衣服都
扯碎了。那得錢來。止有頭上關頂一根銀簪兒。拔下來與二位
管事的罷。衆牢子拏着那根簪子。走來對張勝李安。如此這般。
他一箇錢兒不拏出來。止與了這根簪兒。還是鬧銀的。張勝道。
你叫他近前。等我審問他。衆軍牢不一時。推擁他到根前跪下。
問你是任道士第幾箇徒弟。經濟道。第三箇徒弟。又問你今年
都大年紀。經濟道。廿四歲了。張勝道。你這等年少。只這該在廟中
做道士。習學經典。許你在外宿娼飲酒喧嚷。你把俺老爺帥府
衙門當甚麽些小衙門。不拏了錢兒來。這根簪子。打水不渾。要
他做甚。還掠與他去。分付牢子等住回。老爺升廳。把他放在頭

一起。眼看這狗男女道士就是箇倈錢的。只許你白要四方施主錢糧。休說你爲官事。你就來吃酒赴席。也帶方汗巾兒揩嘴。等動刑時。着實加力拶打這廝。又把鄭金寶叫上去。鄭家有忘八跟着。上下打發了三四兩銀子。張勝說你係娼門不過趁熱。不是趁些衣飯爲生。沒甚大事。看老爺喜怒不同看惱。只是一兩拶子。若喜懽。只恁放出來也不止。旁邊那箇牢子說。你再把與我一錢銀子。等若拶你。待我饒你兩箇大指頭。李安分付你帶他遠些伺候。老爺將次出廳。不一時只見裡面雲板響。守備升廳。兩邊僚掾軍牢森列。甚是齊整。但見。

緋羅繳壁。紫綬卓圍。當廳額掛茜羅。四下簾垂翡翠。勘官守正。戒石上刻御製四行。人從謹廉。鹿角旁插令旗兩面。軍牢

沉重。僚掾威儀。執大棍授事立堦前。挾文書廳旁聽發放。雖
然一路帥臣。果是滿堂神道。
當時沒巧不成話。也是五百刼寃家聚會。姻緣合當湊着。春梅
在府中。從去歲八月間。巳生了箇哥兒小衙內。今方半歲光景。
貎如冠玉。脣若塗硃。守備喜似席上之珍。過如無價之寶。未幾
大奶奶下世。守備就把春梅冊正。做了夫人。就住着五間正房。
買了兩箇養娘抱妳哥兒。一名玉堂。一名金匱。兩箇小丫鬟伏
侍。一箇名喚翠花。一箇名喚蘭花。又有兩箇身邊得寵彈唱的
姐兒。都十六七歲。一名海棠。一名月桂。都在春梅房中侍奉。那
孫二娘房中。止使着一箇丫鬟。名喚荷花兒。不在話下。比昀小
衙內。只要張勝懷中。抱他外邊頑耍。遇着守備升廳。在旁邊觀

看當日守備升廳坐下。放了告牌出去。各地方解進人來。頭一起正叫上陳經濟。并娼婦鄭金寶見去。守備看了呈狀。又見經濟面上帶傷。說道。你這厮是箇道士。不守那清規。如何宿娼飲酒。騷擾我地方。行止有虧。左右拏下去打二十棍。追了度牒還俗。那娼婦鄭氏。桚一桚。敲五十敲。責令歸院當差。兩邊軍牢向前。纔待扯翻經濟。攤去衣服。用繩索綁起。轉起棍來。兩邊招呼打時。可要作怪。張勝抱着小衙內。正在廳前月臺上站立觀看。那小衙內看見。走過來打經濟。在懷裡攔不住。撲着要經濟抱。張勝恐怕守備看見。走過來。亦發大哭起來。直哭到後邊春梅根前。春梅問他怎的哭。張勝便說。老爺廳上發放事。打那晏公廟道士姓陳。他就撲着他抱。小的走下來。他就哭了。這春梅聽見是姓陳的。不免輕移蓮步。欵蹙湘裙。走到軟屏後面探頭覷覷。廳下打的那人。聲音模樣。倒好似陳姐夫一般。他因何出家做了道士。又叫過張勝問他。此人姓甚名誰。張勝道。這道士供狀上。年廿四歲。俗名叫陳經濟。春梅暗道。正是他了。一面使張勝請下你老爺來。這守備廳上打經濟。纔打到十棍。一邊還拶着娼的。忽聽後邊夫人有請。分付牢子把棍且閣住。休打。一面走下廳來。春梅說道。你打的那道士是我姑表兄弟。看奴面上。饒了他罷。守備道。夫人不早說。我已打了他十棍。怎生奈何。一面出來分付牢子。都與我放了。娼的便歸院去了。守備悄悄使張勝叫那道士回來。且休去。問了你奶奶。請他相見。這春梅纔待使張勝請他到後堂相見。忽然想起一件事來。口中不言。心內暗道。剜去眼前瘡。安上心頭肉。眼前瘡不去。心頭肉。如何安得上。于是分付張勝。你且叫那人去着。等我慢慢再叫他度牒也不曾追。這陳經濟打了十棍。出離了守備府。還奔來晏公廟。不想任道士。聽見人來說。你那徒弟陳宗美。在大酒樓上。包着娼的鄭金寶兒。惹了酒家店坐地虎劉二。打得臭死。連老婆都拴了。解到守備府裡去了。行止有虧。便差軍牢來拏你去審問。追度牒還官。這任道士聽了。一者年老的着了驚怕。二來身躰胖大。因打開囊篋內。又沒了細軟東西。着了口重氣。心中疾湧上來。昏倒在地。衆徒弟慌忙向前扶救。請將醫者來。灌下藥去。通不省人事。到半夜嗚呼。斷氣身亡。亡年六十三歲。第二日陳經濟來到。左邊隣人說。你還敢廟裡去。你師父因爲你。如此這般得了口重氣。昨夜三更鼓死了。這經濟聽了。諕的忙忙似喪家之犬。急急如漏網之魚。復回清河縣城中來。正是鹿隨鄭相應難辨。蝶化莊周未可知。話分兩頭。却把春梅一見經濟。方待留他。忽然心上想起一件事來。還使出張勝來教經濟且去罷。走歸房中。摘了冠兒。脫了綉服。倒在床上。一面捫心搥被聲疼叫喚起來。諕的合宅大小都慌了。下房孫二娘來問道。大奶奶行好好的。怎的來就不好起來。春梅說你每且去。休管我。落後守備退廳進來。見他倘在床上叫。一番也慌了。扯着他手兒問道。你心裡怎的來。也不言語。又問那箇惹着你來。也不做聲。守備道。不剛纔兒我打了你兄弟。你心內惱麼。亦不應答。這守備無計奈何。自出外邊麻犯起張勝李安來了。你那兩箇早知他是你奶奶兒弟如何不早對我說却教我打了他十下惹的你奶奶心中不自在起來我曾教你留下他請你奶奶相見你如何又放他去了你這厮每却討分曉張勝說小的曾禀過奶奶來奶奶說且教他去着小的纔放他去了一面走入房中哭啼哀告春梅望乞奶奶在爺前方便一言不然爺要見責小的每哩這春梅睜圓星眼剔起蛾眉叫過守備近前說我自心中不好干他們甚事那厮他不守本分在外邊做道士且祟他些時等我慢慢招認他這守備纔不麻犯張勝李安了守備見他只歷聲喚又使張勝請下醫官來看脉說老夫人染了六慾七情之病着了重氣在心討將藥來又不吃都放冷了丫頭每都不敢向前說話請將守備來看着吃藥只呷了一口就不吃了守

備出去了。大丫鬟月桂拏過藥來。請奶奶吃藥。被春梅拏過來。我匹臉只一潑。罵道。賊浪奴才。你只顧拏這苦水來灌我怎的。我肚子裡有甚麽。教他跪在面前。孫二娘走來問道。月桂怎的奶奶教他跪着。海棠道。奶奶因他拏藥與奶奶吃來。奶奶說我肚子裡有甚麽。這月來灌我。教他跪着。孫二娘道。奶奶你委的今一日沒曾吃甚麽。這月桂他不曉得。奶奶休打他。看我面上。饒他這遭罷。分付海棠。你往廚下熬些粥兒來。與你奶奶吃口兒。春梅于是把月桂放起來。那海棠走到廚下。用心用意熬了一小鍋粳小米濃濃的粥兒。定了四碟小菜兒。用甌兒盛着。象牙快兒。熱烘烘拿到房中。春梅倘在床上。面朝裡睡。又不敢叫。直待他番身。方纔請他有箇粥兒在此。請奶奶吃粥。春梅把眼合着。不言語。海棠又叫道。粥𣲗冷了。請奶奶起來吃粥。孫二娘在旁說道。大奶奶你這半日沒吃甚麼。這回你覺好些。且起來吃些箇。有柱餅些。那春梅一砧碌子。扒起來教妳子拏過燈來。取粥在手。只呷了一口。往地下只一推。早是不曾把家伙打碎。被妳子接住了。就大吆喝起來。向孫二娘說。你平白叫我起來吃粥。你看賊奴才。熬的好粥。我又不坐月子。熬這燕窩湯來與我吃。怎麼分付妳子金匱。你與我把這奴才臉上。把與他四箇嘴巴。當下眞箇把海棠打了四箇嘴巴。孫二娘便道。奶奶你不吃粥。却吃些甚麼兒。却不餓着你。春梅道。你教我吃。我心內攔着吃不下去。良久。叫過小丫鬟蘭花兒來分付道。我心內想些鷄尖湯兒吃。你去廚房內。對着淫婦奴才。教他洗手。做碗好鷄尖湯兒與我吃口兒。教他多有着些酸筍。做的酸酸辣辣的我吃。孫二娘便說。奶奶分付他。教雪娥做去。你心下想吃的。就是藥。這蘭花不敢怠慢。走到厨下對雪娥說。奶奶教你做鷄尖湯。快些做。等着要吃哩。原來這鷄尖湯。是雛鷄脯翅的尖兒。碎切的做成湯。這雪娥一面洗手剔甲。旋宰了兩隻小鷄。退刷乾淨。剔選翅尖。用快刀碎切成絲。加上椒料葱花芫荽酸筍油醬之類。揭成清湯。盛了兩甌兒。用紅漆盤兒熱騰騰。蘭花拿到房中春梅燈下看了。呷了一口。怪叫大罵起來。你對那淫婦奴才說去。做的甚麽湯。精水寡淡有些甚味。你們只教我吃。平白教我惹氣。慌的蘭花生怕打。連忙走到厨下。對雪娥說。奶奶嫌湯淡。好不罵哩。這雪娥一聲兒不言語。忍氣吞聲。從新坐鍋。又做了一碗。

多加了些椒料。香噴噴教蘭花拿到房裡來。春梅又嫌忒鹹了。拏起來照地下只一潑。早是蘭花躲得快。險些兒潑了一身。罵道。你對那奴才說去。他不憤氣做與我吃。這遭做的不好。教他討分曉哩。這雪娥聽見。千不合。萬不合。悄悄說了一句。姐姐幾時這般大了。就抖摟起人來。不想蘭花回到房裡。告春梅說了。這春梅不聽便罷。聽了此言。登時柳眉剔竪。星眼圓睜。咬碎銀牙。通紅了粉面。大叫與我採將那淫婦奴才來。須臾使了養娘丫鬟。三四箇。登時把雪娥拉到房中。春梅氣狠狠的。一手扯住他頭髮。把頭上冠子躧了。罵道。淫婦奴才。你怎的說幾時這般大。不是你西門慶家擡舉的我這般大。我買將你來。伏侍我。你不憤氣教你做口子湯。不是精淡。就是苦丁子鹹。你倒還對着丫頭說。我幾時恁般大起來。摟摟索落。我要你何用。一面請將守備來。採雪娥出去。當天井跪着。前邊叫將張勝李安。旋剝褪去衣裳。打三十大棍。兩邊家人點起明晃晃燈籠。張勝李安各執大棍伺候。那雪娥只是不肯脫衣裳。守備恐怕氣了他。在根(跟)前不敢言語。孫二娘在旁邊再三勸道。隨大奶奶分付打他多少。免褪他小衣罷。不爭對着下人。脫去他衣裳。他爺躰面上不好看的。只望奶奶高擡貴手。委的他的不是了。春梅不肯。定要去他衣服打。說道。那箇攔我。我把孩子先摔殺了。然後我也一條繩子。吊死就是了。留着他便是了。于是也不打了。一頭撞倒在地。就直挺挺的昏迷。不省人事。守備號的連忙扶起說道。隨你打罷。沒的氣着你。當下可憐。把這孫雪娥拖番在地。褪去衣

服。打了三十大棍。打的皮開肉綻。一面使小牢子。半夜叫將薛
嫂兒來。即時罄罄頭出去辦賣。春梅把薛嫂兒叫在背地分付。
我只要八兩銀子。將這淫婦奴才。好歹與我賣在娼門。隨你轉
多少。我不管你。你若賣在別處。我打聽出來。只休要見我。那薛
嫂兒道。我靠那裡過日子。却不依你說。當夜領了雪娥來家。那
雪娥悲悲切切。整哭到天明。薛嫂便勸道。你休哭了。也是你的
晦氣。寃家撞在一處。老爺見你到罷了。只恨你與他有些舊仇
舊恨。折挫你。那老爺也做不得主兒。見他有孩子。須也依隨他。
正景下邊孫二娘。不讓他幾分。常言拐米倒做了倉官。說不的
了。你休氣哭。雪娥收淚謝薛嫂。只望早晚尋箇好頭腦。我去。自
有飯吃罷。薛嫂道。他千萬分付。只教我把你送在娼門。我養兒

養女。也要天理。等我替你尋箇单夫獨妻。或嫁箇小本經紀人家。養活得你來也。那雪娥千恩萬福。謝了薛嫂。過了兩日。只見隣任一箇開店張媽。走來叫薛媽。你這壁廂有甚娘子。怎的哭的悲切。薛嫂便道張媽請進來坐。說道。便是這位娘子。他是大人家出來的。因和大娘子合不着。打發出來在我這裡嫁人。情願箇单夫獨妻。免得惹氣。張媽媽道。我那邉下着一箇山東賣綿花客人。姓潘。排行第五。年三十七歲。幾車花果。常在老身家安下。前日說他家有箇老母有病。七十多歲。死了渾家半年光景。沒人扶侍。再三和我說。替他保頭親事。並無相巧的。我看來這位娘子。年紀到相當。嫁與他做箇娘子罷。薛嫂道。不瞞你老人家說。這位娘子。大人出身。不拘粗細都做的。針指女工。鍋頭灶腦。自不必說。又做的好湯水。今纔三十五歲。本家只要三十兩銀子。倒好保與他罷。張媽媽道。有箱籠沒有。薛嫂道。止是他隨身衣服。簪環之類。並無箱籠。張媽媽道。既是如此。老身回去。對那人說。教他自家來看一看。說畢。吃茶坐回去了。晚夕對那人說了。次日飯罷以後。果然領那人來相看。一看見了雪娥。好模樣兒。年小。一口就還了二十五兩。另外與薛嫂一兩媒人錢。薛嫂也沒爭競。就兌了銀子。寫了文書。晚夕過去。次日就上車起身。薛嫂教人改換了文書。只兌了八兩銀子。交到府中春梅收了。只說賣與娼門去了。那人娶雪娥到張媽家。止過得一夜。到第二日五更時分。謝了張媽媽。作別上了車。逕到臨清去了。此是六月天氣。日子長。到馬頭上。纔日西時分。到了酒家店。那裡有百十間房子。都下着各處遠方來的。窠子衙衙娼的。這雪娥一領進入一箇門戶。半間房子裡面。打着土炕。炕上坐着箇五六十歲的婆子。還有箇十七八頂老丫頭。打着盤頭揸頭。抹着鉛粉紅唇。穿着一弄兒軟絹衣服。在炕邊上彈弄琵琶。這雪娥看見。只叫得苦。纔知道那漢子潘五是箇水客。買他來做粉頭。起了他箇名兒叫玉兒。這小妮子名喚金兒。每日拏厮鑼兒出去。酒樓上接客。供唱。做這道路營生。這潘五進門不問長短。把雪娥先打了一頓。睡了兩日。只與他兩碗飯吃。教他樂器。學彈唱。學不會又打。打得身青紅遍了。引上道兒。方與他好衣穿。粧點打扮。門前站立。倚門獻笑。眉目嘲人。正是遺踪堪入時人眼。不買胭脂畫丹青。有詩爲證。

窮途無奔更無投　南去北來休便休
一夜彩雲何處散　夢隨明月到青樓

這雪娥在酒家店。也是天假其便。一日張勝。被守備差遣。往河下買幾十石酒麯。宅中造酒。這酒家店坐地虎劉二看見他姐夫來。連忙打掃酒樓乾淨。在上等閣兒裡。安排酒殽盃盤。各樣時新果品。好酒活魚。請張勝坐在上面飲酒。酒博士保兒篩酒近前跪下。稟問二叔。下邊叫那幾箇唱的上來。遞酒。劉二分付。叫王家老姐兒。趙家嬌兒。潘家金兒玉兒。四箇上來。伏侍你張姑夫。酒博士保兒應諾下樓。不多時。只聽得胡梯畔笑聲兒。一般兒四箇唱的。頂老打扮得如花似朵。都穿着輕紗軟絹衣裳。上的樓來。望下一面花枝招颭。繡帶飄飄。拜了四拜。立在旁邊。

這張勝猛睜眼觀看。內中一箇粉頭。可要作怪。到相老爺宅裡。小奶奶打發出來。厨下做飯的那雪娥娘子。他如何做這道路。在這裡。那雪娥亦眉眼掃見。是張勝。都不做聲。這張勝便問劉二。那箇粉頭是誰家的。劉二道。不瞞姐夫。他是潘五屋裏玉兒。金兒。這箇是王老姐。一箇是趙嬌兒。張勝道。王老姐兒。我認的。這潘家玉兒。我有些眼熟。因叫他近前。悄悄問他。你莫不是老爺宅裡雪姑娘麼。怎生到于此處。那雪娥聽見他問。便簌地兩行淚下。便道。一言難盡。如此這般。具說一遍。被薛嫂攛瞞。把我賣了二十五兩銀子。賣在這裡供筵習唱。接客迎人。這張勝平昔見他生的好。纔是懷心。這雪娥席前慇懃勸酒。兩箇說得入港。雪娥和金兒不免拏過琵琶來。唱了箇詞兒。與張勝下酒。名四塊金。前生想着少欠下他相思債。中途洋却綰不住同心帶。說着教我泪滿腮。悶來愁似海。萬誓千盟到今何在。不良才。怎生消磨了。我許多時恩愛

當下唱畢。彼此穿盃換盞。倚翠偎紅。吃得酒濃時。常言。世財紅粉歌樓酒。誰爲三般事不迷。這張勝就把雪娥來愛了。兩箇晚夕。留在閣兒裡就一處睡了。這雪娥枕邊風月。耳畔山盟。和張勝儘力盤桓。如魚似水。百般難述。次日起來梳洗了頭面。劉二又早安排酒殺上來。與他姐夫扶頭。大盤大碗。饕食一頓。收起行裝。喂飽頭口。裝載米麵。伴當跟隨。臨出門與了雪娥三兩銀子。分付劉二。好生看顧他。休教人欺負。自此以後。張勝但來河

下。就在酒家店與雪娥相會。往後走來走去。每月與潘五幾兩銀子。就包住了他。不許接人。那劉二自恁要圖他姐夫歡喜。連房錢也不問他要了。各窠窩刮刷將來。替張勝出包錢。包定雪娥柴米來。有詩爲証。

豈料當年縱意爲　貪淫倚勢把心欺
禍不尋人人自取　色不迷人人自迷

畢竟未知後來如何且聽下回分解

第九十五回　玳安兒竊玉成婚

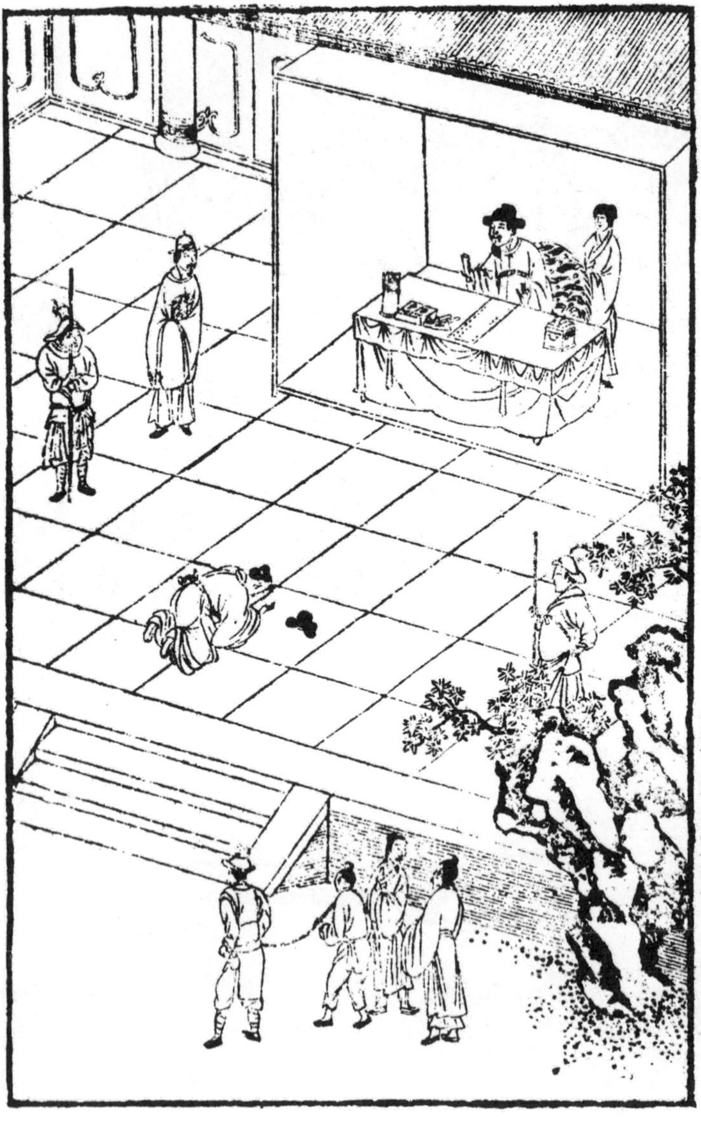

吳典恩負心被辱

第九十五回

平安偷盜假當物　薛嫂喬計說人情

有福莫享盡　福盡身貧窮
有勢莫倚盡　勢盡冤相逢
福宜常自惜　勢宜常自恭
人間勢與福　有始多無終

格言

話說孫雪娥賣在酒家店爲娼不題話分兩頭却說吳月娘自從大姐死了告了陳經濟一狀到官大家人劉昭也死了他妻一丈青帶着小鐵棍兒也嫁人去了來興兒看守門戶房中繡春與了王姑子做了徒弟出家去了那來興兒自從他媳婦惠秀死了一向沒有妻室奶子如意兒要便引着孝哥兒在他屋

裡頑耍吃東西。來與兒又打酒和妳子吃。兩箇嘲戲勾來去。就刮剌上了。非止一日。但來前邊歸入後邊。就臉紅。月娘察知其事。罵了一頓。家醜不可外揚。與了他一套衣裳。四根簪子。一件銀壽字兒。一件梳背兒。揀了箇好日子。就與了來與兒完房。做了媳婦子。白日上灶。看哥兒。後邊扶侍。到夜間往前邊他屋裡睡去。一日八月十五日。月娘生日。有吳大妗。二妗子。并三箇姑子。都來與月娘做生日。在後邊堂屋裡吃酒。晚夕都在孟玉樓住的廂房內。吳大妗二妗子。三箇姑子。同在一處睡。聽宣卷到二更時分。中秋兒便在後邊灶上看茶。由着月娘叫。都不應。月娘親自走到上房裡。只見玳安兒正按着小玉。在炕上幹得好。看見月娘推開門進來。慌的湊手腳不迭。月娘便一聲兒也沒言語只說得一聲賊臭肉不在後邊看茶去那屋裡師父宣了這一日卷要茶吃且在這裡做甚麼哩那小玉道中秋兒灶上我教他頓茶哩低着頭往後邊去玳安便走出儀門往前邊來過了兩日大妗子二妗子三箇女僧都家去了這月娘把來興兒房騰出收拾了與玳安住却教來興兒搬到劉昭屋裡看守大門去了替玳安做了兩床鋪蓋做了一身裝新衣服盔了一頂新網新帽做了雙新靴襪又替小玉張了一頂鬏髻與了他幾件金銀首飾四根金頭銀腳簪環墜戒指之類兩套段絹顏色衣服擇日完房就配與玳安兒做了媳婦白日裡還進來在房中荅應月娘只晚夕臨關儀門時便出去和玳安歇去這了頭揀好東好西甚麼不拏出來和玳安吃這月娘當看見只推

不看見。常言道。溺愛者不明。貪得者無厭。羊酒不均。駟馬奔鎮處家不正。奴婢抱怨。却說平安兒見月娘把小玉配與玳安。做了媳婦兒。與了他一間房住。衣服穿戴勝似別人。他比玳安倒大兩歲。今年二十二歲。倒不與他妻室。一間房住。一日在假當舖。看見傳夥計當了人家一副金頭面。一柄鍍金鉤子。當了三十兩銀子。那家只把銀子使了一箇月。加了利錢。就來贖討。付夥計同玳安尋出來。放在舖子大櫥櫃內的。不隄防。這平安兒見財起心。就連匣兒。偷了走去南瓦子裡。開坊子的武長腳家。有兩箇私窠子。一箇叫薛存兒。一箇叫伴兒在那裡歇了兩夜。忘八見他使錢兒猛大匣子。𠆫着金頭面。撇着銀挺子。打酒與搗兒買東西。戳與土番。就把他截在屋裡。打了兩箇耳刮子。就拏了。也是合當有事。不想吳典恩新陞巡檢。騎着馬。頭裡打着一對板子。正從街上過來。看見問拴的甚麼人。土番跪下。稟說如此這般拐帶出來。窠子裡宿娼。拿金銀頭面行使。小的可疑拿了。吳典恩分付與我帶來審問。一面拿到巡檢廳兒內。吳典恩坐下。兩邊弓皂排列。土番拴平安兒到根前。認的是吳典恩。當初是他家夥計。已定見了我就放的。開口就說。小的是西門慶家平安兒。吳典恩道。你既是他家人。拿這金東西。在這坊子裡做甚麼。平安道。小的大娘借與親戚家頭面戴。使小的取去來晚了。城門閉了。小的投在坊子。權借宿一夜。不料被土番拿了。吳典恩罵道。你這奴才胡說。你家只是這般頭面多。金銀廣。教你這奴才。把頭面拿出來老婆家歇宿行使。想必是你偷盜出來頭面。趁早說來。免我動刑。平安道。委的親戚家借去頭面。家中大娘使我討去來。並不敢說謊。吳典恩大怒。罵道。此奴才真賊。不打如何肯認。喝令、左右。與我拿夾棍夾這奴才。一面套上夾棍起來。夾的小廝。猶如殺猪叫。叫道。爺。休夾小的。放小的實說了罷。吳典恩道。你只實說。我就不夾你。平安兒道。小的偷的假當舖。當的人家一副金頭面。一柄鍍金鉤子。吳典恩問道。你因甚麼偷出來。平安道。小的今年二十二歲。大娘許了替小的娶媳婦兒。不替小的娶。家中使的玳安兒小廝。纔二十歲。倒把房裡丫頭。配與他完了房。小的因此不憤。纔偷出假當舖這頭面走了。吳典恩道。想必是這玳安兒小廝。與吳氏有奸。纔先把丫頭與他配了妻室。你只實說。沒你的事。我便饒了你。平安

兒道小的不知道吳典恩道你不實說與我拶起來左右套上
拶子慌的平安兒沒口子說道爺休拶小的等小的說就是了
吳典恩道可又來你只說了須沒你的事一面放了拶子那平
安說委的俺大娘與玳安兒有奸先要了小玉丫頭俺大娘看
見了就沒言語倒與了他許多衣服首飾東西配與他完房這
吳典恩一面令吏典上來抄了他口詞取了供狀把平安監在
巡檢司等着出牌提吳氏玳安小玉來審問這件事那日却說
解當鋪櫥櫃裡不見了頭面把傅夥計諕慌了問玳安玳安說
我在生藥鋪子裡看你在這邊吃飯我不知道傅夥計道我把
頭面匣子放在櫥裡如何不見了一地裡尋平安兒尋不着急
的付夥計挿香賭誓那家子討頭面付夥計只推還沒尋出來

哩。那人走了幾遍。見沒有頭面。只顧在門前嚷鬧。說我當了兩箇月。本利不少你的。你如何不與我頭面。鈎子值七八十兩銀子。付夥計見平安兒。一夜沒來家。就知是他偷出去了。四下使人找尋不着。那討頭面主兒。又在門首嚷亂。對月娘說。賠他五十兩銀子。那人還不肯。說我頭面值六十兩。鈎子連寶石珠子鑲嵌。共值十兩。該賠七十兩銀子。付夥計又添了他十兩。還不肯。定要與傅夥計合口。正鬧時。有人來報說。你家平安兒偷了頭面。在南瓦子養老婆。被吳巡檢拏在監裡。還不教人快認贓去。這吳月娘聽見吳典恩做巡檢。是咱家舊夥計。一面請吳大舅來商議。連忙寫了領狀。第二日教付夥計領贓去。有了原物在。省得兩家賴。教人家人在門前放屁。付夥計拿狀子到巡檢司。實承望吳典恩看舊時分上。領得頭面出來。不想反被吳典恩。老狗老奴才。儘力罵了一頓。叫皂隸拉倒。要打。褪去衣裳。把屁股脫了半日。饒放起來。說道。你家小廝在這裡供出吳氏。與玳安許多奸情來。我這裡申過府縣。還要行牌提取吳氏來。對証。你這老狗骨頭。還敢來領贓。倒吃他千奴才。萬老狗。罵將出來。謊的往家中走不迭。來家不敢隱諱。如此這般。對月娘說了。月娘不聽便罷。聽了正是分開八塊頂梁骨。傾下半桶氷雪來。慌的手腳麻木。又見那討頭面人在門前大嚷大鬧。說道。你家不見了我頭面。又不與我原物。又不賠我銀子。只哄反着我兩頭回來走。今日哄我去領贓。明日等領頭面。端的領的在那裡。這等不合理。那付夥計陪下。掩將好言央及安撫他。畧從容兩日就有頭而出來了。若無原物。加倍賠你。那人說。等我回聲當家的去。說畢去了。這吳月娘憂上加憂。眉頭不展。使小廝請吳大舅來商議。教他尋人情。對吳典恩說。掩下這樁事罷。吳大舅說。只怕他不受人情。要些賄賂。打點他。月娘道。他當初這官。還是咱家照顧他的。還借咱家一百兩銀子。文書俺爹也沒收他的。今日反恩將讐報起來。吳大舅說。姐姐說不的那話了。從來忘恩背義。纔一箇兒也怎的。吳月娘道。累及哥哥。上緊尋箇路兒。寧可送他幾十兩銀子罷。領出頭而來。還了人家。省得合費舌。打發吳大舅吃了飯去了。月娘送哥哥到大門首。也是合當事情湊巧。只見薛嫂兒。提着花箱兒。領着一箇小丫鬟過來。月娘叫住便問。老薛你往那裡去。怎的一向不來俺這裡走走。薛嫂道。你老人家到且說的好。這兩日好不忙哩。偏有許多頭緒兒。咱家小奶奶。那裡使牢子大官兒叫了好幾遍。還不得空兒去哩。月娘道。你看媽子撒風。你又做起俺小奶奶來了。薛嫂道。如今不做小奶奶。倒做了大奶奶了。月娘道。他怎的做大奶奶。薛嫂道。你老人家還不知道。他好小造化兒。自從生了哥兒。大奶奶死了。守備老爺。就把他扶了正房。做了封贈娘子。正景二奶奶孫氏。不如他。手下買了兩箇妳子。四箇丫頭扶侍。又是兩箇房裡得寵學唱的姐兒。都是老爺收用過的。要打時就打他倘棍兒。老爺敢做的主兒。自恁還恐怕氣了他。那日不知因甚麼。把雪娥娘子。打了一頓。把頭髮都擣了。半夜叫我去領出來。賣了八兩銀子。如今孫二娘房裡。使着箇荷花丫鬟。他手裡倒使着四五箇。又是兩箇妳子。還言人少。二娘又不敢言語。成日奶奶長。奶奶短。只哄着他。前日對我說。老薛。你替我尋箇小丫頭來我使。嫌那小丫頭不會做生活。不會上灶。他屋裡事情冗雜。今日我還睡哩。大清早辰。又早使牢子叫了我兩遍。教我快往宅裡去。問我要兩副大翠重雲子鈿兒。又要一付九鳳鈿銀根兒。一箇鳳口裡啣一串珠兒。下邊墜着青紅寶石金牌兒。先與了我五兩銀子。銀子不知使的那裡去了。還沒送與他生活去哩。這一見了我。還不知怎生罵我哩。我如今就送這丫頭去。月娘道。你到後邊等我瞧瞧怎樣翠鈿兒。一面讓薛娘到後邊明間內坐下。薛嫂打開花箱。取出與吳月娘看。果然做的好樣範。約四指寬。通掩過鬏髻來。金翠掩映。翡翠重疊。背面貼金。那九級鈿。每箇鳳口內。啣着一掛寶珠牌兒。十分奇巧。薛嫂道。自這付鈿兒做。着本錢三兩五錢銀子。那付重雲子的。只一兩五錢銀子。還沒尋他的錢。正說着。只見玳安兒走來。對月娘說。討頭面的又來在前邊襄哩。等不的領贓。領到幾時。若明日沒頭面。要和付二叔打了。到箇去處理會哩。傳二叔。心裡不好。往家去了。那人嚷了回去了。薛嫂問是甚麼勾當。月娘便長吁了一口氣。如此這般。告訴薛嫂說。平安兒奴才。偷去印子舖人家當的一付金頭面。一箇鍍金鈎子。走在城外坊子裡養老婆。被吳巡檢拏住。監在監裡。人家來討頭面。沒有。在門前嚷鬧。吳巡檢又勒掯刁難。不容俺家領贓。打夥計。將來要錢。白尋不出箇頭腦來。如何是好。死了漢子。敗落一齊來。就這等被人欺負。好苦也。說着。那眼中淚紛紛落將下來。薛嫂道。好奶奶。放着路兒不會尋。咱家小奶奶。你這裡寫箇帖兒。等我對他說聲。教老爺差人分付巡檢司。莫說一副頭面。就十副頭面。也討去了。月娘道。周守備他是武職官。他管的着那巡檢司。薛嫂道。奶奶你還不知道。如今周爺。朝廷新與他的勅書。好不管的事情寬廣。地方河道。軍馬錢糧。都在他裡打卯遞手本。又河東水西。捉拏強盜賊情。正在他手裡。月娘聽了便道。既然管着。老薛就累你多上覆龐大姐說聲。一客不煩二主。教他在周爺面前。美言一句兒。問巡檢司討出頭面來。我破五兩銀子謝你。薛嫂道。好奶奶。錢恁中使我見你老人家。剛纔悽惶。我到下意不去。你教人寫了帖兒。不吃茶罷。等我到府裡和小奶奶說成了。隨你老人家。不成。我還來回你老人家話。這吳月娘一面叫小玉擺茶與薛嫂吃。薛嫂兒道。這咱晚了不吃罷。你只教大官兒寫了帖兒。我拏了去罷。你不知我一身的事。在我身上哩。月娘道。我曉的你也出來這半日了。吃了點心兒去。小玉郎便放卓兒擺上茶食來。月娘陪他吃茶。薛嫂兒遞與丫頭兩箇點心吃。月娘問丫頭幾歲了。薛嫂道。今年十二歲了。不一時。玳安兒前邊寫了說帖兒。薛嫂兒吃了茶。放在袖內。作辭月娘。提着花箱出門。轉灣抹角。逕到守備府中。春梅還在煖床炕上睡。還沒起來哩。只見大丫鬟月桂進來說。老薛來了。春梅便叫小丫頭翠花。把裡面牕寮開了。日色照的紗牕十分明亮。薛嫂進去說道。奶奶這裡還未起來。放下花箱。便磕下頭去。春梅道。不當家化化的。磕甚麼頭。

說道。我心裡不自在。今日起來的遲些。問道你做的我翠雲子。和九鳳鈿兒。拏了來不曾。薛嫂道。奶奶這兩副鈿兒。好不費手。昨日晚夕。我纔打翠花鋪子裡。討將來。今日要送來。不想奶奶又使了。牢子去。一面取出來。與春梅過目。春梅還嫌翠雲子。做的不十分現撇。還安放在紙匣兒內。交與月桂收了。看茶與薛嫂兒吃。薛嫂便叫小丫鬟進來。與奶奶磕頭。春梅問是那裡的。薛嫂兒道二奶奶和我說了好幾遍。說荷花只做的飯。教我替他尋箇小孩子。學做些針指。我替他領了這箇孩子來了。到是鄉裡人家女孩兒。今年纔十二歲。正是養材兒。只好狗溦着。學做生活。春梅道。你亦發替他尋箇城裡孩子。還伶便些。這鄉裡孩子。曉的甚麼。也是前日一箇張媽子。領了兩箇鄉裡丫頭子

來。一箇十一歲。那一箇十二歲了。一箇叫生金。一箇叫活寶。兩
箇且是不善。都要五兩銀子。孃老子就在外頭等着要銀子。我
說且留他住一日兒。試試手兒。會答應不會。教他明日來領銀
子罷。死活留下他一夜。丫頭們不知好歹。與了他些肉湯子泡
飯吃了。到第二日。天明。只見丫頭們嚷亂起來。我便罵賊奴才。
亂的是甚麼。原來那生金。撒了被窩屎。那活寶。溺的褲子提溜
不動。把我又是那笑。又是那矸碜。等的張媽子來。還教他領的
去了。因問這丫頭要多少銀子。薛嫂兒道。要不多。只四兩銀子。
他老子要投軍使。春梅教海棠。你領到二娘房裡去。明日兌銀
子與他罷。又叫月桂。拏大壺內有金華酒。篩來與薛嫂兒吃。盪
寒。再有甚點心。拏上一盒子與他吃。又說大清早辰。拏寡酒灌

他。薛嫂道。桂姐且不要篩上來。等我和奶奶說了話着。剛纔在那裡也吃了些甚麽來了。春梅道。你對我說。在誰家吃甚來。薛嫂道。剛纔大娘那頭。留我吃了些甚麽來了。如此這般。望着我好不哭哩。說平安兒小厮。偷了印子鋪內人家當的金頭面。還有一把鍍金鈎子。在外面養老婆。吃番子拏在巡檢司。拶打這裡人家要頭面嚷亂。使傅夥計領贓。那吳巡檢舊日是咱那裡夥計。有爹在日。照顧他的官。今日一旦反面無恩。夾打小厮。攀扯人。又不容這裡領贓。要錢纔准把夥計。打罵將來。說的夥計不好了。躲的往家去了。央我來多多上覆你老人。不知咱家老爺管的着這巡檢司。可憐見舉眼見無親的。教你替他。對老爺說聲。領出頭面來。交付與人家去了。大娘親來拜謝你老人家。

春梅問道。有箇帖兒沒有。不打緊。有你爺出巡去了。怕不的今晚來家。等我對你爺說。薛嫂兒道。他有說帖兒有此。向袖中取出。這春梅看了。順手就放在牕戶檯上。不一時。托盤內拿上四樣嘎飯菜蔬。月桂拏大銀鍾。滿滿斟了一鍾。流沿兒遞與薛嫂。薛嫂道。我的奶奶。我原捱內了這大行貨子。春梅笑道。比你家老頭子。那大貨差些兒。那箇你倒捱了。這箇你倒捱不的。好歹與我捱了。要不吃。月桂你與我捏着鼻子灌他。薛嫂道。你且拏了點心與我。打了底兒着。春梅道。這老媽子。单管說謊。你纔說在那裡吃了來。這回又說沒打底兒。薛嫂道。吃了他兩箇茶食。這咱還有哩。月桂道。薛媽媽你且吃了這大鍾酒。我拏點心與你吃。俺奶奶又怪我沒用。要打我哩。這薛嫂沒奈何。只得吃了。

被他灌了一鍾。覺心頭小鹿兒劈劈跳起來。那春梅揪揪箇嘴兒。又叫海棠斟滿一鍾。教他吃。薛嫂推過一邊。說我的好嬤。人家我却一點兒也吃不的了。海棠道。你老人家揑了月桂姐一下子。不揑我一下子。奶奶要打我。那薛嫂兒慌的直撅兒跪在地下。春梅道也罷。你拏過那餅與他吃了。教他好吃酒。月桂道。薛媽媽誰似我恁疼你。留下恁好玫瑰果餡餅兒與你吃就拿過一大盤子。頂皮酥玫瑰餅兒來。那薛嫂兒只吃了一箇。別的春梅都教他。袖在袖子裡。到家稍與你家。老王覇吃。薛嫂兒吃酒。盖着臉兒。把一盤子火薰肉。醃臘鵝。都用草紙包。布子裹。塞在袖內。海棠使氣白賴又灌了半鍾酒。見他嘔吐上來。纔收過家伙去。不要他吃了。春梅分付明日來討話說。兌丫頭銀子與你。又使海棠問孫二娘。去回來說丫頭留下罷。教大娘娘與他銀子。臨出門拜辭。春梅分付媽媽。休推聾裝啞。那翠雲子。做的不好。明日另帶兩副好的我瞧。薛嫂道。我知道。奶奶叫箇大姐送我送。看狗咬了我腿。春梅笑道。俺家狗都有眼。只咬到骨禿根前。就住了。一面使蘭花送出角門來。話休饒舌。周守備至日落時分。牌兒馬藍旗作隊。叉槊後隨。出巡來家。進入後廳。左右丫鬟接了冠服。進房見了春梅小衙內。心中歡喜。坐下。月桂海棠拿茶吃了。將出巡回之事。告訴一遍。不一時放卓兒擺飯。飯罷。掌上燭。安排盃酌飯酒。因問前邊沒甚事。一面取過薛嫂拿的帖兒來。與守備看。說吳月娘那邊如此這般。小厮平安兒偷了頭面。被吳巡檢拏住監禁。不容領贓。只拷打小厮攀扯誣賴。

吳氏奸情。索要銀兩。呈詳府縣等事。守備看了說。此事正是我衙門裡事。如何呈詳府縣。吳巡檢那廝。這等可惡。我明出牌連他都提來發落。又說我聞得這吳巡檢。是他門下夥計。只因往東京與蔡太師進禮。帶挈他做了這箇官。如何倒要誣害他家。春梅道。見是這等說。你替他明日處處罷。一宿晚景題過。次日旋教吳月娘家補了一紙狀。當廳出了箇大花欄批文。用一箇封套裝了。上面批山東守禦府。為失盜事。仰巡檢司官。連人解繳。右差虞候張勝李安。准此。當下二人領出公文來。先到吳月娘家。月娘管待了酒飯。每人與了一兩銀子鞋脚錢。傅夥計家中睡倒了。吳二舅跟隨到巡檢司。吳巡檢見平安監了兩日。不見西門慶家中人來打點。正教吏典做文書。申呈府縣。只見守御府中。兩箇公人到了。拏出批文來與他。見封套上。硃紅筆標着仰巡檢司官。連人解繳。拆開見裡面吳氏狀子。諕慌了。反賠下拖與李安張勝。每人二兩銀子。隨即做文書。解人上去。到于守備府前。伺候半日。待約守備升廳。兩邊軍牢排下。然後帶進人去。這吳巡檢把文書呈遞上去。守備看了一遍。說此正是我這衙內裡事。如何不申解前來。我這裡發送。只顧延捱監滯。顯有情弊。那吳巡檢稟道。小官纔待做文書。申呈老爺案下。不料老爺鈞批到了。守備喝道。你這狗官可惡。多大官職。這等欺玩法度。抗違上司。我欽奉朝廷勅命。保障地方。巡捕盜賊。提督軍門。兼管河道。職掌開載已明。你如何拏了起件。不行申解。安用刑杖拷打犯人。誣攀無辜。顯有情弊。那吳巡檢聽了。摘去冠帽在堦前。只顧磕頭。守備道。本當叅治你這狗官。且饒你這遭。下次再若有犯定行叅究。一面把平安提到廳上說道。你這奴才。偷盜了財物。還肆言謗主人家。都是你恁如此也不敢使奴才了。喝令左右與我打三十大棍。放將賍物封貯。教本家人來領去。一面喚進吳二舅來。遞了領狀。守備這裡還差張勝拏帖兒。同送到西門慶家。見了分上。吳月娘打發張勝酒飯。又與了一兩銀子。走來府裡。回了守備春梅話。那吳巡檢乾拏了平安兒一塲。倒折了好幾兩銀子。月娘還了那人家頭面鈎子兒。是他原物。一聲兒沒言語去了。傅夥計到家。傷寒病睡倒了。只七日光景。調治不好。嗚呼哀哉死了。月娘見這等合氣。把印子鋪只是收本錢。贖討。再不假當出銀子去了。止是教吳二舅同玳安在門首生藥鋪子。日逐轉得來。家中盤纏。此事表過不題。一日吳月娘叫將薛嫂兒來。與了三兩銀子。薛嫂道。不要罷。傅的府裡小奶奶怪我。月娘道。天不使空人。多有累你。我見他不題出來就是了。于是買了四盤下飯。宰了一口鮮猪。一罈南酒。一疋紵絲尺頭。薛嫂押着來守備府中致謝春梅。玳安穿着青絹褶兒。用描金匣兒盛着禮帖兒。逕到裡邊見春梅。薛嫂領着到後堂。春梅出來。戴了金梁冠兒。金釵梳。鳳鈿。上穿繡襖。下着錦裙。左右丫鬟養娘侍奉。玳安兒扒倒地下磕頭。春梅分付。放卓兒擺茶食。與玳安吃。說道。沒上事。你奶奶免了罷。如何又費心。送這許多禮來。你周爺已定不肯受。玳安道。家奶奶說。前日平安兒這場事。多有累周爺周奶奶費心。沒甚麽。些小微禮兒。與爺奶奶賞人便了。春梅道。如何好受的。薛嫂道。你老人家。若不受。
惹那頭又怪我。春梅一面又請進守備來計較了。止受了猪酒
下飯。把尺頭回將來了。與了玳安一方手帕。三錢銀子。擡盒人
二錢。春梅因問你奶奶哥兒好麼。玳安說。哥兒好不耍子兒哩。
又問玳安兒。你幾時籠起頭去。包了網巾。幾時和小玉完房來。
玳安道。是八月內來。春梅道。到家多頂上你奶奶。多謝了重禮。
待要請你奶奶來坐坐。你周爺早晚又出巡去。我到過年正月
裡。哥兒生日。我往家裡走走。玳安道。你老人家若去。小的到家
就對俺奶奶說。到那日來接奶奶。說畢。打發玳安出門。薛嫂便
向玳安兒說。大官兒。你先去罷。奶奶還要與我說話哩。那玳安
兒押盒担來家。見了月娘。說如此這般。守備只受了猪酒下飯。

把尺頭回將來了。春梅姐讓到後邊。管待茶食吃。問了回哥兒好。家中長短。與了我一方手帕。三錢銀子。擡盒人二錢銀子。多頂上奶奶。多謝重禮。都不受來。被薛嫂兒和我再三說了。纔受了下飯猪酒。擡回尺頭。要不是請奶奶過去坐坐。一兩日周爺出巡去。他只到過年正月。孝哥生日。來家裡走走。告說他住着五間正房。穿着錦裙。繡襖。戴着金梁冠兒。出落的越發胖大了。手下好少丫頭。妳子侍奉。月娘問他其實說明年往咱家來。玳安兒道。委的對我說來。月娘道。到那日咱這邊使人接他去。因問薛嫂怎的還不來。玳安道。我出門。他還坐着說話。教我先來了。自此兩家交往不絕。正是世情看冷煖。人面逐高低。有詩爲証。

得失榮枯命裡該　皆因年月日時栽
胷中有志應須至　囊裡無財莫論才

畢竟未知後來何如且聽下回分解

第九十六回

春梅姐遊舊家池館

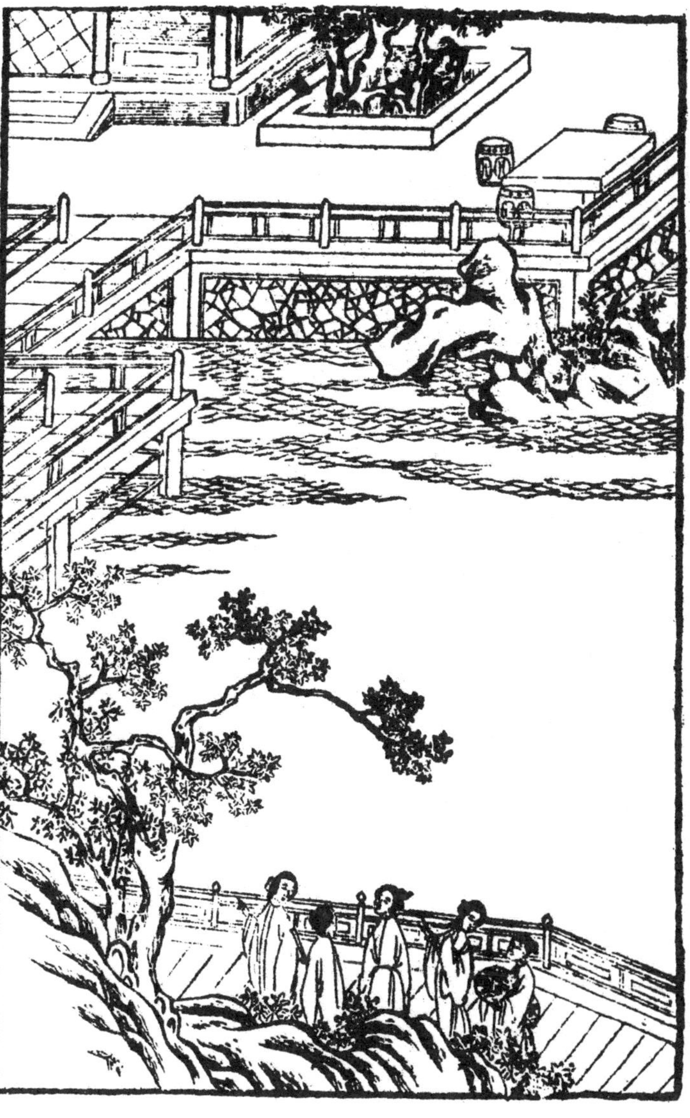

楊光彥作當面豺狼

第九十六回

春梅遊玩舊家池館　守備使張勝尋經濟
裏虛外實費張羅　待客酬人使用多
馬死奴逃難宴集　臺傾樓倒罷笙歌
租田稅店歸農主　玩好金珠托賣婆
欲向富家權借用　當人開口奈羞何

話說光陰迅速。日月如梭。又早到正月二十一日。春梅和周守備說了。備一張祭桌。四樣羹果。一罈南酒。差家人周仁。送與吳月娘。一者是西門慶三週年。二者是孝哥兒生日。月娘收了禮物。打發來人。帕一方。銀三錢。這邊連忙就使玳安兒。穿青衣。具請書兒請去。上寫着。

重承厚禮感感。卽刻舍具菲酌。奉酬
腆儀仰希
高軒俯臨。不外幸甚。
下書西門吳氏端肅拜請
大德周老夫人粧次

春梅看了。到日中纔來。戴着滿頭珠翠。金鳳頭面釵梳。胡珠環子。身穿大紅通袖。四獸朝麒麟袍兒。翠藍十樣錦百花裙。玉玎璫禁步。束着金帶。脚下大紅繡花白綾高底鞋兒。坐着四人大轎青段銷金轎衣。軍牢執藤棍喝道。家人伴當跟隨。擡着衣匣。後邊兩頂家人媳婦小轎兒。緊緊跟着大轎。吳月娘這邊請了吳大妗子相陪。又叫了兩箇唱的女兒彈唱。聽見春梅來到。月娘亦盛粧縞素打扮。頭上五梁冠兒。戴着稀稀幾件金翠首飾。耳邊二珠環子。金欄領兒。上穿白綾襖。下邊翠藍段子織金拖泥裙。脚下穿玉色段高底鞋兒。與大妗子迎接至前廳。春梅大轎子擡至儀門首。纔落下轎來。兩邊家人圍着。到於廳上敘禮向月娘插燭也似拜。月娘連忙荅禮相見。沒口說道。向日有累姐姐費心。粗尺頭又不肯受。今又重承厚禮。祭卓感激不盡。春梅道。惶恐。家官府沒甚麽。這些薄禮。表意而已。一向要請姥姥過去。家官府不一時出巡。所以不曾請得。月娘道。姐姐。你是幾時好日子。我只到那日。買禮看姐姐去罷。春梅道。奴賤日是四月廿五日。月娘道奴到那日已定去。兩箇敘畢禮。春梅務要把月娘讓起。受了兩禮。然後與大妗子相見。亦還下禮去。春梅道。

你看大妗子又没正經。一手扶起受禮。大妗子道。姐姐。你今非昔比。折殺老身。止受了半禮。一面讓上坐。月娘和大妗子。主位相陪。然後家人媳婦。丫鬟養娘都來恭見。春梅見了奶子如意兒。抱着孝哥兒。吳月娘道。小大哥還不來與姐姐磕個頭兒。謝謝姐姐。今日來與你做生日。那孝哥兒真個下如意兒身來。扒與春梅唱喏。月娘道。好小厮。不與姐姐磕頭。只唱喏。那春梅連忙向袖中。掏出一方錦手帕。一付金八吉祥兒。教替他摟帽兒上戴。月姐道。又教姐姐費心。又拜謝了。落後小玉奶子。來見磕頭。春梅與了小玉一對金頭簪子。與了奶子兩枝銀花兒。月娘道。姐姐你還不知。奶子與了來典兒做了媳婦兒了。來典兒那媳婦。害病没了。春梅道。他一心要在咱家。倒也好。一面丫鬟拿茶上來吃了茶。月娘說。請姐姐後邊明間內坐罷。這客位內冷。
春梅來後邊。西門慶靈前又早點起燈燭。擺下卓面祭禮。春梅
燒了紙。落了幾點眼淚。然後周圍設放圍屏火爐內。生起炭火。
安放大八仙卓席。擺茶上來無非是細巧蒸酥。異樣甜食美口
菜蔬。希奇果品。縷金碟象牙筯。雪錠盤盞兒絕品芽茶。月娘和
大妗子陪着吃了茶。讓春梅進上房裡換衣裳。脫了上面袍兒。
家人媳婦開衣匣取出衣服更換了一套綠遍地錦粧花襖兒。
紫丁香色遍地金裙。在月娘房中坐着。說了一回。月娘因問道。
哥兒好麼。今日怎不帶他來。這裡走走。春梅道若不是也帶他
來。與姥姥磕頭。他爺說天氣寒冷。怕風冒着他。他又不肯在房
裡。只要那當直的抱出來廳上外邊走。這兩日不知怎的。只是

哭。月娘道。你出來他也不尋你。春梅道。左右有兩個奶子。輪番看他也罷了。月娘道。他周爺也好大年紀。得你替他養下這點孩子。也殼了。也是你裙帶上的福。說他孫二娘還有位姐兒幾歲兒了。春梅道。他二娘養的叫玉姐。今年交生四歲。俺這個叫金哥。月娘道。說他周爺身邊。還有兩位房裡姐兒。春梅道。是兩個學彈唱的丫頭子。都有十六七歲。成日淘氣在那裡。月娘道。他爺也常往他身邊去不去。春梅道。奶奶。他那裡得工夫在家。多在外。少在裏。如今四外好不盜賊生發。朝廷勅書上。又教他兼管許多事情。鎮守地方。巡理河道。提拏盜賊。操練人馬。常不時往外出巡幾遭。好不辛苦哩。說畢。小玉拿茶來吃了。春梅向月娘說。姥姥。你引我往俺娘那邊花園山子下走走。月娘道。我的姐姐。山子花園。還是那咱的山子花園哩。自從你爹下世。沒人收拾他。如今丢搭的破零二落。石頭也倒了。樹木也死了。俺等閒也不去了。春梅道。不妨。奴就往俺娘那邊看看去。這月娘强不過。只得教小玉。拿花園門山子門鑰匙。開了門。月娘大妗子。陪春梅衆人。到裡面遊。看了半日。

垣墻欹損。臺榭歪斜。兩邊畫壁長青苔。滿地花磚生碧草。山前怪石。遭塌毀不顯嵯峩。亭內涼床。被滲漏已無框檔。石洞口蛛絲結網。魚池內蝦蟆成羣。狐狸常睡卧雲亭。黄鼠往來藏春閣。料想經年人不到。也知盡日有雲來。

春梅看了一回。先走到李瓶兒那邊。見樓上丢着些。折卓壞櫈破椅子。下邊房都空鎖着。地下草長的荒荒的。方來到他娘這邊樓上。還堆烏生藥香料。下邊他娘房裡。止有兩座厨櫃。床也沒了。因問小玉。俺娘那張床。往那去了。怎的不見。小玉道。俺三娘嫁人。賠了俺三娘去了。月娘走到根前說。因有你爹在日。將他帶來那張八步床。賠了大姐在陳家。落後他起身。却把你娘這張床。賠了他嫁人去了。春梅道。我聽見大姐死了。對你老人家說。把床還擡的來家了。月娘道。那床沒錢使。只賣了八兩銀子。打發縣中皁隸都使了。春梅聽言。點了頭兒。那星眼中。由不的酸酸的。口內不言。心下暗道。想着俺娘。那咱爭強不伏弱的。問爹要買了這張床。我實承望要回了這張床去。也做他老人家一念兒。不想又與了人去了。由不的心下慘切。又問月娘。俺六娘那張螺甸床。怎的不見。月娘道。一言難盡。自從你爹下世。

日逐只有出去的。没有進來的。常言家無營活計。不怕斗量金。也是家中没盤纏。擡出去交人賣了。春梅問賣了多少銀子。月娘道。止賣了三十五兩銀子。春梅道。可惜了的。那張床。當初我聽見爹說。值六十兩多銀子。只賣這些兒。早知你老人家打發。我倒與你老人家三四十兩銀子。我要了也罷。月娘道。好姐姐諸般都有。人没早知道的。一面嘆息了半日。只見家人周仁走來接。爹請奶奶早些家去。哥兒尋奶奶哭哩。這春梅就抽身往後邊。月娘教小玉鎖了花園門。同來到後邊明間內。又早屏開孔雀。簾控鮫綃。擺下酒筵兩個妓女。銀箏琵琶在旁彈唱。吳月娘遞酒安席。不必細說。安春梅上坐。春梅不肯。務必拉大妗子同他一處坐的。月娘主席筵前。遞了酒。湯飯點心。割切上席春梅教家人周仁。賞了厨子三錢銀子。說不盡盤堆異品。酒泛金波。當下傳盃換盞。吃至日色將落時分。只見宅內又差伴當。拏燈籠來接。月娘那裡肯放。教兩個妓女。在根前跪着。彈唱勸酒。分付你把好曲兒孝順你周奶奶。一個兒。一面叫小玉。斟上大鍾。放在根前。教春梅吃。姐姐你分付個心下愛的曲兒。教他兩個唱與你聽下酒。春梅道。姥姥。奴吃不得的。怕孩兒家中尋我。月娘道。哥兒尋。左右有奶子看着。天色也還早哩。我曉得你好小量兒。春梅因問那兩個妓女。你叫甚名字。是誰家的。兩個跪下說。小的一個是韓金釧兒妹子韓玉釧兒。一個是鄭愛香兒姪女鄭嬌兒。春梅道。你每會唱懶畫眉不會。玉釧兒道。奶奶分付小的。兩個都會。月娘道。你兩個既會唱。斟上酒你周奶奶吃。

你每慢唱。小玉在旁。連忙斟上酒。兩個妓女。一個彈箏。一個琵琶唱道。

寃家爲你幾時休。捱過春來又到秋。誰人知道我心頭。天害的我伶仃瘦。聽的音書兩淚流。從前巳往訴緣由。誰想你無情把我丟。

那春梅吃過。月娘又令鄭嬌兒遞上一盃酒。與春梅。春梅道。你老人家也陪我一盃。兩家於是都齊斟上。兩個妓女。又唱道。

寃家爲你減風流。鵲噪簷前不肯休。死聲活氣沒來由。天倒惹的情掩逗眇的淒涼兩淚流。從他去後意無休。誰想你辜恩把我丟。

春梅說。姥姥你也教大姈子吃盃兒。月娘道。大姈子吃不的。教他拏小鍾兒陪你罷。一面令小玉斟上大妗子。一小鍾兒酒。兩個妓女又唱道。

冤家爲你惹場憂。坐想行思日夜愁。香肌憔瘦減温柔。天要見你不能勾。悶的我傷心兩淚流。從前與你共綢繆。誰想你今番把我丟。

當下春梅。見小玉在根前。也斟了一大鍾。教小玉吃。月娘道。姐姐他吃不的。春梅道。姥姥他也吃兩三鍾兒。我那咱在家裡。沒和他〻〻于是斟上。教小玉也吃了一盃。妓女唱道。

冤家爲你惹閒愁。病枕着床無了休。滿懷憂悶鎖眉頭。天忘了還依舊。助的我腮邊兩淚流。從前與你兩無休。誰想你經年把我丟。

看官聽說。當時春梅爲甚。教妓女唱此詞。一向心中。牽掛陳經濟在外。不得相會。情種心苗。故有所感。發於吟咏。又見他兩個唱的。好口兒甜乖覺。奶奶長。奶奶短。侍奉心中歡喜。叫家人周仁。近前來。拏出兩包兒賞賜來。每人二錢銀子。兩個妓女。放下樂器。插燭也似磕頭。謝了賞賜。不一時春梅起身。月娘欵留不住。伴當打燈籠。拜辭出門。坐上大轎。家人媳婦都坐上小轎。前後打着四個燈籠。軍牢喝道而去。正是時來頑鐵有光輝。運去黃金無艷色。有詩爲證。

點絳唇紅弄玉嬌　鳳凰飛下品鸞簫
堂前高把湘簾捲　燕子還來續舊巢

且說春梅自從來吳月娘家赴席之後。因思想陳經濟。不知流落在何處。歸到府中。終日只是臥床不起。心下沒好氣。守備察知其意。說道。只怕思念你兄弟。不得其所。一面叫將張勝李安來。分付道。我一向委你。尋你奶奶兄弟。如何不用心找尋。二人告道。小的一向找尋來。一地里尋不着下落。巴圖了奶奶話了。守備道。限你二人五日。若找尋不着。討分曉。這張勝李安。領了鈞語下來。都帶了愁顏。沿街遶巷。各處留心。找問不題。話分兩頭。单表陳經濟。自從守備府中。打了出來。欲投晏公廟。聽見人說。你師父任道士。因為你宿娼壞事。被人打了。拏在守備府去。查點房中箱籠東西銀兩沒了。一口重氣。半夜就死了。你還敢進廟中去。眾徒弟就打死你。這經濟害怕。就不敢進廟來。又沒臉兒見杏庵玉老。白日裡到處里打油飛。夜晚間還鑽入冷舖中存身。一日也是合當有事。經濟正在街上跕立。只見鐵指甲楊大郎。頭戴新羅帽兒。身穿白綾襖子。玄色段褺衣。沉香色襪口。光素琴鞋。騎着一疋驢兒。揀銀鞍轡。一個小厮跟隨。正行街心走過來。經濟認的是楊光彥。便向前一把手。把嚼環拉住。說道楊大哥。一向不見。咱兩個同做朋友。往下江販布。船在清江浦泊着。我在嚴州府探親。吃人陷害。打了一場官司。你就不等我。把我半船貨物。偷拐走的不知去向。我好意往你家問。反吃你兄弟楊二風。拏瓦楔磧破頭。赶着打上我家門來。今日弄的我一貧如洗。你是會搓攞受用。那楊大郎見了經濟討吃。佯佯而笑。說如今晦氣。出門撞見瘟死鬼。量你這餓不死賊花子。那裡討半船貨。我拐了你的來了。你不撒手。須吃我一頓好馬鞭子。那經濟便道。我如今窮了。你有銀子與我些盤纏。不然咱到了去處。楊大郎見他不放。跳下驢來。向他身上。也抽了幾鞭子。喝令小廝。與我擣了這少死的花子去。那小廝使力。把經濟推了一交。楊大郎又向前踢了幾脚。踢打的經濟恠叫。須臾圍了許多人。旁邊閃過一個人來。青高裝帽子。勒着手帕。倒披紫襖白布褲子。精着兩條脚。靸着蒲鞋。生的阿兜眼。掃帚眉。料綽口三鬚鬍子。面上紫肉橫生。手腕橫筋競起。吃的楞楞睜睜。提着拳頭。向楊大郎說道。你此位哥好不近理。他年少這般貧寒。你只顧打他怎的。自古嗔拳不打笑面。他又不曾傷犯着你。你有錢看平日相交。與他些。沒錢罷了。如何只顧打他。自古路見不平。也有向燈向火。楊大郎說。你不知。他賴我拐了他半船貨。量

他恁窮嘴臉。有半船貨物。那人道想必他當時也是根基人家
娃娃。天生就這般窮來。閣下就到這般有錢。老兄依我。你有銀
子與他盤纏罷。那楊大郎。見那人說了。袖內汗巾兒上。拴着四
五錢一塊銀子。解下來遞與經濟。與那人舉一舉手兒。上驢子
揚長去了。經濟地下扒起來。擡頭看那人時。不是別人。却是舊
時同在冷鋪內。和他一鋪睡的。土作頭兒飛天鬼侯林兒。近來
領着五十名人。在城南水月寺。曉月長老那裡做工。起盖伽藍
殿。因一隻手拉着經濟說道。兄弟剛纔若不是我。拏幾句言語
譏犯他。他肯拏出這五錢銀子與你。他賊却知見範。他若不知
範時。好不好吃我一頓好拳頭。你跟着我。咱往酒店內吃酒去。
來到一個食葷小酒店內。案頭上坐下。叫量酒拏四賣嗄飯。兩

大壺酒來。不一時。量酒打抹條卓乾淨。擺下小菜嗄飯。四盤四碟。兩大坐壺時興橄欖酒。不用小盃。拏大磁甌子。因問經濟兄弟。你吃麵吃飯。量酒道。麵是溫淘。飯是白米飯。經濟道。我吃麵須臾掉上兩三碗溫麵上來。侯林兒只吃一碗。經濟吃了兩碗。然後吃酒。侯林兒向經濟說。兄弟你今日跟我往坊子裡睡一夜。明日我領你城南水月寺。曉月長老那裡修盖伽藍殿。并兩廊僧房。你哥率領着五十名做工。你到那裡不要你做重活。只擡幾筐土兒就是了。也筭你一工。討四分銀子。我外邊賃着一間厦子。晚夕咱兩個就在那裡歇。做些飯打發咱的人吃。門你一把鎖鎖了。家都交與你。好不好。强如你在那冷鋪中替花子搖鈴打梆子。這個還官樣些。經濟道。若是哥哥這般下顧。兄弟可知好哩。不知這工程做的長遠不長遠。侯林兒道。纔做了一個月。這工程做到十月裏。不知完不完。兩個說話之間。你一鍾我一盞。把兩大壺酒都吃了。量酒筭帳。該一錢三分半銀子。經濟要會銀子。拏出銀子來秤。侯林兒推過一邊。說傻兄弟。莫不教你出錢。哥有銀子在此。一面扯出包兒來。秤了一錢五分銀子。與掌櫃的。還找了一分半錢袖了。搭伏着經濟肩背。同到坊子裏。兩個在一處歇臥。二人都醉了。這侯林兒晚夕幹經濟後庭花。足幹了一夜。親哥親達達。親漢子親爺。口裡無般不叫。將出來。到天明城南水月寺。果然寺外。侯林兒賃下半間廈子。裡面燒着炕柴阜。也買下許多碗盞家活。早辰上工叫了名字。衆人看見經濟。不上二十四五歲白臉子。生的眉目清俊。就知是

侯林兒兄弟。都亂評戲他。先問道。那小夥子兒。你叫甚名字。陳
經濟道。我叫陳經濟。那人道。陳經濟。可不由着你就擠了。又一
人說。你恁年小小的。原幹的這營生挨的這大扛頭子。侯林兒
喝開衆人。罵怪花子。你只顧傒落他怎的。一面散了鍬钁筐扛。
派衆人擡土的擡土。和泥的和泥。打䄡的打䄡。原來曉月長老。
教一個葉頭陀。做火頭造飯。與各作匠人吃。這葉頭陀年約五
十歲。一個眼瞎。穿着皁直裰。精着脚。腰間束着爛絨絛。也不會
看經。只會念佛。善會麻衣神相。衆人都叫他做葉道。一日做了
工下來。衆人都吃畢飯。閒坐的跕的。也有蹲着的。只見經濟走
向前問葉頭陀討茶吃。這葉頭陀。只顧上上下下看他。內有一
人說。葉道這個小夥子兒。是新來的。你相他一相。又一人說。你

相他相。倒相相個兒弟。一人說。倒相個二尾子。葉頭陀教他近前。
端詳了一回。說道。色怕嫩兮又怕嬌。聲嬌氣嫩不相饒。老年色
嫩招辛苦。少年色嫩不堅牢。只吃了你面嫩的虧。一生多得陰
人寵愛。八歲十八二十八。下至山根上至髮。有無活計兩頭消。
三十印堂莫帶煞。眼光帶秀心中巧。不讀詩書也可人。做作百
般人可愛。縱然弄假不成眞。休怪我說。一生心伶機巧。常得陰
人發跡。你今年多大年紀。經濟道。我二十四歲。葉道道。虧你前
年怎麼打過來。吃了你印堂太窄。子喪妻亡。懸壁昏暗。人亡家
破。唇不蓋齒。一生惹是招非。鼻若竈門。家私傾喪。那一年遭官
司口舌。傾家喪業。見過不曾。經濟道。都見過了。葉頭陀道。又一
件。你這山根不宜斷絕。麻衣祖師說得兩句好。山根斷兮早虛

花。祖業飄零定破家。早年父祖丟下家產。不拘多少。到你手裡。都了當了。你上停短兮下停長。主多成多敗。錢財使盡又還來。總然你久後營得成家計。猶如烈日照冰霜。你走兩步我瞧那經濟眞箇走了兩步。葉頭陀道。頭先過步。初主好而晚景貧窮腳不點地。賣盡田園而走他鄉。一生不守祖業。你往後好有三妻之命。尅過一個妻宮不曾。經濟道。已尅過了。葉頭陀道。後來還有三妻之會。你面若桃花光焰。雖然子遲。但圖酒色懽娛。但恐美中不美。三十上小人有些不足。花柳中少要行走。還計較些。一個人說。葉道。你相差了。他還與人家做老婆。他那有三個妻來。衆人正笑做一團。只聽得曉月長老打梆子。各人都拏鍬钁筐扛。上工做活去了。如此者經濟在水月寺。也做了約一月光景。一日三月中旬天氣。經濟正與衆人撞出寺來。在寺山門墻下。倚着墻根。向日陽蹲踞着。捉身上風蟣。只見一個人。頭戴萬字頭巾。腦後撲匾金環。身穿青窄衫。紫裹肚。腰繫纏帶。脚穿𩋾靴。騎着一疋黃馬。手中提着一籃鮮花兒。見了經濟。猛然跳下馬來。向前深深的唱了喏。便叫陳舅。小人那裡沒處尋你老人家。原來在這裡。倒諕了經濟一跳。連忙還禮不迭。問哥哥你是那裡來的。那人道。小人是守備周爺府中。親隨張勝。自從舅舅提府中官事出來。奶奶不好。直到如今。老爺使小人那裡不曾找尋舅舅。不知在這裡。今早不是俺奶奶。使小人往外庄上折取這幾朵芍藥花兒。打這裡所過。怎得看見你老人家。在這裡。一來也是你老人家際遇。二者小人有緣。不消猶豫。就騎上馬。跟你老人家往府中去。那衆做工的人。看着。都面面相覷。不敢做聲。這陳經濟把鑰匙遞與侯林兒。騎上馬。張勝緊緊跟隨。逕往守備府中來。正是良人得意正年少。今夜月明何處樓。有詩爲証。

白玉隱於頑石裡　黃金埋在污泥中
今朝貴人提拔起　如立天梯上九重

畢竟未知後來如何。且聽下回分解。

金瓶梅

第九十七回

假弟妹暗續鸞膠

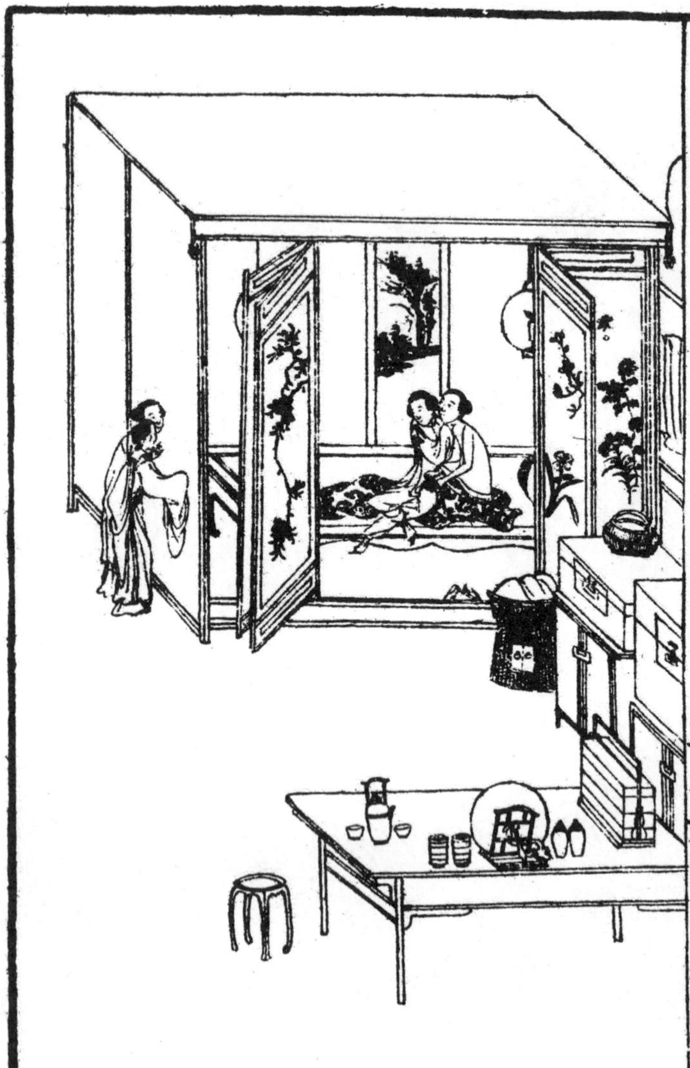

金瓶梅

真夫婦明偕花燭

第九十七回

經濟守禦府用事　薛嫂買賣說姻親

在世爲人保七旬　何勞日夜弄精神
世事到頭終有盡　浮華過眼恐非眞
貧窮富貴天之命　得失榮枯隙裡塵
不如且放開懷樂　莫待無常鬼使侵

話說陳經濟。到於守備府中下了馬。張勝先進去禀報春梅。春梅分付。教他在外邊班直房內。用香湯澡盆。沐浴了身躰乾淨。後邊使養娘包出一套新衣服靴帽來。與他更換了。張勝把他身上脫下來。舊藍縷衣服。捲做一團。閣在班直房內上吊着。然後禀了春梅。那時守備還未退廳。春梅請經濟到後堂。盛粧打扮。出來相見。這經濟進門。就望春梅。拜了四雙八拜。讓姐姐受禮。那春梅受了半禮。對面坐下。叙說寒温離別之情。彼此皆眼中垂淚。春梅恐怕守備退廳進來。見無人在根前。使眼色與經濟悄悄說。等住回他若問你。只說是姑表兄弟。我大你一歲。二十五歲了。四月廿五日午時生的。經濟道。我知道了。不一時。丫鬟拏上茶來。兩人吃了茶。春梅便問你一向怎麽出了家。做了道士。打我這府中出去。守備不知是我的親。錯打了你。悔的要不的。若不是那時就留下你。爭奈有雪娥那賤人在我這裡。不好又安插你的。所以放你去了。落後打發了那賤人。纔使張勝到處尋你不着。誰知你在城外做工。流落至于此地位。經濟道。不瞞姐姐說。一言難盡。自從與你相別。要娶六姐。我父親死在東京來遲了。不曾娶成被武松殺了。聞得你好心。葬埋了他永福寺。我也到那裡燒帋來。在家又把俺娘沒了。剛打發喪事出去。被人坑陷了資本。來家又是大姐死了。被俺丈毋那淫婦告了我一狀。床帳粧奩。都搬的去了。打了一場官司。將房兒賣了。弄的我一貧如洗。多虧了俺爹朋友王杏菴賙濟。把我纔送到臨清晏公廟。那裡出家。不料又被光棍打了。拴到咱府中。打了十棍出去。投親不理。投友不顧。因此在寺內傭工。多虧姐姐掛心。使張管家尋將我來。見姐姐一面。恩有重報。不敢有忘。說到傷心處。兩個都哭了。正說話中間。只見守備退廳。進入後邊來左右掀開簾子。守備進來。這陳經濟向前倒身下拜。慌的守備荅禮相還。說向日不知是賢弟。被下人隱瞞。有悞衝撞。賢弟休惟。經濟道。不才有玷。一向缺禮。有失親近。望乞恕罪。又磕下頭去。守備一手拉起。讓他上坐。那經濟乖覺。那里肯。務要拉下椅兒。旁邊坐了。守備關席。春梅陪他對坐下。須臾換茶上來吃畢。守備便問。賢弟貴庚。一向怎的不見。如何出家。經濟便告說。小弟虛度二十四歲。俺姐姐長我一歲。是四月二十五日午時生。向因父母雙亡。家業凋喪。妻又沒了。出家在晏公廟。不知家姐嫁在府中。有失探望。守備道。自從賢弟那日去後。你令姐晝夜憂心。常時啾啾唧唧不安。直到如今。一向使人找尋賢弟不着。不期今日相會。實乃三生有緣。一面分付左右。放卓兒安排酒上來。須臾擺設許多盃盤。鷄蹄鵝鴨。烹炮蒸煠。湯飯點心。堆滿卓上。銀壺玉盞。酒泛金波。守備相陪敘話。吃至晚來。掌上燈燭。

方罷。守備分付家人周仁。打掃西書院乾淨。那裡書房床帳都有。春梅拿出兩床鋪蓋衾枕。與他安歇。又撥一個小廝喜兒答應他。又包出兩套紬絹衣服來。與他更換。每日飯食春梅請進後邊吃。正是一朝時運至。半點不由人。光陰迅速。日月如梭。但見

行見梅花臘底　忽逢元旦新正
不覺艷杏盈枝　又早新荷貼水

經濟在守備府裡住了一個月有餘。一日四月二十五日。春梅的生日。吳月娘那邊。買了禮來。一盤壽桃。一盤壽麵。兩隻湯鵝四隻鮮雞。兩盤果品。一罈南酒。玳安穿青衣。拏帖兒送來。守備正在廳上坐的。門上人稟報進去。擡進禮來。玳安遞上帖兒。扒在地下磕頭。守備看了禮帖兒。說道。多承你奶奶費心。又送禮

來。一面分付家人。收進禮去。討茶來與大官兒吃。把禮帖教小伴當。送與你舅收了。封了一方手帕。三錢銀子。與大官兒擡盒人錢一百文。拏回帖兒。多上覆。說畢。守備穿了衣服。就起身出去。拜人去了。玳安只顧在廳前伺候。討回帖兒。只見一個年小的。戴着瓦楞帽兒。穿着青紗道袍。涼鞋淨襪。從角門裡走出來手中拿着帖兒賞錢。遞與小伴當。一直往後邊去了。可要作怪模樣倒好相陳姐夫一般。他如何却在這里。只見小伴當。遞與玳安手帕銀錢。打發出門。到于家中。回月娘話。見回帖上。寫着周門龐氏斂衽拜。月娘便問。你沒見你姐。玳安道。姐姐倒沒見。倒見姐夫來。月娘笑道。恠囚。你家倒有恁大姐夫。守備好大年紀。你也叫他姐夫。玳安道。不是守備。是咱家的陳姐夫。我初進

去。周爺正在廳上。我遞上帖兒。與他磕了頭。他說又生受你奶
奶。送重禮來。分付伴當。拿茶與我吃。把帖兒拏與你舅收了。討
一方手帕。三錢銀子。與大官兒擡盒人是一百文錢。說畢。周爺
穿衣服出來上馬。拜人去了。半日。只見他打角門裡出來。遞與
伴當回帖賞賜。他就進後邉去了。我就押着盒担出來。不是他
却是誰。月娘道。怪小囚兒。休胡說白道的。那羔子。知道流落在
那里討吃。不是凍死。就是餓死。他平白在那府裡做甚麼。守備
認的他甚麼毛片兒。肯招攬下他何用。玳安道。奶奶敢和我兩
個賭。我看得千眞萬眞。就燒的成灰骨兒我也認的。月娘問他
穿着甚麼。玳安告訴。他戴着新尾楞帽兒。金簪子。身穿着青紗
道袍。涼鞋淨襪。吃的好了。月娘道。我不信不信。這里說話不題。

却說陳經濟。進入後邊。春梅還在房中。鏡臺前搽臉。描畫雙蛾。經濟拿吳月娘禮帖兒。與他看。因問他家如何送禮來與你。是那里緣故。這春梅便把從前已往清明郊外永福寺撞遇月娘相見的話。訴說一遍。後來怎生。平安兒偷了解當舖頭面。吳巡檢怎生夾打平安兒。追問月娘奸情之事。薛嫂又怎生說人情。守備替他處斷了事。落後他家買禮來相謝。正月裡我往他家與孝哥兒生日。勾搭連環到如今。他許下我生日。買禮來看好一節。經濟聽了。把眼瞅了春梅一眼。說姐姐你好沒志氣。想着這賊淫婦。那咱把咱姐兒們。生生的折散開了。又把六姐命喪了。永世千年。門裡門外不相逢纔好。反替他說人情兒。那怕那吳典恩。追拷着平安小廝。供出奸情來。隨他那淫婦。一條繩子拴去。出醜見官。管咱每大腿事。他沒和玳安小廝有姦。怎的把丫頭小玉配與他。有我早在這里。我斷不教你替他說人情。他是你我仇人。又和他上門往來做甚麼。六月連陰。想他好晴天兒。幾句話說得春梅閉口無言。春梅道。過往勾當也罷了。還是我心好。不念舊仇。經濟道。如今人。好心不得好報哩。春梅道他既送了禮。莫不白受他的。還等着我這裡人請他去哩。經濟道。今後不消理那淫婦了。又請他怎的。春梅道。不請他。又不好意思的。丟個帖與他。來不來隨他就是了。他若來時。你在那邊書院內。休出來見他。往後咱不招惹他就是了。經濟惱的一聲兒不言語。走到前邊。寫了帖子。春梅使家人周義去請吳月娘。月娘打扮出門。教奶子如意兒抱着孝哥兒。坐着一頂小轎。玳安跟隨來到府中。春梅孫二娘。都打扮出來迎接至後廳相見敘禮坐下。如意兒抱着孝哥兒相見磕頭畢。經濟躲在那邊書院內。不走出來。由着春梅孫二娘。在後廳擺茶安席遞酒。叫了兩個妓女。韓玉釧。鄭嬌兒。彈唱。俱不必細說。玳安在前邊廂房內管待。只見一個小伴當。打後邊拿出一盤湯飯點心下飯。往西角門書院中走。玳安便問他。拿與誰吃。小伴當道。是與舅吃的。玳安道。你舅姓甚麼。小伴當道。姓陳。這玳安賊。悄悄後邊跟着他。到西書院。小伴當便掀簾子進去。玳安慢慢打紗窗外往裡張看。却不是陳姐夫。正在書房床上搓着。見拿進湯飯點心來。連忙起來。放卓兒正吃。這玳安悄悄走出外邊來。依舊坐在廂房內。直待天晚。家中燈籠來接。吳月娘轎子起身。到家一五一十。告訢月娘說。果然陳姐夫在他家居住。自從春梅這邊。被經濟把攔。兩家都不相往還。正是誰知豎子多間阻。一念翻成怨恨媒。自此經濟在府中。與春梅暗地勾搭。人都不知。或守備不在。春梅就和經濟。在房中吃飯吃酒。閑時下棋調笑。無所不至。守備在家。便使丫頭小厮。拿飯往書院與他吃。或白日裡。春梅也常往書院內。和他坐半日。方歸後邊來。彼此情熱。俱不必細說。一日守備領人馬出巡。正值五月端午佳節。春梅在西書院花亭上。置了一卓酒席。和孫二娘陳經濟吃雄黃酒。解粽懽娛。丫鬟侍妾。都兩邊侍奉。當日怎見的蕤賓好景。但見。

盆栽綠柳。瓶插紅榴。水晶簾捲鰕鬚。雲母屏開孔雀。菖蒲切玉。佳人笑捧紫霞觴。角黍堆金。侍妾高擎碧玉盞。食烹異品

果獻時新。靈符艾虎簪頭。五色絨繩繫臂。家家慶賞午節。處
處慵飲香醪。遨遊身外醉乾坤。消遣壺中閑日月。得多少珮
環聲碎金蓮小。紈扇輕搖玉筍柔。
春梅令海棠月桂。兩個侍妾。在席前彈唱。當下直吃到炎光西
墜。微雨生涼的時分。春梅拏起大金荷花盃來相勸。酒過數巡
孫二娘不勝酒力。起身先往後邊房中看去了。獨落下春梅和
經濟。在花亭上吃酒。猜枚行令。你一盃。我一盃。不一時丫鬟掌
上紗燈上來。養娘金匱玉堂。打發金哥兒睡去了。經濟輸了。便
走出書房內。躲酒不出來。這春梅先使海棠來請。見經濟不去。
又使月桂來。分付他不來。你好歹與我拉將來。拉不將來。回來
把你這賤人。打十個嘴巴。這月桂走至西書房中。推開門。見經

濟挺在床上。推打鼾睡不動。月桂說。奶奶交我來請你老人家請不去。要打我哩。那經濟口裡喃喃吶吶說。打你不干我事。我醉了。吃不的了。被月桂用手拉將起來。推着他。我好歹拉你去拉不將你去。也不筭好漢。推拉的經濟急了。黑影子裡。佯裝着醉。作耍當眞。摟了月桂在懷裡。就親個嘴。那月桂亦發上頭上臉說。人好意叫你。你做大不正。倒做這個營生。經濟道。我的兒你若肯了。那個好意做大不成。又按着親了個嘴。方走到花亭上。月桂道。奶奶要打我。還是我把舅拉將來了。春梅令海棠。斟上大鍾。兩個下盤棋。賭酒爲樂。當下你一盤。我一盤。熬的丫鬟都打睡去了。春梅又使月桂海棠後邊取茶去。兩個在花亭上解珮露相如之玉。朱唇點漢署之香。正是得多少花陰曲檻燈斜照。旁有墜釵雙鳳翹。有詩為証。

花亭懽洽鬢雲斜　粉汗凝香沁絳紗
深院日長人不到　試看黃鳥啄名花

當下兩個正幹得。好。忽然丫鬟海棠送茶來。請奶奶後邊去。金哥睡醒了。哭着尋奶奶哩。春梅陪經濟。又吃了兩鍾酒。用茶漱了口。然後抽身往後邊來。丫鬟收拾了家活。喜兒扶經濟歸書房寢歇。不在話下。一日朝廷勅旨下來。命守備領本部人馬。會同濟州府知府張叔夜。征勦梁山泊賊王宋江。早晚起身。守備對春梅說。你在家看好哥兒。叫媒人替你兄弟。尋上一門親事。我帶他個名字在軍門。若早僥倖得功。朝廷恩典。陞他一官半職。於你面上也有光輝。這春梅應諾了。遲了兩三日。守備打點行裝。整率人馬。留下張勝李安看家。止帶家人周仁跟了去不題。一日春梅叫將薛嫂兒來。如此這般和他說。他爹臨去分付。替我兒弟尋門親事。你替我尋個門當戶對好女兒。不拘十六七歲的也罷。只要好模樣。腳手兒聰明伶俐些些的。他性兒也有些些不厭些些兒。薛嫂兒道。我不知道。他也怎的和你老人家分付。想着大妗子那等的還嫌里。春梅道。若是尋的不好。看我打你耳刮子不打。我要赶着他叫小妗子兒哩。休要當耍子兒說。畢春梅令丫鬟擺茶與他吃。只見陳經濟進來吃飯。薛嫂向他道了萬福。說姑夫你老人家。一向不見。在那里來。且喜呀。剛纔奶奶分付。交我替你老人家尋個好娘子。你怎麽謝我。那陳經濟把臉兒蛙着不言語。薛嫂道。老花子怎的不言語。春梅道你休叫他姑夫。那個巳是揭過去的帳了。你只叫他陳舅就是了。薛嫂道。只該打我這片子狗嘴。只要叫錯了。往後趕着你只叫舅爺罷。那陳經濟。忍不住撲吃的笑了。說道。這個纔可到我心上。那薛嫂撒風撒痴。趕着打了他一下。說道。你看老花子。說的好話兒。我又不是你影射的。怎麽可在你心上。連春梅也笑了。不一時月桂安排茶食。與薛嫂吃了。提着花箱兒出來。說道。我替你老人家用心踏看。有人家相應好女子兒。就來說。春梅道。財禮羨果。花紅酒禮。頭面衣服。不少他的。只要好人家好女孩兒。方可進入我門來。薛嫂道。我曉得。管情應的你老人家心便了。良久經濟吃了飯。往前邊去了。薛嫂兒還坐着。問春梅。他老人家幾時來的。春梅便把出家做道士一節說了。我尋得他來。做我個親人兒。薛嫂道。好好。你老人家有後眼。又道前日你老人家好的日子。說那頭他大娘來做生日來。春梅道。先送禮來。然後纔使人送帖兒請他。坐了一日去了。薛嫂道。我那日在一個人家鋪床。整亂了一日。心内要來。急的我要不的。又問他陳舅也見他那頭大娘來。春梅道。他肯下氣見他。爲請他好不和我亂成一塊。我與他說人替他家說人情。說我没志氣。那怕吳典恩打着小廝。攀扯他出官纔好。管你腿事。你替他尋分上。想着他昔日好情兒。薛嫂道。他老人也說的是。及到其彼人不計舊。春梅道。咱既受了他禮。不請他來坐坐兒。又使不的。寧可教他不仁。休要咱不義。薛嫂道。恠不的你老人家有恁大福。你的心忒好了。當下薛嫂兒說了半日話。提着花箱兒拜辭出門。過了兩日。先來說城裡朱千戶家小姐。今年十五歲。也好陪嫁。只是没了娘的兒了。春梅嫌小不要。又說應伯爵第二個女兒。年二十二歲。春梅又嫌應伯爵死了。在大爺手内聘嫁。没甚陪送。也不成。都回出婚帖兒來。又遲了幾日。薛嫂兒送花兒來。袖中取出個婚帖兒。大紅段子上。寫着開段舖葛員外家大女兒。年二十歲。屬鷄的。十一月十五日子時生。小字翠屏。生的上畫兒般模樣兒。五短身材。瓜子面皮。温柔典雅。聰明伶俐。針指女工。自不必說。父母俱在。有萬貫錢財。在大街上開段子舖。走蘇杭南京。無比好人家。都是南京床帳箱籠。春梅道。既是好。成了這家子的罷。就交薛嫂兒先通信去。那薛嫂兒連忙說去了。正是欲向繡房求艷質。須臾紅葉是良媒。有詩為証。

天仙機上繫香羅　千里姻緣竟足多
天上牛郎配織女　人間才子伴嬌娥

這里薛嫂通了信來。葛員外家知是守備府裡情願做親。又使一個張媒人同說媒。春梅這里備了兩擡茶葉。細餅羨果。教孫二娘坐轎子。往葛員外家插定女兒。帶戒指兒回來。對春梅說果然好個女子。生的一表人材。如花似朵。人家又相當。春梅這里。擇定吉日。納綵行禮。十六盤羨果茶餅。兩盤上頭面。二盤珠翠。四擡酒兩牵羊。一頂鬏髻。全付金銀頭面。簪環之類。兩件羅段袍兒。四季衣服。其餘綿花布絹。二十兩禮銀。不必細說。陰陽生擇在六月初八日。准娶過門春梅先問薛嫂兒。他家那里有陪床使女沒有。薛嫂兒道。床帳粧奩。描金箱厨都有。只沒有使女陪床。春梅道。咱這里買一個十三四歲丫頭子。與他房裡使喚。撥桶子倒水。方便些。薛嫂道。有兩個人家賣的丫頭子。我明日帶一個來。到次日果然領了一個丫頭。說是商人黃四家兒子房裡使的丫頭。今年纔十三歲。黃四因用下官錢粮。和李三家。還有咱家出去的保官兒。都爲錢粮。拏在監裡追贓。監了一年多。家產盡絶。房兒也賣了。李三先死。拏兒子李活監着。咱家保官兒那兒子僧寶兒。如今流落在外。與人家跟馬哩。春梅道。是來保。薛嫂道。他如今不叫來保。改了名字。叫湯保了。春梅道。這了頭是黃四家丫頭。要多少銀子。薛嫂道。只要四兩半銀子。緊等着要交贓去。春梅道。甚麼四兩半。與他三兩五錢銀子。留下罷。一面就交了三兩五錢雪花官銀。與他寫了文書。改了名字。

與做金錢兒話休饒舌又早到六月初八春梅打扮珠翠鳳冠穿通袖大紅袍兒束金鑲碧玉帶坐四人大轎鼓樂燈籠娶葛家女子奠鴈過門陳經濟騎大白馬揀銀鞍轡青衣軍牢喝道頭戴儒巾穿着青段圓領脚下粉底皁靴頭上簪着兩枝金花正是久旱逢甘雨他鄉遇故知洞房花燭夜金榜掛名時一番折洗一番新到守備府中新人轎子落下戴着大紅銷金蓋袱添粧含飯抱着寶瓶進入大門陰陽生引入畫堂先叅拜家堂然後歸到洞房春梅安他兩口兒坐帳然後出來陰陽生撒帳畢打發喜錢出門鼓手都散了經濟與這葛翠屏小姐坐了回帳騎馬打燈籠往岳丈家謝親吃的大醉而歸晚夕女貎郎才未免燕尔新婚交姤雲雨正是得多少春點杏桃紅綻蘂風欺

楊栁綠翻腰。有詩爲証

近覩多情花月標　教人無福也難消
風吹列子歸何處　夜夜嬋娟在栁梢

當夜經濟與這葛翠屏小姐。倒且是合得着。兩個被底鴛鴦。帳中鸞鳳。如魚似水。合巹懽娛。三日完飯。春梅在府廳後堂。張筵掛綵。皷樂笙歌。請親眷吃會親酒。俱不必細說。每日春梅吃飯。必請他兩口兒。同在房中一處吃。彼此以姑妗稱之。同起同坐。丫頭養娘。家人媳婦。誰敢道個不字。原來春梅收拾西廂房三間。與他做房。裡面鋪着床帳。翻的雪洞般齊整。垂着簾幃。外邊西書院。是他書房。裡面亦有床榻。几席。古書。并守備往來書東。拜帖。并各處遞來手本揭帖。都打他手裡過。或登記簿籍。或銜

使印信。筆硯文房都有。架閣上堆滿書集。春梅不時常出來書
院中。和他閑坐說話。兩個暗地交情。非止一日。正是

朝陪金谷宴　暮伴綺樓娃
休道歡娛處　流光逐落霞

畢竟未知後來何如。且聽下回分解

金瓶梅

第九十八回

陳敬濟臨清逢舊識

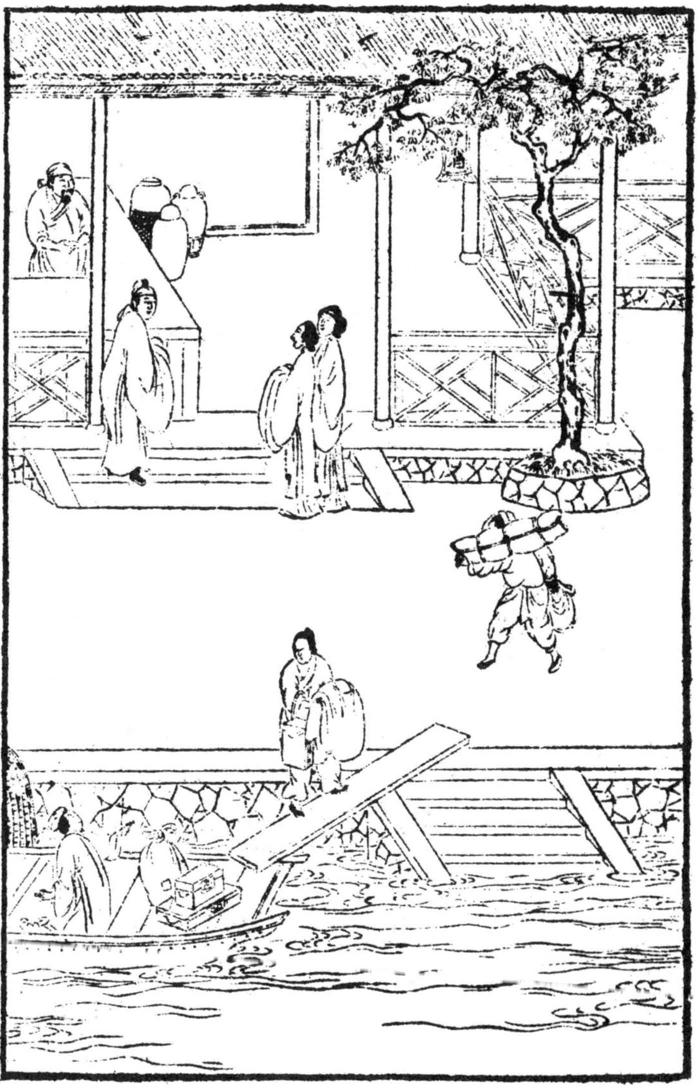

韓愛姐翠館遇情郎

第九十八回

陳經濟臨清開大店　韓愛姐翠館遇情郎

心安茅屋穩　性定菜根香
世味憐方好　人情淡最長
因人成事業　避難遇豪强
今日崢嶸貴　他年身必殃

話說一日周守備。濟南府知府張叔夜。領人馬征剿梁山泊賊王。宋江三十六人。萬餘草寇。都受了招安。地方平復。表奏朝廷大喜。加陞張叔夜爲都御史。山東安撫大使。陞守備周秀爲濟南兵馬制置。管理分巡河道。提察盜賊。部下從征有功人員。各陞一級。軍門帶得經濟名字。陞爲參謀之職。月給米二石。冠帶榮身。守備至十月中旬。領了勅書。率領人馬來家。先使人來報與春梅。家中知道。春梅滿心懽喜。使陳經濟與張勝李安。出城迎接。家中廳上排設酒筵。慶官賀喜。官員人等。來拜賀送禮者。不計其數。守備下馬。進入後堂。春梅孫二娘接着。叅拜已畢。陳經濟換了衣巾。就穿大紅員領。頭戴冠帽。脚穿皂靴。束着角帶。和新婦葛氏兩口兒拜見。守備見好個女子。賞了一套衣服。十兩銀子打頭面。不在話下。晚夕春梅和守備在房中飲酒。未免敘些家常事務。又娶我兄弟媳婦費許多東西。守備道。阿呀。你止這個兄弟。投奔你來。無個妻室。不成個前程道理。就使費了幾兩銀子。不曾爲了別人。春梅道。你今又替他挣了這個前程足以榮身勾了。守備道。朝廷旨意下來。不日我往濟南府到任。

你在家看家打點些些本錢教他搭個主管做些大小買賣三五日教他下去查筭帳目一遭轉得些些利錢來也勾他攪計春梅道你說的也是兩個晚夕夫妻同歡不可細述在家只住了十個日子到十一月初旬時分守備收拾起身帶領張勝李安前去濟南到任留周仁周義看家陳經濟送到城南永福寺方回一日春梅向經濟商議守備教你如此這般河下尋些買賣搭個主管覓得些些利息也勾家中費用這經濟聽言滿心懽喜一日正打街前行走尋覓主管夥計也是合當有事不料撞遇舊時朋友陸二哥陸秉義作揖說哥怎的一向不見這經濟便把亡妻爲事被楊光彥那厮拐了我半船貨物坑陷的我一貧如洗我如今又好了幸得我姐姐嫁在守備府中又娶了親事陸

做条謀。冠帶榮身。如今要尋個夥計。做些買賣。一地里沒尋處。陸秉義道。楊光彥那厮。拐了你貨物。如今搭了個姓謝的做夥計。在臨清馬頭上。謝家大酒樓上。開了一座大酒店。又收錢放債。與四方趁熟窠子娼門人使。好不獲大利息。他每日穿好衣。吃好肉。騎着一疋騾兒。三五日下去走一遭。筭帳收錢。把舊朋友都不理。他兄弟在家開賭塲。閗鷄養狗。人不敢惹他。經濟道。我去年曾見他一遍。他反面無情。打我一頓。被一朋友救了。我恨他入于骨髓。因拉陸三郎。入路旁一酒店内。兩個在樓上吃酒。兩人計議。如何處置他出我這口氣。陸秉義道。常言說得好。恨小非君子。無毒不丈夫。咱如今將理和他說。不見棺材不下淚。他必然不肯。小弟有一計策。哥也不消做別的買賣。只寫一張狀子。把他告到那里。追出你貨物銀子來。就奪了這座酒店。再添上些本錢。和謝合夥。等我在馬頭上。和謝三哥掌櫃發賣。哥哥你三五日下去走一遭。查算帳目。管情見一月。你穩拍拍的。有百十兩銀子利息。强如做别的生意。看官聽說。當時不因這陸秉義。說出這座事。有分教數個人。死于非命。陳經濟一種死。死之太苦。一種亡。亡之太屈。死的不好相似。那五代的李存孝漢書中彭越。正是非干前定數。半點不由人。經濟聽了。忙與陸秉義作揖。便道賢弟。你說的正是了。我到家就對我姐夫和姐姐說。這買賣成了。就安賢弟。同謝三郎做主管。當下兩個吃了回酒。各下樓來。還了酒錢。經濟分付陸二哥。兄弟千萬謹言。有事我謝你去。陸二郎道。我知道。各散回家。這經濟就十。對春梅說。爭奈他爺不在。如何理會。有老家人周忠在旁。便道。不打緊。等舅寫了一張狀子。該拐了多少銀子。貨物。拏爺個拜帖兒。都封在裡面。等小的送與提刑所。兩位官府案下。把這姓楊的。拏去衙門中。一頓夾打追問。不怕那廝不拏出銀子來。經濟大喜。一面寫就一紙狀子。拏守備拜帖。彌封停當。就使老家人周忠。送到提刑院。兩位官府正升廳問事。門上人禀進。說帥府周爺。差人下書。何千戶與張二官府。喚周忠進見。問周爺上任之事。說了一遍。拆開封套觀看。見了拜帖狀子。自恁要做分上。即便批行。差委緝捕番捉。往河下拏楊光彥去。回了個拜帖。付與周忠。到家多上覆你爺奶奶。待我這里追出銀兩。伺候來領。周忠拏回帖到府中。回覆了春梅說話。即時准行拏人去了。侍追出銀子。使人領去。經濟看見兩個摺帖上面。寫着侍生何永壽張懋得頓首拜。經濟心中大喜。進了不上兩日光景。提刑緝捕。觀察番捉。往河下把楊光彥。并兄弟楊二風。都拿了。到于衙門中。兩位官府。據着陳經濟狀子審問。一頓夾打。監禁數日。追出三百五十兩銀子。一百桶生眼布。其餘酒店中家活。共算了五十兩。陳經濟狀上。告着九百兩。還差三百五十兩銀子。把房兒賣了五十兩。家產盡絕。這經濟就把謝家大酒樓奪過來。和謝胖子合夥。春梅又打點出五百兩本錢。共湊了一千兩之數。委付陸秉義做主管。從新把酒樓粧修。油漆彩畫。闌干灼爍。棟宇光新。卓案鮮明。酒肴齊整。一日開張。鼓樂喧天。笙簫雜奏。招集往來客商。四方遊妓。陳經濟道。那日宰豬祭祀燒帋。常

言啓瓮三家醉。開樽十里香。神仙留玉珮。卿相解金貂。經濟上
來大酒樓上。週圍都是推牕亮隔。綠油闌干。四望雲山疊疊。上
下天水相連。正東看。隱隱青螺堆岱嶽。正西瞧。茫茫蒼霧鎖皇
都。正北觀。層層甲第起朱樓。正南望。浩浩長淮如素練。樓上下
有百十座閣兒。處處舞裙歌妓。層層急管繁絃。說不盡肴如山
積。酒若流波。正是得多少舞低楊柳樓心月。歌罷桃花扇底風。
從正月半頭。這陳經濟在臨清馬頭上。大酒樓開張。見一日他
發賣三五十兩銀子。都是謝胖子和主管陸秉義眼同經手。在
櫃上掌櫃。經濟三五日。騎頭口。伴當小姜兒跟隨。往河下筭帳
一遭。若來。陸秉義和謝胖子。兩個夥計。在樓上收拾一間乾淨
閣兒。鋪陳床帳。安放卓椅。糊的雪洞般齊整。擺設酒席。交四個

好出色粉頭相陪。陳三兒那里往來做量酒。一日三月佳間。天光明媚。景物芬芳。翠依依槐柳盈堤。紅馥馥杏花燦錦。陳經濟在樓上。搭伏定綠闌干。看那樓下景致。好生熱鬧。有詩為証。

風拂烟籠錦旆揚　太平時節日初長
能添壯士英雄膽　善解佳人愁悶腸
三尺曉垂楊柳岸　一竿斜挿杏花旁
男兒未遂平生志　且樂高歌入醉鄉

一日經濟在樓牕後瞧看。正臨着河邊泊着兩隻剝船。船上載着許多箱籠卓櫈家活。四五個人盡搬入樓下空屋裡來。船上有兩個婦人。一個中年婦人。長挑身材。紫膛色。一個年小婦人。搽脂抹粉。生的白淨標致。約有二十多歲。盡走入屋裡來。經濟問謝主管是甚麼人。不問自由。擅自搬入我屋裡來。謝主管道。
此是兩個東京來的婦人。投親不着。一時間無尋房住。央此間
隣居范老來說。暫住兩三日便去。正欲報知官人。不想官人來
問。這經濟正欲發怒。只見那年小婦人。斂袵向前。望經濟深深
的道了個萬福。告說官人息怒。非干主管之事。是奴家大膽。一
時出于無奈。不及先來宅上禀報。望乞恕罪。容畧住得三五日。
拜納房金。就便搬去。這經濟見小婦人會說話。只顧上上下
下。把眼看他。那婦人一雙星眼。斜盼經濟。兩情四目。不能定神。
經濟口中不言。心內暗道。倒相那里會過。這般眼熟。那長挑身
材中年婦人。也定睛看着經濟。說道官人你莫非是西門老爺
家。陳姑夫麼。這經濟吃了一驚。便道你怎的認得我。那婦人道

不瞞姑夫說。奴是舊夥計韓道國渾家。這個就是我女孩兒愛姐。經濟道。你兩口兒在東京。如何來在這里。你老公在那里。那婦人道。在船上看家活。經濟急令量酒請來相見。不一時韓道國走來作揖。已是摻白鬚鬓。因說起朝中蔡太師童太尉李右相。朱太尉。高太尉。李太監六人都被太學國子生陳東上本參劾。後被科道交章彈奏。倒了聖旨下來。拏送三法司問罪。發烟瘴地面。永遠充軍。太師兒子。禮部尚書蔡攸處斬。家產抄沒入官。我等三口兒各自逃生。投到清河縣。我兄弟第二的那里。第二的把房兒賣了。流落不知去向。三口兒顧船從河道中來。不想撞遇姑夫在此。三生有幸。因問姑夫今還在那邊西門老爺家裡。經濟把頭一項。說了一遍。說我也不在他家了。我在姐夫守備周爺府中。做了參謀官。冠帶榮身。近日合了兩個夥計。在此馬頭上開了個酒店。胡亂過日子便了。你每三口兒既遇着我也不消搬去。便在此間住也不妨。請自穩便。婦人與韓道國一齊下禮。說罷。就搬運船上家活箱籠。經濟看得心癢。也使伴當小姜兒。和陳三兒。也替他搬運了幾件家活。王六兒道。不勞姑夫費心用力。彼此俱各懽喜。經濟道。你我原是一家。何消計較。經濟見天色將晚。有申牌時分。要回家。分付主管。咱早送些茶盒與他。上馬伴當跟隨來家。一夜心心念念。只是放韓愛姐不下。過了一日。到第三日。早起身。打扮衣服齊整。伴當小姜跟隨。來河下大酒樓店中。看着做了回買賣。韓道國那邊使的八老來請吃茶。經濟心下。正要瞧去。恰八老來請。便起身進去。只見韓愛姐見了。笑容可掬。接將出來道了萬福。官人請裡面坐。經濟到閣子內坐下。王六兒和韓道國都來陪坐。少頃茶罷。彼此叙些舊時已往的話。經濟不住把眼只睃那韓愛姐。愛姐延瞪瞪秋波一雙眼。只看經濟。彼此都有意了。有詩爲証。

弓鞋窄窄剪春羅　香体酥胷玉一窩
麗質不勝嬝娜態　一腔幽恨蹙秋波

少頃。韓道國下樓去了。愛姐因問官人。青春多少。經濟道虛度二十六歲。敬問姐姐青春幾何。愛姐笑道奴與官人一緣一會。也是二十六歲。舊日又是大老爹府上相會過面。如今又幸遇在一處。正是有緣千里來相會。那王六兒見他兩個說得入港看見関目。推個故事。也下樓去了。止有他兩人對坐。愛姐把些風月話兒。把勾經濟。經濟自幼幹慣的道兒。怎不省得。一逕起身出去。這韓愛姐。從東京來。一路兒和他娘。也做些道路。在蔡府中答應。與翟管家做妾。詩詞歌賦諸子百家皆通。甚麼事兒不久慣。見經濟起身出去。無人處。走向前挨在他身邊坐下。作嬌作痴說道。官人你將頭上金簪子。借我看一看。經濟正欲拔時。被愛姐一手按住經濟頭髻。一手拔下簪子來。便起身說。我和你去樓上說句話兒。一頭說。一頭走。經濟不免跟上樓來。正是饒你奸似鬼。也吃洗脚水。經濟跟他上樓便道。姐姐有甚話說。愛姐道。奴與你是宿世姻緣。你休要作假。願偕枕蓆之懽。共效于飛之樂。經濟道。只怕此間有人知覺。却使不得。那韓愛姐做出許多妖嬈來。摟經濟在懷。將尖尖玉手。扯下他褲子來。兩

個情興如火，按納不住，愛姐不免解衣，仰卧在床上，交姤在一處。正是

色膽如天怕甚事　鴛幃雲雨百年情

經濟問你叫幾姐？那韓愛姐道：奴是端午所生，就叫五姐，又名愛姐。說畢話，霎時雲收雨散，偎倚共坐。韓愛姐便告經濟說：自從三口兒東京來投親，不着盤纏缺欠，你有銀子乞借應與我父親五兩，奴按利納還，不可推阻。經濟應允，說不打緊，姐姐開口，就兌五兩來。愛姐見他依允，還了他金簪子。兩個又坐了半日，恐怕人談論，吃了一盃茶，愛姐留吃午飯，經濟道：我那邊有事，不吃飯了，少間就送盤纏來與你。愛姐道：午後奴略備一盃水酒，官人不要見却，好歹來坐坐。經濟在店中，吃了午飯，又在

街上閑散。走了一回。撞見昔晏公廟師兄金宗明作揖。把前事訴說了一遍。金宗明道。不知賢弟。在守備老爺府中。認了親。在大樓開大店。有失拜望。明日就使徒弟送茶來。閑中請去廟中坐一坐。說罷。宗明歸去了。經濟走到店中。陸主管道。裏邊住的老韓。請官人吃酒。沒處尋。恰好八老又來請官人。就請二位主管相陪。再無他客。經濟就同陸主管。走到裏邊房內。早已安排酒席齊整。無非魚肉菜菓之類。經濟上坐。韓道國主位。陸秉義謝胖子。打橫。王六兒與愛姐旁邊僉坐。八老往來篩酒下菜。吃過數盃。兩個主管會意。說道官人慢坐。小人櫃上看去。起身去了。經濟平昔酒量。不十分洪飲。又見主管去了。開懷與韓道國三口兒吃了數盃。便覺有些醉將上來。愛姐便問今日官人。不回家去罷了。經濟道。這咱晚了。回去不得。明日起身去罷。王六兒韓道國。吃了一回。下樓去了。經濟向袖中。取出五兩銀子。遞與愛姐收了。到下邊交與王六兒。兩個交盃換盞。倚翠偎紅。吃至天晚。愛姐鋪下濃粧。留經濟就在樓上閣兒裏歇了。當下枕畔山盟。衾中海誓。鶯聲燕語。曲盡綢繆。不能悉記。愛姐將來東京在蔡太師府中。曾扶持過老太太。也學會些彈唱。又能識字會寫。經濟听了。歡喜不勝。就同六姐一般。正可在心上。以此與他盤桓一夜。停眠整宿。免不的第二日起來得遲。約飯時纔起來。王六兒安排些雜子肉圓子。做了個頭腦。與他扶頭。兩個吃了幾盃煖酒。少頃王管家來請經濟。那邊擺飯。經濟包巾梳洗穿衣。吃了飯。又來辭愛姐。要回家去。那愛姐不捨。只顧抛淚。經濟道我到家三五日就來看你你休煩惱說畢伴當跟隨騎馬往城中去了一路上分付小姜兒到家休要說出韓家之事小姜兒道小的知道不必分付經濟到府中只推店中買賣忙筭了帳目不覺天晚歸來不得歇了一夜交割與春梅利息銀兩見一遭也有三十兩銀子之數回到家中又被葛翠屏聒聒官人怎的外邊歇了一夜不必在柳陌花街行踏把我丟在家中獨自空房一個就不思想來家一連留住陳經濟七八日不放他往河下來這里韓愛姐見他一去數日光景不來店中自使小姜兒來問王管討筭利息王管一一封了銀子去韓道國免不得又交老婆王六兒又招惹別的熱人兒或是商客來屋裏走動吃茶吃酒這韓道國當先嘗着這個甜頭靠老婆衣飯肥家

况此時王六兒。年約四十五六。年紀雖半。風韻猶存。恰好又得
他女兒來接代。也不斷絕這樣行業。如今索性大做了。原來不
當官身衣飯。別無生意。只靠老婆賺錢。謂之隱名娼妓。今時呼
爲私窠子是也。當時見經濟不來。量酒陳三兒替他勾了一個
湖州販絲綿客人何官人來。請他女兒愛姐。那何官人。年約五
十余歲。手中有千兩絲綿紬絹貨物。要請愛姐。愛姐一心想着
經濟。推心中不快。三回五次。不肯下樓來。急的韓道國要不的。
那何官人又見王六兒長挑身材。紫膛色。瓜子面皮。搽眉鋪鬢。大
長水鬢。涎鄧鄧一雙星眼。眼光如醉。抹的鮮紅嘴唇。料此婦人
一定好風情。就留下一兩銀子。在屋裏吃酒。和王六兒。歇了一
夜。韓道國便躲避在外間歇了。他女兒見做娘的。留下客。只在

樓上。不下樓來。自此以後。那何官人。被王六兒。撇弄得快活。兩個打得一似火炭般熱。沒三兩日。不來婦人家裡過夜。韓道國。也禁過他許多錢使。這韓愛姐兒。見經濟一去十數日不見來。心中思想。捱一日。似三秋。盼一夜。如半夏。未免害木邊之目。田下之心。使八老往城中守備府中探听。看見小姜兒。悄悄問他。官人如何不去。小姜見說。官人這兩日。有些身子不快。不曾出門。回來訴與愛姐。愛姐與王六兒商議。買了一副猪蹄。兩隻燒鴨。兩尾鮮魚。一盒酥餅。在樓上磨墨揮筆。拂開花箋。寫封柬帖。使八老送到城中。與經濟去。當下把禮物。裝在盒內。交八老挑着。吖嚀囑付。你到城中。見了陳官人。須索見他親收。討回帖來。八老懷內揣着柬帖禮物。一路無詞。來到城內。守備府前。坐在沿街石臺基上。只見伴當小姜兒出來。看見八老。你又來做甚麼。八老與聲喏。拉在僻淨處。說我特來見你官人。送禮來了。有話說。我只在此等你。你可通報官人知道。小姜隨即轉身進去。不多時。只見經濟搖將出來。那時約五月天氣暑熱。經濟穿着紗衣服。頭戴瓦壠帽。金簪子。脚上凉鞋淨襪。八老慌忙聲喏。說道官人。貴躰好些。韓愛姐使我稍一柬帖。送禮來了。經濟接了柬帖。說五姐好麼。八老道。五姐見官人。一向不去。心中也不快在那里。多上覆官人。幾時下去走走。經濟折開柬帖。觀看上面。寫着甚言詞。

賤妾韓愛姐斂袵拜謹啟

情郎陳大官人台下

自別尊顏。思慕之心。未嘗少怠。懸懸不忘于心。向蒙期約。妾倚門凝望。不見降臨蓬蓽。昨遣八老。探問起居。不遇而回。聽聞貴恙欠安。令妾空懷悵望。坐卧悶懨。不能頓生兩翼。而傍君之足下也。君在家自有嬌妻美愛。又豈肯動念于妾。猶吐去之菓核也。茲具腥味茶盒數事。少申問安誠意。幸希笑納。情照不宜。　外具錦綉鴛鴦香囊一個。青絲一縷。少表寸心。　下書仲夏念日賤妾愛姐再拜

經濟看了柬帖。并香囊。香囊裏面。安放青絲一縷香囊是鴛鴦雙口做的扣着。寄與情郎陳君膝下八字。依先摺了。藏在袖中。府傍側首。有個酒店。令小姜兒。領八老同店內吃鍾酒。等我寫回帖與你。分付小姜兒。把禮物收進我房裡去。你娘若問。只說

河下店主人謝家。送的禮物。小姜不敢怠慢。把四盒禮物。收進去了。經濟走到書院房內。悄悄寫了回柬。又包了五兩銀子。到酒店内問八老。吃了酒不曾。八老道。多謝官人好酒。吃不得了。起身去罷。經濟將銀子。并回柬。付與八老。說到家多多拜上五姐。這五兩白金。與他盤纏。過三兩日。我自去看他。八老收了銀柬下樓。經濟送出店門。八老一直去了。經濟走入房中。葛翠屏便問是誰家送來禮物。經濟悉言店主人謝胖子。打聽我不快。送這禮物來問安。翠屏亦信其實。兩口兒計議。交丫鬟金錢兒拏盤子。拏了一隻燒鴨。一尾鮮魚。半副蹄子。送到後邊與春梅吃。說是店主人家送的。也不查問此事表過不題。却說八老到河下。天已晚了。入門將銀柬。都付與愛姐收了。拆開銀柬。灯下觀看。上面寫道。

經濟頓首字覆

愛卿韓五姐粧次。向蒙會問。又承厚款。亦且雲情雨意。祉席鍾愛。無時少怠。所云期望。正欲趨會。偶因賤軀不快。有失卿之盻望。又蒙遣人垂顧。兼惠可口佳肴。不勝感激。只在二三日間。容當面布。外具白金五兩。綾帕一方。少申遠芹之敬。伏乞心鑒。萬萬。

下書經濟再拜

愛姐看了。見帕上寫着四句。詩曰。

吳綾帕兒織廻紋　洒翰揮毫墨跡新
寄與多情韓五姐　永諧鸞鳳百年情

看畢。愛姐把銀子。付與王六兒。母子千歡萬喜。等候經濟。不在話下。正是得意友來情不厭。知心人至話相投有詩爲証。

碧紗窗下啟箋封　一紙雲鴻香氣濃
知你揮毫經玉手　相思都付不言中

畢竟未知後來何如。且聽下回分解。

第九十九回　劉二醉打王六兒

張勝竊聽陳敬濟

第九十九回

劉二醉罵王六兒　張勝忿殺陳經濟

格言

一切諸煩惱　皆從不忍生
見機而耐性　妙悟生光明
佛語戒無倫　儒書貴莫爭
好個快活路　只是少人行

話說陳經濟。過了兩日。到第三日。却是五月二十五日他生日。春梅後廳整置酒肴。與他上壽。合家歡樂了一日。次日早辰。經濟說。我一向不曾往河下去。今日沒事去走一遭。一者和主管算帳。二來就避炎暑。散走走便回。春梅分付你去坐一乘轎子。

少要勞碌。交兩個軍牢。擡着轎子。小姜兒跟隨。逕往河下馬頭上。謝家大酒樓店中來。一路無詞。午後時分。早到河下大酒樓前。下了轎子。進入裏面。兩個主管齊來參見。説官府貴體好些。那經濟一心只在韓愛姐身上。便道。生受二位夥計掛心。坐了一回。便起身分付主管查下帳目。等我來筭。就轉身到後邊。八老又早迎見。報與王六兒夫婦。韓愛姐正在樓上。凭欄盼望。揮毫洒翰。作了幾首詩詞。以遣悶懷。忽報陳經濟來了。連忙輕移蓮步。欵蹙湘裙。走下樓來。母子面上堆下笑來。迎接説道。官人貴人難見面。那陣風兒吹你到俺這里。經濟與母子作了揖。同進入閣兒內坐定。少頃王六兒點茶上來。吃畢茶。愛姐道。請官人到樓上奴房內坐。經濟上的樓來。兩個如魚得水。似漆投膠。

無非說此二深情密意的話兒。愛姐硯臺底下。露出一幅花箋。經濟取來觀看。愛姐便說此是奴家這幾日盼你不來。閑中在樓上作得幾首詞。以消遣悶懷。恐污官人貴目。經濟念了一遍。上寫着。

倦倚綉床愁懶動　閑垂綉帶鬢鬟低
玉郎一去無消息　一日相思十二時

右春

危樓高處眺晴光　滿架薔薇露異香
十二欄杆閑凭遍　南薰一味透襟凉

右夏

帳冷芙蓉夢不成　知心人去轉傷情
枕邊淚似堦前雨　隔着窓兒滴到明

右秋

羞對菱花拭淨粧　為郎瘦損減容光

閉門不管閒風月　分付梅花自主張

右冬

經濟看了。極口稱羨。喝采不已。不一時。王六兒安排酒肴上樓。擺過鏡架。就擺在梳粧卓上。兩個並坐。愛姐篩酒。一盃雙手遞與經濟。深深道了萬福。說官人一向不來。妾心無時不念。前八老來。又多謝盤纏。舉家感之不盡。經濟接酒在手。還了喏。說賤疾不安。有失期約。姐姐休怪。酒盡也篩一盃敬奉愛姐吃過。兩人坐定。把酒來斟。王六兒韓道國。上來也陪吃了幾盃。各取方便下樓去了。教他二人自在吃幾盃。敘些闊別話兒。良久。吃得酒濃時。情興如火。免不得再把舊情一敘。交歡之際。無限恩情。穿衣起來。洗手更酌。又飲數盃。醉眼朦朧。余興未盡。這小郎君一向在家中不快。又心在愛姐。一向未與渾家行事。今日一旦見了情人。未肯一次即休。正是生死冤家。五百年前撞在一處。經濟魂灵。都被他引亂。少頃情竇復起。又幹一度。自覺身體困倦。打熬不過。午飯也沒吃。倒在床上就睡着了。也是合當禍起。不想下邊販絲綿何官人來了。王六兒陪他在樓下吃酒。韓道國出去街上。買菜蔬肴品菓子來配酒。兩個在下邊行房。落後韓道國買將菓菜來。三人又吃了幾盃。約日西時分。只見酒家店坐地虎劉二。吃的酩酊大醉。軃身衣衫。露着一身紫肉。提着拳頭。走來酒樓下。大叫採去何蠻子來。要打。諕的兩個主管見經濟在楼上聽恐他聽見慌忙走出櫃來向前声喏說道劉二哥何官人並不曾來這劉二那里依聽大拔步撞入後邊韓道國屋裏一手把門簾扯上半邊來見何官人正和王六兒並肩飲酒心中大怒罵那何官人賊狗男女我合你娘那里沒尋你却在這里你在我店中占着兩個粉頭幾遭歇錢不與又塌下我兩個月房錢却來這里養老婆那何官人忙出來說老二你請回我去也那劉二罵道去你這狗合不防颼的一拳來正打何官人面門上登時就青腫起來那何官人起來奪了跑了劉二將王六兒酒卓一脚登翻家活都打了王六兒便罵道是那里少死的賊殺才無事來老娘屋裏放屁老娘不是耐驚耐怕兒的人被劉二向前一脚蹘了個仰八叉罵道我合你淫婦娘你

是那里來的無名少姓私窠子不來老爺手里報過許你在這酒店內趁熟還與我搬去若搬遲須乞我一頓好拳頭那王六兒道你是那里來的光棍搗子老娘就沒了親戚兒許你便來欺負老娘要老娘這命做甚麼一頭撞倒哭起來劉二罵道我把淫婦腸子也踢斷了你還不知老爺是誰哩這里喧亂兩邊隣舍并街上過往人登時圍看約有許多不知道的旁邊人說王六兒你新來不知他是守備老爺府中管事張虞候的小舅子有名坐地虎劉二在酒家店住專一是打粉頭的班頭降酒客的領袖你讓他些兒罷休要不知利害這地方人誰敢惹他王六兒道還有大是他的來這殺才做甚麼陸秉義見劉二打得兇和謝胖子做好做歹把他勸的去了陳經濟正睡在床上

听見楼下攘亂。便起來看時。天已日西時分。問那里攘亂。那韓
道國不知走的往那里去了。只見王六兒披髮垢面上楼。如此
這般告訴。說那里走來一個殺才搗子。諢名喚坐地虎劉二。在
酒家店住。說是咱府里管事張虞候小舅子。因尋酒客。無事把
我踢打。罵了恁一頓。去了。又把家活酒器。都打得粉碎。一面放
聲大哭起來。經濟叫上兩個主管。問他。兩個都面面相覷。不敢
說。陸主管嘴快。說是府中張主管小舅子。來這里尋何官人說
少他二個月房錢。又是歇錢來討。見他在屋裏吃酒。不由分說。
把簾子扯下半邊來。打了何官人一拳。諕的何官人跑了。又和
老韓娘子。兩個相罵。踢了一交。烘的滿街人看。這經濟恐怕天
晚。惹起來。分付把衆人唱散。問劉二那廝。主管道。被小人勸他

回去了。經濟听了。記在心內。安撫王六兒母子放心。有我哩。不妨事。你母子只情住着。我家去自有處置。主管筭了利錢銀兩。遞與他。打發起身上馬。伴當跟隨。打着馬走。剛走赶進城來。天已昏黑。心中甚惱。到家見了春梅。交了利息銀兩。歸入房中。一宿無話。到次日心心念念。要告春梅說。展轉尋思。且住。等我慢慢尋張勝那厮。幾件破綻。亦發教我姐姐。對老爺說了。斷送了他性命。叵耐這幾次在我身上欺心。敢說我是他尋得來。知我根本出身。量視我。禁不得他。正是

冤仇還報當如此　機會遭逢莫遠圖
踏破鉄鞋無覓處　得來全不費工夫

一日經濟來到河下酒店內。見了愛姐母子。說外日吃驚。又問

陸主管道。劉二那廝不曾走動。陸主管道。自從那日去了。再不曾來。又問韓愛姐。那何官人也沒來行走。這經濟吃了飯。筭畢帳目。不免又到愛姐樓上。兩個叙了回衷腸之話。幹訖一度出來。因閑中叫過量酒陳三兒。近前如此這般。打听府中張勝。和劉二兇庄破綻這陳三兒。千不合。萬不合。說出張勝包占着府中出來的雪娥。在酒家店做表子。劉二又怎的各處巢窩。加三討利。舉放私債。藉逞老爺們壞事。這經濟一口听記在心。又與了愛姐二三兩盤纏。和主管筭了帳目。包了利息銀兩。作別。騎頭口來家。閑話休題。一向懷意在心。一者也是冤家相湊。二來合當禍這般起來。不料東京朝中徽宗天子。見大金人馬犯邊。搶至腹內地方。聲息十分緊急。天子慌了。與大臣計議。差官往此國講和。情願每年輸納歲幣金銀彩帛數百萬。一面傳位與太子登基。改宣和七年為靖康元年。宣寡號為欽宗皇帝在位徽宗自称太上道君皇帝。退居龍德宮。朝中陞了李綱為兵部尚書。分部諸路人馬。种師道為大將總督內外宣務。一日降了一道勑書來濟南府。陞他為山東都統制。提調人馬一萬往東昌府駐扎。會同巡撫都御史張叔夜。防守地方。阻當金兵守備正在濟南府衙正坐。忽然左右來報。有朝廷降勑來。請老爺接旨意。這周守備不敢怠慢。香案迎接勑旨。跪听宣讀。使命官開讀。其畧曰

奉天承運。皇帝制曰。朕聞文能安邦。武能定國。三皇憑礼樂而有封疆。五帝用征伐而定天下。爭從順逆。人有賢愚。朕承

祖宗不拔之洪基。
上皇付托之重位。創造萬事惕然悚惧。自古舜征四凶。湯伐
有苗。非用兵而不能剋。非威武而莫能安。兵乃邦家爪牙。武定
封疆扞禦。茲者中原陸沉。大羊犯順。遼寇擁兵西擾。金虜控
騎南侵。生民塗炭。朕甚憫焉。山東濟南制置使周秀。老練之
才。干城之將。屢建奇勳。忠勇茂著。用兵有略。出戰有方。今陞
為山東都統制。兼四路防禦使。會同山東巡撫都御史張叔
夜。提調所部人馬。前赴高陽關防守。听大將种師道分布截
殺。安発危之社稷。驅猖獗之腥膻。嗚乎任賢匡國。赴難勤王
乃臣子之忠誠。旌善賞功。激揚敵愾。實朝廷之大典。名殫厥
忠。以副朕意。欽哉故諭。○下書靖康元年秋九月　日諭

周守備開讀已畢。打發使命官去了。一面叫過張勝李安。兩個虞候。近前分付。先押兩車箱馱行李細軟器物家去。原來在濟南做了一年官職。也撰得巨萬金銀。都裝在行李馱箱內。委托二人。押到家中。交割明白。晝夜巡風仔細。我不日會同你巡撫張爺。調領四路兵馬。打清河縣起身。二人當日領了鈞旨。打點車輛起身先行。一路無詞。有日到於府中。交割明白。二人晝夜內外巡風。不在話下。却說陳經濟見張勝押車輛來家。守備陞了山東統制。不久將到。正欲把心腹中事。要告訴春梅。等守備來家。要發露張勝之事。不想一日因渾家葛翠屏。往娘家回門住去了。他獨自個在西書房寢歇。春梅早辰蓦進房中看他。見無丫鬟跟隨。兩個就解衣在房內雲雨做一處。不防張勝搖着鈴巡風過來到書院角門外听見書房內彷彿有婦人笑語之聲就把鈴聲按住慢慢走來窓下竊听原來春梅在裏面與經濟交姤听得經濟告訴春梅說昨日耐張勝那厮好生欺壓於我說我當初虧他尋得來幾次在下人前敗壞我昨日見我在河下開酒店來一徑使小舅子坐地虎劉二專一倚逞他在姐夫麾下在那里開巢窩放私債把去雪娥隱占在外姦宿只瞞了姐姐一人眼目昨日教他小舅子劉二打我酒店來把酒客都打散了我幾次含忍不敢告姐姐說趁姐夫來家若不早說知往後我定然不敢往河下做買賣去了春梅听了說道這厮恁般無禮雪娥那賊人賣了他如何又留住在外經濟道他非是欺壓我就是欺壓姐姐一般春梅道等他爺來家交他定結果

了這廝。常言道隔墻須有耳窗外豈無人。兩個只管在内說。却不知張勝窗外。听了個不亦樂乎。口中不言。心内暗道。此時敎他筭計我們。我先筭計了他罷。一面撇下鈴。走到前邊班房内。取了把解腕鋼刀。說時遲。那時快。在石上磨了兩磨。走入書院中來。不想天假其便。還春梅不該死於他手。忽被後邊小丫鬟蘭花兒。慌慌走來。叫春梅。報說小衙内金哥兒。忽然風搐倒了。快請奶奶看去。唬的春梅兩步做來一步走。奔入後房中。看孩兒去了。剛進去了。那張勝提着刀子。逕奔到書房内。不見春梅。只見經濟睡在被窩内。見他進來。叫道阿呀。你來做甚麼。張勝怒道。我來殺你。你如何對淫婦說。倒要害我。我尋得你來不是了。反恩將仇報。常言黑頭虫兒不可救。救之就要吃人肉。休走。

吃我一刀子。明年今日是你死忌。那經濟光赤條身子。沒處躲。摟着被。吃他拉被過一邊。向他身就扎了一刀子來。扎着軟肋。鮮血就邈出來。這張勝見他掙扎。復又一刀去。攮着胷膛上。動旦不得了。一面採着頭髮。把頭割下來。正是三寸氣在千般用。一日無常萬事休。可憐經濟青春不上三九。死於非命。張勝提刀。逕屋裏床背後尋春梅不見。大拔步逕望後廳走。走到儀門首。只見李安背着牌鈴。在那里巡風。一見張勝兇神也似。提着刀跑進來。便問那里去。張勝不答。只顧走。被李安攔住張勝。就向李安截一刀來。李安冷笑。說道我叔叔有名山東夜叉李貴。我的本不用借。早飛起右腳。只听忒楞的一聲。把手中刀子踢落一邊。張勝急了。兩個就揪採在一處。被李安一個潑腳。跌番

在地。解下腰間纏帶。登時掓了。攘的後廳。春梅知道說張勝持
刀入內。小的拏住了。那春梅方救得金哥却甦着。听言大驚失
色。走到書院內。經濟已被殺死在房中。一地鮮血橫流。不覺放
聲大哭。一面使人報知渾家葛翠屏。慌奔家來。看見經濟殺死。
哭倒在地。不省人事。被春梅扶救甦省過來。拖過屍首。買棺材
裝殯。把張勝墩鎖在監內。单等統制來家。處治這件事。那消數
日期程。軍情事務緊急。兵牌來催促。周統制調完各路兵馬。張
巡撫又早先往東昌府。那里等候取齊。統制到家。春梅把殺死
經濟一節說了。李安將兇器放在面前。跪禀前事。統制大怒。坐
在廳上。提出張勝。也不問長短。喝令軍牢。五棍一換。打一百棍
登時打死。隨即馬上。差旗牌快手。往河下捉拏坐地虎劉二。鎖

解前來。孫雪娥見拏了劉二。恐怕拏他。走到房中。自縊身死。旗牌拏劉二到府中。統制也分付打一百棍。當日打死。哄動了清河縣。大鬧了臨清洲。正是平生作惡欺天。今日上蒼報應。有詩為証

為人切莫用欺心　舉頭三尺有神明
若還作惡無報應　天下兇徒人食人

當時統制打死二人。除了地方之害。分付李安將馬頭大酒店。還歸本主。把本錢收筭來家。分付春梅在家。與經濟做斋累七。打發城外永福寺。擇吉日塟埋。留李安周義看家。把周忠周仁。帶去軍門答應。春梅晚夕。與孫二娘置酒送餞。不覺簇地兩行淚下。說相公此去。未知幾時回還。出戰之間。須要仔細。番兵猖

猴。不可輕敵統制道。你每自在家清心寡慾。好生看守孩兒。不
必憂念。我既受朝廷爵祿。盡忠報國。至於吉凶存亡。付之天也
囑付畢。過了一宿。次日軍馬都在城外屯集等候統制起程果
然人馬整齊。但見

綉旗飄號帶。畫鼓間銅鑼。三股叉。五股叉。燦燦秋霜。六花鎗。
點鋼鎗。紛紛瑞雪。鑾牌引路。强弓硬弩當先。火炮隨車。大斧
長刀在後。鞍上將。似南山猛虎。人人好鬭偏爭。坐下馬。如北
海蛟虬。騎騎能爭敢戰。端的刀鎗流水急。果然人馬撮風行。

當下一路無詞。有日哨馬。來報說不可前進。馬哨東昌府下。遶
統制差一面令字藍旗。把人馬屯城外。我報進城。巡撫張叔夜。
听見周統制人馬來到。與東昌府知府達天道。出衙迎接。至公

廳敘礼坐下。商議軍情。打听聲息緊慢。駐馬一夜。次日人馬早行。往関上防守去了。不在話下。却表韓愛姐毋子。在謝家楼店中。听見經濟已死。愛姐晝夜只是哭泣。茶飯都不吃。一心只要往城内統制府中。見經濟屍首一見。死了也甘心。父毋旁人。百般勸解不從。韓道國無法可處。使八老往統制府中。打听經濟灵柩已出了殯。埋在城外永福寺内。這八老走來回了話。愛姐一心只要到他墳上燒紙。哭一塲。也是和他相交一塲。做父毋的。只得依他。顧了一乘轎子。到永福寺中。問長老葬於何處。長老令沙彌。引到寺後。新墳堆。便是。這韓愛姐下了轎子。到墳前點着紙錢。道了萬福。叫聲親郎。我的哥哥。奴寔指望我你同諧到老。誰想今日死了。放聲大哭。哭的昏暈倒了。頭撞於地下。就

昏過去了。慌了韓道國和王六兒。向前扶救。大姐姐叫不應越
發慌了。只見那日是塟了三日。春梅與渾家葛翠屏。坐着兩乘
轎子。伴當跟隨。抬三牲祭物來。與他娘墓燒帋看見一個年小
的婦人。穿着縞素。頭戴孝髻。哭倒在地。一個男子漢。和一中年
婦人摟抱他。扶起來又倒了。不省人事。乞了一驚。因問那男子
漢是那里的。這韓道國夫婦。向前施禮。把從前已往話。告訴了
一遍。這個是我的女孩兒韓愛姐。春梅一聞愛姐之名。就想起
昔日曾在西門慶家中會過。又認得王六兒。韓道國悉把東京。
蔡府中出來一節。說了一遍。女孩兒曾與陳官人有一面相交。
不料昏了。他只要來墳前見他一見。燒帋錢。不想到這里又哭
倒了。當下兩個救了半日。這愛姐吐了口粘痰。方纔甦省。尚哽

咽哭不出声來。痛哭了一場。起來與春梅翠屏。揮燭也似磕了四個頭。說道。奴與他雖是露水夫妻。他與奴說山盟言海誓。情深意厚。實指望和他同諧到老。誰知天不從人願。一旦他先死了。撇得奴四脯着地。他在日曾與奴一方吳綾帕兒上有四句情詩。知道宅中有姐姐。奴願做小。倘不信。向袖中取出吳綾帕兒來。上面寫詩四句。春梅同葛翠屏看了。詩云

吳綾帕兒織廻紋　洒翰揮毫墨跡新

寄與多情韓五姐　永諧鸞鳳百年情

愛姐道。奴也有個小小鴛鴦錦囊。與他佩帶在身邊。兩面都扣綉着並頭蓮。每朵蓮花瓣兒。一個字兒寄與情郎。隨君膝下。春梅便問翠屏。怎的不見這個香囊。翠屏在他褲子上拴着。不是

奴替他裝殮在棺槨內了。當下祭畢。讓他毋子到寺中。擺茶飯與他吃了些飯食。做父母的。見天色將晚。催促他起身。他只顧不思動身。一面跪着春梅舊翠屏哭說。情愿不歸父毋同姐姐守孝寡居。也是奴和他恩情一塲話。是他妻小。死傷他蒐灵。那翠屏只顧不言語。春梅便說。我的姐姐。只怕年小青春。守不住。只怕悞了你好時光。愛姐便道。奶奶說那里話。奴既爲他。雖剜目斷鼻。也當守節。誓不再配他人。囑付他父毋。你老公毋同去罷。我跟奶奶和姐姐府中去也。那王六兒眼中垂淚。哭道。我承望你養活俺兩口兒到老。纔從虎穴龍潭中。奪得你來。今日倒閃賺了我。那愛姐口裏。只說我不去了。你就留下我到家。也尋了無常。那韓道國。因見女孩兒堅意不去。和王六兒大哭一塲。

灑淚而別。回上臨清店中去了。這韓愛姐同春梅翠屏。坐轎子往府里來。那王六兒一路上悲悲切切。只是捨不的他女兒。哭了一場又一場。那韓道國又怕天色晚了。顧上兩疋頭口。望前趕路。正是

馬遲心急路途窮　身似浮萍類轉蓬
只有都門樓上月　照人離恨各西東

畢竟未知後來如何。且聽下回分解。

第一百回　韓愛姐路遇二搗鬼

普靜師幻度孝哥兒

第一百回

韓愛姐湖州尋父　普靜師薦拔群冤

格言

人生切莫將英雄　術業精粗自不同
猛虎尚然遭惡獸　毒蛇猶自怕蜈蚣
七擒孟獲恃諸葛　兩困雲長羨呂蒙
珎重李安真智士　高飛逃出是非門

話說韓道国與王六兒。歸到謝家酒店內。無女兒。道不得個坐吃山崩。使陳三兒去。又把那何官人來續上。那何官人見他地方中没了劉二。除了一害。依舊又來王六兒家行走。和韓道国商議。你女兒愛姐。巳是在府中守孝。不出來了。等我賣盡貨物討了賒帳。你兩口跟我往湖州家去罷。省得在此做這般道路。那韓道国說。官人下顧。可知好哩。一日賣盡了貨物。討上賒帳顧了船同王六兒跟往湖州去了。却表愛姐在府中。與葛翠屏兩個持貞守節。姊妹稱呼。甚是合當。着白日裏與春梅做伴兒在一處。那時金哥兒大了。年方六歲。孫二娘所生玉姐。年長十歲相伴兩個孩兒。便有甚事做。誰知自從陳經濟死後。守備又出征去了。這春梅每日珍饈百味。綾錦衣衫。頭上黃的金。白的銀。圓的珠。光照的無般不有。只是晚夕難禁。獨眠孤枕。慾火燒心。因見李安一條好漢。只因打殺張勝。巡風早晚十分小心。一日冬月天氣。李安正在班房內上宿。忽听有人敲後門。忙問道是誰。只聞叫道。你開門則個。李安連忙開了房門。却見一個人搶入來。閃身在燈光背後。李安看時。却認的是養娘金匱。李安道。養娘你這晚來有甚事。金匱道。不是我私來。裏邊奶奶差出我們來。李安道。奶奶教你來怎麽。金匱笑道。你好不理會得。看你瞞了不曾。教我把一件物事來與你。向背上取下一包衣服把與你。包内又有幾件婦女衣服與你娘。前日多累你押觧老爺行李車輛。又救得奶奶一命。不然也乞張勝那厮殺了。說畢留下衣服出門走了兩步。又回身道。還有一件要緊的。又取出一定五十两大元寶來。撇與李安。自去了。當夜過了一宿。次早起來。逕拏衣服到家。與他母親。做娘的問道。這東西是那里的。李安把夜來事說了一遍。做母的听言叫苦。當初張勝幹壞了事。一百棍打死。他今日把東西與你。却是甚麽意思。我今六十

巴上年紀。自從沒了你爹爹。滿眼只看着你。若是做出事來。老
身靠誰。明早便不要去了。李安道。我不去。他使人來叫。如何答
應。婆婆說。我只說你感冒風寒病了。李安道。終不成不去。惹老
爺不見怪麽。做娘的便說。你且投到你叔叔山東夜叉李貴那
里。住上幾個月。再來看事故何如。這李安終是個孝順的男子。
就依着娘的話。收拾行李。往青州府投他叔叔李貴去了。春梅
以後見李安不來。三四五次使小伴當來叫。婆婆初時答應。家
中染病。次後見人來驗看。纔說往原籍家中打盤纏去了。這春
梅終是惱恨在心不題。時光迅速。日月如梭。又早臘月盡陽日。
正月初旬天氣。統制領兵一萬二千。在東昌府屯住已久。使家
人周忠稍書來家。教搬取春梅。孫二娘。并金哥玉姐家小上車

止留下周忠。東莊上請你二爺看守宅子。原來統制還有個族弟周宣。在莊上住。周忠在府中。與周宣。葛翠屏韓愛姐看守宅。周仁與眾軍牢。保定車輛往東昌府來。此這一去。不爲名離故土。爭知此去少回程。有詞一篇。單道這周統制。果然是一員好將材。當此之時。中原蕩掃。志欲吞胡。但見

四方盜起如屯蜂。狠烟烈焰薰天紅。將軍一怒。天下息。腥膻掃盡。夷從風。公事忘私願已久。此身許國不知有。金戈抑日。酬戰征。麒麟圖畫功爲首。鴈門關外秋風烈。鐵衣披張臥寒月。汗馬卒勤二十年。羸得班班鬢如雪。天子明見萬里餘。幾番勞勩來旌書。肘懸金印大如斗。無負堂堂七尺軀。

有日周仁押家眷車輛。到於東昌。統制見了春梅。孫二娘。金哥。

玉姐衆丫鬟家小。都到了。一路平安。心中大喜。就在統制府衙後所居住。周仁悉把東庄上。叫了二爺周宣來宅。同小的老子周忠。看守宅舍。周統制又問。怎的李安不見。春梅道。又題甚李安那厮。我因他捉獲了張勝。好意賞了他兩件衣服。與他娘穿。他到晚夕巡風。進入後厮。把他二爺。東庄上收的籽粒銀一包五十兩。放在明間卓上。偷的去了。兇番使伴當叫他。只是推病不來。落後又使叫去。他躱的上青州原藉家去了。統制便道。這厮我倒看他。原來這等無恩。等我慢慢差人拏他去。這春梅不題。廷韓愛姐之事。過了兇日。春梅見統制日日遂理論軍情。幹朝庭國務。焦心勞思。日中尚未暇食。至於房幃色慾之事。久不沾身。因見老家人周忠次子周義。年十九歲。生的眉清目秀。眉來眼去。兩個暗地私通。就搆搭了。朝朝暮暮。兩個在房中。下棋飲酒。只滿過統制一人不知。一日不想此國大金皇帝。滅了遼國。又見東京欽宗皇帝登基。集大勢番兵。分兩路寇亂中原。大元帥粘没喝。領十萬人馬。出山西太原府井陘道。來搶東京。副元帥斡離不。由檀州。來搶高陽關。邊兵抵擋不住。慌了兵部尚書李綱。大將种師道。星夜火牌羽書。分調山東山西。河南河北關東陝西。分六路統制人馬。各依要地防守截殺。那時陝西劉延慶。領延緩之兵。關東王禀。領汾絳之兵。河北王煥。領魏博之兵。河南辛興宗。領彰衛之兵。山西楊惟忠。領澤潞之兵。山東周義。領青兗之兵。却說周統制見大勢番兵。來搶邊界。兵部羽書大牌星火來。連忙整率人馬。全裝披掛。兼道進兵。比及哨馬到高陽關上。金國幹離不由人馬已搶進關來。殺死人馬無數。正值五月初旬。交陣堵截。黃沙四起。大風迷目。統制提兵進赶。不防被活立兜馬反攻。沒鞦一箭。正射中咽喉。隨馬而死。衆番將就用鈎索搭去。被這邊將士向前僅搶屍首馬載而還。所傷軍兵無數。可憐。周統制。一旦陣亡。亡年四十七歲。正是於家爲國忠良將。不辨賢愚血染沙。古人意不盡。作詩一首以嘆之曰。

勝敗兵家不可期　要危端自命爲之
出帥未捷身先喪　落日江流不勝悲

又鷓鴣天一首

定國安邦美丈夫　心存正道氣吞胡
謨謀國事姁家事　軍用陰符佩虎符

胡騎盛　武功弛　兵不用命將驕痴
可憐身歿沙場內　千載英魂恨未舒

巡撫張叔夜。見統制折於陣上。連忙鳴金收軍。查點折傷士卒。退守東昌。星夜奏朝庭。不在話下。部下卒。載屍首還。到東昌府。春梅合家大小。號哭動天。合棺木盛殮了。割了兵符印信。一日春梅與家人周仁。發喪載靈柩歸清河縣。不題。話分兩頭。單表葛翠屏與韓愛姐自從春梅去後。兩個在家。清茶淡飯。守節持貞。過其日月。正值春盡夏初天氣。景物鮮明。日長針指困倦。姊妹二人閑中徐步到西書院花亭上。見百花盛開。鶯啼燕語。觸景傷情。葛翠屏心還坦然。這韓愛姐一心只想念男兒陳經濟大官人。凡事無情無緒。睹物傷悲。口是心苗。形吟咏者。有詩數

首爲証

花開靜院日初晴　深鎖重門白晝清

翠屏先道

倒倚銀屏春睡醒　緑槐枝上一聲鶯

愛姐道

春事闌珊首夏時　弓鞋欵欵出簾遲

晚來悶倚粧臺立　巧畫蛾眉爲阿誰

翠屏又道

紅綿掩鏡照窗紗　畫就雙蛾八字斜

蓮步輕移何處去　堦前笑折石榴花

愛姐道

雪爲容貌玉爲神　不遣風流浣此身

顧影自憐還自惜　新粧好好爲何人

翠屏道

莎草連綿厚似毡　榆莢遍地亂如錢

誰知蕩子多輕薄　沉醉終朝花下眠

愛姐道

亂愁依舊鎖翠攣　爲甚年來瞧悴容
離別終朝蒐耿耿　碧霄無路得相逢

姊姊妹兩個吟詩已畢。不覺潸然淚下。二爺周宣走來。勸道。你姊妹兩個。少要煩惱。須索解嘆省過罷。我連日做得夢。有些不吉。愛姐道。夢見一張弓。掛在旗竿上。旗竿拆了。不知是凶是吉。韓愛姐道。倒只怕老爺邊上有些說話。正在猶疑之間。忽見家人周仁。掛着一身孝。荒荒張張。走來報道禍事。老爺如此這般。五月初七日。在邊關上陣亡了。大奶奶二奶奶。家眷載着靈車。都來了。慌了二爺周宣。收拾打掃前所乾淨。停放靈柩。擺下祭祀。合家大小哀號起來。一面做齋累七。僧道念經。金哥玉姐。披麻帶孝。弔客往來。擇日出殯。安塟於祖塋。俱不必細說。却說二爺周宣。引

着六歲金哥兒。行文書申奏朝廷討祭葬。襲替祖職。朝廷各降
兵部覆題。引奏已故統制周秀。奮身報國。沒於王事。忠勇可加
遣官諭祭一壇。墓頂追封都督之職。伊子照例優養。出幼襲替
祖職。這春梅在內頤養之餘。淫情愈盛。常留周義在香閣中。鎮
日不出。朝來暮往。淫慾無度。生出骨蒸癆病症。逐日吃藥。減了
飲食。消了精神。體瘦如柴。而貪淫不已。一日過了他生辰。到六
月伏暑天氣。早辰晏起。不料他摟着周義在床上。一泄之後。鼻
口皆出凉氣。淫津流下一窪口。就嗚呼哀哉。死在周義身上。亡
年二十九歲。這周義見沒了氣兒。就慌了手腳。向箱內抵盜了
些些金銀細軟。帶在身邊。逃走在外。丫鬟養娘。不敢隱匿。報與二
爺周宣得知。把老家人周忠鎖了。押着抓尋周義。可要作惟。正

走在城外他姑娘家投住。一條索子。拴將來。已知其情。恐揚出醜去。金哥久後不好襲職。拏到前廳。不由分說。打了四十大棍。卽時打死。把金哥與孫二娘看養。一面發喪於祖塋。與統制合塋畢。房中兩個養娘并海棠月桂。都打發各尋投向嫁人去了。止有葛翠屏與韓愛姐再三勸他。不肯前去。一日不想大金人馬。搶了東京汴梁。太上皇帝。與靖康皇帝。都被虜上北地去了。中原無主。四下荒亂。兵戈匝地。人民逃竄。黎庶有塗炭之哭。百姓有倒懸之苦。大勢番兵。已殺到山東地界。民間夫逃妻散。鬼哭神號。父子不相顧。葛翠屏已被他娘家領去。各逃生命。止丟下韓愛姐。無處依倚。不免收拾行裝。穿着隨身慘淡衣衫。出離了清河縣前。往臨清找尋他父母。到臨清謝家店。店也關閉。主

人也走了。不想撞見陳三兒。三兒說。你父母去年時就跟了何
官人往江南湖州去了。這韓愛姐一路上懷抱月琴。唱小詞曲。
往前抓尋父母。隨路飢食渴飲。夜住曉行。忙忙如喪家之犬。急
急似漏網之魚。弓鞋又小。萬苦千辛。行了數日。來到徐州地方。
天色晚來。投在孤村裏面。一個婆婆。年記七旬之上。頭綰兩道
雪鬢。挽一窩絲。正在竈上杵米造飯。這韓愛姐。便向前道了萬
福。告道奴家。是清河縣人氏。因為荒亂。前往江南投親。不期天
晚。權借婆婆這里投宿一宵。明早就行。房金不少。那婆婆只顧
觀看這女子。不是貧難人家婢女。生的舉止典雅。容貌非俗。但
見

烏雲不整。惟思昔日家豪。眉歛遠山。為憶當年富貴。此夜月

朦雲霧瑣牡丹花被土沉埋
婆婆道既是投宿娘子請炕上坐等老身造飯有幾個挑河夫子來吃那老婆婆炕上柴灶登時做出一大鍋稗稻插荳子乾飯又切了兩大盤生菜撮上一包塩只見幾個漢子都蓬頭精腿裩褲兜襠脚上黃泥流進來放下荷鍬便問道老娘有飯也未婆婆道你每自去盛吃當下各取飯菜四散正吃只見内一人約三十四五年紀紫面黃髮便問婆婆這炕上坐的是甚麽人婆婆道此位娘子是清河縣人氏前往江南尋父母去天晚在此投宿那人便問娘子你姓甚麽愛姐道奴家姓韓我父親名韓道國那人向前扯住問道姐姐你不是我姪女韓愛姐麽那愛姐道你倒好似我叔叔韓二兩個抱頭相哭做一處因

問你爹娘在那里你在東京如何至此這韓愛姐一五一十從頭說了一遍因我嫁在守備府里丈夫没了我守寡到如今我爹娘跟了何官人往湖州去了我要找尋去荒亂中又没人帶去胡亂单身唱詞覔些衣食前去不想在這里撞見叔叔那韓二道自從你爹娘上東京我没營生過日把房兒賣了在這里挑河做夫子每日覔碗飯吃既然如此我和你往湖州尋你爹娘去愛姐道若是叔叔同去可知好哩當下也盛了一碗飯與愛姐吃愛姐喫了一口見粗飯不能咽只喫了半碗就不吃了一宿晚景休題過到次日天明衆夫子都去了韓二交納了婆婆房錢領愛姐作辭出門望前途所進那韓愛姐本來嬌嫩弓鞋又小身邊帶着些細軟釵梳都在路上零碎盤纏將到淮安

上船。迤里望江南湖州來。非止一日。抓尋到湖州何官人家。尋着父母相會見了。不想何官人已死。家中又沒妻小。止是王六兒一人。丟下六歲女兒。有幾頃水稻田地。不上一年。韓道國也死了。王六兒原與韓二舊有揸兒。就配了小叔。種田過日。那湖州有富家子弟。見韓愛姐生的聰明標致。多來求親。韓二再三教他嫁人。愛姐割髮毀目。出家為尼姑。誓不再配他人。後年至三十二歲。以疾而終。正是

貞骨未歸三尺土　怨魂先徹九重天

後韓二與王六兒。成其夫婦。情受何官人家業田地。不在話下。

却說大金人馬。搶過東昌府來。看看到清河縣地界。只見官吏逃亡。城門晝閉。人民逃竄。父子流亡。但見烟生四野。日蔽黃沙。

封豕長蛇。互相吞併。龍爭虎鬥。各自爭強。皂幟紅旗。布滿郊野。男啼女哭。萬戶驚惶。番軍虜將。一似蟻聚蜂屯。短劍長鎗。好似森林密竹。一處處死屍骸。橫三豎四。一攢攢折刀斷劍。七斷八截。個個携男抱女。家家閉戶關門。十室九空。不顯鄉村城郭。獐奔鼠竄。那存禮樂衣冠。正是得多少宮人紅袖泣。王子白衣行。

那時西門慶家中吳月娘。見番兵到了。家家都關鎖門戶。亂攛迯去。不免也打點了些金珠寶玩。帶在身邊。那時吳大舅已死止同吳二舅玳安兒小玉。領着十五歲孝哥兒。把家中前後都倒鎖了。要往濟南府投奔雲離守。一來那里避兵。二者與孝哥完就其親事去。一路上只見人人荒亂。個個驚駭。可憐這吳月娘。穿着隨身衣裳。和吳二舅男女五口。雜在人隊裏。挨出城門

到於郊外。往前所行到於空野十字路口。只見一個和尚。身披
紫褐袈裟。手執九環錫杖。脚靸芒鞋。肩上背着條布袋。袋內裹
着經典。大移步迎將來。與月娘打了個問訊。高聲大叫道。吳氏
娘子。你往那里去。還與我徒弟來。諕月娘大驚失色。說道師父
你問我討甚麽徒弟。那和尚又道。娘子你休推聽里夢里。你曾
記的十年前。在岱岳東峯。被殷天錫。赶到我山洞中投宿。我就
是那雪洞老和尚。法名普靜。你許下我徒弟。如何不與我。吳二
舅便道。師父出家人。如何你不近道。此是荒亂年程。亂攛逃生。
他有此孩兒。久後還要接代香火。他肯捨與你出家去。和尚道
你真個不與我去。吳二舅道。師父你休閑說。悞了人去路兒。後
面只怕番兵來到。朝不保暮。和尚道。你旣不與我徒弟。如今天

色已晚。也走出路去。番人且來不到此處。你且跟我到這寺中歇一夜。明早去罷。吳月娘問師父。是那寺中。那和尚用手只一指兒。那路旁便是。和尚引着。不想來到永福寺。吳月娘認的是永福寺。曾走過一遍。比及來到寺中。長老僧衆。都走去大半。止有幾个禪和尚。在後邊禪堂中打坐。佛前點着一大盞瑠璃海燈。燒着一爐香。此時日色啣山時分。但見

十字街。熒煌燈火。九曜廟。香靄鍾聲。一輪明月掛青天。幾點疎星明碧落。六軍宮內。嗚嗚畫角頻吹。五鼓樓頭。點點銅壺正滴。四邊宿霧。紛紛罩舞榭歌臺。三市沉烟。隱隱閉綠窗朱戶。兩兩佳人歸綉閣。雙雙士子掩書幃。

當晚吳月娘與吳二舅玳安小玉孝哥兒。男女五口兒。投宿在

寺中方丈內。小和尚有認的。安排了些飯食。與月娘等吃了。那普靜老師。跏趺在禪堂床上。敲木魚。口中念經。月娘與孝哥兒小玉在床上睡。吳二舅。和玳安做一處。着了慌亂。辛苦了底人都睡着了。止有小玉。不曾睡熟。起來在方丈內。打門縫內看那普靜老師父念經。看看念至三更時。只見金風凄凄。斜月朦朦。人烟寂靜。萬籟無聲。覷那佛前海燈。半明不暗。這普靜老師見天下荒亂。人民遭刼。陣亡橫死者數極多。發慈悲心。施廣惠力。禮白佛言世尊解寃經呪。薦拔幽魂。解釋宿寃。絕去掛碍。各去超生。再無留滯。於是誦念了百十遍解寃經呪。少頃陰風凄凄。冷氣颼颼。有數十輩焦頭爛額。蓬頭泥面者。或斷手折臂者。或有刳腹剜心者。或有無頭跛足者。或有弔頸枷鎖者。都來悟領

禪師經咒。列於兩傍。禪師便道你等衆生。寃寃相報。不肯解脫。何日是了。汝當諦聽吾言。隨方托化去罷。偈曰

勸爾莫結寃　寃深難解結　一日結成寃
千日解一徹　若將寃報寃　如湯去潑雪
若將寃報寃　如狼重見蝎　我見結寃人
盡被寃磨折　我見此懺悔　各把性悟徹
照見本來心　寃愆自然雪　仗此經力深
薦拔諸惡業　汝當各托生　再勿將寃結
改頭換面輪廻去　來世機緣莫再攀

當下衆人都拜謝而去。小玉竊看。都不認的。少頃又一大漢進來。身七尺。形容魁偉。全裝貫來。胷前關着一矢箭。自稱統制周

秀。因與番將對敵。折於陣上。今蒙師薦拔。今往東京托生。與沈鏡爲次子。名爲沈守善去也。言未已。又一人素體榮身。口称是清河縣富戶西門慶。不幸溺血而死。今蒙師薦拔。今往東京城內。托生富戶沈通爲次子沈鉞去也。小玉認的是他爹。諕的不敢言語。已而又有一人提着頭。渾身皆血。自言是陳經濟。因被張勝所殺。蒙師經功薦拔。今往東京城內。與王家爲子去也。已而又見一婦人。也提着頭。胷前皆血。自言奴是武大妻門慶之妾潘氏是也。不幸被仇人武松所殺。蒙師薦拔。今往東京城內黎家爲女。托生去也。已而又有一人身軀矮小。面背青色。自言是武植。因被王婆唆潘氏下藥吃毒而死。蒙師薦拔。今往徐州落鄉民范家爲男。托生去也。已而又有一婦人。面皮黃瘦。血水

淋漓自言妾身李氏乃花子虛之妻西門慶之妾因害血山崩
而死蒙師薦拔今往東京城內袁指揮家托生爲女去也已而
又一男目言花子虛不幸被妻氣死蒙師薦拔今往東京鄭千
戶家托生爲男已而又見一女人頸纏脚帶自言西門慶家人
來旺妻宋氏自縊身死蒙師薦拔今往東京朱家爲女去也已
而又一婦人面黄肌瘦自称周統制妻龐氏春梅因色癆而死
蒙師薦拔今往東京與孔家爲女托生去也已而又一男子裸
形披髮渾身杖痕自言是打死的張勝蒙師父薦拔今往東京
大興衛貧人高家爲男去也已而又有一女人頂上纏着索子
自言西門慶孫雪娥不幸自縊身死蒙師薦拔今往東京城外
貧民姚家爲女去也已而又一女人年小項纏脚帶自言西門

慶之女陳經濟之妻。西門大姐是也。不幸亦縊身死。蒙師薦拔。今往東京城外。與番役鍾貴為女。托生去也。已而又見一小男子。自言周義。亦被打死。蒙師薦拔。今往東京城外高家為男。名高留住兒。托生去也。言畢各恍然都不見。小玉諕的戰慄不已。原來這和尚。只是和這些鬼說話。正欲向床前告訴與月娘。不料月娘聽得正熟。一灵真性。同吳二舅眾男女。身帶着一百顆胡珠。一柄寶石絲環。前往濟南府。投奔親家雲離守那里避兵。就與孝哥完成親事。一路饑食渴飲。夜住曉行。到於濟南府。問一老人雲參將住所在於何處。老人指道。此去二里餘地。名灵壁寨。一邊臨河。一邊是山。這灵壁寨。就在城上屯聚有一千人馬。雲參將就在那里。做知寨。月娘五口兒到寨門通報進去。雲參將听見月娘遠親來了。一見如故。叙畢禮數。原來新近沒了娘子。央浼隣舍王婆婆來。陪待月娘。在後堂酒飯。甚是豐盛。吳二舅珉安。另在一處管待。因說起避兵來就親之事。因把那百顆胡珠。寶石縧環。教與雲離守。權爲茶礼。雲離守收了。並不言其就親之事。到晚又教王婆陪月娘一處歇臥。將言說念月娘。以挑探其意。說雲離守。雖是武官。乃讀書君子。從割衫襟之時。就留心娘子。不期夫人沒了。鰥居至今。今據此山城。雖是任小。上馬管軍。下馬管民。生殺在於掌握。娘子若不棄。願成伉儷之歡一雙兩好。令郎亦得諧秦晉之配。等待太平之日。再回家去不遲。月娘听言。大驚失色。半晌無言。這王婆回報雲離守。次日晚夕。置酒後堂。請月娘吃酒。月娘自知他與孝哥兒完親。連忙來到席前敘坐。雲離守乃言。嫂嫂不知下官在此。雖是山城。管着許多人馬。有的是財帛衣服。金銀寶物。缺少一個主家娘子。下官一向思想娘子。如渴思漿。如熱思凉。不想今日娘子到我這里。與令郎完親。天賜姻緣。一雙兩好。成其夫婦。在此快活一世。有何不可。月娘听了。心中大怒。罵道。雲離守。誰知你人皮包着狗骨。我過世丈夫。不曾把你輕待。如何一旦出此犬馬之言。云離守笑嘻嘻。向前把月娘摟住。求告說。娘子你自家中。如何走來我這里做甚。自古上門買賣好做。不知怎的一見你。魂灵都被你攝在身上。沒柰何。好歹完成了罷。一面拏過酒來。和月娘吃。月娘道。你前邊叫我兄弟來。等我與他說句話。云離守笑道你兄弟和玳安兒小廝。已被我殺了。即令左右取那件物事。與娘子看。不一時燈光下血瀝瀝提了吳二舅玳安兩顆頭來。諕的月娘面如土色。一面哭倒在地。被雲離守向前抱起。娘子不須煩惱。你兄弟已死。你就與我為妻。我一個總兵官。也不玷辱了你。月娘自思道。這賊漢將我兄弟家人害了命。我若不從。連我命也喪了。乃回嗔作喜說道。你須依我。方與你做夫妻。云離守道。不拘甚事。我都依。月娘道。你先把我孩兒完了房。我却與你成婚。云離守道。不打緊。一面叫出云小姐來。和孝哥兒推在一處。飲合巹盃。館同心結。成其夫婦。然後拉月娘和他云雨。這月娘却拒阻不肯。被云離守忿然大怒。罵道。賤婦。你哄的我與你兒子成了婚姻。敢笑我殺不得你的孩兒。向床頭躧手而落。血濺數步之遠。正是三尺利刀着頂上。滿腔鮮血濕模糊。月

娘見砍死孝哥兒不覺大叫一聲不想撒手驚覺却是南柯一
夢諕渾身是汗遍體生津連道怪哉怪哉小玉在旁便問奶奶
怎的哭月娘道適間做得一夢不祥不免告訴小玉一遍小玉
道我倒剛纔不曾睡着悄悄打門縫見那和尚原來和鬼說了
一夜話剛纔過世俺爹五娘六娘和陳姐夫周守備孫雪娥來
旺兒媳婦子大姐都來說話各四散去了月娘道這寺後見埋
着他每夜靜時分屈死淹寃如何不來娘兒們也不曾說話不
覺五更雞叫吳月娘梳洗面貌走到禪堂中禮佛燒香只見普
靜老師在禪床上高叫那吳氏娘子你如今可省悟得了麽這
月娘便跪下參拜上告尊師弟子吳氏肉眼凡胎不知師父是
一尊古佛適間一夢中都已省悟了老師道既已省悟也不消

前去你就去也無過只是如此倒沒的喪了五口兒性命合你這兒子有分有緣遇着我都是你平日一點善根所種不然定然難免骨肉分離當初你去世夫主西門慶造惡非善此子轉身托化你家本要蕩散其財本傾覆其產業臨死還當身首異處今我度脫了他去做了徒弟常言一子出家九祖升天你那夫主冤愆解釋亦得超生去了你不信跟我來與你看一看於是扠步來到方丈內只孝哥兒還睡在床老師將手中禪杖向他頭上只一點教月娘衆人忽然翻過身來却是西門慶項帶沉枷腰繫鐵索復用禪杖只一點依舊還是孝哥兒睡在床上月娘不覺見了放聲大哭原來孝哥兒即是西門慶托生良久孝哥兒醒了月娘問他如今你跟了師父出家在佛前與他剃

頭。摩頂受記。可憐月娘。扯住慟哭了一場。乾生受養了他一場。到十五歲。指望承家嗣。不想被這個老師幻化去了。吳二舅小玉玳安。亦悲不勝。當下這普靜老師。領定孝哥兒。起了他一個法名。喚做明悟。作辭月娘而去。臨行分付月娘。你們不消往前途去了。如今不久。番兵退去。南北分爲兩朝。中原已有個皇帝。多不上十日。兵戈退散。地方寧靜了。你每還回家去。安心度日。月娘便道。師父你度托了孩兒去了。甚年何日。我母子再得見面。不覺扯住。放聲大哭起來。老師便道。娘子休哭。兒的那邊又有一位老師來了。哄的衆人扭頸回頭。當下化陣清風不見了。

正是

三降塵寰人不識　倏然飛過岱東峰

不說普静老師。幻化孝哥兒去了。且說吳月娘與吳二舅衆人在永福寺住了。那到十日光景。果然大金國立了張邦昌在東京称帝。置文武百官徽宗欽宗。兩君北去。康王泥馬度江。在建康即位。是爲高宗皇帝。拜宗澤爲大將。復取山東河北。分爲兩朝。天下太平。人民復業。後月娘歸家開了門户。家產器物。都不曾跡失。後就把玳安改名做西門安承受家業。人称呼爲西門小員外。養活月娘到老。壽年七十歲。善終而亾。此皆平日好善看經之報也。有詩爲証。

閑閱遺書思惘然　誰知天道有循環
西門豪横難存嗣　經濟顛狂定被殲
樓月善良終有壽　瓶梅淫佚早歸泉

可惜金蓮遭惡報　遺臭千年作話傳

金瓶梅詞話卷之一百回終